Utta Danella

Jovana

Roman

Schneekluth

Einmalige Jubiläumsausgabe Utta Danella
17 Romane in 18 Bänden

Im Vertrieb der Schuler Verlagsgesellschaft mbH, Herrsching

ISBN 3-7951-1108-0

Printed in Germany 1989

Zum Geleit der Jubiläumsausgabe

Seit vierzig Jahren gibt es den Franz Schneekluth Verlag, gegründet, besser gesagt, hoffnungsvoll begonnen im September 1949, er ist also genauso alt wie unsere Bundesrepublik Deutschland. Am Anfang war es ein Zimmer in einem Haus in Celle, denn in der Lüneburger Heide war Franz Schneekluth, von Dresden kommend, nach dem Krieg gelandet. Dem Mecklenburger gefiel die Landschaft, nur das Nichtstun war für ihn schwer zu ertragen, denn er liebte seinen Beruf, er war ein passionierter Verleger, ein Büchermensch durch und durch. In Dresden war er Verlagsleiter, dann Teilhaber des Wilhelm Heyne Verlags gewesen, von dieser Zeit hat er oft mit großer Begeisterung erzählt.

So geruhsam das Leben in der Heide war, immer nur mit dem Hund spazieren gehen und mit dem Förster fachsimpeln (auch sein Vater war Förster gewesen), konnte sein Leben nicht ausfüllen, und er zerbrach sich den Kopf, wie es denn eigentlich weitergehen sollte, genauso wie es viele Menschen damals taten.

Auch davon hat er mir oft erzählt, in seiner plastischen, temperamentvollen Weise; ich kenne seine Kindheit, seinen Werdegang und eben auch jene müßigen Jahre nach dem Krieg, die ihn zunehmend ungeduldig machten. Dann fing er also einfach an, und daß er es konnte, verdankte er einem kräftigen Darlehen von Bertelsmann aus Gütersloh. Darum liebte er die Bertelsmänner auch ganz besonders, und sobald ich meine ersten Gehversuche als Autorin gemacht hatte, nahm er mich mit nach Gütersloh, damit ich seine Freunde kennenlernte. Bertelsmann war auch damals schon ein imponierendes Unternehmen, wenn auch nicht der Gigant von heute, und die Männer jener Gründerzeit waren beachtliche Persönlichkeiten, die mich sehr beeindruckten.

Eine Persönlichkeit war Franz Schneekluth auch, und was für eine. Als er mich entdeckte, lag Celle schon weit hinter ihm, er residierte nun in einem modernen Verlagshaus in Darmstadt, er war sehr stolz auf dieses Haus, auf sein Büro und vor allem auf seine Mitarbeiter, von denen jeder Einzelne soviel leistete, wie heute meist kein ganzes Team. Und besonders stolz war er auf seine eigene Auslieferung. Wenn der Lastwagen an der Rampe vorfuhr und die Bücher abholte, strahlte er über das ganze Gesicht. Das konnte er übrigens gut; ich habe keinen anderen Menschen gekannt, der so lebensbejahend, so zur Freude fähig war wie er.

Als 1956 mein erstes Buch »Alle Sterne vom Himmel« bei Franz Schneekluth erschien, war der Verlag schon ein etabliertes, angesehenes Unternehmen, der gute Autoren verlegte. Und der Verleger war ein Verleger wie aus dem Bilderbuch, ein Büchermann, dem nichts auf der Welt wichtiger war als Bücher, und der ein Manuskript, das ihn ansprach, auch wirklich las, von Anfang bis Ende. Das war in meinem Fall eine beachtliche Aufgabe gewesen, denn das Manuskript, das ich eingereicht hatte, war über tausend Seiten stark. Er hatte es gelesen. Und teilte mir ganz schlicht mit, daß er es herausbringen würde, nur müsse ich es ungefähr um die Hälfte kürzen. Das war gar nicht so einfach, denn ich mußte es binnen weniger Monate tun. Heute noch wundere ich mich darüber, wie ich das geschafft habe. Noch mehr aber wunderte ich mich damals, daß jemand wirklich drucken wollte, was ich geschrieben hatte.

Geschrieben hatte ich zwar schon eine ganze Weile, für Zeitungen, für den Rundfunk, für eine Agentur, aber als Schriftstellerin sah ich mich eigentlich nicht. Das umfangreiche Manuskript war aus dem Erleben der hinter mir liegenden Zeit entstanden, die Nazis, der Krieg, die Angriffe auf Berlin, die Ignoranz der Provinz, schließlich die Nachkriegszeit in München, alles selbst gesehen und gut behalten. Ich hatte Zeit und es ging mir soweit ganz gut, also schrieb ich das einfach nieder.

Und dann war es plötzlich ein Buch.

Ich habe allen Grund der Welt, Franz Schneekluth dankbar zu sein, denn er holte mich aus einem leicht vergammelten Leben und ›nahm mich in die Pflicht‹, so drückte er das aus. Denn kaum war das erste Buch erschienen, befahl er: »Nun setz dich hin und schreib ein zweites Buch.« Mein Protest nutzte nichts, mein Einwand, daß ich gar nicht wisse, was ich nun schreiben solle, ebensowenig. »E i n Buch ist kein Buch,« sagte er. Also schrieb ich das zweite, und auf einmal war so etwas wie ein Beruf daraus geworden. Sofern man Bücherschreiben als Beruf betrachten will.

Ich bin ihm dankbar. Franz Schneekluth lebt nicht mehr, aber immer noch sein Verlag, und das nun seit vierzig Jahren, heute betreut und im Besitz von Ulrich Staudinger, und es kann mich doch eigentlich nur befriedigen, daß aus Anlaß des Jubiläums alle meine Bücher, die im Franz Schneekluth Verlag erschienen sind, neu gedruckt herauskommen.

1. Juli 1989

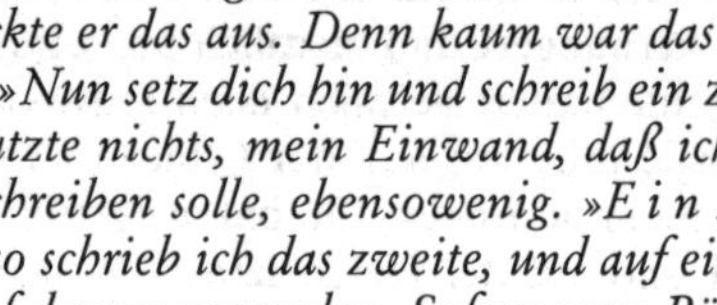

Begegnung

Der Weg war weiter als vermutet, dreiviertel Stunde von der Autobahn, und dann endlich dieser Ort namens Ahlsen, von dem Steffen noch nie gehört hatte und der ihm auf den ersten Blick nicht gefiel.

Barenth, sein Regieassistent, hatte ihn zu dem Umweg veranlaßt. »Sie sollten da mal vorbeischauen, Chef. So ein richtig verschlafenes Städtchen voller Spießer. Mitten auf dem Marktplatz steht eine alte Kirche, nicht schön, aber irgendwie wirkungsvoll. Und am Ende des Platzes sind zwei alte Wehrtürme, sehr imposante Dinger. Das könnte was für uns sein. Nie gehört davon? Na, ich glaube, das Nest kennt außer mir sowieso keiner.«

Woher er es denn kenne, hatte Steffen wissen wollen.

»Woher schon? Aus dem Krieg natürlich. Letzte Kriegs- und erste Nachkriegszeit. Ich war durch einen Zufall dort gelandet. Halb verhungert und ziemlich am Ende meines Lateins. So gegen Ende hatten sie mich noch rangekriegt, als Flakhelfer. Und ich sagte mir, was soll der Quatsch? Ich werde den Krieg auch nicht mehr gewinnen. Da bin ich getürmt. Erst trieb ich mich im Wald und auf der Heide herum, und als ich nicht mehr weiter wußte, wagte ich mich in einen Ort. Ahlsen eben. War goldrichtig. Es gab da eine einsame Witwe, die hatte ein Herz für einen armen heimatlosen Jungen. Nicht nur, daß sie mir zu essen gab, sie führte mich sogar in die Liebe ein. Unvergeßlich für mich – Ahlsen.«

Am Abend zuvor war Steffen bei der Premiere seines letzten Films in Frankfurt gewesen. So das übliche. Presseempfang, Party, Fotografen. Die Thorwald ständig an seiner Seite, deutlich demonstrierend, wie nahe sie einander standen. Dabei wußte sie, daß sie ihn überhaupt nicht beeindruckte. Er schätzte sie nicht einmal als Star seiner Filme, geschweige denn, daß er mit ihr ins Bett gegangen wäre.

Er mochte auch den Film nicht, den sie da gerade gestartet hatten, eine sirupsüße Liebesgeschichte mit verlogenem Hintergrund. Nicht zu glauben, daß die Leute so etwas sehen wollten.

Was für gute Filme hatte er noch vor einigen Jahren gemacht – aber jetzt, alles Kitsch.

Darum freute er sich ja auch so auf den nächsten Film, ein interessanter Stoff, ein gutes Buch. Diesmal würde er sich nicht hineinreden lassen von engstirnigen Produzenten und Verleihern. Wichtig war beispielsweise der Ort, an dem sie drehen würden, eine Kleinstadt, ein wenig düster und verschlafen.

»Ein Städtchen, in dem die Spießer hinter dem Monde leben und wo man es ihren leeren Gesichtern ansieht, daß sie nie begreifen, was geschieht. Aber den Steinen dieses Ortes muß man es ansehen, daß auch hier etwas geschah. Irgendwie schicksalsträchtig muß der Ort sein.« – Soweit der Autor. So stellte er sich die kleine Stadt vor, in der »Zwielicht« spielen sollte.

Steffen fuhr eine Runde durch Ahlsen und entschied sofort, daß er hier nicht fand, was er suchte. Hier war es nur langweilig, sonst nichts. Die leeren Gesichter würde man vielleicht finden, aber den Steinen und Mauern sah man nichts von Schicksal und Geschichte an.

Er parkte schließlich auf dem Marktplatz und stieg aus. Sah sich um. Auch schon was!

Er war unausgeschlafen und schlecht gelaunt, und dazu nun noch Ahlsen. Das war zuviel.

Da war also die Kirche, von der Barenth erzählt hatte, wuchtig und alt, unschön, aber irgendwie imponierend – das stimmte. Sie stand mitten auf dem relativ großen Platz, rundherum Kopfsteinpflaster.

Kopfsteinpflaster machte sich immer gut. Weiter. Dort am Nordende des Platzes die Türme. War das Norden? Na egal. Vierschrötige dicke Türme, oben flach, schwere Quader. Mußten sehr alt sein, die Dinger. Sicher gab es eine Art Geschichte zu diesem Nest – wo gab es die nicht? Aber er hatte nicht die geringste Lust, einen Archivar oder Bibliothekar aufzustöbern und sich über die Historie von Ahlsen unterrichten zu lassen. Denn er hatte schon entschieden, daß er hier nicht drehen würde. Gefiel ihm nicht. Das war keine Kleinstadt, kein Städtchen, das war wirklich nur ein Nest.

Pflichtbewußt umrundete er wenigstens einmal die Kirche zu Fuß, besah die Türme aus der Nähe und ging dann auf der entgegengesetzten Seite eine der beiden Straßen entlang, die parallel vom Platz ausgingen. Vermutlich die Hauptstraßen. Das übliche: Läden, Handwerksbetriebe, ein Gasthof, ein mickriges Kaufhaus, an einer Ecke ein etwas größeres, recht ansehnliches Kaufhaus. Wieder auf dem Marktplatz, beschloß er, ein Bier zu trinken, ehe er weiterfuhr. An der einen Längsseite des Platzes war ein Gasthaus, es nannte sich »Zum schwarzen Adler« und machte einen guten Eindruck.

Zuerst eine kleine Gaststube mit Holztischen. Leer. Durch eine weitgeöffnete Tür konnte er in einen zweiten größeren Raum blicken, offenbar das Restaurant für bessere Kunden. Eine Weile sah er stumm dem regen Betrieb zu, der dort herrschte. Die Vorbereitungen zu einem Fest. Eine große Tafel, an deren Ausstattung emsig und lautstark gearbeitet wurde; Porzellan, Kerzenleuchter, Gläser, Blumen.

Kaum anzunehmen, daß man auf seinen Besuch Wert legte.

Doch nun hatte ihn eines der Mädchen entdeckt. Es kam heran, hübsch und rotwangig, ein bißchen erhitzt, und lächelte ihn freundlich an.

»Der Herr wünschen?«

»Kann ich ein Bier haben?«

»Natürlich. Macht's Ihnen etwas aus, hier draußen zu sitzen?« fragte sie höflich und überflüssigerweise und wies ihn zurück in die kleine Gaststube. Eine rein rhetorische Frage, dachte Steffen. Angenommen, ich sage nein, ich will an der Festtafel sitzen, was dann?

Er schmunzelte, schon besser gelaunt. Solche Kleinigkeiten erheiterten ihn. Er war ein Wortklauber, das brachte der Beruf so mit sich. Stundenlang konnte er an Dialogen feilen, und es machte ihn wahnsinnig, wenn seine Autoren unnötige Phrasen drechselten, was, wie er nun wieder einmal feststellte, höchst töricht von ihm war. Man verständigte sich sein halbes Leben lang mit unnötigen Phrasen, das also konnte man getrost als lebensechten Dialog bezeichnen. Wer redete schon immer genau und zielbewußt zur Sache. –

»Es wird mir wohl nichts anderes übrigbleiben«, erwiderte er und schenkte dem Mädchen sein berühmtes Lächeln, dessen Charme den arrogantesten Star in ein williges Lamm verwandelte. »Da Sie hier offenbar ein Fest vorbereiten . . .«

Das Mädchen lächelte zurück. »Eine Hochzeit.« Und stolz, als sei es ihre eigene, fügte sie hinzu: »Eine sehr große Hochzeit.«

»Wenn Sie mir trotzdem ein Bier bringen, werde ich es Ihnen nie vergessen.« Er lächelte immer noch.

Die Blonde, gefangen von seinen grauen Augen, vergaß für einen Moment die Hochzeit und die viele Arbeit. Einen Mann wie diesen sah man in Ahlsen nie. Die Wangen noch ein wenig röter, rief sie: »Ich bring's Ihnen sofort, einen Augenblick nur«, und da lief sie schon.

Steffen setzte sich zufrieden an einen Tisch am Fenster. Und registrierte bei sich wieder einmal, mit oft geübter Selbstironie, seine nicht zu verleugnende Eitelkeit. Siebenundvierzig Jahre – und auch Mädchen, die nicht wußten, wer er war, gerieten in Verwirrung. Nicht daß er allzuviel Gebrauch davon machte. Eigentlich schon eine ganze Zeitlang nicht mehr. Aber es freute einen doch.

»Du hast etwas von einem Dompteur an dir«, sagte Dorothy, seine Frau, manchmal. »Wärst du nicht Regisseur geworden, hättest du dich sicher großartig als Löwendompteur geeignet.«

»Wennschon, dann lieber Tiger. Und wo, bitte, ist der Unterschied zwischen einem Regisseur und einem Dompteur? Die Tigerkatzen, mit denen ich zu tun habe, sind weitaus gefährlichere Raubtiere und viel schwieriger zu behandeln. Ich stelle es mir erholsam vor, einem Tiger mein Haupt in den Rachen zu legen, anstatt acht Wochen lang Britta Thorwald bei guter Laune zu halten – man reiche mir die Tiger!« Dorothy hatte gelacht. Aber er dachte nicht nur an Britta, er dachte auch an Autoren, Kameramänner, an Produzenten, Verleiher, sonstige Geldgeber und auch an die Presse. Nein, Tiger mußten ein Kinderspiel dagegen sein.

Das Bier kam mit Windeseile. Und das blonde Mädchen hatte sich offenbar inzwischen intensiv mit ihm beschäftigt, es sagte: »Falls der Herr hier auch essen will, dann wäre es gut, wenn Sie das bald bestellen würden. Wenn das große Essen losgeht, ist in der Küche viel Betrieb.«

An Essen hatte er eigentlich nicht gedacht. Aber nun, darauf angesprochen, schien es ihm ganz verlockend, einen kleinen Imbiß zu nehmen. Er konnte dann ohne Aufenthalt durchfahren.

»Angenommen«, sagte er und blickte die Blonde liebevoll an, »Sie könnten mir eine ordentliche Portion Rührei mit Schinken bringen, ehe der Festschmaus losgeht – wie wäre das denn? Das macht nicht viel Arbeit, bringt die Küche nicht noch mehr durcheinander, als sie es sowieso schon ist. Und dazu kriege ich Brot und Butter, möglichst schwarzes Brot, und einen doppelten Klaren. Geht das?«

»Aber natürlich«, erwiderte das Mädchen, nun restlos für ihn da und abgelenkt vom Tumult des Hauses. »Sie können auch ein Schnitzel haben.«

»Nein. Rührei mit Schinken – das wäre es, was mich glücklich macht. Im Moment.« Sie lachte vergnügt und verschwand. Steffen zündete sich eine Zigarette an und war nun wirklich hervorragender Laune. Das ging bei ihm oft von einer Sekunde zur anderen. Sehr gemütlich, hier zu sitzen, abseits vom Trubel im Haus und irgendwie doch als stiller Beobachter daran beteiligt. Er stellte sich vor, wie die Blonde in die Küche kam mit seiner Bestellung und die Wirtin entsetzt die Hände zusammenschlug. »Was sagst du? Rühreier will einer essen! Jetzt?«

Auf dem Marktplatz wurde es nun auch lebendig. Es mußte bald soweit sein. Allerhand Leute hatten sich eingefunden, um die Hochzeiter zu betrachten. Dann begannen die Glocken der alten Kirche tief und dumpf zu läuten. War sehr gut und richtig, dies alles zu beobachten, man konnte nie wissen, wie und wann man das brauchte. Große Hochzeit in einem Nest wie Ahlsen. Für einen Regisseur waren solche Eindrücke Gold wert.

Zunächst kamen die Hochzeitsgäste, eine stattliche Zahl, die meisten davon fuhren in recht ansehnlichen Autos vor.

Zusammen mit dem Brautpaar kamen die Rühreier. Das Brautpaar in einem Prachtwagen. Es konnten keine armen Leute sein, die hier die Ehe schlossen. Die Schaulustigen vor der Kirchentür versperrten ihm die Aussicht; er sah nur, daß es zuging wie im Bilderbuch. Blumenstreuende Kinder, die Braut ganz in Weiß.

Die Blonde war bei ihm am Tisch stehen geblieben und blickte auch aus dem Fenster mit dem sehnsüchtig neidvollen Ausdruck, mit dem Frauen solche Aufmärsche betrachten.

»Schön, nicht?« sagte sie verträumt. »Sehr«, gab er bereitwillig zu. Und dann prosaisch: »Wie wär's, wenn ich gleich zahle, dann brauche ich Sie nachher nicht zu stören.«

Das sei nicht nötig, meinte sie, aber er zahlte doch, sie wünschte ihm guten Appetit und begab sich wieder an ihre Arbeit.

Die Glocken schwiegen.

Steffen strich auf eine Scheibe schwarzes Vollkornbrot dick Butter und aß mit großem Appetit seine Rühreier. Dorothy würde es amüsieren, ihn zu sehen. Rühreier mit Schinken waren seine große Leidenschaft. Wenn sie ihm lange genug die raffiniertesten Vorschläge unterbreitet hatte, was man kochen könnte, sagte er friedvoll: »Aber Liebling, mach doch einfach Rühreier, mit viel Schinken, und ein Butterbrot dazu.«

»Du bist einfach zu ernähren.«

»Ich bin ein bescheidener Mensch, das weißt du doch.«

Dieser Rührei-mit-Schinken-Komplex stammte noch aus seiner Kindheit. Er kam aus armseligen Verhältnissen. Sie hatten immer bescheiden gegessen zu Hause. Und wenn seine Mutter den Kindern etwas Besonderes bieten wollte, weil sie krank waren vielleicht oder gute Zeugnisse brachten, dann sagte sie verheißungsvoll: »Ich mach' dir eine große Portion Rühreier mit Schinken, ja?«

Die große Portion bestand aus höchstens zwei Eiern und wenigen Schinkenschnipseln darin. Er und seine Geschwister genossen es. Einmal viel davon zu essen, war sein Traum. Später im Krieg, in Rußland, wenn er Hunger hatte, ging es ihm nur darum, ein paar Eier zu organisieren. Notfalls ging es auch ohne Schinken. Nach dem Krieg, in der schlechten Zeit, kaufte er Eier auf dem schwarzen Markt, wenn er sie bekommen konnte. Und Dorothy hatte ihm Rühreier serviert, als er sie das erstemal wiedersah. 1946 – in der kleinen Stadt in Schleswig, wo ihr Vater sie vor den Bombenangriffen in Sicherheit gebracht hatte.

Die Neugierigen auf dem Marktplatz hatten sich zerstreut, standen in Gruppen herum und besprachen das Ereignis. Wer nicht mit in die Kirche gegangen war, wartete hier auf das Ende der Zeremonie, um den zweiten Teil, das junge Ehepaar, zu erleben. Eine Kapelle fand sich ein, die Männer in grüner Jägertracht, wohl so eine Art Schützenverein.

Ob sie glücklich waren, diese beiden in der Kirche? Was für eine Frage! Im Augenblick waren sie es wohl. Die Frage mußte anders gestellt werden: Ob sie es blieben?

Diese Frage war leicht zu beantworten. Meist mit nein. Das Glück der Liebe war es immer noch, was die Ehe zuerst und am liebsten fraß, was ihr am besten schmeckte.

Er schob den letzten Bissen in den Mund und wies sich selbst zurecht. Gerade er hatte keinen Grund, so etwas zu denken. Wenn je ein Mann zufrieden sein konnte mit seiner Ehe, zufrieden mit der Frau, die er geheiratet hatte, dann konnte er es sein. Nicht immer ging es so gut, schon gar nicht bei seinem Beruf. Er hatte Dorothy nicht oft betrogen. Und nie ernsthaft daran gedacht, zu einer anderen zu gehen. Das war schon viel. Die meisten Liebesgeschichten endeten mit dem Beginn der Ehe. Es war in seinen Filmen nicht anders. Man hörte auf, wenn es begann, und ließ dem Zuschauer die Illusion eines echten Glückes.

Dazu sind wir da. Das ist mein Beruf, den Leuten die Illusion des großen Glücks vorzuspielen, dachte er. Wir von der Traumfabrik. – Er haßte das Wort. Wie er manchmal seine Arbeit haßte. Als er noch ein junger Schauspieler war und dann, als er seine ersten Inszenierungen am Theater machte, da hätte er sich beleidigt gefühlt, wenn man ihm prophezeit hätte, er würde einst nichts anderes tun als alberne Filme drehen, die das primitive Glücksbedürfnis eines primitiven Publikums befriedigten. Gewiß – er gab sich Mühe, trotzdem gute Filme zu machen. Aber die meisten stimmten nicht. Das Leben war anders. Wenn er davon sprach, hoben die Produzenten, die Verleiher beschwörend die Hände. »Mein lieber Rau! Bloß nicht! Die Leute wollen das nicht. Das Leben ist für sie ärgerlich genug. Das darf es nicht im Kino auch noch sein.«

Er hörte das nicht gern, aber vermutlich hatten sie recht. »Dunkelheit am Morgen« war eine Pleite gewesen, obwohl er ihn immer noch für seinen besten Film hielt. Die Kasse hatte nicht gestimmt. – Das allein zählte.

Aber nun »Zwielicht«, das würde... Übrigens merkwürdig, fast ein ähnlicher Titel, das war ihm noch gar nicht aufgefallen, jedenfalls dem Sinne nach – hoffentlich wurde es nicht auch eine Pleite. Er klopfte rasch auf die Holzplatte des Tisches. Es war auch ein anspruchsvoller Stoff. Kriegszeit. Keine Schnulze.

Das brachte ihn wieder zu seinem Anliegen zurück, einen passenden Ort zu finden, an dem man drehen konnte. Ahlsen? Ach nein, doch lieber nicht. Komisch, daß Barenth gerade darauf gekommen war. 1945 war er hier gewesen, wohl deswegen war ihm der Ort eingefallen. Der Achtzehnjährige, der desertiert war und sich hier versteckte. Bei einer einsamen Witwe, die am Marktplatz wohnte.

Ob sie wohl immer noch hier wohnte? Steffen beugte sich unwillkürlich vor und musterte die Häuser, die in seinem Blickfeld lagen, kritisch. Barenth hatte nicht gesagt, wie alt die Frau gewesen war. Dreißig, vierzig? Mehr? – Wie alt war sie heute, was tat sie? Hatte sie wieder geheiratet, lebte sie allein, war sie tot? Erinnerte sie sich noch an den Jungen von damals?

Unversehens war ihm der Stoff zu einem neuen Film eingefallen. Genau dieses Thema. 1945, der achtzehnjährige Deserteur versteckt bei der einsamen Frau, Rühreier mit Schinken zum Abendessen, ungeschickte Umarmungen in der Dunkelheit eines kleinstädtischen Schlafzimmers. Und heute, mehr als zehn Jahre später, dieser Barenth, flott, frech und begabt und absolut kein Anfänger mehr, in keiner Beziehung. Und hier die Frau, für die er vielleicht der letzte Mann im Bett gewesen war. Mann! Wer sprach hier von Mann!

Barenth muß mir das unbedingt mal genau erzählen, dachte er, wie alt die Frau war, wie sie aussah und – lächerlich! Muß ich eigentlich aus allem einen Film machen?

Stoffe gab es wie Sand am Meer. »Greift nur hinein ins volle Menschenleben...« Goethe hatte immer recht. Kam immer nur darauf an, wie man es machte. *Was* man daraus machte.

Er trank sein Bier aus, warf noch einen Blick ins Nebenzimmer, wo die Tafel nun fertig war. Sehr hübsch. Rote Nelken und weiße Lilien als Tischdekoration. Auf dem Gang umfingen ihn Küchendüfte, Ente, wenn ihn seine Nase nicht täuschte.

Auf dem Marktplatz betrachtete er noch einmal alles genau, die Leute, die Autos, die Schützenkapelle, und dann begab er sich zu den Türmen.

Was ihn bewog, nachdem er die Pforte entdeckt hatte, in den einen Turm einzutreten und die Steinstufen hinaufzusteigen, wußte er nicht. Vielleicht immer noch der Pflichtgedanke an die Kulisse, die er für »Zwielicht« brauchte. Vielleicht auch, weil alte Türme dazu verlocken, in ihnen herumzusteigen.

Es war dunkel auf der Treppe, nur kümmerliches Licht fiel gelegentlich durch kleine Mauerlöcher. In halber Höhe etwa mündete die Treppe in einen kleinen Raum, der etwas heller war durch eines der größeren Fensterlöcher, die auf den Platz hinabblickten. Von hier aus würde man einen guten Blick haben. Jedoch er verhielt den Schritt, ehe er den Raum betrat. Hier war bereits jemand.

Vor dem Mauerloch stand ein Mädchen, eine schmale Gestalt in einem roten Röckchen und einer weißen Bluse. Das Rot und Weiß sprang einem sofort entgegen, hob sich leuchtend von den grauen Steinen ab.

Das Mädchen stand nicht direkt vor der Öffnung, es hatte sich eng seitwärts an die Mauer gedrückt und nur den Kopf so weit vorgeschoben, daß es gerade, gewissermaßen um die Ecke herum, auf den Marktplatz hinabspähen konnte.

Im gleichen Moment fingen die Glocken wieder an zu läuten. Hier oben dröhnte es gewaltig, der Klang fing sich in den Mauerwinkeln der alten Steine.

Von seinem Platz vom Eingang aus konnte Steffen nicht sehen, was unten vorging, er hörte nur, wie die Kapelle anfing zu blasen, Hochrufe, es interessierte ihn auch weiter nicht sonderlich. Das Schauspiel unmittelbar vor ihm war interessanter. Er beobachtete die Gestalt an der Mauer.

Sie hatte sich eng an die Steine gepreßt, den Hals hatte sie vorgereckt, sie war gespannt von Kopf bis Fuß. Ihr Profil war reizvoll, eine kurze gerade Nase, ein energisches festes Kinn, volle Lippen, die leicht geöffnet waren. Und was hatte sie auf der Wange? Tränen?

Dann sah er ihre Hand. Ihre Hand, fest in die Mauer gekrallt, so daß die Finger weiß geworden waren. Er sah, daß sie zitterte, daß ihre Zähne sich tief in die Unterlippe gruben.

Da begriff er, daß er Zeuge einer tragischen Szene war. Keine Neugierige, die von oben aus das Hochzeitspaar sehen wollte. Jetzt hörte er ein Stöhnen, ein tiefes verzweifeltes Stöhnen, und im selben Moment machte die Gestalt eine rasche Bewegung auf die Mauerluke zu, und er, mit seinem Sinn für Dramatik, dachte sofort: Um Gottes willen, sie stürzt sich hinab! – Unwillkürlich stieß er einen Ruf aus, die Mädchengestalt fuhr herum, er sah zwei weit aufgerissene Augen, ein Gesicht naß von Tränen, einen Laut hörte er, wie von einem gepeinigten, gequälten Tier, dann stürzte das Geschöpf an ihm vorbei. Eiliges Geklapper ihrer Schritte auf der Steintreppe.

Stille.

Etwas ratlos fuhr sich Steffen durchs Haar. Dieser Ort, den er als langweilig und trostlos angesehen hatte, schien es in sich zu haben. Nichts Neues unter dieser Sonne. Überall liebten und litten Menschen. Das, was er eben hier gesehen hatte, war so schwer nicht zu interpretieren. Das war eine, die nicht glücklich war über diese Hochzeit, eine, die wohl selbst gern da unten gewesen wäre anstelle der Braut im weißen Kleid und im Schleier. Anders konnte es kaum sein.

Er trat nach vorn und blickte hinab. Die Kapelle blies, das Brautpaar wurde fotografiert. Die Braut schien ein wenig üppig zu sein, ein kräftiges, stattliches Mädchen. Der Bräutigam wirkte schlank und elegant neben ihr.

Als er wieder auf den Platz herunterkam, war es stiller geworden. Die Hochzeitsgesellschaft hatte sich in den »Schwarzen Adler« zurückgezogen. Zeit für ihn, abzufahren.

Er saß schon im Wagen, da fiel ihm sein Hut ein. Für gewöhnlich trug er keine Hüte. Dorothy störte das immer, das war das Hamburger Patrizierblut in ihr. Immer wieder schenkte sie ihm einen Hut, immer wieder vergaß oder verlor er ihn. Dieser hier fiel ihm gerade noch rechtzeitig ein, er hatte ihn vor der Fahrt nach Frankfurt bekommen. Jetzt mußte er wohl im »Schwarzen Adler« hängen. So betrat er also noch einmal das Gasthaus und hatte Gelegenheit, die Festgäste aus der Nähe zu sehen.

Das Essen hatte noch nicht begonnen, man stand herum, Sektgläser in den Händen. Im kleinen Gastzimmer waren nur zwei ältere Männer, die es vorzogen, einen klaren Schnaps zu kippen. Vielleicht die beiden Väter?

Er trat auf die Schwelle zu dem großen Raum und sah nun endlich das Brautpaar in voller Lebensgröße. Die Braut war wirklich eine mollige Person, blond und rundgesichtig, nicht direkt häßlich, aber mit groben Zügen, ohne jeden Liebreiz. Man konnte sich unschwer vorstellen, wie sie in zehn, geschweige denn in zwanzig Jahren aussehen würde. Unwillkürlich mischte sich in Steffens Gedanken ein wenig Mitleid, als er den jungen Mann betrachtete, der diesen Schatz nach Hause führte. *Er* war ein ausgesprochen hübscher Bursche, schlank, drahtig, dunkelhaarig und dunkeläugig, mit einem Zug charmanten Leichtsinns um die Lippen. Und wohl auch etwas jünger als die Braut.

Zweifellos ein Junge, der den Mädchen gefiel und der wohl auch dem Mädchen vom Turm gefallen hatte.

So eine Art Kleinstadt-Casanova, entschied Steffen rasch, gewohnt, immer alle Rollen zu besetzen. Dies hier dürfte keine reine Liebesheirat sein. Er stellte sich das junge Paar im Bett vor, heute abend oder wann immer ihre Hochzeitsnacht begann. Sie brachte gut und gern zwanzig Pfund mehr mit auf die Waage. Sie wird ein Kind kriegen und noch ein bißchen dicker werden. Und er wird den Mädchen auch weiterhin gefallen.

Ein befremdeter Blick aus älterem Frauenauge traf ihn, eine Mutter, eine Tante, was auch immer. Er zog sich zurück, griff seinen Hut vom Haken und verließ nun endgültig die festliche Stätte.

Eigentlich, sinnierte er, als er langsam aus der Stadt hinaussteuerte, war der Abstecher ganz nützlich, gleichgültig, ob sich Ahlsen als Drehort eignete oder nicht. Eine Menge Eindrücke für die kurze Zeit. Die Vorbereitungen im Gasthaus, die Hochzeit, das ungleiche Brautpaar, das Mädchen im Turm, das alles waren Dinge, die man behalten und später verwenden konnte. Irgendwann erwiesen sie sich als brauchbar.

Jedoch, wie sich herausstellen sollte, waren es noch mehr Eindrücke, die Ahlsen ihm bescheren sollte. Und zwar nicht nur Eindrücke, eine Art Wendepunkt war es für ihn. Aber das konnte er zu dieser Stunde nicht wissen.

Aus der Stadt hinaus führte eine gerade, wenig befahrene Straße durch ebenes Land. Die Landschaft gefiel ihm. Heide, dazwischen Wiesen. Nach einem trüben Vormittag kämpfte sich die Sonne durch, verlieh der eintönigen Landschaft eine herbe Lieblichkeit.

Er fuhr langsam, blickte nach rechts und links, und so entdeckte er auch das rote Röckchen wieder. Es rannte querfeldein, als würde es gejagt, verschwand in einem Waldstück. Steffen lächelte. Arme Kleine! Nun würde sie ihren Kummer im Wald ausweinen.

Wenige Minuten später überquerte er einen Eisenbahnübergang. Und nun – von seinem Sinn für Dramatik war schon die Rede – war er plötzlich alarmiert. Die Schienen, das laufende Mädchen... er trat auf die Bremse, überlegte kurz, kam sich albern vor, aber dann wendete er den Wagen doch. Gerade als er die Schienen wieder passiert hatte, läutete hinter ihm das Signal, die Schranken gingen nieder.

Direkt neben dem Schienenstrang führte ein Feldweg landeinwärts, verlor sich nach einer Weile im Wald. In ziemlichem Tempo fuhr er den Weg entlang, solange er befahrbar war. Unter den Bäumen hielt er, stieg aus, und nun lief auch er.

Zu seiner Linken durch die locker stehenden Stämme sah er die Gleise im Sonnenschein blinken. Dann wurde der Wald dichter, lichtete sich wieder, er sah freies Feld, die Gleise liefen hier in einer Kurve um den Wald herum – und da plötzlich sah er sie.

Hinter sich hörte er das Geräusch des nahenden Zuges. Sie stand am Waldrand, dicht neben den Gleisen, den Kopf vorgereckt, lauschend. Fast dieselbe Haltung wie im Turm.

Er verlangsamte den Schritt, näherte sich ihr von hinten, sicher, daß er vor dem Zug bei ihr sein würde. Der weiche Boden verschluckte seine Schritte.

»Hallo«, sagte er, als er hinter ihr stand. Sie fuhr herum, starrte ihn an. Wie schon einmal heute, sah er die großen, vor Schreck geöffneten Augen.

Jetzt mußte der Zug gleich um die Ecke kommen. Vorsichtshalber legte er seine Hand um ihren Arm und hielt sie fest. Kein Bummelzug, ein richtiger Schnellzug, der vorbeibrauste. Die Stelle war gut gewählt, der Lokomotivführer hatte keine Übersicht über die Strecke.

Das Mädchen sah nicht auf den Zug. Es starrte den fremden Mann an, der ihm heute zum zweitenmal begegnete. Dann riß es heftig seinen Arm los und rief laut, noch übertönt vom Räderrollen des Zuges: »Was wollen Sie eigentlich von mir?«

Steffen schwieg, bis der Zug vorüber war. Dann lächelte er freundlich.

»Nichts, mein Fräulein. Ich gehe hier spazieren, geradeso wie Sie.«

»Warum fassen Sie mich an?«

»Habe ich Sie angefaßt? Entschuldigen Sie bitte. Ich war etwas erschrocken, als der Zug so plötzlich kam.«

Sie blickte ihn gerade und keineswegs eingeschüchtert an. Um ihre Lippen lag Trotz.

»Ich möchte wissen, was Sie das angeht?«

»Was?« – »Was ich hier mache.«

»Habe ich behauptet, daß es mich etwas angeht? Aber da Sie schon davon sprechen – was machen Sie hier?«

Sie gab keine Antwort, blickte geradeaus über die Schienen hinweg auf die Heidelandschaft, die jetzt voll in der Sonne lag.

»Hübsch ist es hier«, sagte er nach einer Weile angespannten Schweigens. »Wirklich eine hübsche Gegend.«

»Es ist abscheulich hier«, sagte sie heftig. »Ich hasse alles hier. Dieses verdammte Nest! Diese scheußliche Gegend!«

»Sie werden Ihre Gründe haben.«

Um sie abzulenken, fing er an zu sprechen. »Man betrachtet natürlich jede Gegend, jede Stadt, jeden Ort mehr oder weniger subjektiv. Wenn man in der Wüste glücklich war, wird sie einem wie ein Paradies vorkommen. Und der Garten Eden wird einem zur Hölle, wenn man dort leiden muß.«

Na, na, dachte er, sich selber zuhörend, was für ein Kitsch! Wenn einer meiner Autoren das schreiben würde, was täte ich ihm an!

»Rein objektiv betrachtet ist es eine hübsche Gegend, gerade in ihrer kargen Einfalt, man muß nur das richtige Auge dafür haben. Und dieses Städtchen – wie heißt es doch gleich? ach ja, Ahlsen –, ich kann mir denken, daß es nicht sonderlich amüsant ist, dort zu leben. Kleine Städte, so abseits gelegen, sind natürlich immer etwas eintönig. Obwohl auch da das Leben seine Höhepunkte haben kann ...«

So redete er noch eine Weile weiter, lauter Unsinn, wie ihm schien, und beobachtete sie dabei von der Seite, wie sie da stand, gespannt, fluchtbereit, doch irgendwie hilflos, erschöpft, am Ende ihrer Kräfte angelangt.

Er täuschte sich nicht. Die Spannung wich aus ihrem Körper.

Sie ließ die Schultern sinken und fragte leise: »Was wollen Sie von mir?«

»Von Ihnen? Liebes Kind, ich will absolut nichts von Ihnen. Ich ging hier spazieren, und da sah ich Sie und ... na ja, ich sprach Sie an. Ist das so ungehörig?«

Ohne ihn anzusehen, sagte sie leise: »Sie wissen genau, was ich hier wollte.«

»Vielleicht vermute ich es. Ich habe Sie im Turm gesehen.«

»Warum sind Sie mir in den Turm nachgegangen?«

»Ich kam zufällig in den Turm.«

Sie wandte ihm ihr Gesicht wieder zu, das jetzt klein, mutlos, direkt kümmerlich aussah. Nie glaubte er so viel Trostlosigkeit im Gesicht eines Menschen gesehen zu haben.

»Sie werden nicht den ganzen Tag und die ganze Nacht hier stehen bleiben. Es kommen noch mehr Züge.«

»Zweifellos. Und sehr lange werde ich hier nicht mehr stehen, da haben Sie recht. Auch Schutzengel haben ihre bestimmten Einsatzzeiten. Ich finde nur, man sollte das erkennen und dankbar dafür sein.«

Die leicht frivole Art, mit der er über die Angelegenheit redete, verwirrte sie. Es fehlte ihr an Gewandtheit, darauf einzugehen. Sie antwortete mit Zorn.

»Machen Sie, daß Sie wegkommen. Sie können mich nicht daran hindern. Ich tue es doch.«

»Bitte!« sagte er. »Man kann niemanden auf die Dauer daran hindern, etwas Falsches zu tun.«

Er blickte sich um. Ein Stück entfernt lag ein dicker Baumstamm. »Aber inzwischen können wir uns dort hinsetzen und eine Zigarette rauchen. Und auf den nächsten Zug warten. Wenn er kommt, werde ich sitzen bleiben und mich nicht rühren, und Sie können tun, was Sie wollen.«

Nun war es ihm offenbar wirklich gelungen, sie von ihrem Kummer abzulenken. Mit kindlichem Staunen sah sie ihn an.

»Sie würden sich nicht rühren?«

»Nein. Ich verspreche es Ihnen. Man kann einen Menschen nicht pausenlos vor seiner Dummheit bewahren. Oder vor seinem Schicksal, wenn Ihnen das besser gefällt.«

Er ging auf den Baumstamm zu und zog im Gehen die Zigaretten aus der Tasche. Befriedigt registrierte er, daß sie mitkam. Als er sich setzte, blieb sie vor ihm stehen, er bot ihr die Zigaretten an, und sie nahm eine. Er gab ihr Feuer und hatte nun Gelegenheit, sie näher zu betrachten.

Eine seltsame kleine Person! War sie hübsch? Nicht im landläufigen Sinn. Apart? So konnte man es nennen. Das Gesicht hatte einen sehr persönlichen Ausdruck, die Backenknochen etwas betont, Eigenwilligkeit entdeckte er, das verriet ihr Mund, der eine merkwürdig geformte, gerade, volle Unterlippe hatte. Sehr große schöne Augen, graugrün mit dichten dunklen Wimpern gesäumt. Sie war nur knapp mittelgroß, aber gut gewachsen, wohlproportioniert. Die nackten Beine waren braun gebrannt und die Zehen in alten verbrauchten Sandaletten besonders hübsch und wohlgeformt.

Unwillkürlich griff er nach ihrer Hand und betrachtete sie von beiden Seiten. Hände sagten ihm viel über einen Menschen.

Ihre Hand war schmal, doch kräftig, mit langen Fingern und langen, gewölbten Nägeln, die ein wenig schmutzig waren und nicht lackiert. Sehr schmal das Handgelenk.

»Wollen Sie mir aus der Hand lesen?« fragte sie, mit deutlichem Spott in der Stimme.

»Nein, das kann ich nicht. Ich wollte bloß die Form Ihrer Hände sehen.« – »Warum?«

»Weil es mich interessiert. – Keine labile Hand, würde ich sagen. Eine Hand, geschaffen, das Leben zu packen. Nicht, es wegzuwerfen.«

Sie zog die Hand zurück, setzte sich neben ihn auf den Baumstamm. »Vielleicht hätte ich es auch nicht getan.«

»Um so besser. Ich könnte auch nicht verstehen, warum. Ist Liebe so wichtig?« – »Ist sie nicht wichtig?«

Er überlegte seine Antwort sorgfältig. »Doch, in gewisser Weise schon. Es kommt immer darauf an . . .«, er stockte, es war schwer, eine glaubhafte Formulierung zu finden. Schwer für einen Mann, der Erfolg in der Arbeit hatte, eine gute Ehe führte und, wenn es ihm beliebte, jederzeit eine Geliebte fand. Worauf kam es bei einem jungen Mädchen an? Bei einem Mädchen wie diesem, das Stolz, Trotz und die Fähigkeit zu hassen besaß?

»Worauf kommt es an?«

»Auf die Art von Liebe kommt es an, um die es sich handelt. Liebe ist immer nur eine vorüberfliegende Wolke, die man nicht festhalten kann. Das muß man eines Tages lernen, früher oder später. Auch Sie, mein Kind, müssen das. Es ist ein bißchen kindisch und sehr unreif, zu glauben, man könne ein Spielzeug für die Ewigkeit daraus machen. Es gibt jedoch andere Gefühle, die dauerhaft sind. Mit denen man auskommen und leben kann.«

Es schien ihm nicht überzeugend, was er sagte. Glaubte er es eigentlich selbst? Unwillkürlich dachte er an Dorothy. Liebte er sie denn nicht? Natürlich. Dies war Liebe. Aber vermutlich nicht das, was dieses Mädchen unter Liebe verstand. Dorothy und er – das war eine beständige Freundschaft, eine erprobte Gemeinschaft, war Einverständnis und Vertrauen. Doch es war nicht Glanz und Jubel und Spiel. Nicht mehr. Es war nicht Verhängnis, nicht Untergang und nicht Aufschwung.

»Wichtig ist sie nicht«, sagte plötzlich die Stimme neben ihm, deren Klang er nun schon kannte; sie war ein wenig rauh, überraschend tief, ein kleiner spröder Sprung war darin. Immer? Oder nur heute, da sie Tränen in der Kehle hatte? »Liebe ist nicht wichtig«, wiederholte das Mädchen hart. »Nichts ist wichtig. Nur das, was man selber ist.«

Er sah sie überrascht an. Irgendein dummes kleines Mädchen mit Liebeskummer, so war sie ihm erschienen. Aber er hatte kaum einige Sätze mit ihr gesprochen, schon mußte er dieses Urteil revidieren. Auf eine ihm noch nicht ganz erklärliche Art war dieses Mädchen ein nicht alltäglicher Fall. Er empfand auf einmal Neugier. Er hätte gern mehr von ihr gewußt.

Er fragte: »Was bedeutet Ihnen dieser Junge, der da heute geheiratet hat?«

Diese klare, unumwundene Frage versetzte Jovana in Verwirrung. Die naheliegende Antwort war: Ich liebe ihn. Aber eben hatte sie gesagt, Liebe sei nicht wichtig. Und hatte es geglaubt. Aber alles, was mit Peter zusammenhing, war das Wichtigste auf der Welt gewesen. Ein ganzes Jahr lang. Und wie sie ohne ihn weiterleben sollte, hatte sie nicht gewußt. Beschämt, verlassen, blamiert – das war es. Auch wenn er behauptete, sie weiterhin zu lieben, er hatte die andere geheiratet. Nie würde sie diese Schmach verwinden.

Erst hatte sie daran gedacht, ihn zu töten. Und nun hatte sie selber sterben wollen, am Tage seiner Hochzeit. Er sollte ewig, ewig daran denken.

Peter, der hübscheste und begehrteste Bursche in Ahlsen, der Junge, nach dem alle Mädchen verrückt waren. Er ging noch in die Schule, da waren die Mädchen schon hinter ihm her, erzählten von ihm, kicherten und lachten, berichteten, ob er geschaut oder nicht geschaut, was er gesagt, getan oder beinahe getan hätte.

Seinem Vater gehörte die größte Reparaturwerkstatt und Tankstelle in Ahlsen, Peter fuhr schon bald mit dem Auto durch die Gegend, kurvte um die Mädchen herum und lud sie ein, bei ihm einzusteigen.

Neben Jovana hielt er das erstemal, als sie sechzehn war. Sie ging seit zwei Jahren im Kaufhaus Moorwald in die Lehre, war fleißig und tüchtig, nur manchmal bockig. Und scheu war sie. Ein scheues, unglückliches Kind, das keiner liebte. Sie wäre gern weiter in die Schule gegangen, hatte gut und leicht gelernt, aber das stand niemals zur Debatte. Bei Moorwald die Ahlsener und die Bauern, die vom Land kamen, zu bedienen, das behagte ihr auch nicht, sie hatte ihre eigenen Ideen mit sich selbst. Sie wußte nur nicht, wie sie zu verwirklichen waren.

Sie wolle lieber ins Büro gehen, ließ sie ihren Vater wissen. Ihres Vaters Frau fand das unsinnig. Moorwald sei das größte Geschäft im Ort, die Moorwalds die reichsten Leute hier, eine Ehre, dort zu arbeiten, und Verkäuferin sei ein großartiger Beruf. Soweit die Stiefmutter. Ihr Vater kuschte zunächst wie stets vor seiner Frau. Er war immer noch ein Fremder in Ahlsen, seine Frau war zuständig für alle Kontakte, für seine Arbeit, für sein Anerkanntwerden. Dieses Kind aus seiner ersten Ehe blieb ein Hemmschuh und eine Belastung für ihn, für seine Frau, für die Verwandten seiner Frau. Zumal das Kind schwierig war, trotzig und unzugänglich, sich keinem anschloß, niemandem Vertrauen schenkte.

Hartnäckig war das Kind jedoch auch. Es setzte durch, daß es Stenographie und Schreibmaschine lernen durfte.

Eines Abends auf dem Heimweg von diesem Kurs, ein heller Sommerabend war es, hielt der vielgeliebte Peter mit seinem Wagen neben ihr. »Komm! Steig ein!«

Es war mehr ein Schreck als eine Freude. Sie schüttelte stumm den Kopf und blickte ihn ängstlich an.

»Na, komm schon. Wir machen eine kleine Spritztour. Du kommst doch nie zum Autofahren.«

Das stimmte. Sie konnte es zählen, wann sie in einem Auto gesessen hatte. Scheu blickte sie sich um. Es war eine Nebenstraße, niemand sah sie hier.

Er griff nach ihrer Hand, zog sie ins Auto und brauste davon. Peter war ein toller Autofahrer, und das zeigte er gern. Einmal durch das Städtchen und dann hinaus auf die Straße. Dort drehte er auf.

»Schicke Karre, was?« rief er. »Macht leicht ihre hundertfünfzig Sachen. Tadellos in Ordnung wieder. War bei uns zur Reparatur, und ich muß sie jetzt ein bißchen herumjagen, ob alles wieder stimmt.«

Das war so ziemlich das einzige, was er in der Werkstatt tat. Peter brauchte sich die Hände nicht schmutzig zu machen, dafür waren sein älterer Bruder und die Gesellen zuständig. Sein Vater, nachdem er entdeckt hatte, was der Junge für ein geschickter Verkäufer war, setzte Peter im Außendienst ein. Es wollten viele Leute nun Autos kaufen, neue oder gebrauchte. Auch die Bauern fuhren nicht mehr gern mit Gespannen, ein Auto war der letzte Schrei, auch für sie. – Peter führte die Wagen vor, lachte, schwatzte und trank mit den Leuten. Das Geschäft wuchs von selbst, sie nahmen eine Ölvertretung dazu, vergrößerten die Werkstatt, bauten Garagen. Peter war zweiundzwanzig, bekannt in der ganzen Gegend bis in die Kreisstadt hinein, ein tüchtiger Bursche. Der Stolz seines Vaters, der Liebling seiner Mutter. Und der Abgott aller Mädchen.

»Na?« fragte dieser Einmalige. »Bist du stumm? Macht das Fahren nicht Spaß?«

»Doch«, gab Jovana zu.

Er nahm das Gas weg, lächelte sie an. »Du bist ein komisches Mädchen.«

Er streichelte ihr Knie, später hielt er an und versuchte sie zu küssen. Sie saß steif und angsterfüllt auf ihrem Sitz, wehrte sich verzweifelt und fing an zu weinen, als er fester zugriff. Da lachte er und meinte, sie sei wohl doch noch eine dumme Göre. Und fuhr nach Ahlsen zurück.

Eine dumme Göre, das wußte sie sowieso. Häßlich dazu und unbeliebt: Keiner mochte sie. Sie hatte keine Freundin wie die anderen Mädchen. Die Jungen schauten sie nicht an. Nicht zu begreifen, was diesen Peter bewogen hatte, sie in sein Auto zu holen. Zunächst tat er es auch nicht wieder.

Sie sah ihn erstmals wieder aus der Nähe im Winter, kurz vor Weihnachten. Er kam ins Kaufhaus Moorwald, um Einkäufe zu machen. Sie war gerade in der Nähe, als er eintrat, er grinste ihr zu, sie versuchte, nach seinen Wünschen zu fragen, und stotterte dabei. Dann kam Gertrud Moorwald, die Tochter des Hauses. Und sie durfte nur noch stumm assistieren, herbeiholen, was er wünschte, ihm die Ware vorlegen. Er sah sie nicht einmal an dabei, lachte und schäkerte mit Gertrud. Erst als sie ihm die Waren einpackte, geruhte er, sie wieder zu bemerken.

»Na du! Immer noch so schüchtern? Wollen wir wieder einmal eine Spritztour zusammen machen?«

Sie schwieg, sah ihn großäugig an. Er war der Held ihrer Träume, der Prinz aus dem Märchen.

Er hatte einen plötzlichen Einfall, beugte sich zu ihr und flüsterte, denn Gertrud kam schon wieder herbeigesegelt:

»Wollen wir morgen abend tanzen gehen? In Ebenstadt ist ein schickes Lokal. Morgen abend, beim linken Turm, ja?«

Sie war noch nie zum Tanzen gewesen. Nicht vorstellbar, wie sie es fertigbringen sollte, abends fortzugehen.

Aber es war ganz einfach. Der nächste Tag war ein Sonnabend, die Eltern gingen zu Bekannten zu einer Geburtstagsfeier. Schon um fünf Uhr verschwanden sie. Jovana hatte den Auftrag, ihre jüngeren Geschwister ins Bett zu bringen; sie besorgte das in Windeseile, die Kinder lagen, trotz ihres Protestes, schon um halb sieben im Bett. Viel Auswahl bei der Garderobe war nicht möglich. Sie entschied sich für ein hellblaues, kurzärmeliges Kleid, es war eigentlich ein Sommerkleid, aber es schien ihr für einen Tanzabend am ehesten geeignet. Und es stand ihr gut, das wußte sie. Um sieben Uhr war sie beim linken Turm auf dem Marktplatz. Sie hatte ja keine Ahnung, welche Zeit er vorgesehen hatte, für das Rendezvous. Morgen abend – das war alles gewesen. Das konnte um sieben, um acht oder um neun sein. Wann ging man denn zum Tanzen?

Es war kalt, sie fror in ihrem dünnen Mantel. Dann schneite es sogar ein wenig. Sie stand und wartete. Halb acht, acht, er kam nicht. Um halb neun ging sie, kehrte nach ein paar Schritten noch einmal um und wartete bis neun. Dann ging sie nach Hause ins Bett und weinte.

Im folgenden Jahr, Ende Mai, gefiel es ihm zum drittenmal, von ihr Notiz zu nehmen. Es war wie beim erstenmal. Sie ging inzwischen ins Büro zu Rechtsanwalt Kuntze und tippte Schriftsätze.

Wieder hielt ein Auto neben ihr, wieder sagte er: »Komm!«

»Laß mich in Ruhe!« rief sie zornig, denn sie hatte das vergebliche Warten am Turm in der Winternacht nicht vergessen. – Aber natürlich saß sie dann doch neben ihm, er brauste davon, es war wie damals, aber diesmal ging er die Sache zielbewußter an. Er steuerte in einen Waldweg, hielt an und begann sofort, sie zu küssen. Das konnte er genauso gut wie Auto fahren. Sie lernte es diesmal schnell. Sie war auch nicht mehr so voller Abwehr. »Du hast einen tollen Mund«, flüsterte er.

Das war das erste Kompliment, das sie in ihrem Leben bekam. Es bewirkte, daß sie allen Widerstand aufgab. Er streichelte ihre Brust, er knöpfte ihr die Bluse auf, er griff ihr unter den Rock, er ließ ohne große Umstände und Umwege Nummer auf

Nummer das Repertoire eines wohlgeübten Verführers abrollen, und alles war für sie neu und einmalig, und es bestand nicht die geringste Aussicht, daß sie dagegen aufkam. Sie wollte auch nicht, es war viel zu schön.

Er verführte sie also, ohne auf großen Widerstand zu stoßen, es war ein bißchen schwierig im Auto, aber nicht für Peter, er war daran gewöhnt. Sie war verängstigt und entzückt in einem, siebzehn Jahre alt; kein Mensch, der sie je gewarnt oder aufgeklärt hätte.

Das Erstaunliche jedoch geschah danach. Normalerweise wäre dieses Abenteuer für Peter nur eins unter vielen gewesen, hätte er dieses Mädchen genauso schnell vergessen wie jedes andere. Aber seltsamerweise faßte er eine ziemlich heftige, andauernde Neigung zu ihr. Er liebe sie, behauptete er. Kümmerte sich kaum mehr um andere Mädchen. Sie gingen miteinander, wie man im Ort sagte. Es verhalf Jovana zu einer gewissen Bedeutung. Plötzlich fand man sie gar nicht mehr so häßlich und unscheinbar. Wenn Peter sie begehrenswert fand, mußte wohl etwas an ihr dran sein.

Ein Jahr hatte das gedauert. Ein stürmisches, aufregendes, herrliches Jahr. Jovana kam erstmals ein wenig aus Ahlsen heraus. In umliegende Orte zum Tanz, in die Kreisstadt, sogar in die nächstgelegene Großstadt. Sie lernte endlich, endlich ein Theater kennen, Lokale, eine Bar. Sie war unbeschreiblich glücklich.

Die Frau ihres Vaters sagte: »Der heiratet dich sowieso nicht. Bilde dir das nicht ein. Geld geht zu Geld. Der wird dich sitzenlassen, womöglich mit einem Bams.«

Ihr Vater war, wie immer, hilflos und ratlos. Aber sie wäre sowieso nicht zu belehren gewesen.

Nun hatte Peter, der Schöne, geheiratet. Die Tochter vom Kaufhaus Moorwald. Geld geht zu Geld.

Sie bekam es vor gar nicht zu langer Zeit ziemlich schmucklos und ohne Umschweife von ihm mitgeteilt. Das mit der Gertrud sei schon lange abgesprochen. Er könne das auch nicht mehr ändern. Aber zwischen ihnen bleibe alles wie bisher. Sie sei es, die er liebe.

Das konnte, konnte nicht wahr sein. All seine Zärtlichkeiten, seine Worte, seine Küsse, seine Liebkosungen. Alles Lüge!

Durchaus nicht, sagte er. Er liebe sie ja. Er müsse die Gertrud nur eben heiraten.

Heute hatte er sie geheiratet.

Und da saß nun dieser fremde Mann neben ihr auf dem Baumstamm und fragte so einfach: »Was bedeutet Ihnen dieser Junge, der da heute geheiratet hat?«

Zuviel verlangt, sachlich darauf zu antworten.

»Ich hasse ihn«, rief sie mit Emphase.

»Bißchen viel Haß für ein so junges Geschöpf«, meinte Steffen gelassen. »Sie hassen die Gegend, die Stadt und den jungen Mann. Hassen ist anstrengend und macht häßlich, das sollten Sie sich vor Augen halten.«

Er betrachtete sie von der Seite. Wieder fand er Gefallen an ihrem Profil, es drückte Entschiedenheit aus und, auch wenn sie es noch nicht wußte, Selbstbewußtsein. Bei alledem aber wirkte es sehr kindlich. O ja, man konnte sehr gut hassen, wenn man so jung war. Und das Leben noch so ernst nahm.

»Wie alt bist du?« fragte er. Es fiel ihm nicht auf, daß er sie duzte.

»Was hat das damit zu tun?« sagte sie bockig.

»Womit?«

Sie warf ihm einen raschen ärgerlichen Blick zu. Spitzfindigkeiten im Dialog war sie nicht gewohnt.

»Achtzehn.«

»Nun wohl. Jung und hübsch, mit ganz besonders hübschen Füßen ausgestattet, wie ich sehe. Es wird noch andere Männer auf der Welt für dich geben als diesen Jüngling.«

Sie blickte ihn gespannt an. »Sie finden mich hübsch?«

»Aber ja.«

»Ich bin häßlich.«

»Aber nein. Wer sagt das? Fand das dieser junge Mann auch?«

»Nein. Er nicht. Er war der erste, dem ich gefiel.«

»Das langt ja auch. Viel früher brauchtest du nicht anzufangen. Es spricht für seinen Geschmack, daß du ihm gefallen hast. Mir scheint, du bist keine Durchschnittsware. Um so weniger verstehe ich seine Heirat. Ich hatte Gelegenheit, die Braut aus der Nähe zu sehen. Mir wärst *du* lieber. Du solltest ihn nicht hassen, du solltest ihn bedauern.«

Und nun erlebte er etwas Erstaunliches: den strahlenden Triumph ihres Lächelns.

Das Gesicht ihm zugewandt, zog sie ein wenig die Oberlippe hoch, ihre Zähne, weiß und makellos, wurden sichtbar, sie bog den Kopf zurück, dieser merkwürdige Mund öffnete sich, ihre Augen strahlten auf. Das Mädchen lächelte.

»Ich bedaure ihn nicht. Ich weiß, daß er sie nicht liebt. Es ist nur das Geld. Aber er wird unglücklich sein. Unglücklich. Und das soll er auch sein.«

Fasziniert beobachtete Steffen das Schauspiel, das sich ihm bot. Selten hatte er ein so ausdrucksvolles Gesicht gesehen. Es konnte häßlich und schön sein, kümmerlich und unbedeutend und erhellt von strahlendem Triumph, voller Glanz und Kühnheit. Er kannte es nur traurig, trostlos, verzweifelt, von Schreck aufgerissen, von Haß verzerrt. Und nun dieses leuchtende Lächeln, während sie zugleich eine Art Fluch aussprach.

Dies war ohne Zweifel eine erstaunliche kleine Person. Unwillkürlich dachte er, daß dieser junge Mann wohl doch den leichteren Weg gewählt hatte. Dieses Mädchen, einmal zur Frau geworden, würde gewiß keine einfache Partnerin sein.

Immer noch mit diesem Lächeln auf den Lippen fuhr sie fort:

»Er denkt, es geht so weiter wie bisher. Er heiratet die Dicke, und mich trifft er heimlich. Bei seinen Spritztouren, wie er es nennt. Das hat er mir vorgeschlagen! Wie finden Sie das?«

Steffen lächelte amüsiert. Sie hatte ihn offenbar als Zuhörer und Ratgeber akzeptiert. »Reichlich naiv, würde ich sagen. Der junge Mann scheint dich schlecht zu kennen.«

»Er kennt mich nicht«, wiederholte sie befriedigt. »Sie kennen mich alle nicht. Ich werd's ihnen zeigen. Sie denken, ich bin dumm und häßlich. Sie lachen mich aus, weil er die Gertrud geheiratet hat, sie denken, ich bin traurig. Ich bin nicht traurig. Ich werde allen ins Gesicht lachen. Ja. Lachen werde ich.«

Sie warf den Kopf in den Nacken, daß ihre hellbraunen Haare flogen, und lachte. Noch war Verzweiflung in diesem Lachen, aber mehr noch Trotz und Kraft.

»Sehr schön«, meinte Steffen, »so gefällst du mir besser. Hättest du dein Rendezvous mit dem Zug eingehalten, dann wärst du jetzt wirklich häßlich. Und dumm sowieso. Und sie würden alle mit Recht denken, du seist traurig gewesen. Aber so, wie die Dinge liegen, kann der Schutzengel ja nun getrost von dannen ziehen.«

Sie blickte ihn überrascht an. »Sie wollen gehen?«

Nun lachte auch er. »Was dachtest du? Ich war im Begriff, nach Hause zu fahren. Ich kann nicht stundenlang mit dir am Waldrand sitzen.«

»Wohin fahren Sie?« – »Nach Hamburg.«

»Nach Hamburg«, wiederholte sie respektvoll. »Eine richtige große Stadt.« Und ohne Übergang rief sie voll Energie: »Nehmen Sie mich mit!«

»Wie?« Steffen starrte sie perplex an. »Ich soll dich mitnehmen? Jetzt? Einfach so?«

»Ja. Ich will hier nicht mehr bleiben. Ich möchte fort.«

»Dagegen ist nichts einzuwenden. Ein Ortswechsel wäre bestimmt das beste für dich. Ich habe auch durchaus den Eindruck, daß du hier in diesem Ahlsen nicht ganz am richtigen Platz bist. Aber so, aus dem Stand...« Er wies mit einer sprechenden Handbewegung über das rote Röckchen, die nackten Beine. »Hast du denn keine Familie?«

»Doch. Meinen Vater und seine Frau. Und ihre Kinder.«

Die Art, wie sie die Familie aufgliederte, klang nicht nach besonders herzlichen Beziehungen.

»Na also, da kannst du doch nicht einfach auf und davon gehen. Du bist noch nicht mündig.«

»Die wäre froh, wenn ich weg bin. Sie kann mich sowieso nicht leiden.«

»Die Frau deines Vaters?«

Sie nickte.

»Und dein Vater?«

»Er tut nur, was sie sagt.«

»Aha.«

»Ja«, rief sie, ganz begeistert von ihrem Einfall, »ich fahre mit Ihnen nach Hamburg.«

Steffen stand auf und sagte mit Nachdruck, obwohl es ihm fast schwerfiel, diesen Enthusiasmus zu dämpfen: »Du fährst nicht mit mir nach Hamburg. Wie stellst du dir das vor? Am Ende würde man mich noch wegen Entführung Minderjähriger belangen.«

»Ich bin nicht minderjährig, nur noch nicht mündig«, stellte sie sachlich richtig, was ihn überraschte. Er wußte nichts von ihrer Tätigkeit in einem Anwaltsbüro.

»Wie auch immer, ich nehme dich nicht mit. Wenn du von hier fortgehen willst, was dir offenbar nicht schwerfallen wird, dann tue es. Aber mit Überlegung. Hast du denn etwas gelernt?«

»Ja«, erwiderte sie. Mehr nicht.

Er wartete auf eine nähere Erläuterung, aber sie blieb aus.

Für ihn wurde es Zeit. Langsam ging er den Weg zurück, den er vor einer halben Stunde so rasch gelaufen war. Sie schlenderte neben ihm her, das rote Röckchen wippte. Sie schwiegen, bis sie bei seinem Auto angekommen waren.

Er blieb stehen und lächelte sie an. »Du hast mir nicht einmal deinen Namen gesagt.«

»Jovana.«

Er war überrascht. »Hübsch. Ein ganz besonderer Name. Wie kommst du zu dem?«

»Von meiner Mutter. Sie hieß auch so.«

»Also, Jovana, dann wünsche ich dir alles Gute. Laß dich nicht unterkriegen. Man stirbt nicht an gebrochenem Herzen. Ein Mädchen wie du schon gar nicht. Ich vestehe ein wenig von Frauen, weiß du«, nun sein charmantes Lächeln, das unwiderstehliche, »ich würde sagen, du bist ein Mädchen mit Pfeffer. Du wirst dich bald wieder verlieben und geliebt werden.«

Sie hörte ihm großäugig zu, die Lippen ein wenig geöffnet, sie trank seine Worte förmlich. Dann ihr Lächeln, nicht weniger unwiderstehlich als das seine.

»Schade, daß Sie mich nicht mitnehmen.«

Fast kam es ihm im Moment auch so vor. Vielleicht deswegen tat Steffen Rau etwas vollkommen Blödsinniges, Sinnloses, ihm selbst Unverständliches. Er griff in den Wagen, wo neben dem Fahrersitz, wie immer, sein Notizbuch lag. Er nahm das Buch, riß ein Blatt heraus und schrieb mit seiner großen Schrift sechs Ziffern auf das weiße Blatt.

»Hier! Meine Telefonnummer. Wenn du wirklich mal nach Hamburg kommst, dann ruf mich an.«

Er – der nie und nimmer einem Mädchen oder einer Frau freiwillig seine private Nummer gab. Der berühmte Regisseur, dessen Nummer Gold wert war.

Allerdings schrieb er seinen Namen nicht dazu. Und dieses Mädchen vom Lande konnte nicht ahnen, wer er war. Er strich ihr leicht mit zwei Fingern über die Wange, sagte: »Leb wohl, Jovana«, und stieg ein.

Sie rührte sich nicht, sah ihn an, murmelte noch einmal:

»Schade!« und dann, als er bereits startete, etwas lauter: »Danke!«

Er hatte es gehört, lächelte und nickte, stieß den Wagen zurück und wendete. Dann fuhr er fort.

Sie stand und sah dem Wagen nach. Dann blickte sie hinab auf ihre Füße. Ganz besonders hübsche Füße.

Was für ein netter Mann! Ein Mann. Ein richtiger Mann. Nicht so ein dummer Junge wie Peter. Ihre Zungenspitze spielte an der Oberlippe. Wie es sein mußte, von einem solchen Mann geliebt zu werden?

Was hatte er noch gesagt? Ein Mädchen mit Pfeffer. Sie schaute auf das Blatt in ihrer Hand, las die Zahlen laut, eine nach der anderen, faltete das Blatt und steckte es in die Tasche des roten Röckchens. Hinter ihr, durch den Wald, kam ein dumpfes Geräusch. Der Nachmittagszug nach Hamburg. Sie blieb stehen, bis der Zug kam und vorbeifuhr. Sie blickte ihm nach wie zuvor dem Auto.

Mit diesem Zug würde sie fahren. Eines Tages. Bald.

Dann machte sie sich auf den Weg, Ahlsen gegenüberzutreten.

Die Unterlippe vorgeschoben, bereit, der ganzen Welt zu trotzen, marschierte sie zurück. Sie hatte hübsche Füße, sie war ein Mädchen mit Pfeffer. Sie kannte einen Mann aus Hamburg, der sie beinahe mitgenommen hätte. Er hätte es gern getan, dessen war sie sicher. Immerhin hatte sie seine Telefonnummer. Er sah gut aus. Ein großer, schlanker, lässiger Mann. Ein Mann, wie sie noch keinen gesehen hatte.

Peter aber hatte die dicke Gertrud und würde sie behalten müssen. Das mußte ein Spaß sein.

Während seiner Heimfahrt beschäftigte sich Steffen noch eine ganze Weile mit dem Erlebnis der letzten Stunden: spielerisch, gewohnt, in Drehbüchern zu denken, begann er die Geschichte weiterzuentwickeln. Angenommen, dies wäre ein Film, dann hätte der Mann das Mädchen natürlich mitnehmen müssen. Der Anfang einer Liebesgeschichte – und weiter? Vor allem mußte der Mann etwas jünger sein als er, zwanzig, nein, man durfte nicht so kleinlich sein, fünfzehn, zehn Jahre jünger. Eine Aschenbrödelgeschichte also. Das Mädchen kommt in eine fremde Umwelt. Der Mann könnte ein Industrieboß sein und natürlich standesgemäß verlobt oder so etwas – und die Konflikte waren gegeben, aber die Liebe besiegt alles. Er verzog den Mund, das übliche Klischee. Nur komisch – dieses Mädchen Jovana paßte da gar nicht hinein.

Dies, so fand Steffen Rau, war eine erstaunliche Tatsache. Wie hatte das kleine Luder es fertiggebracht, auf ihn so zu wirken, daß er sie in einem Durchschnittsfilm nicht unterbringen konnte.

Am Spätnachmittag kam er zu Hause an und traf Dorothy bei ihrer Teestunde.

»Du kommst spät«, sagte sie, »ich habe mir Sorgen gemacht.«

Er küßte sie auf die Wange. »Das tut mir leid, Liebling. Es gab keinen Grund für Sorgen. Ich habe einen kleinen Umweg gemacht.«

Sie servierte ihm seinen Tee, starken dunklen Tee, und obwohl er lieber Kaffee trank, hatte er sich im Zusammenleben mit ihr an die Teestunde gewöhnt. Er berichtete, sie hörte zu. Das Gespräch war wie immer leise, höflich, rücksichtsvoll. Er hatte das Zusammensein mit Dorothy immer sehr bewußt genossen, es war ein wohltuender Gegensatz zu der lauten, hektischen und oft brutalen Welt, in der sich seine Arbeit abspielte.

Dorothy, aus einer Hamburger Patrizierfamilie stammend, der Vater Stockhamburger, die Mutter Engländerin, hatte sich in den fast zwanzig Jahren, die er sie nun kannte, nie verändert. Sie war geblieben, wie sie war: eine schöne blonde Frau, schlank und hochgewachsen, von gemessener Liebenswürdigkeit, jedem lauten Ton, jeder zur Schau getragenen Gemütsbewegung zutiefst abgeneigt. Was ihn schon an dem jungen Mädchen entzückt hatte, die selbstverständliche Eleganz ihrer Haltung und ihrer Bewegungen, die distanzierte Kühle und Gelassenheit ihrer Umwelt gegenüber, all das fand er heute noch unverändert an ihr. Mehr, als er selbst wußte, hatte ihr Wesen auf ihn abgefärbt. Wenn man ihn den Regisseur mit den guten Manieren und den leisesten Tönen nannte, so war das mehr oder weniger ihr Einfluß. In seinen jungen Jahren hatte er weit mehr Temperament gezeigt, bei der Arbeit und auch sonst.

Dorothy war noch immer eine schöne Frau. Einer Frau, wie sie es war, konnte das Älterwerden nicht viel anhaben. Sie verbrauchte sich nicht mit Emotionen. Glücklicherweise jedoch besaß sie Humor, war intelligent und anpassungsfähig. Sie nahm an seiner Arbeit lebhaften Anteil, obwohl man sie in Filmkreisen selten zu sehen bekam. Als er noch am Theater inszenierte, hatte sie das mehr interessiert. Aber die Tochter aus einer Hamburger Kaufmannsfamilie war durchaus einverstanden mit den finanziellen Ergebnissen seiner Filmarbeit. Sie hielt es für wünschenswert, daß er Geld verdiente. Nicht zuletzt aus Prestigegründen ihrer Familie gegenüber, die ihrer Heirat natürlich erbitterten Widerstand entgegengesetzt hatte. Der Familie mußte vorgeführt werden, daß auch Steffen ein reicher und angesehener Mann werden konnte mit dem, was er tat. Sie führte mit dem Steuerberater alle Finanzangelegenheiten und legte das Geld an, in Grundstücken und Beteiligungen. Steffen verstand davon nichts. Später einmal, so sagte sie manchmal, wenn ein Vermögen geschaffen sei, stünde nichts im Wege, daß er wieder Theaterinszenierungen machen würde, und im Geiste, auch sie hatte ihre Träume, sah sie ihn als Intendanten einer großen Bühne. Am liebsten natürlich sollte es das Hamburger Schauspielhaus sein.

Steffen lächelte zu solchen Träumen. Es waren die einzigen, die er an ihr kannte, und daß sie ihn betrafen, rührte ihn. Obwohl sie, genaugenommen, sie selbst genauso betrafen. Die Geltung, die sie ihm verschaffen wollte, der Gesellschaft gegenüber, aus der sie stammte, würde auch ihr zugute kommen. Er vermied es, sie darauf hinzuweisen, daß es von dem Weg, auf den er geraten war, schwerlich eine Rückkehr in diese Gefilde gab. Jeder Mensch hat ein Recht auf seine Träume, fand er.

Nachdem er von Frankfurt und der Premiere berichtet hatte, erzählte er von Ahlsen und was er dort erlebt hatte. Es war angenehm, ihr etwas zu erzählen. Sie hörte aufmerksam zu, unterbrach nicht mit unnötigen Fragen, schweifte nicht zu anderen Themen ab, die ihr in den Sinn kamen.

Als er fertig war, sagte sie: »Das hört sich an wie der Anfang eines Films.«

Er lachte. »Genau das habe ich mir auf der Heimfahrt auch gedacht.«

»Dann hättest du das Mädchen allerdings mitbringen müssen.«

Sie konnte in seiner Welt mitleben, das bewies sie nun wieder einmal. Das war es, was ihre Ehe so gut und haltbar gemacht hatte.

»Und was hättest du dazu gesagt, wenn ich mit ihr hier hereingeschneit wäre?«

»Ich hätte dafür gesorgt, daß sie eiligst wieder ihrem Vater zugestellt wird.« – »Also auch kein brauchbarer Filmstoff.«

Das Leben war eben kein Film, nicht wenn man mit Dorothy verheiratet war.

»Man soll sich nicht in anderer Leute Leben einmischen«, sagte sie, und es klang ein wenig hochmütig. »Es kommt nichts Gutes dabei heraus, wenn man Schicksal spielen will.«

»Aber das habe ich bereits getan. Oder hätte ich sie laufenlassen sollen? Unter den Zug?«

»Das hätte sie gewiß nicht getan. So wie du sie geschildert hast. Noch eine Tasse Tee, Steve?« – »Ja, bitte.«

Dann habe ich sie nicht richtig geschildert, dachte er. Sie hat viele Gesichter. Und sie war echt verzweifelt. Sie wäre durchaus in der Lage gewesen, es zu tun. – Er war geneigt, noch einmal mit der Schilderung des Mädchens namens Jovana zu beginnen. Aber er ließ es sein. Für Dorothy war das Thema beendet. Sie sprachen nie mehr davon. Und Steffen vergaß die Begegnung im Laufe der nächsten Tage.

Nicht so Jovana. Das Erlebnis mit dem fremden Mann, die Erinnerung an das Gespräch mit ihm, war zur Zeit das einzige, das sie von ihrem Kummer ablenken konnte. Denn natürlich war die hochgemute Stimmung, mit der sie in das Städtchen zurückgekehrt war, rasch verflogen. Sie hatte den Tatsachen ins Gesicht zu sehen, der Schadenfreude, dem Spott, den Sticheleien ihrer Umgebung; und auch wenn sie den Kopf hoch trug und sich ihre Gefühle nicht anmerken ließ, war alles schwer zu ertragen.

Übrigens wußte sie einige Tage später, wer der Mann war. In einer Illustrierten – sie las jede Illustrierte, die sie erwischen konnte – war ein Bericht über die Frankfurter Premiere und unter anderem ein Bild von Steffen Rau. Auf dem Bild war er zusammen mit Britta Thorwald zu sehen, dieser wunderschönen Britta Thorwald, Star des neuen Films. Die Thorwald lachte ihn strahlend an, er, größer als sie, blickte mit seinem gewinnenden Lächeln, das Jovana ja nun auch kannte, wie es schien sehr liebevoll in ihre Augen.

Jovana saß starr, als sie das Bild entdeckte. Konnte das möglich sein? Hatte sie wirklich mit Steffen Rau gesprochen? Er war es, der ihr nachgegangen war? Aber ein Irrtum war nicht möglich, er war es wirklich. Natürlich war ihr sein Name wohlbekannt, sie ging leidenschaftlich gern und oft ins Kino, nur kannte man meist die Gesichter der Regisseure nicht. Sie begriff sofort, welche Kostbarkeit sie mit der Telefonnummer besaß. Und obwohl sie den Zettel mit der Nummer gut verwahrt hatte, schrieb sie zur Sicherheit die Zahl noch einmal in ein Buch und gleich noch einmal in einen Kalender. Alles, was er gesagt hatte – nun, da sie wußte, wer er war –, erhielt doppelte und dreifache Bedeutung. Immer wieder memorierte sie den Dialog mit ihm. Wenn ein Mann wie dieser ihr sagte, sie sei hübsch, einer wie er, der ständig von den schönsten Frauen umgeben war, dann bedeutete das etwas. Es war ein großer Trost in dieser elenden Zeit, die sie durchmachte.

Zu Hause: »Was habe ich dir immer gesagt? Der heiratet dich nicht. Jetzt hast du die Bescherung. Blamiert vor allen Leuten. Und wir dazu. Aber du wolltest ja nicht hören. Das Fräulein wußte es ja besser.« – Und so in diesem Stil ging es weiter. Ihr Vater sagte manchmal: »Laß sie doch in Ruhe. So etwas erlebt jeder mal.« Worauf sie, seine Frau, nur höhnisch lachte. »Jeder? Mir ist so was nie passiert. Schöne Blamage.«

Ihre beiden älteren Kolleginnen im Büro sparten auch nicht mit kleinen Anzüglichkeiten: »Na, der Liebeskummer noch groß? Macht nichts, Jo, such dir einen Neuen. Das ist ein Luftikus, der Peter, das weiß doch jeder.«

Rechtsanwalt Kuntze, schon ein ziemlich alter Herr, sagte natürlich nichts. Vermutlich war er einer der wenigen, der nichts vom Privatleben seiner jüngsten Stenotypistin wußte.

Sie traf Mädchen, mit denen sie in die Schule gegangen war, ehemalige Kolleginnen vom Kaufhaus Moorwald; jeder gelang es, eine Bemerkung anzubringen.

Jovanas Genick wurde immer steifer, ihr Gesicht immer hochmütiger, und der Haß, den sie empfand, auf alles und alle um sie herum, wuchs ständig. Sie war zur Demut nicht geschaffen, nicht zur Selbstbescheidung. Sie hätte jeden umbringen können, der sie nur ansah.

Peter konnte sie zum Glück nicht treffen. Er war auf einer langen Hochzeitsreise. In Italien waren die Kinder, so erzählte Frau Moorwald jedem. Und sie schrieben so herrliche Karten und seien so glücklich.

Jovanas Leben verlief in scheinbar geregelten und einförmigen Bahnen, so wie früher, nun, nachdem der Glanz der Liebe daraus verschwunden war, das tägliche Treffen am Abend mit Peter, die Ausflüge in die Umgebung, in die Stadt, zum Tanz, die Fahrten in seinem Wagen. Sie ging nicht einmal ins Schwimmbad, obwohl das Wetter schön und warm wurde. Nein, dort traf sie alle, die sie nicht treffen wollte.

Im vergangenen Sommer, just in diesem Schwimmbad, war es gewesen, wo die Umwelt gemerkt hatte, daß Jovana und Peter ein Paar waren. Dort hatte man sie zuerst zusammen gesehen, Hand in Hand umherspazierend, nebeneinander im Gras liegend, Eis essend, im Wasser herumalbernd. Die junge Welt von Ahlsen hatte die Tatsache erstaunt und – soweit es Mädchen waren – neidvoll zur Kenntnis genommen. Dieses Gänseblümchen, diese Duckmäuserin hatte sich den Peter geangelt. Wie war das nur zugegangen?

Nun gönnte sie niemandem den Triumph, allein dort aufzukreuzen. In ihrer Freizeit blieb sie zu Hause oder floh aus der Stadt. Sie ging spazieren, und diese Spaziergänge hatten fast immer das gleiche Ziel: den Baumstamm am Waldrand bei den Schienen. Hier saß sie, stundenlang manchmal, saß, grübelte und rauchte. Ja, sie nahm Zigaretten mit. Das gehörte dazu, denn mit ihm hatte sie hier auch geraucht. Alle ihre Träume, alle ihre Hoffnungen zielten auf Steffen Rau. Wie sollte sie es anstellen, nach Hamburg zu kommen? Sie war sich klar darüber, daß sie es schlau anfangen mußte. Einfach zu sagen: Ich gehe fort, nach Hamburg, ich suche mir dort eine Arbeit – damit würde sie keinen Erfolg haben. Ihr Vater war eine ängstliche Natur und würde nie seine Einwilligung zu diesem Plan geben. Sie erwog auch, heimlich zu gehen. Aber sie wußte, daß dies unnötigen Staub aufwirbeln würde, und damit war ihr nicht gedient. Ganz sachlich wog sie ihre Chancen ab, überdachte alle Möglichkeiten. Was konnte sie, was durfte sie erwarten? Sie war nie in einer wirklich großen Stadt gewesen und hatte keine Ahnung, wie sich das Leben dort abspielte. Sie fühlte sich unsicher und ängstlich, weil sie wußte, wieviel ihr fehlte, um sich zu behaupten. Daran waren ihre Erziehung und ihre Umwelt schuld.

Als sie nach Ahlsen kam, war sie ein kleines Mädchen von sieben Jahren. Sie kam mit ihrer Mutter, die aus Prag geflohen war, als dort die Jagd auf die Deutschen begann. Zwar war Jovana – die Mutter – Tschechin. Aber daß sie einen Deutschen geheiratet hatte, einen begeisterten Nationalsozialisten dazu, machte ihre Lage hoffnungslos. Es war ein Zufall, daß sie in Ahlsen landeten. Ihre Flucht hatte mehrere Stationen gehabt, hier endete sie. Sie lebten zunächst in einem Lager, dann in einem kümmerlichen Raum bei einem Bauern in der Umgebung. Hier wurde die Mutter plötzlich schwer krank und starb nach kurzer Zeit.

Jovanas Vater war Sudetendeutscher, der dritte Sohn eines armen Bauern im Gebirge. Der kleine Hof ernährte die Familie kaum, und als Josef Röger siebzehn Jahre alt geworden war, schickte ihn der Bauer, sein Vater, nach Prag. Dort lebte ein Bruder seiner Frau, der keine Kinder hatte. Vielleicht gab es da eine Arbeitsmöglichkeit für den kräftigen, fleißigen Jungen. Der Onkel in Prag war selbst ein armer Mann. Einmal hatte er begonnen zu studieren, er wollte Ingenieur werden. Der Weltkrieg und eine schwere Verwundung, die er davongetragen hatte, machten es unmöglich. Er hatte eine kleine Werkstatt und arbeitete als Elektriker, lebte in bescheidenen Verhältnissen auf der Kleinseite und kränkelte. Aber er war ein gutmütiger Mann, freundlich und hilfsbereit; er und seine Frau nahmen den Neffen auf, und so lernte der Junge aus dem Gebirge das Handwerk des Onkels, und mit der Zeit war seine Arbeitskraft von großem Nutzen, denn der schwindsüchtige Onkel konnte kaum noch arbeiten. Josef versorgte die Kundschaft, und so lebten sie alle drei einfach und zufrieden, denn Josef hatte keine Ansprüche ans Leben; dazu war seine Jugend zu armselig gewesen, war sein Bildungsstand zu bescheiden.

Als der Onkel starb, arbeitete er allein weiter, die Tante versorgte ihn. Mit Mädchen hatte er nicht viel erlebt. Er hatte sich nie so recht getraut. Es gab nur ein paar ganz billige Erlebnisse, bis ihm eines Tages die Liebe begegnete in Gestalt einer reizvollen Pragerin mit Namen Jovana, die in der Nachbarschaft zuzog, genauer gesagt in die Wohnung ihrer Mutter zurückkehrte. Diese Jovana war etwas Besseres, sogar etwas sehr Besonderes: sie war Künstlerin. Schauspielerin. Weit hatte sie es allerdings nicht gebracht. Ihr letztes festes Engagement war Teplitz-Schönau gewesen, dann tingelte sie eine Weile in den Bädern, und schließlich fand sie kein Engagement mehr. Mit ihrer Gesundheit war es nicht zum besten bestellt, ein langwieriges Halsleiden machte sie für ihren Beruf ungeeignet, und als sie 1936 nach Prag zurückkehrte, ging es ihr herzlich schlecht. Aber man merkte ihr das nicht an. Sie war hübsch auf eine besondere, aparte Art, war immer fesch angezogen, war anmutig und bewegte sich graziös. Sie sprach mit ihrer etwas rauhen Stimme ein sehr gepflegtes Tschechisch, doch auch auf deutsch wußte sie sich gewandt auszudrücken.

Josef lernte sie kennen, als er in der Wohnung ihrer Mutter einen Schalter reparierte. Und zu seinem Glück gab es bald darauf einen Kurzschluß. Sie stand bei ihm, während er seine Arbeit tat, plauderte, lächelte. Mit ihrer Mutter verstand sie sich nicht sehr gut und war etwas einsam. Dann kam sie einmal zu ihm in die Werkstatt, kaufte ein paar Glühbirnen; da betete er sie schon an. Natürlich hätte er nie gewagt, sich etwas anmerken zu lassen, die Initiative ging von ihr aus. Ihr gefiel der junge, gesunde Mann, sie erkannte sein anständiges Wesen, seine Treuherzigkeit; und das unverhohlene Staunen und die Bewunderung, mit der er sie ansah, taten ihr gut. Sie war einige Jahre älter als er, hatte Enttäuschungen hinter sich und eine trübe

Zukunft vor sich. Sie war es, die vorschlug, einmal einen kleinen Bummel am Abend zu machen. Sie war es, die ihn mit ihren dunklen Augen restlos verhexte.

Als sie 1937 heirateten, war er dreißig Jahre alt. Im Herbst darauf annektierten die Deutschen das Sudetenland, und nicht viel später wurde die kleine Jovana geboren, erwünscht und zärtlich geliebt von ihren Eltern.

Als Jovana noch kein halbes Jahr alt war, kamen die Deutschen auch nach Prag, und der Haß gegen alles Deutsche, der in dieser Stadt immer geschwelt hatte, wurde stark und unüberwindlich. Für Josef jedoch veränderte sich alles gewaltig. Er war nun plötzlich kein armer Schalterbastler mehr, er gehörte zum Herrenvolk, zu den Siegern. Er wurde ein begeisterter Nazi und gebärdete sich, als habe er allein ganz Prag erobert.

Jovana, seine Frau, sah es mit gemischten Gefühlen. Aber da sich ihr Leben schlagartig besserte, hatte sie schließlich nicht allzuviel dagegen einzuwenden. Sie zogen in eine bessere Gegend, bekamen eine größere Werkstatt, erst einen Lehrbuben, dann Gesellen, und später hatten sie sogar einen recht ansehnlichen Laden.

Das Geschäft lief auf diese Weise auch weiter, als Josef die andere Seite der glorreichen Zeit kennenlernte und für seinen geliebten Führer in den Krieg ziehen mußte.

Ende des Krieges befand er sich in englischer Gefangenschaft. Jovana aber zog es vor, mit ihrer kleinen Tochter Prag zu verlassen. Sie wußte, was ihr blühen würde als Frau eines Deutschen und Nationalsozialisten, man hatte es sie in letzter Zeit oft genug wissen lassen. – Sie war zu jener Zeit nicht mehr gesund. Leukämie. Die Flucht, die Hungerzeit, die folgte, verschlechterten ihren Zustand immer mehr.

Das war jene Zeit, an die Jovana, die Tochter, sich am besten erinnern konnte. Die letzten Jahre mit der Mutter in Ahlsen. Meist lag ihre Mutter, schmal und zerbrechlich anzusehen, aber von einer seltsamen, von innen heraus glühenden Schönheit, die Augen übergroß in dem weißen Gesicht, die Stimme dunkel von Leidenschaft und Sehnsucht, wenn sie sprach. Sie sprach zu dem Kind, das einzige, was sie noch besaß und das sie zärtlich liebte. Immer sprach sie von früher. Sie erzählte von Prag, der schönsten Stadt der Welt. Sie erzählte von der Moldau, von den Brücken, vom Hradschin, von den Bergen und der Ebene des Landes. Vom Theater erzählte sie viel, von den Rollen, die sie gespielt hatte, und noch viel mehr von denen, die sie gern gespielt hätte.

Das kleine Mädchen, das gar nicht wußte, was ein Theater war, lauschte gebannt. Es war eine Märchenwelt, von der sie hörte, und offenbar die einzige Welt, in der man glücklich sein konnte. Da saß das Kind neben dem Bett, und die kranke Frau sprach Verse vor sich hin, Monologe, Worte der Dichter, wirr durcheinander, manchmal verließ sie das Gedächtnis, und sie sagte: »Wir müssen uns Bücher besorgen, sobald wir Geld haben, Jovana. Ich muß es wieder lernen. Hör zu, Jovana. Sprich mir nach, Jovana. ›Ach, neige, du Schmerzensreiche, dein Antlitz gnädig meiner Not, das Schwert im Herzen, mit tausend Schmerzen . . .‹« Und das Kind sprach die Worte, die es nicht verstand, aber die ihm zauberisch klangen und haftenblieben. Niemals, nicht bis zum heutigen Tag, vergaß Jovana die heisere, leidenschaftliche Stimme ihrer Mutter.

Als Josef 1947 aus englischer Gefangenschaft kam, traf er eine Sterbende.

Da er nicht wußte, wohin, blieb er in Ahlsen. Jovana ging in die Schule, er fand schließlich Arbeit in einer Werkstatt. Und nun wiederholte sich in gewisser Weise, was er schon einmal erlebt hatte. Er kam in die Häuser zu Reparaturen und lernte so eine Frau kennen, eine Kriegerwitwe mit einem kleinen Jungen. Das war Grete, und sie wurde Josefs zweite Frau. Zwei Jahre später bekamen sie ein Kind, ein Mädchen. Und so hatte Josef also wieder eine Frau, drei Kinder und eine Menge Verwandtschaft. Es dauerte nicht lange, da fühlte er sich in Ahlsen heimisch und war recht zufrieden mit seinem Dasein. Seine Frau sorgte dafür, daß er sich beruflich verbesserte. Bei ihrem Vetter, der ein Speditionsunternehmen und ein großes Lager besaß, arbeitete Josef jetzt als Lagerverwalter und Elektrooberaufseher. Alles, was geschah, bestimmte Grete. Sie hatten eine ordentliche kleine Wohnung, er verdiente nicht sehr viel, aber ausreichend, und alle hätten ganz zufrieden sein können, wenn nicht dieses Kind gewesen wäre, das Josef mit in die Ehe gebracht hatte.

Als ihr Vater wieder heiratete, war Jovana elf Jahre alt. Ein schwieriges Alter, um sich mit einer Stiefmutter abzufinden, noch dazu mit einer, die so wenig Einfühlungsvermögen besaß wie Grete, so grobschlächtig und undifferenziert war, so wenig guten Willens, das fremde Kind zu ihrem eigenen zu machen.

Noch dazu, wenn das Kind eine Mutter besessen hatte, die so schön, so eigenartig, so beschwingt und weltentrückt gewesen war. Das Kind war alt genug gewesen, als sie starb, um sich daran zu erinnern, und eigensinnig genug, einen Kult mit der Toten zu treiben.

Als sie dreizehn war, erklärte sie der erstaunten Familie: »Ich werde Schauspielerin, so wie Maminka.«

Und Grete darauf, rauh und ohne Phantasie: »Du? Du häßlicher Polackenbalg. Auf dich haben sie gerade gewartet.« Polacken oder Tschechen – das war für Grete alles eins, da machte sie keinen Unterschied.

Liebe hatte Jovana seit dem Tod der Mutter nicht viel bekommen. Ihr Vater, gewiß, er mochte die Tochter aus erster Ehe, aber er wagte nicht, es zu zeigen, nachdem er wußte, wie gereizt seine Frau darauf reagierte. Und immer mehr verblaßte für ihn das Bild der anderen Jovana, die im Grunde so wenig zu ihm gepaßt hatte.

Jovana ging zur Schule, sie lernte leicht und gut, sie wurde ordentlich gekleidet, sie bekam ausreichend zu essen. Aber sonst war sie einsam. Sie war nicht ohne Schuld daran. Denn auch auf ihrer Seite war kein guter Wille, kein Bemühen vorhanden, sich mit der neuen Mutter zu verständigen. Sie lebte in ihrer eigenen Welt, hatte ihre Träume, ihre Erinnerungen, ihre geheimen Pläne, die keiner erfuhr. Der Familie begegnete sie mit Trotz und Widerborstigkeit. Ging man zu Besuch in Gretes Verwandtenkreis, dann sagte sie: »Ich will nicht mitkommen.« Mußte sie doch mitgehen, saß sie stumm und bockig dabei, war nicht ansprechbar, und jeder sagte: »Was für ein schreckliches Kind!«

Sie war isoliert, glaubte sich häßlich und ungeliebt. Auch in der Schule schloß sie keine Freundschaften, sie blieb eine Fremde. Einer ihrer Lehrer mochte sie gern, er erkannte ihre Intelligenz, ihre rasche Auffassungsgabe und das besondere Wesen an ihr. Er blieb eine Ausnahme. Auch Lehrer schätzen für gewöhnlich den Durchschnitt. – Aber bei diesem Lehrer fand sie die Anerkennung, nach der sie hungerte. Er empfahl ihr, welche Bücher sie lesen sollte, und als er ganz zufällig ihr Interesse an dramatischer Literatur entdeckte, lieh er ihr gelegentlich einen Band Schiller oder Goethe. Sie las begeistert darin, sie fand Worte, Sätze, Verse, die sie einmal gehört hatte. Die Stimme ihrer Mutter wurde wieder lebendig. Sie nahm die Bücher mit in den Wald, sprach die Verse laut vor sich hin, lernte vieles auswendig.

Das war im vorletzten Schuljahr. Doch dann wurde dieser Lehrer in eine andere Stadt versetzt, und was schlimmer war, er heiratete. Da sie ihn heimlich geliebt hatte und da er ihr so viel bedeutet hatte, litt sie sehr darunter, stumm und für sich allein.

Nun bestand die Welt, in der sie lebte, nur noch aus Büchern, die sie sich in einer Leihbücherei auslieh. Bücher und das Kino. Das war für sie das wirkliche Leben. Und ihre Träume. – Ihre Arbeit im Kaufhaus Moorwald liebte sie nicht. Und die Stellung in der Kanzlei des Rechtsanwalts Kuntze machte sie auch nicht glücklich.

Sie wollte etwas, etwas Besonderes, etwas ganz Bestimmtes. Sie wollte Schauspielerin werden. Sie betrachtete ihr Gesicht im Spiegel. Es war nicht schön wie das der Frauen, die sie im Kino sah. Aber manchmal, wenn sie sich lange genug im Spiegel gesehen hatte, wenn sie ihr Haar veränderte, wenn sie, mit angeborenem Talent, für sich selbst posierte, fand sie es doch annehmbar. Es war nicht das mürrische, gleichgültige Gesicht, das die Umwelt an ihr kannte. Es war ein anderes, lebendiges Gesicht. Und das Gesicht im Spiegel sprach die Worte, die Verse leise, eindringlich, leidenschaftlich. Das geschah nicht oft, denn sie hatte weder einen Spiegel, geschweige denn ein Zimmer für sich allein. Und darum waren die Stunden, wo sie für sich sein konnte, so kostbar.

»Du mußt dich graziös bewegen«, hatte Jovana, die Mutter, gesagt. »Von den Zehenspitzen bis zu den Fingerspitzen muß alles an dir leben. Wir werden von hier weggehen, wenn ich gesund bin. Du wirst Tanzunterricht nehmen. Das ist wichtig.«

Sie hatte keinen Tanzunterricht genommen, aber sie hatte immer versucht, so zu gehen und zu stehen, wie die Mutter es sie gelehrt hatte, graziös, lebendig.

Das Kaufhaus Moorwald, die Kanzlei – wie sollte der Weg weitergehen? Wo konnte sie das lernen, was sie lernen wollte? Dann kam das große Wunder in ihr Leben. Die Liebe.

Die langweilige Arbeit und die lästige Familie zu Hause wurden unwichtig. – Aber das war nun vorbei. Nun tat sie wieder, was sie immer getan hatte: Sie träumte. Und das Gesicht im Spiegel sprach wieder.

Immerhin wußte sie nun, worauf es zunächst ankam: Weg von Ahlsen! Hier konnte sie nicht mehr leben. Lieber wollte sie doch noch das Rendezvous mit dem Zug einhalten, wie Steffen Rau es genannt hatte, als länger hier bleiben.

Schließlich wagte sie es, mit ihrem Vater zu sprechen. An einem Sonnabendnachmittag war sie endlich mit ihm allein.

Grete war mit den Kindern zu ihrer Schwester gegangen. Josef war erst spät von der Arbeit gekommen. Jovana hatte ihm sein Mittagessen gewärmt. Sie setzte sich ihm gegenüber an den Küchentisch, sah ihm zu, wie er aß.

»Na«, fragte Josef gutmütig, »ist doch schönes Wetter heute. Gehst du nicht zum Baden?«

»Nein«, antwortete Jovana kurz.

Sie schenkte ihm das Bierglas wieder voll, als er fertig war mit dem Essen, und als er sich eine Zigarette anzündete, nahm sie sich auch eine. Josef sah es mit leisem Erstaunen, er hatte seine Tochter noch nie rauchen gesehen, aber er sagte nichts.

»Vater«, begann sie, »ich muß mit dir sprechen.«

»Hm?« machte er, etwas eingeschüchtert durch ihren entschiedenen Ton. Flüchtig kam ihm in den Sinn, was seine Frau immer prophezeit hatte. Sie würde doch kein Kind kriegen?

»Was ist denn?« fragte er ängstlich.

»Ich möchte fort von hier.« – »Du möchtest fort?«

»Ja. Bitte, Vater, hör mir zu und versteh mich. Du weißt, was gewesen ist. Du weißt auch, was ich mir alles anhören muß. Ich kann hier nicht länger bleiben.«

»Aber Kind ...«, sagte er unsicher, »wo willst du denn hin?«

Von Hamburg sprach sie nicht. Der Brocken war zu groß.

»Ich könnte mir woanders eine Stellung suchen. In der Stadt. Du mußt es mir erlauben. Und du mußt zu mir halten. Einmal, Vater, mußt du zu mir halten. Du darfst dir von ihr nicht hineinreden lassen.«

Josef fühlte sich unbehaglich. Im Grunde seines Herzens wußte er, wieviel er seiner ältesten Tochter schuldig geblieben war. Und wieviel Unfrieden andererseits durch sie in sein Haus und in seine neue Ehe gekommen war.

»Du kannst doch nicht einfach fortgehen.«

»Warum nicht? Ich bin alt genug. Ich möchte nicht mein ganzes Leben in Ahlsen verbringen. Ich möchte ...« – sie stockte, suchte nach Worten –, »ich möchte etwas werden.«

Er schwieg, sah sie nur unglücklich an.

»Leider habe ich nicht genug gelernt«, fuhr sie fort. »Ich wäre gern länger in die Schule gegangen. Dann wäre es leichter. Aber im Büro bin ich gut, das sagt Herr Kuntze immer. Ich kann sehr schnell schreiben. Ich mache keine Fehler. Wenn ich eine Stellung finde in der Stadt, Vater, darf ich dann gehen?«

»Ja aber, du mußt doch wo wohnen. Und so viel verdienst du ja nicht, daß du dir ein Zimmer leisten kannst.«

»Ich schaff's schon. Ich brauche nur ein kleines Zimmer. Bitte, Vater, ich will hier nicht länger bleiben.«

Wie immer, wenn er auf einen starken Willen stieß, war Josef hilflos und bereit, zuzustimmen.

»Also gut«, meinte er schließlich, »wenn du meinst, du kannst das und du findest etwas, dann will ich nicht dagegen sein.«

»Versprich es mir, Vater.« Sie streckte ihm die Hand hin über den Tisch, und Josef – mit schlechtem Gewissen – legte seine Hand in ihre.

»Sie wird nicht viel dagegen haben«, sagte Jovana. »Sie wird froh sein, wenn ich weg bin.«

Daß sie damit die Wahrheit sagte, wußte Josef. Er blickte seine Tochter schweigend an, und dabei kam die Erinnerung. Sie ähnelte seiner ersten Frau: die gleiche aparte Gesichtsform, der seltsam ausdrucksvolle Mund. Nur ihre Augen waren anders, nicht dunkel. Graugrün. Kühler, bewußter als die Augen der anderen Jovana. Und er dachte plötzlich: Sie paßt wirklich nicht hierher. Sie ist anders als die Leute hier. Und sie wird sowieso nicht bleiben.

»Wenn du meinst«, sagte er leise. Und ungeschickt fügte er hinzu: »Es wird mir leid tun, wenn du fortgehst.«

Jovana lächelte. »Nein, Vater, nicht sehr.«

Bei Rechtsanwalt Kuntze hielt man mehrere Zeitungen. Jovana hatte in den letzten Wochen schon eifrig die Stellenanzeigen studiert, jetzt begann sie auf Inserate zu schreiben. Als Adresse gab sie die Kanzlei an.

Es kam nicht viel, aber einiges kam.

»Nanu«, sagte Fräulein Klüwer, die Sekretärin, »seit wann kriegst du Briefe ins Büro?«

Jovana blickte sie prüfend an, überlegte eine Weile und dachte dann, daß es besser sei, die Wahrheit zu sagen. Fräulein Klüwer war eigentlich ganz nett. Vielleicht konnte man ihr vertrauen. Fräulein Klüwer war auch gar nicht überrascht. »Ja«, sagte sie, »ich verstehe. Und bei dir zu Hause sollen sie es nicht wissen?«

»Mein Vater weiß es. Und er hat mir die Erlaubnis gegeben. Aber sonst braucht es noch keiner zu wissen.«

Die Sekretärin nickte. Sie verstand wirklich. Sie kannte Jovanas Verhältnisse zu Hause, und sie wußte schließlich von Peter.

»Wie wär's«, meinte sie, »wenn wir den Herrn Rechtsanwalt um Rat fragen?«

»Meinen Sie, er könnte mir helfen?«

»Ich denke schon. Er hat ein paar Kollegen in der Stadt, dort könnte man nachfragen. Ich glaube nicht, daß du auf Stellenanzeigen etwas finden wirst. Du bist zu jung und zu unerfahren. Du hast keine Zeugnisse.«

»Aber hier würde ich doch eins kriegen?«

»Sicher. Aber du hast es noch nicht. Referenzen sind besser.« Sie lächelte. »Ich werde mit dem Herrn Rechtsanwalt sprechen.«

Jovana sagte atemlos: »Danke. Vielen Dank, Fräulein Klüwer. Und Sie werden es niemand sagen?«

»Nein.«

Daß jemand nett zu ihr war und ihr helfen wollte, machte Jovana glücklich. Sie erwartete das nie.

Fräulein Klüwer hielt Wort. Sie erzählte weder den anderen im Büro etwas noch außerhalb des Büros. Aber sie sprach mit Herrn Kuntze.

Der staunte zunächst. »Gefällt es der Kleinen nicht bei uns?«

Fräulein Klüwer informierte ihn mit wenigen Worten über Jovana und ihr Leben.

»Ich verstehe«, sagte auch der alte Herr.

Vier Wochen später rief Fräulein Klüwer Jovana in ihr Vorzimmer. »Paß auf«, sagte sie, »der Rechtsanwalt fährt morgen zu einer Verhandlung in die Stadt. Du kannst mitfahren. Er hat da einen Kollegen, dem hat er dich empfohlen, und du sollst dich dort vorstellen.«

So kam Jovana zu einer Stellung in M.

Zuvor hatte sie Peter wiedergesehen. Da er ihren Heimweg kannte, lauerte er ihr eines Abends auf. Wie immer im Auto. Sie hatte ihn rechtzeitig gesehen und ging vorbei, ohne hinzuschauen. Er öffnete die Tür. »Jovana, bitte...« Sie ging rasch weiter. Er bequemte sich auszusteigen und kam ihr nach.

Sie blieb stehen. »Was willst du?« fragte sie kalt.

»Ich wollte dich wiedersehen. Ich dachte...«

»Alles, was du denkst, interessiert mich nicht«, sagte sie, »und ich bitte dich, laß mich in Ruhe.«

»Aber wir hatten doch ausgemacht...«

Sie stand gerade aufgereckt, sie preßte die Nägel in ihre Handflächen, und ihre Lippen waren schmal.

»Wir haben nichts ausgemacht. Es gibt nichts mehr zwischen uns auszumachen. Du bist für mich nicht mehr da.«

»Joli, bitte, sei doch nicht stur, du weißt doch...«

Joli – das war der Kosename, den er für sie gefunden hatte. Sie war achtzehn Jahre alt, sie hatte ihn so geliebt, es war sehr schwer, hart zu bleiben. Denn immer noch verging kein Tag und keine Nacht, wo sie nicht an ihn dachte.

Ihr Blick war starr, ihr Gesicht wie aus Stein. »Wenn du mich nicht in Ruhe läßt, gehe ich zu Frau Moorwald und sage es ihr.«

Damit wandte sie sich ab und ging rasch weiter.

Er lief noch ein paar Schritte neben ihr her. »Du wirst schon noch zur Vernunft kommen. Ich weiß, daß du mich liebst. Du wirst schon noch sehen...«, und nun übermannte ihn auch der Zorn, »dumme Gans, du bist richtig albern.«

Er blieb stehen und ließ sie gehen.

Anfang September siedelte sie nach M. über. Sie hatte die Stellung bekommen, es war die gleiche Tätigkeit wie in der Kanzlei Kuntze. Sie bekam ein kleines möbliertes Zimmer, sogar im gleichen Haus, das nicht viel kostete.

M. war eine lebhafte kleine Industriestadt mit ca. 50 000 Einwohnern und, gemessen an Ahlsen, eine Großstadt.

Sie verdiente hundertfünfzig Mark. Fünfzig zahlte sie für das Zimmer, der Rest mußte sorgfältig eingeteilt werden, aber sie war gewohnt, bescheiden zu leben.

Die Selbständigkeit war herrlich, und die erste Zeit war sie direkt betrunken davon. Eine Tür, die sie hinter sich zumachen konnte, abschließen, wenn sie wollte – bisher hatte sie mit der kleinen Stiefschwester ein Zimmer geteilt –, eine eigene Welt für sich. Ihre Wirtin war nett und freundlich. Sie ging selber arbeiten und kümmerte sich kaum um die Untermieterin. Sie hatte immer eine Stenotypistin von dem Anwaltsbüro Müller & Bergmann bei sich wohnen, und es waren immer ordentliche Mädchen gewesen. Das hatte sie Jovana beim Einzug mitgeteilt.

Morgens stand Jovana auf, ging ins Bad; ihre Vermieterin war dann schon fertig, sie ging in eine Fabrik zur Arbeit und mußte früher anfangen. Das Frühstück konnte Jovana für sich in der Küche bereiten. Wie herrlich war das! Nicht mehr Grete, die in der Küche hantierte, ihr den dünnen Kaffee hinstellte, der kleine Bruder, der zur Schule mußte, die kleine Schwester, die herumplärrte – nein, sie ganz allein am Tisch mit einer Tasse Kaffee, auch dünn, aber um wieviel besser schmeckte er, und dazu eine Scheibe Brot mit Honig. – Zum Büro brauchte sie nur zwei Treppen hinunterzusteigen. So war sie meist die erste. Sie war auch hier fleißig und anstellig und bemühte sich erstmals, ein wenig liebenswürdig zu sein. Sie trug einen blauen Rock und eine weiße Bluse, manchmal einen grauen Rock und eine grüne Bluse, viel mehr Garderobe besaß sie nicht. Aber sie zog sich sorgfältig die Lippen nach und beachtete, daß ihre Nase nicht glänzte. Sie sah immer adrett aus.

Herr Müller war zufrieden mit ihr. Herr Bergmann, der jüngere Sozius, fand Gefallen an ihr. Nach einiger Zeit bevorzugte er sie beim Diktat, was die anderen Damen verärgerte. Nach vier Wochen fragte er sie, was sie denn immer am Abend mache.

Jovana blickte ihn gleichmütig an, denn sie wußte genau, daß sie Herrn Bergmann gefiel.

»Wenn das Wetter schön ist«, sagte sie gelassen, »gehe ich in der Stadt spazieren und sehe mir die Schaufenster an. Und wenn es regnet, gehe ich manchmal ins Kino. Oder ich bleibe zu Hause.«

Die sachliche Antwort verblüffte Herrn Bergmann. Aber er griff das Kino auf. »Da können wir doch mal zusammen ins Kino gehen«, meinte er.

Jovana blickte ihn spöttisch an. »Erlaubt Ihre Frau das denn?«

»Ich erzähle ihr das nicht«, sagte er in aller Ruhe.

Drei Tage später ging sie mit Herrn Bergmann ins Kino.

Das Kino war so ziemlich das einzige Vergnügen, das sie sich gönnte. Und da sie mit dem Geld haushalten mußte, war jeder Kinobesuch ein finanzielles Problem. Wenn man ihr also eine Eintrittskarte bezahlte, um so besser.

Herr Bergmann hielt ihre Hand nach einer Weile, dann streichelte er ein bißchen ihr Knie. Es war nicht sehr aufregend. Aber es war angenehm. Und ein bißchen erregend doch. Denn seit Peter geheiratet hatte – und das war nun immerhin ein halbes Jahr her –, hatte kein Mann sie mehr angerührt. Das war nach einem Jahr voll leidenschaftlicher Liebe eine Lücke.

Im Auto später küßte Herr Bergmann sie, und er war überrascht, wie gekonnt sie seine Küsse erwiderte. Das brachte Herrn Bergmann mächtig in Fahrt, so mächtig, daß Jovana Mühe hatte, aus dem Auto zu kommen.

Von da an war das Leben im Büro nicht mehr so eintönig. Herr Bergmann ließ sie rufen, sooft es ging, ohne aufzufallen. Er berührte sie an allen möglichen empfindsamen Stellen ihres Körpers, wann immer es ging, was Jovana durchaus erregte. Aber sie war nicht im geringsten in Herrn Bergmann verliebt. Er war Anfang Vierzig, klein und etwas dicklich und schnaufte beim Küssen, absolut kein Mann, von dem ein Mädchen träumen konnte. Er war gerade gut genug, ihr Dasein ein wenig unterhaltsamer zu gestalten.

Ein zweiter Kinobesuch in der Woche darauf spielte sich ähnlich ab. Anschließend gingen sie in eine Bar, eine etwas obskure Bar in nicht sehr guter Gegend, die Herr Bergmann nur mit Widerwillen betrat, hoffend, daß ihn keiner seiner Mandanten hier träfe. Denn so groß war die Stadt M. nun auch wieder nicht. In ein besseres Lokal zu gehen, in eins, wo er sonst auch verkehrte, traute er sich nicht. Jovana wußte das sehr gut.

Im Auto kam es fast zu einer Vergewaltigung, aber sie wehrte sich entschieden ihrer Haut.

Zwei Tage darauf – Herr Müller war auf einer Reise – fühlte sich Herr Bergmann etwas ungestörter und sagte: »Hör mal zu, Kindchen, ich denke, daß wir dir bald zulegen können. Gehalt meine ich. Du verdienst ja sehr wenig, und du bist sehr tüchtig.«

»Das wäre fein«, sagte sie.

»Ich werde mit Doktor Müller darüber sprechen«, sagte er gewichtig und sah sie lüstern an, streckte die Hand aus und berührte ihre feste junge Brust, die er nun schon gut kannte. Morgens und besonders abends, wenn er im Bett lag, neben seiner rundlichen, langweiligen Frau, fühlte er diese Brust in seiner Hand, und dann erregte er sich jedesmal sehr.

»Falls du jetzt«, sprach er weiter, »ich meine, falls du ein bißchen knapp bist und vielleicht mal was brauchst, dir was kaufen willst, ein Paar Schuhe oder so, also ich ...« Er verhedderte sich, Jovana lächelte ihn liebenswürdig an. »Hast du einen Wunsch?«

»Ich habe viele Wünsche«, sagte sie ruhig.

Das hatte doppeldeutig geklungen, und Herr Bergmann blickte unsicher, in seinem Schreibtischsessel sitzend, zu ihr auf. Sie stand gelassen neben ihm, den Stenoblock in der Hand. Er fingerte in seiner Jackentasche herum, hatte dort offensichtlich etwas bereit, und seine Hand kam schließlich mit einem Fünfziger wieder hervor.

»Da, kauf dir irgend etwas Hübsches!«

Jovana blickte schräg auf ihn hinab. Sie wußte, daß sie das nicht geschenkt bekam. Aber fünfzig Mark bedeuteten ein Kleid. Ein Kleid, das sie im Fenster gesehen hatte. Ein Kleid, von dem sie seit Tagen träumte. Und wenn sie nach Hamburg wollte, brauchte sie schließlich etwas anzuziehen.

»Aber«, sagte sie, »ich weiß nicht ...«

»Nimm es ruhig.« Er schob ihr den Schein in die Hand, blickte unruhig zur Tür, es konnte immerhin jemand kommen, eine von den anderen Damen.

»Als Vorschuß gewissermaßen?« fragte sie.

Er nickte eifrig. »Aber mehr inoffiziell.«

Noch am selben Abend, gleich nach Büroschluß, kaufte sie das Kleid. Ein schmales, einfaches Kleid aus moosgrünem Jersey. Es paßte wie angegossen. Sie hatte nie so ein elegantes Kleid besessen. Es kostete neunundsechzig Mark. Den Rest hatte sie dazugelegt.

Am nächsten Tage teilte sie ihm pflichtschuldigst mit, was sie unternommen hatte. Und daß sie sich darüber freue.

»Ich freue mich auch, wenn du dich freust«, sagte er, und er freute sich wirklich, das sah man ihm an.

»Wann bekomme ich es zu sehen?«

»Ich möchte es nicht gern ins Büro anziehen.« Aber am Nachmittag ging sie schnell hinauf in ihr Zimmer und zog sich um. Sie wollte sich ja so gern in dem neuen Kleid zeigen. Allen, nicht nur Herrn Bergmann.

Man bewunderte sie gebührend, und Herr Bergmann tat es sogar ganz öffentlich, denn er kam ins Vorzimmer und sagte: »Oh, Fräulein Röger, wie elegant heute! Sehr schick! Was haben Sie denn vor?«

Sie lächelte. »Ich gehe heute abend aus.«

»Dann wünsche ich viel Vergnügen.«

Aber er konnte an diesem Abend nicht. Und dann kam das Wochenende, da konnte er natürlich erst recht nicht weg. Und so wurde es Montag, bis er sie wiedersah, und da war Herr Bergmann nahe am Platzen.

»Heute abend, ja?« flüsterte er ihr zu, schnell und auf dem Gang, denn Herr Dr. Müller war zurück, und längere Privatgespräche waren nicht möglich.

Nach Büroschluß ging Jovana hinauf, zog das grüne Kleid an, ging dann hinunter, zwei Straßen weiter, dort wartete Herr Bergmann voller Ungeduld in seinem Wagen.

Das Kino schenkten sie sich heute, sie fuhren aus der Stadt hinaus in ein kleines Gasthaus in einem Landstädtchen. Es war nicht besonders vornehm dort, aber es gab gut zu essen. Solche Lokale hatte Jovana oft mit Peter besucht. – Wie lange das her war.

»Was machen wir jetzt?« fragte Herr Bergmann, als sie gegessen und eine Flasche Wein getrunken hatten.

Jovana hob die Schultern. »Ich weiß nicht.«

Wie sich herausstellte, wußte Herr Bergmann es genau. Er bestellte noch eine Flasche Wein, und als sie halb ausgetrunken war, hatte er Mut genug, mit seinem Vorschlag herauszurücken.

Ob sie sich ihm anvertrauen wolle, fragte er, man könne noch eine Fahrt machen.

»Eine Spritztour?« fragte Jovana scheinheilig.

Er lachte, ja, so etwas in der Art. – Die Fahrt endete bei einem Landhaus, nicht weit entfernt, es gehörte einer Mandantin, erfuhr Jovana, die sich vor kurzem scheiden ließ und die, um sich zu trösten, auf Reisen gegangen sei. Er, Willy Bergmann, habe den Schlüssel, um hier gelegentlich nach dem Rechten zu sehen.

Es war ein klarer Fall, Jovana wußte, wie sie dran war. Fünfzig Mark waren fünfzig Mark, geschenkt bekam man nichts. Im stillen wunderte sie sich nur über Herrn Bergmann. Er, als Anwalt! War es nicht gefährlich, was er da trieb? Es gab so verschiedene Paragraphen, Unzucht mit Abhängigen oder so ähnlich. Sie mußte morgen mal im BGB nachsehen.

Willy Bergmann also, dicklich, schnaufend, schwitzend und etwas überanstrengt bei dem Unternehmen, wurde ihr zweiter Liebhaber. Es war keine Offenbarung. Sie dachte an Peter, während Herr Bergmann sich abmühte, beim zweitenmal ging es recht schleppend. Und dann dachte sie an den Mann, an den sie so oft dachte. Der Mann, der neben ihr auf dem Baumstamm gesessen hatte – Steffen Rau. Der berühmte Mann, der große Mann, der Mann aus der fernen ersehnten Welt.

Sie hatte die Augen geschlossen, das Gesicht zur Seite gewandt, damit sie Herrn Bergmanns Atem nicht atmen mußte, und während sein Schweiß ihren Körper naß und ekelhaft machte, dachte sie: Nie mehr so etwas. Ich will lieben. Richtig lieben. Und meine Kleider will ich mir selber kaufen.

Immerhin kam sie noch einige Male mit Herrn Bergmann in das Landhaus. Es war jedesmal schrecklicher, und es kostete sie viel Überwindung. Aber sie hatte immerhin dann noch drei Kleider dazu, ein paar Pullover, neue Schuhe und einen neuen Wintermantel.

»Du bist so süß«, sagte Herr Bergmann selig, als sie das letztemal in dem Haus waren, »so süß. Was für einen goldigen kleinen Busen du hast« – er preßte sein schwitzendes Gesicht zwischen ihre Brüste –, »und wie gut du riechst.« Er verteilte viele kleine Küsse auf die Brüste, ihren Bauch und ihren Schoß, aber ihm selber nutzte es nicht viel, mehr als einmal war es heute nicht gegangen. Jovana war überhaupt zu keiner Befriedigung gekommen, er benahm sich ungeschickt, und sie hatte es aufgegeben, ihm dezente Hinweise zu geben. Er verstand das eben nicht, würde es vermutlich nie verstehen. Man hätte ihn anlernen müssen, aber welchen Grund hatte sie, Frau Bergmann fernerhin unbekannte Genüsse zu verschaffen. Peter war ein Meister in dieser Beziehung gewesen. Er hatte es immer verstanden, sie zu ihrem Recht kommen zu lassen Ob die dicke Gertrud – ach, egal, vorbei! Mochte sie oder mochte sie nicht, es war wirklich nicht mehr wichtig.

»Was machen wir nun bloß«, klagte Herr Bergmann, »wir können nicht mehr hierher. Geht es wirklich nicht bei dir?«

»Aber Willy«, sagte sie vorwurfsvoll, »im selben Haus! Wenn dich einer sieht, Frau Ohlsen kennt dich schließlich.« Frau Ohlsen war ihre Wirtin.

»Stimmt, stimmt, ich weiß, du hast recht«, gab er zu.

»Und überhaupt, wo das so gefährlich ist...«

»Gefährlich? Was meinst du?«

»Na, du als Anwalt weißt das doch selber gut genug. Wo ich bei dir angestellt bin. So was ist doch strafbar.«

Daraufhin schwieg er lange. Und obwohl es der letzte Abend war, und obwohl er fest vorgehabt hatte, es heute unbedingt noch einmal zu versuchen – es war nichts zu machen, es war ihm ganz und gar vergangen.

Als Jovana aus dem Bad kam, sagte sie: »Hoffentlich ist nichts passiert.«

»Wie meinst du das?« fragte er angstvoll.

»Na, eben so – man weiß ja nie.«

Herr Bergmann hatte ein schlechtes Gewissen. Er hatte zwar aufgepaßt, aber nicht immer. Manchmal war er froh, wenn es soweit war, und dann wollte er kein Risiko eingehen.

Er fand, die Affäre wurde immer komplizierter. Er saß schon fix und fertig angezogen in einem Sessel, etwas nervös, und rauchte, da trödelte Jovana immer noch herum, hüpfte nackt durch das Zimmer.

»Zieh dich endlich an«, sagte er nervös, »es ist schon spät.«

»Ja, ziemlich spät. Deine Frau wird sich wundern, wo du so lange bleibst. Hat sie noch keinen Krach gemacht?« – »Wieso?«

»Na, du bist in dieser Woche dreimal spät nach Hause gekommen, das muß ihr doch auffallen. Mir würde das auffallen. Überhaupt, wenn ich wüßte, daß mein Mann den Schlüssel zu einem leerstehenden Haus hat. Also ich würde mir dabei etwas denken.«

»Herrgott noch mal«, rief Herr Bergmann und sprang auf, »sie weiß aber nichts von dem Haus.«

»Nein?«

»Nein. Und nun zieh dich endlich an. Es ist gleich zwei Uhr.«

Aufreizend langsam kleidete Jovana sich an, verbrachte lange Zeit vor dem Spiegel. »Nein«, sagte sie langsam, während sie ihr Haar kämmte, »ich glaube nicht, daß wir uns wieder treffen können. Bei mir geht es nicht, in ein Hotel können wir auch nicht. Ich sehe da keine Aussicht. Tut mir leid.«

Herr Bergmann, wieder im Sessel, die dritte Zigarette schon, seit er da saß, zwinkerte mit den Augen. Irgendwie hatte er das dumme Gefühl, etwas falsch gemacht zu haben.

»Ich hätte ja eine Idee«, meinte Jovana, schlenderte herbei und setzte sich auf seine Sessellehne.

»Ja?« fragte er nervös. »Was für eine Idee?«

»Weißt du, Willy, das beste wäre, ich ginge von hier weg.«

»Von hier weg?«

»Ja. Nach Hamburg. Was hältst du davon?«

»Was willst du denn in Hamburg?«

»Hamburg fiel mir gerade so ein, weil es nicht so weit ist. In zwei Stunden bist du doch mit dem Wagen in Hamburg, nicht? Da könntest du mich eher besuchen. Angenommen, du gibst mir tausend Mark, da könnte ich mir dort in Ruhe eine Stellung suchen und ein Zimmer. Hier wäre ich weg, deine Frau würde nichts mehr erfahren, die anderen im Büro nicht. Es ist wirklich gefährlich, weißt du; stell dir vor, jemand hätte eine Ahnung! – Was denkst du, was Doktor Müller sagen würde! Also den träfe glatt der Schlag.«

Auf Herrn Bergmanns Stirn perlte Schweiß, diesmal nicht von sexuellen Mühen. Er fuhr sich mit dem Finger in den Kragen. Zweifelnd blickte er zu dem Mädchen auf. Sie hatte ein sanftes, unschuldiges Lächeln auf den Lippen, ihre Hand kraulte ihn leise am Kopf. Dieses Frauenzimmer! Was dachte sie hinter dieser glatten, jungen Stirn? Dachte sie sich etwas bei dem, was sie sagte, oder dachte sie sich nichts?

Er hatte keine Ahnung. Es gelang ihm nicht, sie zu durchschauen.

»So denkst du dir das«, meinte er lahm.

»Ja, wirklich, denk mal darüber nach. Wäre doch fein, wenn du dann immer mal nach Hamburg kämst, so jeden Monat mal. Und solange ich dort keine Stellung habe, hilfst du mir halt ein bißchen. Ja?«

Sie beugte sich herab, küßte ihn auf die nasse Stirn.

»Überleg dir's mal. Und jetzt gehen wir. Ich bin müde.«

Sie hüpfte von der Lehne, dehnte sich wie eine geschmeidige Katze, sie war zufrieden mit sich. Sie hatte viel dazugelernt. Liebe war nicht wichtig. Wichtig war man selbst. Sie würde nicht mehr draufzahlen. Sie hatte ihr Lehrgeld bezahlt. Ein für allemal.

Auf diese Weise gelangte Jovana bereits drei Monate später, nachdem sie Ahlsen verlassen hatte, nach Hamburg. Tausend Mark im Täschchen und einigermaßen fesche Garderobe im neuen Koffer. Sie war inzwischen neunzehn Jahre alt geworden, sehr viel selbstbewußter und um vieles klüger und erfahrener.

Auch erwies sich bei dieser Gelegenheit wieder, daß sie imstande war, logisch zu denken und besonnen zu handeln. Nicht daß sie sich, nachdem sie gekündigt hatte, in den nächsten Zug setzte und nach Hamburg fuhr. Zunächst kündigte sie mit einer Lüge. Sie erzählte Herrn Dr. Müller, sie müsse nach Ahlsen zurück, ihre Mutter sei krank, und sie werde zu Hause gebraucht wegen der jüngeren Geschwister. Die Lügen gingen ihr glatt und glaubwürdig von den Lippen. Herr Bergmann, der bei diesem Gespräch zugegen war, betrachtete sie mit Staunen und wachsendem Unbehagen. Es störte sie gar nicht, daß er zuhörte, daß sie ihn zum Komplicen ihrer Lügengeschichte machte.

Sie ist durch und durch unmoralisch, dachte Herr Bergmann, so jung und so verdorben. Und es wurde ihm angst und bange, wie weit er sich unklugerweise in die Hände dieses kleinen gerissenen Frauenzimmers begeben hatte. Er hatte sie ganz anders eingeschätzt: eine ahnungslose Unschuld vom Lande, naiv und dumm. Naiv und dumm, das war er selbst gewesen. Zu dieser Erkenntnis gelangte er nun vollends.

Sodann war sich Jovana klar darüber, daß sie keineswegs vor Weihnachten nach Hamburg übersiedeln konnte. Zu Hause würde man sie Weihnachten erwarten, und da sie fest entschlossen war, zunächst zu verschweigen, daß sie Hamburg zu ihrem nächsten Domizil auserkoren hatte – denn daß man ihr dazu die Erlaubnis verweigern würde, war ihr klar –, mußte sie also die Reise bis nach Weihnachten verschieben.

Ihre Familie glaubte sie in M. gut aufgehoben. Ihre Stiefmutter war pflichtbewußt einmal in M. aufgetaucht, hatte sich Jovanas Zimmer angesehen und mit Frau Ohlsen gesprochen und glaubte damit ihrer Verantwortung genügt zu haben. So schnell würde sie nicht wieder nach M. kommen. Dreimal war Jovana über das Wochenende zu Hause gewesen, gab sich gesittet und freundlich.

Und so hielt sie es auch die Weihnachtsfeiertage über. Sie ertrug Familienbesuche, spielte mit den jüngeren Geschwistern, war zugänglich wie selten zuvor. In Ahlsen zeigte sie sich kaum. Sie wollte Peter nicht begegnen und keinem anderen.

Bis sie sich von Hamburg aus meldete, mußte sie dort eine Stellung und ein Auskommen gefunden haben, soviel war ihr klar. Dann würde man sich wohl damit abfinden.

Die Fehlkalkulation in ihren klugen Überlegungen: Hamburg. Die Begegnung mit einer wirklichen Großstadt schüchterte sie zunächst restlos ein. So groß, so überwältigend und so betriebsam hatte sie sich diese Stadt nicht vorgestellt, und Angst war in den ersten Tagen ihr ständiger Begleiter. Ihr bisheriges Leben hatte sie nicht darauf vorbereitet, sich in einer wirklich großen Stadt zurechtzufinden.

Es begann schon am Bahnhof, wo sie ratlos und hilflos stand, einen Koffer und eine Reisetasche neben sich, ihr Handtäschchen mit den kostbaren tausend Mark, die Herr Bergmann widerstandslos herausgerückt hatte, ängstlich an sich gepreßt. Er hatte ihr auch die Namen von zwei Pensionen in Bahnhofsnähe aufgeschrieben. Dahin fragte sie sich schließlich durch, ihr Gepäck selbst schleppend. Sie gab sich alle Mühe, sicher aufzutreten, sie bekam ein Zimmer und war zunächst einmal gerettet.

Sie brauchte einige Tage, bis sie sich einigermaßen beruhigt und an die neue Umgebung gewöhnt hatte. Nun kam es darauf an, eine Bleibe zu finden, die möglichst billig war, damit sie lange mit den tausend Mark auskam. Und dann mußte sie Arbeit haben. Vorher konnte sie sich zu Hause nicht melden. Sie hatte keineswegs die Absicht, die Verbindung zu Herrn Bergmann aufrechtzuerhalten oder noch einmal von ihm Geld zu nehmen. Was sie bisher von ihm bekommen hatte, war wohlverdient, fand sie. Sich mehr zu verdienen, kam nicht in Frage. Das war vorbei.

Die große Stadt ängstigte und begeisterte sie gleichermaßen. Als sie merkte, daß sich kaum jemand um sie kümmerte und es offenbar auch keiner darauf abgesehen hatte, sie zu meucheln, wurde sie sicherer. Sie lief durch die Innenstadt, die Mönckebergstraße hinauf, stand vor dem Rathaus und staunte, entdeckte den Jungfernstieg und das herrliche Bild um die Alster. Sie stand und schaute gebannt und entzückt auf das Wasser, über dem die Möwen schrien, bewunderte die prächtigen hohen Häuser an den Ufern, lief von Schaufenster zu Schaufenster; wenn ihr kalt wurde, ging sie in die Kaufhäuser, ins Alsterhaus, zu Karstadt, bummelte von Etage zu Etage, sah und staunte und staunte, widerstand aber jeder Versuchung, nur eine unnötige Mark auszugeben.

Sie war sich klar darüber, daß es nicht leicht sein würde, Arbeit zu finden. Es war wenig; und was sie zu bieten hatte, war keine Empfehlung. Sie würde es damit begründen, daß sie den Wunsch gehabt hatte, nach Hamburg zu kommen. Sie legte sich genau zurecht, was sie sagen mußte, um Glauben zu finden.

Zunächst studierte sie die Zeitung und begann auf Annoncen zu schreiben. Die Antworten kamen gar nicht oder spärlich und bestanden aus Ablehnung. Ihre Lehre bei Moorwald war nicht abgeschlossen, sie konnte sich nicht als gelernte Verkäuferin ausgeben. Sie wollte ja auch weder Verkäuferin noch Stenotypistin sein, sie wollte ganz etwas anderes. Es hätte nahegelegen, das zu tun, was sie in all der Zeit nicht aus den Gedanken verloren hatte: ans Telefon zu gehen und Steffen Rau anzurufen. Hier ist Jovana. Ich bin in Hamburg. Aber sie war klug genug zu wissen, wie lächerlich das sein würde. Vermutlich hatte er keine Ahnung mehr, wer sie war. Ihre Begegnung hatte Ende Mai stattgefunden. Ein berühmter Mann wie er würde sich gewiß nicht daran erinnern. Sie suchte im Telefonbuch seine Adresse, aber sie stand nicht darin. Die Telefonnummer war das einzige, was sie besaß. Und eines Tages würde sie anrufen – das schwor sie sich. Aber jetzt noch nicht.

Nach einer Woche kannte sie sich in der Innenstadt ganz gut aus. Sie hatte gelernt, mit der U-Bahn zu fahren, sie traute sich gelegentlich in eine bescheidene Gastwirtschaft, um eine billige warme Mahlzeit zu sich zu nehmen. Sonst kaufte sie sich Brot und Wurst und aß in ihrem Zimmer.

Dann entdeckte sie den Hafen. Es war ein trüber Januartag, als sie zum erstenmal auf den Landungsbrücken stand. Ein kalter Nordwest blies die Elbe herauf, aber sie stand und schaute fasziniert auf die Schiffe und das Wasser. So also sah ein Hafen aus. So ein Ort, an dem die weite Welt begann. Sie faßte sofort und spontan eine tiefe Zuneigung zum Wasser. In Ahlsen hatte es nicht einmal einen Fluß gegeben. Ein Schwimmbad, das war alles. Natürlich hatte sie Bilder gesehen von Flüssen und Meeren, hatte davon gelesen, aber es wirklich zu sehen war etwas ganz anderes. Die Elbe hier im Hafen von Hamburg gehörte bereits irgendwie zum Meer. Und eines Tages würde sie auch das wirkliche Meer sehen, es riechen und schmecken, wie die Elbe hier roch und schmeckte nach Weite und Abenteuer.

Plötzlich fiel ihr wieder ein, was ihre Mutter von der Moldau erzählt hatte. Der Fluß, der Prag durchfloß, hatte in ihren Erinnerungen eine große Rolle gespielt, und Jovana erinnerte sich an ihre Erzählungen über den Fluß und die vielen Brücken.

Aber dies hier war etwas ganz anderes. Hamburg, das Tor zur Welt, las sie auf einem Plakat. Und genau das war es, was sie empfand. Sie lief die Landungsbrücken hinauf und hinab, erst unten, dann oben und dann noch einmal. Als sie schließlich ganz durchfroren war, wagte sie sich in eine der kleinen Kneipen auf der Brücke.

Es war früher Nachmittag, es war leer darin. Eine Frau hinter der Theke, zwei Männer an einem Tisch, alle drei unterhielten sich.

Jovana streifte das Kopftuch herunter, behielt aber den Mantel an, sie bebte vor Kälte. Die Frau fragte nach ihren Wünschen von der Theke her.

»Etwas Warmes bitte«, sagte Jovana schüchtern, »Tee oder Kaffee.«

Die Frau blickte prüfend zu ihr hin. »Sie sehn dscha man ganz verfroren aus«, stellte sie fest.

»Ja, ich bin lange draußen herumgelaufen.«

»Bei dem Wetter!« kam es vorwurfsvoll.

»Es ist so schön am Hafen«, sagte Jovana kindlich. »ich bin das erstemal hier.«

Die beiden Männer betrachteten sie daraufhin interessiert und voll Wohlwollen.

»Die Deern is ganz durchfroren, Berta«, sagte der eine dann, »gib ihr man lieber einen s-steifen Grog.« Und zu Jovana gewandt: »Das müssen Sie trinken, Frollein, das wärmt am besten.«

Sie nickte beklommen, hätte am liebsten gefragt, was es kostet, aber das traute sie sich nicht. – Sie bekam ein Glas mit heißem Wasser hingestellt, ein Schälchen mit Zucker und eine kleine braune Flasche, die ihrerseits in einem gewärmten Wassernäpfchen stand. Als sie etwas ratlos die drei Dinge betrachtete, bekam sie dreistimmige Unterweisung, wie ein fachgemäßer Grog zubereitet würde.

»Erst den Zucker ins Wasser, dann umgerührt. Und dann erst zum Schluß den Rum rein. Und dann nich mehr rühren. Na denn, Prost!« – Die beiden Männer tranken dasselbe und hoben ihr freundlich die Gläser entgegen.

Jovana lächelte, nicht mehr so schüchtern und ganz froh darüber, daß endlich einmal Menschen da waren, die sie ansahen und mit ihr sprachen. Eine Woche lang hatte sie mit keiner Menschenseele gesprochen.

Grog war ein herrliches Getränk, das entschied sie nach dem ersten Schluck. Es wärmte nicht nur den Magen, er wärmte bis in die Fingerspitzen. Sie leerte das Glas ziemlich rasch, bekam rote Wangen und eine beschwingte Stimmung – das erstemal in den Tagen, die hinter ihr lagen und in denen sie sich meist verlassen und verloren vorgekommen war.

»Das schmeckt, nöch?« fragte einer der Männer und lachte ihr vergnügt zu.

»Es schmeckt wunderbar«, sagte sie.

»Na, dann trinken Sie man noch einen. Auf ein Bein is nich gut s-stehen.«

Jovana blickte zögernd zu der Frau hinter der Theke. Sicher war das sehr teuer.

Offenbar begriffen alle drei ihren Blick. Und der ältere der beiden Männer, der mit dem dichten grauen Haar und den hellen blauen Augen, der bisher geredet hatte, fügte hinzu: »Sie sin eingeladen von uns, Frollein. Wenn Sie das erstemal hier bei uns in'n Hafen sind und den ersten Grog getrunken haben, denn sin Sie eingeladen, nöch, Hein?«

Der andere, kleiner und gedrungen, dunkelhaarig mit einem tiefgekerbten Gesicht und einem verschmitzten Lachen, nickte. »Na klar, John, die Deern is eingeladen.«

Die Wirtin sagte: »Das können Sie ruhig annehmen, Fräulein. Die zwei sind ans-ständig, die kenn' ich lang genug. Wenn sie nich ans-ständig wären, würd' ich nicht erlauben, daß sie ein junges Mädchen ans-sprechen. Bei mir gibt's so was nich.« Die drei lachten, Jovana lachte auch, dankbar und erleichtert, froh darüber, Gesellschaft gefunden zu haben.

»Na, denn setzen Sie sich man her mit zu uns, Deern«, sagte der, der John hieß. »Wenn wir doch ans-ständige Jungs sind, wie die Berta sagt, dann dürfen Sie das ruhig. Und dann erzählen Sie uns mal, was Sie hier in Hamburg machen.«

Jovana kam der Aufforderung bereitwillig nach. Sie zog den Mantel aus, sie trank den zweiten Grog in kleinen Schlucken diesmal, langsamer, aber die Wirkung war zu spüren, sie wurde gesprächig und zutraulich.

Sie erzählte, wie lange sie in Hamburg war und was sie hier suchte.

»'ne Stellung«, sagte John, »hm, das ist nich so einfach für so 'ne junge Deern. Und 'n Zimmer, das nich viel kostet. Berta, was meinst du? Weißt du da nichts?«

Doch, sagte Berta, das wäre gut möglich, daß sie da was wüßte. Hier gleich hinterm Hafen kenne sie eine Frau, die Zimmer vermiete. Eine sehr ordentliche Frau und ein ordentliches Haus, da könne man ja woll mal nachfragen.

»Denn wissen Sie, Fräulein, wenn's gar zu billig is, dann taugt es man auch nichts. Denn kommen Sie in schlechte Gesellschaft. Da muß ein junges Mädchen sehr vorsichtig sein in so einer Stadt wie Hamburg. Überhaupt wenn Sie hier fremd sin. Ich wohn' da gleich nebenan und kann morgen früh ja da mal fragen. Wenn Sie morgen wieder vorbeikommen, kann ich's Ihnen sagen.«

»Danke«, sagte Jovana und zeigte das erstemal wieder ihr strahlendes Lächeln. »Ich danke Ihnen. Sie sind sehr freundlich.«

»Und wegen die S-stellung«, ließ sich Hein vernehmen. »Da könnt' sie ja mal nach Petersen gehen. Der die Firma für Schiffsausrüstung hat. Der braucht immer mal 'ne tüchtige Schreibkraft. Is'n ordentlicher Betrieb«, fügte er zu der Wirtin gewandt hinzu, »da kann man sie ruhig hinschicken.« Einen dritten Grog lehnte Jovana ab. Dafür aß sie eine Bockwurst mit Kartoffelsalat.

Kurz darauf kamen neue Gäste ins Lokal, und Jovana verabschiedete sich von ihren neuen Freunden mit dem Versprechen, am nächsten Tag wiederzukommen.

Sie fuhr mit der U-Bahn zum Bahnhof zurück, sie war fröhlich und hoffnungsvoll und leistete sich zum erstenmal, seit sie in Hamburg war, den Luxus eines Kinobesuches.

Am nächsten Nachmittag waren John und Hein nicht da. Sie arbeiteten auf einer Werft, erfuhr sie, und hatten nur ausnahmsweise gestern frei gehabt. Aber die Wirtin hatte Wort gehalten und wegen des Zimmers nachgefragt. Sie gab Jovana die Adresse und beschrieb ihr den Weg. Es sei möglich, daß sie dort etwas fände.

Es war wirklich nicht weit vom Hafen entfernt, in St. Pauli gleich hinter dem Fischmarkt. Ein großes, altes häßliches Haus in einer schmalen häßlichen Straße.

Die Frau Buer, der die Wohnung im dritten Stock gehörte, erwies sich als eine strengblickende, weißhaarige Frau, umfangreich und gewichtig, die Jovana einem genauen Verhör unterzog. Jovana bestand glänzend. Sie fühlte sich schon sicherer, sie wußte wieder, was sie wollte, und sie war eine geschickte Lügnerin. Das heißt, sie log nicht direkt, sie jonglierte elegant zwischen Wahrheit und Dichtung einher, erzählte bereitwillig von zu Hause, verschwieg natürlich ihr heimliches Ausrücken. Sie gab sich Mühe, solide und harmlos zu wirken, sie hatte die Lippen nur ganz wenig nachgezogen und lächelte brav.

Schließlich zeigte Frau Buer ihr das Zimmer. Es war ein kleiner, schmaler Raum, ging auf den Hof hinaus und war entsprechend düster. Ein Bett, ein Schrank, ein kleiner Tisch und ein Stuhl. Auf dem Tisch eine Lampe, was das Ganze gemütlicher machte. Und außerdem war es warm geheizt.

»Wir haben Zentralheizung«, sagte Frau Buer stolz. »Frieren brauchen Sie hier nicht. Aber darum muß ich natürlich auch achtzig Mark für das Zimmer haben.«

Jovana nickte.

»Und Sie müssen immer einen Monat im voraus bezahlen.«

Jovana nickte wieder.

»Werden Sie denn bald Arbeit finden?«

Jovana lächelte Frau Buer zutraulich an. »Ich hoffe es. Und Sie können ganz beruhigt sein, ich werde immer im voraus bezahlen. Wenn ich keine Arbeit finde, muß ich eben wieder nach Hause fahren. Mein Vater hat gesagt, ich soll es mal versuchen. Die ersten Monate gibt er mir Geld. Und wenn es nicht klappt, soll ich wiederkommen. Aber er sagt, man muß mal raus aus einem kleinen Nest. Man muß mal eine richtige Großstadt kennenlernen, sonst wird nie etwas aus einem. Man lernt ganz andere Manieren in der Großstadt, sagte er.«

Frau Buer nickte. »Das stimmt ja woll. Manieren können Sie hier lernen. Ich halte sehr viel davon. Mein Mann war Schiffsoffizier, wissen Sie. Da braucht man Manieren.«

»Schiffsoffizier, oh!« staunte Jovana bereitwillig. »Das muß ein wunderbarer Beruf sein.«

Frau Buer nickte mit Nachdruck. Dann sagte sie: »Herrenbesuche dulde ich nicht, auch nicht bis zehn Uhr.«

Jovana lächelte unschuldig. »Ich kenne ja hier sowieso niemanden.«

»Das kann sich schnell ändern«, meinte Frau Buer. »Also nie, daß wir uns recht verstehen.«

Am nächsten Tag zog Jovana zu Frau Buer, bezahlte sofort hundertzwanzig Mark für den restlichen Januar und den kommenden Februar und fünfzehn Mark extra für Heizung. Davon war am Tage zuvor nicht die Rede gewesen. Sie durfte sich morgens selbst in der Küche das Frühstück machen und abends mal Tee kochen und vielleicht dann und wann mal einen Teller Suppe oder ein Paar Würstchen heiß machen.

»Auf Widerruf«, sagte Frau Buer vorsichtshalber, »kommt ganz drauf an, wie wir uns vertragen. Kündigung zu jedem Ersten.«

Jovana nickte und dachte: Du alte Hexe! Ich werde nicht lange bei dir wohnen. Ich werde die schönste Wohnung der Welt haben – eines Tages. Ich werde – ich werde... Ah, sie wußte nicht, was sie sein würde, aber etwas mußte geschehen. Sie wußte, wohin sie wollte. Den Weg wußte sie nur noch nicht. Zu diesem Zeitpunkt besaß sie noch sechshundertdreißig Mark, und das erschien ihr genug, um vertrauensvoll in die Zukunft zu sehen.

Eins war klar: Ohne Herrn Bergmann und die Abende im Hause seiner Mandantin wäre das Unternehmen Hamburg nie zu verwirklichen gewesen. Darum bereute sie auch die Affäre mit Herrn Bergmann nicht. Auch wenn sie nicht gern daran zurückdachte.

Eine Stellung zu finden war wirklich nicht so einfach. Man verlangte Zeugnisse, Erfahrung, noch war das Angebot an Arbeitskräften ausreichend. Was sie zu bieten hatte, war bescheiden. – Frau Buer, die an ihren vergeblichen Versuchen regen Anteil nahm, sprach es unumwunden aus.

»Wenn Sie nicht mal eine Fremdsprache können, nicht mal 'n büschen Englisch, das geht hier nicht. Hier muß einer was können, wenn er Geld verdienen will. Ich werd' mich mal umhören.«

Frau Buer, so streng und bedrohlich sie wirkte, erwies sich als gute Seele. Sie war die typische Hamburgerin, resolut, ein wenig laut und sehr von sich eingenommen. Aber sie hatte ein gutes Herz. Und solange man tat, was sie wollte, und sich anhörte, was sie zu sagen hatte, kam man ganz gut mit ihr aus. Vor allem hatte sie Jovana strikt verboten, das Vergnügungsviertel von St. Pauli zu betreten.

»Da kommt so 'n Mädchen aus der Provinz schnell unter die Räder. Da lassen Sie sich am besten gar nicht sehen. Wenn ich höre, daß Sie mal auf der Reeperbahn waren, sind Sie am nächsten Tag hier draußen.«

Außer Jovana, die das kleinste Zimmer hier bewohnte, hatte Frau Buer noch drei andere Untermieter. Eine ältliche, sauer blickende Jungfer, die in einem Hafenkontor arbeitete, eine hübsche, muntere Blondine Mitte Dreißig, geschieden, Sekretärin bei einer Fruchtimportfirma, und schließlich – als einzigen Mann – den alten Pünjer, der früher auch zur See gefahren war, im Krieg ein Bein verloren hatte und nun, mit einer einigermaßen ausreichenden Rente versehen, seine alten Tage bei Frau Buer verbrachte. Er hatte das beste Zimmer in der Wohnung und war so eine Art Ersatzmann für Frau Buer. In allen Ehren natürlich. Über das Alter der Versuchungen waren beide hinaus. Sie kannte ihn schon aus der Zeit ihres verstorbenen Mannes her. Die beiden waren zusammen auf einem Schiff gefahren, und nun lebte der Klaus Pünjer schon seit über zehn Jahren bei der Witwe Buer, denn, so erläuterte er Jovana: »In 'n Altersheim oder so was gehen, das kommt für mich nich in Frage. Ich lass' mich nicht einsperren, ich muß machen könn', was ich will.«

Jovana lächelte. »Und das dürfen Sie hier?«

Er stutzte, dann lachte er schallend. »Da hast du recht, Deern, so ganz wieder auch nicht. Aber an so was bin ich gewöhnt. Ich war zwar nie verheiratet – nee, wirklich nich, hab' ich immer Angst vor gehabt, aber 'ne Schwester hatt' ich, die hat sich um mich gekümmert und für mich gesorgt. Die war man auch sehr streng. So ähnlich wie die gute Emma.« Emma war Frau Buer. »Also das kratzt mich nich. Meine Schwester ist totgegangen, bei einem Luftangriff. Dreiundvierzig war das. Da war es ja man schlimm hier in Hamburg. Dscha!« – Er schwieg eine Weile, zog an seiner Pfeife und dachte wohl an seine arme Schwester, die so eine Art Emma Buer gewesen war. – »Na ja, und denn bin ich hierhergezogen. Un hier bliew ick nu. Ich muß in die Nähe von 'nem Hafen sein, verstehst du, Deern. Da muß ich jeden Tag mal hingehen und auf die Schiffe kieken. Sonst werd' ich krank.«

Jovana nickte ernsthaft, sie vestand das. Mit Herrn Pünjer unterhielt sie sich gern. Er sprach Platt, Missingsch und eine Sprache, die er für Hochdeutsch hielt, quer durcheinander, aber sie verstand ihn immer. Er zeigte ihr viel von der Gegend, begleitete sie auf einer Hafenrundfahrt, brachte sie zum Fischmarkt, Sonntag früh um sechs, zeigte ihr den Fischereihafen, die alte Gassen von St. Pauli, und in seiner Begleitung durfte sie auch einmal am frühen Abend über die Reeperbahn bummeln.

Magda Kleine, die Blondine aus dem Obstimport, besorgte ihr dann wenigstens vorübergehend eine Stellung. In ihrer Firma bekam jemand ein Kind, und Jovana durfte also für eine Weile in einem düsteren Büro nahe der Michaeliskirche Briefe tippen. Sie tat es unlustig und ungern. Denn plötzlich war sie sich der

Zeit bewußt geworden, der Zeit, die verrann, die verlorenging und sie ihrem Ziel nicht näherbrachte.

In jener Zeit, es war Anfang Februar, tat sie zwei Dinge die notwendig waren. Sie schrieb nach Hause, und sie rief die Zaubernummer an.

Nach Hause schrieb sie, man möge nicht böse sein und Verständnis haben. Durch Zufall habe man ihr einen großartigen Job in Hamburg angeboten, eine Stellung als richtige Sekretärin in einer weltberühmten Firma für Fruchtimport, sie arbeite hier ganz selbständig und verdiene gut, und das sei für eine Anfängerin ein großes Glück. Es sei alles so schnell gegangen, daß sie gar nicht mehr dazugekommen sei, alles rechtzeitig zu erklären und um Erlaubnis zu fragen. Sie habe ein hübsches Zimmer bei einer älteren Witwe, die Frau von einem Schiffsoffizier, die gut auf sie aufpasse. – Bitte schön, wenn sie wollten, könnten sie bei Frau Emma Buer anfragen und sich erkundigen. Und sie würde furchtbar gern in Hamburg bleiben, man solle nachträglich die Genehmigung erteilen.

Und dann nahm sie eines Tages allen Mut zusammen und rief bei Steffen Rau an. Wie oft sie schon in einer Telefonzelle gewesen war und ohne zu telefonieren wieder hinausging, ließ sich kaum zählen. Sie schalt sich selbst einen Feigling und eine dumme Gans. Endlich drehte sie alle sechs Zahlen, hörte klopfenden Herzens das Rufzeichen, und natürlich meldete sich eine Frauenstimme.

»Kann ich bitte Herrn Rau sprechen?« fragte Jovana mit ziemlich energischer Stimme.

»Wer ist dort, bitte?« – »Jovana Röger.«

»Mein Mann ist verreist«, sagte die Frauenstimme. »Kann ich etwas ausrichten?«

»Nein, danke, ich werde dann gelegentlich wieder anrufen.«

Es kamen manchmal solche Anrufe, und sie hatten nicht viel zu bedeuten. Doch diesmal stand Dorothy eine kurze Weile grübelnd, nachdem sie den Hörer aufgelegt hatte. Die Stimme? Kannte sie die Stimme? Nein, eigentlich nicht. Also war es der Name, der sie an irgend etwas erinnerte. Aber woran? Es fiel ihr nicht ein. Sie schrieb Röber auf den Block, der auf Steffens Schreibtisch lag.

Jovana war zunächst maßlos enttäuscht. Er hatte also eine Frau. Natürlich, warum auch nicht. Alle Männer hatten eine Frau. Warum sollte ausgerechnet er keine haben, und vermutlich würde immer diese Frau am Apparat sein, ganz gleich, ob Steffen Rau verreist war oder nicht. – Was es mit der Reise auf sich hatte, erfuhr sie kurz darauf aus der Zeitung. Er drehte einen neuen Film. Außenaufnahmen in Süddeutschland, Atelieraufnahmen in Geiselgasteig bei München. Also würde er wohl längere Zeit nicht in Hamburg sein.

Aus Ahlsen kam ein Brief mit Ermahnungen und ein wenig Schelte, aber keine Order, sofort zurückzukehren. Die Lösung war vollzogen, auf beiden Seiten.

Die Stellung bei der Obstfirma hörte auf, es war nicht viel gewesen, was sie verdient hatte. Gedrängt von Frau Buer, die es nicht gerne sah, wenn ein junger Mensch nicht arbeitete, machte sich Jovana wieder auf Stellungssuche. Halben Herzens, denn sie wußte ja, wußte ja so genau, was sie wollte.

Zweimal war sie mit Frau Kleine im Theater gewesen. Einmal im Schauspielhaus, einmal im Thaliatheater, hingerissen und verzaubert; es war, als säße ihre Mutter neben ihr. Ihre Mutter, schön und blaß und wie von innen glühend, flüsterte ihr zu: »Tu's! So tu's doch endlich! Es ist dein Weg. Ich hab' es nicht geschafft, aber du wirst es schaffen.«

Sie besorgte sich Reclambändchen und begann heimlich Rollen zu lernen. Sie studierte sich wieder im Spiegel. War sie schön genug? Einmal hatte sie davon gesprochen, daß sie Schauspielerin werden wollte, ein einziges Mal. Grausam war die Antwort ihrer Stiefmutter gewesen. Und seitdem hatte sie niemals, zu keinem Menschen, wieder davon gesprochen.

Sie ging in den stürmischen Spätwintertagen an der Elbe spazieren, wo keiner sie hören konnte, und deklamierte vor sich hin, lauschte auf den Klang ihrer Stimme. Wenn ihr nur einer sagen könnte, wie man es anfing, Schauspielerin zu werden! – Sicher, es gab Schauspielschulen, das wußte sie. Aber das kostete bestimmt viel Geld. Und sie scheute sich auch, dahin zu gehen. Jederzeit war sie sich schmerzhaft ihrer Unwissenheit bewußt, ihrer mangelnden Bildung. Hatte sie je mit kultivierten, gebildeten Menschen gesprochen? Je in einem guten Restaurant gespeist, je eine gepflegte Atmosphäre gekannt? Nie, nie. Sie wußte es. Sie ahnte die andere Welt, in der sie so gern leben wollte, kannte sie aus Büchern und Filmen. Aber in der Wirklichkeit war sie eine Fremde darin. Und jeder mußte das sehen. – Bücher und Filme, das waren die beiden Dinge, die auch jetzt ihre freie Zeit ausfüllten. Sie ging jede Woche mehrmals ins Kino, verzichtete dafür lieber auf eine Mahlzeit. Die Bücher holte sie sich aus einer Leihbücherei.

Beides wurde von Frau Buer mißbilligt. Schön, das Kino konnte man meist vor ihr verschweigen. Aber die Bücher nicht verstecken. Nun las auch Frau Buer ganz gern, besonders Liebes- und Seefahrerromane, aber ihre junge Untermieterin – so fand sie – hätte Wichtigeres zu tun. Sicher, bisher war die Miete pünktlich bezahlt worden. Aber daß das Mädchen sonst an allen Ecken und Kanten sparte, das war nicht zu übersehen. Sie war furchtbar dünn geworden, ganz spillerig, wie Frau Buer fand, und das bewies, daß sie nicht ordentlich aß.

Und was war die Folge davon? Frau Buer, die bärbeißige mit dem weichen Herzen, sagte immer öfter: »Komm' Sie in die Küche, ich hab'n Teller Suppe für Sie.«

Erbsensuppe bekam Jovana von ihr, Erbsensuppe mit Speck. Oder eine Portion Kabeljau mit Senfsoße oder Heringe mit Speckstippe. Sie sagte: »Nein danke, Frau Buer, ich habe ja schon gegessen.« Aber Frau Buer sah sie nur schweigend und dräuend an, wohlwissend, daß es eine Lüge war. Und Jovana machte sich heißhungrig über das Essen her, wohlwollend von Klaus Pünjer betrachtet, der ja ständig bei Frau Buer aß und des Lobes voll über deren Kochkunst war.

So wurde es April. Die Dreharbeiten in München waren beendet, wie Jovana las. Sie wagte es wieder einmal, bei Steffen Rau anzurufen, entschlossen, schweigend einzuhängen, falls sich die gleiche Frauenstimme melden würde. Aber diesmal war es eine andere Stimme, die sagte: »Bei Rau«, also wohl eine Haushaltshilfe, und von ihr erfuhr Jovana, daß die Herrschaften verreist seien. Wütend zerknüllte Jovana den kostbaren Zettel mit der Nummer. Er war ja doch wertlos. Steffen Rau lebte in einer anderen Welt. Es führte einfach kein Weg für sie dorthin.

Ein Mann an der Wende

Die Herrschaften waren verreist – das stimmte. Allerdings nicht miteinander. Das bedeutete zwar keine besonders dramatische Situation, hatte jedoch Anlaß zur Verstimmung gegeben. Dorothy Rau war verärgert, als sie nach London flog, der Abschied in Fuhlsbüttel fiel frostig aus. Als Steffen nach Hause fuhr, bereute er es, ihr den Gefallen nicht getan zu haben, sie diesmal zu begleiten.

Schuld daran war seine Verfassung: Er befand sich in einer Art Krise, die er jedoch auch Dorothy gegenüber verbarg – ja, sich selbst gegenüber auch nicht eingestehen wollte.

Was er jedoch im Moment auf keinen Fall ertragen konnte, war die Familie seiner Frau: der Clan, vollzählig und auf einem Fleck versammelt. Diese Familie, die ihn nie für voll genommen, nie akzeptiert hatte und nie akzeptieren würde. Dorothy, die geborene Burmeester, von *den* Burmeesters, Angehörige einer Klasse, wie es sie exklusiver auf dieser Erde kaum gab: eine alte hanseatische Familie.

Für diese Leute war und blieb er der Fischerjunge aus Gothmund, Sohn eines Fischers und eines Dienstmädchens, ein windiger Filmmensch dazu, ein Nichts und Niemand, der nicht ›von Familie‹ war und auch noch den falschen Beruf hatte. Gleichgültig, was er leistete, was er verdiente, er blieb die unbegreifliche Mesalliance der Tochter und Schwester, und das ließ man ihn merken. Nicht mit Worten, kaum mit Blicken. Sie waren höflich, von einer eisigen, unverbindlichen Höflichkeit, sie waren total gleichgültig und uninteressiert an dem, was er tat oder sagte, sie blickten genaugenommen über ihn hinweg und durch ihn hindurch.

Früher hatte es ihn mit Wut erfüllt, er hatte sie provoziert, hatte Dorothy gegenüber seinem Herzen Luft gemacht, dann hatte er resigniert und sich von ihnen zurückgezogen. Nicht so Dorothy. Man konnte sie von ihrer Familie nicht lösen, und schließlich hatte er das auch ernstlich nie versucht, dazu war er nun wieder zu tolerant und absolut kein Mensch, der einen anderen zwingen oder beherrschen wollte. Dorothy hatte diese einzige Heldentat vollbracht: *ihn* zu heiraten. Sie liebte ihn, daran bestand kein Zweifel, und sie stand zu ihm. Aber sie hatte es aufgegeben, ihn ihrer Familie einzuverleiben.

Eine Zeitlang, kurz nach der Eheschließung und den vorangegangenen Stürmen, hatte sie sich ihrer Familie etwas entfremdet, aber noch während des Krieges war das wieder ausgeglichen worden. Steffen dachte manchmal, vermutlich hatten sie gehofft – nicht Dorothy natürlich, aber die anderen –, er werde den Krieg nicht überleben, und dann wäre die Tochter wieder, etwas geschädigt in ihrem Renommee, aber sonst unversehrt, in den Schoß der Familie aufgenommen worden.

Für Hamburger Patrizierfamilien war das zwanzigste Jahrhundert noch nicht angebrochen, jedenfalls nicht, soweit es familiäre Belange betraf. Sie bleiben in ihren Kreisen, sie heirateten untereinander, sie trafen sich in ihren feudalen Klubs und ihren prächtigen Häusern in Harvestehude oder an der Elbchaussee, die übrige Welt war nur dazu da, daß man an ihr Geld verdiente, sonst war sie in keiner Weise vorhanden.

Wäre der Krieg nicht gewesen und die gewisse Verworrenheit, die diese Zeit sogar den alten Hanseaten brachte, dann – soviel war Steffen klar – wäre es wohl nie zu der Ehe mit Dorothy gekommen. Und Tante Emily natürlich. – Der Krieg und Tante Emily hatten sie zusammengebracht.

Dorothy hielt in all den Jahren an ihren Gewohnheiten oder, besser gesagt, den Gewohnheiten ihrer Familie fest. Dazu gehörte seit eh und je – nur unterbrochen durch die Kriegsjahre – der vierwöchige Besuch im Sommer in England, auf dem Landsitz des Lord Caversham, Dorothys Großvater, heute bewohnt von dem Bruder ihrer Mutter. Und seit Dorothys Mutter Witwe geworden war und wieder in England lebte, ein zweiter vierzehntägiger bis dreiwöchiger Besuch in London, im Stadthaus der Cavershams, jeweils im März, in der Zeit, in der Maud Burmeester-Caversham ihren Geburtstag feierte. Aus diesem Anlaß pflegte sich die ganze engere Familie aus Hamburg, also auch Dorothys Brüder mit ihren Frauen, die natürlich beide ›von Familie‹ waren – eine geborene Feddersen, eine geborene Legrand –, in London einzufinden.

Dieses Jahr beging Mrs. Burmeester-Caversham ihren siebzigsten Geburtstag, und das versammelte die deutschen und englischen Zweige der Familie, vermutlich bis in die letzten Verästelungen hinein, in London.

Steffen fühlte sich dem nicht gewachsen, nicht in seinem derzeitigen Zustand. Nicht daß er seine Schwiegermutter nicht mochte. Ganz im Gegenteil, sie war ihm noch die liebste von der ganzen Sippe, schlank und großgewachsen und stolz, immer noch eine gutaussehende Frau, von ruhigem Selbstbewußtsein, Dorothy sehr ähnlich. Die Engländer waren überhaupt demokratischer als die Hamburger, mit ihnen war er relativ immer gut ausgekommen. Lord Caversham ließ sich gern vom Filmgeschäft erzählen, ihn interessierte das. Besonders soweit es hübsche Filmschauspielerinnen betraf – dafür hatte er ein offenes Auge und ein aufmerksames Ohr.

Und dennoch, alle auf einmal – im Masseneinsatz, wie Steffen es nannte –, das war einfach zuviel. Also war er nicht mitgefahren. Dorothy hätte es verstehen müssen, aber sie war verstimmt nach London gereist und hatte sich seither nicht gemeldet. Nun gut, das würde sich wieder einrenken. Er hatte inzwischen Zeit, sich zurückzuziehen, sich auf sich selbst zu besinnen, dieser oder jener Welt zu entfliehen und dahin zu fahren, wo er sich am wohlsten fühlte. Zu Onkel Torstens nach Travemünde.

Die Krise. Die war natürlich beruflicher Art. Und es war nicht leicht zu erklären, warum er sich in ihr befand. Rein äußerlich bestand für ihn kein Grund zur Unzufriedenheit. Er war nach wie vor einer der bekanntesten und bestbezahlten Regisseure. Aber was nützte ihm das, wenn er nicht glücklich mit seiner Arbeit war.

Er hatte zwei Filme gedreht in den vergangenen Monaten, ziemlich rasch hintereinander. Einen etwas problematischen Ehefilm mit anspruchsvollen Dialogen, der ihm einigermaßen Spaß gemacht hatte, und zu Anfang des Jahres eine ziemlich seichte Filmkomödie mit viel Liebe und hübschen Mädchen, Flirt im Schnee, Fasching in München, viel Musik und gar keine ernsthaften Probleme. Der würde vermutlich das meiste Geld einspielen.

Der Film aber, an dem ihm lag, der ihn unausgesetzt beschäftigte, »Zwielicht«, war immer noch nicht gedreht. Zwei Produzenten hatten schon kalte Füße dabei gekriegt, und der Verleiher nörgelte: »Die Leute wollen nun mal keine Kriegsstoffe sehen, sie haben die Nase voll davon.«

Komisch nur, daß die Leute in solche Filme liefen, wenn sie aus Amerika kamen. Oder von woanders her. Konnten es die Amerikaner besser, waren sie ehrlicher oder nur geschickter? Es reizte Steffen, zu beweisen, daß er es auch konnte.

Immer wieder hatte er mit dem Autor, einem ganz unbekannten Mann, an dem Buch gefeilt, gekürzt, gestrafft, die Dialoge ständig neu bearbeitet. Auch die Darsteller – jedenfalls die beiden männlichen Hauptrollen – hatte er schon, und damit stieß er natürlich auch auf Widerstand, denn es waren keine Stars. Neue Gesichter, neue Namen – das schwebte ihm vor, gerade für diesen Film.

Andreas Hartmann zum Beispiel. Steffen hatte den jungen Schauspieler an einer Provinzbühne entdeckt, und er war stolz auf diese Entdeckung und hoch zufrieden mit den Probeaufnahmen. Kein Beau, dieser Hartmann, kein glatter Laffe, ein eckiger, etwas spröder Typ, sehr begabt, sehr kompromißlos in seinem Spiel, in seiner ganzen Haltung. Auf einer seiner Reisen durch die Provinz, die Steffen manchmal unternahm, wenn er Zeit hatte, um neue Gesichter zu suchen, hatte er den Jungen das erstemal gesehen. Er spielte den Hamlet, war zweifellos zu jung und zu unerfahren für die Rolle, aber er bewältigte sie auf seine Art in imponierender Form. Ein exzellenter Sprecher, ausdrucksvoll in jeder seiner sparsamen Gesten. An ihn dachte Steffen sofort, er wäre der richtige für den jungen Offizier in »Zwielicht«.

Natürlich wollte niemand davon etwas hören. Ein Name, den keiner kannte, und dann gleich eine Hauptrolle in einem so schwierigen Film. »So was muß man langsam machen«, wurde er von dem Produzenten belehrt, »man muß so einen Mann aufbauen. Erst mal in einer dankbaren Rolle. Das wissen Sie schließlich selber, Rau.«

Steffen Rau wußte es, aber er wollte es nicht immer wieder hören. Immerhin hatte Hartmann für diese Spielzeit ein Engagement zu Barlog, was bewies, daß er etwas konnte.

»Und überhaupt«, so ging es weiter, »kein Typ für den Film. Kann ja ein guter Schauspieler sein. Aber Theater ist etwas anderes. Im Film kommt der nicht an. Keine Ausstrahlung, nicht das richtige Gesicht.«

Solche Einwände brachten Steffen zur Verzweiflung. Mußte denn einer immer ein Schönling sein, damit er gefiel im Film? Hatten die Amerikaner nicht auch Männer groß gemacht, die absolut nicht aussahen, wie Lieschen Müller sich einen Playboy vorstellte? Es gab früher im deutschen Film auch solche Männer.

Ein Typ wie Wiemann zum Beispiel, an den ihn der junge Hartmann ein wenig erinnerte, war der vielleicht kein Publikumsliebling gewesen?

Früher sei das anders gewesen, bekam er zur Antwort, heute hingegen...

Und so weiter, ewig im Kreis drehten sich die sinnlosen Gespräche. Und der Film blieb ungedreht.

Für die zweite große Männerrolle hatte er Johannes Monk ausgewählt, der den Vater des jungen Offiziers spielen sollte. Monk nun war kein Unbekannter, ein bewährter Bühnendarsteller, im Film bisher allerdings nur in Nebenrollen zu sehen. Steffen hatte immer vorgehabt, ihn einmal groß herauszubringen. Er würde einen neuen Jannings aus ihm machen, verhieß er großspurig, nur um seine Gesprächspartner mundtot zu machen.

Die Frauenrollen in »Zwielicht« waren nicht bedeutend.

»Schon faul«, wie der Verleiher kommentierte. Und daher auch noch nicht besetzt. Stars bekam er dafür sowieso nicht, was auch nicht vonnöten war.

Die Geschichte vor allem war es, die Steffen fesselte.

Eine verschlafene Kleinstadt im Osten Deutschlands. Eine Kleinstadt, von Krieg, von Bomben und zu dieser Zeit – es war der Beginn des Jahres 1944 – auch von Flüchtlingen verschont. Hier siegte man noch. Hier war man noch voller Zuversicht und Vertrauen, aber auch voll Borniertheit und Blindheit und Eigensinn. ›Weil nicht sein kann, was nicht sein darf‹ – so etwa in diesem Stil.

Der junge Offizier aus angesehener Großgrundbesitzerfamilie des Ortes kommt auf Urlaub. Er hat den Krieg von Anfang an mitgemacht, war einmal ein jugendlich begeisterter Anhänger des Regimes, aber nun hat er Stalingrad erlebt, nun weiß er, was in Rußland vor sich geht, er kennt die Menschenjagd, er weiß, was in Polen geschieht, wo die Juden landen. Er weiß zuviel, um noch zu glauben und vor allem um noch kämpfen zu wollen für etwas, das er hassen gelernt hat.

Er will mit seinem Vater darüber sprechen, denn seinen Vater liebt und verehrt er, mit ihm verstand er sich immer. Aber diesmal versteht ihn der Vater nicht. Ein erzkonservativer Mann, selbst Offizier im Ersten Weltkrieg, deutsch und national bis auf die Knochen und dennoch oder deswegen zwar kein blindwütiger Nazi, aber bereit und entschlossen, zu dem Regime und – wie er es ausdrückt – zu seinem Volk in der Not zu stehen.

Daß der Sohn nicht zurück will an die Front, daß er am liebsten fliehen möchte oder etwas tun, was das Unheil aufhalten kann, begreift der Alte nicht. Er kommt mit altbekannten Worten vom Vaterland, von der Fahne, von der Ehre, vom Eid des

Soldaten – und der Junge lacht ihm ins Gesicht, dumme Phrasen, sonst nichts, die das Volk ins Verderben führen.

Ein Abgrund zwischen Vater und Sohn tut sich auf. Und der junge Mann, in seiner Verzweiflung, redet auch zu anderen über das, was er meint und will, und die kleine ahnungslose Stadt gerät in Erregung, die Nazibonzen machen drohende Gesichter, die Stimmung wird gereizt, die Atmosphäre gefährlich. Der junge Offizier hat eine Braut in der Stadt, ein junges, liebenswertes Mädchen, aus guter Familie ebenfalls, die verschreckt den fremdgewordenen Geliebten betrachtet und sich von ihm zurückzieht, weil alle sich von ihm zurückziehen.

Die Mutter des Offiziers, farblos und im Schatten ihres Mannes lebend, ist zu töricht, um zu vermitteln.

Der junge Mann ist allein. Und in Gefahr.

Nicht zuletzt, nachdem er eines Nachts, als er sich betrunken hat, laut herausschreit: »Ich kämpfe nicht für Verbrecher, die unser Volk verderben, die euch alle verrecken lassen, nur damit sie selber noch ein wenig länger leben können.«

Eisiges Schweigen liegt über der Stadt, die alten Häuser sind grau und düster, die Welt ist stumm geworden. Und der Krieg, den sie hier nicht kennen, ist weit.

Ein Schulfreund kommt und warnt den jungen Offizier. Es sei besser, er reise ab. Zurück an die Front. Hier werde es gefährlich für ihn. »Warum seid ihr alle so feige?« fragte der junge Mann verzweifelt zurück.

Der Freund blickt schweigend an sich herab. Er hat nur noch ein Bein. Für ihn ist der Krieg zu Ende. Er weiß, daß es sinnlos ist, sich zu wehren gegen die, die doch stärker sind. Der junge Offizier geht nachts allein durch die Straßen der Stadt – die Stadt spielt überhaupt eine große Rolle in diesem Film, so stellt es sich Steffen jedenfalls vor. Ihre Gassen, ihre alten Häuser, die von der Vergangenheit erzählen, die auch voller Blut und Unrecht und Schande war und die Menschen nie eines Besseren belehren konnte. Er sieht jene, die hier litten und starben für irgend etwas, was gerade wichtig war: das Kreuz, der Glaube, der Lehnsherr, eine Fehde, ein persönlicher Streit.

Er ist allein. Von allen verlassen und gemieden.

Nein. Nicht ganz allein. Da ist ein fremdes Mädchen. Ein Mädchen, das er nie gesehen hat, ein scheues junges Ding, die Tochter eines Landarbeiters auf dem Gut seines Vaters. Er trifft sie auf seinen wütenden Märschen durch die Wälder, auf den nächtlichen Streifzügen durch den Ort. Irgendwo an einer

Ecke, irgendwann, an einen Baumstamm gelehnt, trifft er das Mädchen, das ihn großäugig ansieht. Er spricht mit ihr, sie antwortet nicht, sieht ihn nur an. Bis er merkt, daß sie stumm ist. Und dann lacht er. Das ist also der einzige Gesprächspartner, der mir noch bleibt in diesem Land. Der einzige, mit dem ich reden kann und darf: ein stummer Mensch.

Im Zwielicht der Vorfrühlingsnächte geht er über das Land, das stumme Mädchen an der Hand, und redet. Er nimmt sie auch in die Arme und küßt sie, der einzige Mensch, der ihm blieb. Und der ihn versteht, weil er ihn nicht verstehen kann.

Vorzeitig wird er zur Truppe zurückgerufen, irgend jemand, der ihm wohl will, hat erreicht, daß man seinen Urlaub kürzt, um ihn hier vor den Folgen seiner Worte zu retten.

In der Nacht, bevor er reisen soll, geht er in den Wald und erschießt sich. Das Mädchen findet ihn zuerst. Sie sitzt neben ihm auf dem Boden und weint. Er ist jetzt stumm wie sie. Als er noch sprach, wollte keiner ihn hören.

Soweit in etwa die Story von »Zwielicht«. Wie gesagt, sie haben viel daran gearbeitet, sie haben vor allen Dingen die Schauplätze immer wieder eingeschränkt. Zuerst spielte der Beginn in Rußland mit Kampfszenen, Rückzug, Soldatenelend. Aber das wollen sie jetzt alles weglassen, nur in kurzen Bildern, Gedankenfetzen, Erinnerungen des jungen Offiziers, während er redet und denkt, sollen diese Szenen knapp eingeblendet werden. Überhaupt haben sie den Dialog immer wieder verknappt, die Kamera soll arbeiten, die Gesichter sollen sprechen, das Schweigen soll beredt sein.

Und da sind noch so Kleinigkeiten, über die sie sich nicht klar sind. Soll das Mädchen nur stumm oder sogar taubstumm sein? Kann sie ihn also auch nicht hören? Wenn sie ihn hört und versteht, dann kann sich natürlich in ihrem Gesicht besser widerspiegeln, was sie denkt und empfindet. Läuft sie nur wie ein kleiner anhänglicher Hund neben ihm her, durch die Straßen und durch die Wälder, oder ist sie ein Partner, ein Gesprächspartner, wenn auch einer, der nicht antwortet? Was geschieht zwischen ihm und dem Mädchen? Ein Kuß? Eine zärtliche Berührung oder mehr? Wie Barenth, der Regieassistent, es ausdrückt: »Sollen se nu oder sollen se nich? Schließlich ist er ein gesunder junger Mann, und wenn die Braut sich schon so zickig benimmt, ist es sein gutes Recht, daß er mal anderswo zur Sache kommt. Mal so 'ne richtige, schöne Liebesszene, Chef, würde die Geschichte auflockern und auch unserem Brötchengeber gefallen ...

Barenth, darüber freut Rau sich, ist auch ganz versessen auf den Stoff. Er hat im letzten Jahr zwei sehr gute Angebote ausgeschlagen, nur um dabeisein zu können, wenn »Zwielicht« gemacht wird. Aber »Zwielicht« ist nicht gemacht worden. Über ein Jahr ist vergangen, seitdem Steffen das Buch da liegen hat. Aber diesmal hat er sich geschworen: Der nächste Film, den ich drehe, ist dieser oder keiner. Er sieht ihn fertig vor sich, er hat ihn in Gedanken schon dutzendmal gedreht, er ist geradezu besessen davon. Aber sie lassen ihn nicht arbeiten. Das macht ihn wahnsinnig.

Er hat sich zu dem Kompromiß mit diesem dummen Wintersportfilm hergegeben, er hat den Preis bezahlt und wartet nun auf den Lohn. Aber neulich wieder hat er sich anhören müssen: »Kino ist eben keine Kunst, mein lieber Rau. Das wissen Sie doch ebensogut wie wir. Wenn Sie partout in Kunst machen wollen, machen Sie doch wieder einmal ein bißchen Theater.«

Ein ›bißchen‹ Theater hätte er gern gemacht in diesem Winter. Aber auch hier ist die Welt für ihn verbaut. Ein berühmter Filmregisseur ist bei den renommierten Bühnen keineswegs ein gesuchter Mann.

Sie waren in ihrer Art konservativ wie – wie – verflucht, ja wie die Hanseatensippe seiner Frau.

Ein Mann von achtundvierzig Jahren wie er, Erfolg und Geld – gut, aber er hat immer noch das Gefühl, er stünde am Anfang, er hätte noch nicht getan, was er tun wollte und tun müßte. Er kommt sich überflüssig, unnütz vor. Er hat das Gefühl, kostbare Jahre verschenkt zu haben. Nein, nicht verschenkt – vergeudet. Das ist seine Krise.

Torsten Rau hatte sofort gesehen, daß sein Neffe Steffen mit Gott und der Welt zerfallen war, als er Ende März in Travemünde ankam.

»Na, Jung, dat is öber good, dat du wedder to Hus büst.«

Es tat ihm gut. Um diese Zeit waren die Travemünder unter sich. Und er hatte den Ort, den Strand, das Meer, Himmel und Luft für sich allein.

Ein wenig enttäuschend war das neue Haus von Onkel Torsten. Aber natürlich sagte er das nicht, denn Onkel Torsten und Tante Silke waren mächtig stolz auf das neue Haus. Es war geräumig, zentralgeheizt, hatte einen richtigen Garten, lag in der feinen Gegend Am Fahrenberg und war so eingerichtet, daß man im Sommer das Obergeschoß an Sommergäste vermieten konnte.

»Dein Zimmer ist natürlich immer für dich da«, sagte Onkel Torsten. »Jederzeit, Sommer und Winter.«

Das Zimmer lag im ersten Stock, blickte auf den Garten hinaus, der jetzt kahl und leer war, aber im Sommer sicher voll Grün und Blumen und Duft. Es war gemütlich eingerichtet, hell tapeziert, warm beleuchtet und so dick eingeheizt, wohl um die Zentralheizung vorzuführen, daß Steffen zunächst mal beide Fenster aufriß. Er wollte Luft. Luft!

Seeluft!

Das alte Haus hatte er sehr geliebt. Sicher, es war klein und schmalbrüstig, niedrige Zimmer, winzige Fenster. Es wirkte immer ein wenig schief und krumm, und das kleine Fleckchen Grün, das Tante Silke als ihren Garten bezeichnete, war nicht viel mehr als ein großer Blumenkasten hinter dem Haus.

Das Haus stand direkt bei der Kirche, dort, wo die alten Häuser waren, die man wohl bewunderte – besonders die Fremden –, in denen man aber nicht mehr wohnen wollte. Auch Onkel Torsten und Tante Silke zollten der Neuzeit mit Wasserspülung und Badezimmer ihren Tribut.

Schließlich konnte es sich Onkel Torsten auch leisten. Er war jahrelang als Lotse gefahren und hatte ein hübsches Stück Geld gemacht. Lotsen waren hochangesehene Leute, die jeder brauchte und hoch honorierte, finanziell und persönlich. Ganz früher war Onkel Torsten als Kapitän zur See gefahren, und wenn ihn etwas an dem neuen Haus störte, so war es die Tatsache, daß er die See von hier aus nicht sehen konnte. Das hatte er zwar im alten Haus auch nicht gekonnt, aber damals hatte er ja die See fast jeden Tag unter den Füßen.

Gleich am ersten Tag führte er Steffen auf den Dachboden, wo er einen Schemel vor das Dachfenster geschoben hatte.

»Jetzt, wenn keine Blätter an den Bäumen sind und du stellst dich hier drauf, Jung, dann kannst du sie sehen. Kiek mal!«

Steffen kiekte. – Durch die kahlen Äste der Linden sah er das Wasser der Lübecker Bucht schimmern.

»Und wie lange stehst du jeden Tag hier am Dachfenster, Onkel Torsten?« fragte er und lachte.

»Manchmal nur, Jung. Ganz selten.«

Die Pensionierung war Onkel Torsten nicht leichtgefallen. Er war rüstig und gesund. Täglich spazierte er unten am Hafen entlang, sah die Schiffe kommen und gehen, betrachtete fachmännisch die Jachten, snackte hier und da mit den Leuten, die er kannte, trank einen Grog oder ein Bier und sah im Sommer den hübschen Mädchen nach, den langbeinigen in ihren Shorts. Dafür hatte er noch immer viel übrig.

»Rein theoretisch nur«, wie Tante Silke trocken hinzufügte, die Steffen über die Lebensgewohnheiten seines Onkel aufklärte. »Da kann ich man ganz beruhigt sein.«

»Dat denkst du«, sagte Onkel Torsten darauf, »das könnte dir so passen, een ollen Mann aus mir zu machen.«

Tante Silke lächelte überlegen. Und Steffen war glücklich, daß sich hier nichts verändert hatte. Zwei Jahre war er nicht dagewesen, jedenfalls nicht für einen längeren Aufenthalt. Und das begriff er nun selbst nicht mehr. Wo anders als hier gab es für ihn Ruhe und Erholung? Und wo auf der Welt gab es Menschen, außer diesen beiden, die ihn liebten, so wie er war, die ihn anerkannten und nichts an ihm verändern wollten? Er dachte dies auch im Hinblick auf Dorothy, und dies war zweifellos eine Ungerechtigkeit, er wußte es, aber es war die Folge der Verärgerung, in der sie sich getrennt hatten.

Was also, das war die Frage, die sich ihm stellte und die er sich möglichst während seines Aufenthalts hier beantworten wollte, sollte nun aus ihm werden?

Eine merkwürdige Frage für einen Mann seines Alters. Aber er fühlte sich nicht alt und schon gar nicht am Ende seines Weges angelangt. Er war noch unterwegs und noch lange nicht am Ziel, das er erstrebte.

Als er aus dem Krieg heimkam, arm und leer, in eine arme und leere Welt, da stellten sich diese Fragen ebenfalls, wenn auch in anderer Form. – Er wollte Theater machen, gutes Theater, nicht mehr als Schauspieler – als Regisseur. Damit hatte er schon in den dreißiger Jahren angefangen, erst bei einer Landesbühne, wo er noch spielte und dann auch inszenieren durfte, dann später in Berlin als Regieassistent bei Hilpert, heute, in seiner Erinnerung, die schönste und erfüllteste Zeit seines Lebens. – Dann also der Krieg, den er bis auf eine geringfügige Verwundung heil überstanden hatte. Er war sich bewußt, wieviel Glück, welch Geschenk das bedeutete. Verloren hatte er nicht viel. Viel hatte er nicht besessen. Seine kleine Wohnung in Berlin war hin, nun ja, dieses Schicksal teilte er mit vielen.

1943, kurz ehe Hamburg so grauenhaft zerstört wurde, hatte er Dorothy geheiratet. Auf einem kurzen Urlaub. Ohne Teilnahme ihrer Familie. Damals war es ihm egal und ihr vielleicht auch.

Er wollte sie haben, seit er sie das erstemal gesehen hatte. Das war, als er bei einem Film beschäftigt war, der in Norddeutschland gedreht wurde, kurz vor Kriegsbeginn.

Er kam damals oft nach Hamburg, seine Mutter lebte noch, und zwischen den Dreharbeiten verbrachte er jede freie Zeit bei ihr. Mit einem Freund kam er in den altberühmten NRV, den Regattaklub, dem die Hamburger Jeunesse dorée angehörte, und dort sah er Dorothy, als sie zusammen mit ihrem Bruder vom Segeln kam. Er saß an einem Tisch bei einem Glas Bier, das Boot kreuzte bei flauer Brise die Alster herauf, sein Freund sagte: »Zwei von den Burmeesters! Der Jüngste, Karl-Friedrich, und die einzige Tochter, der Liebling vom Alten.« Sie trug lange weiße Hosen und einen weißen Pullover, ihr Haar war lang und blond und wehte ihr um die gebräunten Wangen. Sie war von anmutiger Eleganz und dabei so bezaubernd hochmütig, sie schien nichts und niemand um sich herum zu sehen.

Zwei Tage später sah er sie zufällig in der Oper wieder, diesmal im langen Abendkleid, in Begleitung eines jungen Mannes und einer Dame. In der Pause stand er in ihrer Nähe, sah sie unverwandt an, und als ihre Augen sich trafen, lächelte er und machte eine kleine Verbeugung. Sie zog ein wenig die Brauen hoch und erwiderte kurz und kühl seinen Gruß.

Und dann ging er einfach zu ihr hinüber und sagte: »Wie nett, daß wir uns heute schon wiedersehen.«

Das traute er sich. Er war jung, gut aussehend, und daß er Erfolge bei Frauen hatte, wußte er gut genug, Sicheres Auftreten hatte er beim Theater gelernt. Mit seinem Überfall hatte er sie verblüfft. Das Paar in ihrer Begleitung musterte ihn verwundert. Er nannte seinen Namen, und Dorothy sagte leicht verwirrt von seinen grauen Augen und seinem Lächeln: »Oh, ich weiß im Moment nicht...«

»Aber gnädiges Fräulein, im Regattaverein neulich hatte ich das Vergnügen.«

»Ach so«, machte sie vage, und ihr rascher, leicht amüsierter Blick machte ihm klar, daß sie ihn durchschaute. Wer in diesem illustren Verein zugelassen war, das wußte sie und den kannte sie auch. Ihn aber kannte sie nicht.

Es war, wie sie ihm später gestand, bei ihr ebenfalls Liebe auf den ersten Blick. Denn sonst hätte sie ihn deutlich abblitzen lassen. So duldete sie es, daß er den Rest der Pause bei ihr und ihren Freunden blieb.

Am Ende der Pause küßte er ihr die Hand – in Hamburg nicht eben Sitte – und fragte leise: »Kann ich Sie morgen wiedersehen?« Sicher war es einer Burmeester-Tochter noch nie passiert, von einem Wildfremden so ungeniert um ein Rendezvous gebeten zu werden. Und als sie ihn verblüfft ansah, nicht ganz klar, sollte sie ihn zurechtweisen oder einfach stehenlassen, sagte er schon: »Ich werde um vier Uhr am Uhlenhorster Fährhaus sein.«

Nichts weiter. Kurz und bündig. Und – was er eigentlich gar nicht erwartet hatte – sie kam.

Sie kam eine Viertelstunde nach vier, sagte nebenhin, wobei sie ein wenig errötete: »Ich habe meine Tante besucht, sie wohnt hier ganz in der Nähe. Und da wollte ich doch mal sehen, ob Sie wirklich ...«

»Ob ich wirklich die Frechheit habe, hier auf Sie zu warten. Ich habe sie. Und Sie sind so kühn, mal vorbeizuschauen. Danke, Fräulein Burmeester.«

Sie gingen eine Weile an der Alster spazieren. Als sie hörte, was sein Beruf war, schien sie ein wenig schockiert und neugierig zugleich zu sein. Leider müsse er am nächsten Tag wieder fort, sagte er. Dreharbeiten in der Heide. Er habe zwar nur eine kleine Rolle, aber für die nächsten acht Tage sei er beschäftigt. Ob er dann, wenn er nach Hamburg zurückkäme, bei ihr anrufen dürfe?

»Ich denke, Sie wohnen in Berlin?«

»Ich käme auch nur Ihretwegen nach Hamburg.«

»Und wenn ich sage, Sie dürfen mich nicht anrufen?«

»Dann komme ich eben nicht.« Er sagte das in aller Ruhe, und das ärgerte sie wohl ein wenig.

»Von mir aus brauchen Sie nicht zu kommen«, gab sie zur Antwort, ganz schnippisches junges Mädchen, die damenhafte Allüre im Moment vergessend.

»Ich würde es aber sehr bedauern, Sie nicht wiederzusehen«, meinte er darauf.

Seine Augen, sein Lächeln. Schweigend und ganz offensichtlich etwas verwirrt ging sie neben ihm her. Dann blieb sie plötzlich stehen.

»Hier wohnt meine Tante. Leben Sie wohl!«

Überrascht schaute er das schlößchenartige Haus an, das dekorativ inmitten einer samtgrünen Rasenfläche lag, eins dieser hübschen alten Häuser auf dem Uhlenhorst. Ohne zu wissen, daß er später in diesem Haus leben würde.

»Aber ich denke, Sie haben Ihre Tante schon besucht?«

»Nein. Habe ich das gesagt? Ich will sie erst besuchen.«

»Ah so. Und ich dachte, wir trinken irgendwo zusammen Kaffee.«

»Tut mir leid, das geht nicht. Ich bin zum Tee bei Tante Emily.«

»Darf ich also anrufen, wenn ich wiederkomme?«

Sie schüttelte den Kopf. »Ich – glaube nicht, Herr Rau.«

»Und warum nicht?«

»Es geht wohl nicht.« Sie streckte ihm die Hand hin, er nahm die Hand und hielt sie fest.

»Sie müssen mir schon einen Grund sagen.«

Sie hob unschlüssig die Schultern, wollte ihre Hand wegziehen, aber er ließ sie nicht los. Na gut, dann hatte er eben nicht die Manieren ihrer Kreise, das sollte sie ruhig merken.

»Warum nicht? Sagen Sie es schnell und ehrlich.«

Ärgerlich riß sie die Hand los. »Ich – ich habe keinen Grund.« Er lachte. »Schnell und ehrlich. Wie gewünscht. Dann werde ich Ihnen genauso schnell und ehrlich den Grund sagen, warum ich Sie wiedersehen möchte. Weil Sie mir gefallen.«

Sie verzog spöttisch den Mund. »So etwas habe ich mir fast gedacht.«

So ging es eine Weile hin und her zwischen ihnen. Sie hatte zwar Abschied genommen, blieb aber mit ihm dort stehen vor Tante Emilys Haus, und das war zweifellos für eine junge Dame ihrer Kreise nicht ganz comme il faut. Es war ein Geplänkel und, wenn man es genau nahm, bereits ein Flirt.

Dann ging die Tür zum Haus auf, und eine weibliche Gestalt im schwarzen Kleid mit weißer Schürze erschien und kam gemessenen Schrittes den Gartenweg herbei.

Er sah sie, bevor Dorothy es sehen konnte.

»Mir scheint, man will die kostbare Fracht an Land holen«, sagte er.

Sie drehte sich um und machte leise und erschrocken: »Oh! Sie haben mich gesehen.« Und dann verlegen lächelnd: »Tag, Binchen.«

»Guten Tag, gnädiges Fräulein«, erwiderte Binchen mit Würde. »Das gnädige Fräulein möchte gern wissen, warum das gnädige Fräulein hier draußen steht und nicht hereinkommt. Und wenn das gnädige Fräulein einen Gast mitgebracht hat, soll sie ihn nicht vor der Tür stehenlassen.«

»Aber . . .«, begann Dorothy – doch da bekam Binchen schon ein Lächeln von Steffen, und er rief erfreut: »Soll das heißen, daß ich auch zum Tee eingeladen bin?«

Das war zweifellos reichlich frech, Dorothy fand das, und Binchen fand das sicher auch, aber Tante Emily, die Steffen kurz darauf kennenlernte, fand es großartig.

»Endlich mal ein Mensch«, kommentierte sie nach einer halben Stunde, in der sie Steffen einer strengen Prüfung unterzogen hatte.

»Ein netter Junge, dein Bekannter, Dorothy. Du darfst ihn wieder einmal mitbringen.«

Wie neu ihre Bekanntschaft war, hatten sie Tante Emily zu diesem Zeitpunkt noch nicht gebeichtet.

So fing das an.

Er kam wieder, als die Dreharbeiten zu Ende waren. Er fuhr nach Berlin zurück und hatte die stolze, verwöhnte Burmeester-Tochter bereits geküßt.

Dann begann der Krieg. Er trennte sie, räumlich. Aber in anderer Weise brachte er sie einander näher. Als er nach dem Frankreichfeldzug Urlaub hatte, verbrachte er ihn ganz in Hamburg, und sie waren täglich zusammen. Damals sagte er bereits: »Ich möchte dich heiraten. Meinst du, es wird möglich sein, daß du von deinem hohen Sockel heruntersteigen kannst?«

Sie mochte solche Worte nicht. Für sie war es kein hoher Sockel, für sie war es die gewohnte Lebensform und der vertraute Kreis. – Er brachte sie zu seiner Mutter. Er wußte, was er beiden damit antat. Seine Mutter hatte als junges Mädchen in einem der Prachthäuser an der Elbchaussee als Dienstmädchen gearbeitet, ehe sie den Fischer Rau heiratete. In einem von diesen Landsitzen, in denen auch Dorothy Burmeester lebte und aufgewachsen war.

Für beide Frauen, für die junge und für die ältere, war es eine schwierige Situation. Aber beide meisterten sie auf ihre Art großartig, mit echter, angeborener Würde. Auch seine Mutter. Und das freute ihn.

Als er wieder fortmußte, erst nach Norwegen, später nach Rußland, besuchte Dorothy seine Mutter gelegentlich. Als er davon hörte, war er glücklich. Vielleicht war das der Moment, wo das Spiel aufhörte, als er begann, sie wirklich zu lieben. Denn seine Mutter lebte sehr einsam und hatte Sorgen. Sein Vater war im Ersten Weltkrieg gefallen, und jetzt waren ihre beiden Söhne wieder dem Unheil ausgeliefert. Sein Bruder Uwe fuhr zur See, und er selbst war in Rußland.

Seine Mutter erlebte noch die Hochzeit zwischen ihm und Dorothy. Sie starb im letzten Kriegsjahr an einem Herzleiden.

So mußte sie nicht erleben, daß Uwe nicht mehr heimkehrte. Auch von Elke, dem dritten ihrer Kinder, hätte sie sich trennen müssen. Elke heiratete nach Amerika.

Steffen hatte außer Torsten Rau, dem Bruder seines Vaters, und dessen Frau und Sohn Hannes keine eigene Familie mehr. Auch das ein Grund, daß er so an ihnen hing. Natürlich hatte er Dorothy. Aber keine Kinder.

Dies war ein Thema, das seit langem zwischen ihm und Dorothy tabu war.

Er wußte, daß Dorothy sich Kinder gewünscht hatte. Ihm selbst war es in den ersten schwierigen Jahren nach dem Krieg, als er noch nicht wußte, was aus ihm werden sollte, keineswegs als Manko erschienen, kinderlos zu sein. Das Leben war für zwei Erwachsene schwierig genug. Aber später, als die Verhältnisse sich besserten und er Karriere machte, bedauerte er es auch. Schon Dorothy zuliebe. Ihr Leben war unausgefüllt. Gearbeitet hatte sie nie. Der Haushalt lief von selbst, und seiner Berufswelt blieb sie fremd. Sie hätte Kinder haben sollen.

An ihm lag es nicht; er hatte sich, ohne es ihr zu sagen, untersuchen lassen. Ob sie es getan hatte, wußte er bis heute nicht. Sie war sehr verschlossen in diesen Dingen.

Vielleicht, so dachte er manchmal, war es letzten Endes doch seine Schuld. Dorothy war eine kühle Geliebte. Es war ihm nie gelungen – in all den Jahren nicht –, das zu ändern. Es beeinflußte seine Liebe, seine Zuneigung nicht im geringsten, aber es war immerhin der Grund, daß er sie manchmal betrog.

Steffen hatte viel zu denken, wenn er an diesen stürmischen Frühlingstagen unterwegs war. Er war viel unterwegs. Er lief das Brodtener Steilufer entlang, im dicken Rollkragenpullover, einen Anorak darüber. Der Wind zerwühlte sein Haar, und er schmeckte den salzigen Wind auf den Lippen. Wie er das Meer liebte! Grau und glatt lag es da unten ausgebreitet, doch manchmal stieg es wild und böse an dem zerrissenen Ufer empor, an dem es Jahr für Jahr fraß. Er ging landeinwärts durch das kahle Land, das im Sommer grün und fruchtbar war, besuchte seinen Vetter Hannes in Gneversdorf.

Hannes war Onkel Torstens einziger Sohn, und es war ein echter Kummer für Onkel Torsten gewesen, daß Hannes nicht zur See fahren wollte. ›Wollte‹ war nicht der richtige Ausdruck. Er war genau wie Steffen in Gothmund, dem alten Fischerdorf an der Trave, aufgewachsen, war nur länger dort geblieben als Steffen und hatte es früh gelernt, ein Boot zu führen. Daß er nach

Gneversdorf, dem grünen Bauerndorf hinter den alten Bäumen, kam und ein Bauer wurde, daran war die Liebe schuld. Antje Borgmann erbte den Hof ihres Vaters; der größte und schönste Hof in Gneversdorf. Und Antje war es, die Hannes liebte. So kam er statt aufs Meer auf das Land. Und war zufrieden damit.

Steffen besuchte Hannes sehr oft in dieser Zeit. – Sie hatten vier Kinder, Hannes und Antje, hübsch verteilt: zwei Jungen, zwei Mädchen. Der älteste arbeitete auf dem Hof und würde im kommenden Sommer heiraten. Der jüngste ging auf die Seefahrtschule in Lübeck und würde die Tradition der Rau-Familie fortsetzen. Die beiden Töchter gingen noch in die Schule.

Wenn man die Vettern nebeneinander sah, Steffen und Hannes, hätte man meinen können, sie seien Brüder. Sie waren etwa im gleichen Alter. Beide groß und blond mit den hellen Seefahreraugen, dem kühnen Mund und der lässigen Ruhe. Seltsam – daß der eine ein Bauer und der andere ein Künstler war.

»Man könnte euch austauschen«, sagte Antje. »Verwechseln könnte man euch.«

»Na, das müßte man einen komischen Film abgeben, den ich da machen würde«, sagte ihr Mann lachend.

Steffen widersprach nicht. Er konnte sich durchaus vorstellen, in dem alten Bauernhaus mit dem tiefgezogenen Reetdach zu wohnen, über seine Felder zu gehen, sein Getreide zu ernten, seine Tiere zu füttern. Er hatte romantische Vorstellungen vom Landleben; das brachte natürlich sein Beruf mit sich. Im Grunde war der Rau-Hof in Gneversdorf ein ganz modernes, von Maschinen strotzendes Unternehmen. Immerhin hatte Hannes noch zwei Pferde im Stall stehen, mit denen er gern über Land fuhr und die man auch reiten konnte.

Die meiste Zeit verbrachte Steffen auf dem Wasser. Wenn das Wetter nicht zu stürmisch war, lieh ihm Fischer Bork seine Jolle, und dann segelte er in die Ostsee hinaus.

Eine schöne Zeit für Steffen Rau – eine Zeit der Erholung und der Besinnung. Und dennoch fand er keine Ruhe. Er war rastlos, auch als er schon zwei Wochen dieses Leben führte. Genaugenommen wurde er immer rastloser. Manchmal hatte er das Gefühl, er müsse irgend etwas zwischen die Hände nehmen und zerbrechen. Müsse etwas Gewalttätiges, Wildes tun, obwohl er absolut kein Mensch war, der zu Wildheit und Gewalt neigte.

In dieser Situation war es, daß er Jovana wieder begegnete.

Er hatte sie keineswegs vergessen, wie Jovana vermutet hatte. Er vergaß niemals etwas, was ihn beeindruckt hatte, weder Menschen noch Orte, noch Dinge. So hatte er auch Ahlsen nicht vergessen. Vielleicht deswegen, weil es mit »Zwielicht« zusammenhing. Weil er dort gewesen war, um für diesen Film den Hintergrund zu finden, diesen düsteren, verschlafenen Ort, den ein Mensch aufwecken wollte, indem er sich gegen die Zeit stellte. Und das Mädchen Jovana war ihm damals schon nicht so unbedeutend vorgekommen, daß man sie einfach aus dem Gedächtnis verlor, was nur bei unwichtigen und unbrauchbaren Dingen geschah. Er hatte sich manchmal an das Gespräch neben den Bahngleisen erinnert, sah ihr lebendiges ausdrucksvolles Gesicht vor sich.

Als er ihr vor seinem Haus auf dem Uhlenhorst begegnete, erkannte er sie sofort wieder.

Der Zettel auf seinem Schreibtisch, auf den seine Frau den Namen Röger geschrieben hatte, unter vielen anderen Namen, und den er vorfand, als er damals aus München zurückkam, hatte ihm natürlich nichts gesagt.

Aber als er aus seinem Wagen stieg, an einem kühlen regnerischen Tag im April, und auf sein Haus – auf Dorothys Haus – zuging, sah er ein Stück entfernt eine schmale Gestalt, die sich hastig abwandte. Irgend etwas kam ihm bekannt daran vor. Er ging durch die Gartentür, blieb stehen, sah zurück, die Gestalt war auch stehengeblieben, blickte zu ihm, wandte sich nun wieder ab und ging eilig davon.

Steffen hatte scharfe Seefahreraugen. Er drehte sich um, ging auf die Straße hinaus und rief: »Jovana!«

Sogar ihren Namen wußte er noch. Sie blieb stehen, wie von einem Schlag gerührt. Es dauerte eine Weile, bis sie es wagte, sich umzudrehen. Dann kam sie langsam auf ihn zu.

Er stand vor dem Gartentor und sah ihr entgegen. Es war ein anderes Bild als damals, nicht das rote Röckchen über den nackten Beinen. Sie trug einen grauen Mantel, der ihr nicht stand, ihre Lippen waren zu grell geschminkt, ihr Gesicht wirkte älter, blaß und sehr mager, die Augen riesengroß darin. Vielleicht lag es auch an der Frisur. Damals hatte sie das Haar offen getragen, jetzt war es straff aus dem Gesicht gekämmt und am Hinterkopf zu einem Pferdeschwanz zusammengefaßt. Es machte ihr Gesicht hart, aber auch sehr prägnant, und das erste, was ihm wieder auffiel, war dieser seltsame Mund, auch wenn er jetzt zu rot war, groß und eigenwillig, mit dieser merkwürdig steilen und geraden Unterlippe.

»Wo kommst du denn her?« fragte er, als sie vor ihm stand.

»Sie kennen mich noch?« fragte sie atemlos.

»Natürlich. Hast du hier auf mich gewartet?«

»Ich wußte nicht, daß Sie heute kommen würden. Ich war bloß hier ...«, sie hob die Schultern, »bloß so ...«

»Was heißt das?« fragte er ohne Lächeln, sehr streng und mit harter Stimme, wohl um zu verbergen, wie er von ihrem plötzlichen Erscheinen angerührt war. Was für ein Gesicht, dachte er. Sie sieht aus wie das Mädchen, das stumme Mädchen in »Zwielicht«. Genauso müßte dieses Mädchen, das keinen Namen hatte, aussehen. Er wußte nicht, wie er darauf kam. Vielleicht deswegen, weil er eben von einer Verhandlung kam, die sich mit diesem Film – wieder einmal – beschäftigt hatte.

Zur Zeit dachte man an eine Koproduktion, um die Kosten und das Risiko zu teilen. Eine amerikanische Firma war an dem Stoff sehr interessiert. Worauf es ankam, war nur, daß ihm die Regie an dem Film blieb, daß man ihn nicht ausbootete. Aber offenbar bestand diese Gefahr nicht. Er war gestern von Travemünde hereingekommen, um die Herren heute in den »Vier Jahreszeiten« zu sprechen. Das Gespräch war relativ erfreulich verlaufen. Und da er abergläubisch war – ein Fischer und ein Künstler zugleich –, schien ihm dieser Tag bedeutungsvoll zu sein.

Nun stand dieses Mädchen vor ihm!

Sie gab keine Antwort. Sah ihn stumm an mit diesen großen graugrünen Augen in dem blassen, irgendwie hart gewordenen Gesicht, dessen Haut sich über den Backenknochen spannte.

»Woher wußtest du, daß ich hier wohne?«

»Sie haben mir Ihre Telefonnummer gegeben.«

»Richtig. Meine Telefonnummer. Aber nicht meine Adresse.«

»Ich habe zweimal angerufen, aber Sie waren nie da.«

»Und woher hast du die Adresse?«

»Von Frau Norden-Ballinghusen.«

Er zog die Brauen hoch. »Wer ist denn das?«

Nun reckte sie sich ein wenig, schob die Unterlippe vor und antwortete mit einem gewissen Stolz: »Meine Lehrerin.«

»Deine was?« – »Meine Lehrerin.«

»Was für eine Lehrerin? Und was machst du überhaupt in Hamburg?«

»Ich habe Ihnen doch gesagt, daß ich nach Hamburg will. Daß ich nicht in Ahlsen bleibe. Ich bin gleich nach Weihnachten gekommen. Und von Ahlsen bin ich schon letzten Herbst weggegangen. Ich wollte nicht mehr dort bleiben.«

»Und was machst du jetzt hier?«

Sie reckte sich noch mehr und hob das Kinn. »Ich werde Schauspielerin.«

Das verschlug ihm für einen Moment die Sprache. Er starrte sie an, als sei sie übergeschnappt.

»Du wirst Schauspielerin?«

»Das wollte ich schon immer. Und jetzt werde ich es. Bettina Norden-Ballinghusen ist meine Lehrerin. Bettina Norden, sie war mal eine berühmte Schauspielerin. Sie müßten sie eigentlich kennen. Sie kennt Sie auch, Herr Rau.«

»So, sie kennt mich. Und sie hat dir gesagt, daß ich hier wohne.«

»Ich habe ihr gesagt, daß ich Sie damals in Ahlsen kennengelernt habe. Und sie hat gesagt: Ich bin zwar dagegen, daß du im Film verbraten wirst, du bist begabt, aber der Rau ist auch begabt. Der kann mehr, als er jetzt macht, und es ist auf jeden Fall gut, ihn zu kennen. Ruf nur immer wieder mal an. Und dann hat sie mir gesagt, wo Sie wohnen. Sie weiß alles. Sie weiß auch, wo die berühmten Leute wohnen.«

»So.«

Der graue Himmel hatte sich entschlossen, noch grauer zu werden, und es fing an, leise von ihm herabzutröpfeln.

Steffen blickte das Mädchen unentschlossen an. Jovana legte hochmütig den Kopf in den Nacken. »Ich hatte nicht die Absicht, Sie zu belästigen, Herr Rau. Es war nett, Sie wiederzusehen. Dann geh' ich jetzt. Auf Wiedersehen.«

Das brach den Bann. Steffen lächelte amüsiert. »Diese stolze Haltung anerkannten Regisseuren gegenüber wirst du dir abgewöhnen müssen, wenn du in *der* Branche Karriere machen willst. Das wird dir Frau Norden-Dingsbums sicher auch noch beibringen. Na, dann komm mal mit.«

Wie rasch ihr Ausdruck wechselte! Kindliches Erstaunen jetzt in dem kleinen blassen Gesicht. »Wohin?«

»Mit mir ins Haus. Wir werden zusammen Tee trinken. Und du wirst mir erzählen, was du alles angestellt hast.«

Binchen gab es in Tante Emilys Haus nicht mehr. Es gab jetzt eine, die sich Lolo nannte und auch so aussah, aber trotzdem sehr tüchtig war, denn Binchen hatte sie noch angelernt.

Binchen hatte ausgeharrt, bis sie sich kaum mehr auf den Füßen halten konnte. Sie war achtundsiebzig, als sie vor vier Jahren das Haus auf dem Uhlenhorst verließ, um ihre restlichen

Tage in einem schönen, gepflegten Altersheim zu verbringen, in dem Tante Emily noch einen Platz für sie gekauft hatte. Ein Vierteljahr hatte sie die Lolo gedrillt, und es war ein Wunder, daß diese das ausgehalten und nicht nach acht Tagen davongelaufen war.

»Das haben wir nur dir zu verdanken«, sagte Dorothy damals. »Bei Steffen Rau im Dienst zu sein ist das Zweitschönste, was sie sich vorstellen kann, wenn sie schon kein Filmstar werden kann.«

Denn Lolo war ein verhinderter Filmstar, das zeigte ihre Attitüde, und die ließ sie sich nicht nehmen. Leider schielte sie ein wenig, und sie lispelte, zwei Gründe, die einer Karriere wohl im Wege gestanden hatten. Ansonsten war sie sehr tüchtig. Und für Steffen Rau hätte sie sich in der Luft zerreißen lassen.

Daher betrachtete sie auch ein wenig mißtrauisch den unvermuteten Besuch, den er da ins Haus brachte.

Steffen bändigte sie wie gewohnt mit seinem Lächeln.

»Tee, Lolo, und Gebäck und eine Flasche Rum. Sonst was gewesen?«

»Die gnädige Frau hat angerufen.«

»Und?«

»Sie ruft später noch mal an.«

Er hatte gestern mit London telefoniert, Dorothy nicht erreicht, aber erfahren, daß sie noch bleiben würde.

Jovana ließ sich den scheußlichen grauen Mantel abnehmen. Darunter trug sie einen grauen Rock und einen gelben Pullover, das war schon besser. Sie folgte ihm stumm und mit staunenden Augen in Tante Emilys Grünen Salon, so hieß das große Zimmer, das mit den breiten Türen auf den Garten hinausging.

Sie setzte sich artig in einen Sessel und blickte erwartungsvoll zu ihm auf.

»So, da bist du also«, sagte Steffen. »Jovana aus Ahlsen. Nicht zu glauben. Schauspielerin!« Er schüttelte den Kopf. »Wie bist du bloß auf die Idee gekommen?«

»Ich wollte das immer schon.«

»So. Und warum?«

Sie hob die Schultern. »Ich weiß auch nicht. Ich wollte es eben.«

»Die meisten Mädchen wollen es irgendwann.«

»Die meisten Mädchen wollen zum Film. Ich will eine richtige Schauspielerin werden.«

»Aha.«

»Meine Mutter war auch Schauspielerin.«

Das war immerhin ein Grund, den er gelten ließ.

»Schön, dann erzähl mal der Reihe nach.«

Das tat sie. Der Aufenthalt in M. wurde nur gestreift, die Übersiedlung nach Hamburg und die erste Zeit ausführlicher behandelt. Er hörte von Frau Buer und Herrn Pünjer, dem alten Seemann, die man beide als eine Art von Mäzenen betrachten durfte, denn durch sie kam Jovana gelegentlich zu einer warmen Mahlzeit.

»Meine Miete habe ich aber bisher immer bezahlt. Und jetzt kriege ich bald eine Stellung, damit ich etwas verdiene.«

»Was für eine Stellung?«

»In einem kleinen Laden am Neuen Wall. Als Verkäuferin. Das habe ich ja mal gelernt.«

»Und wie ist das nun mit dieser sagenhaften Frau Soundso? Wie bist du an die gekommen?«

Das war nun ein besonderer Glücksfall gewesen. An eine Schauspielschule war nicht zu denken, denn wie sollte sie das bezahlen.

»Indem du eine Eignungsprüfung gemacht hättest und, wenn du wirklich begabt wärst, vielleicht ein Stipendium bekommen hättest.«

»Ich habe mich nicht getraut«, erwiderte sie schlicht. »Ich wußte auch nicht, wie man das anfängt.«

Frau Bettina Norden-Ballinghusen lernte sie durch die Leihbücherei kennen, wo sie sich die Bücher holte, die sie in rauhen Mengen konsumierte. Nach und nach war sie mit der Leihbüchereifrau ganz gut bekannt geworden. Sie war die erste, der sie anvertraute, daß sie Schauspielerin werden wollte. Damit fand sie offene Ohren und bekam den Rat, sich einmal bei Frau Norden-Ballinghusen einzufinden, die eine sehr berühmte Schauspielerin gewesen sei. Da könne sie sich prüfen lassen.

Bettina Norden wohnte in Altona in einem einst vornehm gewesenen alten Haus, das heute ein bißchen klapprig wirkte.

»Kannst du was vorsprechen?« fragte sie.

Jovana konnte.

Sie kniete nieder und faltete die Hände. »Ach, neige, du Schmerzensreiche, dein Antlitz gnädig meiner Not. Das Schwert im Herzen, mit tausend Schmerzen...« Sie sprach es, wie ihre Mutter es gesprochen hatte. Und das ›Ach!‹ brachte sie mit dem gleichen kleinen rauhen Schrei heraus wie ihre Mutter damals.

»Was noch?« fragte die Norden, ohne eine Miene zu verziehen.

»Eilende Wolken, Segler der Lüfte...«

Dann etwas von Shakespeare. Dann die Luise. Und Frau Norden sah mit Befriedigung, daß die Kleine echte Tränen in den Augen hatte.

»Am nächsten Tag hat sie gesagt, sie wird mir Unterricht geben«, berichtete Jovana eifrig. »Sie nimmt nicht viel Geld dafür, weil sie weiß, daß ich keins habe; ich kann sie später bezahlen, wenn ich Geld verdiene. Jetzt muß ich nur Sprechübungen machen. Sie schlägt einen Ton auf dem Flügel an, und ich muß ihn aushalten, richtig abstützen, wissen Sie, und dann gibt es so Verse als Sprachübung...«

»Der kleine Hey, ja, ich weiß«, winkte Steffen ab, »sehr nützlich. Und wie lange machst du das jetzt?«

»Seit drei Wochen.«

»Und wie oft?«

»Jeden Tag. Ich bin jeden Tag bei Frau Norden. Ich helfe ihr ja auch; ich kaufe für sie ein, sie kann nämlich schlecht laufen, und ich räume bei ihr auf, und darum gibt sie mir den Unterricht so billig.«

»Und wenn du die Stellung da in dem Laden anfängst, was wird dann?«

»Das ist erst im nächsten Monat. Nur halbtags. Das kann ich alles schaffen. Aber Frau Buer hat gesagt, ich muß etwas verdienen, sie läßt mich auf keinen Fall gratis wohnen, sie braucht ihr Geld, sie findet das überhaupt total blödsinnig mit der Schauspielerei, aber Magda findet es prima. Sie hat mich schon zweimal ins Theater eingeladen.«

»Wer ist Magda?«

»Magda Kleine. Sie wohnt auch bei Frau Buer, sie ist Sekretärin, und sie geht sehr oft ins Theater.« Und nun wieder kindlich und ganz beglückt: »Wenn ich ihr erzähle, daß ich bei Ihnen war, dann fällt sie glatt vom Stuhl.«

»Und du bildest dir ein, du bist wirklich begabt?«

Ohne jeden Zweifel, ohne Zaudern kam die Antwort. »Ich weiß es.«

Steffen sah sie nachdenklich an, lauschte dem Klang ihrer Stimme nach. Die Stimme hatte zweifellos einen ganz eignen Reiz, ein ganz unverwechselbares Timbre. Sie sprach ohne Dialekt, sehr deutlich. Offenbar hatte sie schon etwas gelernt bei ihrer Lehrerin.

»Wenn ich fleißig bin, sagt Frau Norden, kann ich vielleicht schon in einem Jahr ein Engagement bekommen.«

»Ein Jahr ist wohl ein bißchen wenig. Wann hat sie denn zuletzt gespielt, deine Frau Norden?«

»Oh, sie hat lange nicht mehr gespielt. Sie durfte nicht. Ihr Mann war Jude, und weil sie sich nicht scheiden lassen wollte, durfte sie nicht mehr auftreten in Deutschland. Dann ging sie nach Wien und später nach Prag. Denken Sie, sie kennt Prag, und darum will sie mir auch besonders gern helfen. Sie sagte, es sei die schönste Stadt, die sie kennt.«

»Ballinghusen klingt nicht gerade wie ein jüdischer Name.«

»Das war ihr zweiter Mann. Ihr erster hieß Cohn.«

»Ausgerechnet.«

»Ja. Er ist gestorben. Noch im Krieg. Aber ganz von selber, die Nazis haben ihn nicht umgebracht. Sie sagt, sie hätte das nie zugelassen. Es ist ihnen sehr schlecht gegangen. Sie hat heimlich als Souffleuse gearbeitet. Nach dem Krieg ist sie dann nach Hamburg gekommen. Zum Theaterspielen war sie zu alt, sagt sie, und darum hat sie Herrn Ballinghusen geheiratet. Weil der pensionsberechtigt war.«

Steffen lachte erheitert. »Zum Heiraten fühlte sie sich demnach nicht zu alt. Was macht denn Herr Ballinghusen?«

»Er war beim Finanzamt, der Ballinghusen.«

»Wie schön! Da du von ihm in der Vergangenheit sprichst, hat er offensichtlich ebenfalls das Zeitliche gesegnet.«

»Er ist vor zwei Jahren gestorben. Aber sie kriegt nun die Pension.«

»Das freut mich für deine Frau Norden. Sonst könnte sie dir kaum den billigen Unterricht geben.«

Jovana nickte. »Ja, das sagt sie auch.«

Der Tee war ausgetrunken, eine große Kanne voll, und das Gebäck, englischer Kuchen und eine Schale voll Kekse, war von Jovana bis zum letzten Krümel aufgegessen worden.

Steffen befand sich in einer merkwürdig aufgeschlossenen Stimmung. Fast ein wenig gerührt betrachtete er das Mädchen, das ihm da ins Haus geschneit war; genauso unvermutet und genauso ungewöhnlich war die Begegnung wie beim erstenmal. Sie sah jetzt wieder hübscher aus, die Augen blitzten, die Wangen waren gerötet, und dieser lebendige Mund, der wechselnde Ausdruck ihres Gesichts faszinierten ihn.

»Mach mal diese Spange da aus deinem Haar«, sagte er.

Sie löste ihr Haar, das ihr nun rechts und links über die Schultern fiel. Es war länger als im Sommer, braun mit einem Goldschimmer darin, und sofort wurde ihr Gesicht weicher und mädchenhafter.

»Ich trage es so, weil ich dann nicht zum Friseur gehen muß«, erklärte sie. »Das kann ich mir nicht leisten.«

Irgend etwas zwang ihn, sie zu berühren. Er stand auf, trat neben sie, strich ihr das Haar aus der Wange, ein wenig hinter das Ohr, bog ihr Gesicht zu sich empor.

Sie muß fotogen sein, dachte er. Diese betonten Backenknochen, die großen Augen, der Mund – ich glaube, daß sie gut herauskäme. Der Teufel soll das kleine Luder holen, vielleicht ist sie wirklich begabt.

Er wußte nicht, was Jovana dachte, denn ihr Gesicht, das sich ihm entgegenhob, war jung, unschuldig und weich.

Sie dachte: Daß ich dich heute getroffen habe, daß du gekommen bist, gerade als ich dort stand, das ist Schicksal. Zum fünftenmal war ich heute vor deinem Haus, und ich wußte, ich wußte, daß du eines Tages kommen würdest. Ich habe es gewollt, erzwungen mit meinen Gedanken, daß du kommst.

Steffen Rau hatte keine Ahnung, welch starkem Willen, welch ungebrochener Kraft er hier gegenüberstand. Er wußte zwar schon viel über das Leben dieses Mädchens, aber er wußte trotzdem nichts von ihrem Wesen. Daß sie genau aus jenem Material geschaffen war, das nicht zu zerbrechen und kaum zu biegen war. Daß sie hart genug war, das durchzuführen, was sie sich vorgenommen hatte. Nur etwas spürte er wieder, genau wie damals, als sie in der Heide saßen: Sie ist kein Durchschnitt, sie ist eine Persönlichkeit.

Sie hatte ihm bereitwillig alles erzählt, hatte alle Fragen beantwortet. Aber auch nachdem eine Stunde vergangen war, hatte er das Gefühl, noch nicht genug zu wissen. Das war seltsam. Er interessierte sich zwar für Menschen und ihre Entwicklung, aber er war nicht neugierig. Vielleicht lag es daran, daß er ihre Stimme so gern hörte.

»Wie war das in Ahlsen«, begann er noch einmal von vorn, »haben sie dich so ohne weiteres gehen lassen?«

Jovana erzählte, wie sich das mit ihrem Auszug aus Ahlsen abgespielt hatte.

»Und deine große Liebe, der junge Ehemann?«

»Ich habe ihn vergessen.«

»Weil du dich wieder verliebt hast?«

Sie schüttelte den Kopf.

»Aber du hast doch sicher einen Freund?«

»Nein. Ich habe keinen Freund.«

»In der ganzen Zeit? Keinen Freund?«

»Nein«, sagte sie hochmütig. »Ich brauche keinen. Meine Karriere ist mir wichtiger.«

Das Wort Karriere sprach sie mit der größten Selbstverständlichkeit aus. Und wie sie es sagte, schien es durchaus glaubhaft, daß es in ihrem Denken und Fühlen beherrschend geworden war. Die Sache mit Herrn Bergmann hatte sie vergessen. Das war weniger als nichts gewesen.

Wenn sie nicht lügt, überlegte Steffen, dann hat sie offenbar nur Umgang mit älteren Leuten. In einer Schauspielschule wäre ihre Ausbildung zweifellos unterhaltender. Ob auch gründlicher, blieb offen. Er würde sich bei Gelegenheit diese Frau Norden mal anschauen. Bei diesem Gedanken angelangt, wunderte sich Steffen über sich selbst. Warum fühlte er sich für dieses Mädchen verantwortlich?

Falsch. Er fühlte sich nicht verantwortlich – das war Unsinn. Sie interessierte ihn einfach, das war es. Und da er aus Erfahrung wußte, daß ihn unbedeutende Dinge oder Menschen niemals ernsthaft interessierten, blieb also nur der Schluß, daß sie eben nicht unbedeutend war. Er dachte nicht: für mich. Er dachte es nur allgemein.

Sie sprach jetzt von ihren ersten Eindrücken in der großen Stadt und wie gut es ihr immer am Hafen gefiel.

»Einmal, wenn ich etwas Geld gespart habe, werde ich ans Meer fahren. Es muß herrlich sein. Aber eine Hafenrundfahrt habe ich gemacht.«

»Das Meer, ja, das mußt du einmal sehen. Ich liebe es auch.«

In diesem Augenblick klingelte das Telefon. Er ging hinüber in sein Arbeitszimmer.

Dorothy war am Apparat. – Es ginge ihr gut, ihm hoffentlich auch, ob er sich gut erholt habe, ob er noch länger in Travemünde bleiben wolle?

Flüchtig dachte Steffen daran, ihr zu sagen: Ich komme morgen nach London und hole dich ab. Aber er hatte immer noch keine Lust auf die Familie.

»Ich denke, daß ich noch eine Woche bleiben kann«, sagte er statt dessen.

Daraufhin erfuhr er, daß sie die Absicht habe, mit Karl-Friedrich und seiner Frau nach den Vereinigten Staaten zu fliegen, zu einem Besuch bei Muriel. Muriel war ihre Cousine.

»Was meinst du? Sie hat mich schon so oft eingeladen. Ich habe sie seit Jahren nicht gesehen.«

Steffen fühlte eine Aufwallung von Ärger. Aber er ließ es sich nicht anmerken. »Wenn es dir Spaß macht. Dann bekomme ich dich also noch lange nicht zu sehen?«

»Macht es dir etwas aus?« fragte sie kühl, und das war ungerecht.

»Nicht im geringsten«, erwiderte er grob. »Ich wünsche dir viel Spaß.«

Damit war nun nichts gebessert. Und die Verstimmung, mit der sie sich getrennt hatten, war eher noch vertieft.

Als er in den Grünen Salon zurückkam, blickte er auf das Mädchen, das dort saß, wie auf eine Fremde. Seine Augen waren kalt.

Jovana aber tat in diesem Moment genau das Richtige, mochte es Instinkt sein oder purer Zufall: Sie lächelte. Sie blickte zu ihm auf und lächelte ihn an. Und in ihrem Lächeln war ein wenig Angst und noch etwas, das man vielleicht mit dem Wort zutraulich bezeichnen konnte. Ein kleines schutzbedürftiges Tierchen, das scheu war, aber gern gestreichelt werden wollte.

Er trat neben sie, und wieder hatte er das Bedürfnis, sie zu berühren, aber er unterließ es, zündete sich eine Zigarette an und fragte: »Einen Drink?«

»Muß ich nicht gehen?« fragte sie kindlich.

»Nein, du kannst noch ein bißchen bleiben. Ich fahre dich dann nach Hause.«

Ob er mit seiner Frau telefoniert hat? dachte sie. Sicher. Ob sie bald nach Hause kommt? Werde ich sie treffen?

»Was willst du trinken?«

»Ich weiß nicht.«

»Einen Whisky?«

»Bitte.«

Whisky hatte sie noch nie getrunken, es würde gut sein, ihn einmal zu probieren.

Steffen klingelte Lolo, ließ Eis und Wasser bringen, den Whisky holte er selbst aus seinem Barschrank, der im Arbeitszimmer stand.

Plötzlich, als er die Gläser gefüllt hatte, kam die Sonne ins Zimmer. Er blickte überrascht zum Fenster. Als sie ins Haus gingen, regnete es, es war grau und kalt gewesen. Und auf einmal – er ging zum Fenster, streifte die Gardine zur Seite –, wahrhaftig, auf einmal war es draußen Frühling geworden. Ein heller

Abend im April, der Himmel von zartestem Blau, die Sonne kam schräg über die Alster her, auf dem Rasen vor dem Fenster hüpften zwei Amseln.

»Es wird Frühling«, sagte er, und auf einmal, so plötzlich, wie die Sonne gekommen war, genauso plötzlich erfüllte ihn Freude. Er wußte nicht, woher sie kam. Aber den Frühling liebte er immer schon – darum wohl.

Frühling an der See, am Wasser – er würde nicht, wie geplant, erst morgen, sondern noch heute abend nach Travemünde zurückkehren. Wenn hier in der Stadt sogar die Sonne schien, dann schien sie an der See schon längst. Dann wollte er sie morgen früh gleich haben, die junge Frühlingssonne, die über der Bucht aufstieg, den blauen Himmel, der sich im Meer spiegelte. Man durfte keine Minute dieser kostbaren Zeit verlieren. Wer weiß, wann es seine Termine wieder einmal erlaubten, um diese Zeit Ferien zu machen.

Er drehte sich um, sah das Mädchen an und hob sein Glas.

»Cheers!«

Und dann sagte er, ohne zu überlegen und ohne zu wissen warum: »Willst du mitkommen?«

»Wohin?«

»Ans Meer. Du willst es doch sehen. Ich fahre heute abend noch nach Travemünde. Ich nehme dich mit.«

Jovana unterdrückte den Ausruf, der ihr in der Kehle saß, sie unterdrückte das Lächeln des Triumphes. Sie biß die Zähne aufeinander, senkte die Lider und sagte einfach: »Ja.«

Travemünde I

Sie kamen in der Dunkelheit in Travemünde an. An diesem Abend sah sie das Meer nicht mehr, nur die Trave, als sie an ihr entlangfuhren.

»Morgen«, sagte er.

Auf der Fahrt hatte er kaum gesprochen, es war sehr schnell gefahren, und Jovana saß genauso schweigend neben ihm, erfüllt von wirbelnden Gedanken. Sie wußte nicht, was sie erwartete. Sie wußte nicht, was er wirklich meinte.

Was sie keinesfalls erwartet hatte, war das familiäre Idyll im Haus des Lotsen Rau.

»Ich habe Besuch mitgebracht«, sagte Steffen vergnügt, als er ins Zimmer kam. »Eine kleine Freundin von mir, die das Meer noch nie gesehen hat.«

»Gift et dat?« fragte Onkel Torsten und nahm die Pfeife aus dem Mund.

Weder er noch Tante Silke fanden in dem Begriff ›kleine Freundin‹ etwas Anstößiges. So, wie Steffen es sagte, klang es lieb und harmlos. Eine Freundin in dem Sinne, wie man es anderwärts verstand, hatte er noch nie mitgebracht.

Jovana lächelte verlegen. Sie hatte sich keine bestimmten Vorstellungen gemacht, vielleicht ein Hotel oder so oder wieder ein einsames Haus wie bei Herrn Bergmann. Aber es war alles ganz anders. Sie bekam ein gemütliches kleines Zimmer, sie saß am Familientisch, und man servierte ihr und Steffen ein verspätetes Abendessen: frisch geräucherten Aal und natürlich Rühreier. Tante Silke kannte schließlich den Geschmack ihres Neffen.

Steffen schloß in überschwenglicher Begeisterung die Augen. »Das ist das Beste, was es auf der Welt gibt. Aal und Rühreier. Ich würde mein Erstgeburtsrecht dafür verkaufen, wenn es etwas wert wäre und ich eins hätte.«

Tante Silke lachte befriedigt. »Hauptsache, es schmeckt dir, Jung. Verkaufen brauchst du dafür nichts.«

Es gab Bier und Aquavit dazu, das Gespräch war lebhaft und handelte von Dingen, die Jovana kaum verstand. Von Schiffen und Reisen, von Abenteuern und Leuten, die sie nicht kannte. Sie sagte nicht viel dazu, aber ihr Blick lag fast unausgesetzt auf Steffen Rau, der auf einmal ganz anders wirkte, jung und gelöst, jungenhaft fast. Glücklich.

»Zeit, ins Bett zu gehen«, verkündete Onkel Torsten kurz nach elf. »Die junge Dame ist müde.«

Steffen sah Jovana an. Sie war müde, das war deutlich zu sehen. Sie lächelte verlegen. »Es war ein bißchen aufregend heute«, gab sie zu.

»Aufregend ist es bei uns nicht«, sagte Onkel Torsten, »was meinst du, Steffen? Findest du es aufregend hier?«

»Das kommt darauf an«, erwiderte er. Sein Gesicht war undurchdringlich.

»Gute Nacht, Jovana«, sagte er. »Schlaf gut. Morgen werde ich dir das Meer zeigen. Das Wetter bleibt doch schön?«

»Dat Weder blift good«, versprach der Lotse.

In ihrem Zimmer öffnete Jovana das Köfferchen, das sie, ehe sie abfuhren, rasch gepackt hatte, neugierig assistiert von Frau Buer. »Wohin fahren Sie?«

»Nach Travemünde mit Bekannten.«

»Was für Bekannte?«

»Jemand, den ich von früher kenne.«

»Haben Sie nie von erzählt.«

Nein, das hatte sie nicht. Nicht Frau Buer.

»Wie lange bleiben Sie?«

»Ich weiß nicht«, sagte Jovana ehrlich. »Ein paar Tage. Vielleicht komme ich auch schon morgen wieder.«

Das Mißtrauen in Frau Buers Gesicht war deutlich zu sehen.

Vom Fenster aus sah sie dann den großen Wagen, in den Jovana einstieg.

»Sie hat sich 'n Kerl angeschafft«, sagte sie zu Herrn Pünjer.

»Ist doch immer dasselbe mit den Mädchen. Jetzt geht das Theater los. Bis jetzt war sie so ans-ständig.«

»Sie is'n junges Ding«, meinte Herr Pünjer, »das war zu erwarten, nöch?«

»Immer dasselbe«, murrte Frau Buer, nahm die Stricknadeln wieder auf und begann grimmig und schnell damit zu klappern.

Jovana bürstete ihr Haar, ihre Hand war schwer. Sie war wirklich müde, der Tag hatte Unerwartetes gebracht. Und sie war auch nicht gewohnt, so viel Alkohol zu trinken. Erst den Whisky, dann Bier und Schnaps.

Aber durfte sie müde sein? Was geschah noch in dieser Nacht? In ihrer Tür steckte ein Schlüssel. Sie hatte nicht abgeschlossen. – Noch als sie im Bett lag, blickte sie gespannt auf diese Tür. Aber sie öffnete sich nicht. Sie wartete, sie hörte Stimmen von unten, sie hörte, wie die anderen schlafen gingen, sie wartete. Aber niemand betrat ihr Zimmer. Und dann schlief sie ein.

Der Tag, der folgte, war wiederum dazu geeignet, sie müde zu machen. Sie war Seeluft nicht gewohnt. Nicht die langbeinigen Märsche über Strand und Klippen. Nicht eine Fahrt aufs Meer hinaus in einem kleinen Segelboot, nicht das Wasser, das ihr ins Gesicht sprühte, daß sie nicht wußte, sollte sie schreien vor Wonne oder vor Angst. Nicht einen Mann wie Steffen Rau, der sie ansah, wie sie bisher niemand angesehen hatte, der sie beobachtete, der sie herausforderte, zu überlegen, was sie sagte und tat, dessen Hände sie packten und ins Boot hoben, dessen Stimme kommandierte.

Der Wind war frisch, als sie draußen in der Bucht segelten. Tante Silke hatte ihr eine dicke Segeltuchjacke gegeben, das Kopftuch mußte sie immer wieder festbinden. Aber sie hatte keine Angst, manchmal ein wenig nur. Steffen sprach nicht viel, während sie unterwegs waren. Er hatte zu tun, das Boot zu führen.

Als sie gegen Abend um die Mole herumfuhren und in die Trave hineinsteuerten, fiel ihm erst ein, wieviel er ihr an diesem Tage zugemutet hatte.

Er zog die Segel ein, blieb sitzen und sah sie an. »War es zuviel?«

»Es war herrlich!«

»Hast du Angst gehabt?«

»Nicht, wenn Sie dabei sind.«

Der Himmel war wie heller Opal. Das Meer schimmerte silbern. Steffen fühlte sich jung und stark. Er hatte alles vergessen, die Filme, Dorothy, die Welt, in der er sonst lebte. Er hatte es nicht vergessen, bevor Jovana hier war.

Er stand breitbeinig im Boot, sie saß auf der Bank, die Hände um den Sitz geklammert.

»War der Tag wieder aufregend?«

»Ja. Sehr.«

Er sprang an Land, machte das Boot fest und hielt ihr die Hände entgegen. Sie taumelte ein wenig, als sie auf festem Boden stand.

»Du hast dich tapfer gehalten.« Er strich ihr das Kopftuch herab, griff mit der Hand in ihr Haar und küßte sie. Ihre Lippen schmeckten salzig.

Schiffer Bork, der in der Nähe stand, schmunzelte. »Stürmische See heute, nöch? Is die Deern nich seekrank worden?«

Steffen lachte. »Nein, gar nicht. Sie ist richtig seetüchtig.«

Zum Abendessen gab es gebratene Schollen und Kartoffelsalat. Jovana fielen fast die Augen zu beim Essen.

»Du bist dscha woll man verrückt, Steffen«, schimpfte Tante Silke. »Alles auf einmal, den ganzen Tag unterwegs.«

Alles auf einmal. Sie waren am Vormittag das ganze Brodtener Steilufer entlanggelaufen, sie waren am Nachmittag gesegelt. Und in der Nacht kam er in ihr Zimmer.

Nicht gleich. Er stand lange am Fenster, schaute hinaus, er hatte das Licht gelöscht, er rauchte, er zögerte. Nicht ihretwegen, nicht seinetwegen. Er hatte das Verlangen danach, sie zu umarmen, sie in Besitz zu nehmen. Ja, so ganz altmodisch pathetisch drückte er es selbst bei sich aus. In Besitz nehmen! So etwas hatte er noch nie gedacht, bei keiner Frau bisher. Was für seltsame Gefühle erregte dieses seltsame Mädchen in ihm?

Er zögerte wegen Torsten und Silke. Er hatte ihnen nie ein Liebesabenteuer ins Haus gebracht, und irgendwie kam er sich selber lächerlich in dieser Rolle vor. Ein Mann in seinem Alter, was würden sie davon denken?

Sie schliefen unten, vielleicht merkten sie es gar nicht. Er kam sich vor, als sei er zwanzig Jahre alt.

Leise ging er hinüber in Jovanas Zimmer. Eine Weile stand er vor ihrem Bett. Es war dunkel, aber seine Augen, seit einer Stunde an die Dunkelheit gewöhnt, sahen sie deutlich genug. Er hatte noch nie eine Frau im Schlaf überfallen, es war nicht fair. – Eine Frau! Sie war ein Mädchen, ein halbes Kind noch. So erschien sie ihm, es hatte sich nichts geändert seit dem Nachmittag neben den Bahngleisen. Und nun schlief sie auch wie ein Kind, fest und tief, nach dem aufregenden Tag voll neuer Erlebnisse.

Er setzte sich behutsam auf den Bettrand, neigte sich über sie und hörte sie leise atmen. Ein seltsam friedliches Gefühl erfüllte ihn. Das Begehren, das er eben noch – drüben, allein in seinem Zimmer – empfunden hatte, war nicht mehr wichtig. Es war etwas anderes. Er empfand sie als seinen Besitz, sein Geschöpf, es spielte keine Rolle, ob er sie umarmte.

Nach einer Weile stand er vorsichtig wieder auf und entfernte sich leise, wie er gekommen war.

Diesmal machte er Licht in seinem Zimmer, setzte sich, nahm noch eine Zigarette und goß sich von dem Aquavit ein, den ihm Onkel Torsten vorsorglich bereitgestellt hatte.

Er versuchte sich zu distanzieren von dem, was er empfand, wollte es analysieren. – Väterliche Gefühle? Nein, gewiß nicht. Was also dann? Etwas ganz Neues, das er nicht benennen konnte. – Liebe? Ah nein, er mochte weder das Wort und schon gar nicht, was man gemeinhin darunter verstand. Wenn man so viel mit dieser Sache namens Liebe von Berufs wegen zu tun hatte wie er, dann wurde man störrisch, am Ende sogar immun dagegen, frustriert, um ein Modewort zu gebrauchen. Er mißtraute dieser Sache, zweifelte manchmal daran, daß dieses Hauptthema seiner Filme überhaupt existierte.

»Liebe«, hatte Britta Thorwald einmal schwärmerisch in einem Interview gesagt und ihren berühmten Augenaufschlag praktiziert, »ist das Wundervollste, was es auf der Welt gibt. Das einzige, wofür es sich lohnt, zu leben. Nicht wahr, Steffen?«

»Sie sind auch dieser Meinung, Herr Rau?« fragte logischerweise der Reporter darauf.

»Sie dürfen mich das nicht fragen«, hatte er trocken erwidert, »ich habe beruflich zuviel damit zu tun, da verliert man die Illusionen. Und ich fürchte, Liebe ist etwas, was man nur illusioniert richtig würdigen kann.«

»Wollen Sie damit sagen, daß Sie desillusioniert sind?«

»Nicht einmal das.«

Kein Wortlaut für ein Interview, das beim Publikum ankam. Und es erschien auch nicht in dieser Weise. Vielmehr ließ der Reporter diskret durchblicken, daß zwischen Britta Thorwald und ihrem Regisseur doch wohl recht persönliche Beziehungen bestünden.

Das befriedigte Britta. Wenn es schon nicht so war, sollte es wenigstens so scheinen. Seine zynischen Worte waren genauso ein Ärgernis für sie wie seine Zurückhaltung. Sie wollte von allen und jedem geliebt werden, nicht nur von dem anonymen Publikum. Und ganz besonders von ihm, ihrem Regisseur, dem sie die größten Erfolge verdankte. Ohne ihn, das wußte er, und vielleicht wußte sie es auch, wäre aus ihr nie mehr geworden als eine sehr mittelmäßige, sehr ausdrucksarme Schauspielerin.

Damals, nach dem Interview, war sie wütend gewesen. »Du wirst es schon noch erleben, eines Tages.«

»Was?«

»Was Liebe ist.«

»Theoretisch weiß ich es immerhin. Wenn ich deine Liebesszenen sehe, kann ich es mir gut vorstellen.«

»Du bist ein Idiot, Steffen.«

Britta konnte wunderbare Liebesszenen hinlegen, nicht zuletzt deswegen, weil sie immer sehr mit dem Gefühl daran beteiligt war. Solange sie drehten, liebte sie jeden ihrer Partner, und manchmal ging es turbulent zu. Er hatte es lange genug miterlebt.

Wenn die Scheinwerfer erloschen, lobte er sie: »Du warst hinreißend, Britta. Wenn man bedenkt, so eine abgeklapperte Sache, und was du daraus machst.«

»Für mich ist es eben keine abgeklapperte Sache. Wenn ich spielen würde, was du inszenierst, würde kein Mensch ins Kino gehen.«

Dann grinste er und die anderen auch, denn jeder wußte von dem Kampf, den Britta um sein Herz, oder wie immer man es nennen wollte, führte. Es war ihr unverständlich, daß es einen Mann gab, der sie nicht begehrte.

Steffen dachte manchmal, wenn sie eines Tages resignieren, wenn sie es aufgeben würde, ihn zu umwerben, dann wäre ihre Karriere zu Ende. Vielleicht bildete er es sich ein, aber ihm schien, sie spiele ihre Liebesszenen für ihn. Aber all ihre Schönheit, ihr blondes Haar, ihre herrlichen Augen mit den überlangen Wimpern, ihr vollendeter Körper, ihn hatte die ganze Pracht nie gereizt. Für ihn war sie ein Werkzeug, mit dem er arbeitete. Und das nicht einmal gern.

War Liebe eine Illusion? War er unfähig, zu lieben? Nein, gewiß nicht. Er hatte es schließlich getan, früher, oft genug. Und Dorothy hatte für ihn Liebe bedeutet, das, was man so allgemein darunter verstand, auch wenn es heute andere Formen angenommen hatte, Freundschaft, Einverständnis, Gewohnheit, wie immer man eine einigermaßen erfolgreiche Ehe sehen wollte.

Aber Dorothy war eine Sache für sich, man konnte es nicht damit vergleichen.

Dann also Natascha! Seine letzte Liebe, wenn man so wollte. Er saß einsam in seinem Zimmer in dieser Nacht und dachte, seit langem zum erstenmal wieder, an sie.

Eigentlich hieß sie Ingeborg. Er hatte sie Natascha genannt, weil sie ständig von Rußland schwärmte. Sie liebte russische Musik, russische Dichter, die russische Sprache, die sie perfekt beherrschte, und sogar ein wenig die Kommunisten.

»Die sind doch wenigstens echt«, pflegte sie zu sagen, »unsere Politik hier, das ist doch alles eine halbe Sache. Kalter Kaffee.«

Sie war Journalistin und arbeitete für eine Münchener Zeitung, als er sie vor drei Jahren kennenlernte. Sie gefiel ihm, eine selbstbewußte junge Frau, sehr sicher, sehr intelligent, viel Temperament. Damals drehte er einen Film in Berlin und lud sie ein, einige Tage den Aufnahmen beizuwohnen. Das tat sie, beschäftigte sich ausführlich mit dem ganzen Team, flirtete mit dem männlichen Star, dinierte mit dem Kameramann und wurde schließlich Steffens Geliebte.

Das blieb sie zwei Jahre lang.

Sie sahen sich nicht allzu häufig, er hatte seinen Beruf, sie den ihren. Sie trafen sich dann und wann, ein paar wirklich gelungene Urlaubswochen in Frankreich waren der Höhepunkt ihrer Bindung.

Eines Tages überraschte sie ihn mit der Mitteilung, daß sie demnächst heiraten werde.

»Heiraten? Warum?«

»Warum nicht? Einmal will ich auch.«

»Ich hatte keine Ahnung, daß du heiraten willst.«

»Was für ein dummer Satz!«

War er dumm? Er reagierte wie jeder Mann in dieser Situation, er war gekränkt.

»Wer ist der Kerl?«

»Ein junger Physiker, sehr begabt. Er kriegt bald einen guten Job in Amerika. Ich werde in den Vereinigten Staaten leben, das macht mir Spaß.«

»Das erste, was ich höre. Bisher wolltest du nach Rußland.«

»Da komme ich auch noch mal hin. Eins nach dem anderen.«

»Du eignest dich gar nicht zur Ehe.«

»Und warum, bitte, nicht? Weil ich keine Gans bin? Bist du auch der Ansicht so vieler Männer, daß dumme Frauen die besten Ehefrauen sind?«

»Unsinn. So meine ich es nicht.«

»Genauso meinst du es. Komisch, wie rückständig die Männer sind. Auf Raketen reist ihr im Biedermeier herum.«

»Ich habe dich für eine sehr moderne Frau gehalten.«

»Vielen Dank. Das bin ich auch. Und darum hast du mich wohl auch nie gefragt, ob ich dich heiraten möchte.«

»Hättest du mich denn heiraten wollen?«

»Doch. Dich hätte ich sogar geheiratet.«

»Davon hast du nie etwas gesagt.«

Sie lachte spöttisch. »Liebling, du bist heute wirklich außerordentlich originell. Hätte ich dir einen Antrag machen sollen? In *dem* Punkt bin ich nun wieder altmodisch. Außerdem würde es dir schwerfallen, dich von Dorothy scheiden zu lassen.«

»Das ist wahr.«

»Siehst du. Das wußte ich.«

»Und da gehst du einfach hin und fängst mit einem anderen etwas an, während ich ...«

»Ach! Während du? Sag bloß noch, daß du mich liebst. Du arme gekränkte Eitelkeit!«

Ihr Spott ärgerte ihn. »War es nicht Liebe?«

Ernst sagte sie daraufhin: »Doch. Bei mir war es das. Ist es sogar noch. Irgendwie passen wir gut zusammen. Aber sollte ich vielleicht eine Schlacht um dich schlagen? So in der Art: Entweder du läßt dich scheiden, oder ...? Das liegt mir nicht. Da heirate ich lieber einen anderen. Übrigens kenne ich Bernd noch nicht so lange, ich habe dich nicht sehr ausführlich betrogen. Du kannst beruhigt sein. Er ist wirklich ein netter Mensch. Wenn ich boshaft wäre, könnte ich sagen, er hat einen Vorzug dir gegenüber, er ist fast fünfzehn Jahre jünger.«

»Aha. Wenn ich boshaft wäre und ungalant dazu, könnte ich sagen: Ist er nicht zu jung für dich?«

»Drei Jahre jünger genau. Aber das macht nichts. Ganz im Gegenteil. Männer altern schneller als Frauen. Man muß vorausdenken, weißt du. Wenn ich vierzig bin und also im besten Alter, werde ich einen Mann von siebenunddreißig haben. Einen Mann, mit dem man noch etwas anfangen kann.«

»Hoffentlich wirst du nicht enttäuscht. Männer haben manchmal darüber eine andere Meinung.«

Sie lachte selbstbewußt. »Nicht bei mir. Ich werde ihn schon in Atem halten. Außerdem ist er sehr ausführlich mit seiner Wissenschaft verheiratet. Kein Frauenmann. Ich werde ihm für seine Freizeit genug Stoff zur Unterhaltung bieten. Übrigens ist er kein einseitiger Mensch, nicht amusisch. Man kann mit ihm reden, man kann mit ihm ins Theater oder ins Konzert gehen, ohne das Gefühl zu haben, neben einem Botokuden zu sitzen. Und er wird sicher Karriere machen.«

»Dann kann ich dir also nur noch Glück wünschen.«

»Danke.«

Das war vor einem Jahr gewesen. Erst war er beleidigt, aber das legte sich schnell. Er dachte kaum mehr an Natascha. Komisch – daß er heute nacht an sie dachte. Nachdem er eine andere Frau gern geliebt hätte. Und es nicht getan hatte – warum, wußte er selber nicht.

Es war spät in der Nacht, als er endlich einschlief. Daher erschien er auch am nächsten Morgen nicht zum Frühstück. Jovana frühstückte allein mit Tante Silke und Onkel Torsten, und sie hatte nun auch den rechten Ton und die rechte Einstellung gefunden zu den beiden, zu der neuen Umgebung, zu Steffen.

Sie war aufgewacht in der Nacht, als er von ihrem Bettrand aufstand. Und nach einem ersten Erschrecken blieb sie ganz still und sah ihm nach, wie er zur Tür schlich. – Er war also bei ihr im Zimmer gewesen. Wie lange? Nun, das spielte keine Rolle. Hauptsache, er war dagewesen. Und warum er gekommen war, ließ sich leicht erraten. Also doch! Wie gut. Sie verschlang die Arme hinter dem Kopf und lächelte in die Dunkelheit. – Sie war unsicher gewesen, wußte nicht, wie sie mit ihm dran war. Mochte er sie? Nahm er sie ernst, war sie eine Frau für ihn, hatte sie den Mann angesprochen? Daß er gekommen war und wieder ging, war aufregend genug. Und zeigte ihr die Rolle, die sie zu spielen hatte. Das unschuldige kleine Mädchen, lieb und ahnungslos, voll unbewußter Zärtlichkeit jedoch. Sein Rückzug gab ihr gewissermaßen ihre Unschuld wieder. Und zeigte ihr seine Verletzlichkeit.

Sie erprobte die neue Rolle gleich am Frühstückstisch, liebevoll, zutraulich, kindlich; die beiden alten Leute waren sehr angetan von ihr.

Nachdem Onkel Torsten zu seinem morgendlichen Hafenrundgang aufgebrochen war, half Jovana beim Abräumen und fragte, ob sie sonst noch etwas tun dürfe.

»Aber Kind, Sie sind ja nicht zum Arbeiten hier. Sie sollen sich doch erholen.«

»Wovon soll ich mich denn erholen? Ich bin nicht nervös und auch nicht überarbeitet.« – Jovana lachte. »Das bißchen Schauspielschule ist nicht so anstrengend.«

Tante Silke lachte auch. »Sie wollen wirklich Schauspielerin werden? Ist das nicht sehr schwierig für ein junges Mädchen?«

»Doch. Man weiß ja nie, ob man es wirklich schafft.«

»Ich stelle es mir schrecklich vor, immer von fremden Menschen angestarrt zu werden.«

»Na ja, schon. Aber das ist es ja nicht allein.«

»Bestimmt ein sehr nervenaufreibender Beruf. Ich sehe es ja an Steffen. Er war so nervös, als er hier ankam. Man gut, daß er heute länger schläft. Das wird ihm guttun.«

Schließlich einigte man sich darauf, daß Jovana einkaufen ging. Sie bekam ein Körbchen, ein Netz, die Einkaufsliste und den Weg beschrieben.

Leise schlich sie hinauf, holte Mantel, Schuhe und das Kopftuch. Vor Steffens Tür lauschte sie einen Moment. Kein Ton zu hören. Schlief er wirklich noch? Ungeduld und eine leichte Erregung beflügelten ihre Phantasie. Schade, daß er gegangen war in der Nacht, daß er nicht geblieben und sie geliebt hatte. Einmal hatte er sie bis jetzt geküßt. Gestern, als sie aus dem Boot stiegen, und das war eher ein kameradschaftlicher Kuß gewesen.

Sie wollte mehr, sie wollte es anders, sie wollte es bald. Aber er durfte es nicht merken.

Eine Weile später ging sie, das Körbchen schlenkernd, die Straße entlang. Sie war so selbstsicher, wie eine Frau in dieser Situation nur sein konnte. Sie durfte ihn nicht herausfordern. Nicht mit Worten und nicht mit Blicken. Die Initiative mußte bei ihm liegen.

»Ich habe schlecht geschlafen«, sagte Steffen mit vorwurfsvoller Miene, als er endlich herunterkam, »konnte ewig nicht einschlafen. Hoffentlich habe ich euch nicht gestört, ich bin noch herumgewandert.«

»Ich habe nichts gehört«, sagte Tante Silke in harmlosem Ton. »Schlecht geschlafen? Armer Jung! Ich schlafe immer großartig. Und Torsten auch. Wir haben schon oft gesagt, wir sollten eigentlich wieder einen Hund anschaffen. Uns könnte man glatt wegtragen, wir würden's gar nicht merken.«

»Eben«, rief Steffen, beschwingt bei dem Gedanken, daß man nicht hören würde, was er oben unternahm, »warum habt ihr keinen Hund mehr? Die arme Pussy ist schon zwei Jahre tot.«

»Ja, fast zwei Jahre. Und damals hab' ich gesagt, ich will keinen Hund mehr haben. War man so traurig, als sie totging. Und dann dachte ich, nun, wo Torsten ja zu Hause bleibt, brauche ich auch keinen Hund mehr. Denn hab' ich ja Gesellschaft.«

Steffen lachte erheitert. »Das ist ein einleuchtender Grund.« Er stand an die Küchentür gelehnt und sah zu, wie Tante Silke frischen Kaffee für ihn aufbrühte. »Wo ist er denn? Onkel Torsten meine ich.«

»Wo er immer ist, zum Hafen runter.«

»Und Jovana? Schläft sie noch?«

»I wo, die war schon früh unten. Gleich nach acht. Jetzt ist sie einkaufen gegangen.«

»Einkaufen? Was denn?«

»Na, was ich heute so brauche. Zum Mittagessen und so. Ich mach' Labskaus.«

»Dasch ja man fein.« Zufrieden trottete er hinter Tante Silke und seinem Frühstückstablett ins Wohnzimmer. »Wie findest du sie denn?«

»Die Kleine? Och, sehr nett. So jung eben noch. Du kannst sie wohl gut leiden?«

»So ein bißchen, ja. Ich will mich um sie kümmern.«

»Das ist nett von dir. Ist sicher nicht so einfach, was sie da vorhat. Will sie denn nicht auch zum Film?«

»Sie will zum Theater.«

Plötzlich wurde er geschwätzig, was selten bei ihm vorkam.

»Mit ihren Eltern versteht sie sich nicht besonders. Da ist eine Stiefmutter, die sie nicht leiden kann. Na, und dann hat sie eine unglückliche Liebe hinter sich. In Hamburg ist sie ganz allein.«

»Und du kennst sie aus Hamburg?«

»Nein. Ich kenn' sie schon länger. Noch von da, wo sie herstammt. Da war sie noch viel kleiner.«

Er hörte sich zu und ärgerte sich über sich selbst. Was für ein albernes Gerede! Was wollte er Tante Silke eigentlich vorspielen? Daß er die kleine Jovana schon auf den Knien geschaukelt hatte? Er schwatzte sich selbst eine Vaterrolle an den Hals, nur weil er sich im voraus entschuldigen und rechtfertigen wollte für das, was eventuell geschehen könnte. *Könnte!* Es war mehr als lächerlich. Als Jovana mit ihm fortfuhr, mit einem Mann, den sie kaum kannte, mußte sie sich schließlich etwas dabei gedacht haben. Jung oder nicht, sie wäre die erste Frau, die nicht mit Tatsachen rechnet.

Schweigend vertilgte er sein Frühstück. Jetzt redete Tante Silke. Er erfuhr, daß übermorgen, also am Sonntag, in Lübeck Verlobung gefeiert würde. Ob er mitkäme? Jovana natürlich auch, wenn sie Lust hätte.

»Nee«, sagte er, »bitte, Tante Silke, verschone mich. Deine Schwester ist mir lieb und wert und ihre sämtlichen Kinder und Kindeskinder auch, aber Verlobung, nee, wirklich nicht. Wer ist es denn diesmal?«

»Elisabeth, die dritte, 'nen Lehrer wird sie heiraten.«

»Wunderbar. Freut mich sehr. Dann hat deine Schwester alle unter Dach und Fach?«

»Alle. War nicht so einfach. Elisabeth ist immerhin schon achtundzwanzig.«

Tante Silkes Schwester Marie, in Lübeck lebend, verwitwet,

besaß fünf Töchter. Da vier davon verheiratet waren und auch wieder Familie dazugebracht und Kinder geboren hatten, war leicht vorstellbar, welch menschenreiche Veranstaltung die Verlobung Elisabeths sein würde.

»Ich habe Dorothy schon damit geärgert, daß ich mich vor der Familienfete in London gedrückt habe, du wirst dich nicht ärgern, wenn ich mich hier auch drücke.«

»Natürlich nicht. Obwohl sie sich schrecklich gefreut hätten, dich mal wiederzusehen. Die Mädels schwärmen alle für dich.«

»Das können sie aus der Ferne viel besser.«

»Es ist man bloß wegen dem Essen.«

»Was für ein Essen?«

»Na, Sonntag mittag. Ich hätte dir gern was Gutes gekocht. Aber wir fahren ja schon Sonntag vormittag in die Stadt hinein. Ich könnte natürlich etwas vorbereiten, und ihr...«

»Also, da mach dir mal bitte keine Sorgen. Wir werden schon nicht verhungern. Ich kann mit Jovana essen gehen. Oder wir machen uns Rühreier.«

»Du mit deinen ewigen Rühreiern.« – Sie schenkte ihm noch einmal Kaffee ein, er lehnte sich zufrieden zurück und zündete sich eine Zigarette an.

»Aber ich könnte der Braut etwas schenken. Was meinst du? Was könnte sie denn brauchen?«

»Brauchen kann man vieles für einen neuen Hausstand.«

»Dann denk mal darüber nach.«

Während Tante Silke herunterbetete, was ihrer Meinung nach für eine junge Ehe gebraucht würde, hörte Steffen Jovana kommen. – Mit einer Geste, die er nun schon kannte, schob sie sich das Kopftuch in den Nacken, als sie ins Zimmer trat. Sie sah frisch und lebendig aus, die Wangen gerötet, die Augen hell. Sie glich kaum mehr dem blassen, angespannten Mädchen, das er vor seinem Haus getroffen hatte.

»Guten Morgen!« sagte sie und lächelte ihn an. »Sie haben aber lange geschlafen.«

»Er hat schlecht geschlafen heute nacht«, nahm Tante Silke ihm die Antwort ab.

»Oh«, sagte Jovana mit besorgtem Blick, »das tut mir aber leid.«

Dann berichtete sie noch, daß es draußen windig sei, ziemlich kühl und von Sonne keine Spur. Darauf verschwand sie mit Tante Silke und den Einkäufen in der Küche.

Steffen beschäftigte sich eine Weile mit der Zeitung, drehte am Radio, schaute aus dem Fenster, wo inzwischen einige Regentropfen zu besichtigen waren. Dann tauchte er in der Küche auf.

»Es fängt an zu regnen«, verkündete er. »Was macht ihr denn hier?«

»Es gibt heute Labskaus«, sagte Jovana. »Und ich schau' zu, weil ich gern lernen möchte wie man das macht.«

»Sehr nützlich, so etwas zu lernen. Kannst du auch Rühreier machen?«

»O ja.«

»Siehst du, Tante Silke, am Sonntag ist für mich gesorgt. Dann geh' ich auch mal 'n büschen zum Hafen runter.«

Es regnete nicht viel, ein sachter Frühlingsregen, der weich und liebkosend war. Der Wind ließ nach. Steffen marschierte mit hochgeschlagenem Kragen einmal die ganze Vorderreihe entlang und wieder zurück und landete dann bei Onkel Torsten in dessen Stammkneipe.

»Ganz allein? Wo hast du die Deern gelassen?«

»Die studiert Labskaus.«

Sie studierte nicht nur Labskaus, sie studierte auch Tante Silke und wie man sich bei ihr beliebt machte, nett und harmlos und töchterlich, mit einem Schuß einsames Kind dazu. Tante Silke fragte ein bißchen, und Jovana erzählte bereitwillig. Grete in Ahlsen entwickelte sich in dieser Schilderung zu einer wirklich ekligen bösen Stiefmutter, ungerecht und hartherzig. Der Vater war ein tumber Tor mit gutem Herzen, aber schwachem Willen. Die Stadt Ahlsen ein boshafter Pfuhl an Gehässigkeit. Und dann also eine große Liebe und eine auseinandergegangene Verlobung, mit viel dramatischen Effekten garniert.

Wie sagte Bettina Norden? »Man muß nicht nur einstudierte Rollen mit eingelernten Worten spielen können. Man muß sich auch notfalls seine eigenen Stücke erfinden können.«

Jovana konnte es.

Tante Silke fühlte sich bestens unterhalten. Der Labskaus geriet fast ins Hintertreffen.

Als sie ihr Programm abgespult hatte, ging Jovana hinauf, um die Zimmer aufzuräumen.

Eine Weile saß sie auf ihrem Bettrand und dachte nach. Hier hatte er also heute nacht gesessen. Ob er sie angefaßt hatte? Die Vorstellung machte ihr eine kleine wohlige Gänsehaut. Schön würde das werden. Die Stunden bei Bettina, die Stadt Hamburg, die sie bereits liebte, nun Travemünde und die netten Leute hier und – Steffen. Er vor allem. Es war sehr wichtig, ihn zu bekommen. Ihn zu halten. Er würde ihr viel helfen können.

Eines Tages würde sie bereit sein zum Start. Dann fing es an. Sie war gespannt wie eine Bogensehne, ihre Nasenflügel blähten sich, so erregte es sie, an ihre Zukunft zu denken. Ehrgeiz war kein Wort dafür, hinauf wollte sie, ganz hinauf. Die Erste wollte sie sein, die Größte...

»Man kann sehr viel bequemer leben«, das waren Bettinas Worte gewesen. »Ihr Leben, Fräulein Röger, wird ein einziger Kampf sein, und es ist nicht gesagt, daß es ein siegreicher Kampf sein wird. Nur wenn Sie kämpfen wollen und kämpfen können, rate ich Ihnen zu diesem Beruf. Begabung allein hilft gar nichts.« Und dann in leicht verächtlichem Ton: »Es gibt natürlich immer Auswege. Es gibt die kleinen und bescheidenen Wege. Und es gibt für eine Frau die Ehe. Noch riskieren Sie nicht allzuviel.«

»Ich werde kämpfen. Und eine Ehe als Ausweg zu haben, falls man es braucht, das schadet ja nichts.«

Bettina hatte gelächelt. »Wissen Sie, womit ich anfange, wenn ich Sie unterrichten würde? Ich würde Ihnen zunächst einmal die Illusionen nehmen. Junge Mädchen haben immer so viel Illusionen, wenn sie sich einbilden, sie müßten Schauspielerin werden. Man muß verdammt hart sein, wenn man etwas erreichen will. Ich«, sagte sie, »war nicht hart genug. Sonst hätte ich mich scheiden lassen und meine Karriere fortgesetzt. Sie war bis dahin nicht schlecht gelaufen. Mir war der Mann, den ich liebte, wichtiger als meine Karriere. Und dann war ich zu stolz, ich wollte nicht klein beigeben, wollte nicht kuschen. Das sind alles Dinge, die man sich nicht leisten kann, wenn man Karriere machen will – Liebe, Stolz, Charakter. Der reinste Luxus. Sie schauen mich so ratlos an, Kindchen, das alles können Sie natürlich nicht verstehen. Mein Mann war Jude.«

Das war Jovanas zweiter Besuch bei der Norden gewesen. Einen Tag, nachdem sie ihr vorgesprochen hatte.

Sie saßen in dem vollgestopften kleineren Zimmer, das die Norden ihren Salon nannte. Jovana saß auf einem kleinen Sessel, sehr gerade, sehr gespannt, die Norden auf einem gelbseidenen Sofa. Sie trug eine hochgeschlossene schwarze Samtbluse und enge schwarze Hosen, sie war klein, knabenhaft schlank. Auch ihr Gesicht war klein, herzförmig, mit einer sehr pikanten Nase, großen, dunklen Augen, die sie manchmal hinter einer riesigen getönten Brille verbarg. Sie war sorgfältig geschminkt, ihr Haar bläulich getönt. Schön waren ihre Hände, mit sprechenden Gesten. Überhaupt war alles an ihr Ausdruck, solange sie angeregt war. Manchmal fiel sie in sich zusammen. Das hatte Jovana später auch erlebt. Vielleicht hatte sie dann Schmerzen, denn sie sprach davon, daß sie nicht gesund sei. Was ihr fehlte, wußte Jovana nicht. Sie hinkte, was sie sehr geschickt kaschierte. Sie bewegte sich dennoch mit tänzerischer Grazie, und es war leicht vorstellbar, was für ein bezauberndes Geschöpf sie einmal gewesen sein mußte.

Dazwischen spielte sie mit der Katze, die immer bei ihr war. Ihre Gedanken sprangen bunt durcheinander, aber sie kam immer wieder auf das zurück, was ihr wichtig erschien.

»Ihre Mutter war auch Schauspielerin?«

»Ja. Aber sie konnte dann nicht mehr spielen, sie hatte ein Halsleiden. Sie bekam kein Engagement mehr. Sie hat, wie Sie es nannten, den Ausweg in eine Ehe gefunden. Mein Vater.«

»Und? War sie sehr unglücklich?«

»Ich weiß es nicht. Ich meine, ich weiß nicht, ob sie es damals war. Aber ich glaube schon. Als ich das alles verstehen konnte, war sowieso alles vorbei. Nach dem Krieg. Sie war krank.«

»Was fehlte ihr?«

»Leukämie.«

»Wie steht es mit Ihrer Gesundheit?«

»Soviel ich weiß, bin ich gesund.«

»Und der Hals?«

»Auch.«

»Gesund muß man sein in diesem Beruf. Gesund, robust, mit starken Nerven. Gefühle nur auf der Bühne. Privat höchstens zur Garnierung, damit es besser aussieht. Das sage ich Ihnen, weil ich meine eigenen Fehler kenne. Sind Sie verliebt?«

»Nein.«

»Aber Sie waren es schon einmal?«

»Ja.«

»Und?«

»Es ist vorbei. Ich werde nie wieder lieben.«

Da hatte die Norden gelacht. »Man muß nicht übertreiben mein Kind.«

»Ich meinte, nicht mehr ernsthaft lieben. Nicht so, daß es mich wirklich treffen kann.«

Die Norden war aufgestanden, um sie herumgegangen, hatte einen Finger unter ihr Kinn gelegt und ihr Gesicht genau betrachtet, von vorn, im Profil. »Du bist keine Schönheit. Aber du hast ein Gesicht.«

Sie begann Jovana zu duzen.

»Deine Augen sind gut geschnitten, diese Nase ist ganz originell, eher kräftig als schmal, nicht sehr weit vorspringend, und das Beste ist dein Mund, der ist unverwechselbar. Und du siehst nicht dumm aus. Es gibt gute Schauspielerinnen, die dumm sind. Das geht, es geht ohne weiteres. Aber es gibt keine *sehr* gute Schauspielerin, die dumm ist. Bei Gott, wenn ich dich in die Finger kriege, und es ist was dran an dir, dann werde ich dich schurigeln, darauf kannst du dich verlassen. Taugst du nichts, dann schmeiße ich dich hinaus. Dann ist es schade um meine Zeit. Ah, nicht mal um die Zeit. Zeit habe ich genug. Um die Intensität, die ich aufbringen werde. Verstehst du?«

Jovana hatte genickt, unsicher, aber sehr fasziniert von dieser Frau. »Morgen um zehn bist du hier. Jetzt kannst du gehen.«

Das war knapp vier Wochen her. Ihr kam es vor, als wären es bereits Monate, Jahre. Jeder Tag bei der Norden war ein Ereignis gewesen. An jedem Tag hatte sie mehr gelernt als bisher in ihrem ganzen Leben zusammen.

Jovana nahm die Ansichtskarte, die sie vom Einkaufen mitgebracht hatte. Ehe sie mit Steffen Rau gefahren war, hatte sie Bettina angerufen und gesagt, daß sie einige Tage nicht kommen könne. Sie werde es später erklären. Bettina Norden hatte keine Fragen gestellt.

Jetzt saß Jovana vor der Karte und überlegte, was sie schreiben sollte. Sie wußte ja nicht einmal, wie lange sie hier bleiben würde.

Schließlich schrieb sie mit ihrer steilen, noch kindlichen Schrift: »Sehr verehrte Frau Norden! Ich bin in Travemünde. Nicht allein. Ich werde es Ihnen erzählen, wenn ich zurück bin. Und ich denke an alles, was Sie mir gesagt haben. Viele Grüße. Jovana.«

Sie fand, das drücke alles aus, was im Moment nötig war.

Am Nachmittag fuhren sie nach Lübeck, um das Verlobungsgeschenk zu besorgen. Man hatte sich auf eine Stehlampe geeinigt. Tante Silke meinte, die könne man immer brauchen, und farblich solle Steffen sie möglichst neutral wählen, dann passe sie überallhin.

Steffen machte mit Jovana einen Rundgang durch die Stadt, die im Krieg schwer zerstört worden war. Er erklärte ihr, wie sie früher ausgesehen und welche Bedeutung sie gehabt hatte.

»Hier sind sie noch stolzer als in Hamburg. Die allerechtesten

Hanseaten, die es gibt. Die Buddenbrooks hast du sicher nicht gelesen?«

Zu seiner Überraschung nickte sie. »Doch. Ich habe das Buch gelesen. Erst vor kurzem. Ich hole mir immer Bücher aus einer Leihbibliothek.«

Er nickte befriedigt. »Wenn es solche Bücher sind, ist nichts dagegen zu sagen.«

Ein wenig spitz sagte sie: »Ganz so dämlich, wie alle immer denken, bin ich auch nicht.«

Er lachte. »Wer sagt, daß du dämlich bist? Das habe ich nie vermutet.«

»Ich habe vieles nicht gelernt«, sagte sie eifrig, »das ist wahr. Aber ich möchte es noch lernen. Gelesen habe ich immer sehr viel. Ich hatte einen Lehrer in Ahlsen, der hat mir gesagt, was ich lesen soll. Aber da war ich noch sehr jung. Und jetzt sagt es mir Bettina. Und die Dame, der die Leihbibliothek gehört, die ist sehr nett und sehr klug, sie berät mich auch immer.«

»Wenn du erlaubst, werde ich es auch tun.«

Sie lächelte ihn kindlich an. »Dafür wäre ich sehr dankbar.«

Sie hatten kein persönliches Wort gesprochen während der Fahrt nach Lübeck, und auch während des Einkaufs der Lampe und des Rundgangs durch die Stadt war ihr Gespräch unverbindlich gewesen.

Jetzt nahm Steffen im Gehen ihre Hand und hielt sie eine Weile in seiner. Eine Welle von Zärtlichkeit erwärmte sein Herz.

»Paß auf, mein kleines kluges Mädchen, jetzt trinken wir eine Tasse Kaffee, und dann bestellen wir im nächsten Blumenladen noch ein großes Blumenarrangement für die Braut, und dann kaufen wir für dich ein.«

»Für mich?«

»Ja. In diesem grauen Mantel habe ich dich nun oft genug gesehen. Du bekommst warme lange Hosen, falls wir morgen wieder segeln gehen, und dazu einen regendichten Paletot und noch eine kurze warme Jacke und einen dicken Pullover. Und was noch?«

»Noch mehr?«

»Was könntest du noch brauchen?«

»Vielleicht noch einen Pullover. Einen leichten seidenen?«

»Gut, noch einen Pullover und eine sturmfeste Mütze.«

Sie waren beschäftigt, bis die Läden schlossen, und schleppten große Beutel zum Wagen. Jovana strahlte. Sie war glücklich wie ein Kind zu Weihnachten. Und das ehrlich, ganz ohne Pose.

»Ich weiß gar nicht, was ich sagen soll«, begann sie schüchtern, als sie im Wagen saßen. »Es ist ... es ist wie ein Märchen. Ich danke Ihnen so sehr.«

Steffen hatte sich ihr zugewandt, legte den Arm hinter ihr auf die Lehne und betrachtete sie aufmerksam. »So märchenhaft finde ich es gar nicht, ein paar Gebrauchsgegenstände einzukaufen.«

»Ich schon. Für mich bedeutet es sehr viel. Mir hat noch nie jemand etwas geschenkt« – nun begann sie schon wieder ihre Rolle zu spielen –, »nie.«

»Deine Eltern?«

»Gott, ich habe bekommen, was ich brauchte. Aber es war anders. So nur zum Spaß einkaufen, das habe ich noch nie erlebt. Und dann – es ist ja nicht nur das Einkaufen allein.«

»Was noch?«

»Na, daß ich hier mit Ihnen bin. Verreist, in einer fremden Stadt. Und alles das«, sie stockte beim Sprechen, sah ihn nicht an, blickte geradeaus und spürte seinen Blick wie eine Berührung. »Man denkt manchmal ...«, sie stockte, verstummte.

»Was denkt man manchmal?«

»Man denkt sich manchmal Geschichten aus, schöne Geschichten, Märchen eben, in denen etwas geschieht, was in Wirklichkeit nicht geschieht. Daß jemand kommt, der gut zu einem ist, jemand, den man gern hat, und dann passiert etwas Schönes und so. Solche Geschichten eben. Alle Menschen denken sich doch so etwas aus, nicht?«

»Ich glaube schon. Falls sie ein wenig Phantasie besitzen.«

»Ich hab' mir immer so viele schöne Geschichten ausgedacht. Schon in Ahlsen. Daß ich eine große Schauspielerin würde und berühmt. Und viel Geld hätte natürlich. Und daß jemand ... jemand dabei wäre.«

»Was für ein Jemand?«

»Na, ein Mann natürlich.«

»Ein Mann, den du liebst?«

Hatte er wirklich die verpönte Vokabel über die Lippen gebracht? Er merkte es nicht einmal, so entzückte ihn ihr Kindergeplauder, und er, der Fachmann, merkte das Theater nicht, er, der erfahrene Regisseur, erkannte die begabte Schauspielerin nicht.

Sie nickte stumm.

»Aber du hattest doch einen Mann, den du geliebt hast?«

»Eine Zeitlang, ja, aber es war nicht sehr lange.«

»Und was ist aus dieser Liebe geworden?«

Sie hob die Schultern, wandte ihm ihr Gesicht zu. »Das wissen Sie doch.«

»Ich weiß nur, daß die Liebe so groß war, daß du mit dem Gedanken gespielt hast, dich vor einen Zug zu setzen.«

»Erinnern Sie mich nicht daran! Ich schäme mich. Ich muß Ihnen schrecklich albern vorgekommen sein.«

»Hättest du es getan?«

»Ich glaube nicht. Bestimmt nicht aus Liebe. Höchstens aus Wut.«

Er lächelte. »Du bist wenigstens ehrlich. Aber diese Wut hättest du zu teuer bezahlt. Und was ist heute?«

»Was soll heute sein?«

»Nun, mit der Liebe und der Wut.«

»Es ist beides nicht mehr da. Es ist so verschwunden, als wäre es nie gewesen.«

»Du solltest dir das merken. So geht's einem meist mit der Liebe und der Wut.«

Sie sah ihn mit großen Augen an. »Wirklich? Auch wenn es richtige Liebe ist?«

Jetzt begann ihm die Liebe in den Ohren zu klingen. Er verzog das Gesicht. »Ich weiß gar nicht, ob es die wirklich gibt.«

Sie nickte mit ernster Miene. »Nein, vielleicht gibt es sie nicht. Es ist nur, weil immer alle davon reden ...«

»Wer alle?«

»Alle Dichter, alle Bücher. Auch Ihre Filme.«

»Ja. Leider. Sie verkauft sich gut, weißt du. Sie ist so ein schönes Spielzeug in dieser Alltagswelt. Sie gehört zu deinen Märchen, von denen du so gern träumst. Und wer nicht selber träumen kann, der geht ins Kino. Es ist unser Beruf, den Leuten diese Märchen zu erzählen. Und vermutlich wird man darum immun dagegen. Wer immer Schokolade verkauft, ißt vermutlich nicht mehr gern Schokolade.«

»Lieben Sie denn niemand?« Diese Frage kam leise und klang naiv. Jovana erschrak selbst über ihre Kühnheit.

Steffen war einen Augenblick lang stumm, dann lächelte er. »Ich weiß nicht genau«, sagte er. »Und du? Hast du wirklich keinen Freund in Hamburg?«

»Nein. Ich habe Ihnen doch erzählt, wen ich alles kenne. Sonst kenne ich keinen Menschen.«

»Jetzt kennst du mich.«

»Ja. Aber Sie kenne ich schon lange. Ich habe immer an Sie

gedacht, seit damals. Und ich habe mir immer gewünscht... Das war auch so ein Märchen.«

»Was hast du dir gewünscht?«

»Daß ich Sie wiedersehe.« Sie sagte es kindlich, und es klang ganz harmlos. »So wie Sie hatte noch nie ein Mensch mit mir gesprochen. Es hat mir so viel Mut gemacht.«

»Mut wozu?«

»Zu allem. Daß ich fortging. Und daß ich mich traute, zu tun, was ich wollte. Schauspielerin! Jeder hätte mich für verrückt erklärt. Aber Sie haben damals gesagt, ich bin gar nicht so häßlich.«

»Ich konnte nicht ahnen, was ich damit anrichte. Normalerweise rate ich jungen Menschen davon ab.«

»Das konnten Sie ja nicht wissen.«

»Bei Gott, nein, das konnte ich nicht wissen. Eine verlassene Geliebte, und dann dreht sie sich um und zieht aus, die Welt zu erobern. Dieser arme junge Ehemann und ich, wir halten dir die Leiter zum Ruhm, damit du auf die erste Sprosse hüpfen kannst. Falls wirklich eine Leiter dasein sollte.«

Sie legte den Kopf in den Nacken, die Augen weit geöffnet, triumphierend ihr Lächeln. Leise und mit Nachdruck sagte sie:

»Sie ist da. Ich weiß es genau, seit ich Sie wieder getroffen habe – Steffen. Es ist ein gutes Omen.«

Zum erstenmal hatte sie seinen Namen ausgesprochen, bisher hatte sie jede Anrede vermieden.

Wie hypnotisiert näherte er sich ihrem Gesicht, sein Arm umfaßte sie, und dann küßte er sie, küßte diesen seltsamen, eigenwilligen Mund, der so lächeln konnte. Sie hielt still, ihre Lippen waren weich und nachgiebig, aber nicht entgegenkommend, nicht leidenschaftlich.

Der Kuß dauerte nicht lange. Er löste sich von ihr, sah sie an, sie hatte die Augen geschlossen, und als sie sie wieder öffnete, sagte sie: »Auch das ist ein gutes Omen.«

»Was?«

»Das. Daß Sie mich geküßt haben, als ich es sagte. Es bestätigt alles, was ich denke. Meine Märchen.«

Er lachte, dann räusperte er sich, versuchte sich aus diesem Bann zu befreien. Das wuchs sich zu einer Liebesszene im Auto aus. Viel zu lang. Kein Film würde das vertragen. Daß Liebesszenen im Auto für Jovana vertrautes Gebiet waren, konnte er nicht wissen. Ohne noch etwas zu sagen, startete er den Wagen, und sie fuhren nach Hause.

In Travemünde war Besuch im Haus, Torsten und Silkes Sohn, der Bauer Hannes aus Gneversdorf, seine Frau Antje und Jörn, der angehende Seemann. Hannes und Antje waren auch in Lübeck gewesen und hatten Eßbares für die Verlobung geliefert. Jörn hatten sie mit herausgebracht, er hatte eine Prüfung vor sich und wollte noch einmal von Onkel Torsten ein paar Tips haben.

Es wurde ein langer Abend. Das Gespräch drehte sich um die Verlobung, um die Familie, um die christliche Seefahrt.

Jovana hörte zu, sie lernte, sie paßte auf. Und ab und zu begegnete ihr Blick den Augen des jungen Mannes. Ein großer blonder Junge; so mußte Steffen ausgesehen haben, als er jung war, und so auch Hannes. Was für Männer!

Es wurde gegessen, getrunken, geredet bis spät in die Nacht.

Als Jovana endlich in ihr Zimmer kam, war sie todmüde. Aber sie wollte wach bleiben. Ob Steffen wieder kam in dieser Nacht? Sie ließ das Licht brennen, aber sie schlief nach wenigen Minuten ein.

Steffen kam wirklich nach einer Weile, nicht einmal mit bestimmten Absichten, nur so. Er wußte selber nicht, warum.

Er fand sie schlafend, die Nachttischlampe brannte. Einen Moment blieb er neben dem Bett stehen und sah sie an. Er lächelte. Was für eine einmalige Situation! – Er hatte da eine junge Geliebte, die nicht einmal seine Geliebte war und die in einen festen Kinderschlaf verfiel, sobald sie im Bett lag. Was es auch immer sein mochte, es war etwas Neues, noch nie Erlebtes. Er löschte das Licht und kehrte leise in sein Zimmer zurück. Jovana hatte diesmal von seinem Kommen nichts bemerkt.

Der nächste Tag stand bereits im Zeichen der bevorstehenden Verlobungsfeier. Tante Silke suchte den Friseur auf, Onkel Torstens dunkelblauer Anzug wurde ausgebürstet, unter Tante Silkes feinen Kleidern eine Auswahl getroffen.

»Wenn es schon die Hochzeit wäre, ließe ich mir den ganzen Rummel ja gefallen«, meinte Steffen kopfschüttelnd. »Aber Verlobung! Mit dem Aufwand, und das bei fünf Töchtern. War das jedesmal so?«

Tante Silke nickte mit Nachdruck. »Jedesmal. Marie ist immer selig, wenn es geklappt hat. Es war wirklich nicht so einfach. Die Mädels sind ja ganz nett, aber außer Silke, der Ältesten, ist keine direkt eine Schönheit.«

»Silke, das ist dein Patenkind? Dann hat sie die Schönheit von dir.«

Tante Silke gluckerte entzückt. »Muß woll so sein. Jetzt hat sie selber schon zwei Kinder.«

»Ich mag die Annemarie sehr gern«, ließ sich Onkel Tosten vernehmen.

»Die Kleine, ich weiß. Sie war immer dein Liebling, sie versteht es prima, dir um den Bart zu gehen. Sie hat im vergangenen Jahr geheiratet und bekommt bald ein Baby.«

»Ich frage nicht nach den anderen«, sagte Steffen, »vermutlich sind sie alle sehr fruchtbar, und die Familie wuchert ins Unendliche. Wie ich gehört habe, heiratet Hannes' Großer im nächsten Sommer. Drei Kinder hat er außerdem noch, dann kommt ihr wenigstens nicht aus der Übung.«

»Dann bekomme ich endlich eigene Urenkelkinder«, sagte Tante Silke befriedigt. »Dieter hat übrigens keine Verlobung gefeiert. Er findet das altmodisch. Es genügt, wenn er heiratet, und das möglichst ohne Klimbim. Sagt er.«

»Find' ich ganz vernünftig. Und Jörn? Hat er auch schon eine Braut?«

»Der denkt nicht dran«, sagte Onkel Torsten, nun seinerseits mit Befriedigung. »Der wird mal ein richtiger Fahrensmann. Der wird noch Kapitän auf einem großen Musikdampfer. Hast ja gesehen, was für ein schneidiger Bursche er ist. Und ehrgeizig ist er auch, der wird erst Ruhe geben, wenn er seinen eigenen Steamer unter den Füßen hat.«

»Und die Christine, die wird studieren«, berichtete Tante Silke weiter. »Sie ist die gescheiteste von der ganzen Familie. Tierdoktor will sie werden.«

»Veterinär heißt das«, verbesserte sie Onkel Torsten.

»Einigen wir uns auf Tierärztin«, sagte Steffen. »Das finde ich eine gute Berufswahl, sie hat mir neulich davon erzählt, als ich drüben bei ihnen war. Sie hat ja einen ganzen Stall von Tieren beieinander.«

»Und sie versteht es, mit ihnen umzugehen, es ist ganz unglaublich. Jedes kranke oder verletzte Tier muß sie behandeln. Sie ist erst fünfzehn, aber sie versteht mehr als mancher richtige Doktor. Die Bauern rufen sie heute schon, wenn ein Tier krank ist.«

»Das finde ich wunderbar«, ließ sich Jovana plötzlich vernehmen, die dem ganzen Gespräch schweigend gelauscht hatte.

Alle sahen sie an.

»Was findest du wunderbar?« fragte Steffen. Es war so seine Art, er wollte es immer genau wissen.

»Daß ein Mädchen, wenn es so jung ist, schon weiß, was es werden will, und daß sie das auch sagen kann und daß alle Verständnis dafür haben. Ich meine« – Jovana gab sich Mühe, sich verständlich zu machen –, »daß keiner sagt ›Du spinnst, das ist alles Unsinn‹ und so. Als ich jung war, konnte ich nie über das reden, was ich gern wollte.«

Es überraschte sie, daß die anderen lachten. Sie errötete und verstand nicht ganz, warum. »Ich meine, daß man verstanden wird.«

Steffen, der in seiner gewohnten Haltung am Schrank gelehnt hatte, trat hinter ihren Stuhl und legte die Hände auf ihre Schultern. »Wir wissen schon, was du meinst. Und du hast recht. Es klang bloß so drollig, wie du es sagtest. ›Als ich jung war . . .‹ Man könnte annehmen, du seiest eine reife Dame von annähernd Fünfzig.«

In seinem Blick, in seiner Stimme war Zärtlichkeit. Tante Silke ließ einen flinken Blick über die beiden gleiten. Und sie dachte: Er hat sie sehr gern, die Kleine. Er hat sie viel zu gern. Ich frag' mich nur, was das werden soll. Es ist nicht so, wie er uns weismachen will, es ist anders.

Aus der geplanten Segelpartie war nichts geworden, es regnete den ganzen Vormittag. Aber am frühen Nachmittag hellte es sich auf, Wind kam auf und vertrieb die Regenwolken.

»Ein Spaziergang, Jovana?«

»Gern.«

Sie gingen zum Strand. Jovana mit den neuen Hosen, dem neuen Paletot und der feschen Schirmmütze. Sie hatte sich im Spiegel sehr gut gefallen, sie ging leicht und beschwingt und war sehr glücklich.

Auf der Strandpromenade blieb Steffen stehen und blickte aufs Wasser. Es war grau und leicht bewegt, der Sand feucht und dunkel.

»Du mußt das im Sommer sehen, dann ist das ein ganz anderes Bild. Ein Strandkorb neben dem anderen, viele Menschen, die Bucht voller Boote, der Himmel blau und voller Sonne.«

Ehrlich fügte er hinzu: »Nicht immer natürlich, manchmal. Aber meist ist das Wetter am Meer besser als im Binnenland. Regenwolken halten sich hier nicht lange.« Er wies mit dem Arm über die Bucht. »Und da drüben, du weißt, was das ist.«

»Sie haben es mir gesagt. Auch Deutschland.«

»Ja. Auch Deutschland, Mecklenburg. Als ich ein kleiner Junge war, hatte ich einen Freund da drüben. Sein Vater war Bauer, er hatte einen Hof in Neuenhagen. Mit dem Pferdewagen kamen sie immer herüber und brachten Eier, Butter und Gemüse. Manchmal durfte ich mitfahren und ein paar Tage bei ihnen bleiben. Ein schönes Land, Jovana, dieses verlorene Land. Das sagt dir nicht viel, wie?«

Sie hob die Schultern und blickte ihn unsicher an.

»Du bist zu jung. Du weißt nicht, was wir verloren haben. Wie bitter diese Trennung ist. Ich kann in dem Land da drüben kein Ausland sehen – ich werde es nie können. Aber deine Generation – für euch ist es anders. Ihr habt es nie anders gekannt. Ich frage mich, ob in den jungen Menschen von heute überhaupt so etwas wie ein Heimatgefühl entwickelt ist. Ich spreche nicht von dem Begriff Vaterland, es ist so ein veraltetes und vor allem so ein mißbrauchtes Wort. Meiner Generation hat man dieses Vaterland, dieses Deutschland, genug verekelt. Wenn man etwas immer in die Ohren geblasen bekommt, mit falschen und pathetischen Tönen, dann kann man es am Ende nicht mehr hören. ›Deutschland, Deutschland über alles . . .‹

Als ich so alt war, wie du heute bist, da glaubte ich noch daran. Nicht daß es ein Anspruch wäre, sondern Dank und Liebe. Aber man ist natürlich sehr kritisch in diesen Jahren und hört die falschen Töne. Und dann kamen die Nazis und haben alles zerstört. Sie haben den Widerspruch geweckt in solchen wie mir. Und haben Zustimmung gefunden bei denen, die anders waren. Man muß sein Vaterland lieben als seine Heimat, als die eigene Sprache, als die eigene Geschichte. Aber wenn ein Götze daraus gemacht wird, ein falscher, hohler Götze, den man anbeten soll aus Gründen, die man nicht einsieht, dann wird einem das Vaterland fremd und schließlich verhaßt. Das haben sie an unserer Generation verbrochen. Das war das Schlimmste, was sie angerichtet haben. Sie haben ein ganzes Volk heimatlos gemacht. Und das ist nicht gut für ein Volk. Jetzt haben wir zwei Deutschland, und keines ist echt, keines taugt viel. Die drüben ahmen fremde Vorbilder nach, und wir tun es auch. So geht die Substanz verloren, und was übrigbleibt . . .« Er machte eine vage Geste, blickte immer noch versunken über die Bucht auf die andere Seite hinüber.

Jovana hörte ihm schweigend zu. So etwas hatte sie nie gehört und nie gedacht. Hatte sie ein Vaterland? Nicht einmal eine Heimat.

Eine Weile standen sie schweigend nebeneinander. Dann, wie erwachend, blickte er sie an. »Ich langweile dich?«

»Warum sagen Sie das?« fragte sie leidenschaftlich. »Nie hat ein Mensch so zu mir gesprochen. Ich konnte das ja alles nicht wissen und verstehen. Deutschland ist für mich Ahlsen. Und was Ahlsen für mich ist, das wissen Sie. Meine Mutter sprach von Prag, wenn sie von Heimat sprach. Immer nur von Prag. Ich kann mich daran nur sehr wenig erinnern. Und dann war es ein Lager, und dann war es ein Bauernhof in der Nähe von Ahlsen, und die Leute mochten uns nicht und waren feindselig. Ich habe kein Vaterland. Dann war es die Familie von ihr, von der Frau meines Vaters. Sie mochten mich auch nicht. Ich habe keine Heimat.«

Steffen legte den Arm um ihre Schulter. »Dann bist du ganz und gar ein Kind deiner Zeit. Die verlorenen Kinder dieser Zeit. Ich könnte jetzt sagen, deine Heimat ist Europa. Ist die Welt. Aber das stimmt alles nicht. Das sind geographische Begriffe. Oder sogar nur noch politische Begriffe. Heimat ist etwas anderes. Es ist ein Wald, eine Wiese, ein See. Es ist diese Bucht hier, dieser Ort, dieser Platz, auf dem wir stehen. Und für mich auch noch dieses Land da drüben. Das Land da drüben überm Wasser. Es ist und bleibt für mich Heimat, solange ich lebe. Auch wenn ich nie mehr einen Fuß da drüben auf dieses Land setzen kann. Da sind Menschen, die meine Sprache sprechen. Und die aussehen wie ich. Die denken wie ich. Ja, ich bin sicher, sie denken auch heute noch so, wie ich denke. Was wohl aus ihm geworden ist?«

Jovana stand an ihn gelehnt, sie blickte auf in sein fremdes, auf einmal so strenges Gesicht. »Der Jugendfreund von da drüben?«

»Ja. Jochen aus Neuenhagen. Ob er den Krieg überlebt hat? Ob er seinen Hof noch hat? Ob er in so einer Kolchose lebt, oder wie sie das nennen? Ob er mal da drüben steht und herüberblickt genau wie ich?«

»Ich glaube sicher, daß er das tut«, sagte Jovana leise.

»Nein. Er tut es nicht. Er darf es nicht. Es ist totes Land da drüben. Du siehst nie einen Menschen. Siehst du«, sein Arm wies nach rechts, »dieses Stück Land dort über der Trave nennt man den Priwall. Es ist eine Landenge, gleich auf der anderen Seite ist ein Binnensee. Das war früher die kürzeste Verbindung nach

Mecklenburg. Jetzt ist dort eine Grenze. Eine Grenze, die etwa hundert Meter lang ist. Und wenn du die Alpen und die Pyrenäen und die Anden übereinandertürmen würdest, so könntest du keine unüberwindlichere Grenze gewinnen. Bis ans Ende meines Lebens werde ich das nicht begreifen können.«

Er blickte sie an, sah ihr junges ratloses Gesicht. »Komm«, sagte er heftig und drehte sie nach Norden, »laß uns gehen, laß uns laufen, laß es uns vergessen. Nein, laß uns nicht vergessen, aber jetzt nicht mehr daran denken.«

Sie gingen schweigend die Promenade entlang, zum Ort hinaus, den Weg über dem Steilufer, den Jovana schon kannte. Nach einer Weile gingen sie nicht, sie liefen. Steffen machte Riesenschritte mit seinen langen Beinen, und Jovana bemühte sich, an seiner Seite zu bleiben. Der Regen hatte ganz aufgehört, es war mild, und der Wind, der vom Land her blies, war warm und trug den Geruch der frühlingsfrischen Erde heran. Steffens Gesicht entspannte sich, er begann um sich zu blicken, zu sehen und zu hören, das aufbrechende erste Grün an manchen Büschen, den Flug der Möwen über dem Meer, den Gesang der Vögel über den Feldern. Und schließlich sah er auch wieder das Mädchen neben sich.

»Du bist ein guter Marschierer«, sagte er.

»Was bleibt mir anderes übrig?«

»Das ist wahr«, er mäßigte seinen Schritt und griff im Gehen nach ihrer Hand. »Du Findelkind«, sagte er, »du Fundsache, was mach' ich nur mit dir?«

Er blieb stehen, drehte sie zu sich. »Kannst du mir das sagen?«

Sie blickte ihn stumm an, Bereitschaft und Scheu zugleich in den Augen.

»Kannst du mir das sagen?« Er schüttelte sie ein wenig. »Erst muß ich dich da neben den Gleisen auflesen, der Teufel weiß, warum ich in das dumme Ahlsen kam, und dann stehst du vor meinem Haus, und jetzt laufe ich hier mit dir durch die Landschaft. Kannst du mir sagen, was das soll?«

»Sie können mich ja jederzeit nach Hause schicken, wenn Sie wollen.«

»Das kann ich, wenn ich will. Und vielleicht tue ich es auch. Zurück zu deiner geliebten Lehrerin und dem Herrn Püttjer und der Frau Dingsbums da aus Altona. Was machst du dann?« Sie reckte sich ein wenig. »Was ich bisher auch gemacht habe. Ich brauche Sie nicht, wenn Sie das meinen. Ich schaffe es ganz allein.«

»Langsam fange ich an, dir das zu glauben. Wenn ich nur wüßte, ob wirklich was an dir dran ist.«

»Das werden Sie ja sehen.«

»Sag: Das wirst du sehen, Steffen.«

Sie wiederholte im gleichen Tonfall: »Das wirst du sehen, Steffen.«

Diesmal küßte er sie lange, anders als am Tag zuvor im Auto. Er hielt sie fest an sich gepreßt, fühlte ihren Körper, und es erregte ihn.

»Heute nacht werde ich mit dir schlafen, daß du es weißt. Du hast keinen Freund, sagst du. Und den Jungen aus Ahlsen liebst du auch nicht mehr?«

»Nein«, sagte sie und hielt seinem Blick stand.

»Liebe ist Unsinn«, sagte er, »wir werden von Liebe nicht reden. Ich kann das alles nicht ausstehen, verstehst du. Du bist kein Kind, wenn du auch so tust. Ich weiß nicht, was du denkst hinter deiner eigensinnigen kleinen Stirn, es wird nicht immer nur zuckerrosa sein, das sehe ich dir an. Du spielst das Lämmchen, aber du bist es nicht. Immer falle ich dir nicht herein. Ich weiß noch nicht, was ich mir dir anfangen werde. Ob ich dich nach Hause schicke oder ein bißchen behalte. Ob du es überhaupt wert bist, daß man sich mit dir abgibt.«

Er hörte sich selber reden und wußte nicht, woher ihm all das krause Zeug über die Lippen kam. Hatte er je vorher so einen Unsinn geredet?

Sein Gesicht dicht vor ihrem, sagte er: »Hörst du mir zu, du Fundsache? Aber wenn du nicht willst, kannst du es gleich sagen.«

Jovana war nicht im geringsten eingeschüchtert. Mochte sie auch eine Anfängerin sein, Sinn für den Ablauf einer Szene hatte sie bereits. Und so dumm, so ungewandt war sie auch nicht mehr, daß sie nicht parieren konnte, schon gar auf einem Gebiet, auf dem sie sich sicher fühlte.

»Es klingt alles nicht sehr ermutigend. Ich bin den Umgang mit so stolzen Herren nicht gewohnt. Und«, sie bog den Kopf in den Nacken und lächelte, »und ich weiß auch nicht, ob das Käthchen mir gerade auf den Leib geschrieben ist, mein hoher Herr. Aber wenn es sein muß, kann ich es spielen.«

Er lachte erheitert. »Gut. Das hast du gut gesagt. Nein, dumm bist du offenbar wirklich nicht. Das ist ein Segen. Hast du denn das Käthchen von Heilbronn schon mal gesehen?«

»Ja.«

Sie hatte das Käthchen mit Peter gesehen, der sie einige Male auf ihren Wunsch hin ins Theater geführt hatte, was jedesmal eine Aktion war. Es mußte Sonnabend sein, sie mußten in die Stadt fahren, und er machte sich nicht einmal viel aus dem Theater. Das »Käthchen von Heilbronn« – das Stück – fand Peter schlichtweg albern. Sie hatte es vorher gelesen, mehrmals, und verfolgte atemlos jede Szene. Und hatte sich die gleiche Frage gestellt, die Steffen jetzt an sie richtete.

»Möchtest du es spielen?«

»Ja.«

»Warum? Es ist keine Rolle für ein modernes Mädchen.«

»O doch. Es ist eine Rolle für jedes Mädchen, ob modern oder nicht. Zu wissen, daß man liebt und auch geliebt werden wird. Und seine Liebe einem Mann aufzuzwingen, ob er will oder nicht – ich finde, es ist eine sehr moderne Rolle.«

Steffen nickte anerkennend. »Nicht schlecht. So kann man es sehen. Ich weiß nicht, ob Kleist es sich so gedacht hat, aber im Grunde hast du recht. Spielst du diese Rolle mit mir?«

Sie lachte. Es klang natürlich. »Nein. Ich spiele gar keine Rolle. Der Regisseur sind Sie. Bist du, Steffen. Du wirst mir meine Rolle erst geben. Ob ich sie spielen kann, weiß ich noch nicht.«

»Das hängt, wie immer, vom Regisseur ab.«

Er hielt sie im Arm und blickte an ihr vorbei aufs Meer hinaus. Eine merkwürdige Rolle, auch für ihn. Es würde nicht leicht sein, Regie zu führen.

Sie sahen es gleichzeitig. Er im Widerschein auf dem Meer, sie am Himmel. Die Wolken teilten sich, die Sonne kam hervor, eine junge, jähe Frühlingssonne, die kraftvoll von allem Besitz ergriff, vom kahlen Land, von den leeren Bäumen, von dem grauen Wasser. Es schimmerte sogleich silbern, erst war es nur ein kleines Stück, ein heller Fleck, der sich rasch vergrößerte. Und genauso rasch verblaßten die Wolken, schienen zu zerfließen, sie waren nur ein dünner Schleier gewesen, bereit, das strahlende Blau des Himmels zu enthüllen. Es war, als ginge ein Vorhang auf, und dahinter war nur Licht und Leuchten. Die erste Lerche stieg jauchzend gegen den Himmel auf, als wolle sie sich in dem Blau ertränken.

»Der Frühling!« sagte Steffen, nachdem sie minutenlang stumm das Schauspiel verfolgt hatten. »Siehst du das, Jovana? Der Frühling ist da. Eben ist er gekommen.«

Sie gingen weiter, blieben wieder stehen, schauten. Es dauerte keine Viertelstunde, dann war auch der Himmel über dem Meer blau, war keine Wolke mehr zu sehen.

Am Horizont tauchte ein Schiff auf. Ein großes weißes Schiff, das schnell und lautlos näher kam.

»Kommt es aus Schweden?« fragte Jovana.

»Ich weiß nicht. Vielleicht. Es ist zu weit, wir können die Flagge nicht erkennen. Aber wenn du willst, gehen wir nachher zum Hafen und schauen nach.«

»Vielleicht kommt es auch aus Kopenhagen.« Sie streckte sehnsüchtig die Hand aus, winkte dem Schiff. Dann blickte sie zu ihm auf, ihre Augen leuchteten, sie neigte sich rasch zu ihm und küßte ihn leicht auf die Wange. »Ich bin so glücklich, daß ich hier bin. Es ist so schön. Aber du darfst mich nie mehr Fundsache nennen.«

»Ich werde es nicht mehr tun.«

Jovana ging bis an den Rand der Klippe, unter ihr fiel das zerrissene Ufer steil ab; auf dem schmalen Streifen Sand und Stein glitzerte das Wasser.

»Meer«, sagte sie und streckte die Hand wieder aus, »Meer, schönes blaues, silbergraues, himmelblaues Meer, ich liebe dich. Immer warst du hier, und immer wirst du bleiben. Was für mich Ewigkeit ist, ist für dich ein Stückchen Zeit. Nirgendwo bist du zu Ende. Nirgendwo fängst du an. Du bist wie Seide jetzt, die sich zärtlich anschmiegt, aber du kannst sein wie ein harter böser Stein, an dem man sich zerschlägt. Ich möchte sein wie du. Ich möchte alles können, was du kannst, versinken lassen und forttragen, den Himmel widerspiegeln, die Schiffe tragen, den Sturm umarmen. Willst du mein Freund sein, Meer? Willst du mir sagen, wie ich werden kann wie du?«

Steffen hatte ihr staunend zugehört. Als sie schwieg, trat er neben sie, nahm sie am Arm und zog sie vom Klippenrand zurück.

»Was war das?«

Sie lächelte verlegen. »Nichts weiter. Ich habe über das Meer gesprochen.«

»Du hast über das Meer gesprochen? Waren es deine Worte?«

Sie nickte. »Natürlich. Das lerne ich bei Frau Norden.«

»Was heißt das, du lernst es bei Frau Norden?«

»Man muß über etwas sprechen, das einem gefällt. Sie sagt, ein Schauspieler darf nicht nur fremde Worte nachsprechen, er darf sich nicht nur mit dem ausdrücken, was andere geschrieben haben. Er muß auch eigene Worte finden. Sie sagt, ganz egal, ob sie dumm sind oder ungeschickt oder pathetisch. Man muß über etwas sprechen können, was man sieht, und man darf davor keine Angst haben.«

»Das lernst du bei ihr?«

»Ja. Ich habe es erst zweimal gemacht. Es ist sehr schwer. Am Anfang habe ich furchtbar herumgestottert, aber sie sagt, das macht nichts, ich werde es schon lernen. Man muß sein Gesicht, seinen Körper, seine Hände beherrschen und muß sie gebrauchen können, wie man es will. Und man muß auch seine Stimme so gebrauchen können. Und eben auch seine Gedanken. Und selber Worte finden.«

»Eine erstaunliche Frau! Vielleicht lernst du bei ihr doch eine ganze Menge. Eigentlich hatte ich vor, dir vorzuschlagen, ob du es nicht doch lieber mit einer Schauspielschule versuchen willst.«

»Nein«, sagte Jovana rasch, »ich möchte lieber bei ihr bleiben. In einer Schauspielschule ... ich hätte da Angst. Ich bin noch zu dumm. Ich weiß so vieles nicht, was die anderen sicher wissen. Ich war doch nur auf der Volksschule; sie würden mich vielleicht auslachen. Ich weiß doch, wie das ist. Dann käme ich mir wieder vor wie früher, häßlich und unbedeutend und dumm. Bei Frau Norden lerne ich noch vieles dazu. Sie sagt mir, was ich lesen soll und wie ich mich benehmen soll. Sie hat mir gezeigt, daß man nicht den Finger abspreizt, wenn man ein Glas oder eine Tasse hält, und wie man gehen muß, und überhaupt – überhaupt alles lerne ich bei ihr. Vor ihr geniere ich mich nicht.«

»Hm«, machte Steffen. Er war betroffen von der Leidenschaft, mit der sie sprach. Und er mußte zugeben, daß etwas Wahres an dem war, was sie sagte. Wenn sie dieser Frau vertraute und bei ihr unbefangen war, dann würde ihr das mehr nützen als der umfangreiche, aber doch unpersönliche Unterricht in größerem Rahmen. Jedenfalls zunächst.

Er nahm wieder ihre Hand, und sie gingen langsam weiter.

»Worüber hast du denn noch gesprochen? Mit deinen Worten, meine ich.«

»Das erste Mal über Yuna. Das ist ihre Katze. Eine Siamkatze. Das sind die mit den blauen Augen. Sie ist sehr schön und sehr stolz. Einmal, als ich bei Frau Norden war, stieg Yuna auf der Sofalehne entlang bis zur Mitte, genau bis zur Mitte. Und dort setzte sie sich hin und schaute ins Zimmer. Sie sah uns nicht an. Sie saß ganz still und schaute, und sie sah aus, als denke sie etwas. Ich hatte ihr zugesehen und Frau Norden auch. Und Frau

Norden sagte plötzlich zu mir: Sprich über Yuna. Ich wußte erst nicht, was sie meinte. Sie erklärte es mir, und dann mußte ich über Yuna sprechen. Irgend etwas, was mir gerade so einfiel.«

»Es fiel dir auch etwas ein?«

»Ja. Sicher war es komisch, was ich sagte. Aber es ging nach einer Weile ganz gut.«

»Und worüber hast du noch gesprochen?«

»Über Tulpen. Das war erst vorige Woche. – Als ich hinkam, hatte sie einen Strauß mit hellila Tulpen auf dem Flügel stehen. Es sah sehr schön aus, der schwarze Flügel und ein Zinnkrug und die Tulpen darin. Ich sagte: Was für schöne Blumen! Und sie sagte: Sprich über sie.«

»Eine erstaunliche Frau«, sagte Steffen. »Wenn du erlaubst, werde ich sie einmal besuchen.«

»Das wird sie sicher sehr freuen.«

»Hat sie außer dir noch andere Schüler?«

»Noch zwei. Einen jungen Mann und ein Mädchen.«

»Die hast du mir unterschlagen. Du hast gesagt, du hättest mir von allen Leuten erzählt, die du in Hamburg kennst.«

»Ja. Das stimmt. Ich kenne sie auch kaum. Bis jetzt bin ich meist allein bei Frau Norden. Sie sagt, sie kann uns erst zusammenstecken, wenn ich ein bißchen was gelernt habe. Silvia und Tommy sind schon weiter als ich. Sie sprechen schon miteinander. Auch mit eigenen Worten. Und spielen kleine Szenen. Und Tommy kann fünf Minuten auf dem Kopf stehen.«

»Jetzt sag bloß, er hätte das auch bei Frau Norden gelernt!«

»Hat er auch. Sie sagt, man muß seinen Körper beherrschen in jeder Lage.«

Auf diese Weise kamen sie bis Niendorf, und Steffen erfuhr noch manches über die bemerkenswerten Unterrichtsmethoden der Frau Norden-Ballinghusen.

In Niendorf tranken sie Tee mit Rum und fuhren dann mit dem Bus nach Travemünde zurück.

Im Lotsenhaus wartete eine Überraschung. Genau wie am Tage zuvor war Besuch im Haus, diesmal für Steffen. Barenth, sein junger Kollege.

Er saß bei Tante Silke und Onkel Torsten vor einem Grog. Er sprang auf, als er Steffen erblickte.

»Endlich, Chef. Sie mißbrauchen meine Nerven. Ich jage im hundertfünfziger Tempo hierher, und Sie gehen friedlich spazieren.«

»Was machst du denn hier?« fragte Steffen erstaunt. »Ich denke, du bist in Sizilien.«

Der junge Mann tippte an seine Nase. »Barenth riecht es, wenn er gebraucht wird. Vorgestern zurück, gestern rechtzeitig zur Stelle, um heute die großen Kartoffeln zu ernten. – Meine Gnädigste, hoch erfreut!« Das letztere galt Jovana, vor der er sich schwungvoll verbeugte. Dann nahm er ihre Hand und hauchte so etwas wie einen Kuß darüber, kniff ein wenig die Augen zusammen, machte »Aha, aha!« und sagte dann zu Steffen: »Unsere Stumme?«

Steffen war einen Moment sprachlos. »Wie kommst du darauf?«

»Könnt's mir vorstellen. So der Typ – und da ich gehört habe«, er grinste unverschämt, »Sie treiben hier Nachwuchspflege, liegt der Gedanke nahe.«

Steffen zog eine Braue hoch und blickte Tante Silke mißbilligend an. Pflichtschuldigst errötete diese. Sie redete und erzählte nun mal gar zu gern. Onkel Torsten hatte das ein Leben lang beanstandet, aber auch nicht ändern können.

Steffen erinnerte sich, daß Barenth, den er einige Male zum Segeln mit herausgenommen hatte, schon immer sehr gut mit Tante Silke ausgekommen war. Aber schließlich, wer kam mit Lothar Barenth nicht gut aus! Er überrannte jeden mit seinem Schwung, seiner Liebenswürdigkeit und seiner frechen Schnauze, und da der Bursche zudem noch gut aussah, hatte er überall leichtes Spiel.

Steffen schenkte sich eine Erklärung über Jovanas Woher und Warum. Offenbar hatte Tante Silke bereits genug berichtet.

»Also, was ist los? Was willst du hier?«

»Sie an Land holen, Chef. Wir brauchen für Sie einen dunklen Anzug und eine frische Rasur, und dann können Sie antanzen. Der Obermotz aus Hollywood ist gekommen, und wenn wir nicht gerade die Internationale heute abend singen oder das Horst-Wessel-Lied, müßte es klappen mit der ersten Klappe. So in zirka einem halben Jahr schätze ich.«

»Borodin ist in Hamburg?«

»Genau. Der Scheich, mit dem Sie neulich verhandelt haben, hatte dem Großmogul nach Hollywood berichtet, and here we go. Zufällig komme ich heute gerade nach Hause, wie Plaschke aus Berlin anruft. Er hat schon versucht, Sie zu erreichen. Er ist unterwegs und dürfte um diese Stunde in Hamburg eintreffen. Ich habe alles vorbereitet, Tisch bei Ehmke bestellt – so Willem

Zwo und Bismarck an den Wänden, das imponiert den Amis. Für elf Uhr Tisch in der Atlantikbar und zwei Miezen dazu, Susi und Lilian, beide mit der Order, umwerfend auszusehen. Jede Wette, daß wir demnächst Vertrag machen?«

Das alles kam wie Maschinengewehrfeuer, und jeder hörte gespannt zu. Steffen, der ihn kannte, wußte alles einigermaßen zu übersetzen.

»So«, machte er langsam, »das klingt nicht schlecht. Herrgott, wenn ich diesen verdammten Streifen endlich vor die Flinte kriegte, das wäre ja . . .« Er setzte sich langsam, schob sich eine Zigarrette in den Mund.

Barenth ließ das Thema sofort fallen. Wenn Steffen ihn siezte, den Zirkusdirektor!« und zu Steffen: »Beeilung bitte, in einer Viertelstunde spätestens fahren wir. Rauchen Sie schneller, Genosse, und sagen Sie, daß Lotharchen ein guter Junge ist.«

Steffen lachte. »Das bist du. Bist du wirklich. Hast alles prima vorbereitet. Wer sind Susi und Lilian?«

»Große Klasse. Susi ist die zickige Blonde mit den endlosen Beinen, wir hatten sie mal in einer kleinen Rolle in ›Liebe im Fahrpreis einbegriffen‹. Sie hat so wunderschöne Schlafzimmeraugen, erinnern Sie sich nicht, Chef? Und Lilian ist meine neueste Braut, rothaarig, so 'ne Figur.« Er beschrieb mit den Händen Lilians Formen in der Luft. »Die kann einheizen. Wir werden sehen, auf welche der Großmogul fliegt, die kann er haben. Ich opfere Lilian der guten Sache. Es sei denn« – er verlangsamte das Sprechtempo, und sein Blick glitt prüfend über Jovana, die immer noch sprachlos bei der Tür stand –, »Sie wollen die Puppe hier mitnehmen, sie gleich präsentieren als Stumme, hätt' natürlich auch was für sich. Bißchen spät für Friseur und so, aber wenn ich Harry anrufe, vorausgesetzt, er ist zu Hause, der poliert sie uns noch auf Hochglanz.«

Steffen runzelte die Stirn. »Davon kann gar keine Rede sein. Und unterlassen Sie bitte alle Spekulationen in dieser Richtung.«

Barenth ließ das Thema sofort fallen. Wenn Steffen ihn sietze, war Bahnhof. War das am Ende etwas Ernstes mit dem Mädchen?

Steffen stand auf. »Also, dann wollen wir mal. Ich bin gleich fertig.« Bei Jovana blieb er stehen. »Was mach' ich denn mit dir?«

»Ich bring' Sie morgen früh wieder raus, Chef«, sagte Barenth. »Und wenn die junge Dame uns nicht begleitet, macht sie fein Heiapopeia und empfängt uns dann morgen früh mit einem schönen Katerfrühstück. Und wenn Sie partout wollen, fahre ich Sie auch noch mitten in der Nacht heraus. Sollte ich zu besoffen sein, werden wir schon einen anheuern, der Sie fährt. Diese Welt steckt voller Möglichkeiten.«

Jovana floh hinter Steffen aus dem Zimmer. Dieser junge Mann, der so komische Dinge sagte und sie so prüfend betrachtete, war ihr unheimlich. Sie folgte Steffen in den ersten Stock hinauf und sah zu, wie er einige Sachen in eine Tasche packte, darunter das Drehbuch von »Zwielicht«.

»Tut mir leid«, sagte er dabei. »Aber es ist wichtig, daß ich fahre. Macht es dir etwas aus, allein hierzubleiben?«

»Gar nicht. Und verstanden habe ich kein Wort.«

Steffen lächelte flüchtig. »Das glaube ich. Aber du wirst dich an Barenth gewöhnen. Der beste Mann, den ich je hatte. Tüchtig, zuverlässig, intelligent und begabt.«

»Aber wer ist er?«

»Er war in den letzten Filmen mein Regieassistent.«

»Und warum nennt er mich eine Stumme?«

Steffen blickte auf und sah sie flüchtig an. »Hat er das getan? Ist im Moment nicht wichtig.«

»Und warum können Sie mich nicht dabei haben heute abend?« fragte sie lüstern.

Jetzt war Steffen überrascht. »Du! Heute abend! Liebes Kind, ich treffe ein paar wichtige Leute aus Amerika, es handelt sich um eine Koproduktion. Um ernsthafte geschäftliche Verhandlung. Wenn's ans Business geht, wird das Leben ernst bei den Amerikanern.«

»Aber wenn doch diese Susi und diese Lilian dabei sind...«

»Jovana«, sagte Steffen ärgerlich, »sei nicht albern. Erstens weiß ich nicht, ob es zu diesem Rendezvous kommt. Und zweitens willst du Schauspielerin werden und kein Girl, das Männer unterhält. Oder? Aus Susi wird nie in ihrem Leben eine Schauspielerin, und Lilian kenne ich zwar nicht, aber sie wird auch von der Sorte sein. Davon gibt's genug. Barenth sammelt sie wie andere Leute Briefmarken. Nein, das ist ein schlechter Vergleich, Briefmarken hebt man auf und klebt sie ein, soviel ich weiß. Na, ist ja auch egal. Auf jeden Fall« – er war fertig, blieb vor ihr stehen –, »wenn ich dich einmal präsentieren würde – ich sage, wenn! –, aus gegebenem Anlaß dann und in der richtigen Form.«

»Ich hätte ja auch gar nichts anzuziehen«, sagte Jovana eingeschüchtert.

»Eben.« Er küßte sie auf die Stirn. »Sei ein artiges Kind, geh nicht zu spät ins Bett, und laß nicht wieder das Licht brennen. Wenn morgen das Wetter schön ist, segeln wir. Bye!« Er lächelte an ihr vorbei, war mit seinen Gedanken schon fort.

Jovana sah ihm nach, wie er die Treppe hinunterlief, hörte, wie sie aufbrachen unten, Tante Silkes aufgeregte Stimme, Barenths Lachen; mit großem Getöse zog ein Motor durch, und weg waren sie.

Jovana ging in ihr Zimmer und setzte sich vor den Spiegel, der auf einem kleinen Toilettentisch stand. Nachdenklich betrachtete sie ihr Bild darin. Nichts anzuziehen, natürlich. Aber ein gewisser Harry hätte sie auf Hochglanz poliert. Wie sie dann wohl aussah?

Sie raffte ihr Haar zusammen, nahm dann den Kamm und kämmte es nach oben, dann nach hinten, dann nach rechts und links. Dieser Mensch, der verrückte, hatte gleich gesehen, daß sie lange bei keinem Friseur war. Susi und Lilian waren bestimmt sehr schön. Frisiert, geschminkt, schick angezogen. Aber was hatte er bloß mit der Stummen gemeint? Puppe hatte er sie auch genannt. Und wie war das mit der Nachwuchspflege? Es war alles sehr interessant, eine ganz fremde Welt. Die Welt, in der Steffen Rau lebte.

Sie zog die Unterlippe zwischen die Zähne. Die Welt, in der auch sie eines Tages leben würde. In diesem Ton würde man mit ihr reden, und sie mußte diesen Ton verstehen. ›Wir nehmen die Puppe mit und polieren sie auf Hochglanz.‹ Einerseits. Andererseits war Steffen ärgerlich gewesen. ›Davon kann gar keine Rede sein.‹ Kurz und entschieden hatte das geklungen. ›Du willst Schauspielerin werden und kein Girl, das Männer unterhält!‹ Das war vornehm ausgedrückt. Der andere hätte sicher etwas anderes gesagt. Langsam ließ sie den Kamm durch ihr Haar gleiten. Sie würde es schneiden und frisieren lassen. Heute nacht würde er also nicht mit ihr schlafen, wie er angekündigt hatte. Wieder nicht. Aber – er war vergangene Nacht in ihrem Zimmer, denn er hatte bemerkt, daß das Licht brannte.

Ach! Wie war dieses Leben aufregend! Spannend. Herrlich war es, einfach herrlich. Und was für ein Mann war Steffen Rau! Er war wunderbar. Klug und überlegen und sah gut aus noch dazu. Er hatte sie geküßt, und wenn er auch gesagt hatte, von Liebe wird nicht geredet, das machte nichts... Es war eben doch so etwas wie Liebe, oder wie immer man das nennen wollte. Alle ihre Träume, Märchen, Gedanken, Phantasien, alles, fast alles hatte sich im letzten Jahr um ihn gedreht. Schade, daß er weggefahren war heute abend. Wenn er hiergeblieben wäre... Sie dehnte sich wollüstig, eine kleine Gänsehaut auf dem Rücken. Wie es sein würde, von ihm geliebt zu werden? Hoffentlich war sie nicht zu dumm für ihn. – Ach, Unsinn, ein Mann hatte es ganz gern, wenn eine Frau nicht allzu erfahren war, ein Mann wie er bestimmt, das wußte sie mit sicherem Instinkt. Kein Girl, das Männer unterhält. Das wollte er nicht, das brauchte er nicht.

Und wenn sie wollte, daß es ernst war, ernst für ihn, dann mußte sie anders sein. Dann mußte sie so sein, wie er sie wollte. Gerade sie wollte er auf eine bestimmte Weise. Auch das wußte Jovana ganz genau.

Von unten die Stimme von Tante Silke: »Jovana!«

»Ja?« Sie lief aus dem Zimmer und beugte sich über das Treppengeländer.

»Kommen Sie runter, Kind? Wir essen Abendbrot.«

»Ich komm' gleich.«

Im Wohnzimmer war es heute ziemlich still. Es schien leer ohne Steffen.

»Das sin woll man Verrückte«, brummte Onkel Torsten.

»Müssen sie ja man sein«, meinte Tante Silke. »Was man immer so davon hört und liest.«

»Brauchst du gar nicht hören und lesen von, hast du selber erlebt heute abend. Und wie der redet, der Kerl.«

»Aber er ist nett, ich mag ihn ja woll leiden. Kannten Sie den Herrn Barenth schon, Jovana?«

»Nein«, Jovana schüttelte den Kopf. »Ich kenn' die alle noch nicht. Ich fang' ja erst an.«

»Ich weiß ja man nicht, für so 'ne kleine Deern wie Sie ist das alles viel zu schwierig. Vielleicht sollten Sie lieber doch heiraten.«

Onkel Torsten lachte dröhnend. »Haste mir immer erzählt, wär' so strapaziös, verheiratet zu sein. Könnt' 'ne Frau ganz fertigmachen. Und auf einmal ist das woll ganz bequem, wie? Is 'n feines faules Leben, wie?«

»Red man nicht so 'n Stuß. Bequemes faules Leben! Sie braucht ja nich so ein' zu heiraten wie dich. Der ewig Flausen im Kopp hat und den Mädchen nachläuft und auf dem Wasser rumschippert. So 'n ordentlichen braven Mann, mein' ich, so ein'n, wie die Elisabeth heiraten wird.«

Onkel Torsten blinzelte listig mit schief geneigtem Kopf, dann streckte er seinen Finger aus und zeigte auf Jovana.

»Die! Silke, da verstehst du nichts von. Die Deern hier, die hat Feuer unterm Hinterm. Merkst denn das nich?«

»Nee, aber du woll.«

»Ich, ja. Ich hab' so was immer gemerkt. Die is nicht für 'n braven ordentlichen Mann was. Ob sie nu schauspielern kann, dat weiß ich nich. Aber ich kann mir vorstellen, daß sie sonst allerhand kann.«

Jovana lachte, nicht im mindesten gekränkt. Aber Tante Silke schimpfte laut und verbat sich die unanständigen Seemannsreden an ihrem Abendbrottisch.

An diesem Abend konnte Jovana lange nicht einschlafen. Sie lag im Bett, die Arme unterm Kopf verschränkt, und dachte nach. Über das Leben im allgemeinen, ihre Zukunft, über Steffen Rau. Alle drei Dinge wurden immer mehr eins. Und was würde morgen sein?

Und übermorgen?

Nach Lübeck kam Barenth mit seiner zweiten Überraschung heraus. Bisher war er schnell und konzentriert gefahren und hatte Steffen Zeit gelassen, sich auf die kommenden Stunden einzustellen.

»Zweiter Teil, Chef. Hören Sie gut zu. Eh' ich rausgefahren bin zu Ihnen, habe ich noch München angerufen. Sie wissen, ich bin mit Borke befreundet, dem Pressemann von der ›Diova‹. Die haben uns bis jetzt die kalte Schulter gezeigt in Sachen ›Zwielicht‹!«

»Anfangs nicht. Zuerst hatten sie großes Interesse.«

»Ja, und dann haben sie immer fleißig die Kasse gezählt, die ihre Schnulzen bringen, und haben uns abfahren lassen. Aber so gewaltig war die Kasse im letzten Jahr auch nicht, das weiß ich zufällig sehr genau. Kann sein, sie hätten jetzt wieder mal Lust, was Anständiges zu machen. Einen Film, mit dem sie Ehre einlegen können. Kann sein, es kitzelt sie in der Nase, wenn sie hören, Hollywood ist interessiert. Ich hab' das Borke mitgeteilt, und er wird dafür sorgen, daß es weiterkommt. Wir brauchen bei den Amerikanern nicht gleich mit dem Kopf zu nicken, Chef. Nicht heute und nicht morgen. Wird nur gut sein, wenn eine Notiz im Abendblatt erscheint, daß Sie sich mit ihnen getroffen haben. Dafür hab' ich auch gesorgt. Und dann sind die Münchner am Zug. Sollte mich sehr wundern, wenn sie nicht postwendend mit den Piepen rüberkommen.«

»Ich frage mich manchmal, ob du nicht den falschen Beruf

hast, Junge«, meinte Steffen anerkennend. »Du hättest an der Börse gute Figur gemacht.«

»Ich mache überall gute Figur, wo man mich hinsteckt«, erklärte Barenth bescheiden, »nur nicht gerade mang die Soldaten. Da bin ich 'n Versager.«

Die Überraschung erwartete Steffen zu Hause. Dorothy war da. An diesem Nachmittag angekommen. Sie sei doch nicht nach Amerika mitgeflogen, genaugenommen habe sie nun von der Familie auch genug, erklärte sie. Zärtlich küßte sie ihn, als sie ihn nach oben begleitete, wo er sich rasch umziehen wollte.

»Sehnsucht nach dir hatte ich auch. Ich hab' mich so gefreut, dich zu überraschen.«

»Zu überraschen?« fragte Steffen, ein wenig abwesend.

»Ja, ich wollte morgen früh nach Travemünde hinausfahren. Du hast mir den ganzen Spaß verdorben.«

Steffen war sich bewußt, ein dummes Gesicht zu machen. Glücklicherweise blieb wenig Zeit für lange Dialoge; er mußte sich beeilen. Wenn er sich vorstellte, Dorothy wäre wirklich am Sonntag vormittag in Travemünde aufgetaucht! Er allein mit Jovana im Haus, vielleicht sogar im Bett. Das Ganze wäre wie ein schlechter Film gewesen. Der Teufel mochte wissen, was für ein Tag das heute war.

»Ich warte, bis du heimkommst«, sagte Dorothy.

»Geh lieber schlafen, es kann spät werden.«

»Ich bin nicht müde. Und ich bin neugierig. Ich weiß ja, was dir dieser Film bedeutet.«

»Toi, toi, toi, Steve«, sagte sie, als er ging, und küßte ihn vor Barenth, etwas, was sie sonst nie tat. Von einer Verstimmung war ihr nichts mehr anzumerken.

Sogar Barenth schwieg, während er den Wagen in die Stadt steuerte. Ein paarmal, wenn er an einer Kreuzung halten mußte, streifte sein Blick das verschlossene Gesicht Steffens. In gewisser Weise schien das eine komplizierte Kiste zu sein, und dem Chef machte da einiges Kopfzerbrechen. An sich mochte Barenth so etwas. Er war nur nicht ganz sicher, ob er es im Zusammenhang mit Steffen mochte.

»Schalten Sie ab und um, Chef«, sagte er, als sie angelangt waren. »Jetzt geht es um die Wurst.«

Steffen blickte ihn ruhig an. »Ob heute oder morgen, ob hier oder da, ich drehe diesen Film. Aber ich muß dich noch etwas fragen, Lothar. Wie kamst du darauf, von der Stummen zu sprechen, als du Jovana sahst?«

Barenth hob die Schultern. »Weeß ick ooch nich. Vielleicht, weil ich mich den ganzen Tag mit dem dußligen Film beschäftigt habe. Und Ihr liebes Tantchen erzählte mir ja, daß sie eine junge Schauspielerin dabei hätten und so. Und als ich die Kleene dann sah, Verzeihung, Fräulein Jovana, da hatte ich so den Eindruck, es könnte der Typ sein, den wir brauchen. Sie war ja so ganz ohne Lack, aber irgendwie sah sie trotzdem ganz eindrucksvoll aus. So 'n moderner Typ, würd' ich sagen. Der Typ, der morgen kommt.«

»Interessant!« Steffen hatte einen Augenblick die Amerikaner vergessen. »Und wie ist der Typ, der morgen kommt?« Immerhin war Lothar Barenth fast zwanzig Jahre jünger, vielleicht hatte er gerade dafür das richtige Gespür.

Barenth fuhr sich mit fünf Fingern durch seinen dunklen Schopf und versuchte ausnahmsweise mal, sich seriös auszudrücken.

»Morgen wird meiner Ansicht nach ein anderer Frauentyp verlangt. Nicht mehr die hübschen, kleinen süßen Mädchen, wie wir sie in den letzten Jahren hatten. Und auch nicht so etwas Wunderschönes, Vollkommenes wie unsere teure Britta zum Beispiel. Man wird Menschengesichter wollen, auch bei einer Frau. Ich sehe da einerseits einen sehr sportlich-kühn-intelligenten Frauentyp und andererseits einen apart-hintergründigen Typ mit einer Art unterkühltem Sex, so wie die Kleine da draußen.«

»Hast du das an ihr entdeckt?« fragte Steffen erstaunt. »Du hast doch kein Wort mit ihr gesprochen.«

»Ich mit ihr schon. Sie mit mir nicht. Ja, so kam sie mir vor. Daß sie so werden könnte. Noch ist sie ja unentwickelt. Verzeihen Sie, Chef, ich meine nur. Das ist mein Eindruck.«

»Hm«, machte Steffen, und nach einer kleinen Pause setzte er hinzu: »Manchmal staune ich, Lothar. Dann habe ich das Gefühl, aus dir könnte noch allerhand werden.«

»Vielen Dank, Chef, für die Blume. Bin eben dabei, sie mir ins Knopfloch zu stecken. Übrigens – Jovana ist ein seltsamer Name. Heißt sie wirklich so?«

»Ja.«

»Und wie noch?«

Steffen schien einen Augenblick nachzudenken, dann lachte er plötzlich und sagte: »Jovana Maris. – Und nun los, alle Mann an Deck! Sehen wir zu, daß wir das Schiff vom Anker kriegen. Und vielleicht ist es wirklich die richtige für die Stumme.«

Barenth stieg mit ihm aus, musterte ihn noch einmal sorgfältig von oben bis unten. Wie eine Mutter, die ihre Tochter zum ersten Rendezvous entläßt.

»Jovana Maris«, murmelte er dabei, »'n klangvoller Name.« Und dann lauter: »Ich würd' sagen, die Stumme wär' eine tolle Chance für eine junge Schauspielerin, vorausgesetzt, sie hat was drauf. Auf jeden Fall wäre es eine originelle Chance. Ich geh' später mal im ›Atlantik‹ vorbei, Chef, und seh' nach, ob die Miezen da sind. Hätten Sie was dagegen, ich käme zufällig mal vorbei, wenn Sie mit den Matadoren dort sind?«

»Absolut nicht. *Falls* wir dort sind. Noch weiß ich nicht, ob den Herren der Sinn nach Barbesuch und weiblicher Unterhaltung steht. Außerdem würde ich sagen, du mußt dich sowieso um die Mädchen kümmern für den Fall, daß wir nicht kommen.«

»Der Keeper weiß Bescheid. Also bis eventuell später. Der Teufel niste in Ihrer Westentasche, Chef.«

»Danke«, sagte Seffen und lächelte. Das war der kräftigste Segenswunsch, den Barenth zu vergeben hatte.

»Und, Chef«, kam es noch, als Steffen schon auf die Tür von Ehmke zusteuerte.

»Was noch?«

»Falls und Sie kommen nicht ins Atlantik, würden Sie mich dann anrufen? Egal, wann.«

Steffen nickte.

Lothar Barenth blieb neben dem Wagen stehen, wippte leicht auf den Fersen, die Hände in den Taschen, und pfiff dabei »So in love«. Melodisch, ganz ohne Fehler, bei der Wiederholung sogar mit Variationen.

Ein Schutzmann stand eine Weile in seiner Nähe und betrachtete ihn in stummem Staunen. Dann kam er heran, stellte sich neben den Pfeiler, und als auch dies keine Beachtung fand, tippte er ihn leicht auf den Arm. »Sie! Hier können Sie nicht parken.«

»Hm?« Wie aus tiefstem Traum erwachend sah Barenth ins Auge des Gesetzes und beendete seine musikalische Darbietung. »Schade«, sagte er dann und wies mit großer Geste über den Gänsemarkt, »so eine schöne Landschaft hier. Nirgends sieht man den Sonnenuntergang so gut.«

Die Stirn des Ordnungshüters runzelte sich drohend, sein Mund bekam einen grimmigen Zug. Veräppeln ließ er sich nicht gern. Der Gänsemarkt im abendlichen Verkehr hatte mit einer Landschaft nichts gemeinsam, und die Sonne war bereits vor längerer Zeit untergegangen.

»Sie!« begann er drohend, aber Barenth unterbrach ihn mit seinem sonnigsten Lächeln.

»Nur keen Ärger, Wachtmeester, mir is weich ums Jemüte. Ick hab' eben meinen kleenen Bruder bei Ehmke abgeliefert, er trifft dort unseren Erbonkel aus Amerika. Falls der freiwillig was rausrückt, brauch' ich 'n nich zu killen. Knöpft er die Taschen zu, muß ich 'n heut nacht noch in 'n Fleet schmeißen, damit wir endlich an den Zaster rankommen. Im Zwielicht wird er abgemurkst, eh' er noch einen Gurks gegurkst. Steckt er in Zwielicht die Dollahre, so lebt er noch so manche Jahre. Aua, aua, ich fliehe, das wäre ein Grund, mich hoppzunehmen. 'n Abend, Herr Wachtmeister.«

Damit hob Barenth grüßend einen Finger an die Schläfe, bestieg seinen Wagen und brauste ab. Der Schutzmann blieb verdutzt am Bordstein stehen. Dann schüttelte er betrübt den Kopf. So jung und so früh am Abend schon besoffen. Die Jugend von heute!

Am Sonntag gegen halb elf kamen Hannes und Antje, um ihre Eltern abzuholen. Der Aufbruch war langwierig und umständlich, die Geschenke mußten im Wagen verstaut werden, Tante Silkes Schwarzseidenes durfte nicht zerdrückt werden, und zu guter Letzt mußte Onkel Torsten noch seine Pfeife ausmachen, weil die Damen den Pfeifenrauch im Auto nicht haben wollten. Das erboste den Lotsen.

»Könnt ihr mir gestohlen bleiben mit eurer ganzen Verlobung«, murrte er. »So 'n richtigen tünschen Weiberkram. Könn' Pfeifenrauch nich vertragen.«

Von den Gneversdorfern fuhr nur noch Aline, die Dreizehnjährige, mit nach Lübeck. Jörn, der auch mitgekommen war, hatte die Absicht, in Travemünde zu bleiben. Vielleicht käme er noch am Nachmittag in die Stadt, verhieß er leichtfertig.

»Wollen Sie nicht doch mitkommen, Jovana?« fragte Tante Silke. »Steffen ist noch nicht gekommen. Sie sind ganz allein hier. Sie werden sich langweilen.«

Jovana schüttelte den Kopf. »Bestimmt nicht.«

»Ich werd' sie unterhalten«, sagte Jörn, und seine blaugrauen Augen blitzten Jovana unternehmungslustig an.

Dann waren sie endlich abgefahren. Jovana und.Jörn standen nebeneinander unter der Haustür. Es war sonnig, ein frischer Wind blies, und von irgendwoher hörten sie Kirchenglocken.

»Na?« fragte Jörn.

Jovana trug die neue lange Hose, den neuen warmen Pullover; ihre Hände steckten in den Hosentaschen. Ihr Haar, mit einem Band aus der Stirn gebunden, tanzte im Wind.

»Ich höre«, erwiderte sie und blickte den jungen Mann schräg von der Seite an. »Sie wollen mich doch unterhalten.«

»Geht gleich los. Onkel Steffen ist nicht da?« – »Bis jetzt nicht.«

»Aber er kommt heute noch?«

»Ich weiß nicht. Aber ich denke schon.«

»Aber Sie wissen nicht, wann?«

»Ich weiß nicht, wann.«

»Worauf hätten Sie denn Lust?«

Jovana legte den Kopf in den Nacken. Sie fühlte sich leicht und beschwingt. Sie wartete auf Steffen. Er konnte jede Minute kommen. Ehe sie einschlief, hatte sie sich ausgemalt, daß er mitten in der Nacht zurückkäme und sein Versprechen noch wahrmachen würde. Aber das, was ihn nach Hamburg gerufen hatte, war offenbar viel wichtiger als sie. Es war einerseits enttäuschend, andererseits . . . nun ja, es war eben so. Und wer war sie schon.

»Können Sie segeln?« fragte sie den jungen Mann.

»Na, hören Sie mal! Die Frage ist geradezu eine Beleidigung.«

»Dann gehen Sie mit mir segeln. Ist doch feiner Wind heute. Oder haben Sie kein Boot?«

»Ich kenn' hier genügend Leute, die mir ihr Boot leihen. Vorausgesetzt, sie sind nicht selber draußen damit, heute am Sonntag. Können Sie denn segeln?«

»Nein. Gar nicht, ich bin erst einmal gesegelt mit Steffen. Aber Sie könnten es mir ein bißchen beibringen. Wir dürfen nur nicht zu lange bleiben, falls Steffen zurückkommt.«

Jörn schien ein wenig enttäuscht zu sein, aber da er keinen besseren Vorschlag zu machen hatte, gingen sie eine Weile später zum Hafen hinunter.

Sie kamen erst am Nachmittag, denn so schnell war Steffen an diesem Tag nicht fortgekommen. In der Nacht war es spät geworden. Barenth begleitete ihn nach Hause; Dorothy war wirklich noch auf, und sie nahmen zu dritt einen Nightcup, wie Dorothy es nannte. Dabei wurde natürlich der ganze Fall vor- und rückwärts besprochen, und wie immer, wenn Steffen eine bestimmte Stunde überschritten hatte, war er nicht mehr müde und hatte kein Verlangen nach Schlaf.

Als Barenth ging, fragte er: »Wann soll ich Sie rausfahren nach Travemünde, Chef?«

Dorothy sagte: »Ich kann ihn hinausfahren, wir nehmen meinen Wagen.«

Barenth verzog keine Miene, mit seinem höflichsten Jungengesicht blickte er Steffen fragend an.

Der antwortete leicht gereizt: »Also, das brauchen wir heute nacht nicht mehr zu erörtern. Ich geh' jetzt schlafen. Vielleicht fahre ich morgen gar nicht.«

Er hätte verärgert sein müssen über Dorothys ahnungsloses Beharren auf der Travemünder Überraschungsfahrt, aber er konnte nicht umhin, das Komische an der Situation zu sehen. Hätte sie etwas geahnt von seiner Reisebegleitung, sie hätte sich nicht anders verhalten können; eine Ehefrau, die den treulosen Mann auf frischer Tat ertappen will. Nur – hier war nichts zu ertappen. Jedenfalls nichts im konkreten Sinn. Nichts war geschehen, und doch mehr, als ein alltäglicher Seitensprung bedeuten würde. Aber wem das klarmachen? Dorothy? Barenth? Nun – den ging es nichts an. Und eins war klar, so wie die Dinge lagen, konnte er Dorothy von Jovana nichts erzählen. Jedenfalls nicht, daß sie mit ihm in Travemünde war. Vielleicht hätte er es ihr sogar erzählt, unbefangen und ohne großen Umweg. Aber nun, nachdem er ihre Begleitung ablehnen mußte, bekam alles einen bedeutungsschweren Anstrich.

Irgendwie fand er es komisch. Solche Situationen ergaben sich manchmal in Boulevardkomödien, in seichten Filmen. Man fand es albern, wenn man es sah, spielen oder inszenieren mußte, und siehe da – sogar solche Situationen schienen mitunter lebensecht zu sein.

War es der Streit bei ihrer Trennung, war es der massierte Familieneinsatz, irgend etwas mußte die Ursache sein für Dorothys ganz unerwartete und selten vorkommende zärtliche Gefühle, ihre Freude an dem Wiedersehen. Sie kam in sein Zimmer, als er schon im Bett lag, sie saß eine Weile auf seinem Bettrand, sie küßte ihn, fragte, ob er sehr müde sei. Steffen lächelte sie liebevoll an. Sie sah so hübsch und blond und gepflegt wie immer aus; sie roch gut und frisch und vertraut.

»Nein, mein Schatz«, sagte er, »nicht allzusehr. Willst du mich am Ende verführen?«

»Ach, Steve, du machst dich lustig über mich.« Sie war echt verlegen, noch nach nunmehr siebzehn Jahren Ehe. Sie war immer noch die wohlerzogene Tochter aus gutem Hause, und Liebe war für sie Liebe und nicht Sex oder Verführung.

So kam es, daß Steffen in dieser Nacht mit seiner Frau schlief und nicht mit dem fremden Mädchen, das er sich an den Bahngleisen aufgelesen hatte. Keine Nachwuchspflege, kein Abenteuer, alles hatte seine Ordnung, und zweifellos kam er sich bei alledem ein wenig lächerlich vor.

Am Vormittag ein ausgedehntes Frühstück mit Dorothy, und dabei mußte er ihr wieder die Fahrt nach Travemünde ausreden. Sie sagte, sie wolle Onkel Torsten und Tante Silke wiedersehen und das neue Haus besichtigen, von dem er erzählt hatte. Mit gutem Gewissen konnte er darauf hinweisen, daß die beiden nicht da seien, die Verlobung in Lübeck.

Dann brauche er auch nicht zu fahren, das Wetter sei sowieso nicht gut. Das stimmte. Der Himmel über Hamburg war grau, die Wolken hingen tief, es war kühl; der Frühling zeigte sich immer noch spröde.

»Ich hätte Lust auf Sonne und Blüten«, meinte Dorothy verträumt und schaute in den kahlen Garten hinaus. »Wenn du noch ein bißchen Urlaub machen willst, Steve, muß es ja nicht unbedingt Travemünde sein. Luftveränderung täte dir gut.«

Steffen schwieg und wartete ab.

»Wie wär's denn, wenn wir ins Tessin fahren?« meinte Dorothy voll Eifer. »Dort ist sicher schon richtig Frühling. Wenn du sowieso in München zu tun hast, sind wir ja schon halbwegs dort. Ich komme mit dem Wagen nach, und wenn Brittas Geburtstag überstanden ist, fahren wir weiter.«

»Aber weißt du«, begann Steffen, und langsam hatte er Mühe, eine gewisse Ungeduld zu verbergen.

»Ach bitte, Steve! Wir waren lange nicht zusammen verreist. Wenn du dich schon vor London gedrückt hast, dann bist du mir eigentlich jetzt eine Reise schuldig.«

»Du bist gerade zurückgekommen ...«

Dorothy war hartnäckig, das wußte er gut genug. Wenn sie etwas wollte, dann bekam sie es auch. Wäre er sonst ihr Mann geworden? – Er fand sich plötzlich von allen Seiten eingemauert.

Den weiteren Verlauf seines Lebens hatte Barenth sowieso in der vergangenen Nacht festgelegt. Die Gespräche mit den Amerikanern waren relativ zufriedenstellend verlaufen – kein Ergebnis natürlich, erst ein vorsichtiges Abtasten. Das Spiel mit den Zahlen würde erst beginnen, und *das* war dann Plaschkes Sache. Plaschke, bewährter Produzent aus Berlin, war am gestrigen Abend dabeigewesen und hatte zunächst mit seinem dynamischen Temperament und seinem verheerenden Berliner Englisch die Amerikaner aufs beste unterhalten.

Plaschke war ein Original, ein Selfmademan mit Humor und ein knallharter Geschäftsmann dazu. Von Kunst hielt er nichts. Film war für ihn Business, und Steffen hatte sich in vielen Jahren viele Male schwer über ihn geärgert, aber letzten Endes doch immer wieder erfolgreich mit ihm zusammengearbeitet. Denn Plaschke verfügte über zwei gute Eigenschaften: Geld und Zuverlässigkeit – in dieser Branche durchaus keine Selbstverständlichkeit.

»Lassen Sie mich man machen«, hatte er Steffen am Abend zuvor zugeflüstert, als sie sich trafen. »Bloß keene Eile bei die Amis, sonst denken die, wir ham's nötig. Wenn sie ihre Piepen reinstecken, is jut. Wenn nich, is ooch noch so. Plaschke kann Ihr Kunstwerk notfalls immer noch finanzieren. Wenn er will.«

So war über Geschäfte gar nicht allzuviel gesprochen worden, nur so behutsames Vorgeplänkel, das hauptsächlich Plaschke besorgte. Steffen sollte nur – so hatte Plascke vorgeschlagen – ›seriös genialisch‹ wirken und ein bißchen ›gehobenes Geseire‹ über den Film beisteuern.

Immerhin war es Steffen möglich gewesen, seine Konzeption über den Film vorzutragen, und offenbar hatte er Eindruck auf den mächtigen Mann gemacht; er bekam eine Einladung, ihn in Hollywood zu besuchen. Das war gegen Ende der Veranstaltung, bereits im »Atlantik«. Die Mädchen und Barenth waren dabei. Man bereite gerade die Aufnahmen vor zu einem großen Kriegsspektakel, ein Vierzig-Millionen-Dollar-Projekt, vielleicht interessiere es Mr. Rau, den Arbeiten zum Teil beizuwohnen.

»Oh yes!« rief Barenth vorlaut und begeistert. »He will come.«

Noch später, als sie schon zu Hause waren, redete der junge Mann unausgesetzt davon. »Nehmen Sie mich mit, Chef? Ich finanziere mich schon selber. Ich muß das sehen. Ich muß wissen, ob sie es drüben wirklich besser machen als wir.« Vorher aber müsse Steffen – so Barenth – auf alle Fälle in München verhandeln. Je mehr Eisen im Feuer, um so besser. Und um so größer die Publicity. Nach München müsse er sowieso, schon wegen Britta, die in Grünwald bei München wohnte. Sie hatte demnächst Geburtstag und legte Wert darauf, daß Steffen bei dieser Gelegenheit antanzte.

»So fügt sich alles auf wunderbare Weise«, deklamierte Barenth. »Den Seinen gibt's der Herr im Schlaf. Außerdem hat Brittachen, wie sie mir gestern am Telefon mitteilte, ein wunder-wunderschönes Drehbuch da liegen mit einer wunder-wunderbaren Brittarolle darin. Sie möchte Gregor als Partner und ihren lieben Steffen als Regisseur. Sie hat schon vorgeplant, die Gute, Beste.«

»Mit ihr hast du also auch schon telefoniert«, stöhnte Steffen. »Wärst du doch bloß noch in Sizilien geblieben.«

So zerrannen seine seltsamen unvorhergesehenen Träume in nichts. Eine Woche wäre er gern noch in Travemünde geblieben. Mit Jovana. Aber nun war alles anders. Dorothy war zurück. Der Betrieb hatte ihn wieder.

Am Nachmittag schließlich kam er mit Barenth zusammen in Travemünde an. Jovana war nicht da, das Haus leer. In seinem Zimmer fand er einen Zettel: »Bin mit Jörn beim Segeln.« Im ersten Moment war er geradezu kindisch wütend. Wie konnte sie es wagen, mit irgend jemand zum Segeln zu gehen! Und was fiel dem Bengel ein? Doch dann lachte er über sich selbst. Nun gut, dann war es eben so. Er ging wieder hinunter zu Barenth, sagte ihm, daß sie zurückfahren würden, sobald Jovana käme. – Was würde sich ändern, wenn er bis morgen bliebe? Er hätte eine Antwort darauf gewußt, aber er wollte sie nicht wissen. Er war keiner, der etwas erzwang. Morgen mußte er sowieso zurück, sonst kam Dorothy am Ende doch noch hierher.

Er ging mit Barenth zum Hafen. Viele Leute waren unterwegs. Hier am Wasser war das Wetter schöner als in Hamburg. Die Sonne schien, ein frischer Wind trieb die Segel in der Bucht.

Als sie auf der Mole standen, sagte er zu Barenth: »Ich habe wirklich daran gedacht, Jovana die Stumme zu geben. Aber sie braucht noch nichts davon zu wissen. Irgendwann im Sommer werden wir mal Probeaufnahmen von ihr machen. Ich möchte, daß sie sich keine Flausen in den Kopf setzt. Sie soll erst noch was lernen. Sagt dir der Name Norden-Ballinghusen etwas?«

Barenth dachte nach. »Nee. Nich daß ich wüßte. Ist das eine Bildungslücke?«

»Es handelt sich um Jovanas Schauspiellehrerin. Ich weiß auch nicht, wer sie ist. Scheint eine ganz seltsame Person zu sein. Gelegentlich will ich mir das mal ansehen.«

Er blickte mit schmalen Augen in die Bucht hinaus, Barenth betrachtete ihn von der Seite. Dann fragte er – denn Barenth war noch nie an Herzdrücken gestorben: »Liegt Ihnen etwas an dieser Jovana?« Steffen schwieg zunächst auf die taktlose Frage, dann wandte er sein Gesicht Barenth zu, seine Augen waren immer noch schmal, und er antwortete knapp: »Ja.«

Eine Weile überdachte Barenth das. Am liebsten hätte er gefragt: »In welcher Beziehung?« – aber das traute er sich doch nicht. Wie auch immer, er würde dahinterkommen. So beschränkte er sich auf die liebenswürdige Antwort: »Das spricht für die junge Dame.«

Sie tranken ein Bier im »Deutschen Haus« an der Vorderreihe, wanderten dann zurück ins Lotsenhaus. Und kurz darauf kamen Jovana und Jörn.

Jovana sah bildhübsch aus, die Augen blitzend, die Wangen gerötet und gebräunt, das Haar zerzaust, und den Mund, den eigenwilligen, seltsamen Mund, lebendig wie nie. Jörn hatte sie ein paarmal geküßt, aber das war es nicht. Es war der Tag auf dem Meer, die Lust am Leben, am Wind, am Wasser, die Lust an sich selbst. Jörn war ein wenig verlegen beim Anblick seines Onkels, Jovana gar nicht.

»Oh, Steffen, wie schön! Sie sind wieder da!« Das kam im besten Bühnenton, begleitet von einem strahlenden Lächeln, war erfüllt vom Bewußtsein ihrer jungen Macht. Auch Barenth bekam heute Lächeln und eine kleine Herausforderung zugeworfen. Er registrierte es überrascht. Dieses Mädchen, stellte er fest, hatte viele Gesichter. Sie war noch nicht sicher in der Anwendung ihrer Mittel; sie griff wahllos hinein, aber zweifellos war etwas an ihr dran, mehr, als im ersten Moment zu bemerken war. Auch Barenth spürte, was jeder spüren mußte, der offene Sinne hatte: die Kraft, die von ihr ausging, die unverbrauchte, rücksichtslose Kraft der Jugend.

»Wie weit wart ihr?« fragte Steffen, ohne sich Verärgerung anmerken zu lassen. »War es schön?«

Jörn versuchte sachlich-seemännisch zu berichten, Jovana unterbrach ihn immer wieder mit ihrer naiven, aber begeisterten Schilderung der Erlebnisse des Tages, den ersten Erfahrungen, die sie von der Seefahrt gewonnen hatte.

Enttäuscht war sie, daß man noch am Abend nach Hamburg zurückfahren würde. »Oh, warum?« fragte sie, vergaß ihr kokettes Spiel und sah Steffen mit großen Augen an.

Das war der Moment, in dem Steffen die beiden anderen zum Teufel wünschte. Jetzt war er wieder bei ihr, sie bei ihm. Er wollte sie in die Arme nehmen, sie küssen, sie spüren, wollte sie endlich besitzen. Was für ein Narr er war! Ein zögernder, zaudernder Narr. Alt demnach, voll unnützer Besonnenheit und Skrupel. Sie würde es nicht verstehen. Keiner würde es verstehen.

Aber wie immer, so war er auch jetzt nicht imstande, über seinen Schatten zu springen, einfach zu tun, was ihm gefiel. Die jungen Männer wegzuschicken, aus was für einem Grund auch immer, auch ohne Grund, um mit ihr allein zu bleiben. Statt dessen tranken sie alle einen Schnaps. Und dann ging Jovana hinauf, stiller geworden, nicht mehr leuchtend, um ihre Sachen zusammenzupacken.

Sie war wütend und enttäuscht. Es war zu Ende. Es hatte nicht angefangen und war zu Ende. Sie fühlte es. Etwas hatte sie falsch gemacht. Alles hatte sie falsch gemacht. – Es blieb bei dem, was sie die ganze Zeit instinktiv gefühlt hatte: Sie war zu dumm für ihn. Zu klein, zu dumm, zu wenig. Ein Mann wie er, was sollte er mit so einem Mädchen anfangen. Eine ungebildete Gans aus Ahlsen, die kaum wußte, wie man Messer und Gabel richtig hielt, keine Fremdsprache verstand und bei alledem noch häßlich war.

Häßlich, ja! Sie war es immer gewesen und würde es immer bleiben. Sie starrte in den Spiegel, und das Gesicht, das ihr entgegenblickte, war keine Spur mehr hübsch. Zornig, nackt, sie sah alle Fehler darin, alle Nachteile. Das Licht in ihren Augen war erloschen. Nie hatte jemand sie geliebt, nie würde jemand sie lieben. Peter – auf einmal dachte sie wieder an ihn –, Peter hatte mit ihr herumgespielt, solange es ihm Spaß machte, und dann warf er sie fort wie einen schmutzigen Lappen. Sie hatte es nicht vergessen, sie würde es nie vergessen. Es war eine Demütigung gewesen, die wie mit Widerhaken in ihr festsaß und immer tiefer ankerte. Sie war keine, die so etwas verwinden konnte. Und es war auch kein Trost, daß vielleicht jedes Mädchen, jede Frau einmal so etwas erlebte. Noch sah sie nicht ein, daß es gerade diese Demütigung war, die ihr die Kraft gegeben hatte, zu gehen und einen neuen Weg, einen so tollkühnen Weg, zu versuchen. – Jetzt fühlte sie sich wieder gedemütigt. Verschmäht. Ein Versuch, den man mangels Interesse vorzeitig beendet. Das Gesicht im Spiegel war verzerrt, die Augen kalt, der Mund böse.

Nun gut. Es mußte nicht Steffen sein. Dann würde es ein anderer sein.

Nein. Es mußte überhaupt kein Mann sein. Hatte sie nicht geschworen: keine Liebe mehr? Nun also – das traf sich gut. Arbeit also. Arbeit, Fleiß, Mühe, Karriere und Erfolg. Nur das. Nur das. Ich werd's ihm zeigen. Allen werd' ich's zeigen.

In dieser Stimmung fuhr sie nach Hamburg zurück. Sie saß hinten im Wagen, einsilbig und ausgelöscht. Sie antwortete, wenn man sie ansprach, sie lächelte, aber Barenth, der ihr Gesicht manchmal im Spiegel sah, dachte: Sie macht sich offenbar eine Menge aus ihm. Sie auch.

Ein Tag im Juli

»Also bitte, noch einmal. Und etwas mehr Konzentration. Diese Frau ist eifersüchtig. Sie weiß, daß ihr Mann jeden Tag auf die andere Frau wartet. Er wartet darauf, daß sie vorbeikommt, sie gefällt ihm, er schaut ihr nach. Das ist alles, was geschieht. Aber es geschieht jeden Tag. Und jeden Tag wird es schwerwiegender. Die Straße ist lang genug. Er sieht sie kommen, er sieht sie vorbeigehen, er sieht sie weitergehen. Er sieht nur die fremde Frau. Du, Silvia, siehst ihn *und* die fremde Frau, die vorbeigeht. Und, Jovana, wackle nicht mit dem Po. Du gehst nicht herausfordernd vorbei. Höchstens eine kleine Spur kokett. Nicht mal das. Nur bewußt. Du weißt, daß du angesehen wirst. Das genügt. Noch mal, los!«

Das Zimmer ist nicht groß. Es ist alles andere als eine lange Straße, auf der man jemand kommen und gehen sieht. Aber es soll so wirken. Ein Stuhl ist das Gartentor, an dem Tommy steht, der schauende Ehemann. Daneben steht Silvia, seine eifersüchtige Frau. Und Jovana geht die zehn Schritte durch das Zimmer, von der Tür zum Fenster, an dem Stuhl-Gartentor vorbei, und sie muß so gehen, als sei es eine lange Straße. Tommy: blond, stämmig und männlich, steht hinter dem Stuhl und späht die Straße entlang. Silvia: noch blonder und sehr hübsch, steht halb hinter ihm. Ärger, Eifersucht und Mißgunst im zarten Kindergesicht.

Jovana kommt. – Sie geht am Stuhl vorbei, ohne hinzuschauen, nur ein halber schräger Blick, seitwärts, abwärts, eine kleine Bewegung des Nackens – das ist alles.

»Das war schon besser. Noch mal. Und jetzt gehst du, Silvia. Und du, Jovana, bist die Ehefrau.«

Die beiden Mädchen tauschen die Plätze. Silvia geht sehr stolz, stolz und unschuldig zugleich, ein modernes Gretchen. Sie weiß, sie ist schön, jeder Mann sieht ihr nach. Im übrigen interessiert sie der Mann hinterm Gartentor nicht im geringsten.

Jovana, neben ihrem Mann, macht eine arrogante Miene, sie beißt auf ihre Unterlippe, der Blick unter den gesenkten Lidern, den sie der unbekannten Rivalin nachschickt, ist böse. Aber dann schiebt sie ihre Hand leicht unter den Arm ihres Mannes, und als er sie, wie erwachend, ansieht, lächelt sie ein wenig.

»Jetzt du, Tommy. Jetzt bist du die Frau, die vorbeigeht.«

»Ach nein. Ach bitte, Frau Norden«, wendet Tommy verzweifelt ein und wird rot. Er ist ein junger Siegfried und hat so gar nichts Weibliches an sich. Er wirft einen genierten Blick auf den Besucher.

Aber Bettina Norden kennt kein Erbarmen. Ob einen Zuhälter oder einen König, so sagt sie, der ist kein Schauspieler, der beides nicht glaubhaft darstellen kann. »Sei nicht albern«, sagt sie, »du weißt genau, auf der original Shakespeare-Bühne gab es keine Frauen. Die Julia wurde von einem Mann gespielt. Also! Kannst du weniger, als die konnten? Jovana, du bist der Mann.«

Jovana stellt sich dicht hinter die Stuhllehne. Sie schiebt die Hände in die Taschen ihrer schwarzen Hose, sie wippt ein wenig in den Fußgelenken, als Tommy ungeschickt vorbeistelzt, sie hat den Unterleib ein bißchen vorgeschoben, ihr Blick gleitet an der Gestalt auf und ab, bleibt im Nachschauen an den Beinen haften, ihr Gesichtsausdruck ist lüstern. Dann gleitet ihr Blick seitwärts zu Silvia, ihr Ausdruck verändert sich, sie sieht gelangweilt aus.

Die Norden lacht. »Das war gut. Du warst der beste Mann von allen. So ein Blick, der Frauen auszieht. Sehr gut.«

Auch Steffen lächelt. Es war wirklich eine beachtliche kleine Vorstellung. Sie hat viel gelernt. In allen drei Rollen der kleinen stummen Szene hat er sie jetzt gesehen. Jedesmal war sie anders, jedesmal machte sie den Typ glaubhaft, den sie darstellen sollte, ohne ein Wort dabei zu sprechen.

Bettina Norden steht auf. »Ruht euch aus!«

Die drei legen sich wie ein Mann auf den Teppich, lang ausgestreckt und reglos liegen sie da nebeneinander, alle drei in schwarzen Hosen und schwarzen Pullis. Es ist ein Bild.

»Bitte, Herr Rau«, sagte Bettina, »gehen wir hinüber.«

Er muß über die drei hinwegsteigen, die sich nicht rühren.

Jovana lächelt spitzbübisch zu ihm auf. Sie sieht sehr apart aus mit dem kurzgeschnittenen Haar, so kennt er sie noch nicht. Er war vier Wochen in Amerika.

»Nachher machen wir den zweiten Akt von der ›Minna‹«, sagt Bettina noch von der Tür her. »Solange seid ihr still und rührt euch nicht.«

»Sie halten auf Disziplin«, sagt Steffen mit Anerkennung, als sie drüben in Bettinas kleinem Salon mit den seidenen Sesseln sind. »Parieren die immer so gut?«

»Immer«, erwidert Bettina bestimmt. »Sonst schmeiße ich sie hinaus, das wissen sie. Schauspieler gibt's wie Sand am Meer, sogar solche mit Talent. Disziplin und Fleiß sind darum so wichtig.«

Auf dem Sofa sitzt die siamesische Katze, deren Namen Steffen vergessen hat. Sie betrachtet ihre Herrin und den Fremden mit gleichgültigem Hochmut. Bettina schenkt Kognak ein und bietet Zigaretten an.

Steffen beobachtet ihre Hände, schmale, nervöse Hände, die mit Glas, Zigarette und mit sich selbst spielen, als seien es Wesen für sich. Sie trägt die gleiche schwarze Hose wie ihre Schüler, sie ist schmal und zierlich, und wäre nicht das grau vermischte Haar und das Hinken, man könnte sie für eine noch junge, sehr kapriziöse Frau halten.

»Finden Sie meinen Unterricht verrückt? Sie können es ruhig sagen.«

»Ich kann es nicht sagen. Ich weiß zu wenig von Ihrem Unterricht, gnädige Frau. Was ich bis jetzt gesehen habe, beeindruckt mich. Nicht verrückt. Vielleicht ungewöhnlich.«

»Das mag sein. Aber wissen Sie, ich halte viel von diesen kleinen, stummen Szenen. Manchmal gebe ich ihnen den Inhalt an, manchmal müssen sie sich selber etwas ausdenken. Ich bin der Meinung, Worte nachreden kann jeder. Und eine Pose und eine Geste einstudieren ist auch nicht schwer. Sie sollen selber mit sich etwas anfangen können, ohne große Vorbereitung und ohne Worte zur Hilfe zu haben. Sie haben einen Körper und ein Gesicht, und das muß genügen. Was denken Sie, was Yuna alles ausdrücken kann, ohne der Sprache mächtig zu sein. Einfach alles.«

Sie streicht der Katze mit leichtem Zeigefinger über den Kopf, was diese mit arroganter Miene über sich ergehen läßt.

»Nichts ist furchtbarer als junge Schauspieler, die nichts mit sich anfangen können, denen Hände, Beine, Arme und Kopf im Wege sind und die sich nur mit Requisiten helfen können. Ich weiß, wovon ich rede, ich habe es selbst erlebt, am eigenen Leib. Ich erinnere mich gut an mein erstes Engagement, ich hab' Blut und Wasser geschwitzt. Es war tiefste Provinz, wissen Sie. Aber wir hatten einen jungen, sehr ambitionierten Regisseur, der hat mir's beigebracht. Schultheiß, Erich Schultheiß, sagt Ihnen der Name noch etwas?«

»Natürlich. Ich bin in Berlin mit ihm zusammengetroffen, vor dem Krieg. Er war auf dem Weg, Karriere zu machen. Er ist gefallen, nicht wahr?«

»Ja. Leider. Er wäre bestimmt groß geworden. Damals war er sechsundzwanzig und ich achtzehn. Ich sollte die Viola spielen. Ich hatte noch nie eine so große Rolle und wußte überhaupt nicht, wo bei mir oben und unten ist. Er wollte eine Shakespeare-Bühne haben, ganz leer, ganz ohne Requisiten, und ich war so unbeholfen. Es war furchtbar. Viel Zeit zum Probieren hatten wir ja nie. Jeden Tag wurde ich schlechter. Und wissen Sie, was der mit mir machte? Er ließ mich die Rolle tanzen. Er wohnte in einem riesigen alten Haus am Marktplatz, da hatte er eine Dachkammer gemietet. Neben der Dachkammer war ein großer Bodenraum, so einer, wo früher die Wäsche aufgehängt wurde. Kennen Sie das noch?«

Steffen nickt. Er hört ihr fasziniert zu. Und noch faszinierter sieht er ihr zu. Ihr Gesicht ist ungeheuer lebendig; während sie spricht, sieht er die achtzehnjährige Elevin vor sich.

»In diesem riesigen leeren Boden mußte ich die Viola tanzen. Stellen Sie sich das vor. Die ganze Rolle. Von vorn bis hinten. Stumm, ohne ein Wort zu sagen. Und immer wieder schrie er: Ich versteh' nicht. Ich hab' keine Ahnung, was du ausdrücken willst. Du bist wie ein Stück Holz. Du bist der unbegabteste Trampel, der mir je begegnet ist. Schließlich saß ich da auf den Brettern und heulte. Er holte mir einen Schnaps, und dann brüllte er mich wieder an, und ich mußte weitermachen.«

Sie lacht, ihre Augen dunkel und umschattet, leuchten, ihr Mund ist schön und fast ohne Falten.

»Auf diese Weise habe ich gelernt, daß ich einen Körper habe und daß er sprechen kann. Ich glaube, ich war eine großartige Viola. Leider spielten wir das Stück nur fünfmal, mehr Zuschauer gab es nicht. Und ich bezweifle, ob die gemerkt haben, wie gut ich war. Ach ja!« – Sie hebt ihr Glas und leert es gedankenvoll.

»Leider gibt es in diesem Haus so einen Boden nicht.«

Sie füllt die beiden Gläser wieder. »Nett, daß Sie mal gekommen sind, Herr Rau. Wollen Sie mir Jovana wegnehmen?«

Ehe er nach Amerika flog, hatte er Jovana versprochen, nach seiner Rückkehr endlich Frau Norden-Ballinghusen zu besuchen.

»Sie wird denken, daß ich schwindle«, hatte Jovana vorwurfsvoll gesagt. »Ich habe ihr schon im April erzählt, daß ich dich kenne und daß du kommen wirst. Aber du bist nie gekommen.«

Jetzt ist es Anfang Juli. Vor zwei Tagen ist er zurückgekommen. Es wäre leicht gewesen, das Vorhandensein des Mädchens Jovana wieder einmal zu vergessen. Aber er hat ihr einen Namen gegeben, er hat alles unerledigt gelassen, und vergessen hat er sie nicht.

Da die Witwe Buer kein Telefon hat, konnte er sich nicht anmelden. Aber er hat die Adresse der Witwe, und er hat die Adresse von Bettina Norden-Ballinghusen. Also ist er hierhergefahren an diesem Vormittag.

Die hübsche Blonde hat ihm die Tür geöffnet.

»Bitte?«

»Ich möchte Frau Norden-Ballinghusen besuchen, aber ich möchte nicht beim Unterricht stören. Vielleicht kann ich ein bißchen zuhören?«

Die Blonde, die ihn an Britta erinnert, nur daß sie viel jünger ist, schaut ihn erstaunt an. »Das geht nicht«, sagt sie gedehnt.

Als er seinen Namen nennt, werden ihre Augen noch größer, und ihr Mund öffnet sich sogar. »Oh!« macht sie, öffnet weit die Tür, und als er im halbdunklen Korridor steht, saust sie fort, und Steffen hört ihr atemloses: »Mensch! Kinder! Wißt ihr, wer da ist?«

Großer Bahnhof also! Wann besucht schon ein berühmter Filmregisseur eine gänzlich unbekannte sogenannte Schauspielschule, die im Grunde keine ist mit ihren kläglichen drei Schülern. – Doch dann erscheint Bettina auf der Schwelle, macht eine kurze Geste mit ihren ausdrucksvollen Händen und sagt: »Bitte, treten Sie ein, Herr Rau.«

Die Begrüßung ist kurz und ohne jeden Aufwand. Er bekommt einen Stuhl zugewiesen, und dann muß ein junger Mann namens Tommy mit seinen Sprachübungen fortfahren.

Was bedeutet heut' Geläute? –
Deucht es euch wohl Feuersleuchten?!
Leute! Schleunig beugt doch Schläuche,
Feucht durchträufelnd Scheunenräume! –
Häuser, Bäume, Scheunen, Zäune,
Kräuselt heulend leuchtend Feuer!
Scheu dort läuft schon eure Meute,
Bäumt sich, träumt von neuer Beute!

Der kleine Hey, das *eu* ist dran. Das hat Steffen auch einmal gelernt. Was Besseres wurde offenbar seither noch nicht erfunden.

Jovana steht an der Wand und muß, wie Bettina es nennt, ›ihren Rücken an die Wand atmen‹. Silvia steht neben ihr und kontrolliert es streng. Solange sie ihre Hand zwischen Jovana und die Wand schieben kann, stimmt die Sache nicht. Aber sie soll sich nicht anlehnen und nicht rühren, nur das Zwerchfell soll nach hinten so tief geatmet werden, daß ihr Rücken und ihr Kreuz sich nahtlos an die Wand schmiegen.

Vormittags, so erinnert sich Steffen, ist immer Gemeinschaftsunterricht, Atemübungen, Gymnastik, Sprechübungen, kleine Szenen. Nachmittags nimmt Bettina den einen oder anderen einzeln vor, das geschieht nach Laune und Möglichkeit.

Jovanas Anblick hat ihn verblüfft. Sie hat sich während seiner Abwesenheit das Haar kürzer schneiden lassen, man sieht einen schmalen, festen Nacken. In der Stirn hat sie eine freche Tolle. Es steht ihr gut, auch wenn er im Moment den Verlust ihres schönen holzfarbenen Haares bedauert.

Wie er da sitzt und sie ansieht, überkommt ihn eine jähe Freude, daß er wieder da ist. Er hat versucht, nicht an sie zu denken. Und er hat auch meist nicht an sie gedacht. Er hatte sich mit anderen, wichtigeren Dingen zu beschäftigen. Die Wochen in Hollywood sind mehr als interessant gewesen. Die Verträge für »Zwielicht« sind perfekt. Am Ende hat er sich in San Francisco mit Dorothy getroffen, die endlich Kusine Muriel besucht hat. Und dann haben sie noch einen Abstecher nach Mexiko gemacht. Das war heiß, anstrengend und ermüdend. Er hätte Jovana natürlich einmal schreiben können. Sicher hätte es sie stolz und glücklich gemacht, eine Karte aus Beverly Hills oder Mexico City zu bekommen. Aber er hat nicht geschrieben. Er hat noch niemals in seinem Leben einer Frau wegen den Kopf verloren; es ist überhaupt keine Frau so wichtig gwesen, Dorothy ausgenommen, und dann wird so ein kleines, dummes Mädchen aus Ahlsen gewiß nicht wichtig sein. Aber jetzt sitzt er hier und freut sich. Er weiß nicht, was weiter geschehen wird. Das weiß er immer noch nicht, aber sie ist nun mal in seinem Leben drin, das ist eine Tatsache, auch wenn man noch nicht weiß, welche Rolle sie spielen wird.

Anschließend muß sich Silvia an die Wand atmen, wobei Jovana die Kontrolle übernimmt. Tommy läßt es immer noch läuten. Sein *eu* sei verquetscht, meint Bettina Norden, die es immer wieder geduldig vorspricht, wie es ihrer Meinung nach klingen müßte. Der junge Mann läßt den Blick öfter zu Steffen schweifen, offenbar irritiert ihn der illustre Besuch.

»Dreh dich um«, sagt Bettina schließlich energisch. Sie sitzt vor dem Flügel, Tommy muß dem Besucher den Rücken zudrehen. Dann machen die Mädchen Übungen. Jovana biegt den Körper zu einer Brücke, es sieht spielerisch und graziös aus, Anstrengung scheint es sie keine zu kosten. Hat sie das auch hier gelernt, oder konnte sie das vorher schon?

»Warum soll ich Ihnen Jovana wegnehmen?« fragt er erstaunt zurück. »Erstens einmal habe ich kein Recht, über Jovana zu bestimmen, und zweitens scheint mir, sie lernt hier eine ganze Menge. Sie will nicht in eine große Schauspielschule, hat sie mir gesagt, da hätte sie Hemmungen.«

»Also wollten Sie sie mir doch wegnehmen«, stellt Bettina geradezu befriedigt fest.

»Liebe gnädige Frau, ich kannte Sie nicht. Ich hatte von Ihrer Schule nie gehört. Als mir Jovana davon erzählte, habe ich selbstverständlich gefragt, warum sie nicht lieber in die Staatliche Schauspielschule gehen will. Oder überhaupt in eine... nun ja, in ein...«

»Ah! Sagen Sie es ruhig! In eine richtige Schauspielschule. Das meinen Sie doch. Sie haben ja recht. Was ich hier mache, darf ich vermutlich gar nicht. Ich habe keine Ahnung, aber in diesem Land ist schließlich alles irgendwie geregelt, und vermutlich muß man eine Art Konzession haben, wenn man eine Schule betreibt. Aber sehen Sie, ich betreibe keine Schule.«

Sie legt den Kopf seitwärts und sieht ihn triumphierend an. Sie will ihn herausfordern. Aber Steffen ist weit davon entfernt, den Fehdehandschuh aufzunehmen. Ihm hat staatliche Kompetenz noch nie etwas bedeutet.

»Ist ja egal, wie Sie das nennen, gnädige Frau.«

Bettina ist eine aggressive Natur. »Ich nenne es gar nicht. Ich wollte niemals Unterricht geben. Ich wollte überhaupt vom Theater nichts mehr sehen und hören. Und dann hat sich das so komisch ergeben...« Sie nimmt eine neue Zigarette aus dem Kästchen, Steffen gibt ihr Feuer. »Kommt da eines Tages ein junger Mann zu mir, der hatte ein Engagement ans Thaliatheater, kommt und fragt mich, ob ich nicht ein paar Rollen mit ihm einstudieren möchte. Wie das, sage ich, wer sind Sie eigentlich, und woher kennen Sie mich? Stellt sich heraus, seine Mutter war Schauspielerin und früher einmal zusammen mit mir in Breslau im Engagement. Denken Sie bloß! Und sie hat ihrem Sohn erzählt, ich sei eine hervorragende Schauspielerin. Können Sie sich das vorstellen? Eine Kollegin über die andere und dann solche Töne! Ich war sprachlos. Irgendwo hat er erfahren, daß ich hier in Altona lebe, und da war er nun. Ziemlich unerfahren und sollte ein paar schwierige Rollen spielen. – So ging das los. Zwei Jahre darauf bekam er ein Engagement nach München. Das verdanke er allein mir, sagte er. Er schreibt mir heute noch von jeder Rolle, die er spielt. Wenn er herkommt, besucht er mich. Von ihm erbte ich Silvia.«

»Von ihm erbten Sie Silvia«, wiederholt Steffen. Er hat sich lange nicht so gut unterhalten.

»Silvia ist seine Freundin. Oder besser, sie war es. Heute ist sie Tommys Freundin, scheint mir. Silvia war gerade mit der Schule fertig, das war vergangenen Sommer, wissen Sie, und sie wollte partout Schauspielerin werden. Sie ist hübsch, nicht?«

»Sehr.«

»Ja, bißchen einseitig begabt vielleicht. Wie hübsche Mädchen meist. Sie wäre etwas für den Film, ich empfehle sie Ihnen.«

»Ich werde sie im Auge behalten.«

»Jedenfalls Jost fand, sie könne nur bei mir etwas lernen. Und so ist sie meine erste richtige Schülerin geworden; sie ist seit letztem Winter täglich hier. Und eines Tages brachte sie Tommy mit. Der kommt heimlich her. Sein Vater glaubt, er studiert Betriebswirtschaft. Das tut er nebenbei ein wenig. Der Vater hat eine große Firma. Irgendwelche Schiffszulieferungen und so. Tommy ist ein Junge aus gutem und vermögendem Haus. Der Vater springt in die Elbe, wenn er erfährt, daß der Junge Schauspieler werden will. Der einzige Sohn, stellen Sie sich so was vor.«

»Hoffen wir, daß er es überleben wird.«

»Ja. Hoffen wir. Sie sehen, das ist so eine halbe Untergrundtätigkeit, die ich hier ausübe. Wie Jovana kam, wissen Sie ja sicher.«

»Ja. Sie hat es mir erzählt. Ist Jovana begabt?«

»Ich würde sagen: ja. Sie hat ein sehr ursprüngliches, sehr natürliches Talent. Und dabei ist sie sehr bewußt. Das ist eine originelle Mischung. Sie hat schneller begriffen als die beiden anderen, was ich mit der Sprache des Körpers meine. Ihre Stimme ist sehr reizvoll. Und sie ist sehr, sehr ehrgeizig. Eine wichtige Voraussetzung, würde ich sagen.«

»Hm«, macht Steffen. Es befriedigt ihn, was er hört.

»Was haben Sie mit ihr vor?« fragt die Norden unumwunden.

Steffen betrachtet sie ohne Verlegenheit, seine grauen Augen verengen sich, er wüßte gern, was Jovana erzählt hat. Hat sie mit ihm geprahlt, hat sie erzählt, daß er sie geküßt hat, hat sie mehr daraus gemacht, als los war? Er sagt: »Ich weiß noch nicht. Zunächst soll sie einmal soviel wie möglich lernen.«

»Natürlich«, sagt Bettina. »Sie wird zum nächsten Termin die Aufnahmeprüfung machen, und sie wird sie bestehen. Wenn sie dann in eine richtige Schauspielschule gehen will« – das Wort ›richtige‹ betont sie süffisant –, »dann soll sie es tun. Vorderhand geht sie zweimal in der Woche zum Tanzunterricht, und sie hat sich zum Fechtunterricht angemeldet.«

»Das ist gut. Sehr gut.«

»Wie man's nimmt«, fährt Bettina ohne falsche Scheu fort, »es ist für sie eine Finanzfrage. Das alles kostet Geld. Sie haben ihr damals die Halbtagsstellung ausgeredet, die sie sich gesucht hatte. Gut. Sie hat genügend Arbeit. Ihr Tag ist ausgefüllt. Aber sie kann nicht von der Luft leben, und sie muß die Stunden bezahlen. Bei mir braucht sie nicht viel zu zahlen, ich mach' das alles aus Spaß, ich habe mein Auskommen. Tommy bezahlt genügend – der reiche Papa, Sie erinnern sich. Auch Silvia bekommt von zu Hause genug, ihre Mutter ist eine wohlhabende Witwe, also da spielt die Ausbildung keine Rolle.

Jovana kauft für mich ein, sie hilft mir mit diesem und jenem. Aber Geld braucht sie trotzdem. Die Miete, ihr Unterhalt, sie muß auch mal etwas anzuziehen haben, muß mal ins Theater gehen. Ich weiß nicht genau, wie sie es macht, aber ich habe das Gefühl, es ist nicht so einfach für sie.«

Es hat nicht viel Zweck, Bettina eine törichte Rolle vorzuspielen. Steffen beschließt, ganz offen zu sein.

»Ich habe Jovana Geld gegeben, ehe ich wegfuhr«, sagt er. »Ich könnte ihr auch weiterhin welches geben, natürlich. Aber ich halte es nicht für gut, wenn sie auf diese Weise Geld von mir bekommt.«

»Warum?« fragt Bettina. Sie weiß natürlich, warum, aber sie will ihn wieder einmal herausfordern. »Haben Sie am Ende moralische Bedenken?«

Er möchte nein sagen, aber ihr spöttischer Blick fordert ihn wirklich heraus. So sagt er: »Ja. Ich habe Jovana gern. Aber sie ist nicht meine Freundin oder Geliebte, um das gleich klarzustellen. Ich will kein ausgehaltenes Mädchen aus ihr machen.«

Sie lacht. »Was für Worte! Und wenn sie nicht Ihre Geliebte ist, dann wäre sie das ja auch nicht.«

Er möchte antworten: Vielleicht wird sie es. Aber das sagt er nicht. Statt dessen sagt er: »Vielleicht habe ich altmodische Ansichten. Vergessen Sie nicht das Milieu, in dem ich arbeite. Man erlebt zu viel in dieser Branche. Mädchen werden leicht verbraucht, und die Erfahrung hat mich gelehrt, daß diejenigen, deren Selbstbewußtsein, deren Stolz, wenn Sie mir dieses hochtrabende Wort gestatten, nicht beschädigt wurde, am besten vorwärtskommen und sich halten können. Ich halte es für besser, wenn Jovana selbst Geld verdient. Dafür werde ich sorgen. Sie soll so viel verdienen, daß sie weiterarbeiten und alles lernen kann, was notwendig ist.«

»Und auf welche Weise soll sie dieses Geld verdienen?«

Das ist der Punkt. Es ist wichtig, daß Bettina seinen Plan akzeptiert. »Ich habe die Absicht, ihr eine Rolle in meinem nächsten Film zu geben.«

»O là là«, macht die Norden, und wieder lächelt sie spöttisch.

Steffen läßt sich nicht beirren. »Es ist keine sehr große, aber eine wichtige Rolle. Es ist überdies ein Film, an dem mir viel liegt. Ich drehe ihn in deutsch-amerikanischer Koproduktion. Ohne Stars.«

»Sehr ungewöhnlich, dies letztere, für Steffen Rau.«

»Stimmt. Ich gehe bewußt ein Risiko ein, und vielleicht gehe ich baden damit. Aber das, was ich bisher gemacht habe, ist passé. So sehe ich es. Ich möchte anderes machen. Seit zwei Jahren suche ich für diesen Stoff eine Produktion und einen Verleih. Ich habe schon daran gedacht, selbst zu produzieren. – Aber jetzt klappt es, im Herbst werden wir drehen können.«

»Und Sie versprechen sich etwas von Jovana, die keiner kennt?«

»Sie reden wie ein Produzent. Ich habe einen Hauptdarsteller, den auch keiner kennt. Und davon verspreche ich mir auch etwas. Mit Jovana ist es ein Versuch; sie hat noch gar keine Erfahrung, ich weiß es. Darum wollte ich mit Ihnen sprechen. Ich werde sie nicht ohne Ihr Einverständnis beschäftigen.«

Bettina neigt leicht den Kopf. »Ich bin gerührt.«

»Sie brauchen nicht zu spotten. Sie bekommen das Drehbuch von mir. Sie sollen es lesen und mir sagen, ob Sie sich Jovana in dieser Rolle vorstellen können. Übrigens weiß Jovana nichts davon, und sie soll es noch nicht wissen.« – »Sie weiß es nicht?«

»Nein. In gewisser Weise haben Sie mir mit Ihrer Unterrichtsmethode in die Hände gearbeitet. Sie würde in dieser Rolle kein Wort zu sprechen haben. Es handelt sich um ein stummes Mädchen.«

»Das klingt interessant.«

»Nicht wahr? Es wird alles Ausdruck sein. Gesicht, Körper, Hände. Genau das, was sie bei Ihnen gelernt hat. Sie bekäme keine besonders hohe Gage, aber genug, daß es bei einiger Sparsamkeit bis zum Ende ihrer Ausbildung reicht. Vielleicht kann ich es so arrangieren, daß es auf ein Konto eingezahlt wird, und sie erhält monatlich eine gewisse Summe. Ich habe keine Ahnung, ob sie mit Geld umgehen kann oder ob sie leichtsinnig ist.«

»Ich glaube nicht, daß sie leichtsinnig ist.«

»Was halten Sie von meinem Plan?«

»Es hört sich wunderbar an. Und es wäre für jede Anfängerin ein Geschenk der Götter. Sie können nicht im Ernst erwarten, daß ich dagegen bin.«

Steffen lächelt zufrieden. »Fein. Sie bekommen nächster Tage das Buch. Und wie gesagt, Jovana braucht es nicht zu wissen. Wir wollen beide verhindern, daß sie sich Flausen in den Kopf setzt. Sie soll dann nicht mehr filmen. Sie soll weiterlernen.«

»Ihr Wort in Gottes Ohr. Sie verlangen viel von einem jungen Mädchen. Und jetzt muß ich weitermachen.«

»Ich hätte noch an Sie persönlich eine Frage, gnädige Frau!«

»Ja?«

»Warum sind Sie nicht zur Bühne zurückgekehrt?«

Die Antwort kommt ohne Überlegen. Sie hat sich die Frage offenbar selbst schon oft beantwortet. »Ich hatte keinen Mut. Wissen Sie, all diese Jahre ...« Nun schenkt sie doch noch einmal Kognak in die Gläser, schwenkt nachdenklich das Glas und blickt vor sich hin. »Ich weiß nicht, was Sie von mir wissen.«

»Nun, ich denke alles, was Jovana auch weiß.«

»Nun ja, dann wissen Sie genug. Diese Jahre vor dem Krieg und die Jahre im Krieg haben mir das Kreuz gebrochen. Ich werde mich nie davon erholen. Nicht umsonst predige ich diesen Kindern hier immer Härte. Unser Beruf verlangt nichts dringender. Aber ich« – sie lächelt, sie ist schön in diesem Augenblick –, »ich bin nicht hart. Ich war es nie. Und als der Krieg am Ende war, war ich es auch. Ich hatte keinen Funken Hoffnung mehr. Keinen Mut. Kein Selbstvertrauen. Ich war arm und krank und verlassen und wollte mich nur verkriechen. Ich hatte alles getan, was ich konnte, um dem Mann zu helfen, den ich liebte, aber er war tot. Er hat sich das Leben genommen. *Das* weiß Jovana nicht. Ich spreche nicht darüber. Er war nicht in Gefahr, aber er wollte mir den Weg frei machen. Damit ich nach Deutschland zurückkehren und wieder spielen könnte. Er hat sich – für mich geopfert. Das hätte er nicht tun sollen. Es war eine zu schwere Last für mich. Und vergebens war es auch. Ich arbeitete damals als Souffleuse an einem kleinen Theater in Böhmen. Am selben Tage, als er es tat, stürzte ich rückwärts von der Bühne. Ein Schwächeanfall. Ich brach mir das Hüftgelenk und hatte eine Kopfverletzung. Ich habe ihn nicht mehr sehen können, ich konnte nicht zur Beerdigung gehen – nun, das war auch nicht mehr wichtig. Seitdem habe ich keine Bühne mehr betreten. Sie sehen ja« – sie machte eine flüchtige Bewegung über ihre Hüfte hin –, »es ist schlecht geheilt. Man hat mich ohne viel Sorgfalt zusammengeflickt, so gut man es eben dort vermochte in dem kleinen Städtchen. Ich konnte lange überhaupt nicht laufen. Und als ich es konnte, hinkte ich.«

»Nach dem Krieg kamen Sie dann nach Deutschland zurück?«

»Schon vorher. Ehe die Russen kamen. Ein befreundetes Ehepaar, Schauspieler dort am Theater, nahm mich mit nach Hamburg. Es waren die einzigen Freunde, die ich hatte. Sie kamen beide kurz vor Kriegsende bei einem Luftangriff ums Leben.«

Keine schöne Geschichte. Steffen denkt: Es ist wichtig, daß sie die Schüler hat. Sie sollte ihre Schauspielschule weiter ausbauen. Ich muß mich erkundigen, was es da für Bestimmungen gibt.

»Später haben Sie dann wieder geheiratet, erzählte mir Jovana.«

Sie lacht. »Ja, das war sehr komisch. Sie wissen das also auch. Das erstemal habe ich aus großer Liebe geheiratet, das zweitemal aus großer Feigheit. Ich hätte ja auch sterben können, natürlich. Aber als dann der Krieg vorbei war, da war Leben wieder etwas Wertvolles. Manchmal dachte ich, mein Bein könne vielleicht wieder besser werden. Man hofft eben. Ich habe dann Fritz geheiratet. Er hat mich schon geliebt, als ich ein junges Mädchen war, und ich habe mir nie viel aus ihm gemacht. Aber er sagte, ich solle an die Pension denken, und allein dürfe ich auch nicht bleiben. Er war Beamter, ein herzensguter Mensch. Und ich war so verbittert.«

»Sie sind es nicht mehr«, sagt Steffen, »ich möchte das als eine Art Happy-End ansehen.«

»Wenn Sie so wollen. Gehen wir zu den Kindern?«

Die drei liegen nicht mehr, sie sitzen auf dem Boden. Und Jovana bekommt englischen Unterricht. Tommy und Silvia sind in diesem Fall ihre Lehrer, sie tun es gratis und mit Begeisterung.

»Die Mädchen sollen sich Kleider anziehen«, befiehlt Bettina. »Vite! Vite!«

Es geht wirklich schnell. Minuten später sind sie wieder da. Silvia in einem geblümten Sommerkleid, sehr mädchenhaft und anmutig. Jovana in einem weiß-blau gestreiften Baumwollkleid, das verwaschen wirkt und überall ein bißchen kurz und knapp ist.

Sie braucht ein paar neue Kleider, denkt Steffen. Er erinnert sich an die Einkäufe in Lübeck, und er freut sich, daß er wieder mit ihr einkaufen gehen kann.

Sie machen den ganzen zweiten Akt der »Minna von Barnhelm«. Silvia ist die Minna, Jovana eine reizende Franziska, Tommy der Tellheim, und die Norden spielt abwechselnd den Wirt und Just. Es ist fast richtiges Theater, was sie da machen. Steffen gefällt es.

»Vielen Dank, meine Damen, mein Herr«, sagt er, als die Vorstellung zu Ende ist. »Es hat mir sehr gefallen. Und zu Ihrer Lehrerin möchte ich Sie beglückwünschen.«

Er küßt Bettina die Hand, verabschiedet sich von den anderen mit einem Händedruck. Silvia strahlt ihn selig an. Tommy verbeugt sich stumm mit roten Ohren. Jovana – noch ganz in ihrer Rolle – macht einen Knicks.

Dann bringt sie ihn zur Tür, und jetzt kann er das erstemal ein Wort mit ihr sprechen.

»Hast du noch lange zu tun?«

»Ich glaube nicht. Jetzt kommt Kritik, und dann sind wir fertig.«

»Ich warte unten auf dich.«

»Ja?« Sie war ein wenig zaghaft, aber jetzt strahlt sie auch. »Ich komme bald.«

Er fühlt sich jung und unternehmungslustig, als er auf die Straße tritt. Ein Sommertag, ein blauer, sonniger Julitag, so schön, wie man ihn selten in Hamburg erleben kann. Man müßte aus der Stadt hinausfahren und irgendwo draußen an der Elbe zu Mittag essen. Aber vorher werden sie ein Kleid kaufen gehen. In Altona gibt es auch Geschäfte.

Er sitzt im Wagen, ein Stück von dem Haus entfernt, in dem Bettina wohnt. Er sitzt da hinterm Steuer und wartet auf ein Mädchen. So eine Situation macht einen Mann, der fast fünfzig Jahre alt ist, unwiderstehlich jünger. Und während er hier sitzt und wartet und sich auf sie freut, nennt er sich selbst einen Narren. Warum eigentlich kompliziert er diesen Fall so? Da ist ein Mädchen, jung und bereitwillig, das ihm gefällt, und nichts und niemand hindert ihn, damit zu tun, was jeder Mann täte, aber er stolpert nun seit Monaten über allerlei Bedenken, die er gar nicht formulieren kann und die er, theoretisch jedenfalls, auch gar nicht hat. Ist da vielleicht auch ein bißchen Bequemlichkeit im Spiel? So einfach geht das nämlich alles gar nicht.

Das merkte er unter anderem seinerzeit im April, als sie von Travemünde zurückkehrten. Barenth fuhr sie in die graue Straße von St. Pauli, in der Jovana wohnte, stieg aus, nahm Jovanas Köfferchen, verabschiedete sich artig und setzte sich diskret wieder auf seinen Fahrersitz. Steffen begleitete Jovana bis zur Haustür. Es war Sonntagabend, Leute auf der Straße, manche guckten auch zum Fenster heraus. Er kam sich albern vor und wollte es schnell hinter sich haben.

»Also! Tut mir leid, daß wir so rasch zurückfahren mußten. Wir fahren bald wieder einmal hinaus. Mach's gut. Ich ruf' dich an.« – Als Jovana schwieg, räusperte er sich, fuhr fort: »Ich hab' deine Telefonnummer nicht. Dann rufst du mich eben an.«

Jovana hob die Nase. »Frau Buer hat kein Telefon. Und ich werde nicht anrufen.«

»Sei nicht kindisch«, sagte er ärgerlich. »Du benimmst dich albern.«

»Wieso?« fragte sie in unschuldigem Tone. »Frau Buer hat nun mal kein Telefon. Und warum sollte ich anrufen? Es ist sowieso immer jemand anderes am Telefon.«

Er blickte hinauf zu der Hausnummer. »Also gut, ich weiß ja deine Adresse. Und es bleibt dabei, was du mir versprochen hast. Die Stellung in dem Laden trittst du nicht an. Wegen zweihundert Mark im Monat lohnt es sich nicht, den halben Tag zu verlieren. Sieh lieber zu, daß du deine Ausbildung komplettierst. Tanzunterricht und so weiter. Ich werde dir . . . nun ja, ich melde mich.«

Es war ein sehr nüchterner Abschied, nach allem, was geschehen war und was beinahe noch geschehen wäre, aber kein Mensch konnte von ihm verlangen, daß er vor einer Haustür stand und Abschied nahm, noch dazu von Barenth beobachtet. Er schwieg auf der Fahrt zum Uhlenhorst hinaus, obwohl Barenth versuchte, über Jovana zu reden. Was sie denn so täte, wo sie Unterricht hätte und wann man einmal Aufnahmen von ihr machen würde.

Steffen gab keine oder einsilbige Antworten, machte hm und

ja oder weiß nicht, und Barenth gab es schließlich auf. – Schien eben doch eine komplizierte Kiste zu sein mit diesen beiden.

Ehe er nach München reiste, ließ er Blumen an sie schicken und gab einen Umschlag mit vierhundert Mark dazu. Das war ungewöhnlich und hätte für jeden Dritten sehr merkwürdig ausgesehen, aber sein Gewissen war rein und Jovanas schließlich auch. Wie anders sollte er es sonst machen? Einen Scheck konnte er ihr nicht schicken, und Geld per Postanweisung wäre ihrer Wirtin in die Finger geraten und hätte erst recht einen komischen Eindruck gemacht.

Wie gesagt, es war alles irgendwie schwierig.

München, Verhandlung bei der Diova, dann Brittas Geburtstag – der ein für allemal achtundzwanzigste, wie sie sagte. Sie mußte inzwischen etwa fünfunddreißig sein, aber das spielte keine Rolle; sie sah blendend aus, war ohne Launen bei dieser Gelegenheit und ließ sich mit naiver Freude feiern, erstickte bald in einem Blumenmeer und küßte Steffen angesichts der ganzen Party lange und mit Hingabe. »Oh, Steffen, das ist meine größte Geburtstagsfreude, daß du gekommen bist. Steffen, Darling, wir beide, nicht?« Die Szene wurde natürlich geblitzt und ging durch mehrere Zeitungen, über die Party erschienen lange Berichte, auch darüber, daß der Star und der Regisseur bei dieser Gelegenheit neue Pläne besprochen hätten, wurde geschrieben.

Britta hatte wirklich ein ganz brauchbares Drehbuch vorzuweisen, eine gute Story, Kostümfilm, Ende neunzehntes Jahrhundert. Britta war ganz versessen darauf.

»Das machen wir, Steffen, ja? Die Mode wird mir gut stehen. Ist mal was anderes. Und es ist mein Stoff, hörst du!«

Veit Gregor sollte nach ihrem Wunsch die männliche Hauptrolle spielen; er war der Größte zur Zeit in der Branche, ein Star wie Britta und vielleicht noch ein wenig schwieriger als sie. Aber ein ausgezeichneter Schauspieler. Die beiden hatten schon öfter zusammen gearbeitet, und es brachte jedesmal alle Beteiligten nahe an einen Nervenzusammenbruch, aber das Ergebnis konnte sich sehen lassen. Sie waren einander ebenbürtig. Gregor hatte sich bei der Geburtstagsfeier nicht sehen lassen, er drehte zur Zeit in Österreich, aber er schickte ein monströses Orchideenarrangement und rief Britta am Abend an. Sie erzählte auch ihm von dem neuen Buch. Steffen kam ans Telefon, und sie sprachen vage über eventuelle Termine.

»Besprich es mit Lydia«, sagte Gregor, »sie weiß besser Bescheid als ich.« Lydia war seine Managerin und Sekretärin, sein verlängerter Arm und sein Sprachrohr. Geschäfte tätigte man mit ihr.

Steffen ließ Britta wissen, daß er erst zur Verfügung stände, wenn »Zwielicht« im Kasten war. Sie kannte diese Marotte, wie sie es nannte.

»Also dreh diesen blöden Film endlich, damit man mit dir wieder reden kann«, sagte sie. »Du wirst schon sehen, was dabei herauskommt.«

Ein Film ohne Stars! In Brittas Augen sowieso zum Mißerfolg verdammt. Das konnte man schon vorher wissen.

Anschließend fuhr Steffen wirklich mit Dorothy für vierzehn Tage ins Tessin. Er hatte es ihr versprochen, und es wurde eine schöne Zeit, ein richtiger Urlaub. Man konnte in der Sonne liegen, baden und vieles vergessen. Auch Jovana.

Als er wieder in Hamburg war, traf er sie einmal. Er schickte wieder Blumen. Das war noch der einfachste Weg. Und bestellte sie zum Mittagessen zu Sellmer. Sie erzählte von ihrer Arbeit, was sie gelernt hatte, er ermahnte sie väterlich zum Arbeiten, fragte, ob sie Geld brauche.

Jovana sagte sehr entschieden: »Ich danke für das Geld. Aber ich möchte keines mehr. Es... ist mir unangenehm. Ich schaffe es schon.« Er hätte fragen müssen: Wie? Aber das tat er nicht, denn es war ihm auch unangenehm, ihr Geld zu geben.

Es hat, das ist eine bemerkenswerte Tatsache, niemals in seinem Leben eine Frau gegeben, die Geld von ihm bekam. Geschenke, ja. Aber kein bares Geld.

Dann also Amerika. – Und nun sitzt er hier und wartet auf sie. Es dauert nicht lange. Sie kommt lächelnd und erwartungsvoll auf ihn zu, in ihrem knappen, verwaschenen Kleidchen, klettert zu ihm ins Auto, winkt Silvia und Tommy stolz zu, die naturgemäß von der Tatsache, daß der große Steffen Rau auf die kleine Jovana Röger gewartet hat, sehr beeindruckt sein müssen.

»Silvia wird platzen«, stellt denn auch Jovana befriedigt fest.

Steffen lächelt.

»Sie findet Sie toll«, plappert Jovana weiter. »Silvia hat gesagt, Sie wären ein phantastischer Mann. Und alle Ihre Stars sind in Sie verliebt und haben ein Verhältnis mit Ihnen.«

»Was für ein strapaziöses Dasein«, meint Steffen. »Übrigens, seit wann sind wir wieder per Sie?«

Jovana blickte ihn unsicher von der Seite an. »Na – ich weiß ja nicht...«

Wenn man gerecht sein will, muß man zugeben, daß sie wirklich nicht wissen kann. Er hat schließlich wieder eine gewisse Distanz hergestellt. Sie hat das gemerkt, und, das denkt er sich nun auch, vielleicht hat es sie gekränkt.

Es hat sie gekränkt, und sie kränkt sich immer noch, und ein bißchen ist sie böse auf ihn, er war in vieler Beziehung eine Enttäuschung, aber im Moment hat sie das vergessen; sie ist froh und sehr stolz, neben ihm im Auto zu sitzen, überhaupt den Triumph seines Besuches bei Frau Norden erlebt zu haben. Es verleiht ihr eine Menge Glanz.

»Ich bin ja noch kein Großvater«, sagt Steffen gut gelaunt, »und da ich dich sowieso duze, kannst du auch wieder versuchen, mich persönlicher anzusprechen. Es ging doch schon einmal ganz gut.« Dazu ließe sich manches sagen, warum es damals ging und warum es heute schwieriger ist, aber Jovana sagt statt dessen etwas anderes. »ich kann ja«, schlägt sie vor, »du sagen, wenn wir allein sind.«

Dazu ließe sich auch wieder manches sagen. Diese gemischten Du-Sie-Verhältnisse sind das Unbrauchbarste, was es gibt, zeitweise für die beiden Hauptbeteiligten ganz lustig, aber da man sich doch gelegentlich verplappert und meist im ungeeigneten Moment, kann es peinlich werden und etwas ausplaudern, was, wie in ihrem Fall, gar nicht beplaudernswert ist. Aber Steffen hält es für unnötig, darüber einen größeren Vortrag zu halten. Er kommt auf ihre Bemerkung zurück und meint: »Ich bin natürlich geschmeichelt, wenn ein so hübsches Mädchen wie Silvia mich phantastisch findet.«

»Sie . . . Du findest sie hübsch?«

»Ja. Du nicht?«

»Doch, natürlich. Sie ist viel hübscher als ich.«

»Sie ist anders hübsch. Ein ganz andrer Typ.«

»Sie ist so ein Typ wie deine Freundin, die Thorwald.«

»So ähnlich, ja.«

»Liebst du sie sehr?«

»Wen?«

»Britta Thorwald.«

»Mit Maßen.«

»Ich finde sie langweilig.«

»So?«

»Ja.«

»Das ist ein sehr hartes Urteil – und stimmt nicht mit dem des Publikums überein.«

»Noch nicht«, sagte Jovana kühn.

Steffen schweigt eine Weile. Er parkt dann den Wagen in der Nähe des Altonaer Bahnhofs, dreht sich zu ihr um und sagt: »Ich sehe, du machst Fortschritte. So weit immerhin hast du dich in deinen zukünftigen Beruf eingelebt, daß du Kolleginnen mies machst. Das ist allerdings noch kein Talentnachweis. Und ich kann mir nicht vorstellen, daß du das bei Frau Norden lernst.«

Jovana macht ein übertrieben zerknirschtes Gesicht. »Es tut mir leid. Es ist wieder mal die unans-ständige Frechheit der heutigen Jugend, wie Frau Buer immer sagt. Es soll nicht wieder vorkommen.«

»Es wird vorkommen. Nur ich denke, es ist noch ein wenig zu früh.«

Jovana schweigt, keineswegs sehr beeindruckt. Sie findet Britta Thorwald nun mal langweilig und begreift nie, warum das Publikum so vernarrt in sie ist. Und warum Steffen offenbar so an ihr hängt, daß er mindestens jeden zweiten Film mit ihr macht. In der Zeitung stehen immer wieder so dunkle Andeutungen, daß er und Britta Thorwald mehr sind als Arbeitspartner. Jovana wüßte für ihr Leben gern, ob das wahr ist. Sie ist auf jeden Fall eifersüchtig, und das macht Britta in ihren Augen auch nicht schöner und interessanter.

»Weißt du hier in der Nähe ein einigermaßen gutes Geschäft, wo man etwas einkaufen kann?« fragt Steffen.

»Was willst du einkaufen?«

»Ich habe dir nichts mitgebracht. Aber vielleicht brauchst du ein neues Kleidchen.«

»Oh!« macht sie. »Aber...«

»Was aber?«

»Nichts. Ich brauche dringend ein neues Kleid.«

»Das kaufen wir, und dann fahren wir irgendwohin zum Mittagessen. Wann mußt du zurück sein? Hast du noch Unterricht?«

»Nein. Heute nicht. Aber ich muß gegen fünf in St. Pauli sein. Ich – habe noch was vor.«

Sie möchte ihm nicht gern sagen, was sie vorhat, sie weiß, es wird ihm nicht gefallen. Seit drei Wochen arbeitet sie jeden Abend. Sie muß einfach. Vierhundert Mark sind nicht allzuviel Geld. Sie hat jetzt einen Job. Auf eine Annonce hat sie sich in einem Kino beworben als Platzanweiserin und bekam die Stellung ohne weiteres. Es ist ein kleines Kino in St. Pauli, sie braucht nur zu den beiden Abendvorstellungen anwesend zu sein. Sie kommt um fünf, muß allerdings dann bis zum Schluß der letzten Vorstellung dableiben, während die Nachmittagskollegin nach Beginn der Abendvorstellung heimgehen kann. Es ist keine schwere Arbeit, wird natürlich auch nicht sehr gut bezahlt, aber es fügt sich gut in ihren Tageslauf. Bettina hat sie auch noch nichts davon erzählt. Aber Frau Buer weiß Bescheid und hat die Nase gerümpft. Das sei auch schon eine Arbeit! Aber da sie nach wie vor nichts gegen Jovana vorbringen kann – ihr Lebenswandel ist vorbildlich, wenn natürlich diese ganze Schauspielerei in Frau Buers Augen reiner Unfug ist –, hat sie sich also murrend zufriedengegeben.

»Was aus Ihnen noch einmal werden soll, das möchte ich wissen. All so 'nen lächerlichen Kram. Platzanweiserin! Das ist doch keine Arbeit für 'nen erwachsenen Menschen.«

»Es ist ja auch nicht mein richtiger Beruf«, sagte Jovana geduldig. »Ich muß nur was verdienen. Es braucht ja keiner zu wissen.«

»Immer die Lügengeschichten, immer wieder. Ich mag das man gar nich, das wissen Sie woll, Fräulein Röger. Und daß Sie auf dem Heimweg ja nich über die Reeperbahn gehen. Ich sag's Ihnen noch mal. Da komm' Sie ja denn woll immer s-spät nach Hause, nöch?«

Das allerdings. Manchmal kam der alte Pünjer Jovana abholen, und sie hatte den stillen Verdacht, Frau Buer hatte ihn dazu angeregt. Damit sie ja nicht auf Abwege kam. Ihm paßte das ganz gut in den Kram. Erstens ging er sowieso nicht gern zu früh ins Bett, und zweitens konnte er dann in seiner Stammkneipe, die auf halbem Weg lag, das Ende der Vorstellung abwarten. Mit den Lügengeschichten spielte Frau Buer auf den Besuch von Jovanas Vater an, der sich im Mai ereignete und allerhand Aufregung verursacht hatte.

Einblendung: Vater

Glücklicherweise kam Josef nicht unangemeldet. Eines Tages war ein Brief von ihm da, in seiner großen schwerfälligen Schrift verfaßt, in dem es hieß, er mache sich Sorgen um Jovana, weil er so wenig von ihr höre, und daß sie so allein in der Großstadt sei, wäre auch nicht richtig, und Grete meine auch, da müsse einer mal sich drum kümmern.

Jovana bekam einen Schreck. Grete würde doch nicht...?

Nein, Vater Josef kam selbst. Er hätte einen Tag frei, käme also Sonnabend mittag und würde bis Montag abend bleiben. Jovana besprach das mit Marga Kleine, die war für so etwas am brauchbarsten.

Er müsse, so meinte Marga, irgendwo in einer Pension untergebracht werden, wo es nicht zu teuer wäre, und dann müsse man verhindern, daß er allein mit Frau Buer zusammenträfe. Natürlich aber mußte Frau Buer eingeweiht werden. Das war der schwierigste Punkt dabei.

Zunächst lehnte Frau Buer entschieden ab, zu schwindeln. Das hätte sie nie getan, und das täte sie auch jetzt nicht. Erst der alte Pünjer, der sehr kooperativ war, konnte sie überreden, das verruchte Spiel mitzuspielen. Denn *ihm* machte es Spaß, was Frau Buer sehr, sehr verwerflich fand. Natürlich, so ein alter Esel wie er hätte eben immer Spaß an Dummheiten.

Gott sei Dank, konterte der alte Pünjer, wenn er das nicht mehr hätte, dann könne man ihn gleich begraben. Und schließlich kennten sie nun Jovana alle lange genug, und es sei Ehrensache, ihr zu helfen.

Dann könne man auch die Wahrheit sagen.

Immer und überall die Wahrheit zu sagen, sei auch nicht gut, belehrte sie Klaus Pünjer, manchmal müsse man eben ein bißchen schwindeln, um die Dinge einfacher zu machen, das nenne man Diplomatie.

Das diplomatische Spiel sah dann so aus: Klaus Pünjer besorgte ein Zimmer in einer kleinen Pension in der Nähe des Hafens. Jovana holte ihren Vater am Bahnhof ab, brachte ihn in die

Pension und anschließend zu Frau Buer zum Kaffee. Frau Buer hatte Kuchen gebacken. Sie war zwar immer noch widerwillig, das hieß in ihrem Falle erstaunlich wortkarg, aber sie plauderte nichts aus. Sie tranken Kaffee in der guten Stube, wozu sich auch Marga Kleine einfand. Auf diese Weise präsentierte sich Jovana in einem soliden Familienidyll, das einen harmlosen Mann wie Josef befriedigen mußte. Abends lud Klaus Pünjer sie zum Abendessen in seine Stammkneipe ein – ohne Frau Buer, die ein weiteres Mitspielen abgelehnt hatte.

Ein großartiger Abend, fand Josef. Er trank mehrere Bier, fand seine Tochter mächtig hübsch geworden und war alles in allem sehr zufrieden.

Der Sonntag begann mit der obligaten Hafenrundfahrt, die Josef stumm vor Staunen machte. Mit runden Kinderaugen sah er das alles an, was nun wieder den alten Pünjer sehr befriedigte. *Sein* Hafen, sein geliebter Hamburger Hafen, für ihn das Herz der Welt. Und hier war nun wieder mal endlich einer, auf den das so richtig rundherum Eindruck machte.

»Nein, so was aber auch«, sagte Josef immer wieder, »so was aber auch. Diese großen Schiffe! Kann man ja gar nicht dran raufsehen. Wird einem ja direkt schwindlig dabei. Solche Schiffe! Und daß die so einfach auf dem Wasser schwimmen. Kann man ja gar nicht glauben. Kann man einfach nicht glauben.«

Zusätzlich zu der Stimme aus dem Lautsprecher, die alles genau erklärte, kamen die Kommentare von Klaus Pünjer. Er wußte Bescheid. Er kannte jedes Schiff, wußte seine Tonnagezahl, sein Herkunftsland, die Reederei und zu diesem und jenem sogar noch eine Geschichte. Sein Leben, seit er im Ruhestand war, und das war praktisch seit Kriegsende, spielte sich ja hauptsächlich im Hafen ab. Er hatte den zerstörten, toten Hafen gesehen, für den keiner mehr die geringste Hoffnung hegte, aber, so sagte er seinen beiden Zuhörern: »Mit den Schiffen ist es wie mit Menschen. Sie können totgehen, nöch? Ein Mensch kann sterben und ein Schiff kann untergehen. Aber solange ein Mensch noch atmet und ein Schiff noch schwimmt, dann leben sie auch. Und dann leben sie zäh und kämpfen um ihr Leben. Na, und wie auch immer neue Menschen kommen, so kommen auch immer wieder neue Schiffe. Jawoll, sie sind gekommen und nicht zu knapp, und es werden immer mehr. Sie müßten mal sehen, was auf unseren Werften los ist, und warten Sie man ein paar Jahre, was dann los sein wird. Das sage ich Ihnen: Damals hätte ich keinen Penny für unsren Hafen gegeben. Keinen Penny! Wie das hier aussah. Alles kaputt und alles verrottet. Wie 'ne Leiche war das. Ich hab' viele Leichen im Krieg gesehen, aber keine hat mich so fertiggemacht wie unser Hafen hier. Is ja heute noch nich alles wieder so, wie's sein soll. Wenn Sie näher hinkieken, finden Sie noch manches, was kaputt ist. Aber das wird wieder, wird alles wieder. Is ja so schnell gegangen, es konnte keiner ahnen, wie schnell das wieder wird. Wissen Sie, Hamburg sind die Fahrensleute immer gern angelaufen. Immer schon. Nicht bloß wegen St. Pauli und der hübschen Mädchen und so. Sie kamen alle gern nach Hamburg. Und wo man hinkam und sagte: Mein Heimathafen ist Hamburg, da lachte alles, man mußte eine Runde ausgeben, und jeder sagte: Mensch, Kerl, Hamburg, da möcht' ich gern wieder hin. – Ja, so war das mit Hamburg. Immer schon.«

Anschließend verabschiedete sich Klaus Pünjer. Jovana fuhr mit ihrem Vater mit der U-Bahn in die Stadt. Sie kannte sich nun schon gut genug in Hamburg aus, um eine ganz brauchbare Führerin abzugeben. Sie aßen in einem kleinen Lokal der Innenstadt zu Mittag, und Jovana ließ sich von Ahlsen erzählen. Sie erfuhr alle Einzelheiten über Grete und die Kinder, auch über Josefs arbeitsreiches Leben und seinen Ärger, den er hier und da hatte; die dicke Gertrud hatte ein Kind bekommen, und Peter kutschierte nach wie vor mit seinem Auto in der Gegend herum und stieg den Mädchen nach.

»Er ist und bleibt ein Luftikus. Du kannst froh sein, daß er dich nicht geheiratet hat«, meinte Vater Josef, und Jovana lächelte dazu.

Am Nachmittag machten sie eine Alsterrundfahrt, das Wetter war im Laufe des Tages ganz gut geworden, und auf dem Rückweg stiegen sie am Uhlenhorster Fährhaus aus und spazierten durch die Villenstraßen, von deren Pracht Josef sehr beeindruckt war.

»Müssen die Leute hier ein Geld haben«, meinte er respektvoll.

Sie kamen auch an Steffens Haus vorbei. Jovana blickte über die glatte, samtige Rasenfläche zu dem Schlößchen hin. Ob er da war? Sie wußte es nicht. Ihre Gefühle waren nicht gut. Das war ein Moment, in dem sie ihn fast haßte. Sie fühlte sich ausgestoßen, verschmäht, stehengelassen. Ein allzu wohlbekanntes Gefühl, und noch konnte sie ihm nicht entfliehen.

Am Abend schleppte sie ihren Vater über die Landungsbrücken; die Ausflugsdampfer kehrten heim, es gab viel zu sehen, all das Neue und die fremde Luft machten Josef müde. Sie kehrten bei der dicken Berta auf den Landungsbrücken ein. An diesem Sonntagabend war das Lokal gut besetzt. Berta, die Jovana nach wie vor ab und zu besuchte, winkte ihr freundlich zu, hatte aber keine Zeit für einen Plausch.

Um neun konnte Josef, der gewohnt war, zeitig ins Bett zu gehen, kaum mehr die Augen offenhalten, und Jovana brachte ihn zu seiner Pension.

Er war auch gewohnt, früh aufzustehen, und so fand er sich bereits um halb acht am nächsten Morgen bei Frau Buer ein. Er bekam Frühstück, und dann nahmen ihn Marga Kleine und Jovana mit, denn, so sagte sie, er müsse doch nun auch sehen, wo seine Tochter arbeite.

Frau Buer hörte das mit grimmigem Gesicht und blickte ihnen kopfschüttelnd nach. Der alte Pünjer lachte sich halbtot. Er werde mitkommen, sagte er, und nachher mit Herrn Röger durch St. Pauli bummeln und vielleicht irgendwo ein Bier und einen Klaren trinken. Könnte ja sein, Jovana bekäme heut nachmittag frei, sie solle man ruhig sagen, ihr Vater sei da, und dann könne man noch ein Stück die Elbe runterfahren.

Sie wandelten also alle zusammen zur Früchte-Import, wo Marga Kleine arbeitete, und Jovana verschwand mit ihr zusammen in dem großen Bürohaus. Bis gegen ein Uhr unterhielt der alte Pünjer den Ahlsener Besuch aufs beste mit seinen Seemannsgeschichten, und dann kam Jovana wirklich in die Stammkneipe und erzählte freudestrahlend, man habe ihr freigegeben, sie könne das in den nächsten Tagen nacharbeiten, indem sie abends eine Stunde länger bliebe.

Ihr Vater war gerührt.

Sie fuhren mit einem Elbdampfer elbabwärts zum Schulauer Fährhaus; hier tranken sie Kaffee, und das Willkommhöft, das alle einfahrenden und ausfahrenden Schiffe mit Flaggen und mit ihrer Nationalhymne grüßte, war für Josef ein anderes großes Wunder.

So viel wie hier habe er überhaupt noch nie erlebt, bekannte er. Es sei ja wirklich ganz großartig in Hamburg, und Jovana sei richtig zu beneiden, daß sie hier nun immer sein könne. Aber er wundere sich sehr, daß sie sich das getraut hatte und gar keine Angst gehabt hätte. Ob denn ihre Arbeit sehr schwer sei und wie sie denn so mit allem zurechtkäme. Mit Geld zum Beispiel und so.

Jovana war ein bißchen verlegen und auch gerührt. Sie sagte: »Später, Vater, wenn ich mal mehr verdiene und eine Wohnung haben werde, dann kommst du mich mal länger besuchen. Dann gehen wir ganz fein aus.«

Mit der S-Bahn fuhren sie zurück. Es wurde höchste Zeit, daß Josef seinen Zug erreichte. Klaus Pünjer kam mit auf den Bahnhof.

»Ich bin Ihnen so dankbar, Ihnen und Frau Buer«, sagte Josef treuherzig, »daß Sie sich um meine Tochter kümmern. Da ist sie wenigstens nicht ganz allein.«

»Da könn' Sie man ganz beruhigt sein«, sagte der alte Pünjer nicht weniger treuherzig, »wir passen gut auf Fräulein Jovana auf. Sie ist ein ganz braves Mädchen, kann ich Ihnen nur sagen. Keine Dummheiten, keine Männergeschichten und so. Alles bestens.«

Jovana küßte ihren Vater zum Abschied, und erstmals hatte sie ein echt zärtliches Gefühl für ihn.

»Es geht mir sehr gut hier, Tatinku«, sagte sie, »ich fühle mich wohl. Grüß alle schön.«

Tatinku! So hatte sie ihn als Kind genannt. Josef hatte nie gut Tschechisch gesprochen, gerade so viel, wie er brauchte, um sich zu verständigen. Jovana hatte als Kind viel mit ihrer Mutter Tschechisch gesprochen, das wußte er noch, und immer hatte er sich ein wenig geärgert, wenn er nicht alles verstand. – Die andere Jovana. Er dachte selten an sie, eigentlich nie. Es war so lange her, viel länger, als die Zeit ausmachte. Es war ein anderes Leben gewesen. Jovana, die schöne und zarte, die beschwingte, schwärmerische Jovana, die so gar nicht zu ihm gepaßt hatte. Jetzt auf dem Hamburger Bahnhof sah er sie vor sich, sah sie deutlich im Gesicht seiner Tochter, auch wenn da manche Unterschiede waren. Aber so genau wußte er es nicht mehr, wie seine erste Frau ausgesehen hatte, und ihm kam es vor, als sei es das gleiche Gesicht, das ihn anblickte.

»Hübsch bist du geworden«, sagte er.

Er winkte zum Fenster hinaus, als der Zug abfuhr, die beiden auf dem Bahnsteig winkten auch.

»Na?« sagte Klaus Pünjer und grinste. »Wie haben wir das gemacht? Prima, würd' ich sagen, aber schon ganz und gar prima.«

»Ja.« Jovana lachte und schob ihren Arm unter seinen. »Und ich dank' auch schön. Ohne Sie wäre das gar nicht gegangen.«

Und dann, den Blick nachdenklich auf die Schienen gerichtet:
»Was er wohl sagen wird?«
»Was er sagen wird?«
»Wenn er die Wahrheit erfährt. Wenn ich berühmt sein werde.«
»Wirst du das denn sein, Deern?«
Sie schaute den Alten an, ihr Lächeln, ihr strahlendes, triumphierendes Lächeln. »Bestimmt! Ganz bestimmt!«

Wieder der Julitag

Sie fahren die Elbchaussee hinaus, Jovana im neuen Kleid aus gelbem Shantung, ärmellos, ganz glatt und einfach, es steht ihr ausgezeichnet. Sie ist im Moment glücklich wie ein Kind. Sie spielt keine Rolle, oder wenn sie es ein bißchen tut, so ist es eine Improvisation, die ihr aus dem Herzen kommt.

»Ich habe mir so sehr ein neues Kleid gewünscht. Immerzu die alten doofen Sachen, ich kann mich schon gar nicht mehr darin sehen. Und es gibt so viel. So viel hübsche Dinge. Alle Schaufenster sind voll.«

Steffen lacht. »Das haben Schaufenster so an sich. Und wenn du so dringend ein paar Sachen brauchst, werden wir halt noch etwas kaufen.«

»Aber wie kommst du dazu? Ich kann mir doch nicht einfach immer etwas schenken lassen.«

»Doch, du kannst. Es macht mir Freude. Wir werden nachher, wenn wir gegessen haben, deine Finanzlage einmal durchsprechen. Was du brauchst im Monat, was der Unterricht kostet und so weiter. Und du solltest dir keine unnötigen Gedanken machen, vielleicht kannst du eher etwas verdienen, als du denkst.«

Er ist nahe daran, ihr von seinem Plan, sie in »Zwielicht« zu beschäftigen, etwas zu erzählen. Inzwischen hat er sich an diesen Gedanken gewöhnt. Früher war es nur so eine vage Idee, die er selbst nicht ganz ernst nahm. Aber heute, nachdem er sie beim Unterricht gesehen hat, ihre Ausdrucksfähigkeit, das Geschick, mit dem sie sich in Situationen hineindenkt und sie darstellt, hat er eigentlich einen endgültigen Entschluß gefaßt. Sobald Barenth zurück ist – er ist wirklich mit nach Hollywood gekommen, hat dort sofort eine Menge Freunde gefunden, denn er findet viel leichter den richtigen Ton zu den Amerikanern als Steffen und hat darum so viele Einladungen der gastfreundlichen Amerikaner erhalten, daß er seinen Aufenthalt noch um einige Wochen verlängert hat –, wenn er also zurück sein wird, werden Probeaufnahmen von Jovana gemacht.

Bettina Norden muß nach der Lektüre des Drehbuches noch

ihre Meinung sagen, aber dann steht nichts mehr im Wege. Was sie wohl sagen wird, diese Jovana, die sich schon wie ein Kind über ein neues gelbes Kleidchen freut?

Seine Gedanken schweifen zu dem Film ab. Er achtet nicht mehr so auf das Geplauder neben sich. Ursprünglich sollte »Zwielicht« in der Vorfrühlingszeit spielen, aber das hat er mit Barenth schon besprochen, der Herbst eignet sich eigentlich viel besser für den schwermütigen Stoff. Fallende Blätter, kahl werdende Wälder, trübe Novembertage und der erste Schnee. Jetzt ist es Juli; es wird natürlich eine Menge Arbeit geben, wenn er bis zum Herbst die Leute zusammenhaben soll. Nächste Woche wird er nach Berlin fliegen, um Andreas Hartmann zu sprechen. Falls sie in Berlin nicht gerade Theaterferien haben und der Junge auf und davon ist. – Na egal. Irgendeiner wird wissen, wo er ist, und dort wird er ihn treffen. Barlog muß ihn freigeben für die Aufnahmen. Vielleicht kann man die Atelieraufnahmen in Berlin drehen. Plaschke ist nun wirklich Koproduzent, das würde sich gut treffen. Dann brauchte Hartmann nur für die Außenaufnahmen Urlaub. Die anderen müssen verpflichtet werden, Monk vor allem, er spielt in München; und auf jeden Fall und um jeden Preis will er Bronski als Kameramann. Den hat er selbst entdeckt vor vier Jahren; er war Mitte Zwanzig, und zunächst wollte keiner etwas von ihm wissen, zu jung, zu unerfahren, und überhaupt, wer ist schon Herr Bronski. Aber er hat ihn durchgeboxt, eine Zeitlang ging es zäh. Und dann plötzlich war Bronski ganz vorn. Er ist einer von den Neuen, den Modernen, er malt mit der Kamera, er dichtet mit ihr, er macht mit ihr Musik, er macht einfach alles – er ist ein Genie. Teuer ist er geworden und viel begehrt, aber er wird kommen, wenn es irgendwie mit seinen Terminen klappt, das weiß Steffen. Bronski ist einer der wenigen Menschen, die dankbar sind. Er hat nicht vergessen, daß Steffen sich für ihn eingesetzt hat.

Die drei sind es hauptsächlich: Monk, Hartmann, Bronski. Die muß er unter einen Hut bringen. Jovana ist kein Problem; die anderen Rollen sind auch nicht schwer zu besetzen. Und dann muß man ...

Es wird viel Arbeit geben. Arbeit Tag und Nacht. Steffen spürt, wie das Fieber ihn packt. Er ist gespannt wie nie; es ist wie ein Rausch, wenn er an alles denkt, was kommen wird. Der Film sollte Ende November oder Anfang Dezember abgedreht sein. Und anschließend kommt Britta dran mit ihrem Stoff. Es ist schwer genug, sie so lange zu vertrösten, denn natürlich sind alle scharf auf einen neuen Film mit ihr. Die Diova in München wir ihn produzieren und verleihen. Das ist alles schon geklärt.

»Ist das schön hier!« sagt Jovana. »Was für wunderbare Häuser.«

»Ja, nicht wahr?« gibt er geistesabwesend zurück.

Sie essen in Nienstedten bei Jacob. Hier kennt man ihn, er wird entsprechend empfangen. Jovana geht still und beeindruckt neben ihm. Er zeigt ihr das schöne Lokal mit den prachtvollen Räumen und den herrlichen alten Möbeln. Aber das Schönste ist der Blick über die Elbe, stromabwärts und stromaufwärts kann man weit sehen, sieht die Schiffe kommen und gehen. Silbern liegt der breite Strom im Sonnenlicht, eingerahmt von den grünen Ufern.

Jovana ist eingeschüchtert. Sie war noch nie in einem so vornehmen Lokal. Ein Glück, daß ich ein neues Kleid habe, denkt sie.

Da das Wetter so schön ist, können sie auf der Terrasse speisen. Steffen stellt das Menü zusammen, da Jovana ratlos vor der Speisekarte sitzt, ein richtiges großes Menü mit mehreren Gängen, ein Aperitif zuvor, Wein zum Essen, Mokka danach.

Sie sitzt sehr gerade, bemüht sich, alles richtig zu machen, und es schmeckt ihr. Er sieht mit Vergnügen, *wie* es ihr schmeckt. Kein Getue, keine Ziererei, sie ißt alles auf und sagt mehrmals: »So etwas Gutes habe ich noch nie gegessen.«

Und einmal sagte sie: »Steffen!«

»Ja?«

»Ich habe eine Bitte.«

»Ich höre.«

»Du mußt mir sagen, wenn ich etwas falsch mache. So – hier beim Essen, meine ich.«

»Du machst es sehr gut.«

Die Seezunge hat der Ober für sie tranchiert, alles andere macht keine Schwierigkeiten. Sie hält das Besteck richtig, sie trinkt manierlich. In Ahlsen bei Grete hätte sie es vielleicht nicht so gelernt, aber Jovana – die Mutter – hat stets darauf geachtet, daß sie sich wie eine kleine Dame benahm und sich anmutig bewegte. Das verlernt man nicht.

»Du könntest vielleicht«, meint Steffen schließlich, »darauf achten, daß du die Kartoffeln nicht mit dem Messer schneidest, sondern mit der Gabel zerteilst; das sieht besser aus. Es gibt eine ganz einfache Regel: Alles, was man mit der Gabel bewältigen kann, sollte man nicht mit dem Messer angreifen. Gelegentlich werden wir mal zusammen einen Hummer essen. Auch das ist nicht schwer. Im übrigen ist das alles eine Sache der Erfahrung und der Sicherheit. Bei allen Tischmanieren ist es so, überhaupt bei allen Manieren; wenn man weiß, wie es richtig gemacht wird, kann man schließlich seinen eigenen Stil entwickeln, immer vorausgesetzt, es geschieht mit der nötigen Souveränität.«

»Aha«, sagt Jovana und nickt mit ernsthafter Miene.

Steffen ist gerührt. Er empfindet väterlich. Nicht wie ein Liebhaber, der er ja auch nicht ist. Von dieser Rolle, der er sich bereits einmal genähert hatte, ist er wieder weit entfernt. Nicht ohne eigenes Zutun. Damals, nach dem Travemünder Aufenthalt, hat er sich bemüht, Distanz zu gewinnen. Distanz von unkontrollierten und ihm nicht gemäßen Gefühlen. Das ist ihm gelungen. Und jetzt denkt er, daß dadurch alles leichter ist. Er kann sie in seinem Film beschäftigen, er kann sich um sie kümmern, belehren, ihr sogar hier und da ein Kleid schenken, ohne daß es für sie oder für ihn peinlich wird.

Er kann sich sogar – diese Idee kommt ihm auch beim Mittagessen – ohne weiteres und mit gutem Gewissen um ihre weitere Ausbildung etwas kümmern. Kann sie vielleicht von ihm nichts lernen? Und da sie nun keine Schauspielschule besucht, keine ›richtige‹ Schauspielschule, wie Bettina Norden es nennen würde, kann er ihr das eine oder andere an nötigem Wissen vermitteln. Soweit es seine Zeit erlaubt.

Dieser Gedanke gefällt ihm. Beim Dessert und dann beim Mokka muß sie nun ganz genau berichten, wie sich ihr Tageslauf und ihre Arbeit abspielten. Da ist also der Unterricht bei Bettina, das hat er nun gesehen. Dann zweimal in der Woche die Tanzschule, Gymnastik und Tanz. Sie macht das erst kurze Zeit, und es macht ihr Spaß. Aber es kostet viel Geld, jedenfalls für ihre Verhältnisse.

Fechtunterricht erst im Herbst, sagt sie. Jetzt sind Ferien in dem Institut. Was sie liest, will er wissen, wie oft sie ins Theater geht, ob sie ein bißchen Ahnung hat in Theatergeschichte und wie es mit Sprachkenntnissen steht.

Sie sieht ihn hilflos an. Sie macht alles, was offenbar sein muß, mit großem Bemühen und Fleiß, aber natürlich geht es drunter und drüber. Englisch lernt sie nun bei Tommy und Silvia. Erst hat Tommy allein den Unterricht gegeben; da wurde Silvia eifersüchtig, jetzt ist sie also dabei.

»Eifersüchtig? Warum? Hast du mit ihm geflirtet?«

»Gar nicht. Aber sie ist eben so. Dabei hat sie noch viele Verehrer. Ich habe gar keinen. Aber sie betrachtet Tommy als ihr Eigentum.«

Hm. Schon einmal heute hat ihn die blonde Silvia an Britta Thorwald erinnert. Die Ähnlichkeit geht offenbar noch weiter.

»Du wirst doch sicher irgendeinen Verehrer haben?«

»Wo soll ich ihn denn hernehmen? Ich komme ja nirgends hin. Ich meine, wo man einen« – sie lacht verschmitzt –, »einen ans-ständigen jungen Mann kennenlernen kann, wie Frau Buer sagen würde. Aber ich brauche auch keinen.«

»Nein?«

»Nein. Wirklich nicht.« Sie hantiert sehr gewandt mit dem Mokkatäßchen, raucht eine Zigarette. Sie wollte sich die Lippen nachziehen, er sagt: »Eine Dame schminkt sich nicht am Tisch, dazu geht sie hinaus.« Also hat sie den Lippenstift wieder weggesteckt.

Er denkt, daß das alles auch Geld kostet: der Lippenstift, eine Creme, der Friseur. Es ist ein Wunder, daß sie das alles schafft. Er muß es ihr bald sagen mit der Filmrolle und ihr darauf einen Vorschuß geben.

Zunächst aber erfährt er die Wahrheit über ihre neue Tätigkeit als Platzanweiserin. Das kommt so: Er meint, sie solle sooft wie möglich ins Theater gehen, und falls sie kein Geld dafür hat, wird er ihr gelegentlich Karten besorgen. Sie wird verlegen, druckst herum, sie hätte momentan keine Zeit fürs Theater, und da er mißtrauisch fragt, wieso, erfährt er also von der Kinotätigkeit. Das gefällt ihm ganz und gar nicht, das will er ihr strikt verbieten.

Aber Jovana ist in diesem Fall hartnäckig. »Nein«, sagt sie sehr energisch. »Ich muß etwas verdienen. Es geht einfach nicht anders. Und ich will nichts geschenkt haben. Ich komme mir so ... so ...« Sie stockt. Sie schaut ihn ratlos an. »Ich komme mir eben komisch vor. Das im Kino ist wirklich nicht weiter schlimm. Ich mache nur die beiden Abendvorstellungen. Schwer ist die Arbeit nicht. Ich schau' die Filme dabei an; ich lerne sogar noch etwas.«

»Aber du kannst dabei doch unmöglich viel verdienen.«

»Was heißt viel?« Es klingt leicht ungeduldig. »Es reicht für die Miete und den Tanzunterricht.«

»Und? Essen mußt du auch, du brauchst noch verschiedenes. Und es kann auch mal etwas Unvorhergesehenes kommen.«

Sie ist vogelfrei. Sie ist eine Existenz am Rande der bürgerlichen Gesellschaft, und es ist nur deshalb nicht schlimm, weil sie jung ist und weil alle Möglichkeiten dieser Welt vor ihr liegen.

»Hör zu«, sagt er, nachdem er das alles eine Weile überdacht hat und noch einen zweiten Mokka bestellt, um besser denken zu können, und weil es auch so schön ist, hier zu sitzen. »Du wirst mir jetzt gehorchen, Ich *werde* dir heute Geld geben. Nicht viel, aber so viel, daß du ein wenig leichter damit leben kannst. Und ich sehe eine Möglichkeit, daß du in absehbarer Zeit etwas verdienst, das dir ein wenig Unabhängigkeit in finanzieller Hinsicht verschafft. Ich kann noch nicht darüber sprechen, aber du kannst dich auf mich verlassen. Ich werde vielleicht in nächster Zeit nicht oft in Hamburg sein. Wir werden uns selten sehen, aber ich möchte trotzdem . . .« Ja, was möchte er? Nun ist Steffen an einem Punkt angelangt, wo die Dinge etwas komplizierter werden. Von Liebe ist nicht die Rede, aber etwas, irgend etwas ist da. Man kann es vielleicht hochtrabend Verantwortung nennen oder auch Interesse an einem jungen Talent oder was auch immer. Von einem Außenstehenden würde es sowieso mißverstanden. Von einem Filmregisseur erwartet man nun einmal, daß er mit dem Nachwuchs Unfug treibt – die Außenwelt erwartet es, sogar die Branche. Manchmal stimmt es auch, aber was ihn betrifft, so hat er es nie getan. Wahrhaftig, nie.

Seine Seitensprünge landeten immer auf berufsfremden Gebieten. Ihm ist das noch gar nicht so aufgefallen. Nicht daß er sich darauf etwas einbildet, aber es befriedigt ihn. Ein Grund mehr, diesem Grundsatz, sofern es einer ist, auch diesmal treu zu bleiben.

Wie er hier mit ihr sitzt auf der Terrasse bei Jacob über der Elbe, ist er frei von Begehren oder dummen Gedanken. Es ist ganz etwas anderes, was er empfindet. Es ist etwas Besseres, etwas Erfreuliches und vielleicht sogar etwas Dauerhaftes.

Schwierig, alles so aus dem Handgelenk auf einen Nenner zu bringen, auch wenn er ein Mann ist, der sich gern über alle Dinge im klaren ist, auch über die, die ihn persönlich angehen.

Aber da er nun so ein wunderbar reines Gewissen hat, bringt er erstmals Dorothy in diese Jovana-Geschichte hinein. Was wäre also dabei, wenn er sich, nur mal angenommen, auch ein wenig um Jovanas weitere Ausbildung und um ihr Fortkommen kümmern würde. Sie kann bei ihm etwas Theatergeschichte lernen, überhaupt etwas Allgemeinbildung dazu, er kann ihr Hinweise in der Literatur geben und sie im Hinblick auf die kommende Rolle ein bißchen schulen. Aber nicht bei Spaziergängen oder Mittagessen an der Elbe, natürlich nicht dort, wo sie wohnt, sondern bei sich zu Hause. Das setzt voraus, daß Dorothy mit dem Fall Jovana bekannt wird. Ohne weiteres zu machen, wenn da nicht Travemünde wäre. Nichts ist in Travemünde geschehen, nichts, was er Dorothy nicht sagen könnte, wenn man von einigen Küssen absieht, aber es ihr jetzt zu sagen, *muß* das Ganze in einem merkwürdigen Licht erscheinen lassen.

Dies ist ein echtes Problem, er wird darüber nachdenken, und dann wird er eine Lösung finden.

Sie fahren weiter die Elbchaussee hinaus, und wieder bewundert Jovana die prächtigen Villen, soweit sie durch das Grün der Bäume zu sehen sind.

»Was müssen das für glückliche Menschen sein, die in diesen Häusern leben«, sagt sie andächtig. »Sieh nur, das dort, wie ein Schloß. Wie reich müssen sie sein.«

Reich sind sie. Waren sie immer. Ob sie darum glücklich sind, weiß man natürlich nicht. Man weiß nicht einmal, was sie unter Glück verstehen, denn sie haben ihre eigene Auffassung vom Dasein. Dorothy ist in einem dieser Häuser aufgewachsen, und im Vergleich dazu ist das schöne und großzügige Haus auf dem Uhlenhorst bescheiden.

Das hier ist noch echter Feudalismus.

Hanseatischer Feudalismus, der feudalste der Welt.

Einblendung: Mutter

Kurz ehe dieses Jahrhundert begann, kam ein blondes Mädchen aus einem Dorf in der Lüneburger Heide in die Freie Hansestadt Hamburg.

Das Mädchen hieß Hanne, war siebzehn Jahre alt, hübsch und adrett, ein wenig schüchtern, eine Kleinbauerntochter, das vierte von sechs Kindern, und es wollte in Hamburg in Dienst gehen.

Der Schullehrer in ihrem Heimatdorf war ihr behilflich gewesen, denn die Kleine war seine fleißigste Schülerin gewesen, und er meinte, sie dürfe es wohl wagen, ein höheres Leben anzustreben. Zuerst kam sie als Dienstmädchen in den Haushalt eines Oberstudienrates, der alljährlich in der Lüneburger Heide drei Wochen lang Urlaub machte und dabei den Heideschulmeister kennengelernt hatte.

Bei Oberstudienrats lernte Hanne einen gepflegten Großstadthaushalt kennen, in dem sie viel arbeiten mußte, was sie willig und sogar mit Begeisterung tat. Sie verdiente sehr wenig, sie bekam selten Ausgang, aber es gefiel ihr ausnehmend gut in Hamburg.

Nach zwei Jahren starb der Oberstudienrat ganz plötzlich, und die Frau Oberstudienrat zog zu ihrer jung verheirateten Tochter nach Bremen. Vorübergehend arbeitete Hanne im Hause eines Schiffsmaklers. Dort gefiel es ihr weniger. Die Frau des Hauses war launisch und ungerecht und behandelte das Personal miserabel. Hanne wollte zwar dienen, aber sie ließ sich nicht unwürdig behandeln. Das ging ihr gegen die Natur. Sie fühlte sich recht unglücklich, wußte aber auch, wie schwierig es war, eine andere Stellung zu finden, denn Dienstmädchen gab es haufenweise. Sie kamen immer wieder vom flachen Land in die Stadt, und Hanne wußte auch nicht recht, wie sie es anfangen sollte, eine neue Stellung zu suchen.

An einem Sonntagnachmittag führte sie den Hund der gnädigen Frau in den Wallanlagen spazieren. Da sah sie am Wegrand ein kleines weinendes Mädchen stehen. Und da sie Kinder sehr liebte, ging sie hin, beugte sich zu dem Kind, es mochte vielleicht vier Jahre alt sein, erkundigte sich nach dem Kummer und bekam nach einer Weile heraus, daß die Kleine sich verlaufen hatte. Sie war hübsch gekleidet in einem blauen Mäntelchen und mit einem weißen runden Hut, ein gutgehaltenes, wohlerzogenes Kind, das schnell Vertrauen zu ihr faßte. Hanne dachte sich, daß man wohl zur Polizei gehen müßte. Davor scheute sie sich ein wenig, sie war noch nie auf der Polizei gewesen. So setzte sie sich erst einmal mit der Kleinen auf eine Bank, versuchte ihren Namen zu erfahren, was aber mißlang. Wo denn die Mama sei und wo es hergekommen war, fragte Hanne das Kind. Aber das wies nur vage in Richtung Stadt, und so ging denn Hanne mit dem Kind an der Hand stadtwärts. Die Kleine war wieder ganz vergnügt, erzählte alles mögliche und fühlte sich sofort bei Hanne wohlgeborgen.

Aber ehe sie noch die Anlagen verlassen hatten und Hanne einen Entschluß fassen konnte, was zu tun sei, kam ein großer, schlanker Mann ihnen entgegen, der beim Anblick der Kleinen einen erleichterten Ruf ausstieß und sie auf den Arm nahm.

Das Kind hieß Elli, wie Hanne bei der Begrüßung der beiden erfuhr, und der Mann war Onkel Hans. Sie mußte erzählen, wie sie Elli gefunden hatte, und dann mußte sie mitkommen in ein großes Haus an der Binnenalster, wo sich der Rest der Familie befand, Ellis weinende Mutter, ihr Vater, ihr größerer Bruder und jede Menge Verwandtschaft. Denn man hatte sich dort versammelt, um den Geburtstag eines alten Herrn zu feiern, der zur Familie gehörte; im Trubel der Gesellschaft war es Elli gelungen, aus der Tür zu schlüpfen und auf Entdeckungsreisen zu gehen.

Hanne bekam eine Belohnung, und in der Küche servierte man ihr Kaffee und Kuchen. Beide Elternteile, eine hübsche, noch junge Mama und ein stattlicher Papa, bedankten sich immer wieder bei der verlegenen Hanne. Man wollte wissen, wer sie sei und was sie tue. Man war nicht hochmütig, die Freude über das wiedergefundene Kind hatte eine Verbindung geschaffen.

Kurz und gut, in dieser Familie fand Hanne ihren nächsten Dienstplatz, und sie hatte damit das Große Los gezogen. Der Mann war Bankier. Die Familie war sehr reich und bewohnte eines der prächtigsten Häuser an der Elbchaussee. Es war ein enormer sozialer Aufstieg. Hanne geriet über Nacht in die Höhen der Menschheit. Und da blieb sie zunächst.

Und da sie nicht nur brav und fleißig war, sondern auch intelligent, lerneifrig und überdies eine glückliche Hand mit Kindern hatte, avancierte sie vom Dienstmädchen zum Kindermädchen. Zunächst waren es drei; das vierte wurde geboren, als Hanne schon im Hause war. Sie liebte die Kinder, und die Kinder liebten sie, und die ganze Familie schätzte sie hoch, und so hätte alles bis ans Lebensende, oder jedenfalls bis die Kinder erwachsen waren, auf das beste weitergehen können, wenn Hanne nicht der Liebe begegnet wäre. Es war nicht irgendein billiges Erlebnis, es war die richtig große, wundervolle Liebe, und sie war an Hanne nicht verschwendet. Es geschah in Travemünde.

Die Bankiersfamilie besaß in Travemünde ein Landhaus, wo die Frau des Hauses mit den Kindern den Sommer über weilte. Der Hausherr kam übers Wochenende, und er blieb auch gelegentlich für eine Woche, um zu segeln, zu wandern und zu baden. Jedes Jahr unternahmen die Eltern eine größere Reise in die Alpen, nach Holland, einmal sogar bis Italien, und dann blieb Hanne mit den Kindern und einem Hilfsmädchen allein.

Hanne war fünfundzwanzig, als sie den Fischer Rau kennenlernte. Er wohnte in einem der alten malerischen Fischerhäuser in Gothmund an der Trave. Er hatte einen eigenen Fischkutter, und er war ein Mann, in den sich ein Mädchen einfach verlieben mußte. Groß und blond und kühn und herrlich, für Hanne war er der Höhepunkt der Schöpfung.

Natürlich war die Familie nicht begeistert, daß sie Hanne verlieren sollte, aber was war zu machen; die Liebe war stärker, und schließlich gönnte man einem so guten Mädchen wie ihr den prachtvollen Mann und eine eigene Familie. Hanne bekam ein großartiges Geschenk zur Hochzeit und vom Herrn Bankier noch hundert Mark extra. Das war viel, viel Geld für sie. Sie weinte schrecklich, als sie die Villa an der Elbchaussee verlassen mußte, um in das Fischerhaus nach Gothmund umzuziehen. Da war es natürlich nicht so prächtig, aber dafür war dort der Mann, den sie liebte. Es war eine glückliche Ehe. Sie bekam drei Kinder: Uwe, Steffen und Elke. Dann kam der Krieg, und der Fischer Rau blieb draußen auf dem Meer, genau wie später sein Sohn Uwe im nächsten Krieg.

Torsten, der Bruder von Hannes Mann, überlebte den Krieg, er wurde später Kapitän und hätte nichts dagegen gehabt, wenn Hanne in seinem Elternhaus in Gothemund geblieben wäre, aber sie kehrte nach Hamburg zurück. Sie mußte wieder arbeiten, denn die Rente, die sie bekam, reichte nicht zum Leben.

Außerdem wünschte sie, daß ihre Söhne eine höhere Schule besuchten. Sie hatte in ihren Hamburger Jahren gelernt, wie wichtig das war.

Das waren die schweren Jahre von Steffens Jugend. Seine Mutter arbeitete zunächst in der Küche eines Hotels, später in einer Kantine. Sie verdiente wenig, sie waren arm, aber dennoch gelang es Hanne, ihren Kindern eine schöne Jugend zu schaffen. Und alles, was sie in dem feinen Haushalt an der Elbchaussee gesehen und gelernt hatte, das lernten die Kinder von ihr. Sie erzog die drei so, daß sie sich benahmen wie die Kinder der reichen Leute.

Als ihr die Arbeit in den Großküchen zu schwer wurde, nahm sie wieder eine Stellung in einem Haushalt an. Und wieder hatte sie Glück. Diesmal war es ein Künstlerhaushalt. Der Mann war Sänger an der Hamburger Oper, ein großzügiger, liebenswürdiger Mensch. Seine Frau war eine reizende, warmherzige, noch junge Frau, die Hanne die Führung des ganzen Haushalts überließ. Es kamen viele Gäste, es ging heiter und anregend zu, und Hanne fand sich binnen kurzem geschickt in dem fremden Milieu zurecht.

Sie kam sehr früh am Morgen, sie ging am Abend, denn sie hatte ja ihre eigene kleine Wohnung, in der ihre Kinder leben mußten. Es bekümmerte sie, daß die Kinder so viel sich selbst überlassen waren. Aber sie waren nun groß, um sich in vielen Dingen selbst zu behelfen. Uwe, der Älteste, ging dann auf die Seemannsschule. Er wollte Kapitän werden wie sein Onkel Torsten, den er heiß liebte und bei dem die Kinder alle Ferien verbrachten, das heißt bei Silke, Torstens Frau, denn Onkel Torsten war ja meist auf Fahrt. Steffen besuchte weiter die höhere Schule. Er war der Intelligenteste, ein ernster, nachdenklicher Junge mit vielseitigen Begabungen.

Dann bekam der Sänger ein Engagement an die Berliner Staatsoper. Er und seine Frau bestanden darauf, daß Hanna sie nach Berlin begleiten solle. Sie waren an Hanne gewöhnt, keine konnte besser für alles sorgen.

Das war ein schweres Problem. Berlin! Hanne hatte keine Ahnung, wie es da sein würde und was sie da eigentlich sollte. Andererseits wäre sie gern in dieser Stellung geblieben, besser konnte sie es nirgend haben. Für die schwere Arbeit kam eine Frau ins Haus. Man bezahlte Hanne ungewöhnlich gut und war so nett zu ihr. So jung war sie ja nicht mehr, um sich noch einmal an neue Leute zu gewöhnen.

Die Sache mit dem Haus gab den Ausschlag.

Der Sänger und seine Frau mieteten ein Haus in Dahlem, und sie erzählten Hanne, als sie von Berlin zurückkamen, daß sich in diesem Haus eine Souterrainwohnung befände – zwei Zimmer und eine kleine Küche –, dort könne Hanne mit ihren Kindern wohnen. Sie brauche dann nicht mehr abends und morgens den weiten Weg nach Hause zu fahren und hätte die Kinder um sich.

Hanne besprach sich mit ihrem Sohn Steffen. Denn Uwe machte zu dieser Zeit bereits seine erste Fahrt als Moses. Für ihn brauchte sie nicht mehr zu sorgen. Nach den ersten Jahren der Praxis würde er die Seefahrtsschule besuchen und später sein Offizierspatent machen. Nur eben, daß sie nicht in Hamburg sein würde, wenn er an Land kam, das war ihr betrüblich. Steffen war Feuer und Flamme. Er wollte gern nach Berlin. Er war neugierig auf die Welt und bereit, Neues zu erleben.

Die wilden, die bunten, die großartigen zwanziger Jahre in Berlin. — Sie waren nicht für alle Menschen so großartig; es waren gleichzeitig die schweren und schicksalhaften Jahre eines großen Umbruchs. Aber für Steffen Rau, der sie in seinen Jünglingsjahren erlebte, waren es wundervolle Jahre.

Er ging weiter in die Schule; der Sänger und seine Frau, die selbst keine Kinder hatten, mochten den aufgeweckten, wohlerzogenen Jungen und plädierten dafür, daß er das Abitur machen solle. Vielleicht könne er später studieren.

Hanne war stolz auf ihren Sohn. Daß er dann nicht studierte und einen anderen Weg wählte, enttäuschte sie. Nicht wiederum allzusehr, denn durch ihr langjähriges Leben in einem Künstlerhaushalt hatte sie auch für diese Lebensweise und diesen Beruf Verständnis entwickelt. Sicher war auch das Leben bei dem Sänger mit ausschlaggebend für Steffens Wunsch, Schauspieler zu werden. Er bekam Karten für die Oper, bekam Karten für die zahlreichen Berliner Schauspieltheater, er sah viele der großen unvergeßlichen Vorstellungen jener Zeit; die berühmten Regisseure, die einmaligen Schauspieler und Schauspielerinnen waren ihm alle wohlvertraut. Manche kannte er sogar aus der Nähe, denn der Sänger und seine Frau hatten oft Gäste und viele Freunde.

Der Sänger erkundigte sich manchmal, wie Steffen eine Vorstellung gefallen hatte, und war erstaunt, wie rasch der Junge ein brauchbares Urteil entwickelte und auch begründen konnte. Ihm vertraute Steffen als erstem an, daß er zum Theater wolle. Erst lachte der Sänger, dann sagte er, das sei keine schlechte Idee, so wie Steffen aussehe, und falls er sogar noch Talent besitze, könne wohl etwas daraus werden. Ein bekannter Schauspieler des Hauses am Gendarmenmarkt, der mit dem Sänger befreundet war, prüfte Steffen eines Tages. Da er Gefallen an dem großen, blonden, gutaussehenden Jungen fand, gab er ihm Unterricht.

So fing das an. Vielleicht war dies mit ein Grund, daß er so großes Verständnis für den ungewöhnlichen Weg Jovanas aufbringen konnte. Sie hatte auch so begonnen, so unerwartet, so aus einem ganz anderen Milieu kommend.

Steffen spielte kurze Zeit in der Provinz. Er bekam dann ein Engagement an ein Berliner Boulevardtheater, denn nach Berlin wollte er gern zurück. Es war ihm schwergefallen, sich von der Stadt zu trennen. Dann bekam er einige Male eine Filmrolle, bewirkt durch sein gutes Aussehen, aber zu diesem Zeitpunkt wußte er schon, daß er eigentlich gar kein Schauspieler sein wollte. Er wollte Regie führen. Als es ihm gelang, bei Hilpert anzukommen, war er selig. Er war siebenundzwanzig Jahre alt. Er arbeitete als zweiter Regieassistent. Er spielte hier und da noch, und er bekam, ehe der Krieg begann, seine erste Filmregie. Es war kein bedeutender Film, aber er hielt sich gut.

Zu jener Zeit kehrte seine Mutter nach Hamburg zurück. Sie hatte Heimweh nach Hamburg gehabt. Er wollte nicht mehr, daß sie arbeitete. Sie war herzkrank und sehr gealtert. Die schweren Jahre mußten bezahlt werden. Für sie allein reichte die Rente, er und Uwe steuerten etwas dazu.

Nach dem Krieg dachte er zunächst nur an Theater. Eine Zeitlang war er in München und inszenierte in einem kleinen avantgardistischen Stadtrandtheater. Das war eine verrückte und herrliche Zeit zugleich; er wäre gern in München geblieben. Aber da war nun Dorothy. Es gefiel ihr in München gar nicht, sie konnte und wollte nur in Hamburg leben. Auch fand sie die Art seiner Arbeit unter seinem und ihrem Niveau. Sie hatte inzwischen Tante Emilys Haus geerbt und sah nicht ein, warum man nicht lieber dort als in dem einen kümmerlichen Zimmer in München leben sollte.

Seine erste Filmregie nach dem Kriege bekam er 1948, und er hatte das Glück, daß der Film ein großer Erfolg wurde. Von da an war er gemacht. Von da an war er aber auch festgelegt.

Die Weichen waren gestellt, er war ein begehrter und gutbezahlter Mann.

Film also. Kein Theater mehr.

So waren die Dinge, und so blieben sie. Daß er nicht ganz glücklich dabei sein konnte, war seine Sache.

Wieder Julitag

In einer stillen Seitenstraße in Blankenese stellt Steffen den Wagen ab und spaziert mit Jovana durch Baurs Park abwärts zum Strandweg. Es ist so wundervoll still hier, ein paar Spaziergänger, Mütter mit Kinderwagen, von der Elbe tönt manchmal die dunkle Sirene eines Schiffes.

Als er ein Kind war, schwärmte seine Mutter immer von Blankenese, es war für sie der Himmel auf Erden; hier zu leben gehörte zu ihren unerfüllten Wunschträumen. Steffen denkt, daß sie wohl recht gehabt hat. Er war lange nicht hier draußen, aber es ist so schön wie früher. Und heute, wenn sie noch lebte, könnte er es sich leisten, ihr hier eine Wohnung zu kaufen.

Er ist überrascht und geradezu bewegt, als er Jovana sagen hört: »Wenn ich einmal viel Geld verdiene, möchte ich in Blankenese wohnen.«

»Bist du schon hier gewesen?«

»Ja. Herr Pünjer ist mit mir hierhergefahren. Er sagt, schöner als hier ist es nirgends auf der Welt. Und er kennt viel von der Welt, sagt er. Er war mit mir auf dem Süllberg zum Kaffeetrinken. Und dann bin ich noch einmal mit der S-Bahn herausgefahren, allein. Weil es so schön hier ist.«

Steffen betrachtet sie von der Seite. Ihr klares Profil steht vor dem silberglänzenden Strom. Sie sieht sehr jung, sehr schutzbedürftig aus; er hat ein warmes, zärtliches Gefühl für sie. Man kann es drehen und wenden, wie man will, man kann es Schicksal oder Zufall nennen, ganz egal, wie man es nennt, sie ist in seinem Leben drin, sie ist hereingeschneit, und es ist töricht von ihm, sich die Dinge selbst schwerzumachen. Er wird sie nicht wieder hergeben.

In dieser Stunde wird er sich klar darüber, daß er sie behalten will. Als was? Eine Schülerin, eine Art Ersatztochter oder doch etwas anderes? Das läßt sich nicht so ohne weiteres bestimmen. Aber was auch immer, sie ist da. Er wird sich um sie kümmern, wird für sie sorgen, er wird sie ein wenig liebhaben. Gerade so viel, daß es für sie und für ihn kein Ballast wird. Er wird ihr helfen auf diesem schweren Weg, den sie sich vorgenommen hat. Das kann er. Und das ist viel.

Er bleibt stehen, sie daraufhin auch. Sie sieht ihn an, er nimmt sanft ihr Gesicht in seine Hände und küßt sie auf die Stirn und dann leicht und zärtlich auf den Mund.

Es ist das erstemal seit Travemünde, daß er sie wieder küßt. Nicht so wie damals, anders. Jovana spürt es. Sie wünscht sich, richtig von ihm geküßt zu werden. Aber sie ist froh, daß die Fremdheit, die zwischen ihnen entstanden ist, nun wieder etwas abbröckelt.

Sie sagt nichts. Schaut ihn an, wartet.

»Ich möchte, daß du ...«, beginnt er und verstummt.

Er will keine großen, keine pathetischen Worte machen. Es ist schwer auszudrücken, was er sagen will. Sie soll ihm vertrauen, sie soll auf ihn bauen, sie soll sich darauf verlassen können, daß er da ist. So etwa in der Art möchte er es sagen. Aber dies ist keine Filmszene, und er hat nun mal einen Horror vor allen großen Worten. So sagt er also nur: »Ich möchte, daß du vernünftig bist in nächster Zeit. Wenn du wirklich diese Stellung in dem Kino... Also eigentlich gefällt es mir gar nicht. Du bist abends unterwegs und in dieser Gegend und ...«

Sie lacht. »Du redest wie Frau Buer. ›Daß Sie mir nur nicht über die Reeperbahn gehen, Fräulein Röger. Das tut ein anständiges Mädchen nicht. Wenn ich das mal höre, daß Sie dort waren, dann können Sie gleich ausziehen.‹«

Sie kann den Hamburger Dialekt schon gut sprechen, und ihre Mimik dazu ist köstlich. Steffen kennt zwar Frau Buer nicht, aber ungefähr kann er sich nun vorstellen, wie sie aussieht. Er lacht auch. »Ich bin sehr froh, daß Frau Buer auf dich achtet. Sie hat ganz recht.«

»Nicht nur sie. Herr Pünjer holt mich öfter abends im Kino ab, weil er auch findet, ich sollte nicht allein nach Hause gehen. Sonnabend und Sonntag kommt er immer. Ich könnte gar keine Dummheiten machen, selbst wenn ich wollte.«

»Willst du denn?«

»Nein. Ich will nicht. Jedenfalls nicht solche.«

Jetzt ist eine deutliche Lockung in ihren Augen. Sie braucht nicht hinzuzufügen, welche Dummheit sie gern machen würde.

Steffen räuspert sich. Er will sich nicht aufs Glatteis locken lassen. Er hat sich gerade so schön in die Rolle des väterlich sorgenden Freundes hineingefühlt.

Langsam gehen sie weiter bis zur Dampferanlegestelle. Eine

Weile stehen sie dort, sehen ein Schiff kommen, Leute steigen aus und ein, das Schiff legt wieder ab. Eine Barkasse fährt hinüber nach Cranz ins Alte Land.

»Warst du dort auch schon einmal?«

»Nein.«

»Da müssen wir auch einmal hinüber. Am schönsten ist es im Frühling, wenn die Obstbäume blühen. Da drüben gibt es nichts als Obstbäume. Es ist ein Traum. Mein Gott, wie lange war ich nicht mehr dort.«

Unendlich lange. Schade um jede Obstbaumblüte, die man versäumt hat. Tessin! Was soll das? Hier hätte er bleiben müssen, dort drüben herumstreifen, Jovana an der Hand, ihr alles zeigen. Als Junge war er oft dort. Er hatte einen Schulfreund, dessen Großeltern auf dem Alten Land lebten. Zur Kirschenernte waren sie immer eingeladen.

Er schaut auf die Uhr. Es ist zu spät. Wenn sie wirklich in dieses dumme Kino muß, wird es Zeit, daß sie zurückfahren. Sie steigen eine der schmalen Treppen zur Stadt hinauf. Romantischer kann es in Italien auch nicht sein.

Sie geht leichtfüßig und beschwingt, das Steigen macht ihr keine Mühe. Steffen bleibt zweimal stehen, er kaschiert es damit, daß er sich umwendet und auf den Strom zurückblickt. »Ich werde in nächster Zeit viel unterwegs sein«, sagt er, als sie zum Wagen zurückgehen. »Ich bereite einen neuen Film vor. Es ist zu dumm, daß ich dich nicht anrufen kann.«

»Wenn du willst«, sagt Jovana, »kannst du bei Frau Norden anrufen. Vormittags bin ich ja immer da. Und manchmal am Nachmittag auch.«

»Ja. Das ist eine gute Idee.« Er schreibt sich die Telefonnummer ins Notizbuch. Es beruhigt ihn, daß sie erreichbar ist für ihn.

Nicht mehr lange, wie er gleich darauf erfährt. »Mitte August fährt sie weg.«

»Weg? Wohin?«

»Sie macht Ferien. Sie fährt mit Frau von Grabow auf ein Gut nach Oldenburg. Dort ist der Sohn von Frau von Grabow.«

»Wer ist Frau von Grabow?«

Immer wieder tauchen neue Leute auf, von denen er nie gehört hat.

»Das ist die Dame, der die Leihbücherei gehört. Ich habe dir doch damals von ihr erzählt. Durch sie habe ich Frau Norden kennengelernt. Ich hab' mir dort Bücher geholt, und sie hat gesagt, ich soll mal zu Bettina gehen und ihr vorsprechen.«

»Ah ja, ich erinnere mich. Die Damen sind demnach befreundet.«

»Ja. Frau von Grabow ist eine sehr feine Dame. Sie hatten früher ein Gut in Pommern. Und sie mußte nach dem Krieg flüchten und kam hierher.«

»Aha. — Und dann ist die Schauspielschule also geschlossen?«

»Ja. Silvia und Tommy wollen nach Holland fahren. Tommy hat dort einen Onkel.«

»Ferien rundherum. Frau Norden hat eine Freundin mit Sohn auf einem Gut, Tommy und Silvia haben einen Onkel in Holland. Und wo machst du Ferien?«

»Hier an der Elbe. Ich werde spazierengehen und baden gehen und lernen. Und abends in mein Kino.«

»Nein. Das wirst du nicht.«

Sie sind beim Auto angelangt. Er öffnet ihr höflich die Tür, läßt sie einsteigen. Dann setzt er sich hinters Steuer und sagt: »Du wirst deine Stellung im Kino kündigen, meinetwegen bleibst du noch, bis Frau Norden ihren Urlaub beginnt, aber dann wirst du zu Tante Silke nach Travemünde fahren.«

»Steffen!« ruft Jovana, ihr Gesicht leuchtet auf. Sie strahlt wie ein glückliches Kind.

Er ist selbst ganz begeistert von seinem Einfall. Dort kann sie auch lernen und arbeiten, auch baden und spazierengehen. Sie ist unter Aufsicht, bekommt ordentlich zu essen, kann die frische Seeluft atmen, und wenn sie wirklich im Herbst zusammen arbeiten werden, wird sie ausgeruht und gut in Form sein. Ja. Nun zeigt es sich, was für eine glänzende Idee es von ihm war, daß er sie damals nach Travemünde mitgenommen hat. Onkel Torsten und Tante Silke kennen sie und werden sie sicher gern aufnehmen. Wahrscheinlich haben sie das obere Stockwerk im Sommer vermietet, aber es hieß ja, sein Zimmer sei immer für ihn bereit, also kann Jovana in seinem Zimmer schlafen. Er hat sowieso keine Zeit für Urlaub. Das macht ihn richtig vergnügt. Jetzt hat er alles wunderbar in Ordnung gebracht.

»Ich werde dich anmelden«, sagt er. »Du bleibst draußen, solange Frau Norden verreist ist. Die Seeluft wird dir guttun.«

Sie fahren in die Stadt zurück. Jovana ist ganz aufgeregt; sie redet die ganze Zeit. Sie freut sich so, wenn sie wieder nach Travemünde darf. Es ist so schön dort, nicht, Steffen? Ob sie dann auch im Meer baden kann? Und es muß herrlich sein, im Sommer das Steilufer entlangzugehen. Und sicher fahren im

Sommer noch mehr Schiffe in den Hafen. Und ... und ... und ... Sie redet wie ein Kind vom Weihnachtsmann.

Und dann sagt sie: »Ich habe noch nie Ferien gemacht. Ich meine, ich war noch nie verreist im Sommer.«

»Dann wird es höchste Zeit. Du bist nun erwachsen und arbeitest, also mußt du dich auch erholen.« Ihre Freude erwärmt sein Herz.

»Dann muß ich aber wirklich kündigen im Kino. Denn Urlaub kann ich noch nicht bekommen.«

»Natürlich kündigst du. Es ist keine Arbeit für dich.«

»Aber ob ich nachher wieder etwas finde?«

»Dafür sorge ich dann. Kümmere dich nicht darum, was später mit dir geschieht.«

Es klingt sehr entschieden. Jovana wirft ihm einen kurzen Blick von der Seite zu. Ihre Lippen kräuseln sich ein wenig. Sie hat ihre Macht zurückgewonnen, sie spürt es. Es ist alles in allem gar nicht so einfach. Es ist ein großer, ein viel zu großer Bissen für sie, aber jetzt ist sie wieder siegessicher. Sie versteht vielleicht auch schon ein wenig besser. Sie versteht ihn besser, weil sie ihn kennt.

»Und du, Steffen«, fragt sie leise, »wirst du auch einmal herauskommen?«

»Ich weiß nicht. Ich kann es wirklich noch nicht sagen. Ich habe viel zu tun, und ich weiß noch nicht, wie ich mit allem zu Rande komme. Ich wünschte, Barenth wäre schon zurück; er könnte mir manches abnehmen. Aber wenn ich es möglich machen kann« – er blickt rasch zu ihr herüber und lächelt –, »wenn ich es irgendwie möglich machen kann, komme ich für ein paar Tage hinaus.«

Das Kino betrachtet er mißbilligend, sie spielen einen Western, und die Gegend gefällt ihm auch nicht.

»Nächste Woche«, sagt Jovana, »haben wir einen Film von dir. ›Das Herz einer Frau.‹«

»Ach du lieber Himmel, auch das noch!«

»Mit Britta Thorwald, deinem Lieblingsstar.«

»Die du langweilig findest.«

»Ich werde es nie wieder sagen. Sie ist so schön. Ich freue mich auf den Film, weil er von dir ist.«

»Wenn du ihn eine Woche lang jeden Tag zweimal gesehen hast, wird dir die Freude vergangen sein.«

»Wenn er ein Erfolg ist, verlängern wir um eine Woche. Ich werde gut aufpassen, wie Britta Thorwald es macht.«

»Du bist viel zu frech für dein Alter.«

Er nimmt die dreihundert Mark aus seiner Jackettasche, die er sich da zurechtgesteckt hat, um sie ihr zu geben.

»Steck das ein, und kein Wort dazu. Es ist kein Geschenk, es ist ein Vorschuß. Und nun mach's gut. Du hörst von mir.«

Jovana steht am Eingang und sieht ihn wegfahren in seinem schönen hellen Wagen.

Das war ein Tag mit Steffen Rau. Nicht der erste und nicht der letzte, das weiß sie. Ein schöner sonniger Tag im Juli. Und wenn sie wirklich nach Travemünde fahren darf...? Es ist zu schön, um wahr zu sein.

Und der Abend nach einem Julitag

Steffen kommt sehr beschwingt und voller Ideen nach Hause. Er ist erbost, als er hört, daß Besuch erwartet wird.

»Aber das weißt du doch. Ich habe es dir gestern schon gesagt«, wundert sich Dorothy, die seinen Ärger nicht versteht.

»Ich habe es vergessen. Es paßt mir nicht. Ich habe zu arbeiten.«

Er geht in sein Arbeitszimmer und holt das Drehbuch, sein eigenes Drehbuch von »Zwielicht«, aus dem Schreibtisch. Dazu das Script, das im Laufe der Zeit schon angewachsen ist. Nun kommen neue Notizen dazu. Nun, da er Jovana mit der Rolle der Stummen identifiziert, fällt ihm noch eine Menge ein.

Zum Beispiel ihr Gesicht heute nachmittag vor dem Hintergrund des Stromes. So eine Szene muß hinein. Er sitzt, ganz versunken, und macht eine kleine Skizze. Ein Fluß, Bäume, eine flache weite Landschaft und davor das Mädchen, eine verlorene, sehr einsame Gestalt. Sie geht am Fluß entlang, dann bleibt sie stehen. Die Kamera fährt auf sie zu, ihr Gesicht vor dem Hintergrund des Himmels und des Stromes. Jovanas Gesicht.

Bisher hatte die Figur keinen Namen. Im Buch heißt es: die Stumme. Sie braucht keinen Namen. Jemand, der nicht spricht, braucht offenbar keinen Namen. Es ist ihm noch nie aufgefallen. Aber nun hat sie ein Gesicht, und darum hat sie auch einen Namen.

Er beginnt im Drehbuch zu lesen, alle Szenen, in denen das stumme Mädchen drin ist. Vieles fällt ihm dazu ein. Er macht Anmerkungen, fast sind es schon Regieanweisungen. Die Rolle, die bisher nicht wichtig war, gewinnt an Gewicht. Sie hat auf einmal Gesicht und Gewicht.

Zwar hat er die Probeaufnahmen noch nicht, aber das macht nichts. So viel versteht er von Gesichtern und ihrer Wirkung, daß er da keine Bedenken hat.

Und er schreibt, ganz versunken, an den Rand: »... seitwärts unter den Bäumen steht Jovana, sie rührt sich nicht, ihre Gestalt scheint am Waldrand verwurzelt, sie ist ein Teil des Waldes, ein Teil der großen Einsamkeit, sie ist stumm wie Bäume und Himmel ...« Und so schreibt er weiter, Seite um Seite, Szene um Szene. Die Stumme hat einen Namen bekommen.

Dann meldet er ein Gespräch nach Berlin an und trifft glücklicherweise Plaschke noch in seinem Büro an. Ob er mit Hartmann gesprochen hat? Ja? Gut.

Plaschke berichtet, daß Hartmann nach wie vor auf die Rolle mächtig scharf ist, nur müßte er die Drehtermine wissen; er soll in der nächsten Spielzeit den Homburg machen und müßte das nun absprechen.

»Ich komme morgen nach Berlin«, sagt Steffen spontan. »Sagen Sie Rudi Bescheid, bitte. Wir werden den Drehplan besprechen. Haben Sie eine Ahnung, wo Barenth steckt? Wann er wiederkommt?«

»Wieso ich? Wenn Sie es nicht wissen ...«

Steffen ist ärgerlich. »Was fällt dem Burschen eigentlich ein? Er weiß doch, daß wir im Druck sind. Er muß sofort zurückbeordert werden. Ich brauche ihn. Also bis morgen!«

Bei der BEA verspricht man ihm, daß er morgen für irgendeine Maschine einen Platz bekommen wird. Er wird angerufen. Vielen Dank, Fräulein!

So weit, so gut. Aber die Hauptsache fehlt ihm noch. Der Ort für die Außenaufnahmen. Die kleine Stadt und die Landschaft mit dem Fluß. Es ist unerhört, daß man damit noch nicht weiter ist. Eine seltene Schlamperei von Barenth; der kann was hören.

Flüchtig denkt er an Ahlsen. Kommt nicht in Frage. Ahlsen hat ihm Jovana beschert und damit seine Schuldigkeit getan. Wen kann er losschicken? Wer versteht, was er meint?

Er sitzt und grübelt, zeichnet immer wieder Flußlandschaften und Waldränder auf das Blatt, das vor ihm liegt.

So findet ihn Dorothy. »Du mußt dich umziehen, Steve.«

»Zu lästig. Wer kommt denn eigentlich?«

»Das weißt du doch, wir haben es besprochen. Also erstens ...«

»Schon gut, ist ja egal. Morgen fliege ich nach Berlin.«

»Morgen?«

»Ja.« Er steht auf, reckt sich. »Es geht los, Dorothy. Endlich geht es los. Im Herbst drehen wir.«

Der Film also. Jetzt versteht sie seine Unrast. So ist er immer, wenn er eine Arbeit beginnt. Und bei »Zwielicht« wird es doppelt schlimm sein. Hoffentlich geht alles gut, hoffentlich gelingt es ihm so, wie er es sich wünscht. Sie weiß, was ihm gerade dieser Film bedeutet.

»Geh rauf und zieh dich um«, sagt sie liebevoll. »Etwas Ablenkung wird dir guttun. Es wird nicht sehr spät werden. Konsul Brodersen geht immer früh nach Hause, das weißt du doch.«

Brodersen – das auch noch. Auf irgendeine verzwickte Weise ist er mit Dorothy verwandt, und er ist der einzige der Hamburger Sippe, der ihn einigermaßen akzeptiert hat. In jungen Jahren war er mal in Tante Emily verliebt, aber sie wollte ihn nicht. Seine Neigung hat er auf Dorothy übertragen, und großzügigerweise partizipiert Steffen davon. Konsul Brodersen geht sogar manchmal ins Kino. Und er redet dann darüber. Ausführlich.

»Soll ich dir einen Martini hinaufbringen?«

»Nö, lieber ein Glas Sekt. Mir ist grad so. Von Martinis hab' ich für eine Weile genug.« – Das ist die Folge der Amerikareise.

Dorothy beugt sich über die Skizzen auf dem Schreibtisch. Er hat gezeichnet. Das hat er lange nicht mehr getan. Früher machte er immer Skizzen zu seinen Filmen. Dann liest sie ein paar von den Notizen und stößt auf den Namen Jovana.

Jovana? Wer ist das?

Sie hebt den Kopf, denkt nach, den Namen hat sie doch schon gehört? – Eine neue Schauspielerin? Ein Starlet? Jovana – was für ein seltsamer Name, aber sie kennt ihn.

Dann fällt es ihr ein. Wann war das doch? Er kam von einer Reise zurück und erzählte von einem Mädchen, dem er angeblich das Leben gerettet hatte. Sie wollte sich vor einen Zug werfen. Und dann wollte sie mit ihm kommen.

Jovana also. Ob es das gleiche Mädchen ist? Sicher. Es wäre kaum denkbar, daß er noch eine Jovana kennt. Aber wie kommt ihr Name in das Drehbuch?

Sie geht hinaus, holt eine Flasche Sekt aus dem Kühlschrank, holt ein Glas und geht mit Glas und Flasche die Treppe hinauf. – Sie könnte ihn einfach fragen, wer diese Jovana ist, aber das tut sie nicht. Sie nicht.

Sicher wird er es ihr erzählen.

Es ist immer noch mild, als Jovana aus dem Kino kommt; dem warmen Tag ist eine warme Nacht gefolgt. Obwohl sie das ärmellose Kleid anhat, friert sie nicht.

Langsamer als sonst geht sie nach Hause. Es gibt so viel zu bedenken. Dieser Tag heute – ein Märchentag. Sie geht ihn noch einmal durch, von Anfang bis Ende.

Nach Travemünde wird sie fahren und Ferien machen, so wie andere Leute auch. In ihrem weißen Täschchen sind dreihundert Mark, das ist ungeheuer viel Geld.

Ob sie sich neue Schuhe kauft, weiße Sandaletten? Im Ausverkauf natürlich.

Kein Geschenk, hat er gesagt. Es ist ein Vorschuß. Ein Vorschuß wofür?

Sie müßte müde sein, es war ein langer Tag. Von neun Uhr morgens an in der Schauspielschule, dann mit ihm unterwegs und jetzt sechs Stunden in dem stickigen Kino – aber sie ist nicht müde.

Einmal wird sie angesprochen; sie hört gar nicht hin. Nichts und niemand interessiert sie. Nur zwei Dinge auf der Welt sind interessant: Steffen Rau und sie selbst.

Sie würde trotzdem sehr gern mit irgend jemand darüber sprechen. Darum macht sie den kleinen Umweg – und richtig, durch die Jalousie der Parterrewohnung fällt noch Licht. Frau von Grabow geht nie früh zu Bett. Sie kann sowieso nicht schlafen. Die Wohnung hat zwei Zimmer. In dem einen Zimmer wohnt und schläft sie, in dem anderen ist die Leihbibliothek.

Jovana tippt ganz kurz auf die Klingel, dann stellt sie sich vor das Fenster, durch das Licht schimmert. Das Fenster geht auf, und die dunkle Stimme von Mariane von Grabow fragt kurz und bündig, wie es ihre Art ist: »Wer?«

»Jovana.«

»Wo kommst du denn her, mitten in der Nacht?« fragt sie beim Öffnen der Tür.

»Aus dem Kino.«

»Und warum gehst du nicht nach Hause?«

»Ich mag noch nicht.«

Das Zimmer ist gemütlich, vollgeräumt bis in den letzten Winkel, auch hier noch Bücher, ein Plattenspieler mit vielen Platten, vornehmlich Bach und Beethoven.

»Willst du was essen?«

»Nein. Ich habe keinen Hunger.«

»Glaub' ich nicht.«

Jovana bekommt Brot, Butter, Wurst und Schinken hingestellt. Und sie hat doch Hunger. Es schmeckt ihr ausgezeichnet. Zu trinken gibt es Tee; ob Sommer oder Winter, Mariane von Grabow trinkt Tee eimerweise, wie sie es selbst nennt. Starken, dunklen Tee, kein Wunder, daß sie nicht schlafen kann.

»Neues Kleid? Sehr schick. Woher?«

Jovana lächelt mit vollem Mund. »Raten Sie!«

»Doch nicht von ihm?«

Jovana nickt. »Er kam heute morgen zu Frau Norden. Und dann waren wir ...«

Sie beginnt zu erzählen, Punkt für Punkt den ganzen Tag. Sie könnte es Bettina nicht erzählen, nicht so unbefangen. Sie fürchtet Bettinas Spott, ihr ironisches Lächeln. Mariane von Grabow hält ebenfalls mit Kritik nicht zurück, sie ist eine herbe, fast strenge Frau. Aber dabei hat sie eine mütterliche Art, die Jovana von Anfang an zutraulich gemacht hat. Damals, kurz nachdem sie das Zimmer bei Frau Buer bezogen hatte und die Gegend zu erkunden begann, war ihr der kleine Schaukasten mit den vier Büchern neben einer Haustür aufgefallen. Als sie das erste Mal kam, war noch eine Kundin da. Die große, streng blickende Dame musterte sie nur kurz, Jovana mußte einen Einsatz zahlen und bekam ein Buch mit, das sie sich ziemlich rasch und wahllos ausgesucht hatte. Schon zwei Tage später brachte sie es zurück.

Diesmal war die große Dame allein und wollte wissen, wie das Buch ihr gefallen habe.

»Oh, gut. Es war sehr schön«, sagte Jovana scheu.

Die Dame betrachtete den Titel, dann Jovana, dann wieder den Titel und fragte unumwunden: »Wieso?«

Das brachte Jovana in Verlegenheit. Seit ihrem vorletzten Schuljahr, als jener Lehrer, den sie anhimmelte, sich um ihre Lektüre kümmerte, hatte sie nie wieder mit einem Menschen über ein Buch sprechen können.

Sie konnte nicht ahnen, daß Mariane von Grabow die Leihbibliothek nicht nur betrieb, um einen kleinen Lebensunterhalt zu verdienen, sondern weil sie Bücher liebte und verstand. Pädagogische Talente besaß sie außerdem. Immer wieder versuchte sie den Geschmack ihrer Kunden zu verbessern, und nur wenn es ein durchaus vergebliches Beginnen war, resignierte sie; dann durften die Kunden mitnehmen, was sie wollten, Herz, Schmerz und Tränen und das Glück ewiger Liebe.

Traf sie aber auf ein Opfer, das belehrbar war, dann bestimmte Mariane, was der Kunde zu lesen hatte, bis er schließlich bei den Büchern landete, die sie in ihrem Privatzimmer verwahrte. Dort war ihre Bibliothek so anspruchsvoll wie ihr Plattenschrank.

Ein bereitwilligeres Objekt als Jovana hatte ihren Laden nie betreten. Nach vier Wochen war Jovana bei Thomas Mann und William Faulkner angelangt. Und es war nicht genug, daß sie die

Bücher las, sie mußte auch ihre Meinung dazu kundtun. Das war gar nicht so einfach, aber Mariane ließ nicht locker, und Jovana gewöhnte sich daran.

Bis sie dann schließlich auf die Leserin selbst zu sprechen kamen. Und Jovana, die sich im Grunde sehr einsam fühlte, faßte Zutrauen zu dieser Frau und erzählte von sich selbst.

»Schauspielerin!« sagte Mariane von Grabow, und ihre Stimme war voller Ablehnung. »Wie kommen Sie bloß auf die Idee? Das ist doch das letzte. Haben Sie denn Talent?«

»Ich weiß nicht«, sagte Jovana eingeschüchtert.

»Das bilden Sie sich ein. Alle jungen Mädchen bilden sich das ein.«

Jovana wurde streng und genau gemustert, und dann sagte Mariane plötzlich: »Also ich kenne da jemand. Reichlich exzentrisch. Na, gehört ja wohl dazu. Ich weiß nicht, ob sie eine große Schauspielerin war. Aber man kann es sich fast vorstellen. Gehen Sie mal zu Frau Norden-Ballinghusen. Erzählen Sie der das mal.«

So hatte das angefangen. Später erst erfuhr Jovana, daß die beiden Frauen sehr gut befreundet waren, so verschieden in Wesen und Herkunft sie waren.

Beide keine alltäglichen Menschen. Und das hatte diese Freundschaft wohl gegründet.

»Bist du verliebt in diesen Mann?« fragt Mariane in dieser Nacht.

Jovana hebt die Schultern. »Ich weiß nicht. Nicht so, wie man das sonst versteht. Es ist anders. Ich bewundre ihn, ich ...«

»Na ja, so ein Filmfritze!« sagt sie wegwerfend.

»Nein. Das ist er nicht. Er ist anders. Er ist ... ist wunderbar.«

Mariane schnaubt verächtlich durch die Nase. »Na also, doch verliebt. Dann man los! Ist das Beste, was du machen kannst. Verhältnis mit einem Filmregisseur. Ist genau das richtige.«

»Ich habe kein Verhältnis mit ihm. Das heißt, er nicht mit mir. Er ist nicht so.«

»Wenn er dir ein Kleid schenkt ...!«

Jovana redet sich in Eifer. Sie versucht Steffen Rau zu schildern, so wie er ist, wie er ihr erscheint, was er sagt, was er tut.

Mariane hört schweigend zu. Sie gibt keinen Kommentar. Sie sagt nur: »Du bist so jung ...«

»Ich bin zu dumm für ihn«, sagt Jovana darauf, und es klingt ganz trostlos. »Ich weiß auch nicht, was ich machen soll.«

»Jetzt gehst du erst mal nach Hause und schlafen.« Es klingt weich und freundlich. »Und dann ... wenn du wirklich nach Travemünde fahren darfst, das ist ja sehr schön für dich. Nein, das Schlimmste ist es sicher nicht, was dir begegnen kann. Wenn er so ist, wie du ihn schilderst.«

Frau Buer steckt den Kopf zur Tür heraus, als Jovana kommt.

»Dasch ja man s-spät heute, Fräulein Röger.«

»Tut mir leid«, erwidert Jovana abwesend.

»Was haben Sie denn da an?«

»Was?«

»Was'n das für ein Kleid?«

»O das! Ein neues Kleid. Habe ich mir heut gekauft.« Sie dreht sich. »Gefällt es Ihnen nicht, Frau Buer?«

»Ist doch noch gar kein Ausverkauf.«

»Ich hab's billig bekommen. War ein Sonderangebot.«

Herr Pünjer taucht neugierig auch noch auf und findet das Kleid wundervoll.

Frau Buer schweigt und mißbilligt. Das ist ein teures Kleid; das sieht sie genau. Sieht aus wie reine Seide.

»Und ohne Jacke, so s-spät am Abend.«

»Es ist ganz warm draußen. Es war so ein schöner Tag heute.«

»Herrliches Wetter«, stimmt Herr Pünjer zu, »'n richtiger Sommertag.«

Sommertage gibt es nicht viel in Hamburg. Darum werden sie auch entsprechend gewürdigt.

»Ein schöner Tag«, wiederholt Jovana verträumt. Dann lächelt sie die beiden an. »Gute Nacht.«

Sie zieht das gelbe Kleid aus und hängt es sorgfältig auf einen Bügel. Es ist gar nicht zerdrückt, ein guter, teurer Stoff.

Eines Tages wird sie nur solche Kleider tragen.

Von den dreihundert Mark wird sie sich doch weiße Sandalen kaufen. Und einen Badeanzug. Für den Urlaub in Travemünde.

Das Gesicht im Spiegel lächelt ihr glücklich zu.

Es lebt.

Travemünde II

In späteren Jahren, wenn Jovana sich daran erinnerte, wann ihr Leben wirklich begann, war es die Zeit ihres zweiten Aufenthalts in Travemünde, der ihr wie ein Markstein erschien. Wie ein Anfang und ein Ende zugleich. Das Ende ihrer Jugend, das Ende des unbewußten Daseins, der Beginn des Erwachsenwerdens, des bewußten Lebens.

Nicht ihr tiefempfundenes erstes Liebeserlebnis und nicht die unerhörte Tat des Aufbruchs hatten diese Bedeutung in ihrer Erinnerung wie die an sich doch bedeutungslosen Ferienwochen an der See.

Was vorher gewesen war, ging unter, verblaßte, wurde unwichtig. Die erste Liebe wurde zu dem, was sie für die meisten Menschen früher oder später wird: ein hübsches Spielzeug, das man einmal mochte und das man später, gerührt, ironisch und wehmütig zugleich, belächelt.

Das zweite, der Aufbruch in die weite Welt, war die Tat einer Schlafwandlerin, die man insgeheim bestaunen mochte, aber nicht mehr als so bemerkenswert betrachten konnte.

Und alles, was in diesem ersten Jahr geschehen war, gehörte noch in eine unwirkliche Welt. Man ging fort, man tat ungeahnte Dinge, man griff mit unsicheren Händen nach etwas, von dem man meinte, man wolle es haben, und plötzlich hielt man ein loses Ende in der Hand.

Vielleicht war es das: zu erkennen, daß da etwas war, das man festhalten konnte. Etwas tatsächlich Vorhandenes. Später fand sie nicht mehr, daß sie es zielbewußt und geschickt angefangen habe. Es war ihr zugefallen. Ich geh' fort – und dann ging sie. Ich werde Schauspielerin, nur so hingesprochen, hingeträumt, und plötzlich war sie dabei, es zu werden.

Freilich – Glück hatte ihr geholfen. Weil es so gern den Toren, den Unwissenden half.

Erst Steffen Rau, dann Mariane von Grabow, dann Bettina, alle waren die richtigen Menschen gewesen, hatten hilfreich die Hand geboten, und sie hatte sich an diesen Händen weitergezappelt. Bis sie eines Tages sich selbst entdecken konnte. Das ereignete sich in den Wochen in Travemünde. Es waren vier Wochen. Eine kurze Zeit für ein Leben, eine lange Zeit für Ferien und in ihrer Erinnerung eine Zeit großer Bedeutung. Die Zeit, in der alles begann, innerlich und äußerlich. Die Zeit, in der sie erstmals Bilanz zog.

Fast ein Jahr war es her, daß sie Ahlsen verlassen hatte. Mehr als ein Jahr, seit Peter geheiratet hatte und ihre Welt scheinbar zum Einsturz gebracht hatte. Nicht scheinbar – ganz wirklich sogar, wie sich erwies. Jetzt schon, ein Jahr später, konnte sie nicht mehr begreifen, warum sie sich damals gewünscht hatte, als Peters Frau in Ahlsen zu leben. Erstmals kam ihr das ganz klar zum Bewußtsein an einem windigen trüben Tag am Strand. Es war nicht mehr der weite leere Strand des Frühlings; er war eng geworden im Sommer, voller Strandkörbe, um die man Burgen geschaufelt hatte, ein Strand voller Menschen, Stimmen, Kindergeschrei. Selbst das Meer sah gezähmt und alltäglich aus, schien ein müder Teich geworden. Sie war direkt froh über das trübe Wetter, das zwar nicht den leeren Strand herbeizauberte, aber wenigstens die Menschen vertrieben hatte.

Sie stand eine Weile am Wasser, watete ein Stück hinein und schauerte. Die Ostsee war kalt. Von irgendwoher blies der Wind eine kalte Strömung in die Bucht und brachte dem Meer seine Freiheit, seine Unberührtheit zurück. Sie zog die Schuhe wieder an, lief den Strand entlang bis zum Möwenstein und dann hinauf zum Brodtner Steilufer. Der Himmel wurde dunkler, vielleicht kam Regen, aber es störte sie nicht. Wenigstens würde sie Meer, Ufer und Land dann für sich allein haben.

Die erste Woche ihres Urlaubs war voller Sonne gewesen. Sie hatte jeden Tag gebadet, im Sand gelegen, war am Hafen herumgeschlendert und hatte über gar nichts nachgedacht, nur einfach genossen, was sie nicht kannte: den kurzweiligen Müßiggang von Ferientagen.

Tante Silke und Onkel Torsten hatten ihr Kommen mit größter Selbstverständlichkeit aufgenommen. Sie wohnte in Steffens Zimmer, da die anderen drei Zimmer im ersten Stock vermietet waren.

Sie war allein gekommen. Steffen hatte sie nicht herausgebracht. Nur einmal seit jenem Tag im Juli hatte sie ihn gesehen, kurz auf eine knappe Stunde im Alsterpavillon, wo er ihr mitgeteilt hatte, daß sie in Travemünde angemeldet sei. Sie könne dort bleiben, solange sie wolle, das heißt also, solange Bettina ebenfalls verreist sei. Natürlich entständen ihr keinerlei Kosten, aber hier sei noch ein kleines Taschengeld. Sie solle baden, spazierengehen, keine Dummheiten machen, und, falls er es einrichten könne, käme er auch auf ein paar Tage hinaus.

Es blieb ihr also überlassen, wie ein richtig erwachsener Mensch ihre Ferien selbst vorzubereiten und zu gestalten. Sie schrieb an Tante Silke, wann sie kommen würde, packte alles ein, was sie glaubte zu brauchen; Onkel Torsten war am Bahnhof, Tante Silke schloß sie in die Arme, als sie ins Haus kam. Beide schienen sich zu freuen, daß sie kam, und Jovana sagte gleich, man möge sie doch bitte ›du‹ nennen, und sie sei so glücklich, daß sie habe kommen dürfen.

Steffens Zimmer erschien ihr unwahrscheinlich luxuriös. Sie hatte noch nie in einem so schönen Zimmer gewohnt. Es waren Bücher da und ein Radio, vor dem Fenster blühte Tante Silkes bunter Garten. Außer ihr bewohnten zwei Ehepaare und ein junges Mädchen das erste Stockwerk, die Sommergäste, und für die gehörte Jovana zur Familie.

Tante Silke hatte ein Mädchen im Haus, das in den Sommermonaten aushalf, die Zimmer aufräumte, die Gäste beim Frühstück bediente, mittags ging. Jovana erklärte sich auch bereit zu helfen, was Tante Silke zwar ablehnte, aber Jovana meinte, es mache ihr Spaß, und sie wolle das so gern.

»Hier gibt es nichts zu arbeiten für dich«, sagte Tante Silke, »du bist zur Erholung hier.«

»Aber ich erhole mich prima dabei, und ich finde es lustig.«

»Ich finde es gar nicht lustig«, grollte Onkel Torsten, der die Sommergäste nicht so sehr schätzte. »Die brauchen wir man gar nicht.«

»Brauchen wir man doch«, widersprach Tante Silke. »Drum haben wir das Haus so groß gebaut, nich? Ich seh' nicht ein, warum oben alles leerstehen soll.«

Jovana erfuhr auf diese Weise, daß dieses Thema – Sommergäste oder nicht Sommergäste – ein alter Streit zwischen den beiden war. Onkel Torsten hätte es nicht viel ausgemacht, in dem alten Haus hinter der Kirche zu bleiben. Tante Silke dagegen hatte immer von einem schönen, modernen Haus geträumt und hatte ihm diesen Traum in jahrelanger Behandlung suggeriert. Nun mußten die Sommergäste helfen, die Hypothek abzutragen, obwohl Onkel Torsten der Meinung war, seine Pension und ihr Erspartes hätten ausgereicht. Warum sie eigentlich so geldgierig sei, wollte er wissen. Hannes, ihr einziger Sohn, war bestens versorgt, und seine vier Kinder wären auf dem besten Wege, selber für sich zu sorgen.

Aber es war nicht die Einnahme, die Tante Silke an den Sommergästen reizte, es war die Abwechslung und die Unterhaltung, die sie in ihr Leben brachten. Die wunderbare Gelegenheit, ausführlich zu schwatzen und vieles zu hören und zu sehen in den Monaten zwischen Juni und September. Es war zu verstehen. Onkel Torsten war in der Welt herumgekommen, er hatte so viele und interessante Menschen kennengelernt, wie immer er wollte. Tante Silkes Welt war Travemünde gewesen. Mal eine Fahrt nach Lübeck zum Einkaufen oder zu Verwandtenbesuchen, schon seltener eine Reise nach Hamburg. In den Sommermonaten kam die Welt zu ihr, das ließ sie sich nicht nehmen.

Sie erzählte gern von ihren Sommergästen. Ein Ehepaar aus Kassel kam schon seit vielen Jahren. Schon vor dem Krieg hatten sie in einer Kammer im alten Haus hinter der Kirche kampiert, jung verheiratet und ohne Geld. Dann war der Mann im Krieg, die Frau bekam ein Kind. Dann kamen sie viele Jahre nicht, aber nun waren sie wieder da. Der Mann inzwischen Regierungsrat, die Tochter fünfzehn Jahre alt.

»Sie könnten sich heute ein Hotel leisten, wenn sie wollten«, beschloß Tante Silke ihren Bericht, »aber sie kommen immer noch zu mir.«

»Besser als bei uns wohnen sie im Hotel auch nicht«, meinte Onkel Torsten.

Sie waren da, als Jovana kam. Die Tochter hieß Monika und bewohnte das Zimmer, das Jovana im April bewohnt hatte. Sie war ein etwas pummeliger und vorlauter Teenager und schloß sich mit Vehemenz an Jovana an, als sie erfuhr, daß es sich um eine angehende Schauspielerin handelte.

Beim Baden erfuhr Jovana, daß Monika auch Schauspielerin werden wollte.

»Ein Jahr muß ich noch in die Schule gehen. Aber dann! Erzählen Sie mir, wie man es machen muß.«

Jovana kam sich erwachsen und überlegen vor. Sie berichtete von dem Schauspielunterricht, und Monika sprach ihr oben auf der Hermannshöhe den Monolog der Jungfrau von Orleans vor.

Jovana lächelte gütig und meinte, das sei schon ganz nett.

Mittags und abends aß Jovana mit Tante Silke und Onkel Torsten, die übrige Zeit war sie frei und sich selbst überlassen. Natürlich wollte Tante Silke dies und jenes wissen. Sie fragte vor allem nach Steffen, doch Jovana konnte wahrheitsgemäß berichten, daß sie ihn selten sah.

»Ach!« machte Tante Silke mit unschuldiger Miene. »Wirklich? Und ich dachte, du triffst ihn oft.«

»Nein. Leider nicht. Dreimal im letzten halben Jahr. Er hat eben viel zu tun.«

Dann wollte Tante Silke wissen, ob Jovana Steffens Frau Dorothy kenne, und Jovanna sagte wieder: Nein, leider nicht. Und das alles war für Tante Silke ziemlich rätselhaft. Damals im Frühling hatte sie manchmal geglaubt, daß Steffen und die Kleine ..., aber offenbar war das doch nicht so. Aber wie war es dann eigentlich?

Am vierten Tag machte Jovana am Strand die Bekanntschaft eines jungen Mannes, eines Angestellten aus Hannover, sehr durchschnittlich und nicht sehr aufregend. Er lud sie in seinen Strandkorb ein, sie badeten zusammen. Er rieb ihr den Rücken mit Öl ein und meinte, sie hätte eine tolle Figur. Das wiederholte sich am nächsten Tage. Er kaufte ihr noch eine Bockwurst und Limonade, und abends gingen sie zusammen zum Tanzen.

Sie trug das gelbseidene Kleid, und es machte ihr Spaß, denn es war seit Peters Zeiten das erstemal, daß sie abends mit einem jungen Mann zum Tanzen ging. Anschließend spazierten sie über die Strandpromenade und landeten in einem Strandkorb, und nun wollte er ein bißchen knutschen. Auch das wäre seit Peters Zeiten das erstemal gewesen – denn den komischen Menschen in M., der ihr immerhin die tausend Mark Startkapital verschaffte, hatte sie aus ihrem Gedächtnis vollkommen verdrängt –, aber das machte ihr keinen Spaß. Seine Hände waren feucht, und sie ärgerte sich, daß er ihr das schöne neue Kleid zerdrücken könnte, und der Mund, der sie küßte, war ihr absolut nicht angenehm. Sie lief ihm davon. Am nächsten Tag flirtete er mit einem anderen Mädchen. Das war ihr egal.

Als sie auf dem Hochufer entlangging, dachte sie an den Tag, als sie mit Steffen hier gegangen war. Sie hatte von Bettina erzählt, dann hatte sie über das Meer gesprochen, und er hatte sie im Arm gehalten. Plötzlich war die Sonne aus den Wolken getaucht, das Meer schimmerte silbern, und eine Lerche stieg in den Himmel. Genau wie damals stellte sie sich dicht an den Rand der Klippe und blickte auf das Meer hinaus, das dunkel und bewegt war. Langgezogene Wellen liefen auf das Land zu, brachen sich am Fuß der Klippe, daß es schäumte. Alles war anders jetzt; was früher war, lag hinter ihr – Ahlsen, ihr Vater,

Grete, die Schulzeit, die Lehrjahre, auch Peter. Dann kam der Tag im Mai, an dem die Hochzeit war und an dem sie Steffen kennenlernte. Und sie dachte: Mein Gott! Wie furchtbar wäre es, wenn Peter mich geheiratet hätte. Ich wäre heute seine Frau, ich müßte in Ahlsen leben, ich wäre nie fortgekommen, ich hätte alles das nicht tun können, was ich jetzt tue und was ich morgen tun werde. Ich wäre erstickt im Ahlsener Alltag, irgendeine Ehefrau wie andere auch, Kinder vielleicht – bin ich verrückt gewesen, daß ich mir das wünschte? Ich kann es mir nicht wirklich gewünscht haben, es ist unmöglich. Die Jovana von gestern, die Jovana von vor einem Jahr war sternenweit entfernt, war eine Fremde geworden, die man nicht verstand. Wie eine Schale war sie von ihr abgefallen. Und nun war sie so, wie sie wirklich war.

Es war alles Einbildung. Ich dachte, es war die große Liebe. Ich hätte mich selbst verraten, ich habe nie einen größeren Feind gehabt als mich selbst – damals.

Die Entdeckung war überwältigend. Sie hob die Hand, streckte sie in einer weiten theatralischen Gebärde über das Meer; es überkam sie wie ein Rausch, sie rief: »Meer! Hörst du mich, Meer? Ich war verrückt. Ich möchte lieber in dir versinken und ertrinken als in Ahlsen Peters Frau sein. Hörst du mich, Meer? Damals wollte ich sterben, weil ich ihn nicht bekam. Und heute würde ich sterben, wenn ich ihn geheiratet hätte. Alles ist anders jetzt. Anders. Anders.«

Aus dem Augenwinkel sah sie, daß Spaziergänger auf dem Weg herankamen; sie schwieg, wandte sich und ging weiter.

Sie würde Peter vergessen, alles Unwichtige verschwand im Dämmer. Um so deutlicher kehrte aber nun zurück, was sie nie vergessen würde, die Zeit ihres Lebens, die zu der heutigen gehörte, die Erinnerung an den Menschen, der wußte, wohin ihr Weg führen würde: Maminka.

Das war die Zeit, als das Doppelleben begann. Die Wirklichkeit und die Traumwelt. Was war Wirklichkeit gewesen und was Traum? – Sie ging schon in die Schule, es war ein weiter Weg gewesen von dem Bauernhof, auf dem sie lebten, bis Ahlsen in die Schule. Sie war ein dünnes, hungriges Kind in schäbig gewordenen Kleidern, die ihr zu kurz und zu knapp waren. Sie lernte lesen und schreiben und rechnen, sie lernte es leicht und schnell. Sie war einsam in der Klasse unter den fremden Kindern, die ihren Akzent komisch fanden. Die Lehrerin war freundlich, aber unpersönlich.

Nach der Schule lief sie schnell nach Hause in die kleine Kammer, wo sie mit Maminka hauste. Sie hatten nicht viel zu essen. Maminka war blaß und dünn wie das Kind, nur ihre Augen glühten immer größer, immer dunkler in dem schmalen Gesicht. Und sie sprach mit ihrer heiseren, leidenschaftlichen Stimme: »Dir wird es gelingen! Du wirst berühmt werden, Jovana. Hör mir zu, Jovana. Sprich mir nach!«

Worte, Verse. Deutsch und Tschechisch durcheinander.

»Als ich in Karlsbad spielte, im Sommer, in der Saison, weißt du, die Manon Lescaut, das war meine schönste Rolle. Und mein größter Erfolg. Da kam ein Mann zu mir von Narodni Divadlo, vom Prager Nationaltheater, der war dort Regisseur. Er hatte mich gesehen als Manon, und er sagte, ich sei gut gewesen, sehr gut. Wenn die Saison zu Ende sei, solle ich nach Prag kommen. Er würde mich vorstellen. Ich würde ein Engagement bekommen. Stell dir vor, Jovana, das Prager Nationaltheater. Deine Maminka hätte dort gespielt. Was für schöne Rollen ...«

Das Kind kauerte auf dem Bett, es lauschte mit großen Augen, es hörte die langen Verse, die Stimme, die immer heiserer wurde, den Husten ...

Dann der bekannte Griff an die Kehle. »Und dann kam das mit meinen Stimmbändern, es war so merkwürdig, ich ...«

Es war so merkwürdig, das Instrument, das ihr nicht mehr gehorchte, die kranke Stimme, die versagte.

»Es hatte schon früher angefangen, aber ich dachte, es wird vorübergehen. Für eine teure Behandlung hatte ich kein Geld. Ich dachte, wenn ich mich eine Weile schonte, gar nicht sprach, nicht spielte ... Ich ging nach Prag zu meiner Mutter.«

»Aber jetzt wird es mir bald bessergehen. Laß erst mal den Winter vorbei sein. Und wenn du ein bißchen größer bist, gehen wir in ein Theater. Weißt du, ein Theater, das ist das Schönste, was es auf der Welt gibt. Abends kommen die Leute, sie sind alle fein angezogen, und dann sitzen sie und warten, es wird still, das Licht geht aus, und du bist auf der Bühne, und du hast Angst, und du freust dich zugleich ... Es ist ein Gefühl – ich kann es dir nicht beschreiben, es gibt kein Gefühl, das so herrlich ist wie das, wenn du da oben stehst und sprichst, und alle sehen dich an und du fühlst es, du fühlst, wie sie dir gehören, und wenn du ...« Wieder Husten, die kranke Frau liegt still auf dem Rücken, ihr schwärmerischer Blick starrt ins Nichts, in jene wunderbare Traumwelt, die das Kind nicht kennt.

In diese Zauberwelt hinein platzte Josef. Er kam aus der Gefangenschaft zurück. Es war ihm nicht allzu schlecht gegangen. Er war bescheiden und hilfsbereit, seine großen Jahre waren vorüber, und er war wieder der täppische Bauernjunge aus den Sudetenbergen, gutwillig, ahnungslos und hilflos. Für die Frau und das Kind war er ein Fremder, sie wußten nicht, was sie mit ihm anfangen sollten. Und er wußte nicht, was er mit ihnen anfangen sollte.

Aber immerhin arbeitete er zunächst bei dem Bauern, sie hatten mehr zu essen. Ein Arzt kam ins Haus. Er sprach von Pflege, guter Ernährung, dann ging er wieder.

Jovana war fast zehn Jahre alt, als ihre Mutter starb. Alt genug, um zu empfinden, was sie verlor. Alt genug, um zu verstehen, was Tod ist. Und alt genug, um nicht zu vergessen. Auch alt genug, um einen Kult mit der Toten zu treiben, als Grete – grobschlächtig und verständnislos – in ihr Leben trat.

Wer sollte das sein? Eine Mutter für sie? Das war keine Mutter; sie wollte sie nicht. Sie zeigte es und sagte es, sie zog sich zurück in ihre Traumwelt, in der immer noch die andere herumgeisterte, die blasse, schöne mit der heiseren Stimme, die zuletzt nur noch ein Flüstern war: »Sprich mir nach... kannst du es noch...«

Der Wind war heftiger geworden, fast war es schon ein Sturm. Das Meer rauschte, Jovana hatte die Hand um die Kehle gespannt; es war die Geste ihrer Mutter.

Meine Stimme? – Meine Stimme ist gesund. Sie ist klar, sie trägt. Ich kann sie schon eine Terz höher setzen oder eine Terz tiefer, ganz wie ich will. Ich kann sie stützen. Bettina sagt, sie wird noch weiter werden, sie muß nur noch mehr nach vorn kommen. Vorn im Gesicht, gleich hinter den Lippen, auf den Lippen, hinter der Stirn muß sie sitzen; sie muß aus dem Hals heraus, das ist wichtig. Eine Stimme darf nicht im Hals steckenbleiben, man muß gar nicht merken, daß man einen Hals hat, wenn man spricht. Nur Lippen, Nase, eine Stirn. Das alles muß schwingen, muß vibrieren, ohne Anstrengung, ohne Mühe. Ich übe zuwenig, ich muß immer wieder sprechen, ganz vorn, ganz leicht, hier, hier muß sie sitzen...

Mit der Hand berührte sie ihre Lippen, strich mit den Fingern über ihre Wangen, als müßte sie die Stimme nach vorn locken, sie herausziehen aus dem Hals, der Maminka zum Verhängnis geworden war. Sicher hatte sie nie den richtigen Unterricht gehabt. So einen Unterricht, wie Bettina ihn gab.

Ich werde nicht heißer werden. Meine Stimme ist gesund. Sie wird gesund sein, weil sie richtig sitzt. Sie wird da sitzen, wo sie hingehört. Vorn.

Sie fing an zu sprechen. Strophen aus dem kleinen Hey, wie sie ihr gerade in den Sinn kamen. Sie sprach gegen den Wind, gegen das Rauschen des Meeres. Sie verstummte, wenn Leute vorübergingen und sprach weiter, wenn sie wieder allein war.

Barbara saß nah am Abhang,
Sprach gar sangbar – zaghaft langsam;
Mannhaft kam alsdann am Waldrand
Abraham a Santa Clara!

Das A war flach. Es klang nicht. Noch einmal. Es durfte nicht flach und gepreßt sein, es durfte nicht zu dunkel sein, es mußte ein strahlender voller Vokal sein –Aaaa! Aaahhhh!

Nach dem Haage Tannen schwanken,
Alles strahlet Abendprangen . . .

Es fing an zu regnen, es störte sie nicht. Die zweite Etappe ihres Urlaubs hatte begonnen. Weitere Spaziergänge und dabei sprechen, das war eine gute Übung.

Manchmal wurde sie von Monika begleitet, die das alles hochinteressant fand und sämtliche Verse aus dem kleinen Hey auswendig lernte. – Als sie mit ihren Eltern abreiste, war sie tief betrübt. Bettinas Adresse hatte sie sich aufgeschrieben. Jovana lächelte gleichgültig. Monika hatte es nicht und würde es niemals haben, das war offensichtlich.

Ein anderes Ehepaar zog ein, und in das Einzelzimmer kam eine ältere Lehrerin.

Jovana vergnügte sich allein. Jedenfalls bis zu dem Tag, an dem Jörn kam.

Da begann die dritte Etappe ihres Urlaubs.

Jörn hatte seinen ersten Vertrag mit einer Reederei abgeschlossen. Alle Prüfungen lagen hinter ihm. Er besaß nun das Patent 6 A, Kapitän auf großer Fahrt. Das Patent war ihm feierlich im Rathaussaal der Freien und Hansestadt Lübeck von einem Vertreter des Senats überreicht worden.

Dies war ein bedeutendes Ereignis. Onkel Torsten meditierte mit gerührter Stimme darüber. Er erging sich in Erinnerungen an seine erste große Fahrt.

Jörn saß dabei und lachte; er sah fabelhaft aus, ein großer blonder Junge mit blauen Augen, ein Seemann wie aus dem

Bilderbuch. Im nächsten Monat ging es los, zwar noch nicht als Kapitän, erst mal als Zweiter Offizier, Richtung Südamerika. Er hatte noch drei Wochen Zeit, um die Gegend unsicher zu machen; das gedachte er auszunutzen. Jovana kam ihm gerade gelegen. Zwar hatte er ein Mädchen in Scharbeutz – aber die blieb ihm immer noch.

Mit ihm war das natürlich anders als mit dem jungen Mann aus Hannover. Als Jovana am übernächsten Abend mit Jörn im Strandkorb saß, lief sie nicht davon. Sie dachte auch nicht daran, daß ihr gelbes Kleid zerdrückt werden könnte. Sie erwiderte seine Küsse mit Genuß und entdeckte alte Spiele wieder. Am nächsten Tag war sie leichtsinnig. Bisher war sie mit dem Geld sparsam umgegangen. Sie war reich. Das Geld von Steffen, der Lohn aus dem Kino. Hier in Travemünde hatte sie bisher kaum etwas gebraucht. Aber nun widerstand sie den verlockenden Schaufenstern nicht länger. Sie kaufte weiße Shorts, eine ärmellose Bluse dazu und schließlich noch ein rotes Kleid. Kein so wertvolles wie das gelbe, mehr ein Fummel, ein schmaler, knapper Fummel, flammend rot mit schwingendem Röckchen. Es stand ihr ausgezeichnet, und sie wußte es.

Jörn lieh sich das Auto seines Vaters, und sie fuhren ins Land hinein. An anderen Tagen segelten sie in der Bucht, und einmal fuhren sie mit der Motorjacht eines Lübecker Freundes von Jörn weit ins Meer hinaus.

Es war ein sehr abwechslungsreiches, sehr amüsantes Leben mit Jörn, und der Flirt mit ihm war ein reines Vergnügen, das man von Herzen genießen konnte.

Am letzten Sonnabend im August versammelte Jörn alle seine Freunde und alle Mädchen, die er kannte, und das waren nicht wenig – und sie fuhren mit einigen Autos auf die andere Seite der Bucht nach Scharbeutz.

Jovana hatte natürlich keine Ahnung, daß hier ein Mädchen lebte, das Jörn liebte. Sie alberten im Ort herum, ärgerten mit dem dazugehörenden Lärm die Kurgäste, liefen im sonnenwarmen Sand ohne Schuhe herum, und schließlich fielen sie in ein schönes großes Hotel an der Strandpromenade ein. Dieses Hotel gehörte den Eltern des Mädchens Kirsten, ein ausnehmend hübsches blondes Mädchen, die alle erfreut begrüßte, Jörn anstrahlte und sich zu freuen schien, daß man zu Besuch gekommen war.

Sie saßen auf der Terrasse, bekamen kühle Getränke, auch Kirstens Eltern begrüßten die Besucher, und Jovana merkte, daß da zwischen Kirsten und Jörn eine gewisse Beziehung bestand. Sie hörte es aus den Bemerkungen der anderen jungen Leute, aus dem Benehmen der beiden war es zu ersehen, und Jovana ärgerte sich ein wenig. In all den vergangenen Tagen hatte er zu ihr von Liebe gesprochen, hatte sie geküßt, hatte einige sehr stürmische und direkte Versuche gemacht, sie zu verführen. Und jetzt fuhr er einfach hierher zu seiner Braut und nahm sie mit.

Es dauerte nicht lange, da war er wieder an ihrer Seite. Kirsten hatte zu tun, das Haus war voller Gäste.

»Blödsinn«, sagte er leise und drückte seinen Schenkel an ihren, »daß wir hierhergefahren sind. Wir hätten lieber allein wegfahren sollen, findest du nicht?«

»Wie es scheint, bist du erwartet worden«, erwiderte sie und wollte damit ein wenig auf den Busch klopfen. Erstaunlicherweise hatte sie genau richtig ins Schwarze getroffen.

»Na ja, klar, das ist es ja. Ich hatte Kirsten versprochen, daß ich heute abend herüberkäme und mit ihr zum Tanzen gehe. Ich wollte aber mit dir zusammen sein. Da dachte ich, wenn ich die anderen alle mitnehme, dann geht das in einem hin.«

Er lachte sie an mit seinen blauen Augen. Er war reichlich unverschämt, fand Jovana. Wenn auch seine Ehrlichkeit entwaffnend wirkte.

»Bist du mit Kirsten verlobt?«

»Ach wo, ich verlobe mich doch nicht. Manche Leute nennen es so. Wir sind seit langem gut befreundet, und vielleicht heirate ich sie später wirklich. Sie ist ein feiner Kerl. Und sie erbt mal das Hotel, sie ist die einzige Tochter, weißt du. Hier hat sie immer zu tun. Für einen Seemann ist es gut, wenn seine Frau was zu tun hat und nicht zu Hause rumsitzt und immer nur auf ihn wartet. Das macht beide Teile nervös.«

»Aha.«

»Aber so schnell heirate ich nicht. Die Welt ist voller hübscher Mädchen.«

»Und alle sind für dich da, nicht wahr?«

»Genau.«

Er hielt sich für einen erfahrenen Frauenkenner, und erlebt hatte er bereits genug, das ließ er gern immer wieder durchblicken.

Nach einer Weile war Kirsten wieder da, sie hatte sich umgezogen, trug nun ein weißes ärmelloses Kleid und sah noch hübscher aus als vorher. Sie war überhaupt das hübscheste von allen

Mädchen, und Jovana dachte mit einer gewissen Anerkennung: Er hat Geschmack, er hat sich das Beste ausgesucht, das weit und breit zu haben ist.

Sie gingen alle in ein Lokal, in dem getanzt wurde, und schon auf dem Weg dorthin ärgerte sich Jovana zum zweitenmal, weil Kirsten mit aller Selbstverständlichkeit neben Jörg ging und sie sich ausgebootet vorkam. Sie war eine Fremde hier, die anderen kannten sich alle. Wäre er doch, zum Teufel, lieber allein gefahren. Was hatte sie für einen Grund, seine feste Freundin kennenzulernen?

Nicht daß man sie vernachlässigt hätte. Besonders zwei von Jörns Freunden – der eine hieß Gus, und den anderen nannten sie Charly, er war der Jachtbesitzer, besaß einen roten Sportwagen, stammte offensichtlich aus vermögendem Hause – bemühten sich um sie. Jovana entschied sich dafür, mit Charly zu flirten.

Das war genau das richtige, um Jörn schleunigst wieder an ihre Seite zu bringen. Nach einer Weile tanzte er nur noch mit ihr und kümmerte sich überhaupt nicht mehr um seine Kirsten.

»Du sollst nicht mit Charly flirten.«

»Warum denn nicht? Er ist ein netter Junge.«

»Du gehörst mir.«

Jovana lachte spöttisch. »Kümmere dich lieber um Kirsten, ehe sie sauer wird.«

Die Warnung war berechtigt, denn inzwischen war Kirsten auf das fremde Mädchen eifersüchtig geworden. Sie sah zu, wie Jörn mit ihr tanzte. Das rote Kleid war herausfordernd. Die Art, wie die beiden miteinander tanzten, war herausfordernd. Jörn hielt die Fremde eng an sich gepreßt, er hatte den Mund an ihrer Wange. Und wie sie ihn ansah! Ihre Augen waren Lockung, ihr Mund war es. Das konnte Kirsten deutlich sehen. Sie war ein braves Mädchen – dem war sie nicht gewachsen. »Wer ist das eigentlich?« fragte sie Gus, der jetzt neben ihr saß.

»Eine Schauspielerin aus Hamburg.«

»Eine Schauspielerin, so.«

»Sie macht Urlaub in Travemünde. Die fährt wieder weg, mach dir keine Sorgen.«

So etwas läßt man sich nicht gern sagen. »Ich mache mir keine Sorgen«, sagte sie kühl. »Wenn ich damit anfangen wollte... bald ist er sowieso fort.«

»Ja. Und dann macht er sowieso, was er will«, vollendete Gus herzlos. »Das ist nun mal so. Ich hab' dir immer gesagt, du sollst Jörn stehenlassen. Das ist kein Mann für dich. Wir beide würden viel besser zusammenpassen. Sieh mal, unsere Häuser in einer Hand und dann . . .«

»Ach, laß mich in Ruhe«, gab Kirsten zurück, und nun war sie ernstlich böse.

Gus war ein alter Verehrer von ihr, denn seine Eltern besaßen ein Hotel in Timmendorfer Strand, die Familien waren seit eh und je miteinander befreundet, und beide Elternpaare hätten es gern gesehen, wenn die jungen Leute geheiratet hätten. Aber Gus war lange nicht so attraktiv wie Jörn, das war nicht zu übersehen.

Inzwischen war es Jörn gelungen, Jovana von der Tanzfläche wegzubringen und in eine dunkle Ecke im Garten zu manövrieren. Er küßte sie leidenschaftlich. »Laß uns abhauen, ja?«

Jovana lächelte zufrieden. Sie hatte die Krallen ausgestreckt und die Maus wieder eingefangen.

»Das geht nicht. Was sollen die anderen sagen? Es ist doch sehr nett hier.«

Aber sie küßte ihn nicht weniger temperamentvoll, ihr Körper antwortete auf seine Nähe; sie war erregt, und das verfehlte seine Wirkung nicht auf ihn.

Der Abschied von Kirsten fiel frostig aus. Sie ließ sich nicht einmal von Jörn nach Hause begleiten, das besorgte Gus.

Sie waren zu fünft im Auto, als sie nach Travemünde zurückfuhren. Jörn fuhr schweigend und ziemlich verwegen. Es war ihm gerade noch gelungen, Jovana einzufangen, ehe sie in den Sportwagen von Charly gestiegen war.

Als er die anderen nach Hause gebracht hatte – es war nahe an Mitternacht –, wendete er den Wagen, brauste durch den Ort zurück und wieder auf die Landstraße hinaus.

»Wo fährst du denn hin?« fragte Jovana. »Ich will auch heim.«

»Noch nicht.«

»Doch. Was soll Tante Silke denken? Und rase nicht so.«

Er bremste, ließ den Wagen am Straßenrand ausrollen und riß sie in die Arme.

Es kam Jovana bekannt vor. Küsse in einem Auto in der Nacht. »Hör auf. Ich will nach Hause. Ich mag die Knutscherei im Auto nicht.«

»Wir können nach Lübeck fahren in ein Hotel.«

»Ich glaube, du spinnst.«

Sie lag zurückgelehnt im Sitz, Jörn über sich gebeugt. Seine

Hand war in ihren Ausschnitt gerutscht. Er streichelte ihre Brust, und da sie keinen Büstenhalter trug, konnte er gut genug spüren, welche Wirkung es auf sie hatte.

»Warum nicht? Du willst ja auch.«

Jovana drängte seine Hand zurück. »Nein. Sei vernünftig. Fahr mich nach Hause, oder ich steige aus und laufe.«

Er lachte, ließ sie los und fuhr wieder an. Nicht nach Travemünde zurück, weiter auf der Straße ins nächtliche Land hinaus.

»Jörn! Ich schaue dich nie wieder an.«

»Das ist mir egal, heute bleibst du bei mir.«

Nach einer Weile bog er von der Straße ab in einen Feldweg, und Jovana dachte: Was hat er vor? Will er mich vielleicht ins Gelände verschleppen? Dazu ist die Nacht zu kühl. Aber Jörn wußte genau, wo er hinwollte. Da gab es ein Feld, das seinem Vater gehörte, und am Rande des Feldes einen Heuschober. Das war im Moment das gegebene.

Er hielt an, öffnete die Wagentür.

»Komm, wir gehen noch ein Stück spazieren. Die Luft wird uns guttun.«

»Na, ich weiß nicht«, sagte Jovana zögernd. – Es war aufregend, und es war auch prickelnd, und das Spiel machte zuviel Spaß, um es energisch zu beenden.

Sie stolperte in ihren hochhackigen Schuhen auf dem Feldrain, Jörn hob sie einfach hoch und trug sie. Sie widerstrebte nicht mehr. Es war im Moment egal, wer es war.

In dem Heuschober war es dunkel, es roch gut, und als Jörn sie ins Heu gleiten ließ, dehnte sie sich wollüstig. Sie dachte nichts mehr, ließ sich das rote Kleid von den Schultern streifen und kam ihm bereitwillig entgegen.

Am nächsten Morgen, als Jovana in Steffens Bett erwachte, fühlte sie sich ein wenig schuldbewußt, aber nicht allzusehr. Steffen war selber schuld. Warum war er nicht hier? Warum hatte er sich all die Zeit so wenig um sie gekümmert?

In den nächsten Tagen war sie ständig mit Jörn zusammen, nun wieder allein, ohne den Kreis seiner Freunde. Sie liebten sich weiterhin im Heuschober, das blieb der Ort, der sich am besten eignete. Sie konnten weder in sein Elternhaus gehen noch ins Lotsenhaus, und in ein Hotel zu gehen, wie er nochmals vorschlug, lehnte Jovana ab.

Ihr machte es Spaß. Aber sie war weit davon entfernt, Jörn zu lieben. Es befriedigte sie, daß sie es so nehmen konnte. Jörn dagegen war heftig verliebt. Seine erste große Ausreise, auf die er sich gefreut hatte, wurde ihm nun zu einer Last. »Aber ich bin ja dann auch nicht mehr da«, sagte Jovana tröstend.

Er sprach davon, was sie alles unternehmen würden, wenn er Hamburg anlaufen würde.

»Wer weiß, was bis dahin ist«, sagte sie. Solche Antworten erbosten ihn.

Eines Tages wollte er wissen, ob sie Steffens Geliebte sei.

»Nein. Leider nicht.«

Er wurde so wütend, daß sie fast Angst vor ihm bekam.

»Was willst du eigentlich? Ich hab' Steffen sehr gern. Aber er ist nicht so. Ihm liegt nichts an mir.«

Jörn, der Frauenkenner, verzweifelte. So etwas wie dieses Mädchen hatte er noch nicht erlebt.

»Du liebst mich nicht«, sagte er finster.

»Aber ja doch. Eine Menge.«

So verbrachten sie die Tage und Nächte mit Liebe und Streit.

Tante Silke blieb das natürlich nicht verborgen, wenn sie auch nicht wußte, was wirklich vorging. Sie bekam wieder ihr nachdenkliches Gesicht, wenn sie Jörn mit Jovana zusammen sah. Und sie hatte ihren Enkelsohn nie so oft gesehen wie jetzt. Er kam am Morgen und holte Jovana ab und brachte sie spät in der Nacht nach Hause.

»Was sagst du denn dazu?« wollte sie von ihrem Mann wissen.

»Was soll man dazu sagen? Das ist eben so.« Er schien nicht sehr beeindruckt.

»Wie ist es?« fragte sie gereizt. »Red nich so 'nen Unsinn, Torsten. Das kann man doch nicht zulassen.«

»Laß doch die beiden ein bißchen verliebt sein. Ist doch nicht schlimm.«

»Und was wird Steffen dazu sagen?«

»Steffen? Was geht denn den das an?«

»Stell dich nicht so dumm. Steffen und Jovana, na, ich weiß ja nicht, aber ich dachte immer ...«

»Steffen könnte ihr Vater sein, nicht wahr? Und Jörn ist nun mal ein junger Mann. Und 'n hübscher Bengel dazu. Na, und die Jovana, die hat Feuer unterm Hintern, hab' ich ja damals schon gesagt.«

»Meinst du, das ist was Ernstes?«

»Glaub' ich nich. So'n bißchen Hopsasa eben, laß sie doch.«

»Du bist 'n unseriöser Mensch, Torsten. Hab' ich immer schon gewußt. – Und Kirsten?«

»Du brauchst dir nicht Kirsten ihren Kopp zerbrechen, nich?«

Tante Silke nahm ein paar Anläufe, mit Jörn zu sprechen, aber der wich aus. Und Jovana tat so harmlos, daß man wirklich glauben konnte, es sei eben doch nichts weiter als ein kleiner Ferienflirt.

»Wird gut sein, wenn er auf sein Schiff muß«, meinte Silke schließlich. Und Torsten nickte zustimmend: »Is immer gut. Bringt vieles in Ordnung, wenn Schiffe erst mal auslaufen. War bei mir nich anders.«

Solche Reden versetzten Tante Silke heute noch in eine stille Wut. Sie hatte ungeheuerliche Vorstellungen, was Kapitän Torsten auf seinen Reisen erlebt haben könnte. Und das würde sie ihm nie verzeihen. Nie. Das ließ sie ihn wieder einmal wissen. Onkel Torsten lachte dazu.

»Hättste eben 'n Pastor heiraten müssen. Der bleibt immer hübsch an Land.«

Nachgerade – und das dauerte nicht lange – geriet die ganze Familie in einen gewissen Aufruhr, denn Tante Silke konnte natürlich ihre Sorgen nicht für sich behalten und ließ ihren Sohn Hannes daran teilhaben. Hannes stellte widerwillig seinem Sohn eine Frage, und Jörn antwortete darauf: »Mein Gott, Vater, das ist doch meine Sache.«

Der Bauer Hannes runzelte die Stirn. Er war es nicht gewohnt, solche Antworten von seinen Kindern zu erhalten. Es dauerte nicht länger als eine Woche, da war die Situation ziemlich schwierig. Zumal natürlich auch Kirsten von dem Treiben der beiden in Travemünde erfuhr.

Jovana hingegen wußte wenig davon. Außer den mißbilligenden Blicken von Tante Silke blieb ihr das alles verborgen. Und ehe die Lage wirklich dramatisch wurde, kam Barenth. Kamen die Probeaufnahmen.

Es war wie damals im April. Eines Tages, als sie am Abend nach Hause kam, um sich umzuziehen, natürlich in Begleitung von Jörn, saß Barenth bei Tante Silke. Diesmal trank er keinen Grog, diesmal trank er Bier. Aber wieder war etwas los, und wieder eilte es.

»Da sind Sie ja endlich, Gnädigste! Ich warte seit einer Stunde händeringend auf Sie. Seien Sie mir gegrüßt. Sie sehen bezaubernd aus. Braun wie eine Haselnuß. Hatten Ihre Augen immer diesen grünen Schimmer? Hatte ich ganz vergessen, Gekonnt, sehr gekonnt.« Er kümmerte sich nicht um Jovanas erstaunte

Miene, legte seine Hand unter ihr Kinn, drehte ihren Kopf hin und her und quatschte unausgesetzt weiter. »Haut wie Samt, blühend wie eine Rose, dieser Mund ist eine Wucht. Also der hat sich wirklich entwickelt, woran liegt das bloß? Wie machen Sie das? Viel geküßt, scheint mir. Also wir werden das ganz groß hinkriegen, gar keine Frage, mein Kompliment, Sie sind viel hübscher geworden.«

Nun konnte es Jörn nicht mehr aushalten, dessen Gesicht zunehmend finster geworden war.

»Lassen Sie die Finger von der Dame«, schnauzte er.

Barenth zog die Brauen hoch und brachte es fertig, ihn von oben herab zu mustern, obwohl Jörn größer war als er.

»Ach, laß doch!« sagte Jovana zu Jörn. Dann fragte sie Barenth, ein wenig unsicher: »Ist Herr Rau auch da?«

Barenth schien ihren Ton richtig zu deuten. »Mitnichten, Gnädigste, Sie können beruhigt sein. Aber er hat den Wunsch, Sie zu sehen. Ich bin hier, um Sie einzusammeln und abzuliefern. Morgen früh wird Ihr Typ verlangt. Kleine Testreihe, und wir brauchen Sie dazu.«

Nochmals musterte er sie aus zusammengekniffenen Augen. »Pretty, really pretty, I dare say.« Seit seiner Amerikareise flocht er noch mehr als früher englische Worte in seinen Redeschwall. »Der Chef hat eben doch immer noch den richtigen Blick für Wertarbeit. Kommen Sie, Gnädigste, lassen Sie uns abzischen!«

»Darf ich fragen, was dieses Affentheater bedeuten soll?« fragte Jörn mit Schärfe. – »Wer ist der Kerl eigentlich?« Er blickte erst Jovana an, dann Tante Silke.

»Aber Jung«, meinte Silke begütigend.

»Hallo, Sportskamerad, how are you?« Barenth lachte den zornigen Seemann ungeniert an. »Glad to see you. Ihr Freund, Miss Maris?«

»Wie?« fragte Jovana zurück und kam sich sehr blöd vor.

»Maris, so war doch der werte Name, wenn ich mich recht erinnere. Kommen Sie, Teuerste, packen Sie ein Täschchen ein mit dem Nötigsten, wir fahren ab. Ich bring' Sie gleich in die Heia, morgen müssen Sie frisch und ausgeschlafen sein.«

»Jovana, möchtest du mir erklären«, begann Jörn wütend, und er sah aus, als würde er sich gleich auf Barenth stürzen.

»Sie müssen viel ruhiger werden, Kapitän«, sagte Barenth. »In Ihrem Beruf muß man die Nerven behalten. Auch wenn's brennt. Sehen Sie, es kann immer mal auf einem Schiff brennen, kommt doch vor, nicht? Bei uns brennt's im Moment auch. Ich bin hier, um dieses kostbare Beutestück von Ihrer Seite zu reißen. Aber nur für kurze Zeit. Spätestens übermorgen kriegen Sie die junge Dame wieder zugestellt.«

Wie immer war Barenth bereits umfassend informiert, was allerdings kein Kunststück war, nachdem er eine Stunde mit Tante Silke verbracht hatte.

Die Parallele zu Barenths damaligem Auftauchen war so offensichtlich, daß Jovana gar nicht an einen ernsthaften Einwand dachte. Offenbar war es die Aufgabe dieses seltsamen Menschen, unvermutet aufzutauchen und jemand abzuholen. Diesmal also sie.

Sie fragte zwar: »Was ist denn eigentlich los?« gab sich aber mit Barenths kurzem Bescheid: »Das wird Ihnen der Chef erzählen«, zufrieden.

Steffen hatte Barenth genaue Direktiven gegeben: »Sag ihr nichts von Probeaufnahmen, das macht sie unnötig nervös.« Das war natürlich alles leichter gesagt als getan, und nur einer wie Barenth brachte es fertig, Fragen zu überreden und Antworten zu unterlassen.

Jetzt grinste er Jörn an, der stumm und finster blickend dabeistand: »Ich würde mich so gern mit Ihnen boxen, Kapitän, leider, meine Zeit erlaubt es nicht. Vielleicht ein andermal.« Und zu Jovana: »Let's go. Hurry up.«

»Was muß ich denn mitnehmen?« fragte Jovana.

»Nichts. Nur Ihr eigenes süßes Selbst. Vielleicht ziehen Sie die Shorts aus und ein Kleid oder so was an. Alles andere haben wir für Sie parat, Miss Maris.«

Und dann saß sie neben Barenth im Auto, sehr verwirrt, ein bißchen aufgeregt und ein bißchen stolz, daß sie irgendwo so dringend gebraucht wurde, daß man sie auf diese Art wegholte.

Tante Silke staunte, und Jörn ärgerte sich. Und der Gedanke an Steffen erweckte zwiespältige Gefühle. Dieser Barenth war so gut orientiert – was, wenn Steffen es auch wäre? Auf der Fahrt versuchte sie noch einmal herauszubekommen, was eigentlich los war.

»Gar nichts Besonderes, Gnädigste. Der Chef will morgen ein paar Tests machen und meinte, Sie sollten dabeisein, damit Sie mal sehen, wie so was gemacht wird. Interessiert es Sie nicht?«

Die Frage war geschickt, was sollte Jovana darauf antworten?

»Doch. Natürlich.« Sie hatte keine Ahnung, was mit Tests gemeint war.

»Ihr Freund, der Kapitän?«

»Es ist ein Verwandter von Herrn Rau«, sagte sie steif. »Eine Art Vetter oder so was. Wir sind einige Male zusammen ausgegangen und zum Segeln und so.«

»Aha, und so. Wie nett für Sie. Da war es nicht so langweilig da draußen.«

»Oh, es ist überhaupt nicht langweilig dort. Mir gefällt es so gut.«

Barenth war keine Frau, sondern ein Mann, aber er hatte den sechsten Sinn für intermenschliche Beziehungen, wie er es nannte. Als er Steffen abends anrief, nachdem er Jovana bei Frau Buer abgeliefert hatte, sagte er: »Sie sollten Miss Maris nicht so lange da draußen allein lassen, Chef. Sie verdreht Ihrem Vetter den Kopf.«

»Wem?«

»Ein angehender Kapitän namens Jörn. Er ist verliebt in unseren Nachwuchs.«

Steffen lachte. Jörn war für ihn ein Junge.

Zu ihrer Enttäuschung landete Jovana wirklich zu Hause in ihrem Zimmer. Obwohl Barenth immer nur vom nächsten Tag gesprochen hatte, hatte sie irgendwie gewaltige Dinge von diesem Abend erwartet.

Um sieben Uhr früh pünktlich würde er sie abholen – das waren Barenths letzte Worte.

Steffen war also nicht da. Sie würde ihn an diesem Abend nicht mehr sehen.

Sie sah ihn auch am nächsten Morgen nicht. Jedenfalls nicht gleich. Pünktlich um sieben, wie angekündigt, war Barenth da; sie fuhren in die Ateliers nach Rahlstedt. Und dann waren lauter fremde Menschen um sie, mit denen Barenth in einem unverständlichen Kauderwelsch redete. Sie vernahm alles wie hinter Schleiern, es war wie ein wirrer Traum. Sie wurde frisiert und geschminkt, dann wieder umfrisiert, weil Barenth unmöglich fand, was man gemacht hatte. Man klebte ihr Wimpern an, nahm sie wieder ab, klebte sie wieder an. Dann wurde sie wieder abgeschminkt und neu geschminkt, nachdem endlich doch Steffen aufgetaucht war und das Ergebnis besichtigt hatte. Er nahm gar keine Notiz von ihr, sah nur das fremde Gesicht, das ihm aus dem Spiegel entgegensah, und bekam fast einen Tobsuchtsanfall.

»Was soll der Quatsch?« schrie er. »Ich hab' euch doch gesagt ganz Natur. Ich brauche keine Bardame, ich brauche ein Landmädchen. Runter mit dem ganzen Zeug.«

Damit verging eine endlos lange Zeit, und dann plötzlich war sie in einem großen kahlen Raum, in dem alle möglichen Apparate standen, Kabel herumlagen. Es war halbdunkel, und dann war Steffen da.

»Wie geht's dir, Jovana?«

»Gut«, sagte sie eingeschüchtert.

»Schau mich nicht so angstvoll an. Haben sie dich verrückt gemacht? Das sieht ihnen ähnlich. Paß auf, ich habe heute ein paar Leute da für Probeaufnahmen, da testen wir dich gleich mit. Du kümmerst dich um niemand. Du hörst nur auf das, was ich dir sage. Verstehst du mich?«

Sie nickte. Es kam ihr bekannt vor: Hör zu, Jovana, sprich mir nach, Jovana!

Aber Steffen war anders als sonst. Nervös, fremd, fast drohend sah er aus. Glücklicherweise war auch Barenth da, sehr ruhig auf einmal, ganz konzentriert. Grelle Lichter gingen an und aus, laute Stimmen, Hitze in dem wirren Durcheinander.

Barenth nahm sie an der Hand und stellte sie auf einen Platz. Steffen kam mit.

»Paß auf!« sagte er. »Du gehst jetzt langsam nach vorn. Komm mit. So – ja. Bis zu diesem Kreidestrich. Da bleibst du stehen, drehst den Kopf, schaust nach unten, dann nach oben. Komm, wir machen es einmal zusammen. Und dann machst du es allein.«

Sie ging neben ihm her, sie tat alles, was er sagte, einmal, zweimal und wieder, dann war sie allein, dann die Scheinwerfer mit dem grellen Licht. Sie hatte nun begriffen, was man von ihr wollte. Sie bemühte sich, alles so zu machen, wie Steffen es sagte.

»Langsam den Kopf heben. Nicht so schnell. Den Blick nicht so starr. Noch einmal. So ist es besser. Und nun dreh den Kopf. Mach die Augen auf. Gut, danke. Noch einmal.«

Manchmal war es still, dann war es wieder laut, alles redete durcheinander, Puder stäubte über ihr Gesicht, das Licht erlosch, flammte wieder auf. Sie kam wieder langsam, drehte den Kopf, blickte auf, gut, danke, noch einmal.

Dann etwas anderes.

»Denk daran, wie du es bei Frau Norden machst. Eine stumme Szene. Alles Ausdruck. Du stehst an einem Waldrand, und du siehst jemand kommen. Einen Mann, den du gern hast. Er hat dich nicht gesehen. Du möchtest zu ihm hinlaufen, aber du traust dich nicht. Du siehst ihn näher kommen. Kannst du dir das vorstellen? Mach's mal.«

Auch das wieder mehrmals hintereinander. Es war schwer, sich hier zu konzentrieren. Im Zimmer bei Bettina ging es leichter.

Dann brachte Steffen plötzlich einen jungen Mann an.

»Sie wissen Bescheid, Richard?« Der junge Mann nickte mit gleichgültiger Miene und streifte Jovana nur mit einem kurzen Blick.

»Ihr steht nebeneinander. Du siehst Richard an, Jovana. Er schaut in die Ferne. Du bist verwirrt und traurig, du möchtest etwas sagen, aber du kannst nicht, Und nun, Richard, sehen Sie sie an, Sie lächeln flüchtig, streichen ihr leicht über die Wange. So. Sie sagen ›kleines Tierchen‹, mitleidig, gleichgültig, ein wenig zärtlich. Du siehst ihn an, Jovana, dann senkst du den Blick. Du bist sehr traurig. – Macht mal!«

Wieder und wieder. Lichter an und Lichter aus. Die Hitze wurde unerträglich. Ihre Kehle war trocken. Aber das machte nichts. Sie hatte kein Wort zu sprechen. Nur immer schauen, alles Ausdruck, wie Steffen sagte.

Das ging stundenlang. All die Zeit versuchte sie, sich zu sammeln. Es war doch wichtig, was hier vorging. Sie mußte ja wissen, was sie tat. Sie mußte es richtig machen, so wie er es wollte.

Sie meinte, es müßten tausend Stunden vergangen sein, aber es war erst Mittag, als sie aufhörten. Dann war sie wieder unter lauter fremden Leuten. Sie wurde abgeschminkt, ihr Gesicht kam ihr nackt und leer vor, kümmerlich, als sie es nachher im Spiegel sah. War sie wirklich so häßlich?

Dann war plötzlich Barenth da, nahm sie an der Hand; er war lieb und freundlich, ganz normal. Er sagte: »War es schlimm?«

Sie versuchte zu lächeln. »Nein. Ich weiß nicht...«

»Jetzt trinken Sie einen großen Whisky, und dann geht es Ihnen besser, Miss Maris. Kommen Sie mit.«

Er führte sie wie ein Kind an der Hand durch ein paar kahle Gänge. Irgendwo schrie jemand, dann wurde sie in einen kleinen Raum geschoben, in dem sich Steffen befand. Er sah jetzt aus wie immer.

»Na?« sagte er.

Sie stand stumm da, schluckte, und am liebsten hätte sie ein wenig geweint.

Er kam auf sie zu, legte den Arm um ihre Schulter, führte sie zu einem Sessel.

Doch sie setzte sich nicht, blieb stehen, sah ihn an. Die ganze Welt war ein Wirrwarr, nichts war sicher, nichts war wichtig. Nur er.

»Bitte«, sagte sie mit kleiner Stimme, »Bitte, Steffen, ich habe Angst. Bleib hier.«

»Aber ich bin ja da. Haben wir dich erschreckt?«

Er betrachtete sie einen Moment aufmerksam, sah die Angst in ihren Augen, ihre hilflose Verlorenheit. Und plötzlich dachte er: Was tue ich ihr an? Will ich sie wirklich in diese Welt hineinreißen? Sollte ich sie nicht davor bewahren? Gerade sie.

Er fühlte ein seltsames schmerzendes Gefühl, er wußte nicht, woher es kam, aber die irre Welt, in der er seit Wochen lebte, versank mit einemmal. Hier war Jovana. Und nichts war im Moment auf der Welt wichtiger als sie.

Er legte ganz langsam, ganz behutsam die Arme um sie, Jovana seufzte tief und schloß die Augen, legte ihren Kopf auf seine Schulter.

So standen sie eine Weile. Steffen spürte, wie sie zitterte, er streichelte ihren Rücken, und dann, als sie den Kopf hob und ihn ansah, küßte er sie sanft.

Hinter ihnen ging eine Tür, jemand räusperte sich. Barenth. »Störe ich?«

»Nein, komm rein. Ich glaube, wir haben Jovana erschreckt.«

Barenth kam heran, betrachtete Jovana prüfend. »Sie braucht was zu trinken. Sie hat sich prima gehalten. Und wissen sie, was die Leute sagen? Sie ist eine Entdeckung. Und der Rau hat wieder mal 'ne Nase.«

»Die Beleuchter?« fragte Steffen. »Gut. Spendier ihnen eine Runde. Ihr Wort in Gottes Ohr.«

»Der Teufel in Ihre Westentasche«, murmelte Barenth.

Er schoß hinaus, kam gleich darauf wieder, und nach ihm kam eine junge Dame, dunkelhaarig, mit einer Riesenhornbrille, die Jovana mit gemäßigter Freundlichkeit begrüßte.

»Das ist Fräulein Welz, Jovana. – Fräulein Maris.«

Wieder hörte sie den Namen, den sie nicht kannte.

Fräulein Welz servierte den angekündigten Whisky, und Jovana, die Durst hatte, trank ihn wie Wasser.

»Halt, halt«, sagte Steffen und nahm ihr das Glas weg.

Die anderen lachten.

»Kriegen wir die Kopien heute abend?« fragte Steffen, und

Fräulein Welz erwiderte, sie würde sehen, ob sich das machen ließe. Und da wäre noch Frau Anders, ob sie die wegschicken oder noch hierbehalten solle?

»Wegschicken«, sagte Steffen. »Wo kriegen wir was zu essen?«

Falls sie nicht in die Kantine wollten, sagte Fräulein Welz, dann hätte sie auf alle Fälle einen Tisch bei Lembcke bestellt. Und was stände heute noch an?

»Nichts.«

Fräulein Welz sah Jovana ein wenig befremdet an. Probeaufnahmen gab es oft, was hatten sie nur für ein Getue mit dem Mädchen? So etwas Besonderes war die auch nicht.

Eine Weile saßen sie alle schweigend da und tranken Whisky. Dann bemerkte Jovana, daß die beiden anderen Steffen aufmerksam betrachteten. Steffen schien vollkommen abwesend, schien vergessen zu haben, daß er nicht allein war.

»Sie sollten ein paar Tage ausspannen, Chef«, sagte Barenth. »Alles läuft bestens, und was jetzt zu tun ist, machen wir.«

»Ja«, sagte Steffen abwesend.

Jovana sprach kein Wort. Sie versuchte Ordnung in ihren Kopf zu bringen. Aber ihr Kopf war wirr, der Trubel der letzten Stunden und der rasch getrunkene Whisky, und irgendwie hatte sie das Gefühl, etwas falsch gemacht zu haben.

Steffen stand auf. »Gut. Gehen wir essen.«

Barenth kam mit ihnen. Sie saßen in einem dunkel getäfelten Lokal, sie hatten einen Tisch in einer Ecke; Steffen bestellte, ohne Jovana zu fragen, ein Steak für sie. Ein großes, saftiges Steak, etwas, was sie noch nie gegessen hatte.

Die beiden Männer redeten über sie hinweg, sie verstand das wenigste davon. Sie schienen vergessen zu haben, daß sie da war.

»Was geschieht eigentlich?« fragte sie, als sie alles gegessen hatte.

Steffen und Barenth blickten sie an. »Man sollte meinen, sie hätte ein Recht auf diese Frage, Chef«, sagte Barenth.

»Ja. Ja, natürlich. Hör zu, Jovana. Ich drehe einen neuen Film. Es könnte sein, es wäre eine Rolle für dich darin. Wenn wir die Aufnahmen gesehen haben...« Er verstummte. Was tue ich, dachte er. Ich will sie für mich und nicht für diesen Film. Ich habe alles falsch gemacht, ich habe es falsch gesehen. Sie ist ein Kind, sie ist viel zu jung.

»Wie alt bist du, Jovana?«

»Neunzehn«, erwiderte sie schüchtern. »Im Oktober werde ich zwanzig.«

Barenth klopfte mit dem Fingerknöchel auf den Tisch. »Chef«, sagte er warnend, »wir wollen alle hübsch die Beine auf dem Boden behalten. Es geht nun mal darum ...«

»Sie sind unverschämt, Herr Barenth«, sagte Steffen leise.

»Ich bitte um Entschuldigung, Herr Rau«, erwiderte Barenth gelassen. »Wollen wir oder wollen wir nicht?«

Steffen gab keine Antwort. Er bestellte noch ein Bier, er rauchte noch eine Zigarette. Sein Blick war immer noch abwesend.

Barenth dachte: Er wird alt. Es war zuviel für ihn. Es kann doch nicht sein, daß er die Kleine wirklich liebt? Er betrachtete Jovana genau. Sie sah wieder hübsch aus, die Angst war aus ihrem Gesicht verschwunden. Sie war braungebrannt, ein frisches, nettes Mädchen, und irgend etwas in ihrem Gesicht war da, was in anderen Gesichtern nicht war. Verdammt noch mal, dachte Barenth, der Teufel kann es wissen, aber am Ende hat sie es doch. Man weiß ja nie, man sieht es am Anfang nicht: Haben sie es oder haben Sie es nicht. Schöne Mädchen gibt's wie Sand am Meer. Viel schönere als die hier. Aber das ist es ja nicht. Wenn man nur mal sagen könnte, was es ist.

»Ich soll eine Rolle in einem Film spielen?« fragte Jovana.

»Vielleicht.«

Wieder eine Pause. Steffen trank sein Bier, rauchte noch eine Zigarette.

Barenth, dem es langsam unheimlich wurde, begann zu reden. Irgendwas über irgendwen. Steffen schwieg, machte hm, ja, so?

Wieder Pause.

»Wer ist Fräulein Maris?« fragte Jovana.

Steffen sah sie an. »Das bist du. Jovana Maris. Gefällt dir das nicht?«

Sie hob die Schultern. »Doch.«

»Erzähl von Travemünde. Wie geht es Silke und Torsten?«

»Oh, gut.«

»Was hast du gemacht die ganze Zeit?«

»Ich habe mir ein Kleid gekauft. Und Shorts.«

Die beiden Männer lachten, es klang erleichtert.

Steffen bestellte Mokka. Das Lokal hatte sich geleert, sie waren die einzigen Gäste. – »Erzähl weiter.«

Jovana erzählte. Dies und das, wo sie gewesen war, was sie gesehen hatte. Sie baute Jörn vorsichtig in die Geschichte ein, die Fahrten über die Bucht mit dem Motorboot, die Tanzerei in Scharbeutz.

»Er ist verlobt mit einem Mädchen dort. Die Eltern haben ein Hotel. Sie heißt Kirsten.«

Barenth betrachtete sie aufmerksam. Er hatte Jörn gesehen, er wußte Bescheid.

»Ach nein, verlobt hat er sich auch schon«, sagte Steffen. »Jetzt, wo er erst mal auf Fahrt gehen soll.«

»Er freut sich sehr darauf. Es ist ein ganz neues Schiff. Ein Frachter mit Kabinen. Sie fahren nach Südamerika. Wenn er wieder in Hamburg ist, wird er mich mal besuchen, sagt er.«

»Aha.«

»Und dann hat er einen sehr netten Freund. Charly. Der ist lustig und kann wunderbar tanzen.«

»Dann hast du ja allerhand Spaß gehabt.«

»Erst jetzt zuletzt. Die letzten Tage. Seit einer Woche.«

Sie hat ein schlechtes Gewissen, dachte Barenth, sieht Rau das nicht?

Sie gingen langsam zum Wagen, den Barenth beim »Atlantik« geparkt hatte. Von der Alster her blies ein frischer Wind, der Himmel war blau.

»Wohin?« fragte Barenth, als sie im Wagen saßen.

Steffen sah Jovana an. »Willst du wieder hinausfahren?«

»Oh, ich weiß nicht. Meine Sachen sind noch draußen.«

»Wann kommt Frau Norden zurück?«

»Nächste Woche fängt der Unterricht wieder an.«

»Gut. Ich hole dich morgen nachmittag ab. Wir fahren zusammen hinaus. Ich nehme mir ein paar Tage.«

Er sah Barenth an. »Fahr Jovana nach Hause, sie soll sich ausruhen.«

»Und Sie, Chef?«

»Ich nehme mir ein Taxi. Vorher hab' ich in der Stadt noch etwas zu erledigen.«

Damit stieg er aus, und ohne noch ein Wort zu sagen, schlug er die Tür hinter sich zu und ging fort. Jovana und Barenth sahen ihm nach; sie saß hinten, er vorn am Steuer.

»Ist er böse?«

»Was meinen Sie?«

»Ich weiß nicht. Er war so merkwürdig.«

Barenth schwieg, er sah bekümmert aus. Dann drehte er sich um und sagte mit unvermuteter Heftigkeit: »Ich werde Ihnen mal was sagen, Miss Maris. Wenn es einen Menschen gibt, den ich leiden kann, dann ihn. Und wenn einer ihm was tut, dann werde ich bösartig.«

Jovana blickte ihn erschreckt an. »Aber . . .«

»Was aber?« fragte Barenth böse.

»Warum sagen Sie das zu mir? In diesem Ton? Ich mag ihn auch leiden.«

»Ich werde Ihnen noch was sagen, Miss Maris. Was er Ihnen bietet, ist eine große Chance. Ich weiß zwar nicht, warum und womit Sie es verdienen. Aber wenn Sie ihn enttäuschen, drehe ich Ihnen den Hals um.«

Jovana lächelte. »Könnten Sie sich entschließen, Jovana zu mir zu sagen? Miss Maris klingt fremd für mich. Ich weiß immer gar nicht, daß ich damit gemeint bin. – Ich will ihn nicht enttäuschen. Ich will alles tun, was er sagt. Das müssen Sie doch gemerkt haben.«

»Okay, Jovana. Bloß, daß wir klarsehen. Wir drehen einen guten Film. Keine Kitschkiste. Was Gutes. Wenn Sie dabeisein werden, haben Sie das Große Los gezogen. Falls Sie es können. Für mich sind Sie eine Null. Für jeden Menschen sind Sie eine Null. Was *er* an Ihnen findet, weiß ich nicht. Aber vielleicht weiß er es.«

»Vielleicht«, sagte Jovana sanft. »Ich bin eine Null, Sie haben recht. Ich weiß das auch. Und ich wäre Ihnen dankbar, wenn Sie mir helfen würden.«

»Komm mir nicht mit diesen zickigen Tönen. Bei mir zieht das nicht. Ich kenn' euch. Ich kenn' euch alle. Daß wir uns recht verstehen, Miss Maris, bei mir zieht das nicht.«

»Ich habe Sie verstanden, Herr Barenth. Aber Sie müssen mich nicht gleich so überfahren. Ich bin noch fremd bei euch. Und ich habe Angst.«

»Kommen Sie mir nicht mit diesen Tönen.«

»Ja, ich weiß, bei Ihnen zieht das nicht.«

Sie maßen sich einen Moment lang feindselig. Dann beugte sich Barenth über die Lehne, legte seine Hand hinter ihren Kopf, zog ihren Kopf zu sich heran und küßte sie leicht auf die Wange.

»Ich werde Ihnen etwas sagen, Jovana. Diese gottverfluchte Branche ist voll von lauter dummen, kleinen Pipimädchen. Die meisten können nichts, und manche können ein bißchen was, und die meisten können was ganz Bestimmtes. Damit kommt man eine Weile ganz gut durchs Leben, aber damit erreicht man am Ende gar nichts. Was wollen Sie eigentlich erreichen?«

»Sie mögen mich nicht?«

»Das weiß ich noch nicht. Ich weiß nicht, was Sie wert sind.«

»Das weiß ich auch nicht.« Plötzlich war sie zornig. »Ihr

macht mit mir, was ihr wollt. Da kommt einer und holt mich ab wie eine Ware, und dann soll ich das und jenes tun, ich weiß überhaupt nicht, worum es sich handelt und was das alles soll. Was erwarten Sie von mir, Herr Barenth? Steffen benimmt sich komisch, und Sie benehmen sich komisch. Und jetzt beschimpfen Sie mich, und ich weiß auch nicht, warum. Mir hilft keiner.«

Sie legte den Kopf auf die Lehne der Vordersitze und begann zu weinen. Barenth sah ihr eine Weile ungerührt zu.

»Die Masche zieht bei mir auch nicht«, sagte er dann.

»Okay. Ist mir auch egal. Fahren Sie mich nach Hause.«

Barenth fuhr schweigend an. Sie sprachen kein Wort, bis sie am Hafen waren. Dort hielt Barenth an.

»Es war ein anstrengender Tag. Die Aufnahmen und die ganze Überraschung, Miss Maris. Haben Sie noch einen Wunsch? Wollen Sie eine Dampferfahrt machen? Kaffee trinken? Tee trinken? Mich ins Wasser schmeißen? Tun Sie Ihren Gefühlen keinen Zwang an.« – »Ich möchte Sie loswerden, und dann gehe ich auf den Landungsbrücken spazieren.«

»Wäre es eine große Enttäuschung für Sie, wenn ich mitginge? Ich war lange nicht mehr auf den Landungsbrücken.«

Sie gingen schweigend bis ans Ende der Landungsbrücken, dort blieben sie stehen, lehnten sich übers Geländer und starrten in die Elbe.

»Woher kennen Sie Herrn Rau?« fragte Barenth.

»Ich werde Ihnen das nicht erzählen. Wenn er will, kann er es Ihnen selbst sagen.«

Sie konnte nicht ahnen, daß Barenth es war, der Steffen nach Ahlsen geschickt hatte. Und welche Sensation es für Barenth bedeutet hätte, von ihrer Begegnung in Ahlsen zu erfahren. Heute. Denn eines Tages würde er es sowieso erfahren.

»Okay. Wie Sie wollen, Miss Maris. Ich werde es schon herauskriegen.«

»Wenn Sie noch einmal Miss Maris zu mir sagen, schmeiße ich Sie wirklich ins Wasser.«

Barenth lachte. Er drehte sich um, lümmelte sich rücklings auf die Reling und sah Jovana an. »Ich kann mir, verdammt noch mal, nicht klarwerden über Sie. Das passiert mir selten.«

»Ja, ich weiß, mit den Pipimädchen aus der Branche ist das einfacher. Ich möchte Schauspielerin werden, Herr Barenth, und das ganz ernsthaft. Ich brauche Herrn Rau nicht unbedingt dazu. Ich kann das auch allein. Und das, was Sie alles denken, das stimmt nicht.«

»Das würde mich freuen. Irgendwie gefallen Sie mir ganz gut, Jovana. Aber Sie sind schwer zu durchschauen.«

»Ist das ein Fehler?«

»Für mich schon. Ich weiß gern, wie ich dran bin. Irgendwie sind Sie anders als die anderen, so doof Sie auch noch sein mögen. Und das gibt mir Hoffnung. Und hören Sie auf, mit dem kleinen Kapitän zu poussieren.«

»Der kleine Kapitän geht demnächst auf große Reise. Kleiner Ferienflirt ist doch wohl erlaubt, oder?«

»Ihnen nicht.«

»Oh!«

Barenth richtete sich auf, nahm sie an den Armen und zog sie nahe an sich heran. »Passen Sie auf, ich werde Ihnen das erklären, Miss Maris. Wenn Steffen Rau Sie wirklich protegiert – und es sieht fast so aus, als täte er es –, und ich habe es, verdammt noch mal, noch nie erlebt, daß er das mit einem Frauenzimmer tut, dann ist das eine Auszeichnung. Und dann meint er was damit. Nicht nur so, sondern wirklich. Und dann brauchen Sie nicht mit anderen Männern herumzupoussieren. Das dulde ich nicht.«

Jovana befreite sich aus seinem Griff, legte den Kopf in den Nacken, und Lothar Barenth bekam zum erstenmal ihr strahlendes, triumphierendes Lächeln zu sehen. »Wenn Steffen Rau mich protegiert, dann tut er es nicht aus persönlichen Gründen, denn ich bin nicht seine Freundin, Herr Barenth. Dann tut er es, weil er etwas von mir hält als Schauspielerin. Ach verdammt, das klingt so hochtrabend, aber ich meine es so in der Art. Ich weiß selber noch nicht, ob ich das kann, was ich können möchte. Und nehmen Sie ein für allemal zur Kenntnis, daß ich Herrn Rau hochschätze und ihm nichts Böses antun will. – Und jetzt möchte ich bei Berta eine Bockwurst essen.«

»Was möchten Sie?« fragte Barenth perplex, überrascht von dem Wunsch und auch von der Art, mit der sie ihm entgegentrat.

»Bei Berta eine Bockwurst mit Kartoffelsalat essen. Sie hat die besten Bockwürste auf den Landungsbrücken.«

»Aber Sie haben vorhin erst ein großes Steak gegessen.«

»Das ist schon eine ganze Weile her. Und jetzt habe ich wieder Hunger.«

Bei Berta war es um diese Zeit leer. Sie begrüßte Jovana erfreut.

Und Jovana sagte: »Das ist Herr Barenth, Berta. Ein Filmregisseur. Kann sein, ich spiele demnächst in einem Film, was sagen Sie dazu?«

»Tät mich man freuen, Fräulein. 'n Bier dazu?«

Sie saßen am Fenster, blickten auf die Elbe hinaus. Barenth sah das Mädchen an. — Du Luder, dachte er. Ich werde dich nicht aus den Augen lassen. Ich werde verhindern, daß du Unheil anrichtest.

Jovana lächelte ihn an. »Ich sitze so gern hier. Das war der erste Platz, wo ich mich in Hamburg heimisch fühlte. Und schauen Sie mich nicht so böse an.«

»Ich schaue Sie absolut nicht böse an, Miss Maris.«

»Jovana.«

»Jovana! Der Name gefällt mir. Den haben Sie sich gut ausgedacht.«

»Den habe *ich* mir nicht ausgedacht, sondern meine Großmutter. Meine Mutter hieß auch so.«

»Ach, der ist echt – der Name?«

»Echt. Nur Maris ist falsch. Ich weiß nicht, wie ich zu dem gekommen bin.«

»So. Ich vielleicht. Er dürfte in Travemünde geboren sein.«

»In Travemünde?«

»Haben Sie ein Verhältnis mit dem kleinen Kapitän?«

»Ach, hören Sie endlich damit auf. Außerdem geht es Sie nichts an.«

»Falls und Sie sollten in dem Film dabeisein, dann geht mich alles etwas an, das merken Sie sich gleich. Es gibt nichts, was einen Regieassistenten nichts anginge.«

»Gut. Ich werde es mir merken. Und nun erzählen Sie mir etwas von diesem Film.«

»Wozu denn? Falls ja, werden Sie noch genug davon zu hören kriegen. Falls nein, kann ich mir die Spucke sparen.«

Jovana lächelte. »Sie sind ein reizender Mensch.«

»Ich weiß.«

Die Bockwurst kam, und beiden schmeckte es hervorragend.

»Auf jeden Fall ist es ein guter Film. Und das, was Sie machen müßten, ist etwa keine leichte Rolle, das brauchen Sie nicht zu denken. Es ist eine schwere Rolle. Zicken helfen da gar nichts. Sie wären absolut nicht zu beneiden um diese Rolle, das kann ich Ihnen sagen. Kein Glitz und kein Glanz, kein bißchen Glamour. Alte Klamotten und keine Aufmachung, nichts, was Ihnen helfen könnte. Nicht mal reden können Sie.«

»Nicht mal reden? Was heißt das?«

Barenth lächelte boshaft. »Das heißt, daß es sich um ein stummes Mädchen handelt. Verstehen Sie? Um ein Mädchen, das nicht reden kann. Das alles nur mit den Augen, mit dem Gesicht machen muß. Und nicht mal hübsch gemacht wird sie dazu. – Was sagen Sie nun?«

Jovana schob das letzte Ende der Bockwurst in den Mund.

»Interessant! Es wäre also etwas Besonderes. Etwas, was nicht jeder kann.«

»Genau das. Und ob Sie das können, bezweifle ich grundsätzlich.«

Sie lachte. Laut, glücklich, triumphierend.

»Ich kann es. Sie werden sehen, daß ich es kann.«

Dies alles war an einem Dienstag geschehen. An einem Dienstag Anfang September. Es war kühl, als Jovana nach Hause kam, und sie war todmüde.

»Kann ich ein Bad nehmen?« fragte sie Frau Buer.

Frau Buer musterte sie genau. »Bitte«, sagte sie dann. Baden durfte sie nur einmal in der Woche, aber da sie ja so lange nicht dagewesen war, konnte man es schlecht ablehnen. – Jovana badete, dann legte sie sich aufs Bett und starrte an die Decke. Sie versuchte nachzudenken. Es war viel auf einmal. Eine Rolle in einem Film. Eine wichtige Rolle in einem wichtigen Film.

Ihr Herz war voller Dankbarkeit und voller Liebe. Sie sah ihn vor sich, wie er sie angesehen hatte. Ein paarmal voll Wärme und voll Anteilnahme. Und dann wieder so fremd und so seltsam. Dann war er einfach weggegangen. Ob er etwas wußte von Jörn? Nein, woher wohl. Und wenn er es wüßte, wer sagte ihr dann, daß es ihm was ausmachte? Doch. Das wußte sie, das wußte sie genau. Wenn sogar Barenth so heftig darauf reagiert hatte!

Und nun lag sie hier und mußte warten bis morgen nachmittag.

Ich hole dich morgen nachmittag ab. Gut. Und wann? Er fuhr mit ihr hinaus. Und dann?

Da war Jörn. Und was geschah dort?

Jörn war eifersüchtig und neigte zu Jähzorn. Wenn doch bloß sein verdammtes Schiff schon abgefahren wäre und er mit ihm.

Das war das eine Problem. Und das andere Problem war der Film, war die Rolle, die sie vielleicht bekam. Das, was da auf sie zukam. Und kein Mensch, mit dem sie heute abend darüber reden konnte. Bettina war fort, Mariane war fort. Weder Magda Klein noch Klaus Pünjer konnten ihr jetzt helfen. Und was würde morgen sein?

Sie schlief spät ein, sie träumte unruhig, und sie erwachte mitten in der Nacht. Das war ihr noch nie passiert. Wieder begannen sich die Gedanken in ihrem Kopf zu drehen.

Vielleicht wurde es auch nichts mit dem Film. Vielleicht waren die Probeaufnahmen miserabel ausgefallen. Vielleicht fand er jemand, der es besser konnte als sie. Keine Anfängerin, eine richtige Schauspielerin für die schwierige Rolle. Eine Stumme! – Wie mußte es sein, wenn man stumm war? Man konnte nicht sprechen. Man mußte alles mit den Augen ausdrücken, mit den Händen – sicher hatte ein stummer Mensch noch andere Ausdrucksmöglichkeiten. So wie ein Blinder auf seine Art sehen konnte, so mußte ein Stummer auf seine Art sprechen können. Aber wie? – Bettina würde es wissen. Bettina wußte so etwas. Wenn es wirklich dazu kommen würde, daß sie die Rolle spielte, dann würde Bettina ihr helfen. Das war ein Trost. Und Steffen natürlich, er wußte es auch. Er wußte alles, er würde auch helfen. Und Barenth. Sie mochte ihn gut leiden. Auch wenn er so merkwürdig mit ihr geredet hatte und bestimmt nicht immer sehr liebenswürdig war, das machte nichts. Auf ihn konnte man sich verlassen. Getröstet schlief sie wieder ein.

Am nächsten Morgen blieb sie lange im Bett liegen und durchdachte den ganzen vergangenen Tag noch einmal, dachte alle Gedanken noch einmal.

Ich komme morgen nachmittag dich abholen. Wann? Um drei Uhr? Um vier Uhr? Früher, später? Es war unendlich lange bis dahin.

Schließlich klopfte Frau Buer und steckte den Kopf zur Tür herein. »Sind Sie krank?«

»Nein«, sagte Jovana; es klang kläglich.

»Was ist los?«

»Ach! Ich habe Sorgen.«

Angeregt kam Frau Buer ganz ins Zimmer. »So? Was für Sorgen?« Sie musterte Jovana mißtrauisch. »Ich denke, Sie haben Ferien gemacht. Sie fahren wieder weg, haben Sie gesagt?«

»Ja. Heut nachmittag. Noch ein paar Tage.«

»Na also. Was haben Sie denn da für Sorgen? Kriegen Sie ein Kind?«

Jovana mußte lachen. »Nicht daß ich wüßte. – Andere Sorgen. Mit meiner Arbeit. Ich kriege vielleicht ein Engagement. Eine Arbeit – verstehen Sie. Eine schwere Arbeit, und ich weiß nicht, ob ich es kann.«

Na ja, wird schon nicht so schlimm sein. Das können Sie sicher.« Frau Buer sprach direkt liebevoll mit ihr. Jovana blickte dankbar zu ihr auf. Und dann machte Frau Buer einen unerhörten Vorschlag: »Soll ich Ihnen Frühstück bringen?«

Jovana starrte sie sprachlos an. »Oh, Frau Buer... aber das wäre wundervoll.«

So frühstückte Jovana im Bett. Sogar ein Ei spendierte Frau Buer. Aber natürlich wollte sie dafür auch unterhalten sein. Sie saß auf dem Stuhl vor dem Bett, und Jovana erzählte ihr von den Probeaufnahmen. Es war doch gut, nun einmal darüber sprechen zu können. Wenn nicht zu Bettina oder Mariane, wenigstens zu Frau Buer.

Die war entsprechend beeindruckt. Sie hatte Jovanas Schauspielerei, wie sie es nannte, nie so richtig ernst genommen. Aber eine Filmrolle – das imponierte ihr denn doch sehr.

»Ich weiß ja noch nicht, ob es etwas wird«, schränkte Jovana ein.

»Na ja, immerhin, daß man Sie dazu geholt hat...« Frau Buer wiegte anerkennend den Kopf. Es imponierte ihr gewaltig.

Gegen Mittag stand Jovana auf und musterte die paar Sachen, die noch in ihrem Kleiderschrank hingen. Nur Wintersachen und das eine gute Kostüm, das sie besaß. Sie hatte es im Frühjahr bei Karstadt gekauft; es war beige, sportlich und stand ihr gut. Das würde sie heute anziehen, wenn Steffen mit ihr nach Travemünde fuhr.

Sie machte sich sorgfältig zurecht, tuschte ein wenig die Wimpern, ein Hauch Puder. Dann war es auch erst ein Uhr. Sie traute sich nicht fortzugehen. Was verstand er unter Nachmittag? – Und was sollte sie bloß mit Jörn anfangen? Angenommen – sie kamen heute hinaus, und er war da. Oder er kam. Wie würde er sich benehmen? Lieber Himmel, er war schließlich ein erwachsener Mann. Er konnte sie nicht bloßstellen, so viel Verstand hatte er wohl.

Die Frage von Frau Buer klang ihr auch noch in den Ohren. Kriegen Sie ein Kind? – Das fehlte noch. Damit mußte man schließlich auch rechnen. Aber in diesem Punkt war sie voll Selbstvertrauen. Da gab es Mittel und Wege in einer Großstadt wie Hamburg – nein, nein, sie würde sich zu helfen wissen. Aber bis jetzt hatte sie keinen Anlaß, so etwas zu denken. Nächste Woche würde sie es dann wissen. Komisch, sie hatte gar nicht daran gedacht. Damals – bei Peter, hatte sie immer Angst gehabt. Aber er hatte sie ausgelacht. Das könne ihr bei ihm nicht passieren, er passe da schon auf. Und wenn, dann wisse er schließlich immer noch, was zu tun sei; er sei ja schließlich nicht von vorgestern. Jörn hatte nicht aufgepaßt. Offenbar war er der Meinung, *sie* sei nicht von vorgestern. Nun, das war sie auch nicht.

Frau Buer ging um drei Uhr weg. Mittwoch traf sie immer ein paar alte Freundinnen zu einem Kaffeeschwatz.

Sie kam noch einmal in Jovanas Zimmer. »Wann fahren Sie denn?«

»Ich weiß noch nicht. Ich werde abgeholt.«

»Also dann, tschüs. Und viel S-spaß noch.«

»Danke, Frau Buer. Und vielen Dank.«

Herr Pünjer war auch nicht da, die Wohnung war leer. Von Frau Buers Zimmer aus konnte sie auf die Straße blicken. Wann würde Steffen kommen? Wenn er überhaupt kam. Angenommen, er käme gar nicht? Was dann? – Dann würde sie morgen mit dem Zug hinausfahren und ihre Sachen holen und ...

Halb vier, vier, halb fünf. Sie lief zwischen ihrem Zimmer und Frau Buers Wohnzimmer hin und her, schaute immer wieder in den Spiegel. Sie hatte den Rock an und eine hellgrüne Bluse. Die Kostümjacke hing über der Stuhllehne.

Und dann sah sie ihn unten über die Straße kommen. Eine schlanke, lässige, vertraute Gestalt. Er trug einen hellgrauen Anzug, keinen Hut. – Er kam wirklich. Ihr Herz klopfte. Sollte sie hinunterlaufen? Würde er heraufkommen? Es war das erste Mal, daß er sie hier abholte.

Sie stand hinter der Wohnungstür und hörte ihn die Treppe heraufkommen. Ehe er klingeln konnte, riß sie die Tür auf. »Steffen!«

Er lächelte. Er war wieder wie immer. Die Fremdheit war aus seinem Blick verschwunden. Oh, ich liebe, liebe, liebe ihn! Nur ihn.

»Bist du fertig?«

»Ja. Gleich. Komm herein. Es ist niemand da. Willst du mein Zimmer sehen? Oh, Steffen, ich bin so froh, daß du da bist.«

Sie schlang die Arme um ihn und legte ihr Gesicht an seine Wange.

Steffen legte den Arm um sie. »Was hast du denn? Du zitterst ja.«

»Ich hab' so Angst gehabt.«

»Warum?«

»Ich dachte, du kommst nicht. Und ich dachte ... Oh, Steffen!« Diesmal war sie es, die ihn küßte. Sie wartete nicht mehr geduldig auf seinen Kuß. Sie küßte ihn zärtlich und ungestüm, leidenschaftlich wie eine Frau – nicht wie ein kleines Mädchen. Steffen hielt sie fest, er küßte sie auch. Dann schob er sie weg.

»Was ist los, Jovana?« Im Halbdunkel des Korridors sah er, daß ihre Augen voll Tränen standen.

Sie wiederholte noch einmal: »Ich hab' so Angst gehabt...«

»Aber warum, um Himmels willen?«

»Ich weiß auch nicht.«

Nein, sie wußte es nicht. Es war nicht zu erklären.

»Du warst so komisch gestern. So – so fremd. Ich dachte, du magst mich nicht mehr. Du hast mich kaum angesehen. Und dann bist du plötzlich weggegangen.«

»Wir waren doch nicht privat gestern. Das war Arbeitsatmosphäre. Es ist immer eine gespannte Atmosphäre in den Ateliers. Ich glaube, jeder benimmt sich da anders als sonst.«

»Aber warum bist du dann weggegangen? Wir waren doch dann nicht mehr im Atelier.«

Darauf hatte er keine Antwort. Und es stimmte auch nicht, was er sagte. Es war nicht die gewöhnliche Arbeitsatmosphäre gewesen. Und gerade er war nicht übermäßig nervös bei der Arbeit. Er nahm sie noch einmal in die Arme. »Ist wirklich niemand da?«

»Nein. Frau Buer ist ausgegangen.«

»Jovana!« Er nahm ihr Gesicht zwischen seine Hände, sah sie lange an. Dieses junge unschuldige Gesicht – wie ihre Augen lebten. Und dieser Mund!

Zusammen mit Barenth hatte er die Probeaufnahmen angesehen. Sie hatten beide kein Wort gesprochen.

»Gratuliere, Chef!« hatte Barenth danach gesagt. »Ich habe keine Ahnung, wo Sie sie aufgetrieben haben. Anscheinend ist ein Geheimnis dabei. Und ich weiß auch, daß Sie sie gern haben. Aber wie auch immer – sie hat ein Gesicht, zum Teufel, sie hat ein Gesicht. Sie kommt großartig heraus. Und ich glaube jetzt auch, daß sie die Stumme machen kann. Ich könnte mir gar keine andere mehr in der Rolle vorstellen.«

»Es ist gut. Du brauchst keine Angst mehr zu haben. Ich helfe dir. Du wirst das alles schaffen. Du kriegst die Rolle. Die Aufnahmen sind gut geworden. Wir werden zusammenarbeiten, Jovana.«

Jovana hielt den Atem an.

»Wirklich? Oh, Steffen!«

Er lächelte in ihr ungläubiges Gesicht hinein.

Auf der Treppe waren Schritte zu hören. Er blickte zur Tür.

»Das ist sicher die Nachbarin. Komm herein.« Sie zog ihn in ihr Zimmer.

»Oh, Steffen! Ist das wahr? Ich werde bei dir filmen?«

»Ja. Das wirst du. Und zwar bald. Wir werden alles besprechen. Ich habe das Drehbuch mitgebracht; ich habe es im Wagen.«

»Ich kann es gar nicht fassen. Werde ich es denn können?«

»Ja. Das wirst du. – Das ist dein Zimmer?«

Er sah sich um. Es rührte ihn, das bescheidene kleine Zimmer zu sehen.

»Wir werden eine kleine Wohnung für dich suchen. Du wirst jetzt Geld verdienen.«

Ach ja, daran hatte sie noch gar nicht gedacht.

»Wir drehen in Berlin. Aber für die Atelieraufnahmen brauchen wir dich so gut wie gar nicht. Fast alles Außenaufnahmen, die du hast. Im November, schätze ich.«

Sie war jetzt still, sagte nichts mehr. Sah ihn nur an. Es war zuviel, war einfach zuviel, um es so schnell zu verarbeiten.

»Wollen wir jetzt fahren?« fragte er.

»Wohin?« fragte sie verloren.

Steffen lachte. »Nach Travemünde, denke ich.«

»O nein, Steffen«, sagte sie rasch. »Können wir nicht woanders hinfahren? Wo wir allein sind. Ich habe Tante Silke und Onkel Torsten so gern, aber wir können gar nicht in Ruhe reden, es sind immerzu Leute dort. Das Haus ist noch voll, und . . .«

Steffen sah sie aufmerksam an. Sie hatte recht. In Travemünde würde es sein wie das letzte Mal. Er war nicht allein mit ihr. Aber jetzt war es so weit, daß er mit ihr allein sein wollte. Und sie auch, wie es schien.

»Ja«, sagte er langsam. »Das ist eine gute Idee. Wir fahren woandershin. Wo wir allein sind. Wir fahren in die Lüneburger Heide. Da ist es schön jetzt. Die Heide blüht. Ich weiß ein hübsches Hotel, ganz einsam. Ich bin da manchmal schon gewesen, wenn ich ein paar Tage Ruhe wollte.«

Jovana lächelte erleichtert. Das löste für den Moment alle Probleme.

Sie sah sich im Zimmer um. »Es ist nur zu dumm, ich habe alle meine Sachen draußen. Meine Kleider und die lange Hose und die Pullover. Ich habe gar nichts anzuziehen.«

»Wir werden nach Celle fahren und für dich einkaufen. Du kriegst noch einen Vorschuß von mir.«

»Hast du das damit gemeint, als du von Vorschuß sprachst?«

Er nickte. »Mhm.«

»Dann hast du schon früher daran gedacht, daß ich die Rolle kriegen soll.«

»Ja.«

»Warum?«

»Weil ich mir dachte, du könntest die Richtige dafür sein.«

»Ach!« Sie seufzte. »Ich bin so glücklich, Steffen.«

»Ja, mein kleines Mädchen. Jetzt komm, jetzt fahren wir. Du nimmst mit, was du für die Nacht brauchst. Man braucht keine besondere Garderobe in der Heide. Und was nötig ist, kaufen wir ein.«

»Steffen, ich möchte so gern ...«

»Was?«

»Ich möchte dir sagen, was ich ... ich meine, was ich ... wie mir zumute ist, und ... Aber ich kann es gar nicht sagen, und ich hab' dich ... Ach!« Es war so schwer zu sagen: Ich hab' dich lieb – es ihm zu sagen, war so schwer. Aber es war nicht schwer, ihn wieder zu küssen.

Wie vertraut ihm dieser Mund schon war! Wie vertraut dieser Körper in seinen Armen. Und er war so voll Verlangen, sie zu lieben, zu besitzen, zu halten, immer und immer wieder. »Du wirst es mir sagen, Jovana. Heute noch. Und morgen.«

Sie spürte sein Verlangen, als er sie an sich gepreßt hielt. Endlich, endlich war er bei ihr. Er war nichts als ein Mann, der sie liebte und der sie begehrte. Endlich würde er ihr gehören. Sie hatte es geschafft.

Das hatte sie nun endlich geschafft.

Die Nächte in der Heide sind still. Sie sind so still, daß man ihre Stille hören kann. Der Himmel ist dunkel, fast schwarz, und voller Sterne. Es duftet nach Laub, nach Heidekraut, nach Harz, nach Wald.

Jovana liegt in Steffens Arm, die Wange an seine Schulter geschmiegt. Sie ist entspannt, erschöpft und glücklich. Ihre Gedanken sind wach. Das berauschende Gefühl ihres Sieges vertreibt alle Müdigkeit.

Es ist ein großer Sieg, sie weiß es. Diesen Mann zu erobern, diesen Mann, der ihr so weit überlegen ist, zu einem Liebenden zu machen, ihr gehörend, ihr Eigentum, das hat sie genossen, das genießt sie, schmeckt es auf den Lippen, es macht sie atemlos vor triumphierender Lust.

Es war nicht leicht, es war eine Aufgabe, die über ihre Kräfte, ihr Vermögen ging. Das weiß sie auch. So hat sie noch nie empfunden. Vielleicht ist es dieses Gefühl, das aus einem Mädchen eine Frau macht. Sie war in diesem Spiel kein Objekt, sie hat bewußt und unbewußt alles eingesetzt, was sie hatte und konnte.

Es ist nicht viel. Ihre Mittel sind noch bescheiden, aber der Instinkt hat sie richtig geleitet. Und nun will sie ihn behalten. »Ich kann die Sterne sehen«, flüsterte sie.

»Ja. Ich sehe sie auch.«

Das Fenster ist weit geöffnet. Die dunkle Heidenacht ist eine gute Verbündete, eine kluge Zauberin, von der man lernen kann. Die Stille lernt man von ihr, die Hingabe, die Intensität der großen Ruhe, die durch nichts zu stören ist.

Sie hat sich der Nacht überlassen und seinen Armen, seinen Küssen, seiner Liebe, sie hat sich ganz hingegeben, nicht töricht und unwissend, sondern bewußt und darum voll genießend, auch sie.

Und darum kommt es ihr jetzt so vor, als hätte sie nie gewußt, was Liebe ist. Ein Mann in einem Auto, in einem Heuschober, auf einer fremden Couch, rasche Begegnungen, unbequem und manchmal beschämend ... Aber dies ist anders, sie liegt mit ihm in einem richtigen Bett, sie haben ein Zimmer für sich allein, sie wird die ganze Nacht bei ihm sein. Das ist es.

Die Luft, die hereinkommt, ist wie eine Liebkosung. Es ist so still.

»Es ist, als seien wir allein auf der Welt.«

»Wir sind allein.«

Auch Steffen hat die Augen weit geöffnet. Er blickt in die samtene Schwärze des Himmels, auch er hört die Stille. Denkt auch er: Liebe? Er, der dieses Wort nicht hören kann. Will er es in dieser Nacht doch hören?

»Du wolltest mir etwas sagen, Jovana.«

Sie löst ihren Blick von den flimmernden Silberpunkten, dreht sich leicht, legt den Arm über seine Brust, ihre Lippen berühren seine Schulter, ihre Haut ist weich und glatt wie Seide.

»Ich hab' dich so lieb. Steffen«, flüstert sie. Es ist nicht leicht, so etwas zu sagen. Sie sagt es im richtigen Ton, unsicher, stokkend; kindlich klingt es. Und aufrichtig. Steffen stützt sich auf, neigt sich über sie; es ist so dunkel, daß er ihr Gesicht nicht sehen kann. Aber das macht nichts, er hat es lange genug gesehen in dieser Nacht, hingerissen und hingegeben, das zärtliche Gesicht seiner jungen Geliebten. Er sieht es auch jetzt noch in der Dunkelheit.

»Sag es noch einmal!«

»Ich liebe dich.«

Er läßt sich niedersinken auf diesen jungen, festen Körper, der ihm gehört, der ihm Jugend und Leben und Glück zurückbringt. Nein, nicht zurückbringt, das ist falsch. Der ihm etwas Neues bringt, etwas, was er nie gekannt hat. Sein Geschöpf, sein Eigentum.

»Du Findelkind«, sagt er leise und mit Zärtlichkeit.

Und noch einmal in dieser Nacht nimmt er sie voll Inbrunst und Leidenschaft — mit einer Leidenschaft, die er nie empfunden hat. Sie gehört ihm.

Er spricht es nicht aus. Aber er liebt sie auch.

Zwielicht

Wie Steffen schon gesagt hatte, wurde Jovana bei den Atelieraufnahmen kaum benötigt. Sie war nur zehn Tage in Berlin, sie hatte zwei kurze Einstellungen. Bei dieser Gelegenheit lernte sie das Team kennen. Man sah sie neugierig an. Eine Entdeckung von Rau, hieß es, und natürlich hatte sich der Atelierklatsch schon ihrer Person bemächtigt. Wer war sie, wo kam sie her, und wie war das mit Rau und ihr?

Barenth und Steffen ließen sie kaum aus den Augen, und erstaunlicherweise fand der Produzent Plaschke Gefallen an ihr. »Die Kleene gefällt mir, Rau«, sagte er. »Aus der machen wir was. Nicht nur Sie haben eine Nase, ick ooch. Die hat irgendwas. Offen gestanden, ich konnt' mir das nie richtig vorstellen. Ich meine, 'ne Stumme und so. Schwierige Kiste. Aber die ist goldrichtig. Das nächstemal lassen wir sie reden. Sie hat 'ne interessante Stimme, find' ich.«

»Vom nächstenmal kann noch keine Rede sein«, meinte Steffen abwehrend. »Sie ist noch in der Ausbildung.«

»Ausbildung! Wenn ick sowat höre! Is noch nie 'n Star mit Ausbildung gemacht worden. Hab' ich noch nie erlebt. Richtig rausbringen muß man so'n Mädchen. Das lassen Sie mich man machen.«

Steffen hörte das nicht gern, aber es ließ sich nicht verhindern. Und schließlich hatte Plaschke recht. So war das Geschäft nun mal, er konnte Jovana nicht in einen Glaskasten setzen, wenn sie Erfolg haben sollte.

Er war dabei, als sie das erste Interview geben mußte. Er versuchte die Fragen und ihre Antworten zu steuern, aber er sah mit Erstaunen, wie geschickt sie sich benahm. Sie war sehr ruhig, sehr beherrscht, lächelte kindlich, blickte alle mit unschuldsvollen Augen an und gab vorsichtige Antworten. Sie benahm sich, als wäre das Geschäft ihr wohlbekannt.

Sehr geschickt machte sie das, fand Steffen. Sie wirkte bescheiden und natürlich, so daß man ihr mehr Aufmerksamkeit entgegenbrachte als sonst einer Anfängerin. Zwei Tage posierte sie für Standfotos, auch das mit bemerkenswertem Talent. Man hatte wenig Arbeit mit ihr, sie war fotogen, geduldig und nicht aus der Ruhe zu bringen.

Sonst sah sie im Atelier den Aufnahmen zu. Einmal hatte Andreas Hartmann eine große Szene: der erste Zusammenstoß des Offiziers mit der ahnungslosen Welt der Heimat.

Besuch ist im Hause, die älteren Männer sprechen vom Ersten Weltkrieg, kramen ihre Erinnerungen aus, glorifizieren den Krieg. Man stellt dem jungen Mann Fragen, möchte etwas von seinen Erfahrungen, seinen Fronterlebnissen hören. Er gibt nur einsilbige, ausweichende Antworten, ist fast unhöflich in seiner Abwehr.

Neben ihm sitzt das Mädchen, mit dem er verlobt ist, das ihn liebt, das stolz auf ihn ist; in ihren Augen ist er ein Held. Sie macht so eine Bemerkung, und er erwidert ungeduldig:

»Ein Held? Ich bin ein Feigling.«

Einer der Herren lädt die Anwesenden zur Jagd ein. Der junge Offizier lehnt ab. Er sagt: »Nein.«

Und auf die Frage, warum er nicht kommen wolle, sagt er: »Ich schieße nicht.«

Die anderen sind befremdet, erstmals kommt das verlegene Schweigen in den Raum. Man sieht ihn an. – Und er sagt mit unvermuteter Heftigkeit: »Ich will nicht schießen. Ich schieße auf kein Tier. Ich schieße ja nicht einmal auf Menschen.«

»Das sind merkwürdige Ansichten«, sagt sein Vater ungehalten, »aus dem Mund eines deutschen Offiziers.«

Sein Sohn blickt ihn stumm an, Auflehnung, Verachtung im Blick.

Ein netter alter Herr versucht das verlegene Schweigen zu überbrücken, er meint, der Junge habe ganz recht. Schließlich komme er von der Front und wolle mal eine Zeitlang vom Schießen nichts hören. Der Krieg sei ein blutiges Geschäft, man müsse da nun mal töten – leider –, da solle man im Urlaub davon verschont bleiben. Ihm sei es im Ersten Weltkrieg auch nicht anders ergangen.

Es ist gut gemeint, aber es reizt den jungen Mann noch mehr. Er geht nicht über diese Brücke, die man ihm baut und die die anderen akzeptieren würden, er sagt laut und hartnäckig:

»*Ich* töte nicht. Ich habe noch keinen Menschen getötet. Und ich werde keinen töten. Ich bin kein Verbrecher. Und ich lasse mich von Verbrechern nicht benutzen.«

Nun wird die Situation ungemütlich. Die alten Herren sind

Herren des alten Reiches, sie haben verstaubte Begriffe, eine verstaubte Ehre; sie denken anders, sie haben nie umgelernt. Auch das junge Mädchen versteht nicht. Ihr Vater ist ebenfalls ein hoher Offizier. Sie blickt den Verlobten erschreckt an. Und der Vater sagt schließlich, verärgert, im Pathos einer vergangenen Zeit: »Es ist die Aufgabe des Mannes, die Heimat zu verteidigen. Wenn es denn sein muß, mit der Waffe in der Hand.«

Der junge Offizier lacht höhnisch. »Was für eine lächerliche Phrase!« Er sagt es seinem Vater mitten ins Gesicht. »Die Heimat verteidigen!« – Dann wird sein Gesicht traurig. Er blickt durch die Terrassentür ins Freie. »Merkt denn keiner, daß ihr sie verspielt habt, diese Heimat? Sie ist schon verloren, und ihr seid selbst schuld daran.«

Er dreht sich abrupt um, und während ihn die anderen stumm und erschrocken anstarren, geht er an ihnen vorbei aus dem Zimmer.

So etwa war die große Szene von Andreas Hartmann, in der erstmals im Verlauf des Films deutlich wird, was in dem jungen Mann vorgeht.

Den ganzen Tag arbeiten sie an der Szene. Die Kamera mußte alle Gesichter einfangen, jeder Ausdruck, jede Nuance war wichtig, ein dummes nervöses Lachen der Mutter, das verständnislose, erschrockene Gesicht des jungen Mädchens, der wachsende Unmut des Vaters, die Empörung, die gütige Nachsicht auf anderen Gesichtern.

Steffen gruppierte immer wieder um. Sogar den Dialog änderten sie noch einmal. Ihm lag an Knappheit, an Direktheit, an Atmosphäre.

Hartmann war immer präsent, ganz konzentriert, ebenso wie Johannes Monk, der bekannte Bühnenschauspieler, der den Vater machte.

Schließlich hatte Steffen die Szene so arrangiert, daß Vater und Sohn sich am Ende gegenüberstehen, daß die Konfrontation der beiden, die nun beginnt, auch im Bild sichtbar wird. Zwei starke Persönlichkeiten, die auf einmal ein Abgrund trennt.

Jovana saß den ganzen Vormittag auf einem Fleck, ohne sich zu rühren. Sie bekam einen Begriff davon, was Filmarbeit bedeutete. Eine winzig kleine Szene, kaum fünf Minuten in dem fertigen Film – und hier dauerte es Stunden um Stunden, keiner durfte nachlassen, keiner die Spannung verlieren, und immer wieder von vorn, immer wieder die gleiche Intensität, auch wenn die Worte schon fünfzigmal gesagt, der gleiche Blick, die gleiche Geste schon fünfzigmal dagewesen waren.

Sie konnte sich nun auch einen Begriff davon machen, was ihr bevorstand, denn Steffen würde es ihr nicht leichter machen, und sie hatte nicht einmal die Hilfe der Sprache dazu.

Fasziniert beobachtete sie die Schauspieler, wie sie in den langen Pausen zwischen den Wiederholungen redeten, scherzten, ihre Witze machten und dann wieder – wie mit einem Schlag – ganz da waren, ganz konzentriert, ganz andere Menschen. Besonders Monk, ein alter Routinier, war bewundernswert.

So rief er einmal, als die Lichter wieder erloschen waren, als Steffen sich leise mit Bronski und Barenth besprach, laut durch das Atelier: »Welzmädchen, hast du in der Kantine angesagt, daß ich heute Eisbein essen will? Gestern hatten sie keins. Wenn sie mir heute wieder kein Eisbein servieren, lege ich die Arbeit nieder. Mit Erbspüree und Sauerkraut. Welzmädchen, du kannst mir nicht in die Augen sehen, du hast's vergessen. Mach dich auf meine furchtbare Rache gefaßt.«

Und Sabine Welz, die wie ein Schatten immer um Steffen war, sagte ernst und bestimmt: »Ich hab's bestellt, Herr Monk. Sie kriegen heute Ihr Eisbein.«

»Gut. Dann kriegst du einen Kuß von mir.«

Und gleich darauf war derselbe Johannes Monk wieder ein anderer, ein wuchtiger, finster blickender Mann, für den ein Kampf beginnt. Der Kampf gegen seinen eigenen Sohn.

Er schaltete so mühelos um, von einem Gesicht zum anderen, von einem Tonfall zum anderen, daß man meinen könnte, er drücke nur auf einen Knopf.

So macht man das, dachte Jovana in ihrer Ecke. So muß man es können. Das ist es, was Bettina meint, wenn sie sagt: Es ist alles Arbeit und Disziplin. Nur nicht so mit Gefühlen um sich schmeißen. Das geht daneben. Gefühle soll der Zuschauer haben. Nicht du.

Andreas Hartmann konnte es noch nicht so auf diese Weise. Er war still in den Pausen. Er stand und starrte und ließ sich nicht ablenken.

Steffen war sehr ruhig, sehr gelassen, seine Stimme blieb leise; wenn er unterbrach, etwas erklärte, war es mäuschenstill im Atelier, denn jeder mußte aufpassen, was er meinte. Manchmal stand er bei einem der Schauspieler, sprach auf ihn ein. Auch Barenth war erstaunlicherweise sehr ruhig. Aber er war überall, begriff sofort, nahm jede Anregung auf, noch ehe Steffen ausgesprochen hatte. Nur Bronski hinter der Kamera wurde manchmal laut, er gab lästerliche Flüche von sich, wenn etwas nicht so klappte, wie er wollte.

Dann mußte Margit Bender, die das junge Mädchen spielte, nachgeschminkt werden. Auch sie war noch eine junge, wenig bekannte Schauspielerin, es war ihre dritte Filmrolle, wie Jovana wußte. Und das erste Mal, daß sie bei Steffen Rau spielte. In der Presse war zu lesen gewesen, daß sie sehr glücklich darüber sei, bei dem berühmten Regisseur arbeiten zu dürfen. Steffen war nett zu ihr, sie erhielt oft sein charmantes, unwiderstehliches Lächeln, und Margit blickte anbetend zu ihm auf.

»Ja, Herr Rau«, hauchte sie schmachtend, »ich habe es genau verstanden. Vielen Dank, Herr Rau.«

Was für eine Gans, dachte Jovana in ihrer Ecke.

Plötzlich bemerkte sie, daß Andreas Hartmann neben ihr stand. Er schien sie nicht zu sehen, er stand vollkommen reglos, die Augen gesenkt. Bemüht, die Spannung zu halten. Jovana betrachtete ihn neugierig. Alle ihre Szenen würde sie mit ihm spielen. Man hatte sie miteinander bekannt gemacht, aber sie hatten bisher kein Wort zusammen gesprochen. Er war vollkommen uninteressiert an ihr.

Es war so schwer. Mein Gott, wie schwer es war. Sie hatte sich gar keine Vorstellung davon gemacht. Wo nahm sie nur die Frechheit her zu glauben, daß sie das konnte? Sie konnte es nicht. Man würde sie mit Schimpf und Schande davonjagen und nach Hause schicken. So würde es sein.

Ihr Blick suchte Steffen. Ihr war bewußt, wie bitterlich sie auf ihn angewiesen war. Sie war ein Nichts und Niemand, eine Null, wie Barenth gesagt hatte. Jeder wußte das hier – und, was das schlimmste war, sie wußte es selbst.

Scheu blickte sie in das schmale, eckige Gesicht mit den tiefliegenden Augen. Für Andreas Hartmann war es auch der erste Film, das war ein Trost. Aber er hatte Theater gespielt, er war jemand, er hatte schon einen Namen, er kannte seine Mittel. Für ihn war es leichter.

Hartmann streifte sie mit einem flüchtigen Blick, er schien sie nicht zu erkennen. Gleichgültig blickte er wieder weg. Jovana Maris war für ihn überhaupt nicht vorhanden.

Jovana Maris! Der Name war immer noch fremd, auch wenn sie ihn jetzt schon gedruckt gelesen hatte. Sie mußte erst lernen, mit ihm zu leben.

Es war schwer, anzufangen.

Barenth schoß durchs Atelier. »Wir machen weiter!« rief er. »Zwohundertsechzehn noch mal. Wenn es im Kasten ist, machen wir Mittagspause.«

Da war auch Steffen wieder, er stand bei Bronski an der Kamera, sprach leise mit ihm. Barenth postierte die Schauspieler wieder, die Scheinwerfer flammten auf.

Andreas Hartmann und Monk standen auf der Szene. Margit Bender saß auf ihrem Stuhl.

Ein Mann hielt Hartmann eine Tafel vors Gesicht.

»Zwohundertsechzehn zum elftenmal.«

Wenn Steffen in Berlin war, wohnte er bei Rudi. Auch Jovana wohnte da, und das war, wie sie sofort merkte, eine Auszeichnung. Rudi und seine Frau Gerti hatten sie sehr genau gemustert, als sie kam.

Barenth, der dabei war, grinste.

»Keine Bange, Rudi, sie ist ein ganz artiges Kind. Vielleicht machen wir 'n Star aus ihr. Entdeckung von Rau.«

»Weeß ick«, brummte Rudi, »hat er mir erzählt von. Kenn' ich von ihm gar nich, det er 'n Mädchen mit herbringt. Ist sie seine Puppe?«

»Sowat in der Art«, sagte Barenth, auf den Tonfall eingehend.

»Ick weeß ooch nich, was er an ihr findet.«

»Bißchen jung«, gab Gerti ihren Senf dazu. »Aber er ist nun wohl in dem Alter, wo er auf so was anspricht.«

Nun endlich bekam Jovana von Gerti, einer rundlichen, braunhaarigen Mittvierzigerin mit einem sehr aparten Gesicht, ein Lächeln, sogar ein erstaunlich herzliches Lächeln.

»Na, dann alles Gute, Fräulein Maris«, sagte Gerti. »Hals- und Beinbruch. So 'ne erste Rolle ist kein Zuckerlecken.«

Rudi und Gerti führten eine Hotelpension in einer Nebenstraße des Kurfürstendamms. Ein nicht großes, aber bemerkenswert komfortables und gut eingerichtetes Haus.

»Wat for Kenner«, wie Rudi es ausdrückte.

Beide waren alte Freunde aus Steffens Berliner Zeit, und wenn sie abends nach den Dreharbeiten zusammensaßen, erlebte Jovana einen ganz neuen Steffen. Er war gesprächig wie sonst nie; er konnte lachen wie ein Junge, wenn Rudi von alten Zeiten erzählte und was sie damals alles angestellt hatten.

Sie saßen im Wohnzimmer unter der Hängelampe, es war ganz familiär und gemütlich, sie tranken Bier, und Gerti hatte irgend etwas Wunderbares gekocht, von dem sie immer behauptete, es sei Steffens Leibspeise.

»Wieviel Leibspeisen hat er eigentlich?« fragte Barenth, und Steffen sagte gut gelaunt: »Alles, was Gerti kocht, ist eine Leibspeise von mir.«

Der große vierschrötige Rudi war in den zwanziger und dreißiger Jahren ein bekannter Boxer gewesen, sehr beliebt in Berlin, und wenn man ihm zuhörte, mußte man annehmen, es habe im damaligen Berlin keinen Menschen gegeben, der Rudi nicht liebte, schätzte und hoch verehrte.

Gerti ihrerseits war Schauspielerin gewesen, sie hatte mit dem jungen Steffen Rau zusammen auf der Bühne gestanden. Und auch darüber ließen sich herrliche Geschichten erzählen. Instinktiv spürte Jovana, daß die beiden nicht nur Partner auf der Bühne gewesen waren. Die Art, wie Steffen Gerti anlächelte, und der liebevoll-besorgte Blick, mit dem sie ihn empfing, wenn er abends müde nach Hause kam, kleine Andeutungen, winzige Nuancen machten das deutlich. Rudi schien es nicht zu stören. Entweder er bemerkte es nicht, oder er hatte sich daran gewöhnt, oder es war einfach Vergangenheit für ihn. Rudi war Realist. Das erklärte er immer wieder.

»Det Leben, is, wie es is, nich? Man könnt 'n ja manchmal in die Fresse spucken, aber et hilft nischt. Hilft absolut nischt. Man muß det Beste draus machen.« Solche Sprüche kannte er viele, und Barenth pflegte dann zu sagen: »Rudi, ich glaube, du bist bei Sartre in die Lehre gegangen. Det ist der pure Existentialismus, was du hier verzapfst.«

Als Rudi aufhörte zu boxen, hatte er Geld genug, um sich eine Existenz zu schaffen. Erst hatte er eine Kneipe. Eine gutgehende Kneipe, die immer voll war; Sportler, Künstler und beste Berliner Gesellschaft verkehrten bei ihm, aßen seine Bouletten und tranken sein Bier und seinen Schnaps. Gerti kannte er auch schon, aber zunächst war er noch mit einer anderen Frau verheiratet. Als er dann geschieden war und Gerti erkannt hatte, daß sie nie am Staatstheater oder bei Hilpert spielen würde, heirateten die beiden, und da Gerti fand, eine Kneipe sei ihr nicht angemessen, kauften sie die Pension. Erst war sie kleiner und lag am Olivaer Platz, war aber, laut Rudi, ›'n, schnieker Laden, ooch schon‹. Im Krieg ging alles kaputt, und nach dem Krieg fing Rudi eines Tages wieder mit einer Kneipe an, doch als die Blockade vorbei war und die Zeiten langsam besser wurden, kam die Pension wieder an die Reihe.

Seit sie sich etabliert hatten – seit vier Jahren –, wohnte Steffen bei ihnen, sooft er sich in Berlin befand. Und darum, so sagte er Jovana, drehe er am liebsten in Berlin. Weil er dann wenigstens seine Abende in Ruhe und Frieden verbringen könne.

Tatsächlich gingen sie abends niemals aus. Jovana bekam vom Berliner Nachtleben genauso wenig zu sehen wie vom Hamburger. Nur einmal lud Plaschke sie zu Kempinski zum Abendessen ein.

Erstaunlicherweise machte Steffen sowohl Gerti und Rudi wie auch Barenth gegenüber nicht den geringsten Hehl aus seiner Beziehung zu Jovana. Weder daß er darüber sprach noch daß sie vor anderen Zärtlichkeiten austauschten, das nicht, so etwas lag Steffen nicht, aber es mußte jedem klar sein, daß sie ihm nahestand.

Woanders tat er das nie. Im Atelier, vor Plaschke, hatte er den gleichen verbindlichen, freundlichen Ton zu ihr wie zu den anderen Schauspielern. Jovana machte einmal eine Bemerkung dazu, und er sagte: »Rudi und Gerti sind meine Freunde. Eigentlich die einzigen Freunde, die ich habe. Und Barenth – na ja, der weiß sowieso Bescheid. Der kennt mich zu gut.«

Sicher blieb es auch Gerti und Rudi nicht verborgen, daß Jovana während ihres Berliner Aufenthaltes mit Steffen schlief. Nach zwei Tagen hatte sie sich daran gewöhnt und ging ganz ungeniert in sein Zimmer, falls er nicht zu ihr kam.

Es war für sie immer noch ein Wunder, daß Steffen sie liebte, daß er sie bei sich haben wollte. Nach den romantischen Tagen in der Heide, als sie umherging wie im Traum, war ja wieder eine Zeit gekommen, in der sie ihn kaum sah. Sie arbeitete bei Bettina wie zuvor; sie war sehr unsicher, weil sie keine Ahnung hatte, was auf sie zukam und ob das alles Wirklichkeit werden würde.

Eigentlich sah sie nur Barenth in dieser Zeit, der gelegentlich wie ein Blitz auftauchte, sie mit Neuigkeiten versorgte und wieder verschwand. Steffen traf sie wieder, als Plaschke nach Hamburg kam, der Jovana kennenlernen wollte.

Dann kam also wirklich der Vertrag. Und sie mußte die Erlaubnis ihres Vaters dazu einholen, da sie noch nicht mündig war. Für die Ahlsener war das natürlich eine ungeahnte und umwerfende Situation. Der Brief, den Grete schrieb, war voll Staunen. Wie sie denn zum Film käme und was das alles zu bedeuten hätte?

Jovana hatte sehr vorsichtig geschrieben. Sie sei mit jungen Leuten zusammen, durch die sie die Gelegenheit gehabt hätte, einen Filmregisseur kennenzulernen, sie könne eine kleine Rolle bekommen, und wie man sich erinnere, habe sie ja immer den Wunsch gehabt, Schauspielerin zu werden – das sei also ein Versuch. Sie habe in letzter Zeit Schauspielunterricht genommen, und natürlich könne sie noch nicht sagen, was daraus werden würde.

Die Erlaubnis hatte man ihr widerspruchslos erteilt. Man hatte sich wohl daran gewöhnt, daß sie ihre eigenen Wege ging. Und Jovana konnte sich sehr gut vorstellen, was Grete dazu gesagt hatte. »Gesponnen hat sie ja immer schon. Zum Film will sie gehen! Ausgerechnet die! Möchte wissen, was das werden soll.«

Eine Weile hatte sich in ihrem Leben nichts geändert, manchmal schien alles nur ein Traum zu sein. Sie wohnte nach wie vor bei Frau Buer, die die neue Entwicklung gelassen hinnahm und nur mit einem gewissen Respekt gesagt hatte: »Na, denn werden Sie viel Geld verdienen, Fräulein Röger.«

»Ist nicht zu toll«, hatte Jovana geantwortet. Erst mal sehen, ob ich es überhaupt kann. Vielleicht schicken sie mich wieder nach Hause.«

Es ging alles verhältnismäßig undramatisch vor sich. Gar nicht so, wie man sich den Beginn einer Karriere vorstellte.

»Ist ja auch noch nicht gesagt, daß es eine wird«, so formulierte es Barenth, mit dem sie im Oktober wieder einmal bei Berta auf den Landungsbrücken Bockwurst aß.

»Schnappen sie bloß nicht über, Jovana. Immer besser, man geht die Sache erst mal in piano an.«

»Sehe ich so aus, als ob ich überschnappe?« fragte Jovana zurück. »Ich bin eine Null, Sie haben mir's gesagt. Ich denke immer daran.«

Aber jetzt in Berlin hatte sie erstmals das Gefühl, daß es Wirklichkeit war, daß sie in gewisser Weise dazugehören würde. Barenth hatte sie in Hamburg abgeholt. »Der Chef spinnt«, kommentierte er das. »Als wenn Sie nicht allein in ein Flugzeug klettern könnten.«

»Aber ich bin noch nie geflogen«, sagte Jovana kleinlaut, »und ich bin sehr froh, daß Sie dabei sind, Herr Barenth.«

Es war sehr aufregend, dieser erste Flug. Und auch sehr kurz. Bis Jovana sich an den Zustand gewöhnt hatte, in der Luft zu sein, landeten sie bereits in Tempelhof. Ein wenig blaß um die Nase ging sie neben Barenth zum Taxi, dann kam die Begegnung mit Rudi und Gerti und abends das Wiedersehen mit Steffen.

Sie saß allein in ihrem Zimmer, Barenth war verschwunden; sie hatte sich nicht getraut, das Haus zu verlassen. Es war alles unvorstellbar. Sie war in Berlin, sie sollte in einem Film spielen. Sie würde aufwachen und in Ahlsen bei Moorwald hinter dem Ladentisch stehen.

Und dann war Steffen da. Die Tür ging auf, er kam ins Zimmer, er sah müde aus und abgespannt. »Da bist du ja, mein kleines Mädchen.« Und dann nahm er sie in die Arme, und alles war gut. Sie aß mit ihm und Barenth, was Gerti gekocht hatte, sie hörte dem Gespräch der anderen zu, sie sagte kaum etwas, und sie fühlte sich geborgen.

Später holte er sie in sein Zimmer, er bewohnte ein Doppelzimmer, er liebte sie, er sagte: »Ich bin so froh, daß du da bist«, und dann schlief sie die ganze Nacht an seiner Seite. Es war eine große Selbstverständlichkeit in allem, und das gab ihr Sicherheit.

Am Morgen kam Barenth, als sie mit Steffen frühstückte, und auch er schien das ganz in Ordnung zu finden, er machte weder eine freche Bemerkung, noch schaute er sie seltsam an.

Ehe er ins Atelier fuhr, sagte Steffen zu Gerti: »Gertischatz, du bist doch eine Frau mit Geschmack. Könntest du nicht mit Jovana einkaufen gehen? Ich habe keine Zeit. Sie braucht ein paar schicke Sachen, damit wir sie herzeigen können. So von Kopf bis Fuß in Form.«

Das sei eine Aufgabe, die ihr zusage, meinte Gerti, und diesen ganzen ersten Tag in Berlin verbrachten sie shopping auf dem Kurfürstendamm. Alle behandelten sie ein wenig wie ein Kind. Außer Barenth vielleicht, der immer noch gewisse Reserven merken ließ. Nicht aus Abneigung gegen sie, wie Jovana hoffte, sondern aus Besorgnis um Steffen. So als müsse er ihn schützen. Einmal sagte er zu ihr: »Ich bin der Meinung, man muß Sie mit Vorsicht genießen, Miss Maris. Weil ich zusätzlich der Meinung bin, daß Sie es faustdick hinter den Ohren haben. Sie spielen das liebe kleine Mädchen. Und dahinter lauert eine sprungbereite Bestie.«

Jovana lachte. »Was für ein Kitschdialog, Herr Barenth«, denn sie kannte nun Steffens Abneigung gegen schwülstige Sätze, »gut, daß Steffen das nicht hört. Finden Sie, daß ich eine Bestie bin? Das ist wunderbar, ich möchte so gern eine sein.«

»Sie sind es, Gnädigste, glauben Sie mir, ich kenne mich da aus.«

Ihr Verhältnis zu Barenth hatte verschiedene Töne und verschiedene Gesichter. Ihm gegenüber war sie immer auf der

Hut. Wenn er ihr wohlgesonnen war, nannte er sie Jovana und du. Wenn er ihr zeigen wollte, daß er ihr nicht traute, sagte er immer noch Miss Maris und Sie. Und sie machte das Spiel mit. Eins wußte sie genau: Sie konnte ihm vertrauen, konnte ihn um Rat fragen, und auch wenn er einmal ruppig zu ihr war, so änderte das nichts an seiner Loyalität. Steffen gegenüber natürlich. Aber das bezog sie ein. Jedenfalls solange sie zu Steffen gehörte.

Daß sie zu ihm gehörte, wurde ihr in diesen Berliner Tagen klar. Er sprach nicht von Liebe, er machte keine großen Worte, aber sie war Frau genug, um zu wissen, wieviel sie ihm bedeutete. Und noch etwas anderes fühlte sie instinktiv: daß sie etwas ganz Neues, ganz Einmaliges in seinem Leben war. Das erfüllte sie mit Stolz und Genugtuung, denn sie war ehrlich genug, sich einzugestehen, daß sie es nicht verdiente. Aber sie wollte es sich verdienen.

Frauen hatten in Steffens Leben nie eine allzu große Rolle gespielt. Nach wie vor war Dorothy die einzige Frau, die er wirklich geliebt hatte. Eine große Leidenschaft jedoch war es nie gewesen, aber dafür eine erfolgreiche und glückliche Ehe, gerade weil Dorothy so war, wie sie war: beherrscht, klug und nicht zu possessiv.

Er war nie ein Mann gewesen, dessen Virilität beherrschend für sein Dasein war. In jungen Jahren, in den Anfangsjahren beim Theater und beim Film, gab es natürlich eine Reihe von Affären und auch ernsteren Liebesgeschichten, die er mehr oder weniger genossen hatte, die aber keineswegs so geartet gewesen waren, sein Leben nachhaltig zu beeindrucken. Seit er erfolgreich im Filmgeschäft tätig war, gehörten schöne Frauen zu seiner gewohnten Umgebung. Und gelegentlich gab es die eine oder andere Affäre, genau wie vor seiner Ehe, und keine war auf die Dauer bedeutungsvoll.

Zu sagen, daß er nun, kurz vor Vollendung seines fünften Lebensjahrzehnts, von der großen Liebe heimgesucht worden wäre, entsprach der Situation nicht. Natürlich konnte ein Mädchen wie Jovana, so jung, so dumm in vielen Dingen, so unbedarft, keine ernstzunehmende Partnerin für ihn sein. Das zum Beispiel sagte er sich manchmal selbst. Auch: Ich mache mich lächerlich. Ich bin dreißig Jahre älter. Ich tue genau das, was ich bei anderen Männern meines Alters töricht und lächerlich finde.

Aber das waren eher spielerische Gedanken. Man könnte sagen, Gedanken, zu denen er sich verpflichtet fühlte.

Denn in Wahrheit war es so, daß er bereit war, diese erstaunliche Situation zu bejahen und als Geschenk hinzunehmen. Als Geschenk ja. Er war abergläubisch wie alle Theaterleute. Und seine Fahrt nach Ahlsen, die Begegnung im Turm, die Begegnung an den Bahngleisen konnten einfach nicht als purer Zufall abgetan werden. Er war ihr begegnet an einem Punkt seines Lebens, da er an diesem Leben keine Freude mehr hatte. Vielleicht ein Zeichen des nahenden Alters: die Erkenntnis, wie sinnlos alles war.

Aber nun drehte er den Film, den er so gern drehen wollte. Und er konnte ihn so machen, wie er es sich vorgestellt hatte. Und er war der Meinung, daß danach alles anders sein müßte. Eine Art Neubeginn würde es sein. Nein, das war Unsinn, einen Neubeginn gab es nicht, bestenfalls eine Weiterentwicklung, und auch das war fragwürdig.

Und genau zu dieser Zeit also etwas, was man Liebe nennen konnte, wenn man partout wollte. Natürlich empfand er es anders als Jovana. Zuerst einmal war es die Freude über seine neue erwachte Aktivität auf diesem Gebiet, eine erstaunliche Potenz, die ihn, wie jeden Mann seines Alters, befriedigte. Und dann war es, friedvoll damit gekoppelt, die fast väterlich-freundschaftliche Zuneigung, die ihn an dieses so junge Mädchen band. Er hatte nie Kinder gehabt, er hatte wenige Freunde. Er war ein Einzelgänger. Und nun einen jungen Menschen zu haben, den er bilden konnte nach seinem Bild, formen nach seinem Geschmack, ein moderner Pygmalion gewissermaßen, der sich sein eigenes Geschöpf schuf, das er natürlich lieben mußte, um es schaffen zu können, und das er lieben würde, eben weil es sein Geschöpf war. Das war ein neues, ein einmaliges, nie erlebtes und nicht wiederholbares Ereignis. – Er sprach, sie hörte zu. Er lehrte, sie lernte. Er beobachtete sie, er kontrolliert sie mit durchaus sachlichen Augen, er war kein blind Verliebter, der ihre Fehler, ihre Unbildung übersehen konnte – Dinge, die er entschlossen war zu ändern, und daß dies nicht schwer sein würde, erkannte er bald, denn schneller und begieriger als sie konnte keiner lernen und begreifen.

Es verwunderte ihn, daß sie ihm so rasch vertraut geworden war. Eigentlich war es aber von Anfang an so gewesen, wenn man es ganz genau nahm, schon damals an den Bahngleisen, als sie eine gänzlich Fremde war.

Warum schmiegte sich ihm dieses Kind so mühelos in die Hand? War es ein spezielles Talent von ihr, oder gab es eben doch eine tiefe Übereinstimmung zwischen ihnen, die den Unterschied der Jahre und des Milieus auslöschte? Er hatte immer eine gewisse Distanz von Frauen gewahrt, selbst in seiner Ehe war es nicht anders gewesen, und Dorothy hatte es selbst so gewollt.

Warum er nun am liebsten Jovana ständig um sich gehabt hätte, wußte er nicht zu sagen. Er war sich immer ihrer Gegenwart bewußt, es machte ihn glücklich, sie in der Nähe zu wissen, er war so gelockert und gesprächig, beispielsweise an den Abenden mit Gerti und Rudi, wie nie zuvor. Und er war glücklich, immer wieder und jede Nacht aufs neue sie in seinem Bett zu haben. Diese Mischung von Kind und Frau, die schon sehr erwachsene Leidenschaft, die sie zeigte, und die kindhafte Zutraulichkeit, mit der sie ihm lauschte, ihn bewunderte, sich an ihn schmiegte, dankbar, zärtlich, ganz auf ihn eingestellt.

Er war ihr Freund, Vater und Geliebter zugleich. Und wie konnte es anders sein? Es war für ihn schließlich und endlich doch auch eine verwirrende, weil so neue Situation, die er noch nicht ganz überblicken konnte.

Denn was daraus werden sollte, wie sich dies weiter entwickeln würde, das wußte auch Steffen nicht. Das konnte alle Überlegenheit, aller immer wieder prüfender und sich selbst zur Ordnung rufender Verstand ihm nicht sagen.

Sein erstes Gespräch mit Dorothy über Jovana war wie folgt verlaufen: »Warum erfahre ich die Namen deiner neuen Darsteller erst aus der Zeitung?«

»Aus der Zeitung? Wieso? Du weißt doch, wer dabei ist.«

»Durchaus nicht. Wer ist Jovana Maris, die die Stumme spielen soll?«

Eine klare Frage, die eine klare Antwort verlangte. Und ihn zum Lügen zwang. Etwas, was er nicht mochte.

»Ach so. Ja, Jovana Maris. Du weißt ja, daß es offen war, wer die Stumme macht. Es war sehr schwer, jemand dafür zu finden. Wir haben uns erst jetzt für sie entschieden.«

»Aber du kennst sie schon länger?«

Ein Gespräch am Teetisch wie so oft, kurz ehe er nach Berlin abreiste, um mit den Dreharbeiten zu beginnen. Dorothy gelassen und kühl, nur in dem Blick, mit dem sie ihn ansah, einen gewissen Vorbehalt, der ihn warnte.

»Nun ja, einige Zeit.«

Er sah sie an, sie ihn. Dann senkte Steffen den Blick. Es war unwürdig zu lügen. Jovana war seine Geliebte. Seit den Tagen in der Heide war alles anders. Und wenn er Dorothy vorher hätte irgend etwas erzählen können, jetzt war es unmöglich geworden. Entweder die Lüge oder die Wahrheit. Und natürlich mußte es die Lüge sein. Wer konnte einer Frau, die zu einem gehörte, brutal ins Gesicht sagen, daß man sie betrog? Nicht ein Mann wie er. Er wollte niemand verletzten. Er lachte ein wenig unsicher. »Ja, eigentlich ist es eine komische Geschichte. Und eine ziemlich alte Geschichte. Erinnerst du dich, daß ich einmal von einer Reise kam, genau gesagt, damals aus Frankfurt von der Premiere, vor anderthalb Jahren etwa, da erzählte ich dir von einer seltsamen Begegnung. Weißt du es nicht mehr?«

Dorothy atmete insgeheim auf. Sie hatte Angst gehabt, er würde ihr eine Lüge erzählen. Sie hatte es nicht gern, belogen zu werden, und sie fand, es passe nicht zu Steffen und zu ihr. Sie wußte, daß manchmal eine andere Frau dagewesen war, sie wußte, daß es nie eine Rolle zwischen ihnen gespielt hatte. Sie hatte nicht darüber gesprochen.

»Ja«, sagte sie langsam, »ich erinnere mich. Du erzähltest damals, du hättest einem Mädchen, das Liebeskummer hatte, das Leben gerettet.«

»Sehr richtig. Und das ist sie. Ich sagte dir damals, daß sie Jovana hieß, nicht?«

»Ja, aber du hast mir nicht gesagt, daß du sie wieder getroffen hast.«

»Stimmt. Ich hab's wohl vergessen.« Das war schlecht, sie merkten es beide, es verdarb wieder vieles an der Geschichte. »Ich war selber erstaunt, als sie hier auftauchte. Das heißt, sie rief eines Tages an. Du warst verreist, bei deiner Mutter glaube ich, ja – es war, als deine Mutter Geburtstag hatte.«

»Aha«, sagte Dorothy. »Also im März?«

»Sehr richtig. Im März oder im April.«

Dorothy hob ihre Tasse, sie trank langsam in kleinen Schlukken und sah ihn über den Tassenrand an. – Es war ihm unbehaglich in seiner Haut. Und irgend etwas stimmte an seiner Geschichte eben doch nicht.

»Und wieso rief sie dich an?«

»Na, ich habe ihr damals meine Nummer gegeben. Sie wollte doch partout mitfahren, ich hab's dir doch erzählt. Und um sie loszuwerden, gab ich ihr meine Nummer. Und dann war sie also plötzlich in Hamburg und erzählte mir, daß sie in eine Schauspielschule ging. Sie wollte Schauspielerin werden. Und ich war reichlich überrascht.«

»Und dann?«

Jetzt kam es. Von Travemünde konnte er nichts erzählen, auf keinen Fall. Das mußte für sie ungeheuerlich klingen.

»Na ja, ich traf sie mal – kurz danach. Und im Sommer, im Juli war es, glaube ich, ja, als wir von Amerika zurückkamen, da ging ich mal in diese Schauspielschule, wo sie war. Irgendwie dachte ich, man müßte sich um sie kümmern. Schließlich habe ich ihr das Leben gerettet, nicht wahr?«

»O ja«, sagte Dorothy, und jetzt war Spott in ihrer Stimme, denn nun wußte sie, daß er log.

»Ich fand das eigentlich ganz gut, was sie da machte. Ich hab' sie später mit Barenth bekannt gemacht, und dann haben wir Probeaufnahmen gemacht. Die waren sehr gut. Sie ist der richtige Typ für die Stumme.«

Es war eine schwierige Sache gewesen, diesen Bericht anzubringen. Er sagte: »Kann ich noch eine Tasse Tee haben?« Er zündete sich eine Zigarette an, es gab noch verschiedenes anderes, womit er sich beschäftigen konnte, aber schließlich mußte er Dorothy ins Gesicht sehen.

Sie lächelte. Ihre Augen blickten sehr kühl.

»Ich verstehe. Wirklich eine sehr außergewöhnliche Geschichte. Sehr werbewirksam, würde ich sagen.«

»Aber ich bitte dich! Natürlich kommt davon nichts in die Zeitung. Ich möchte sie als seriöse Schauspielerin aufbauen. Falls sie kann, was ich mir von ihr verspreche. Nicht einmal Barenth weiß von dem ersten Zusammentreffen. Ich habe es nur dir erzählt. Und nicht nur ihretwegen. Ich möchte auch nicht gern in einer solchen Story eine Rolle spielen.«

Dorothy schwieg. Sah ihn an. Wartete, was noch kam. Es kam nichts mehr. Es klang soweit ganz plausibel. Aber es stimmte nicht. Eine Frage hätte sie noch stellen können, nur eine. Etwa: Bedeutet dir dieses Mädchen etwas? So in der Art. Aber solche Fragen lagen Dorothy nicht.

Steffen dachte nicht gern an dieses Gespräch zurück. Außerdem beunruhigte ihn die Tatsache, Dorothy könne von dem Aufenthalt in Travemünde erfahren. Angenommen – sie würde einmal hinausfahren zu Tante Silke und Onkel Torsten und die würden das ausplaudern. Warum auch nicht? Er hatte sie nicht zum Stillschweigen verpflichtet.

Andererseits fuhr Dorothy eigentlich nie allein hinaus. Man

mußte es darauf ankommen lassen. Wie immer er die Dinge sah, Dorothy mußte sie anders sehen.

Und was sie betraf, so konnte er es nur mit ihren Augen sehen, so fair war er schließlich.

Es war ihr erstes Gespräch über Jovana gewesen.

Aber es würde nicht das letzte sein. Das wußte er immerhin.

Jovanas erster Drehtag ging verhältnismäßig unkompliziert vor sich.

Sie war früh um sechs im Atelier, noch etwas verschlafen und sehr befangen. Sie wurde zurechtgemacht unter Barenths Aufsicht, kaum geschminkt, das Haar glatt und einfach zurückgebürstet, ein kurzes graues Kleid, mehr ein Kittel, nackte Beine. – Als sie sich im Spiegel besah, sagte sie:

»Ich bin häßlich wie eine Vogelscheuche.«

»Es kommt allein auf dich an, wie du wirkst«, sagte Barenth. »Ich habe dir ja gesagt, daß nichts dir helfen wird. Keine leichte Rolle das, Jovana!«

Er lächelte ihr tröstend zu, wieder so ruhig und ohne alle Schwätzerei, wie er immer bei der Arbeit war.

»Ja«, sagte Jovana ein wenig kläglich.

Die Szene, die ziemlich am Ende des Films kommen würde, sah folgendermaßen aus:

Es ist bereits die Zeit der Vereinsamung des jungen Offiziers, sein Ausgestoßensein aus der Gesellschaft. Jeder wartet, daß er abfährt, an die Front zurück, um dieser bedrückenden und auch gefährlichen Situation ein Ende zu bereiten. Es geht ihm jeder aus dem Weg.

Seine einzige Gesellschaft ist das stumme Mädchen, das auf seinen weiten, stürmischen Gängen durch das herbstliche Land neben ihm herläuft wie ein kleiner Hund, neben ihm hockt auf einem Baumstamm, auf einem Stein und seinen endlosen Monologen lauscht. Oder ihn betrachtet, wenn er so stumm bleibt wie sie selbst.

An diesem Tag nun hat er draußen im Wald einen Brief aus seiner Brusttasche genommen, den Brief eines Freundes, der kürzlich gefallen ist. Es war sein bester Freund, und sie waren über diesen Krieg und über das Regime, dem sie dienten, einer Meinung. In diesem Brief schrieb der Freund davon, und er liest dem stummen Mädchen einige Passagen vor.

»Nun ist er tot«, sagt er. »Er ist dafür gestorben, so wie ich dafür sterben werde. Sinnlos! Sinnlos!«

Das letzte schreit er in den Wald. »Soll ich dir sagen, wie er gestorben ist? Willst du es wissen? Weißt du, wie Menschen sterben können, kleines Tier?«

Und es folgt die ziemlich rohe Schilderung eines schrecklichen Todes. Das stumme Mädchen vergräbt seinen Kopf in den Schoß, es hält sich die Ohren zu, es möchte nichts hören. Der junge Mann bricht ab, sieht das Mädchen an, sagt: »Schon gut, schon gut. Es tut mir leid. Ich wollte dich nicht erschrecken, Tierchen. Du weißt es nicht. Woher sollst du es wissen?«

Er stopft den Brief wieder in seine Brieftasche, dabei fällt das Bild seiner blonden Braut zu Boden. Er sieht es fallen, er sieht es liegen, aber hebt es nicht auf. Er steht auf und geht rasch fort.

Die Stumme blickt ihm nach. Dann sieht auch sie das Bild. Sie nimmt es in die Hand und sieht es lange an.

Soweit die Vorgeschichte dieser Szene, die sie erst später drehen würden. An diesem Tag kommt eine anschließende Szene dran.

Die Stumme hat es gewagt, sie kommt zu ihm ins Haus.

Schüchtern, ängstlich, erst umschleicht sie das Haus, dann sieht sie ihn von der Terrasse aus in einem Sessel sitzen. Er liest. Sie schaut durchs Fenster; als sie sieht, daß er allein ist, kommt sie durch die angelehnte Tür ins Zimmer. In der Hand hält sie das Bild.

Er bemerkte sie zunächst nicht, erst als sie nahe vor ihm ist, blickt er auf.

»Was machst du denn hier?«

Sie streckt ihm die Hand entgegen, in der sie das Bild hält.

»Das brauche ich nicht mehr. Den Weg hättest du dir sparen können.«

Er sieht ihr enttäuschtes Gesicht, dann greift er in die Tasche, nimmt ein Geldstück heraus und gibt es ihr.

»Danke, Tierchen.« Er blickt wieder in sein Buch. Das Bild liegt achtlos auf dem Tischchen, das neben ihm steht.

Die Stumme geht langsam zur Tür zurück, sie blickt sich ein paarmal um, sie sieht das Geldstück an, und als sie am Schreibtisch vorbeikommt, legt sie es vorsichtig dorthin. Als sie schon an der Tür ist, dreht sie sich noch einmal um, zögert und kommt dann schnell zurück, greift nach dem Geldstück, macht eine Faust darum, preßt die Faust an die Brust und läuft schnell hinaus.

Soweit diese Szene. Jovanas erste Szene, die sie für »Zwielicht« zu drehen hat.

Nur Hartmann und sie sind auf der Szene. – So wird es ja immer sein.

Es ist verhältnismäßig still im Atelier. Alle sind auf das erste Auftreten der Neuen gespannt.

Jovana bezwingt das Lampenfieber, das ihre Knie weich macht und ihre Hände zittern läßt. Sie ist froh, daß sie nicht sprechen muß.

Steffen nimmt sie an der Hand, geht mit ihr den Weg, bestimmt die einzelnen Positionen. Leise sagt er: »Du hast kalte Hände, Kleines. Du brauchst keine Angst zu haben. Wir lassen uns Zeit. Mach alles so, wie ich es dir sage.«

Jovana nickt.

Und dann geht alles verhältnismäßig einfach. Hartmann ist konzentriert und ganz da, wie immer. Er ist keine Hilfe, aber er stört auch nicht. Kein lautes Wort fällt, sogar Bronski schreit heute nicht. Er ist ganz mit diesem neuen Gesicht beschäftigt, das er zum erstenmal vor der Kamera hat. Er weiß, wie schwer das ist. Und die Aufgabe reizt ihn ungemein: dieses nackte, ungeschminkte, hilflose Gesicht richtig zu erfassen.

Nach einiger Zeit ist Jovana ganz gesammelt. Sie hat die Szene oft genug geprobt. Erst mit Bettina, dann mit Steffen. Es ist gar nicht schwer. Und die anderen stören sie auf einmal nicht mehr.

Da steht sie, streckt die Hand aus, in der sie das Bild hält, ihre Augen sind erwartungsvoll auf den jungen Mann gerichtet, sie möchte ihm ja einen Gefallen tun, eine Freude machen, und sie merkt, daß es für ihn keine ist. Sein freudloses Lachen läßt sie zusammenfahren, ihre Augen werden angstvoll, das Bild fällt zu Boden, wie heute schon einmal. Sie bückt sich, hebt es auf, reicht es ihm mit einer scheuen Geste noch einmal hin, und als er nicht danach greift, legt sie es vorsichtig neben ihn auf das Tischchen.

Jetzt hat sie eine Großaufnahme. In ihrem Gesicht ist alles, was sie empfindet. Angst, Zuneigung, Bewunderung, Liebe, eine stumme flehentliche Bitte...

»Gut«, sagt Steffen. »Ich denke, das kann so bleiben. Wir kopieren sechs und acht. Jetzt die Szene mit dem Geld. Haben Sie ein Geldstück, Andreas?«

Andreas hat kein Geldstück, aber Fräulein Welz hält es schon bereit.

Bis Mittag haben sie die ganze Szene im Kasten. Barenth sagt, sie müsse als Neuling eine Runde geben, und sie habe es gut gemacht.

Jovana blickt zu Steffen hinüber. Er spricht mit Bronski, aber er sieht ihren Blick, nickt ihr zu und lächelt.

Jetzt, wo alles vorüber ist, werden ihre Knie wieder weich und ihre Hände wieder kalt. Es wird ihr sogar einen Moment lang schwarz vor den Augen, und sie denkt, daß sie gleich das erstemal in ihrem Leben in Ohnmacht fallen wird.

Bei Bettina haben sie mal ein Gedicht gelernt, es hieß »Der Reiter über den Bodensee«.

So kommt sie sich vor.

Und dann sind alle um sie herum, sogar Hartmann macht ein fröhliches Gesicht, er lacht sie an, Bronski gibt ihr einen Kuß.

Barenth schiebt ihr ein Schnapsglas in die Hand und sagt: »Der Teufel in dein Täschchen, Jovana!«

Und Steffen ruft: » Für heute ist Schluß, Kinder. Wir machen alle mal blau!«

Das war Jovanas erster Drehtag.

Die Außenaufnahmen beginnen spät und ziehen sich bis Ende November hin. Aber sie haben unwahrscheinliches Glück mit dem Wetter. Der Herbst ist mild und sonnig, das Jahr macht nur noch kleine Schritte, zögernde, es ist ein langsames, schwebendes Sterben der Natur, eine bittersüße Schönheit, die das Land verzaubert.

Steffen hat die Aufnahmen sehr sorgsam eingeteilt. Zuerst wurden alle Straßenszenen, alle Szenen, die im Ort spielen – sie haben in Wolfenbüttel gedreht – genommen, und ganz am Schluß erst beginnen die Aufnahmen draußen im Wald und im Gelände.

Dadurch ist das Team am Ende sehr klein. Schauspieler werden nur zwei benötigt. Andreas Hartmann und Jovana. Gelegentlich tritt ein junger Förster auf, den macht der Einfachheit halber Barenth, und was gebraucht wird an Waldarbeitern oder gelegentlich ein einsamer Spaziergänger oder Reiter, dafür nehmen sie einfach Leute aus der Bevölkerung, die gern mitmachen.

Durch diese Einteilung entsteht eine geradezu intime Atmosphäre, und was noch mehr ist, sie sind alle unbeschreiblich friedlich und nett miteinander.

Barenth sagt: »Solche Außenaufnahmen habe ich noch nie erlebt. Ich ginge glatt noch mal zum Film, wenn das immer so wäre. Das ist keine Arbeit. Das ist Urlaub.«

Jovana hat sich nahtlos eingefügt, sie ist immer höflich, geduldig, unermüdlich; sie probiert bereitwillig, sooft es gewünscht wird; sie wiederholt jede Einstellung ohne Murren und gibt sich Mühe, genauso konzentriert und intensiv zu sein wie Hartmann. Sie verliert nie die Nerven, sie hat keine Launen.

Bronski sagt: »Man sollte nur mit Anfängern arbeiten. Die Routine, die ihnen fehlt, ersetzen sie durch Goodwill. Das ist besser.«

»Stimmt«, erwiderte Barenth, »du warst auch mal 'n netter Mensch, als du 'n Anfänger warst.«

Die beiden sind etwa gleichaltrig und verstehen sich großartig. Der Aufnahmeleiter ist ein älterer, sehr besonnener Mann, der Ruhe verbreitet, wenn er erscheint. Sie wohnen in Celle und drehen in der Landschaft an der Aller. Morgens liegt silberner Nebel über dem Fluß, der langsam golden wird, wenn die Sonne durchdringt.

Die Blätter sinken so gekonnt zu Boden, als hätten sie es geprobt.

Barenth sagt: »Chef, wir sollten noch einen Extrakulturfilm machen, Herbst in der Heide oder so. Wir haben herrliche Landschaftsaufnahmen dabei. Direkt ein Jammer, daß man sie wegschneiden muß.«

»Wegschneiden?« fragt Jovana. »Oh, warum?«

»Wie lang soll der Film denn werden? Wir haben Material für drei Filme. Die Kriegsszenen müssen wir schließlich auch noch einschneiden.«

Das machen sie später. Dazu brauchen sie alte Wochenschaubilder und ähnliches Material. – Denn manchmal, wenn der Offizier in dieser friedlichen Landschaft geht oder steht oder sitzt, denkt er an den Krieg, an das, was er erlebt hat. Das soll dann jeweils, ganz kurz nur, doch auch sehr hart, eingeblendet werden. Darum brauchen sie auch noch Schnee, der sich aber bis jetzt nicht blicken läßt. Sie brauchen ihn für die letzten Szenen des Films. Der erste Schnee, noch dünn und spärlich, das Land wird noch schweigsamer. Der junge Mann steht am Ufer des Flusses, die Stumme steht neben ihm und friert. Sie ist zu dünn angezogen, sie zittert, er merkt es und will ihr seine Jacke um die Schulter hängen. Sie wehrt verlegen ab, macht durch Gesten klar, daß er ja dann frieren müsse; er schüttelt den Kopf. »Ich bin schon erfroren. Mir wird sowieso nie wieder warm, Tierchen. Mein Herz ist erfroren. Schon lange.«

Er legt ihr die Jacke um, hüllt sie geradezu liebevoll darin ein, sie kuschelt sich hinein und blickt anbetend zu ihm auf, aber er sieht sie nicht mehr an, starrt über den Fluß hinweg in den fallenden Schnee. Und nun kommt noch einmal eine Rückblende: Elend der Soldaten im russischen Winter.

Barenth sagt: »Wenn kein Schnee kommt, machen wir selber welchen. Kleine Fische.«

Zunächst warten sie noch. Sie haben die Schlußszenen des Films wirklich an den Schluß des Drehplans gesetzt, also wird man sehen.

Wenn sie am Nachmittag mit der Arbeit aufhören, fahren Steffen, Andreas und Jovana in die Stadt zurück, während Barenth noch den Abbau überwacht.

Erst im Hotel schminkt Jovana sich ab; sie kann das nun allein, viel geschminkt ist sie sowieso nicht. Dann klettert sie in die Badewanne. Jeden Tag baden – noch nie in ihrem Leben hat sie das genossen. Und sie genießt es wirklich. Sie liegt lange entspannt und glücklich in der Wanne. Meist kommt Steffen dazu, er bringt etwas mit, Tee, Kaffee, ein Glas Grog oder Kognak, je nachdem, worauf er gerade Appetit hatte. Er hat es in sein Zimmer bestellt, für sie mit, und nun bringt er es ihr. Er sitzt auf dem Hocker neben der Badewanne, trinkt sein Glas leer, raucht eine Zigarette, redet über die Arbeit des Tages, und einmal sagt er: »Barenth hat recht. Das sind die erholsamsten Filmaufnahmen, die ich je gemacht habe. Woran liegt das bloß? Weil keine Stars dabei sind?«

»Du könntest sagen, es liegt an mir«, schlägt Jovana vor und streckt einen Fuß aus der Wanne. Ihre nasse Hand greift nach dem Grogglas, sie nimmt einen Schluck. »Mhmm! Gut.«

»Du hast recht, kleines Mädchen, das wird es sein. Weil du bei mir bist, bin ich so friedlich.«

Er beugt sich herab, küßt sie auf die Nasenspitze; dann steigt Jovana aus der Wanne, er frottiert sie ab, hält ihren warmen feuchten Körper eine Weile im Arm, dann wickelt sie sich ins Badetuch, und sie gehen in ihr Zimmer.

Manchmal ist Barenth inzwischen eingetroffen und hat etwas zu berichten. Er ist der einzige, der zu dieser Dämmerstunde zugelassen ist.

Jovana fragt: »Wollt ihr etwas?« Und dann nimmt sie den Telefonhörer ab und bestellt, was gewünscht wird. Bier, ein Aperitif, Whisky.

»Zieh dir was an«, sagt Steffen wohl auch strafend, wenn ihr das Badetuch tief über die Schultern rutscht, und dann schlüpft sie in den dekorativen grünseidenen Morgenrock, den er ihr geschenkt hat. Sie kuschelt sich auf das Sofa, hört den Männern zu, weiß auch durchaus schon manchmal selbst etwas dazu zu sagen, und zwar zur Sache und nicht immer das Dümmste. So verbringen sie die Stunde bis zum Abendessen, das sie unten im Restaurant zusammen mit den anderen einnehmen. Es ist ein Idyll! Barenth hat vollkommen recht. Alle wundern sich darüber, die die oft hektische Atmosphäre bei Aufnahmen kennen.

Nur zwei wundern sich nicht: Hartmann und Jovana, denn sie haben keine Erfahrung. Ihnen gefällt es. Sie haben sich gut angefreundet, diese beiden, und Jovana wird nicht müde, sich von Andreas Hartmann erzählen zu lassen, der immerhin schon an vier verschiedenen Bühnen gespielt hat. Sie will alle seine Rollen wissen, mit wem er gespielt hat, unter welchem Regisseur, wie es war, was er sich dabei gedacht hat. Das ist ein unerschöpfliches Thema, das natürlich auch den jungen Schaupieler fesselt. Und wenn Jovana dann noch sagt: »Gott, wie ich Sie beneide, Andreas. So herrliche Rollen! Oh, ich wünschte, ich wäre Ihre Luise gewesen!« Oder irgend etwas in der Art, dann lächelt Steffen väterlich, aber Barenth und Bronski grinsen sich an. Sie sind sich beide darüber einig, daß diese kleine Anfängerin ein ganz gerissenes Frauenzimmer ist, die Riesenfortschritte macht, täglich und stündlich. Und nicht nur, was ihre Arbeit betrifft. Bronski sagt zu Barenth: » Mit der werden wir noch was erleben. Die wächst sich zurecht. Gerechter Gott, da sind die anderen Turteltäubchen dagegen. Armer Steffen!«

Denn wie es steht zwischen Jovana und Steffen, das wissen mittlerweile alle, auch wenn es nichts zu sehen und zu hören gibt. Die beiden Hauptdarsteller dieser Affäre benehmen sich sehr korrekt und diskret, aber so etwas merkt man eben und weiß es, es läßt sich nicht verbergen bei diesem engen Zusammenleben.

Jeden dieser Männer behandelt Jovana auf die richtige Art. Sie albert mit Bronski herum; manchmal küßt er sie, das sieht Steffen nicht gern, er ist nun mal komisch in diesen Dingen. Mit Andreas Hartmann macht sie in Kunst, wie Barenth es nennt. Flirtet sie mit ihm, dann tut sie es ganz behutsam, auf eine gewisse kameradschaftliche Art. O ja, sie kennt die Nuancen.

Woher sie das bloß hat, denkt Barenth. Angeborenes Talent muß es sein. So etwas lernt man nicht, so etwas kann man. Denn das größte Wunder ist für Barenth, wie sie es versteht, mit Steffen Rau umzugehen. Sie zeigt immer einen gewissen Respekt, Bewunderung sogar, ohne je dabei albern zu werden. Dabei handhabt sie das zweifellos doch nicht ganz einfache Verhältnis mit

Geschick, ja Souveränität. Sie ist eine Mischung aus Schülerin und Geliebter, und nie vergreift sie sich im Ton. Und Barenth sieht schließlich auch, wie das auf Steffen wirkt. Er hat diesen Mann, den er verehrt, ja geradezu liebt, nie so gesehen. So gelöst, so heiter, so ausgeglichen.

Gewiß, Steffen war nie übermäßig nervös, nie überspannt, aber doch meist unzugänglich, verschlossen, manche nannten ihn hochmütig. Nichts mehr davon. Jetzt ist er von einer geradezu herzlichen Freundlichkeit zu allen, verständnisvoll, und vor allem: er lacht. Er hat nie so oft, nie so froh gelacht. – Wie macht die kleine Bestie das?

Die Antwort auf diese Frage ist alt wie die Welt. Wie machen Frauen so etwas? Mit sich selbst. Das ist es. Aber daß dieser Trick bei Steffen Rau auch gelingt, das ist für Barenth ein achtes Weltwunder. Er hat es oft genug erlebt, wie die schönsten und verführerischsten Frauen sich um Steffen bemühten, allen voran Britta Thorwald. Und immer vergebens. Und dieses kleine Mädchen hat es geschafft.

Es erhöht sein Interesse an Jovana. Er weiß sehr gut, daß sie nicht das kleine Mädchen ist, das sie so gern spielt. Begabt ist sie auch. Und sie kokettiert nicht zuletzt auch mit ihm, aber bei Barenth hat sie wenig Erfolg.

Das Verhältnis zwischen ihnen ist immer etwas gespannt. Barenth ist auf der Hut, er wird ihr nicht auf den Leim gehen. Einmal sagt er ihr das. Sie haben draußen eine Pause gemacht. Steffen und Bronski sind weggefahren, um irgend etwas zu erkunden – einen neuen Platz –, Barenth hat den Auftrag, die nächste Szene vorzubereiten. Das geht schnell. Er legt mit den beiden Darstellern die Positionen fest, probiert zweimal durch, dann geht Andreas, um nachgeschminkt zu werden.

Barenth sitzt im Gras und raucht eine Zigarette. Jovana schlendert herum, dann kommt sie zu ihm, kniet sich erst neben ihn, dann legt sie sich hin, den Kopf in seinen Schoß.

»Du wirst einen kalten Hintern kriegen«, sagt er ungerührt, »es ist immerhin November.«

»Du kannst mich ja wärmen«, meint Jovana träge.

»Den Teufel werde ich tun.«

»Warum nicht?«

»Weil ich nicht will.«

»Glaub' ich nicht. Und außerdem mußt du. Es gehört zu deinen Aufgaben. Wenn ich einen Schnupfen kriege, können wir nicht weiterdrehen.«

»Und ob wir können. Du brauchst ja nicht zu reden. Spielt gar keine Rolle, ob der Stummen die Nase tropft.«

»Bäh!« macht Jovana und streckt ihm die Zunge heraus.

Barenth legt ihr die Hand um den Hals. Eigentlich wollte er sie nicht anfassen, aber nun tut er es doch.

»Du Biest!« sagt er.

Jovana blickt zu ihm auf, die Lippen ein wenig geöffnet, ein Lächeln im Mundwinkel. Dann schließt sie die Augen, räkelt sich wie eine Katze in seinem Schoß.

»Steh auf, du Biest!« sagt er.

»Nein. Laß mich. Ich liege gerade so gut.« Dann lacht sie befriedigt, blinzelt zu ihm auf, hebt die Hand und zupft ihn an der Unterlippe.

Barenth gibt ihr einen unsanften Schubs, daß sie aufrecht sitzt, und steht auf.

»Mit mir nicht, du Biest. Mich wirst du nicht einwickeln wie die anderen.«

Jovana streckt sich, wirft die Arme über den Kopf und lacht. »Du bist ein brutaler Mensch, Lothar. Aber ich finde das ganz nett.«

Barenth läßt sie liegen und geht fort.

Eine kleine Katze, die sich im Mäusefangen übt. Barenth bildet sich ein, etwas von Frauen zu verstehen. Sie wird das Mäusefangen nicht lassen, und sie fängt sie nicht nur, wenn sie Hunger hat. Für sie ist es ein Sport. Oder ein Vergnügen, wie man will.

Die erste Unstimmigkeit zwischen Jovana und Steffen gibt es, als Plaschke das Team besucht.

Plaschke, wie schon erwähnt, hat Gefallen an Jovana gefunden. Das ist ein Mädchen nach seinem Geschmack, natürlich, nicht so eine Kunstfigur, auf eine kreatürliche Weise hübsch, mit sehr viel Ausstrahlung von Sex und dazu noch begabt. Darüber sind sich alle einig, die die bisher vorliegenden Kopien gesehen haben. Sie haben da einen guten Fang gemacht, den muß man sich sichern. Er, Plaschke, wird ihn für sich festnageln.

Zu Steffen sagt er: »Hab' ick Ihnen gleich gesagt, det an der Kleenen wat dran is. Die hat was. Lassense die mal zwei, drei Jahre weiter sein, Rau, so'n bißchen ausgereifter, Sie wissen schon, wie ich det meine, dann haben wir ein Trumpfas in der Tasche. Die spielt die anderen glatt an die Wand. So viel Mädchen mit 'm gewissen Pep haben wir nämlich hierzulande nich, wissen Sie! Bei uns sind die Miezen immer so'n bißken tuntig. – Wie war das – sie kommt aus Prag, nich? Det muß es sein.

Müssen wir in der Werbung noch ’n bißken rausstreichen. Prag, jut is det. Sind hübsche Weiber, die Tschechinnen. Det nächstemal bringen wir sie richtig raus, in ’ner duften Rolle, so mit allem Zippzapp. Hier muß sie ja leider doof sein, is direkt schade, daß man sie jar nich een bißken aufpolieren kann.«

Steffen hört sich das alles geduldig an, er kennt Plaschke. Und es kann ihm ja auch nur recht sein, daß er mit dem Neuling zufrieden ist. Solange Jovana diese Reden nicht hört, macht es nichts. Doch da ist Plaschke vorsichtig; er ist dagegen, ›den jungen Dingern Läuse in’n Kopp zu setzen, die kriegen die von janz alleene‹.

Immerhin bietet er Jovana einen Vertrag. Einen sogenannten Ausbildungsvertrag zunächst auf fünf Jahre, mit einer Option auf Verlängerung. Die Produktion zahlt ihr danach monatlich 800 Mark und sämtliche Ausbildungskosten.

»Und dann natürlich für jede Rolle ’ne anjemessene Gage. Na, was sagste nu, Kleene? Ist det wat?«

Jovana ist überwältigt. Sie praktiziert einen wunderbaren Augenaufschlag und haucht: »Nein, Herr Plaschke, das kann nicht wahr sein!«

»Das ist auch nicht wahr«, stoppt Steffen ihre Begeisterung, »Denn daraus wird nichts.«

»Aber es wäre doch wunderbar«, sagt sie, »denk mal, Steffen, ich könnte dann ...«

»Du bist ruhig«, beschneidet er sie. »Was mit dir geschieht, bestimme ich.«

Das geht zu weit, das sollte er nicht sagen, denkt Barenth, der mit am Tisch sitzt, und wundert sich abermals über Steffen. Plaschke wundert sich auch. »Na, nu mal langsam mit die jungen Pferde. Also wissen Sie, Rau, so geht det ja nu ooch nich. Wie soll ich det denn nu vastehn?«

Er blickte von einem zum anderen, sein Doppelkinn bebt ärgerlich, und er beißt auf seiner Zigarre herum.

Jovana hat die Unterlippe vorgeschoben und macht ein Kleinmädchengesicht. Sie findet die Situation herrlich. Ihr Selbstbewußtsein steigt in ungemessene Höhen.

»Wirklich, Steffen«, sagt sie kindlich, »ich finde das großartig von Herrn Plaschke, und ich muß noch so viel lernen, und ich ...«

Steffen ist ernstlich böse. »Das wirst du dann eben nicht«, fährt er sie an. »Was willst du eigentlich? Einen mittelmäßigen Film nach dem anderen drehen oder Schauspielerin werden?«

Nun ist Plaschke sehr wütend, man merkt es daran, daß er hochdeutsch spricht. »Nun möchte ich doch sehr bitten, Herr Rau! So miserable Filme mache ich schließlich auch nicht. Und ich will ja gern mit Ihnen besprechen, wo man sie einsetzen kann. Wenn es denn schon so ist« – er macht eine süffisante Pause –, »daß Sie ein Anrecht auf das Mädchen geltend machen.«

»Natürlich muß ich viel lernen«, flötet Jovana dazwischen, »ich möchte schließlich einmal die heilige Johanna spielen. Und die Julia.«

»Die Julia!« sagt Plaschke wegwerfend. »Warum denn das?«

Barenth grinst.

Jovana blitzt ihn an. »Warum lachen Sie, Herr Barenth? Sind Sie der Meinung, daß ich die Julia nicht spielen kann?«

»Warum nicht, Miss Maris«, sagt Barenth mit ernster Miene. »Und wie wär's mit dem Gretchen?«

»Sehr richtig. Auch das Gretchen.«

»Wir können das jetzt nicht entscheiden«, sagt Steffen steif, »Es ist zu früh, darüber zu reden.«

»Find' ich nicht«, widerspricht Plaschke. »Wenn der Film erst mal draußen ist, werden andre Angebote kommen. Schließlich hab' ich sie rausgebracht, also hab' ich auch das Vorkaufsrecht.«

»Rausgebracht habe ich sie«, sagt Steffen und ärgert sich, daß er sich auf eine so blödsinnige Debatte mit Plaschke einläßt. »Wenn sie wieder filmt, soll sie es unter meiner Leitung tun. Zunächst wird sie ihre Studien fortsetzen.«

»Soll sie ja. Sie kann nach Berlin kommen und in die Schauspielschule gehen. Dort lernt sie alles, was sie braucht. Ich werd' schon auf sie aufpassen. Und wenn sie zwischendurch mal 'ne kleene Rolle spielt und zehntausend Piepen extra verdient, is ja ooch nich zu verachten. So'n Mädchen braucht ja ooch mal 'n bißken Spaß. Pelzmäntelchen oder kleines Auto oder so. Sonst läßt sie sich's bloß von 'nem Kerl bezahlen.«

Steffen ist ganz weiß im Gesicht. Barenth sieht ihn besorgt an und ist richtig froh, als im gleichen Moment Andreas ins Lokal kommt und sich zu ihnen setzt. –

So ist das Thema erst mal beendet. Barenth stürzt sich mit Vehemenz in das nächstbeste andere Gespräch, in das er auch Plaschke zu ziehen versucht, aber der ist beleidigt und nuckelt mit finsterer Miene an seiner Zigarre.

Auch Steffen ist schweigsam. Jovana würde am liebsten schnurren wie eine Katze. Sie hat plötzlich etwas entdeckt: Die

Tür ist offen. Dahinter liegt die Welt. Da gibt es Wege, die sie gehen kann. Einen hat man ihr soeben gezeigt. Andere wird sie noch entdecken.

Und außerdem genießt sie es aus vollstem Herzen, daß sie Steffen so wichtig ist, daß er sich ihretwegen ärgert, daß er so etwas wie einen Kampf um sie führt. Das ist einfach wundervoll.

Denn natürlich weiß sie auch: Alle Möglichkeiten, die sich ihr jetzt bieten, hat sie ihm zu verdanken. Ohne ihn... man kann gar nicht darüber nachdenken, wo sie jetzt wäre. Trotzdem benimmt sie sich recht unvernünftig, als sie später am Abend mit ihm allein ist.

»Ich verstehe dich wirklich nicht, Steffen. Das ist doch gut gemeint von Herrn Plaschke. Du weißt vielleicht nicht, wie schwer ich es im vergangenen Jahr hatte. Du kannst dich leicht hinstellen und über mich verfügen. Aber du weißt vielleicht nicht, daß ich sehr oft Hunger hatte – ganz einfach, weil ich nichts zu essen hatte. Wenn Frau Buer mir nichts gegeben hätte – und wenn Bettina mich nicht gratis unterrichten würde –, was glaubst du, wo ich wäre? In einem Büro oder hinter einem Ladentisch. Oder überhaupt wieder in Ahlsen.«

»Das weiß ich ja. Aber jetzt ist es doch anders.«

»Gar nichts ist anders. Wenn der Film vorbei ist, geht es genauso weiter. Ich möchte auch mal Geld haben.«

»Du hast doch jetzt Geld. Die Gage reicht, daß du ein Jahr unbeschwert arbeiten kannst. Du kannst Bettina bezahlen, du wirst auch eine kleine Wohnung bekommen. Mein Steuerberater wird alles für dich erledigen, damit man berücksichtigt, daß du noch Ausbildungskosten hast. Ein Auto brauchst du, bei Gott, nicht, und wenn es unbedingt ein Pelzmantel sein muß, werde ich ihn dir zu Weihnachten schenken.«

Da muß sie lachen. Sie legt die Arme um seinen Hals, schmiegt ihre Wange an seine. »Ach, Steffen, sag doch etwas anderes. Sag, daß du mich ein bißchen liebhast und daß du mich bei dir behalten willst. Ich will ja alles tun, was du sagst, ich will fleißig sein, und am liebsten bleibe ich ja auch bei Bettina, bei ihr lerne ich am meisten. Und ich gehe zum Tanzunterricht und zum Fechten, und ich werde richtig Englisch lernen, und ich... Ach, Steffen, ich bin so gern bei dir.«

So macht sie das. Das weiß Barenth natürlich nicht, wie geschickt sie das macht. Und es ist nicht einmal gelogen. Sie will bei ihm bleiben, sie ist so glücklich bei ihm, und es ist ein herrliches Gefühl, daß er da ist und für sie denkt und für sie sorgt.

Steffen legt die Arme um sie und hält sie fest. Ja. Das ist es. Sie soll bei ihm bleiben, er will sie in der Nähe haben. Und sie soll von ihm lernen. Alles, was mit ihr geschieht, soll durch ihn geschehen.

Er nimmt ihr Gesicht zwischen seine Hände, sie sieht mit kindlich-gläubigem Ausdruck zu ihm auf.

»Du sollst mir vertrauen. Wir werden den besten Weg für dich finden. Ich kenne diese Ausbildungsverträge. Manchmal sind sie ganz nützlich – aber nicht für dich. Du sollst nicht in billigen Filmen verbraucht werden. Ich werde wieder eine Rolle für dich haben. Und eines Tages auch eine große Rolle. Wenn du so weit bist, daß du es kannst.«

Er küßt sie. Er liebt sie. Wenn es etwas gibt, was man Liebe nennen kann, dann ist es dies: für einen Menschen Verantwortung übernehmen, das Beste für ihn wollen.

Das zweite Gespräch zwischen Dorothy und Steffen über Jovana fand am zweiten Weihnachtsfeiertag statt. Genaugenommen war es das dritte Gespräch, wenn man den Bericht nach seinem Besuch in Ahlsen dazurechnete.

Steffen war erst kurz vor Weihnachten aus Berlin gekommen, wo sich der Film zur Zeit im Schnitt befand. Im Trubel der Vorbereitungen zu dem Fest waren sie bisher noch nicht zu einer ruhigen Stunde gekommen.

Dorothy, die selbst keine Kinder hatte, war immer sehr ausführlich damit beschäftigt, die Kinder ihrer Brüder zu beschenken. Und sie legte auch Wert darauf, daß die Kinder zu ihr ins Haus kamen. Und natürlich mußten für die ganze weitverzweigte Sippe der Burmeesters Geschenke besorgt, Briefe geschrieben und Besuche gemacht werden. Das wollte Dorothy so, und Steffen fügte sich darein. Er war so viel unterwegs, sie hatte genaugenommen wenig von ihm, also hatte er Verständnis dafür, daß sie die Nähe ihrer Familie suchte.

Am ersten Weihnachtsfeiertag fand wie immer ein großes Essen in der Villa an der Elbchaussee statt, in der jetzt Dorothys ältester Bruder residierte.

Steffen haßte die Familienfeste, aber Dorothy zuliebe stand er sie tapfer durch. Am zweiten Weihnachtsfeiertag lud Dorothy ihrerseits Gäste ins Haus, allerdings erst am Spätnachmittag und Abend.

So hatte er vorgeschlagen: »Das Mittagessen lassen wir dann lieber ausfallen. Ich würde gern ein bißchen an die Luft gehen.«

Dorothy blickte ihn schweigend an und gab keinen Kommentar. Er wollte Jovana treffen, er hatte sie nur kurz am Tage vor dem Heiligen Abend gesehen, um sein Weihnachtsgeschenk abzuliefern, das Gerti in Berlin in seinem Auftrag besorgt hatte. Der Pelzmantel, von dem schon die Rede war. Indisch Lamm in Beige.

Jovana freute sich wie ein Kind darüber und auch, wie sie sagte, ihn endlich wiederzusehen. Es war seit Beendigung der Außenaufnahmen das erstemal, daß sie zusammentrafen. Viel Zeit jedoch konnte er ihr nicht widmen, und das tat ihm leid. Es tat ihm auch leid, daß er Weihnachten nicht bei ihr sein konnte. Er befand sich in der schwierigen Situation eines Mannes, der eine Frau und eine Geliebte hat, und Feiertage waren in einem solchen Fall geradezu lebensgefährlich, er wußte es.

Aber Jovana war nicht empfindlich, sie stellte keine Forderungen; sie war jung genug, die Dinge leichtzunehmen. Und außerdem war sie mit ihrem Dasein sehr zufrieden.

Seit sie von den Aufnahmen zurück war, genoß sie die Wichtigkeit ihres jungen Ruhms. Im Hause Buer behandelte man sie mit großem Respekt. Die stumme Hochachtung von Frau Buer, die ehrliche Mitfreude von Klaus Pünjer und schließlich Magda Kleines hingerissene Begeisterung taten ihr wohl.

Frau Buer kochte nun täglich für sie mit, sie konnte ja nun dafür bezahlen, und alle drei verwöhnten sie geradezu.

Auch in der Schauspielschule spielte sie nun eine sehr wichtige Rolle. Nicht daß sie Bettina sonderlich imponieren konnte; sie mußte härter arbeiten als zuvor, und das tat sie mit Hingabe. Aber Silvia war neidisch. Tommy machte ihr verstohlen den Hof. Und ein neues Mädchen, Lilian mit Namen, blutjung und erst seit einigen Wochen bei Bettina, bewunderte sie ohne Einschränkung.

Das alles war natürlich außerordentlich wohltuend.

»Du hättest keine Lust, Weihnachten nach Hause zu fahren?« hatte Steffen sie gefragt, und sie hatte kurz geantwortet: »Nein. Wozu auch? Ich habe ein großes Paket geschickt, wunderbare Sachen, für jeden etwas.« Sie zählte auf, was sie für Josef, Grete und die Kinder eingekauft hatte.

Am zweiten Feiertag fuhren sie ein Stück mit dem Wagen heidewärts, gingen spazieren. Es war kalt und windig, so kehrten sie schließlich zu einem Grog und einem kleinen Imbiß in einem Dorfgasthaus ein.

Jovana sah geradezu elegant aus. Sie trug den Pelz, dazu ein neues Kleid, braun und beige gestreift, und eine kleine braune Kappe. – Sie hat Geschmack, stellte Steffen mit Befriedigung fest.

Wieder erzählte sie ausführlich von ihren Einkäufen. Es war so neu für sie, ungeniert in einen Laden zu gehen und zu kaufen, was ihr gefiel. Ihr bisheriges Leben hatte sie auf diesen Luxus nicht vorbereitet, und sie genoß es mit kindlicher Freude. Ihre Hausgenossen, Bettina, Mariane, alle hatte sie beschenkt.

»Gib nicht so viel Geld aus«, warnte Steffen.

»Ach, ich hab' noch so viel. Und vielleicht verdiene ich bald wieder etwas. Nicht, Steffen? Sonst muß ich mich doch von Herrn Plaschke einkaufen lassen.« Es war das erstemal, daß sie von dem Angebot Plaschkes sprach; sie tat es in scherzhaftem Ton, aber es zeigte ihm, daß sie es nicht vergessen hatte.

Den Heiligen Abend hatte sie mit ihren Hausgenossen verbracht, am ersten Feiertag bei Frau Buer am Gänsebraten teilgenommen. Nachmittags war sie bei Mariane von Grabow zum Kaffee, Bettina war auch da, und sie hatte Marianes Sohn Günther kennengelernt.

»Der ist nett, weißt du! So ein großer, stiller, eigentlich genau, wie seine Mutter auch ist. Er soll sehr tüchtig sein. Er leitet einen ganz modernen landwirtschaftlichen Großbetrieb. So nennt er das. Früher sagte man Bauernhof, meint er, aber das passe heute nicht mehr. Sie machen ganz moderne Versuche mit rationeller Bewirtschaftung und so. Er hat ganz begeistert davon erzählt. In einigen Jahren, sagte er, wird jeder landwirtschaftliche Betrieb sich spezialisiert haben, anders geht's gar nicht mehr.«

»Es ist mir neu, daß du dich für Landwirtschaft interessierst.«

»Tue ich ja auch nicht. Aber ich habe gestern nachmittag stundenlang angehört, wie so was geht, also weiß ich heute eine ganze Menge darüber.«

Ihn interessierte es nicht so sehr. Er wollte lieber wissen, wie es mit ihrer Arbeit stände und vor allem, was sie unternommen habe, um eine Wohnung zu bekommen. Ob sie das allein könne, oder ob er ihr helfen solle?

»Du doch nicht. Ich habe genug Leute, die mir helfen. Bettina, Mariane und auch Frau Buer. Sie weiß ja, daß ich eine eigene Wohnung möchte. Neulich hat sie sogar gesagt, es wird ihr leid tun, wenn ich ausziehe. Stell dir so was vor! Wenn ich denke, wie sie mich behandelt hat, als ich damals bei ihr einzog.«

Die Wohnung mußte her, und zwar bald. Steffen wollte sie

besuchen, er wollte mit ihr arbeiten, nicht nur mit ihr spazierengehen. Und er wollte auch dann und wann mit ihr allein sein.

An Arbeit gab es keinen Mangel. Die Stunden bei Bettina, Tanzunterricht, Fechten, Gymnastik, der Englischkurs, den sie jetzt besuchte, und im neuen Jahr würde noch etwas Neues dazukommen.

»Tommy kennt einen Dozenten von der Universität. Der unterrichtet einen Kreis von Schauspielschülern und jungen Sängern in Theatergeschichte. Einmal in der Woche in seiner Wohnung. Wie findest du das? Da wollen wir alle nächstes Jahr hingehen.«

Steffen fand das gut.

»Vielleicht läßt sich der Unterricht erweitern«, schlug er vor, »nicht nur Theatergeschichte allein, Geschichte überhaupt, auch Kunstgeschichte. Ich bin der Meinung, man soll so viel lernen, wie man kann. Ein ungebildeter Mensch ist eine Plage für die Umwelt.«

Jovana nickte ernsthaft. »Ja, da hast du recht. Ich möchte noch viel lernen. Soviel ich kann. Ich bin lange genug dumm gewesen. Und ich habe mich immer geschämt deswegen.«

Er saß ihr gegenüber und sah sie an. Dieses Gesicht, das er nun in jeder kleinsten Regung kannte. Dieses Gesicht, das sich, seit er es kannte, immer wieder verändert hatte, ohne dennoch ein anderes zu werden. Hübscher war sie geworden, viel hübscher. Ihr Gesicht war nun geprägter, hatte sehr viel Ausdruck, es war wach und sehr lebendig. Wie immer war sie kaum geschminkt, ein wenig Wimperntusche, eine Spur Lidschatten, ein wenig Lippenrot, das war alles. Und klüger konnte sie gar nicht umgehen mit sich selbst, denn gerade ihre Natürlichkeit war ihr größter Reiz.

Er bekam zu hören, daß Barenth aus Berlin wunderschöne Blumen geschickt hatte, und von Herrn Plaschke waren zehn Flaschen Sekt gekommen. Und dann stellte sie schließlich die Frage, die ihr am Herzen lag.

»Wie lange bleibst du in Hamburg?«

»Nicht lange, leider. Ich fliege übermorgen wieder nach Berlin und von dort nach München.«

»Dann bist du Silvester nicht da?« Das klang enttäuscht.

»Nein, mein Kleines, ich bin Silvester nicht da.«

»Och, schade. Weißt du, Steffen, was ich mir ausgedacht habe? Daß wir über Silvester nach Travemünde fahren könnten, zu Tante Silke und Onkel Torsten. Wär' das nicht fein gewesen?«

Doch, das wäre fein gewesen. Nun, da Steffen es hörte, kam es ihm vor, als hätte er sich nichts auf der Welt mehr gewünscht.

»Ich habe ihnen auch ein Päckchen geschickt. Tante Silke habe ich eine große Bonbonniere geschenkt, sie ißt doch so gern was Süßes, und dazu noch einen seidenen Schal, und Onkel Torsten eine neue Pfeife. Hoffentlich ist sie richtig.«

Das rührte ihn wieder. Er hatte nicht daran gedacht, den beiden etwas zu schicken. Ob Dorothy es getan hatte? Er erkundigte sich nie nach ihren Weihnachtseinkäufen und nach den Paketen, die sie wegschickte.

»Ist doch schade, daß wir nicht hinfahren können, nicht?«

»Es tut mir leid, Jovana. Ich kann wirklich nicht. Ich kann nur jetzt nach München fahren. Und ich habe Verhandlungen dort. Ja, es wäre schön gewesen. Allein willst du nicht fahren?«

Sie schüttelte den Kopf. »Nein. Allein nicht.« Und dann, ein plötzlicher Einfall: »Kann ich nicht nach München mitkommen?«

Ja, warum hatte er eigentlich nicht daran gedacht, sie nach München mitzunehmen?

Er hatte nicht daran gedacht, und wenn er es getan hätte, würde er sie nicht mitnehmen. Alles durfte geschehen, aber nicht, daß sie als seine Freundin durch die Lande reiste. Das mußte vermieden werden. Gemeinsame Arbeit – ja. Eine gemeinsame Reise, wie damals in die Heide – auch das. Aber nicht auf die andere Art. Denn schließlich konnte er sie nicht in einem Hotel verstecken.

Außerdem aber würde er Dorothy in München treffen. Die Diova hatte ihn und Dorothy zu einer Silvestersoiree eingeladen, und erstaunlicherweise hatte sich Dorothy sofort bereit erklärt, ihn zu begleiten. Er seinerseits wäre nicht nach München geflogen, wenn es nicht darum ginge, Gespräche über den neuen Film zu führen, mit dem sie – wenn möglich – schon Ende Februar ins Atelier gehen wollten.

In München würde er alle beisammen haben: den Produzenten, in diesem Fall die Diova – das waren Herr und Frau Gadomsky, derzeit die finanzkräftigsten Produzenten im Land –, die Thorwald und Veit Gregor, die beiden Stars. Das hatte Frau Gadomsky so arrangiert. Britta und sogar Gregor würden zu der Silvestersoiree kommen, denn die Gadomskys waren so mächtig, daß sogar der störrische Gregor, der sonst allen Veranstaltungen aus dem Wege ging, antanzte, wenn es denn sein mußte.

Worüber Steffen nachdachte, war die Frage, ob er Jovana

auch in diesen Film mit hineinnehmen sollte. Es gab darin eine kleine Rolle, die für sie geeignet wäre. Auch das mußte in München besprochen werden. Die Gadomskys würden nicht abgeneigt sein, das junge Talent Plaschke abzujagen. Der natürlich würde erneut verärgert sein. Die anderen Engagements mußten besprochen werden, soweit sie noch nicht festgelegt waren, und, wenn möglich, mußte man auch die Termine schon besprechen. Ein paar verhandlungsreiche Tage würden es sein.

»Ich werde mich wenig um dich kümmern können«, hatte er Dorothy gewarnt, und ihre Antwort hatte gelautet: »Das bin ich ja gewohnt, Steve. Wir werden Silvester zusammen feiern, und dann kann ich mich wieder einmal in München umsehen. Ich war lange nicht mehr dort. Ich möchte mal schauen, wie es in unserer alten Straße aussieht und was Axel macht.«

Damals in den Nachkriegsjahren, als er in München Theater machte, waren sie sehr glücklich gewesen, trotz der schlechten Zeit. Da hatte eigentlich ihre Ehe erst begonnen. Das Zusammenleben.

Axel war ihr bester Freund gewesen. Ein großer, schweigsamer junger Mann, der damals sein erstes Buch und auch sein erstes Theaterstück geschrieben hatte, das Steffen aufführte. Er hatte ewig Hunger, kein Geld, aber den Kopf voller Ideen. Er nahm am Rühreieressen teil, falls sie Eier hatten. Er saß bei ihnen und wärmte sich, denn seine Bude war nicht zu heizen, und er redete, wenn er mal ins Reden kam, von seinen Plänen, von all den Büchern und Stücken, die er noch schreiben wollte. Erfolg hatte er leider nie gehabt; später hatte er ein Mädchen geheiratet, dessen Vater ein kleines Lokal in Schwabing besaß. Daraufhin hatte er zu essen und auch ein warmes Zimmer, aber sehr glücklich war er offenbar nicht geworden. Sie hörten sehr selten von ihm, genaugenommen in den letzten Jahren gar nicht. Und geschrieben hatte er auch nicht mehr.

»Kann ja sein, Barenth ist über Silvester in Hamburg. Vielleicht kann er sich um dich kümmern.«

Jovana legte den Kopf in den Nacken. »Du brauchst Barenth nicht für mich abzukommandieren. Sicher hat er doch eine Freundin.«

»Sicher. Und nicht nur eine.«

»Ich kann mich auch ohne euch unterhalten, ohne dich und ohne Barenth.« – Es klang ein wenig giftig. Steffen blickte sie aus schmalen Augen an, aber da lächelte Jovana schon wieder.

»Wirklich, es macht mir nichts aus. Ich habe früher auch nicht Silvester gefeiert.«

Damit war das Thema erledigt. In bestem Einvernehmen fuhren sie am frühen Nachmittag in die Stadt zurück.

Am Nachmittag also dann das Gespräch mit Dorothy.

Sie saß beim Tee, als er kam. In der Hand hielt sie eine Film-Illustrierte, die über eine ganze Seite ein Bild von Jovana brachte, eine Aufnahme aus »Zwielicht«.

Jovanas Gesicht – wie es in dieser Rolle war – sehr nackt, ohne Aufmachung, das Haar glatt zurückgestrichen, die Augen weit aufgeschlagen, mit diesem sprechenden, fassenden Blick darin, der Blick der Stummen, die alles mit den Augen ausdrücken muß.

»Ein gutes Bild«, sagte Dorothy und hielt ihm die Zeitung hin. »Sehr ausdrucksvoll. Und gar nicht alltäglich.«

Er warf einen flüchtigen Blick darauf. »Ich kenne es. Ja, es ist gut.«

»Du hast mir gar nicht erzählt, wie sie es gemacht hat, deine Neuentdeckung.«

»Gut hat sie es gemacht. Überraschend gut. Besser, als jeder erwartet hat. Es war eine Freude, mit ihr zu arbeiten.«

Er sagte das in kühlem, sachlichem Ton, zu sachlich, zu kühl klang es für Dorothys Ohren, denn sie wußte, daß er sich sehr wortreich begeistern konnte, wenn er wirklich ein neues Talent entdeckt hatte.

Sie goß ihm Tee ein und sagte sehr gelassen: »Du hast also demnach einen neuen Star entdeckt.«

Ebenso gelassen erwiderte er: »Das muß man abwarten. Sie ist noch in der Ausbildung. Und sie will ja vor allem Theater spielen.«

»Das sagen sie alle im Anfang.«

»Ich bin auch der Meinung, daß sie auf die Bühne gehört. Was ja nicht ausschließt, daß sie ab und zu einen Film macht.«

»Mit dir?«

Ihre Blicke kreuzten sich über dem Tisch.

»Sehr richtig, mit mir. Wenn es sich machen läßt.«

Dann nahm er doch die Illustrierte zur Hand und sah das Bild, das er kannte, aufmerksam an. Er spürte Dorothys Blick auf sich ruhen. Aber er sah das Bild dennoch an. Ausführlich. Jovanas Gesicht. Vorhin hatte er es in den Händen gehalten und geküßt. Und er war ein Narr! Der größte Narr, der je gelebt hatte. Warum hatte er nicht gesagt: Ja, es ist gut, fahre nach Hause, packe deinen Koffer, wir fahren weg. Nach Travemünde, in die Heide, ins Gebirge, nach München, ganz egal, wohin.

Warum ließ er die Tage, Wochen und Monate verstreichen, warum gab er seinen Gefühlen, seinen Wünschen nicht nach? Warum eigentlich?

»Du hast mir überhaupt nichts von den Außenaufnahmen erzählt.« Das war wieder Dorothy, und da er ihre Hartnäckigkeit kannte, wußte er, daß er um ein Gespräch mit ihr nicht herumkam.

»Da ist nicht viel zu erzählen. Es ging verhältnismäßig undramatisch zu. Es war eine angenehme Arbeit.«

Seine Stimme klang unpersönlich, fast abwehrend.

»Willst du nicht darüber reden?«

»Mein Gott«, erwiderte er leicht gereizt, »warum denn nicht? Wir haben ja bisher keine Zeit gehabt, über irgend etwas zu reden.«

»Jetzt haben wir Zeit.«

»Der Besuch ...«

»Wir haben noch gut eine Stunde Zeit, bis wir uns umziehen.«

Steffen zündete eine Zigarette an, er legte den Kopf zurück, blickte an die Decke.

»Der Schluß«, sagte er langsam, »der Schluß ist anders geworden. Wir haben ihn geändert. Es ist eine sehr große Szene für Jovana geworden. Man wird sie nicht wieder vergessen, wenn man sie gesehen hat.«

Spät in der Nacht haben sie Abschied genommen, das stumme Mädchen und der junge Offizier.

»Morgen reise ich ab«, sagt er. »Ich werde nicht wiederkommen.«

Sie schüttelt den Kopf, in ihrem Blick ist Verzweiflung. Er nimmt das kleine stumme Gesicht in seine Hände. »Ich werde nicht wiederkommen, Tierchen. Niemals. Ich werde sterben. Du bist der einzige Freund, den ich noch habe. Leb wohl, Tierchen. Ich wünschte, es würde dir gutgehen. Aber ich weiß nicht, was geschehen müßte, damit es dir gutgeht. Ich kann dir ja nicht helfen.«

Sie sehen sich an, und dann küßt er behutsam ihren Mund. Es ist der einzige Kuß, den er ihr gibt. Dann läßt er sie los und geht schnell weg. Sie steht da und blickt ihm nach, berührt mit den Fingern ihre Lippen, Tränen in den Augen. In der Nacht kann sie nicht schlafen. Sie weiß, wann sein Zug fährt. Sie möchte ihn gern noch einmal sehen.

Sehr früh am Morgen ist sie wieder auf und in der Nähe des Herrenhauses, in dem er wohnt. Das Haus ist noch still. Nichts rührt sich. Sie trägt eine dicke, unförmige Jacke, es ist kalt, dünner Schnee bedeckt den Boden. Sie wartet. Und dann kommt er plötzlich aus dem Haus, allein und eilig, er trägt die Uniform. Niemand begleitet ihn, er fährt nicht zum Bahnhof. Er läuft wieder auf den Wald zu, zum Fluß hinunter.

Sie sieht ihm nach, unschlüssig, was sie tun soll. Und folgt ihm schließlich langsam.

Und dann hört sie den Schuß. Sie beginnt zu laufen, schneller, schneller; Angst und Schrecken im Gesicht, rennt sie zum Fluß hinab. Sie weiß bereits, was geschehen ist, sie kennt auch die Stelle. Und sie findet ihn. Er hat sich erschossen. Sie steht vor ihm, fassungsloses Entsetzen im Gesicht, und dann wendet sie sich wieder und läuft den Weg zurück, eine lange Passage ist es, das rennende Mädchen, ihr Gesicht in Großaufnahme, den Mund geöffnet wie zu einem Schrei, aber sie kann ja nicht schreien. – Aber dann schreit sie doch. Ein gurgelnder, keuchender Ton ist es, der über ihre stummen Lippen kommt. Das ist ein erneuter Schock für sie, noch ein Stöhnen, sie bricht vornüber in die Knie, sie sinkt zusammen, das Gesicht im Schnee. Ende.

Er versuchte, die Szene Dorothy zu schildern. Und redete sich in eine gewisse Begeisterung hinein.

Dorothy hörte schweigend zu, dann sagte sie: »Sehr dramatisch. Und das hat sie gekonnt?«

»Ja. Das hat sie gekonnt. Und wenn du die paar Meter siehst, stockt dir der Atem, so hat sie das gekonnt.«

Pause.

»Ein Glück«, sagte Dorothy, und diesmal klang es ein wenig spöttisch, »daß du ihr damals das Leben gerettet hast.«

Er sah sie ärgerlich an. »Es ist nicht nötig, daß du immer wieder darauf anspielst.«

»Immer wieder? Habe ich es denn schon getan?«

»Ja. Du hast es bereits getan.«

Wieder eine Pause, dann Dorothy: »Ich nehme an, du hast sie heute vormittag getroffen?«

»Ja.«

»Warum hast du sie nicht aufgefordert hierherzukommen? Ich hätte sie gern kennengelernt. Es ist nicht nötig, daß du sie heimlich triffst.«

»Was heißt heimlich! Es ist kein Geheimnis dabei. Ich erzähle es dir doch gerade.«

»Nein. Du erzählst es nicht. Du hättest sie heute abend einladen können.«

»Ich habe nicht daran gedacht.«

»Ruf sie an.«

»Ich kann sie nicht anrufen. Sie hat kein Telefon.«

»Wie machst du es sonst, wenn du sie treffen willst? Dann fahre schnell hin und sage es ihr. Ich nehme an, du kennst ihre Wohnung gut genug.«

Er sah sie an. Dorothy erwiderte ruhig seinen Blick.

»Du sollst mir kein Theater vorspielen, Steve. Sie bedeutet dir viel, nicht wahr?«

»Ja. Aber nicht so, wie du denkst.«

»Ich denke vorläufig gar nichts. Ich versuche bloß klarzusehen. Es ist alles so merkwürdig. Die Art, wie du sie kennengelernt hast, ihr Auftauchen hier, das du mir verschwiegen hast, die Tatsache, daß du sie gleich in einer so wichtigen Rolle unterbringst, und schließlich dieses heimliche Rendezvous.«

»Ich bitte dich, Dorothy, sei nicht geschmacklos! Heimliches Rendezvous. Wie sich das anhört! Sie ist sehr allein hier, und ich fühle mich irgendwie verantwortlich für sie. Ich möchte mich ... ich möchte mich ein wenig um sie kümmern. Verstehst du das nicht?«

»Nicht ganz. Es ist da noch einiges, was ich nicht verstehe. Du hast sie mitgenommen nach Travemünde, und auch das hast du mir verschwiegen.«

Das war ein Volltreffer.

»Woher weißt du das?«

»Jörn war bei mir. Der Sohn von Hannes.«

»Jörn?«

»Ja. Als er von seiner ersten Ausreise zurückkam. Er ist ein netter Mann geworden, er sieht sehr gut aus. Wir haben Tee zusammen getrunken, und er hat mir von seiner ersten großen Fahrt erzählt.«

»Und?«

Dorothy lächelte. »Oh, nichts weiter. So ähnlich wie heute hatte ich eine Zeitung hier, in der über deinen Film berichtet wurde. Und Jovanas Name kam vor. Jörn sagte: Sieh mal an, da hat sie es also geschafft.«

Dorothy hatte sofort geschaltet damals. Sehr liebenswürdig, im Ton der größten Selbstverständlichkeit hatte sie gefragt: »Du kennst Jovana?«

Jörn hatte sie unsicher angesehen und geantwortet: »Ja.

Flüchtig. Wir sind mal zusammen gesegelt. Hast du übrigens ihre Adresse?«

»Nein. Ich habe die Adresse leider nicht, da müßten wir Steffen fragen. Aber sie ist ja zur Zeit sowieso nicht hier, du siehst ja, sie hat Aufnahmen.«

»Ach ja, natürlich. Schade. Falls du... ich meine, falls du gelegentlich daran denkst, könntest du Onkel Steffen fragen. Nach der Adresse, meine ich. Wenn ich wieder mal herkomme, würde ich sie gern sehen. Das heißt, wenn sie mit mir noch redet, nachdem sie ja nun ein Filmstar geworden ist.«

»Sie gefällt dir wohl?« Das war im freundlichsten, verständnisvollsten Tantenton gesprochen – auch Dorothy konnte schauspielern, wenn es darauf ankam.

Jörn hatte gelacht. Ein bißchen verlegen und ein bißchen verärgert, wie es ihr vorkam.

»Ja, sie hat mir gefallen. Wir haben uns ganz gut verstanden. Aber dann war sie plötzlich verschwunden.«

»Wann war denn das? Letzten Sommer?«

»Anfang September. Sie fuhr weg und kam nicht wieder. Vielleicht hing es mit dem Film zusammen.«

»Sicher. Das wird es gewesen sein.«

Mehr zu fragen, mehr aus Jörn herauszuholen, verbot ihr Stolz. Aber es genügte.

»Dieser Esel!« sagte Steffen, und sein Ton war jetzt gereizt. »Was versteht denn Jörn davon! Ja, ich hatte sie im Sommer zu Silke und Torsten geschickt, damit sie sich erholt. Ich wollte, daß sie in Form ist für die Aufnahmen.«

»Es ist ja nichts dabei«, sagte Dorothy kühl. »Ich verstehe bloß nicht, warum du es mir verschwiegen hast.«

»Du gebrauchst das Wort verschwiegen schon zum zweitenmal. Ich habe dir nichts verschwiegen. Ich hielt es nicht für so wichtig, um groß darüber zu reden. Ich jedenfalls war zu jener Zeit nicht in Travemünde, falls dich dies noch interessiert.«

»Warum bist du so gereizt? Natürlich brauchst du es mir nicht zu erzählen, wenn du nicht willst. Es ist bloß alles so komisch mit diesem Mädchen. Und du benimmst dich seltsam. Das mußt du doch zugeben. Ich weiß nicht, aber ich habe das Gefühl... das Gefühl, da ist irgend etwas. Liebst du sie, Steve?«

Steffen verzog das Gesicht, als hätte er Zahnschmerzen. Er stand auf, ging mit raschem Schritt quer durchs Zimmer, kam zurück, blieb vor ihr stehen und sagte: »Dorothy! Ich bitte dich um alles in der Welt! Was ich immer an dir geschätzt habe, ist dein guter Geschmack. So ein Gespräch paßt einfach nicht zu uns. Ich weigere mich, auf diese Art mit dir zu reden.«

»Steve!« sagte Dorothy – und nun war auch sie nicht mehr ruhig, sondern erregt –, »du weichst mir aus. Du gibst mir keine klare Antwort, ob dieses Gespräch nun zu uns paßt oder nicht. Ich finde vor allem, daß es nicht zu uns paßt, wenn du mich belügst. Das vertrage ich nicht.«

»Ich belüge dich?«

»Ja.«

Er stand. Sie saß. Ihre Blicke lagen fest ineinander. Dann wandte sich Steffen ab.

»Warum sagst du das?«

»Weil es so ist.«

Dorothy war unerbittlich. Da war etwas, was sie quälte, und sie wollte es ergründen. Sie wußte, daß sie das alles nicht hätte sagen dürfen. Aber sie war schließlich eine Frau.

»Du hast mich manchmal betrogen, Steve. Aber es war nie so wichtig.«

»Dann wird es auch diesmal nicht wichtig sein.«

»Also betrügst du mich?«

»Herrgott nein, nicht so, wie du es meinst. Ich hab' sie gern. Ich habe sie wochenlang nicht gesehen, nicht, seit die Aufnahmen zu Ende sind. Und ich wollte sie gern einmal wiedersehen. Was ist dabei? Das hat mit uns doch nichts zu tun.«

»Nein?«

Er gab keine Antwort.

Dorothy wußte die Antwort auch nicht. Vielleicht hatte er recht. Und sicher war dieses Gespräch sehr töricht – und auf jeden Fall unter ihrem Niveau.

Sie stand auf. »Nun, lassen wir es. Du entschuldigst mich jetzt.«

An ihm vorbei, mit ihrer besten hochmütigen Burmeester-Miene, ging sie aus dem Zimmer.

Steffen holte sich einen Whisky. Sicher, Dorothy hatte es wohl gewußt, wenn er sie betrog. Manchmal mochte sie es gewußt haben. Sie hatten nie darüber gesprochen. Aber dies war ein andrer Fall. Und es schien, Dorothy wußte auch das.

Silvesterparty

Am Tage vor Silvester tauchte Barenth überraschend in der Wohnung Buer auf. Es war abends, Jovana saß in ihrem Zimmer und lernte, Frau Buer klopfte und sagte: »Besuch für Sie, Fräulein Röger«, und dann kam Barenth schon herein.

»Ich danke Ihnen, gnädige Frau«, das galt Frau Buer, und dann zu Jovana: »Gegrüßt, Miss Maris. Fleißig am Werke, wie ich sehe. Zweifellos studieren Sie das Gretchen. Sie können mir gleich vorsprechen, damit ich sehe, ob ich Sie Gründgens empfehlen kann. Nochmals herzlichsten Dank, Gnädigste!« Das war wieder an Frau Buer gerichtet, die sich nur schwer trennen konnte und widerstrebend das Zimmer verließ.

»Lothar!« rief Jovana. »Wie schön! Wo kommst du her?«

»Direktemang aus Berlin. Mit schönem Gruß vom Chef.«

Er gab ihr einen flüchtigen Kuß auf die Wange und nahm dann das Buch auf, in dem sie studiert hatte. »Die heilige Johanna, auch nicht schlecht. Soll ich dich abhören?«

»Das kannst du doch nicht.«

»Warum nicht? Schließlich habe ich auch mal eine Schauspielschule beglückt. Nicht lange allerdings, ein halbes Jahr nur. Dann hatte ich genug davon. Mich zog es mehr zur Praxis. Dann wurde ich Frühstückholer in einem Filmatelier. Und so'n bißchen durfte ich auch beim Aufbauen helfen. Kabel schleppen und so. War ganz dufte. Na?«

Er hatte sich auf die Tischkante gesetzt und zog sie an den Armen zu sich heran. »Wie geht's, Miss Maris? Alles in bester Unordnung?«

»So ziemlich. Was macht unser Film?«

»Der wird Klasse. Im Januar synchronisieren wir die englische Fassung. Und gleich darauf stürzen wir uns in unser nächstes Unglück. Diesmal mit Brittachen, ich freue mich schon.«

»Willst du 'nen Schnaps? Ich hab' bloß keinen da. Aber ich frage Herrn Pünjer, der hat immer was.«

»Nicht nötig. Ich muß gleich weiter. Ich wollte nur fragen, was du morgen abend machst.«

»Morgen abend?« Sie zog die Brauen hoch. »Hat Steffen dich mit dieser Frage beauftragt?«

»Steffen hat gesagt, wenn du in Hamburg bist, geh bei Jovana vorbei, grüß sie von mir, und sonst läßt du gefälligst die Finger von ihr.«

»Das hat er bestimmt nicht gesagt. Und außerdem tust du das sowieso.«

»Kann sein. Weiß ich noch nicht genau. Auf jeden Fall aber darfst du morgen abend mit mir ausgehen, wenn du versprichst, ganz artig zu sein. Kleine Silvesterparty. Alte Freundin von mir, Malerin. Sehr gescheites Mädchen. Sie ist noch nicht so lange in Hamburg und fühlt sich nicht ganz wohl hier. Sie entwirft jetzt Kostüme, verstehst du. Film und Theater, sicher hat sie ganz nette Leute da.«

»Du gehst doch sicher mit einer Freundin hin.«

»Freundinnen von mir werden jede Menge da sein. Du darfst nicht vergessen, ich hab' hier im Deutschen Schauspielhaus gearbeitet, dann beim NDR und dann beim Film, Ufa, Hansa, alles, was du willst, also da läppert sich schon was zusammen. Mädchen haufenweise. Leila ist auch Berlinerin. Sie hat mich gestern angerufen und mich beschworen zu kommen. Na, wie ist es? Magst du?«

Sicher hatte Steffen ihn geschickt. Kümmere dich um Jovana, damit sie Silvester nicht allein ist.

»Ich war noch nie bei einer Party.«

»Na schön, dann wird es Zeit, daß du das mal hinter dir hast.«

»Was muß ich denn da anziehen?«

»Irgendein niedliches Kleidchen. Kein Aufwand notwendig, Ich hol' dich um neun ab. Tschüs, Baby.«

Frau Buer steckte neugierig den Kopf zum Wohnzimmer heraus, als Jovana die Tür hinter Barenth geschlossen hatte. »Ihr Besuch schon wieder weg, Fräulein Röger?«

»Ja. Es war der Regieassistent von unserem Film. Er hat mich eingeladen zu einer Silvesterparty.«

Frau Buer war eitel Wohlwollen. »Ein netter junger Mann. Sehr gute Manieren.«

Am nächsten Vormittag fuhr Jovana in die Stadt und machte eine rasche Tour an den Schaufenstern vorbei, die ihr geeignet erschienen. Schließlich betrat sie am Neuen Wall ein Geschäft, von dem sie wußte, daß es dort schicke Sachen gab. Sie probierte eine halbe Stunde und entschied sich dann für ein schmales Kleid aus dunklem Rosa, ganz einfach und glatt geschnitten, die

Schultern frei, nur schmale Träger, die mit Pailletten bestickt waren.

»Steht Ihnen ausgezeichnet, gnädige Frau«, sagte die Verkäuferin, »das ist genau richtig für Sie. Und silberne Schuhe dazu natürlich.«

»Natürlich.«

Die silbernen Schuhe kaufte sie ein paar Häuser weiter. Immer noch war es ein berauschendes Gefühl, einfach so in einen Laden zu gehen und einzukaufen.

Anschließend ging sie zu ihrem Friseur. »Etwas Besonderes heute«, sagte sie.

Etwas Besonderes wurde es. Das Haar in einer weichen Welle aus der Stirn frisiert, am Hinterkopf leicht gebauscht, die Spitzen hochgebogen. Sie fand sich sehr schön. Keine Ähnlichkeit mit dem nackten, blassen Gesicht der Stummen.

Ehe sie nach Hause ging, besuchte sie Mariane. Jemand mußte sie in der ganzen Pracht bewundern.

Sie bekam Tee und führte vor. Daß Hans-Günther, Marianes Sohn, noch da war, machte den Vorgang noch reizvoller.

»Erstaunlich, wie du dich herausgemacht hast«, sagte Mariane. »Wenn ich denke, wie du das erste Mal hier in meinem Laden warst! Man denkt unwillkürlich an Andersen.«

»An was?«

»Das Märchen vom häßlichen Entlein.«

»War ich wirklich so häßlich?«

»Häßlich warst du nicht, aber unscheinbar. Jedenfalls auf den ersten Blick. Auf den zweiten nicht, das muß ich gerechterweise zugeben.«

»Er hat es auf den ersten Blick gesehen«, meinte Jovana nachdenklich.

»Du meinst Steffen Rau?«

Jovana nickte. »Ja. Er sagte damals in Ahlsen schon, ich sei hübsch.«

»Ich hätte es auch auf den ersten Blick gesehen, Fräulein Jovana«, sagte Günther, der bisher still und staunend das Schauspiel verfolgt hatte.

Mariane lachte. »Ausgerechnet du! Vielleicht bei einer Kuh oder einer Zuchtsau hättest du es gesehen. Aber bei einem Mädchen? Das bezweifle ich.«

Hans-Günther lachte. »Stimmt auch wieder. Aber vielleicht lerne ich das auch noch.«

Der Blick, mit dem er Jovana ansah, war voll Bewunderung.

Er war ein großer, breitschultriger Mann von Anfang Dreißig, sehr still, der Typ, auf den man Häuser bauen konnte.

»Nennen Sie mich doch einfach Jovana. Fräulein Jovana klingt so fremd.«

»Wenn ich darf...«

Jovana warf ihm einen schrägen Blick zu. Sie wußte nicht recht, was sie von ihm halten sollte. Mariane behandelte ihren Sohn immer noch wie einen großen Jungen, zwar voll Stolz und Liebe, aber so, als sei er auf ihren Rat angewiesen – es sei denn, es handelte sich um Fragen der Landwirtschaft. Aber so war der gar nicht, fand Jovana. Sehr ruhig, sehr zurückhaltend, aber doch auch sehr männlich und selbständig. Nur flirten konnte man wohl mit ihm nicht.

»Dann sehen wir uns heute abend nicht, Jovana?« fragte er nun erstaunlicherweise. »Das ist schade.« Mariane blickte ihren Sohn überrascht an. »Hattest du das erwartet?«

»Wir sprachen neulich davon.«

Das stimmte. Man hatte am ersten Feiertag, als Jovana zum Kaffee eingeladen war, auch kurz von Silvester gesprochen. Hans-Günther hatte gemeint, er würde wohl dann schon wieder abgereist sein und allein bei einem Glas Punsch Silvester feiern. Und Mariane darauf, sehr energisch: »Unsinn, du bleibst natürlich noch hier. Die können auch mal eine Woche ohne dich auskommen, so wie der Laden läuft.«

Jovana, auf der Sessellehne sitzend, baumelte mit den Beinen. Sie nahm sich seltsam aus in dem schulterfreien Kleid mitten in Marianes Bücherstube.

»Sie haben nichts davon gesagt, daß Sie mit mir ausgehen wollen.« Sie lächelte Günther an – vielleicht konnte man doch mit ihm flirten?

Ihr Blick machte ihn ein wenig verlegen. »N-nein – das ist wahr. Daran habe ich nicht gedacht. Ich dachte, daß wir hier...«

»Das ist es eben«, sagte Mariane. »An so etwas denkst du nie. Wenn du schon mal mit einem angehenden Filmstar ausgehen könntest, erzählst du den ganzen Nachmittag nur von neuen Anbaumethoden und Landwirtschaftsmaschinen.«

Ihr Sohn tat ihr den Gefallen, zu sagen, was sie gern hören wollte. »Du hättest mich darauf bringen müssen, Mutter.«

»Aha. Immer ich.«

»Das ist ja meine Rede, ich komme ohne dich einfach nicht aus.«

Davon war nämlich auch ausführlich gesprochen worden. Er

wollte gern, daß Mariane die Bücherstube aufgab und zu ihm auf das Gut zog und bei ihm lebte. So gern Mariane bei ihrem Sohn wäre, so ungern wollte sie ihre kleine Unabhängigkeit aufgeben. Sicher, viel verdiente sie nicht, es reichte nur zu einem sehr bescheidenen Dasein. Und, so argumentierte sie, eines Tages würde er ja doch heiraten, dann wäre sie überflüssig.

Günther hatte darauf gesagt: »Das wärst du nie, Mutter. Abgesehen davon, daß du nicht in die Stadt gehörst. Ich könnte sicher viel von dir lernen.«

Das war gut gemeint von ihm und auch ehrlich gemeint. An Heiraten dachte er offenbar wirklich nicht.

Am Abend beschäftigte sich Jovana lange mit ihrem Make-up. Das hatte sie inzwischen auch gelernt.

Als Barenth kam, pfiff er anerkennend. »Gar nicht schlecht. Du bist direkt eine Schandtat wert. Muß ich gut aufpassen heut abend.«

»Auf wen?«

»Auf dich.«

»Ach so. Und ich dachte, auf dich.«

»Ich darf ja nicht. Mir hat's der Chef verboten.«

»Richtest du dich immer danach, wenn dir etwas verboten wird?«

»Nicht immer. Nur in diesem Fall.«

»Schade.«

Ihr Blick unter halbgesenkten Wimpern war herausfordernd.

»Gekonnt!« sagte er. »Mußt du aber nicht an mich verschwenden. Ich bin ein abgebrühter Bursche, mich weichzukochen ist nicht so einfach.«

Einfach war es auch nicht, sich unter fremden Menschen zurechtzufinden. Die Wohnung lag im Dachgeschoß einer Seitenstraße des Harvestehuder Weges und besaß drei große Räume, wovon einer als Atelier ausgebaut war. Die Möbel, soweit vorhanden, hatte man an die Wand gerückt. In einem Raum war es halb dunkel, in einem befanden sich ein kaltes Büfett und eine Bar, im dritten wurde getanzt, das heißt, die Tänzer verteilten sich mit der Zeit in allen drei Räumen.

Barenth war mit Jovana gekommen, hatte sie einmal durchgeschleust, hatte ein paar Schritte mit ihr getanzt, ihr dann ein Glas verpaßt und gesagt: »Schau dich um.«

»Aber ich kenne doch niemanden«, sagte Jovana ein bißchen unglücklich.

»Macht doch nichts. Wirst schon welche kennenlernen.«

Ihn kannten viele. Wie zu erwarten, hatten sich mehrere Mädchen auf ihn gestürzt; sie waren alle hübsch, und schicke Kleider hatten sie auch an.

Jovana war schüchtern. Wie sie gesagt hatte, war sie noch nie auf einer Party gewesen. Und hier schienen sich alle zu kennen, von ihr nahm niemand Notiz. Das war wieder so ein Moment, in dem ihr die Ahlsener Haut noch anhaftete, sie kam sich linkisch und dumm vor und wußte nicht recht, was beginnen. Einmal tanzte ein junger Mann mit ihr, doch der ließ sie dann einfach stehen, als eine Blonde kam und ihn stürmisch begrüßte.

Es war fast wie früher. Jovana allein und ausgestoßen, das Mädchen, mit dem keiner spielen wollte. Sie schlenderte ein wenig herum, dann fand sie in dem halbdunklen Raum eine stille Ecke, hier stand ein Hocker halb hinter einer Staffelei verborgen. Sie setzte sich, rauchte und schaute sich den Trubel an. Sie war ein bißchen traurig. Nicht zuletzt wegen Steffen. Auf der Herfahrt hatte Barenth ihr erzählt, daß er mit seiner Frau in München sei, wo die Diova eine große Silvesterparty gab.

»Wird sicher eine tolle Schau. Die Gadomsky kann so was. Die läßt die Puppen tanzen, da macht sogar Brittachen einen Knicks, und der arrogante Gregor küßt ihr sehr galant die Hand. Auf den Chef sind sie mächtig scharf, seit er mit ›Zwielicht‹ fremdgegangen ist. Sie wissen, was sie an ihm haben. Für den neuen Film kriegt er eine Supergage. Absolute Spitze hierzulande.«

»Und warum bist du nicht mit nach München gefahren?«

»Ich war nicht eingeladen. Jedenfalls nicht bei der Diova. Noch bin ich nicht in der Spitzengruppe. Noch – möchte ich betonen. Sonst kenne ich in München natürlich eine Menge Leute, ich habe oft genug dort gearbeitet.«

Aber Steffen hatte gesagt: »Was machst du Silvester, Lothar?«

»Weiß ich noch nicht. Der Möglichkeiten gibt es viele, Chef.«

»Falls du in Hamburg bist, kümmere dich um Jovana. Ich möchte nicht, daß sie sich einsam fühlt.«

Das war eine Marschorder nach Hamburg. Es war auch eine Auszeichnung und bedeutete Vertrauen.

Jovana wußte von diesem Gespräch nichts. Aber sie stellte es sich ähnlich vor. Und es kränkte sie. – Nun saß sie hier allein, und keiner schaute sie an.

»Sie sehen auch nicht gerade aus, als ob sie sich wahnsinnig amüsieren«, hörte sie plötzlich eine Stimme über sich. »Sind Sie die Puppe von Lothar?«

Jovana blickte auf. Neben ihr stand eine sehr große, schlanke junge Frau mit einem schwarzen Pagenkopf und einem klugen blassen Gesicht. Große dunkle Augen musterten sie kritisch. Sie trug kein Kleid, sondern lange, schwarze Samthosen und eine knallrote Bluse mit langen Ärmeln. In der einen Hand hielt sie ein Glas, in der anderen eine Zigarette.

»Ich bin mit Herrn Barenth gekommen«, erwiderte Jovana steif, »aber ich bin nicht seine Puppe.«

Die Schwarzhaarige verzog den Mund zu einem amüsierten Lächeln. »Nu kriegen Sie man nich gleich Halsweh. Ich vergesse immer, daß ich in Hamburg bin und nicht mehr in München oder in Berlin. Gott, wie sind die Leute hier timplich.«

»Ich bin nicht von Hamburg.«

»Na, warum haben Sie sich denn da so. Lot sagt, er bringt ein Mädchen mit, da dachte ich eben, Sie sind seine Derzeitige. Kann ich doch nicht wissen. Jedesmal, wenn man ihn wiedersieht, ist es eine andere.«

Die Schwarze hatte den Kopf schief geneigt und blickte immer noch mit diesem kritisch prüfenden Blick auf Jovana herab. »Jetzt weiß ich, wer Sie sind. Ist ja so duster hier, man erkennt kaum seine eigene Schwiegermutter. Sie sind die Neue, die bei Rau einen Film gemacht hat. Ist ja allerhand geschrieben worden darüber. War irgendwie 'ne ulkige Rolle, 'ne Blinde oder so was.«

»Eine Stumme.«

»Ach ja, richtig. Das sind Sie doch, nicht?«

»Ja.«

»Wenn Sie mir jetzt noch Ihren Namen sagen würden, wäre ich zu Tränen gerührt.«

»Jovana Maris.«

Der fremde Name kam ihr schon ganz geläufig über die Lippen, sie hatte sich daran gewöhnt.

»Dufte. Und wie komme ich zu der Ehre, Sie heute hier bei mir begrüßen zu dürfen?«

»Ach, sind Sie denn . . .«

»Ich bin Leila. Leila Bodmann, wenn man's genau nimmt.«

»Die Gastgeberin?«

»So was in der Art. Ich muß vom wilden Affen gebissen worsen sein, als ich hier 'ne Party machen wollte. Schauen Sie sich das Gemüse an, das sich hier versammelt hat. Nicht ein einziger netter Mann dabei. Und die Mädchen sind alle so vom Typ Möchtegern.«

Beeindruckt blickte Jovana zu der Schwarzen auf. »Aber es sind doch so viele hübsche Mädchen hier.«

»Hübsche Mädchen? Wo haben Sie denn Ihren Geschmack gelassen, beim Antiquitätenhändler? Wissen Sie, was das alles ist? Ein bißchen Statisterie, ein paar kleine Nebenrollen und ein paar ruhmsüchtige Tippmamsellen. Und die Jungs sind Vaters Söhne auf Flittchenjagd. Mensch, ich komm' aus München. Das heißt eigentlich aus Berlin – aber die letzten Jahre war ich in München. Da hatten wir schicke Partys. In meiner Schwabinger Bude, da war was los. In München gibt's noch so was ähnliches wie Künstler, da kommen auch mal ein paar Maler oder Schriftsteller und Zeitungsleute oder so. Auch mal Leute, mit denen man fünf Sätze reden kann. – Haben Sie denn gar nichts zu trinken?«

»Oh, vielen Dank. Ich hatte schon etwas.«

Leila lachte. »Na, Sie sind vielleicht ulkig. Ich hole Ihnen was. Was wollen Sie denn? Sekt? Oder lieber Whisky?«

»Ist mir egal. Bitte, bemühen Sie sich doch nicht.«

»Na, nu brechen Sie sich bloß nicht die Halskrause ab. Moment.«

Die Schwarze stellte ihr Glas auf den Boden und verschwand.

Jovana sah ihr nach. Ob sie wiederkam? Sicher nicht. Doch Leila kam. Sie brachte eine Flasche Sekt und zwei Gläser.

»Ich hab' uns gleich 'ne Bottle mitgebracht. Da sind wir unabhängig bis auf weiteres.« Sie griff irgendwie ins Dunkle und zog ein Kissen hervor, das sie neben Jovanas Hocker placierte. Sie setzte sich, nun war sie etwas kleiner, und Jovana konnte das schmale, sehr intelligente Gesicht aus der Nähe sehen.

»So, nun erzählen Sie mal. War das Ihr erster Film? Ist der Rau nicht 'ne Bombe! Ich hab' ihn mal kennengelernt, als ich umgesattelt habe auf Film. Immer kann der Mensch ja nicht nu von der Luft und von der Liebe leben. Eigentlich wollte ich malen, wissen Sie. Aber das machen Sie mal. Und dann habe ich Kostümentwürfe gemacht in Geiselgasteig. Da hab' ich den Rau getroffen. Der gefällt mir.«

Jovana lächelte. »Ja. Mir auch. Ich kann Herrn Rau gut leiden.«

Leila lächelte, öffnete die Flasche geübt und füllte die Gläser.

»Na, denn prost! Sie sind wohl auch so 'ne Art höhere Tochter auf Abwegen, was? Ich kann Herrn Rau gut leiden«, sie ahmte treffend Jovanas Ton nach. »Wie kommen *Sie* denn zum Film?«

»Eben durch Herrn Rau«, sagte Jovana und fühlte sich ein

wenig gelockerter. Diese Leila gefiel ihr. »Ich gehe noch in die Schauspielschule, daß ich die Rolle in ›Zwielicht‹ bekam, war ein ... eine Art Wunder. Ich habe es Herrn Rau zu verdanken.«

»Aha«, machte Leila versonnen, und ihr forschender Blick machte Jovana wieder unsicher.

»Ich bin auch keine höhere Tochter, sondern komme aus einer kleinen Stadt. Darum finden Sie mich vielleicht auch ein bißchen ... bißchen ungeschickt.«

»Aha«, wiederholte Leila und fügte hinzu: »Macht ja nichts, ich finde es ganz reizvoll. Meist haben die Filmmiezen eine viel zu große Klappe. Und das, ehe sie noch eine Rolle gemacht haben. Sie finde ich ganz attraktiv. Hübsches Kleid haben Sie an. Ich werde mir Ihren Film ansehen.«

Während sie sprachen, war in dem Raum vor ihnen ständig Betrieb, Reden, Lachen, es wurde getanzt, aber keiner sah sie in der dunklen Ecke.

Dann plötzlich tauchte Barenth ganz in ihrer Nähe auf, tanzend mit einem blonden, langhaarigen Mädchen, das sich eng an ihn preßte und ihn, direkt vor ihnen, hingebungsvoll küßte.

Leila stieß einen Zischlaut aus. »Gucken Sie sich den an, sein Geschmack wird auch immer mieser.«

Aber Barenth löste sich von dem Mädchen, gab ihm einen Klaps auf den Popo und sagte: »Nun lauf mal und spiel mit einem anderen Kind. Ich muß mich um meine Tochter kümmern.«

Die Blonde kicherte. »Nennt man das jetzt so?«

»Nee, wirklich, ich hab' meine Jüngste mit, auf die muß ich ein bißchen aufpassen. Sieh mal, dort ist Karlimann, das ist genau der Typ, der auf dich fliegt.«

»Ach der, der ist doch langweilig.«

»Würd' ich nicht sagen. Sein Papa ist in der Holzbranche und macht 'ne Menge Mäuse. Solltest du nicht verachten. Aus dir wird sowieso kein Star.«

»Du bist gemein. Wenn du nur wolltest ...«

»Liebes Kind, ich bin selber ein Hungerleider. Ein ganz kleiner Fisch unter lauter Haien.«

»Du brauchst mich bloß mal Rau vorzustellen. Hab' ich dir im Sommer schon gesagt.«

»Hast du. Und ich werde dran denken, wenn Rau mal 'ne besonders trübe Stunde hat. Um ihn aufzuheitern. Nun lauf schon.«

Die Blonde entfernte sich langsam und ging auf einen etwas rundlichen jungen Mann zu, der unter der Tür stand, schob ihre Hand unter seinen Arm und verschwand mit ihm.

Leila zischte wieder, diesmal lauter.

Barenth drehte sich um und spähte ins Dunkle. »Gibt's hier eigentlich Schlangen?«

»Jede Menge«, rief Leila. »Komm her, Lot.«

»Meine Fresse, ihr seid hier. Jovana, du auch? Ich wundre mich die ganze Zeit, wo du abgeblieben bist. Was macht ihr denn hier?«

»Wir trinken und wir reden. Die Party ist mir zu doof.«

»Genau dieses. Und mich lockst du deswegen extra aus Berlin fort. Ich hatte dort gerade so 'ne dufte Eroberung gemacht.«

»Ich brauche ein bißchen Trost viel nötiger. Du hast zu mir gesagt, ich soll nach Hamburg gehen. Nun bin ich hier, und was soll's? Weißt du, was das hier ist? Scheiße ist das.«

»Du hast eben keine feine Lebensart, das hört man gleich. Drum paßt du auch hier nicht her. Und dann möchte ich dich dran erinnern, daß du nicht meinetwegen hergekommen bist, sondern wegen diesem Motz in Hannover, damit du ihm etwas näher bist. Hannover–Hamburg macht sich leichter als Hannover–München. So war's doch, nicht?«

»So war's. Aber so ist es nicht mehr.«

»Ach? Ist es aus?«

»Das nicht gerade. Aber vermutlich demnächst.«

»Aha. Freut mich für dich. Das war kein Mann für dich. Kann man sich hier setzen? Möglichst ganz ins Dunkle, wo mich keiner sieht.«

»Du bist wohl sehr umschwärmt, was? So 'n richtiger Filmfritze, auf den die kleinen Mädchen fliegen. Lang mal da hinter, da müssen noch Kissen sein. Ach, Mensch, Lot«, sie umarmte Barenth, kaum daß er sich ächzend niedergelassen hatte und seine Beine unterzubringen versuchte, »ich freu' mich ja so, daß du da bist. Endlich 'n Mensch.«

Barenth verlor bei ihrem heftigen Zugriff das Gleichgewicht, und sie purzelten alle beide hintenüber. Jovana konnte gerade noch mit einem Griff Leilas Glas fassen.

»Nicht so stürmisch, Leila. Mein Gott, wo nimmst du bloß das Temperament her. Da hat sich nichts geändert.«

»Nee, leider nicht.«

Jetzt saßen sie wieder, jeder auf seinem Kissen, grinsten sich an, und Leila spitzte die Lippen. Barenth küßte sie.

»Liebst du mich noch?« fragte sie.

»Immer. Bis ans Ende meiner Tage. Du bist das Beste, was mir je untergekommen ist.«

»Dachte ich mir's doch. Du bewegst dich abwärts. Zu wahllos, das ist es.« Plötzlich wurde sie ernster, blickte Jovana an und sagte: »Lot und ich, wir haben uns mal sehr geliebt. Als wir beide noch jung und hübsch waren. Mensch, war das 'ne Zeit. Blockade in Berlin. Und Hunger. Und eine kalte Bude. Aber Riesenrosinen im Kopf. Weißt du noch, wenn die Rosinenbomber kamen? Wir haben immer gesagt, die bringen die Rosinen nur für uns. Mensch, Lot, waren wir glücklich. Sag mal, waren wir das?«

Barenth lachte, fuhr ihr mit der Hand durch das kurze schwarze Haar. »Das waren wir, Leilamädchen. Bis du mich schnöde verlassen hast. Mit so einem Rosinenbomberkommandeur. Deswegen bin ich so auf den schiefen Weg geraten.«

»Ach ja«, Leila seufzte, trank aus dem Glas, meinte dann: »Hat sich nicht gelohnt.« Dann reichte sie Barenth ihr Glas, nachdem sie es neu gefüllt hatte. »Hier, trink mal.«

Barenth trank, dann faßte er Jovana ins Auge, die schweigend und lächelnd dem Dialog gelauscht hatte.

»Na, Miss Maris, gefällt's Ihnen hier?«

»Seit ich Leila kennengelernt habe, ja.«

»Siehst du, sie hat Geschmack«, sagte Leila. »Deswegen findet sie die Party auch doof. Mit dir hat sie aber nicht viel im Sinn. Sie hat gesagt, sie ist nicht deine Puppe.«

»Ist sie auch nicht.«

»Wem seine denn?« – »Keinem seine.«

»Warum? Fehlt ihr was?«

»Leila, du mußt sie nicht verderben. Sie ist noch Anfängerin.«

»Und das reizt dich nicht? Ich finde sie ganz wohlgelungen.«

»Doch«, sagte Barenth und blickte zu Jovana auf, »finde ich auch.«

»Na, dann tanzt mal. Mutti wird 'ne neue Flasche besorgen und dann hier auf euch warten.«

Das Tanzen war nach und nach in ein Gehopse ausgeartet, die Mädchen wirbelten durch den Raum, die Männer bewegten sich kaum mehr. Aber Barenth tanzte ganz normal; er hielt Jovana im Arm, und es war angenehm, seine Hand auf dem Rücken zu spüren. – Jovana sagte nichts, aber dann wagte sie einen Blick in sein Gesicht. Es erschien irgendwie abwesend. Er erwiderte ihren Blick, lächelte und küßte sie leicht auf die Wange.

»Gefällt's dir wirklich nicht hier?«

»Das habe ich nicht gesagt. Ich kam mir nur ein bißchen verlassen vor, nachdem du verschwunden warst. Ich kenne niemanden.«

»Da hast du auch nichts versäumt, da hat Leila ganz recht.«

»Aber Leila gefällt mir.«

»Hm, mir auch.«

»War sie ... ich meine, ihr wart mal ...«

»Ja. Sie war meine erste große Liebe. Wie gesagt, achtundvierzig in Berlin. Wir haben's lange zusammen ausgehalten, fast zwei Jahre. Und dann ist sie mir mit einem Ami abgehauen.«

»Und dann?«

»Na, alles weiß ich auch nicht. Später ging sie nach München an die Kunstakademie. Sie ist recht begabt. Und dann hat sie mal geheiratet. Jetzt ist sie wieder geschieden. Und dann war irgend so eine gräßliche Affäre mit einem versoffenen Maler. Und jetzt hat sie einen Freund in Hannover, sehr reicher Mann, drum kann sie sich auch die Wohnung hier leisten. Aber sie macht mir nicht den Eindruck, als ob sie sehr glücklich wäre.«

»Vielleicht liebt sie dich noch«, meinte Jovana kindlich.

»Vielleicht bringt der Klapperstorch die kleinen Kinder. Das sind alles so ungelöste Rätsel.«

»Lothar?«

»Hm?«

»Ach, ich weiß nicht, Ich glaube, ich bin traurig.«

»Nanu, Miss Maris, warum denn dieses? Jung und schön und vom ersten Ruhm besonnt.«

»Ich weiß auch nicht. Aber ich möchte irgend etwas. Ich weiß aber nicht genau, was.«

Sein Blick war nicht mehr abwesend. Er sah sie sehr genau an, und er war auch ernst dabei. »Ja? Ist das so? Manchmal geht es einem so.« Er faßte sie ein wenig fester. »Du wirst es schon noch bekommen. Eines Tages.«

Jovana hob ihr Gesicht ein wenig, er legte seine Wange an ihre Schläfe, sie tanzten schweigend weiter, auf ganz altmodische, ruhige Art. Als die Platte zu Ende war, drehte Jovana ihr Gesicht ein wenig und wartete, daß er sie küßte. Aber er küßte sie nicht.

Leila wartete in der Ecke mit einer neuen Flasche Sekt. Und Whisky hatte sie diesmal auch dabei.

»Falls du das lieber willst, Lot.«

»Ach, laß nur, ich bleibe lieber bei einer Sorte.«

»Hübsch habt ihr getanzt. Richtig romantisch. Sie gefällt dir doch, diese Anfängerin, wie?«

»Leila, halt die Luft an und quatsch mir keine Alimente an den Hals.«

Barenth rutschte noch weiter nach hinten, bis er sich an die Wand lehnen konnte. Er seufzte. »Sehr gemütlich hier.«

»Du bist auch alt geworden. Mir scheint, am liebsten möchtest du pennen.«

»So was in der Art, ja. Ich hab' harte Wochen hinter mir. Wann ich das letzte Mal Urlaub gemacht habe, weiß ich gar nicht mehr. Im Februar geht's schon wieder los.«

»Was wird's denn diesmal?«

»'ne große Superschnulze mit der Thorwald und Gregor.«

»Oh, prima.«

»Wie man's nimmt. Das Buch ist nicht schlecht.«

»Und wann wirst du deinen ersten eigenen Film drehen?«

»Nächstes Jahr vielleicht. Aber ich will gut starten, nicht mit einer schwachen Sache.«

»Gilt nächstes Jahr ab jetzt oder ab zwölf Uhr?«

»Ab zwölf Uhr.«

Um zwölf Uhr küßte er sie dann doch. Sie waren schließlich aus der Ecke hervorgekommen. Leila funkte eine Weile zwischen ihren Gästen herum, Jovana tanzte mit einem Mann, den sie nicht kannte und der eine feuchte Hand auf ihrem Schulterblatt placierte.

Um zwölf wurde es noch dunkler, die Fenster waren geöffnet, kalte Luft kam herein. Sie hörten die Glocken läuten und das Geknall von Feuerwerkskörpern.

Jovana stand ganz still. Dann sah sie in der Nähe Leila und Barenth, die sich umarmten.

Jovana senkte den Kopf. Keiner liebt mich, das war es wieder. Genau wie früher. Steffen war in München. Und er küßte jetzt seine Frau. Vielleicht auch Britta Thorwald.

Aber dann war plötzlich Barenth neben ihr.

»Alles Gute, Jovana!«

»Danke. Ich wünsch' dir auch viel Glück.« – Sie tat, was sie den ganzen Abend gewünscht hatte: legte die Arme um seinen Hals und küßte ihn.

Barenth hielt sie fest. Einen Augenblick lang hielt er sie ganz fest, und es wurde ein richtiger Kuß. Er dauerte nicht lang – aber er war wunderbar.

Als sie die Augen wieder öffnete, war es heller. Er sah sie an, man konnte nicht sehen, was er dachte.

»Noch einmal«, sagte sie und hielt ihm ihren Mund hin.

»Nein.«

»Doch.«

Diesmal war es ein langer Kuß, ein leidenschaftlicher, sehr langer Kuß. Ein Kuß, mit dem sie Steffen betrogen.

»Na, na«, sagte Leila neben ihnen.

Barenth ließ Jovana los, streifte behutsam ihre Arme von seinem Hals. »Kommt, Kinder«, sagte er, »wir müssen auf das neue Jahr anstoßen.«

Er faßte die eine rechts, die andere links am Arm, und sie gingen zu der Bar, die dicht umlagert war.

Jovana sah alles leicht verschwommen. Sie hatte viel getrunken und nichts gegessen. Und sie war von einem wilden Verlangen erfüllt. Nach Liebe. Nach einem Mann, der sie liebte. Warum war Steffen nicht bei ihr? Er war der einzige, den sie lieben konnte. Aber sie dachte auch an Peter, an Jörn, aber vor allem an den, der hier neben ihr war.

Barenth drückte ihr ein Sektglas in die Hand. Er stieß mit ihr und Leila an. »Prost, meine beiden Hübschen. Der Himmel regne Sterntaler auf euch herab.«

Leila war auch nicht sehr fröhlich. »Das tut der Himmel nie. Bestenfalls ist es Blech. Ist das Leben eigentlich schön, Lot?«

»Manchmal. Meistens nicht. Kommt drauf an, was man erwartet.«

»Immer zuviel. Das ist es ja. Immer zuviel. Komisch, daß mir Silvester immer so mies ist. Ich frage mich jedesmal, warum die Leute sich freuen, wenn ein neues Jahr beginnt. Es ist dieselbe Scheiße wie im alten.«

»Komm, Leilamädchen, mach nicht in Weltschmerz. Tanzen wir.«

Sie tanzten weg, Jovana blieb allein, aber dann war wieder einer da, der mit ihr tanzte, und sie redete und lachte und wußte nicht recht, warum. Sie wartete, daß Barenth noch einmal käme und mit ihr tanzte. Aber er kam nicht.

Sie wußte nicht, wie spät es war, als sie ihn wiedersah. Sie war beschwipst und müde.

Er hatte wieder die Blonde im Arm, aber er ließ sie los, als Jovana ihn ansprach.

»Ich gehe nach Hause.«

»Ich bring' dich heim.«

Nein, bitte, laß dich nicht stören. Ich nehme mir ein Taxi.«

»Unsinn. Mir langt es auch.« Er schob die Blonde beiseite und nahm Jovanas Hand. »Bist du blau?«

»Ein bißchen.«

»Wir gehen gleich.«

Leila saß auf ihrem Bett, auf dem auch die Mäntel lagen, und telefonierte. Sie warteten, bis sie fertig war.

»Geht ihr schon?«

»Ja. Das Baby muß ins Bett.«

Leila betrachtete sie genau. »Dann geht mal.« – Sie war vollkommen nüchtern.

»Das war er. Aus Hannover. Er hat sich noch daran erinnert, daß ich auf der Welt bin. Morgen kommt er.«

»Na, dann ist ja alles in bester Butter«, sagte Barenth.

»Denkst du? Ach, ich weiß nicht. Also denn, tschüs, Kinder. Nett, daß ihr da wart. Hier.« Sie gab Jovana eine Karte. »Da ist meine Nummer drauf. Du darfst mich mal anrufen, Jovana.«

»Darf ich wirklich? Danke.«

Leila lächelte. Sie sah immer noch traurig aus, obwohl sie in den letzten zwei Stunden ununterbrochen geredet, getanzt und getrunken hatte.

»Werdet glücklich, ihr beiden.«

»Womit hätten wir das verdient? Tschüs, Leilamädchen. Wenn ich wieder in Hamburg bin, melde ich mich.« – Er beugte sich herab – sie saß immer noch auf dem Bettrand – und küßte sie.

»Mach's gut!«

»Ja, du auch.«

Sie fuhren schweigend durch die Stadt, hinunter zum Hafen. Jovana hoffte, er würde mit ihr noch irgendwohin gehen, aber er fuhr stracks zu ihrer Straße, vor ihr Haus.

»Ich danke, daß du mich mitgenommen hast«, sagte sie artig mit Kleinmädchenstimme, »es war sehr nett.«

»Ach, spiel nicht wieder Theater.«

Sie blieb reglos sitzen, sah ihn an, er saß hinterm Steuer und rührte sich auch nicht. Diesmal muß er anfangen, dachte sie. Aber er tat es nicht. Schließlich stieg er aus, ging um den Wagen herum und öffnete ihre Tür.

»Na komm, sonst schlafen wir noch im Auto ein.«

Jovana stieg aus, sie gingen langsam auf die Haustür zu.

»Bleibst du noch in Hamburg?«

»Nein. Ich fliege morgen nach Berlin.«

»Dann werden wir uns lange nicht sehen.«

»Vermutlich.«

Sie mußte wieder anfangen. Sie gab ihm einen Kuß auf die Wange, sagte: »Es war fein, daß du da warst.«

Er brummte irgend etwas, aber dann nahm er sie doch in die Arme. Es war ein richtiger gewöhnlicher Haustürkuß. Sie wurde in die Ecke zwischen Tür und Wand gepreßt, ihr Mantel fiel auseinander, sie spürte ihn endlich richtig, aber es dauerte nicht lange, dann ließ er sie abrupt wieder los, rückte von ihr ab.

»Los, schließ auf und verschwinde.«

Ihre Hand zitterte ein wenig, er nahm ihr den Schlüssel aus der Hand und öffnete die Tür für sie. »Gute Nacht!«

»Gute Nacht, Lothar.« Sie blieb stehen, wandte sich um, aber er ging schon auf sein Auto zu, ohne sich noch einmal umzudrehen.

Jovana blieb im Hausflur stehen, den Finger auf dem Lichtknopf. – Angenommen, sie wohnte nicht mehr bei Frau Buer, angenommen, sie hätte eine eigene Wohnung – was wäre dann geschehen?

Nichts wäre geschehen. Nicht bei dem. Er hatte schließlich eine Wohnung in Hamburg, das wußte sie. Seine Treue zu Steffen war stärker.

Aber sie wußte genau, was er jetzt tun würde. Irgendwo würde er ein Mädchen finden. Vielleicht kehrte er zurück zu Leila oder zu der Blonden oder wo immer er noch eine Freundin in der Stadt hatte. So einer war er, dieser Barenth.

Und vermutlich waren alle Männer so. Und vermutlich war es überhaupt so. Bei ihr auch.

Durch die Bekanntschaft mit Leila wurde Jovanas Leben mit einem Schlag viel unterhaltender. Sie hatte nie eine Freundin besessen, und es schadete auch nichts, daß Leila etwa zehn Jahre älter war als sie; ganz im Gegenteil, sie war in allem erfahrener, klüger und bewußter und dabei von einer herrlichen Unbekümmertheit, gerade das, was Jovana fehlte. Mit ihr konnte man wunderbar schwatzen, über alberne und über ernsthafte Dinge, man konnte sie um Rat fragen, ob es sich um die Wohnung, um ein neues Kleid oder um künstlerische Dinge handelte.

Leila war ein durch und durch künstlerischer Mensch. Sie konnte nicht nur wunderbar malen, sie verstand viel von Literatur, Theater und Film, alles, was Jovanas Welt ausmachte. Aber man konnte endlich auch über Liebe reden, über Männer. Und das war etwas, was Jovana noch nie getan hatte.

Sie rief an, als das neue Jahr eine Woche alt war, und Leila sagte: »Fein, daß Sie sich melden. Mir ist gerade nach einem schönen Palaver zumute. Kommen Sie doch her heute abend, wir sind allein.«

Sie verstanden sich genauso gut wie bei ihrem ersten Zusammensein. Die Wohnung war diesmal eingerichtet und erwies sich als außerordentlich geschmackvoll und gemütlich. Hübsche alte Möbel, eine Menge Bilder, Couches, Sessel, Decken, Teppiche, originelle Lampen.

»Aber das ist reizend bei Ihnen«, sagte Jovana entzückt. »So eine schöne Wohnung habe ich noch nie gesehen. Das konnte man neulich gar nicht merken.«

»Na, Kunststück, ich kann ja meine teuren Stücke hier nicht rumstehen lassen, wenn getobt wird. Das meiste hatte ich auf dem Boden untergebracht. Gefällt's Ihnen?«

»Unbeschreiblich!«

Leila lachte. »Sind ein paar ganz gute Stücke dabei. Das einzige, was mir aus meiner sogenannten Ehe geblieben ist. Kasimir war sehr großzügig, er liebte mich nämlich.«

»Und Sie?«

»Ich hab' ihn auch geliebt. Wahnsinnig. Aber nur etwa ein Jahr lang. Dann fiel er mir furchtbar auf den Wecker. Er war sehr bürgerlich. Und hatte nichts im Kopf als Geldverdienen und seinen Beruf und Vorwärtskommen und lauter so seriöse Dinge. Na, ich war damals vierundzwanzig, damit konnte er mich nicht beglücken. Er war immerhin schon zweiundvierzig. Nicht daß mich das gestört hätte, aber irgendwie waren wir doch sehr verschieden. Er hatte Krieg und Gefangenschaft hinter sich und wollte endlich etwas werden. Jetzt hat er eine Frau, die zu ihm paßt, und ein Haus natürlich und Kinder und alles so, wie es sich gehört.«

»Kasimir ist ein hübscher Name.«

»Er heißt Karl. Ich nannte ihn Kasimir, das spricht sich besser.«

»Und Sie konnten nicht bei ihm bleiben?«

»Nö, konnt' ich nicht. Nicht ums Verrecken. Das Beste an ihm war seine Mutter, eine goldige alte Dame. Leider starb sie dann. Mit ihr hab' ich mich prima verstanden, sie war auch eine richtige Künstlernatur. Kasimir ging mehr nach seinem Vater, der war Geschäftsmann. Na, ja, und die meisten Möbel, die du hier siehst, sind von der Mama. Er hat sie mir überlassen, denn er hat sich ganz fein und modern eingerichtet.«

Besser wäre Leila doch bei Kasimir geblieben, mochte er noch so bürgerlich sein. Er hat sie geliebt und ihrem Leben einen festen Halt gegeben. Danach kam eine verhängnisvolle Zeit für sie. Sie lebte mit einem Maler zusammen, ein Genie, wie sie sagte, ein veritables Genie, aber leider total verkommen. Er trank, er arbeitete nicht, er war rauschgiftsüchtig, er quälte sie, er hatte alle Untugenden, die ein Mann haben konnte. Sie sorgte für seinen Unterhalt und »du kannst mir glauben, ich war zum Wegschmeißen schließlich. Ein Nervenbündel. Entweder mußte ich ihn umbringen oder meiner Wege gehen. War schwer. Aber ich schaffte es.«

Das war auch der Grund, warum sie schließlich von München wegging. Sie wollte nicht riskieren, ihm zu begegnen. Sie wollte, »wie man so hübsch sagt, ein neues Leben beginnen, konnt' ich aber nicht, wenn er im Umkreis war. Na ja, und dann rettete mich Ottchen aus Hannover. Ich machte Plakatentwürfe für die Messe. Und da lernte ich dann Ottchen kennen.«

»Und den liebst du jetzt?« fragte Jovana respektvoll.

»Nee, wer sagt das denn? Er ist ganz nett, aber auch ein Spießer. Und in Hannover hat er natürlich Weib und Kinder. Na ja, das ist eben so.«

Sie saß auf der Couch, die langen Beine in Hosen untergeschlagen. Sie rauchte ununterbrochen. Sie trank viel. Ihre dunklen Augen funkelten, wenn sie erzählte.

Aus Jovana bekam sie in Windeseile alles heraus, was sie wissen wollte. Es begann damit, daß sie fragte: »Bist du in Lothar verliebt?«

»Nein«, antwortete Jovana, »wie kommst du darauf?«

»Weiß nicht. Kam mir neulich so vor. Wer ist es denn?«

Jovana wollte standhaft und diskret bleiben, sie redete so ein bißchen drumherum, aber einerseits war es schwer, Leila etwas zu verbergen, andererseits machte es Spaß, endlich einmal über das zu sprechen, was sie erfüllte, über Steffen also.

»Kann nicht wahr sein!« Leila war ehrlich erstaunt. »Das hast du fertiggebracht? Mensch, du mußt es ganz schön hinter den Ohren haben. Der Rau! Congratulations. Das ist ein Fang. Drum hast du die Rolle gekriegt.«

»Deswegen nicht. Er hätte sie mir nicht gegeben, wenn er nicht gedacht hätte, ich kann's. Und ich weiß nicht, ob er sich wirklich etwas aus mir macht. Bei ihm weiß man das nicht.«

»Kann ich mir denken. Der ist so ein Hintergründiger. Macht nichts, muß es auch geben. Für dich sicher schwierig, da einen

Fuß auf den Boden zu kriegen. Aber wahrscheinlich reizt es ihn, daß du so unbedarft bist. Männer sind da manchmal komisch, gerade solche wie er.«

In Leilas Augen wurde Jovana nun interessant. Sie schwor heilige Eide, nie darüber zu sprechen. Zu niemand. »Aber Lothar weiß es?«

Ja, er sei der einzige, der es wisse.

»Mensch, das 'n dicker Hund. Ihm gefällst du nämlich auch, hab' ich gemerkt. Aber da darf er natürlich nicht. Den Rau liebt er mehr wie Vater und Mutter. Also eigentlich, wenn ich mir das so aus der Nähe betrachte, müßte da ja aus dir direkt was werden. Wann läuft denn der Film an?«

Das wußte Jovana nicht. Immerhin fand es Leila außerordentlich wichtig, daß Jovana eine eigene Wohnung bekam.

Einmal besuchte sie Jovana bei Frau Buer und meinte dann: »Na ja, ist ja ganz putzig, aber nun mußt du raus hier. Das laß mich man machen. Ich kenn' da einen Makler, Freund von Ottchen, der besorgt uns was Hübsches.«

Leila übernahm also die Wohnungssuche, außerdem veranlaßte sie Jovana, einen Fahrkurs zu besuchen. Leila fuhr selbstverständlich einen eigenen Wagen, sie war eine fabelhafte Fahrerin.

Jovana war oft bei ihr; abends, wenn sie mit der Schule fertig war, fand sie sich ein, manchmal brachte sie Bücher mit, lernte noch, Leila hörte sie ab. Manchmal arbeiteten sie beide, denn Leila hatte die Ausstattung für einen Revuefilm bekommen, ihr erster großer Auftrag, und das machte ihr Spaß. Sie feierten das Ereignis mit einem rauschenden Fest. Jovana sah manche Leute aus der Silvesternacht wieder und lernte einige andere kennen, denn Leilas Bekanntenkreis vergrößerte sich rapide, und mit der Zeit »sind schon ein paar bessere Sachen dabei«, wie sie sagte.

Dieser Abend brachte Jovana einen Verehrer ein, Redakteur einer Illustrierten, der sehr von ihr angetan war und sie gelegentlich ausführte, ins Theater, in ein gutes Restaurant, in eine Bar. Manchmal war Leila dabei mit einem ihrer Bekannten, auch Ottchen tauchte gelegentlich auf, ein recht munterer, unternehmungslustiger Vierziger aus der Textilbranche.

Jovanas Leben war randvoll ausgefüllt, ihre Arbeit durfte natürlich nicht zu kurz kommen dabei. Steffen vermißte sie in der Zeit nicht so sehr.

Er war einmal Mitte Januar für einige Tage in Hamburg gewesen, und sie fuhren für drei Tage hinaus in ihr Hotel in der Heide. Sie waren glücklich dort. Beide von Herzen glücklich.

»Im April«, sagte Steffen, »verreisen wir beide. Ich brauche dringend Urlaub.«

»Nach Travemünde?«

»Nein, mein kleines Mädchen, nicht nach Travemünde. Du mußt auch mal eine andere Ecke der Welt kennenlernen.«

Er wollte wissen, wie es mit der Wohnung stand. Sie erzählte von Leila. Damals war ihre Bekanntschaft noch sehr neu und noch nicht zur Freundschaft gediehen, aber die Wohnungsfrage war bereits von Leila übernommen worden.

Ansonsten hatte Steffen auch allerhand Neuigkeiten zu berichten. Der Film mit der Thorwald und dem Gregor war verschoben worden. Gregor hatte für April einen Hollywoodvertrag; es war unmöglich, den Film, der ziemlich aufwendig war, bis dahin abzudrehen. Britta hatte getobt, die Diova war sauer, man erwog eine andere Besetzung, aber dann hatte man sich geeinigt, daß die Dreharbeiten bis zum Sommer verschoben wurden. Britta war umgehend nach Paris abgereist und machte dort zur Zeit einen Film.

»Sie geht fremd«, sagte Steffen und grinste. »Sie stellt sich vor, mir bricht das Herz.«

Er selbst hatte sich ganz überraschend zu einer Theaterregie verpflichten lassen. Schon zweimal hatte er mit dem Intendanten eines Münchner Privattheaters verhandelt. Das Haus hatte einen guten Ruf, es machte Boulevardstücke des besseren Genres, stets mit bekannten Namen besetzt.

»Es hat nie geklappt, aber jetzt habe ich Zeit, jetzt mache ich es.«

Er freute sich darüber. Die erste Theaterregie nach so vielen Jahren. Die ganze Zeit hatte er es sich gewünscht. Es war ein gutes Stück von einem bekannten englischen Autor; ein weltbekannter Bonvivant, teils Film, teils Theater, würde die männliche Hauptrolle spielen und Susanne Diehl die weibliche.

»Mit Susanne zu arbeiten ist eine Wonne. Du wirst kommen und wirst dir die Aufführung ansehen. Eine Vollblutschauspielerin, sie hat es in den Fingerspitzen.«

Jovana hatte Susanne Diehl im Film gesehen und als Teenager für sie geschwärmt.

»Ich finde es wunderbar, aber du bist dann wieder so lange weg.«

»Nicht so schlimm. Wir fangen Anfang Februar mit den Proben an; ich denke, daß wir so um den Zwanzigsten herum Premiere haben, vielleicht ein bißchen später. Und im März oder April gehen wir dann auf Reisen.«

Einmal kam auch Barenth zu Besuch, nur für zwei Tage, er machte bei Plaschke einen Film in Berlin. Sie trafen sich in Leilas Wohnung.

»Na, ihr zwei Hübschen«, sagte er, »das finde ich ja direkt gelungen, daß ihr euch angefreundet habt. Verdirb mir die Kleine nicht zu sehr, Leila.«

»Ach, so viel ist an der auch nicht mehr zu verderben. Die weiß schon, wo's längs geht. Ich finde, ihr Meisterstück hat sie schon geliefert.«

Barenth zog mißbilligend die Brauen hoch, er war überempfindlich, was Steffen anging.

»Du wirst das schön für dich behalten, sonst kille ich dich.«

»Geheime Staatssache, ich weiß. Aber glaubst du im Ernst, die Branche weiß nicht Bescheid?«

Die Branche munkelte oder, besser gesagt, sie hatte gemunkelt, aber Steffen gab ihnen wenig Anlaß, sich besser zu informieren.

An dem Abend führte Barenth sie beide zum Essen aus in die Himmelsleiter, und dann saßen sie die halbe Nacht bei Leila und redeten und tranken.

Leila war wie immer in ihrer Ecke auf der Couch, Barenth hatte sich langgelegt und seinen Kopf in ihren Schoß gebettet. Jovana sorgte für Getränke, sie zündete für alle drei Zigaretten an, schob Barenth Salzmandeln in den Mund.

»Mhm, herrlich«, murmelte er und küßte ihre Fingerspitzen, »hab' ich mir immer schon gedacht, daß ein Pascha ein feines Leben hat. Eine Frau allein ist schlecht, da kommt man auf jeden Fall zu kurz. Zwei ist schon besser, und wenn's mehr sind, dann wird es richtig gemütlich.«

»Ja, von wegen. Und dann bloß hier liegen und pennen. Die Damen wollen auch was geboten haben«, sagte Leila.

»Aber ihr doch nicht, ihr seid doch versorgt.«

»Nur gelegentlich. Und wenn wir dich schon heute mal hier haben, werden wir dich auch verspeisen.«

Barenth blickte liegend in ihr Gesicht hinauf. »Ich kenne dich, Verführerin. Und was du jetzt möchtest, das weiß ich ganz genau. Aber daraus wird nichts. Wenn's partout sein muß, schlafe ich mit dir, aber Jovana schicken wir vorher nach Hause.«

»Du wirst auch immer spießiger. So ein Baby ist Jovana auch nicht mehr. Laß sie doch mitspielen.«

Jovana saß mit großen Augen und lauschte dem spielerischen Dialog der beiden. Sie begriff, wovon Leila sprach. Denn erst kürzlich hatte sie davon gesprochen, daß sie während ihrer Zeit mit dem morbiden Malergenie oftmals Liebe zu dritt praktiziert habe.

»Zu dritt?« hatte Jovana entsetzt gefragt, ganz Ahlsen.

»Klar, Mensch. Ist ganz flott. Man muß mal ein bißchen Abwechslung in die Sache bringen.«

Jovana war ehrlich schockiert gewesen, auch wenn sie sich das nicht anmerken ließ. Sie wollte vor Leila nicht spießig erscheinen. Aber vorstellen konnte sie sich unter diesem Unternehmen absolut nichts. Würde sie das nun etwa erfahren? Barenth drehte den Kopf und blickte zu ihr hinüber.

»Schau nicht so lüstern, Jovana.« Und zu Leila: »Und nun möchte ich davon nichts mehr hören.«

Leila lachte girrend. Sie knöpfte Barenths Hemd auf, und ihre langen schlanken Finger glitten über seine Haut.

»Ich werde dich wunderbar in Fahrt bringen. Und dann darfst du ... Ja, ich bin großzügig, du darfst sogar zuerst mit ihr.«

»Zum Teufel, Leila ...«

»Das möchtest du doch, nicht? Ich weiß, daß du möchtest. Ich werd's dir gleich beweisen.« Ihre Hand kam blitzschnell, aber ehe sie landen konnte wie geplant, hatte Barenth sie festgehalten. Er stieß Leila ziemlich unfreundlich beiseite und stand auf.

»Hör zu, du verfluchte Hexe. Ich kenne deine Nachtseiten. Mir macht das nichts aus, und ich besorge es dir auch gehörig, wenn du es brauchst. Aber du sollst mir die Kleine nicht verderben.«

Er fuhr sich durch sein zerstrubbeltes dunkles Haar, griff nach der Whiskyflasche und goß sich ein großes Glas ein. Leila warf sich der Länge nach auf die Couch, sie lachte hellauf. »Trink nicht so viel, du Feigling. Das macht die Männer frühzeitig impotent. Und um dich wär's direkt schade. Also, überleg dir's, das Angebot bleibt bestehen, nicht, Jovana?«

Barenth blickte Jovana scharf an. Aber als er ihr Gesicht sah, lachte er erleichtert. »Da, schau sie dir an, deine Mitspielerin. Sie sitzt da wie ein Huhn, wenn's donnert. Ich glaube, sie weiß gar nicht, wovon du redest.«

Jovana errötete, Barenths Spott ärgerte sie. Sie senkte die

Augen vor seinem eindringlichen Blick. Fast erinnerte er sie an Steffen. Der konnte einen auch so scharf ansehen, wenn ihm irgend etwas nicht paßte.

»Hm?« fragte Barenth. Er beugte sich über sie, die Hände auf die Sessellehne gestützt. »Sieh mich an, Jovana, weißt du, wovon sie redet?«

»Ach, laß mich in Ruhe!« sagte sie verwirrt.

»Du sollst mich ansehen«, fuhr er sie an, so heftig und böse, daß sie erschreckt die Lider hob. Ihre Unterlippe zitterte. Schweigend sahen sie sich an. Er machte ein finsteres Gesicht und schien ernstlich böse auf sie zu sein.

»Ich ... ich hab' doch gar nichts getan ...«, flüsterte sie.

Barenth richtete sich langsam auf. »Das will ich hoffen.«

Leila lachte wieder. »Du hättest Kindermädchen werden sollen. Ganz neue Masche von dir. Ich kenne dich da ganz anders. Und außerdem willst du. Ich merke ja, daß du willst.«

»Ich will nicht. Und du kennst mich absolut nicht anders. Für solche Spiele habe ich noch nie etwas übrig gehabt, das weißt du sehr gut.«

Er setzte sich weit von den Mädchen entfernt in einen Sessel, trank langsam aus seinem Glas.

Sie sprachen nicht mehr viel, Leila trank auch, rasch und viel.

Kurz darauf stand Barenth auf.

»Komm, Jovana, ich bringe dich nach Hause.«

Leila widersprach nicht. Ehe sie gingen, sagte sie: »Es tut mir leid, Lot. Habe ich dich geärgert? Das tue ich manchmal gern, du weißt ja. Kommst du nachher wieder?«

Er gab keine Antwort.

Auch im Wagen sprach er nicht. Jovana war eingeschüchtert. Sie kam sich wieder einmal sehr dumm und unerfahren vor. Als sie angelangt waren, sagte Barenth: »Jovana!«

»Ja?«

»Macht sie so etwas mit dir?«

»Nein. Nie. Sie war noch nie so.«

Pause. Dann: »Du liebst Steffen doch?«

»Ja.«

»Du darfst so etwas nie tun. Versprich es mir. Es wäre schade um dich. Man kann dich gern haben, so wie du heute bist. Steffen tut es. Und ich tue es auch. Aber wenn du so etwas tun würdest, dann nicht mehr. Leila hat viele Fehler gemacht in ihrem Leben. Sie ist nicht glücklich. Vielleicht kann es noch einmal besser werden mit ihr. Aber nicht auf diesem Wege. Der Kerl in

München, der hat das aus ihr gemacht. Früher war sie nicht so. Es ist schade um sie. Sie war einmal ein feiner Kerl.«

»Ich mag sie gern.«

»Ich auch. Aber wenn sie so ist wie heute, könnte ich sie verprügeln. Und ich drehe dir den Hals um, wenn ich erfahre, daß du jemals so etwas mitmachst.«

Er wandte sich zu ihr, beugte sich über sie. »Hörst du, was ich dir sage?«

»Ja.«

Mit dem Finger zog er sanft die Linien ihrer Wange nach, dann küßte er sie leicht und zärtlich an der Schläfe. »Wenn ich einen Menschen auf der Welt hochschätze und hoch verehre, dann ist es Steffen. Und daß er dich liebhat, das ist für dich ein großes Geschenk. Du darfst nicht leichtsinnig damit umgehen. Und du darfst ihn nicht enttäuschen.«

»Ja. Ich weiß. Ich will es auch nicht. Aber, Lothar...«

»Hm?«

»Wenn Steffen... ich meine, wenn Steffen nicht – bei mir wäre...«

»Ich weiß nicht. Vielleicht. Aber von mir hättest du nicht viel. Ich bin nicht so ein Mensch wie er.«

»Doch, Lothar. Du bist wie er. Anders natürlich. Aber auch so... so, daß man dich lieben könnte. Ich bin vielleicht dumm, aber das weiß ich. Leila weiß es auch. Sie sagt das immer. Sie hatte heute viel getrunken, und sie wollte dich ärgern. Sie ist sonst nicht so, wirklich.«

»Um so besser.«

»Gehst du noch zu ihr?«

Sein Gesicht war ihr sehr nahe. Aber sie konnte nicht darin lesen.

»Das geht dich nichts an«, sagte er.

»Nein. Natürlich nicht.«

Mit den Lippen berührte sie seine Wange. Sie wartete, daß er sie in die Arme nehmen und küssen werde, genau wie sie in der Silvesternacht darauf gewartet hatte. Aber er tat es nicht. Diesmal nicht.

Leila kam auf diesen Abend nie zurück. Und Jovana erlebte auch nie wieder eine ähnliche Szene mit ihr. Es waren ja öfter Männer da, Ottchen, der Makler, andere Bekannte von Leila, Kollegen, auch Dirks, der Redakteur, Jovanas neuer Verehrer, kam gelegentlich, aber nie benahm sich Leila wie an jenem Abend. Woraus Jovana schloß, daß es ihr hauptsächlich darum gegangen war, Barenth herauszufordern und zu ärgern. Dafür mußte sie wohl ihre Gründe haben. Aber die kannte Jovana nicht. Es war schwer für sie, eine Frau wie Leila zu verstehen. Jovana hatte immer noch romantische Vorstellungen von Liebe. Es mußte so ähnlich sein, wie es im Kino ist, wenn es richtig sein sollte.

Ende März fand die Uraufführung von »Zwielicht« in Berlin statt. Es begann aufregend genug, denn sie flog mit Steffen und seiner Frau in der gleichen Maschine nach Berlin.

Für Steffen war es eine Überraschung gewesen, als Dorothy sagte: »Ich würde diesmal gern bei deiner Premiere dabeisein.«

»Du?«

»Ja. Warum erstaunt dich das so? Ich war früher öfter dabei. Und diesmal ist es doch ein besonderer Film.«

Sie wußte, daß er nervös war. Daß er am liebsten nicht zu der Uraufführung gefahren wäre. Er war Mitte März von München zurückgekommen, nach der Premiere der Komödie, die ihm hervorragende Kritiken gebracht hatte. So schrieb eine Münchener Zeitung: »Es ist ein Gewinn, daß Steffen Rau das Theater wiederentdeckt hat. Man erinnert sich an seine avantgardistischen Inszenierungen der ersten Nachkriegszeit und kann feststellen, daß der Film seinen Stil nicht verdorben hat. Dieser eigenwillige, sehr persönliche Stil, der sogar einem leichten Konversationsstück Gewicht verleihen kann, bei aller Schwerelosigkeit, mit der das gemacht ist. Vielleicht sollten sich auch die großen Theater an Steffen Rau erinnern. So übergroß ist das Angebot an guten Regisseuren nicht.«

Die Arbeit hatte ihm Spaß gemacht. Das erste, was er Dorothy sagte: »Ich werde in Zukunft wieder öfter Theater machen. Jedes Jahr ein oder zwei Inszenierungen. Es hat mir gefehlt.«

Neue Angebote lagen bereits vor, aus München wieder, aus Berlin, und kurz nach seiner Rückkehr nach Hamburg begann er Verhandlungen mit dem Thaliatheater für eine Regie noch im gleichen Jahr. Er war kein Mann mehr in der Krise. Er war ein Mann, dem seine Arbeit wieder Spaß machte. Ein Mann, der glücklich war.

Aber zunächst fürchtete er sich vor der Uraufführung von »Zwielicht«. Er hatte Abstand gewonnen zu dieser Arbeit und hatte auch das Gefühl, daß er manches hätte anders machen müssen. Ein Stoff wie dieser war eigentlich nie befriedigend zu Ende zu führen.

Daß Dorothy mit nach Berlin kommen wollte, freute ihn nicht so, wie es ihn zweifellos noch vor einem Jahr gefreut hätte. Er hatte gehofft, während der Berliner Tage mit Jovana zusammen zu sein. Endlich wieder einmal. Aber das fiel nun weg. Sie wohnten daher auch diesmal nicht bei Rudi und Gerti, sondern im Hotel Kempinski. Denn er konnte schließlich nicht Dorothy mit in die Pension nehmen, wo er so unverhohlen mit Jovana zusammengelebt hatte. Und schließlich konnten sie nicht zu dritt dort wohnen.

Dorothy hatte extra ihre fällige Reise nach London um eine Woche verschoben, um in Berlin dabeizusein.

Sie sei neugierig auf den Film, sagte Dorothy. Lange genug sei nur von ihm geredet worden. – Etwas anderes sagte sie nicht: daß sie auch neugierig war, endlich diese Jovana kennenzulernen. Ihre Anregung damals an Weihnachten, er möge sie einmal ins Haus bitten, sie einladen, damit sie sie kennenlerne, war von ihm nicht aufgegriffen worden. Er hatte das Thema nie mehr berührt. Aber nun war Dorothy fest entschlossen, Jovanas Bekanntschaft zu machen. Sie war sich nicht darüber klar, was wirklich zwischen Steffen und der jungen Schauspielerin bestand. Vielleicht nichts, denn in München war sie nicht gewesen; Dorothy hatte sich selbst einige Zeit während der letzten Probenwochen in München aufgehalten, sie war bei der Premiere dabei, von dieser Jovana keine Spur. In Hamburg war er auch nicht gewesen, also hatte er sie doch in letzter Zeit nicht gesehen. Das hatte ihren Verdacht einschlafen lassen. Es war nichts – oder, falls etwas gewesen war, so war es bereits zu Ende.

Auf dem Flugplatz Fuhlsbüttel begegneten sich Jovana Maris und Dorothy Rau zum erstenmal. Dorothy, stolz, schön und kühl, im Nerz, eine Frau von Welt und Format. Jovana, kleiner als sie, schmal und zierlich, sehr jung, mit dem unschuldigen Mädchengesicht, das ihr jederzeit nach Bedarf zu Gebote stand.

Steffen hatte dieser Begegnung verständlicherweise etwas beklommen entgegengesehen. Das wäre nicht nötig gewesen. Eine geborene Burmeester – eine geborene Schauspielerin, sie verstanden beide etwas von einem gekonnten Auftritt, sie benötigten seine Regie dazu nicht.

Jovana betrachtete Dorothy mit großen staunenden Kinderaugen, ihre Haltung, ihr Lächeln, ihre Sprache drückten respektvolle Bewunderung und natürliche Unbefangenheit aus.

Sie ist reizend, dachte Dorothy. Ganz anders, als ich sie mir vorgestellt habe. Und dann dachte sie noch: Ich kann verstehen, daß sie ihm gefällt. Und vielleicht ist es genauso, wie er es mir Weihnachten gesagt hat: Er mag sie, er hält etwas von ihr, aber es ist wirklich nur die Freude an ihrem Talent und ihrem Wesen. Ich habe ihm unrecht getan.

Was für eine schöne Frau, dachte Jovana. Mein Gott, was kann er an mir finden, wenn das seine Frau ist. Und sie passen wundervoll zusammen. Ich bin eine Zigeunerin neben ihr.

Zigeunerin, das war das neue Etikett, mit dem sie sich selbst bedachte. Es stammte von Leila. Ende Februar hatte Leila wieder einmal eine Party gegeben, eine Faschingsparty, wie sie sagte. Kostümfest sagten ihre neuen Hamburger Freunde.

»Ein Jammer, daß ich zum Fasching nicht nach München fahren kann«, stöhnte Leila. »Keinen Fasching diesmal, das ist kaum zu überleben.« Aber sie steckte mitten in der Arbeit, es ging beim besten Willen nicht. Also mußte sie wenigstens selbst Fasching feiern. Es war ähnlich wie Silvester, die Wohnung wurde ausgeräumt, wurde geschmückt, wobei Jovana mit Begeisterung half, und die Gäste waren, nach Leilas Meinung, schon ein bißchen besser als Silvester. Ottchen kam aus Hannover, Freunde vom Film, vom Theater, von der Zeitung; es wurde ein großer Abend.

Die Kostümfrage für Jovana löste Leila. »Das ist doch klar, für dich gibt's nur eines, du gehst als Zigeunerin. Das ist genau das Richtige für dich. Denn du bist schließlich eine, nicht? Eine, die Liebestränke braut und die Männer verhext und der man nie hinter die Larve gucken kann.«

Das Kostüm bastelte Leila zusammen, ein roter, weiter Rock, eine weiße Bluse mit einer nackten Schulter, große Ohrringe, im

Haar eine Rose, dunkel geschminkt, die einfachste Sache der Welt. Jovana sah hinreißend aus.

An diesem Abend übersah sie keiner, sie hatte ständig Männer um sich. Dirks, der Illustriertenmann, war schwer verliebt. Er zog sie in eine dunkle Ecke, sooft er konnte, er küßte sie, bis ihr die Luft wegblieb, und er machte auch in dieser Nacht, wie schon oft, den Versuch, sie zu verführen. Aber Jovana blieb brav. Sie fand ihn ganz amüsant, aber sie war nicht im geringsten verliebt. Ihre stille Hoffnung, daß Barenth kommen würde, erfüllte sich nicht. Er war mit seinem Film beschäftigt. Sie hatte Leila gefragt, ob sie Silvia, Lilian und Tommy einladen könne, und Leila hatte gesagt: »Klar, warum denn nicht?« So wurden diese drei also Zeugen von Jovanas Triumph in dieser Nacht.

Die beiden Damen, Steffens schöne Frau und seine junge Geliebte, saßen nebeneinander in der Wartehalle, bis ihre Maschine aufgerufen wurde, und unterhielten sich sehr freundlich und schienen voneinander sehr angetan. Steffen betrachtete sich das aus einiger Entfernung mit einer gewissen Belustigung. Er hatte Sinn für den Reiz der Situation. Und sein Auge, so gut geschult, Frauenschönheiten zu würdigen, genoß den gegensätzlichen Reiz der beiden Frauentypen.

Ich liebe sie beide! Das war es, was er dachte. Und jede deswegen, weil sie ist, wie sie ist. Das ist eine erstaunliche Tatsache. Aber so erstaunlich auch wieder nicht, denn ich müßte ein stumpfsinniger Tölpel sein, wenn es nicht so wäre. Warum sollte ich Dorothy nicht mehr lieben, nur weil Jovana nun da ist? Und warum soll ich Jovana nicht begehren, nur weil Dorothy zu mir gehört? Es paßt wunderbar zusammen. So dachte er bei dieser meisterhaft geglückten Begegnung auf dem Flugplatz, denn für Schwierigkeiten gab es keinen Anlaß.

Die Schwierigkeit bestand im Moment einzig für ihn darin, daß er nicht mit Jovana zusammen sein konnte, wie er gehofft hatte. Er war voll Verlangen, sie wieder im Arm zu haben. Aber bald – nach der Uraufführung würde er Dorothy nach London begleiten zu einem kurzen Besuch bei der Familie – kam der lang verdiente Urlaub. Drei Wochen, vier Wochen mit Jovana. Darauf freute er sich.

Ihr Flug wurde aufgerufen. Auch im Flugzeug saßen die beiden Damen nebeneinander und fanden sich immer noch sympathisch.

In Tempelhof erwartete sie Barenth. Wenn er sich wunderte, so zeigte er es nicht. Er begrüßte Dorothy mit einem Handkuß,

Jovana mit einem Streicheln über die Wange, er placierte beiden Damen Rosensträuße in die Arme, und ein paar Reporter, die sie ebenfalls erwarteten, blitzten die herzerwärmende Szene. Steffen und Barenth tauschten einen raschen Blick des Einverständnisses. Das war gut. Das konnte gar nicht besser sein.

Plaschke gab im Hotel ein Sektfrühstück, die Presse war da, Andreas Hartmann, Johannes Monk, und alle konnten sehen, welch herzliches Verhältnis Jovana mit Frau Dorothy Rau verband.

»Komisch find' ich det ja«, vertraute Plaschke Barenth zwischendrein einmal an, »manchmal hab' ick schon gedacht, der Rau und die Kleene... na ja, kam mir so vor. Ihnen nicht auch?«

»Nee, wie kommen Sie darauf?« fragte Barenth mit Biedermannsmiene. »Er mag sie, und sie kann ja auch was. Aber Sie kennen doch Rau. Der ist nicht so einer.«

»Na ja, eben. Stimmt offenbar wirklich, was man immer von ihm sagt. Seine Frau ist ja auch wirklich sehr attraktiv.«

»Das ist sie.«

Am Abend kamen der Maskenbildner und der Friseur ins Hotel und machten Jovana für die Premiere zurecht. Das hatte Plaschke so gewollt.

»Im Film sieht sie so kümmerlich aus. Die Leute sollen sehen, was für 'ne schicke Puppe sie is.«

Jovana trug ein Kleid aus Silberlamé, und es war wirklich eine Überraschung für das Publikum, als sie sich nach der Vorführung für den Applaus bedankte. Sie ähnelte kaum der Stummen.

Andreas Hartmann stand neben ihr, auf der anderen Seite Monk, beide küßten sie auf die Wange, sie strahlten sich an. Das elegante Premierenpublikum klatschte begeistert. Es hatte neue Lieblinge.

Jovana war glücklich. Sie erlebte es zum erstenmal. Sie stand oben, man feierte sie. Es war wie ein Rausch. Anschließend drängten sich die Reporter um sie, sie mußte viele Fragen beantworten, aber immer waren Steffen oder Barenth neben ihr. Oder Plaschke hatte sie am Arm und ließ alle wissen, wie stolz er auf diese seine Entdeckung sei und daß er sie ganz groß bringen werde. Und der Mann aus Amerika war auch da, jener, mit dem Steffen die ersten Verhandlungen geführt hatte, und er murmelte sogar etwas von Hollywood und daß man sie gelegentlich drüben zu sehen wünsche.

Das war es also. Jetzt hatte es begonnen.

Nach dem Presseempfang gab es ein Essen im Hilton, und hier war es, wo Jovana zu Dorothy sagte – spät am Abend und ganz selig von allem, was sie gehört, was man ihr gesagt hatte: »Sie wissen nicht, gnädige Frau, wie dankbar ich Ihrem Mann bin. Was wäre aus mir geworden – ohne ihn! Ich war ganz unten, es bestand überhaupt keine Aussicht für mich. Und er hat das alles aus mir gemacht!«

Dorothy betrachtete sie mit einem kleinen Lächeln und einer kleinen Wehmut.

»Ich freue mich für Sie Jovana, und für Steffen. Der Film war ihm so wichtig. Und ich glaube, er konnte keine Bessere für diese Rolle finden als Sie.«

Sie sahen sich an. »Ich danke Ihnen, daß Sie das gesagt haben. Sie sind sehr lieb.«

Das brachte Jovana in ihrem schönsten, aufrichtigsten Kinderton heraus, aber da dachte Dorothy bereits: Sie hat mehrere Gesichter. Und sie ist sehr geschickt.

Jovana bekam hervorragende Kritiken. »Endlich einmal ein Gesicht, das nicht in die Schablone paßt.« – »Eine junge Schauspielerin wächst hier heran, von der man sich viel erwarten darf.« – »Ein Talent, mit dem man behutsam umgehen sollte.«

Sätze dieser Art waren es, über die Steffen sich freute und die ihm zeigten, daß er den richtigen Instinkt besessen hatte. Auch für ihn wurde der Film ein Triumph, genauso wie für Andreas Hartmann und für Johannes Monk.

Was er nicht wurde, dieser Film – ein Kassenerfolg. Es war, genau wie jeder in den vergangenen Jahren prophezeit hatte, kein Stoff, den das breite Publikum sehen wollte. Anerkennung bei der Presse, in Fachkreisen, bei einem verständigen Publikum. Aber, abgesehen von einigen Uraufführungstheatern in den Großstädten, lief er nirgends mit Verlängerung, schon gar nicht in der Provinz.

Aber davon wußte man an diesem Abend noch nichts, an diesem Abend des großen Sieges.

Die Reise

Die Reise begann an einem kühlen, regnerischen Tag Anfang April. Von Frühling war nichts zu sehen und zu merken.

»Aber wir finden ihn. Du wirst sehen, irgendwo finden wir ihn«, sagte Steffen, als sie zur Stadt hinausfuhren, den Wagen vollgepackt mit Koffern, denn Jovana hatte fast ihre gesamte Garderobe, die zur Jahreszeit paßte, mitgenommen.

Steffen war guter Laune, er fühlte sich unbeschwert, befreit von allem Ballast. Eine gute Zeit lag hinter ihm – der Film »Zwielicht« war geglückt, er hatte wieder Theater gemacht, er hatte mit beidem Erfolg gehabt. Und hier war Jovana. Sie war für ihn allein da, solange er wollte, und er brauchte einmal nicht auf dies und jenes Rücksicht nehmen.

Eine Woche in London hatte er in guter Haltung hinter sich gebracht und sich dabei von seiner charmantesten Seite gezeigt. Sie hatten demonstriert – Dorothy und er –, welch glückliches Ehepaar sie immer noch waren.

Daß er nun mit Jovana verreiste und sich so darüber freute, empfand er nicht als Betrug an Dorothy. Es war ein anderer Teil seines Lebens, und er hatte ein Anrecht darauf; Betrug an sich selbst wäre es gewesen zu verzichten.

Dorothy hatte ganz richtig vermutet, daß er Begleitung haben würde auf dieser Reise, von der er nur in vagen Andeutungen gesprochen hatte. Er wisse noch nicht genau, wohin er fahren und wie lange er bleiben werde, er brauche einmal Ruhe und Entspannung und eine ganz fremde Umwelt. So in dieser Weise hatte er sich ausgedrückt. Und vielleicht zu betont. Es mußte ihr Mißtrauen erregen.

Am Tag, ehe er von London nach Hamburg zurückflog, sagte sie nebenbei: »Ich nehme an, du wirst nicht allein verreisen.«

»Nun ja ...«, er suchte nach der richtigen Formulierung, er wollte nicht direkt lügen, es wäre ihm kindisch vorgekommen. »Jedenfalls anfangs nicht. Ich sagte dir ja schon, daß ich Jovana in München präsentieren möchte.«

Dorothy hatte weiter keinen Kommentar gegeben. Sie war

auch keineswegs verstimmt oder unfreundlich beim Abschied, ein wenig resigniert vielleicht – sie merkte ja, daß er verändert war, und sie ahnte, was der Grund dafür war. Keinesfalls hatte sie die Absicht, die unsympathische Rolle einer eifersüchtigen Frau zu spielen.

Als erstes Ziel war München vorgesehen. Aber man würde die Reise bis dahin einige Male unterbrechen, denn Jovana sollte ja einiges von der Welt sehen.

Auf der Autobahn zwischen Hamburg und Frankfurt sagte er: »Hier muß man abbiegen, wenn man nach Ahlsen will.«

»Da wollen wir aber nicht hin.«

»Ich bin hier einmal abgebogen.«

»Ja. Gott sei Dank. Es war die beste Idee deines Lebens.« Sie schmiegte ihre Wange an seine Schulter, er lächelte beim Fahren, es kam ihm auch so vor, daß es eine gute Idee gewesen sei.

Von Frankfurt aus fuhren sie nach Würzburg. Er zeigte ihr die Stadt, sie standen auf der Mainbrücke, stiegen zur Marienfeste hinauf, und abends tranken sie Frankenwein.

Von Würzburg aus bummelten sie südwärts ins schwäbische Land hinein über Bad Mergentheim durchs Taubertal bis Rothenburg. Hier hatte Steffen wieder einen Aufenthalt vorgesehen.

In Rothenburg begegneten sie dem Frühling, er war ihnen bis hierher entgegengekommen. Die liebliche Landschaft und die bezaubernde Stadt zeigten sich von ihrer besten Seite. Sie wohnten im Eisenhut, durchstreiften die alten Gassen und kletterten auf der Stadtmauer herum.

Jovana war entzückt. So etwas Schönes habe sie noch nie gesehen, meinte sie, und was dies und das und jenes zu bedeuten habe, wer dort gewohnt und da residiert habe. Steffen schickte sie in eine Buchhandlung, sie solle sich einen Führer und ein Buch über Rothenburg kaufen, dann könne sie es selbst nachlesen. Das tat sie. Den Führer in der Hand spazierte sie neben ihm her und las daraus vor, wenn sie etwas entdeckt hatte, was darin beschrieben war.

Steffen war früher schon in Rothenburg gewesen; er hatte sogar einmal einen Film hier gedreht, aber nun sah er alles neu mit ihren jungen, begeisterten Augen.

»Hier wäre ich gern Burgfräulein gewesen«, erklärte sie am Abend vor ihrer Abreise, als sie noch einmal im Burggarten waren und ins Taubertal hinabblickten. Es war warm. Die Frühlingssonne war bis zum Abend nicht müde geworden, mit ihren warmen Strahlen Leben zu erwecken. Die ersten Blüten zeigten sich im Gras und an manchen Büschen das erste Grün, in den Anlagen blühte es. Das ganze Tal war von einem grünen Schimmer überhaucht.

»Hier hat es gestanden, das Burgfräulein, nicht wahr? Und auf den Ritter gewartet. Und dann kam er da unten angeritten, von einem Raubzug natürlich. Er hat ihr ein güldenes Kettlein mitgebracht.« Sie warf mit beiden Händen einen Handkuß ins Tal hinab. »Oh, mein hoher Herr, kehret bald nach Hause zurück. Mein Herz ist voller Sehnsucht.«

Steffen legte den Arm um ihre Schulter: »Wonach? Nach dem güldenen Kettlein oder nach dem Ritter?«

»Nach beidem. Er legt mir das Kettlein um den Hals, zieht mir mein großes, schweres, langes Kleid aus und liebt mich.«

»Ob das so Sitte war?« zweifelte Steffen. »Vielleicht solltest du aus dem Burgfräulein eine Burgfrau machen.«

»Meinst du, sie waren so kleinlich? Glaub' ich nicht. Als sie seine Frau geworden war, mußte sie immerzu Kinder kriegen, und dann hat sie sich wahrscheinlich gar nicht gefreut, wenn er wiederkam.«

Er lachte. »Das klingt nicht ganz logisch, denn wenn das Burgfräulein sich so bereitwillig ihr großes, langes Kleid ausziehen ließ, mußte sie ja schließlich auch damit rechnen.«

»Das ist wahr. Da hat er sie wohl bloß ein bißchen geküßt, nicht? Aber auf die Dauer wird ihr das nicht genügt haben. Ach, es ist wirklich schwierig, die Leute glücklich zu machen.« Sie wandte sich zu ihm, legte beide Arme um seinen Hals. »So glücklich, wie ich bin.« – »Bist du glücklich, Jovana?«

»Ja. Weil du bei mir bist. Es ist so wunderbar, von dir geliebt zu werden.«

Welcher Mann wäre nicht besiegt worden von solchen Worten? Welchen Mann mußte es nicht glücklich machen, so etwas zu hören? Und sie sagte ihm oft so etwas. Sie war nicht sparsam mit ihren Gefühlen. Nicht, sie ihm zu zeigen. Nicht, ihm zu sagen, wenn er sie glücklich machte. Auch das war ein angeborenes Talent, das sich immer üppiger entfaltete. Sie überließ sich ihm, seiner Liebe, seiner Zärtlichkeit, er war der Führende, aber sie ein ideales Instrument, das sich leicht zum Klingen bringen ließ. Und noch einmal: Mußte das einen Mann nicht glücklich machen, einen wie ihn, dem nichts an billigen Abenteuern, nichts an flüchtigen Amouren lag?

Da sie nun einmal in der Gegend seien, meinte Steffen, müsse sie auch die Kirche von Dinkelsbühl und die große Treppe in Schwäbisch Hall sehen, es lasse sich auch nicht vermeiden, da man dicht davor sei, ein Stück durch das württembergische Weingebiet zu fahren und den guten Württemberger Wein an Ort und Stelle zu probieren. Da schmeckte er am besten, abgesehen davon, daß man ihn anderswo sowieso nicht bekäme. Der Löwensteiner, der Fleiner, der hellrote Trollinger – so geriet Steffen ins Schwärmen – gehörten zu den besten Tropfen, die auf dieser Erde wüchsen. Keiner solle sich Weinkenner nennen, der sie nicht geschmeckt habe, und zwar möglichst in ihrem Anbaugebiet. Er fand ein aufmerksames Ohr. Denn Jovana trank gern Wein, und wie er bald bemerkte, entwickelte sie sogar einen recht verständigen Geschmack, was in Anbetracht ihrer Jugend überraschend war.

So endete dieser Reisetag im Alten Rentamt in Schwaigern, wo sie eine der berühmten Enten aßen – man bekam eine mit Nummer versehene Urkunde darüber – und den Württemberger Wein genossen.

So hatten sie fast eine Woche gebraucht, bis sie sich endlich München näherten. Als sie auf der Autobahn von Augsburg her auf München zu rollten, sagte Steffen: »Jetzt müssen wir uns wieder wie erwachsene Menschen benehmen.«

»Ich will's versuchen. Aber ob du es fertigbringst?«

»Ich muß. La Divina kennt mich nicht anders. Du darfst nicht vergessen, sie hält große Stücke auf mich. In der Branche nennt man mich boshafterweise den Günstling der Divina, so ein Titel verpflichtet.«

»Und vor allem würde sie es mir nicht verzeihen, wenn ich an deinem Heiligenschein einen Zacken verbiege, nicht?«

»Ich bezweifle, ob es gerade ein Heiligenschein ist, mit dem sie mich sieht. Aber sonst stimmt es. Sie schätzt es gar nicht, wenn ich mich zu intensiv mit anderen Damen beschäftige. Ich weiß, daß sie es mir hoch angerechnet hat, daß ich Britta widerstand.«

»Hast du wirklich? – Widerstanden, meine ich.«

»Ich schwöre es.«

»Wie schade.«

»Wie bitte?«

»Für die arme Britta.«

War das Steffen Rau, mit dem man solche Gespräche führen konnte? Dieser Steffen, der Jovana liebte, der konnte das.

»Ich habe richtige Angst vor deiner Divina.«

»Da tust du wohl daran. Aber du wirst es schon machen. Du kannst das sehr gut, das habe ich gesehen. Du benimmst dich so, wie du dich zu Dorothy benommen hast, das brave kleine Mädchen, das respektvoll einen Knicks macht.«

Er hatte sie durchschaut. Er durchschaute ihre Komödien immer oder meist. Und Jovana war damit sehr zufrieden. Er sollte das.

Sie wußte nun eine Menge über die Branche. So also auch, daß Charlotte Gadomsky, die man in Filmkreisen La Divina nannte, eine der mächtigsten Herrscherinnen im Reich des Films war. Neben ihr zählten noch Plaschke in Berlin und der Produzent Classen, ebenfalls in München. Es war also wichtig, Gnade vor diesen unbestechlichen Augen zu finden. Denn daß Steffen die Absicht hatte, sie in seinem nächsten Film, den er mit der Thorwald und mit Veit Gregor drehen würde, unterzubringen, wußte sie nun auch.

»Es ist keine besonders große Rolle. Aber eine ganz interessante psychologische Studie kann es werden. Du wirst etwas daraus machen.«

In München wohnten sie im Bayerischen Hof und benahmen sich wirklich wie ganz erwachsene seriöse Menschen. Am Tag nach der Ankunft präsentierte Steffen sie bei der Diova.

»Zwielicht« war in München bereits angelaufen und hatte hier, das als schwieriges Pflaster galt, sehr gute Kritiken bekommen. Auch Jovana war als vielversprechende Neuentdeckung gelobt worden.

Charlotte Gadomsky, eine gutaussehende, sehr kluge Frau, war recht gnädig. Und Jovana spielte ihre Rolle gut – eine bescheidene Anfängerin, zurückhaltend, keine Phrasen, kein Geschwätz, aber mit durchaus fundierten Ambitionen. Sie wurden für den nächsten Tag zu einem Cocktail in die Villa der Gadomskys in Geiselgasteig eingeladen. Anlaß war ein illustrer Besuch aus der Cinecittà.

Bei dieser Gelegenheit lernte Jovana einen Teil der Münchner Filmprominenz kennen, und es zeigte sich, daß man ihren Namen bereits kannte und daß man sie ernst nahm. Sie war aufgeregt, als sie mit Steffen hinausfuhr.

»Sehe ich gut aus? Ich werde möglichst wenig reden, dann sage ich nichts Dummes.«

»Du sagst schon nichts Dummes. Und du siehst reizend aus.«

Er hatte bestimmt, was sie anziehen sollte, nichts Auffallendes, nichts Dekolletiertes. Ein hochgeschlossenes Kleid mit langem Arm, türkisfarben, nur mit einer schmalen Silberborte am Hals. Kein Schmuck; nicht einmal Ohrclips hatte er erlaubt. Das Make-up wie immer sehr dezent, nur beim Hotelfriseur war sie am Vormittag gewesen und hatte sich das Haar legen lassen.

Man beachtete sie, man fand sie akzeptabel. Steffen konstatierte es mit Genugtuung.

»Sie haben da einen guten Instinkt bewiesen, Herr Rau, wie es scheint«, sagte Charlotte Gadomsky, als sie mit Steffen eine Weile abseits stand. »Eine erste Rolle und dann so etwas wie dieses stumme Mädchen, das konnte ins Auge gehen.«

»Ich war mir dessen bewußt. Aber ich habe es ihr zugetraut und mir auch.«

»Und nun, wie ich gehört habe, lassen Sie sie nicht aus den Augen.«

Am besten war eine Flucht nach vorn. »So ist es. Ich möchte, daß sie das Niveau hält. Und sie vertraut mir und denkt, daß ich die richtigen Rollen für sie aussuchen werde, bis sie genug gelernt hat, um es selber zu tun.«

»Sie hat keinen Agenten?«

»Nein. Wer sie haben will, muß mich fragen.«

Die Gadomsky lachte. »So geht es auch. Bei jedem anderen würde man sonst etwas vermuten. Aber bei Steffen Rau ... Oder habe ich eine zu gute Meinung von Ihnen, mein Lieber?«

»Ich hoffe, daß Ihre gute Meinung von mir immer den Tatsachen entsprechen wird«, sagte er diplomatisch. »Und was so geredet wird, soll mich nicht stören. Es gehört nun mal zu diesem Geschäft.«

»Wem sagen Sie das?« Sie blickten sich innig und geprüft in die Augen, die Herrin der Diova und ihr liebster Regisseur.

»Also dann lassen Sie sie mitfahren in ›Champagner-Frühstück‹, ich bin einverstanden. Sie wird ein ganz aparter Gegensatz zu Britta sein. Ich nehme an, daß Sie dann das Buch mit Maltzahn noch einmal durchgehen werden.«

Sie war klug, die Gadomsky. Es stimmte, Steffen hatte schon daran gedacht, mit dem Drehbuchautor Maltzahn Jovanas Rolle noch ein wenig aufzupolieren.

»Das hatten wir sowieso vor«, sagte er gelassen. »Nachdem es ja nun mit den Terminen nicht eilt, werden wir in Ruhe noch an dem Buch arbeiten. So Ende Juli, meinte Maltzahn, dann mache er Urlaub und habe Zeit dafür.«

»Wollt ihr mitkommen zum Essen? Wir gehen zu Humplmayr.«

»Vielen Dank, gnädige Frau. Ich will mit Jovana heute ins Theater, ich möchte ihr meine Inszenierung zeigen.«

»Ach ja, natürlich. Das wird ihr mehr Spaß machen. Übrigens, eine erstklassige Inszenierung. Wir waren auch drin. Ich habe es genossen.«

»Danke.«

»Susanne ist hinreißend. Sie will nicht mehr filmen, hat sie mir gesagt. Es sei denn, wir hätten eine Bombenrolle für sie. Daran sollten wir gelegentlich denken, Steffen.«

»Hab' ich's richtig gemacht?« fragte Jovana, als sie in die Stadt zurückfuhren. »War ich gut?« So, als hätte sie eine Rolle gespielt.

»Ja, du warst gut.«

»Was hat sie gesagt?«

»Sie hat nichts gegen dich einzuwenden, und von ihr aus ist es okay, daß du dabei bist.«

Es war höchste Zeit, daß sie ins Theater kamen. Und hier saß Jovana fasziniert, restlos gefangengenommen.

»Sie ist wunderbar«, sagte sie in der Pause. Und sie meinte Susanne Diehl. »So werde ich es nie können. Nie!«

Erstmals in ihrem Leben kam Jovana hinter eine Bühne, sah eine Garderobe, lernte Schauspieler kennen, die von der Vorstellung kamen.

Susanne küßte Steffen ausführlich.

»Steffen! Liebling! Ich bin der glücklichste Mensch, wenn ich dich sehe. Bist du zufrieden? Sind wir schon verschlampt? Du, das Ding läuft noch mindestens drei Monate. Wir sind jeden Abend ausverkauft. *Jeden* Abend! Und weißt du was, in Wien wollen sie dich haben für eine Inszenierung mit mir. Ich hab' an die ›Candida‹ gedacht, ich wollte das immer so gern mal spielen. Meinst du, ich bin schon zu alt dazu? Wann wird's gehen? Dieses Jahr nicht mehr, wie?«

Jovana stand ziemlich unbeachtet herum, aber das störte sie nicht. Wer war *sie* neben Susanne Diehl? Es schadete nichts, daß Susanne etwa Mitte der Vierzig war, sie sah phantastisch aus, eine bildhübsche Frau mit kupferfarbenem Haar, und dazu dieser Charme, dieser Elan und die Beherrschung aller, aber auch aller Mittel. Ein langer Weg. Ein weiter Weg. Jovana wußte es. Der Weg, den sie gehen würde.

Nach der Vorstellung aßen sie mit den Schauspielern in deren Stammkneipe, einem gemütlichen kleinen Weinlokal. Und bis sie ins Hotel kamen, war es ein Uhr vorbei.

Ein aufregender Tag. Aber Jovana war noch nicht müde, sie wollte auch nicht schlafen gehen.

»Bitte, Steffen, laß uns noch einen winzig kleinen Whisky trinken. Einen einzigen. Es war ein toller Tag. Ich muß noch mit dir darüber reden.«

Sie gingen in die Bar. Es wurden zwei Whisky, und als sie in ihre Zimmer kamen, fielen Jovana schon beim Ausziehen die Augen zu.

Sie schlief ein, kaum daß sie im Bett lag, schlief ein wie ein müdegespieltes Kind, und Steffen, der sie dabei betrachtete, erinnerte sich an Travemünde. Das war ein Jahr her, damals war sie auch so überwältigt und müde gewesen und war genauso eingeschlafen.

Der nächste Tag, ein Frühlingstag mit weiß-blauem bayerischen Himmel, gehörte München. Steffen zeigte ihr die Stadt, nachmittags fuhren sie zum Nymphenburger Schloß hinaus.

Am nächsten Tag ging die Reise weiter.

Die nächste Station war der Bodensee. Hier hatte Jovana wieder etwas zum Staunen. Sie sah das erstemal in ihrem Leben Berge. Der See war so groß, fast wie ein Meer. So hatte sie ihn sich nicht vorgestellt, kaum zu glauben, daß da einer darüber geritten sei.

»Wie?« fragte Steffen erstaunt.

»Na ja, der Reiter über den Bodensee, kennst du das Gedicht nicht? Es ist von Gustav Schwab. Das habe ich bei Bettina gelernt.«

Doch, Steffen kannte das Gedicht. Und vor allem sein trauriges Ende.

»Friert der See wirklich im Winter zu?«

»Wohl sehr selten. Dies ist keine kalte Gegend hier. Der Schrecken des Herrn war verständlich.«

Es war keine kalte Gegend. Das merkten sie sogleich, denn hier war der Frühling schon ein gutes Stück weiter. Jovana meinte sogar: »Schade, daß man noch nicht baden kann.«

Aber es machte ihr genausoviel Spaß, in Lindau herumzuspazieren, was sie bereits am ersten Tage ausgiebig taten.

»Das ist wieder eine so reizende Stadt«, begeisterte sich Jovana. »Steffen, es ist überall so schön, wo man hinkommt. Travemünde ist schön, und das hier ist nun direkt das andere Ende von Deutschland, und es ist auch so schön. Und dazwischen war auch alles schön. Steffen, ist die Welt überall so schön?«

»Jetzt hast du fünfmal schön gesagt. Deine Ausdrucksweise könnte ruhig etwas abwechslungsreicher sein.«

»Aber ich kann es nicht anders sagen. Es gefällt mir wieder so gut hier.«

Ihr jugendlicher Enthusiasmus machte ihn selber wieder jung. »Du hast recht. Deutschland ist wirklich schön, an jedem Ende. Es ist sehr schade, daß die Leute die Schönheiten immer nur im Ausland suchen.«

Sie wohnten im Bayerischen Hof am Hafen. Und der Blick vom Fenster aus auf den See, auf die österreichischen und schweizer Berge, auf den Hafen mit dem bayerischen Löwen an der Einfahrt, auf die Schiffe, die kamen und gingen, begeisterte Jovana während der drei Tage, die sie hierblieben, immer wieder.

An einem Tag machten sie eine große Rundfahrt über Friedrichshafen nach Meersburg, von dort mit der Fähre nach Konstanz hinüber, sie besuchten die Insel Mainau und fuhren um den Überlinger See herum zurück. Das war wieder ein langer, anstrengender Tag. Am nächsten Morgen schliefen sie lange, gingen spazieren und machten nur eine Dampferfahrt nach Wasserburg.

Am Bodensee war es, wo Jovana eine Leidenschaft für Ansichtskarten entwickelte. Sie hatte bisher nur einmal an Bettina und Leila geschrieben, aber nun kaufte sie einen Berg Karten, und von nun an schrieb sie von jedem Ort, an den sie kam. Sie schrieb nach Ahlsen. Denn die Leute in Ahlsen mußten schließlich auch erfahren, was für eine weitgereiste Frau sie war. Immer abwechselnd bekam jeder eine Karte, ihr Vater, Grete, jedes der Kinder; auch Fräulein Klüver in der Anwaltskanzlei wurde bedacht, und sogar an zwei ehemalige Mitschülerinnen erinnerte sie sich. Befriedigend war das Wissen, daß auch Peter irgendwie erfahren würde, was aus Jovana geworden war.

Von Lindau aus fuhren sie über Bregenz in die Schweiz. Und damit hatte Jovana erstmals eine Grenze überschritten, genaugenommen waren es sogar zwei.

Dann kam Zürich, dafür hatte Steffen zwei Tage vorgesehen.

»Zürich ist etwas ganz Seltenes«, sagte er, »für meine Begriffe Einmaliges: eine Weltstadt mit der Grazie und der Harmonie einer Kleinstadt. Eine Großstadt ohne Hast und ohne Nivellierung. Eine Stadt, die die Beziehung zur Landschaft und zum Menschen nicht verloren hat. Eine Stadt, in der ich gern leben würde. Außerdem kann man nirgends auf der Welt besser essen als hier. Und um wieder einmal vom Wein zu sprechen: Der

Schwyzer Wein ist neben dem Württemberger und dem Meersburger Weißherbst, die du ja nun kennst, und neben den Elsässern der bekömmlichste und beste, den ich kenne.«

Jovana stimmte ihm sachverständig zu, als sie am Abend in einer der Zunftstuben am Limmatkai speisten und spielend zwei Liter Johannisberger schafften.

Am nächsten Tag zeigte er ihr die Stadt, und wie jede Frau war sie entzückt von den Geschäften der Bahnhofstraße.

Er gab ihr zweihundert Franken und sagte: »Die darfst du ausgeben. Jede Frau muß auf der Bahnhofstraße einmal eingekauft haben, das sehe ich ein. Ich warte bei Sprüngli auf dich.«

»Nein, du mußt mitkommen, du hast so viel Geschmack. Denkst du noch an das gelbe Kleid vom vorigen Sommer? Jeder hat mich darin bewundert.«

Es erwies sich als vorteilhaft, daß Steffen mitging, denn diesmal wurde es ein schilfgrünes Kostüm im Chanelstil, und die zweihundert Fränkli reichten natürlich nicht. – Als sie entzückt vor einem Wäschegeschäft in der Bahnhofstraße stehenblieb, winkte er ab. »Mehr gibt es nicht. Falls du noch etwas kaufen willst, geht es auf Vorschuß.«

»Ist es nicht herrlich, daß ich bald wieder Geld verdienen werde? Werde ich immer viel Geld verdienen, Steffen?«

»Wenn du fleißig bist.«

»Ich werde sehr fleißig sein. Ich möchte viel Geld haben.«

Sie speisten in der Kronenhalle, und Steffen traf Bekannte, womit er ja rechnen mußte. Ein Kollege war es, ein Regisseur mit seiner Frau.

Jovanas Name war bekannt. Man war sehr nett zu ihr, sie bekam ein paar Komplimente und der Branchenklatsch neue Nahrung. Abends traf man sich im Theater wieder und beschloß den Abend bei einigen Dezi Wein.

Als sie im Hotel waren, fragte Jovana: »Ist dir das unangenehm?«

Er betrachtete sie überlegend. »Nicht so sehr. Und dir?«

»Mir? Aber Steffen, mir ist das piepegal. Von mir aus kann jeder wissen, daß ich dich liebe. Ich bin ja nicht so ein Pipimädchen vom Film, wie Barenth es nennt. Ich will ernsthaft arbeiten. Und dann kann ich auch lieben, wen ich will.«

Er lachte erheitert über ihr rasch gewachsenes Selbstbewußtsein.

Auf Zürich folgten Luzern und Bern, und dann fuhren sie hinab zum Genfer See. Hier war der Frühling in vollster Pracht zu besichtigen, und hier, so hatte Steffen beschlossen, würde man eine Zeitlang bleiben und sich erholen.

Über dem stählernen Blau des Sees standen hoch und mächtig die Berge Hochsavoyens, und Jovana fragte gespannt: »Welches ist der Montblanc?«

Das wußte Steffen auch nicht. Man würde es erfragen müssen. Sie wohnten in einem Hotel in Vevey, sie hatten See und Berge und alle Blüten vor dem Fenster, und einige Tage lang taten sie nichts anderes als spazierengehen, durch den Ort bummeln, die Schwäne im See füttern. Vormittags tranken sie einen Aperitif in einem kleinen Estaminet an der Uferpromenade, sie speisten im Hotel, schliefen lange, lagen im Hotelgarten in der Sonne; Jovana schrieb Karten und ärgerte sich, daß sie nicht Französisch konnte.

»Jetzt habe ich endlich ein bißchen Englisch gelernt, aber das nützt mir gar nichts. Ich muß Französisch auch noch lernen.«

»Das wäre ganz gut.«

»Wann soll ich das bloß alles tun? Ich habe noch so viel zu lernen.« – »Du bist jung. Du hast Zeit genug.«

Immerhin lernte sie es, eine französische Speisekarte zu lesen und die Worte einigermaßen richtig auszusprechen. Sie scheute sich nie zu fragen, sie ließ sich belehren. Und das alles machte Steffen Freude.

Gelegentlich machten sie kleine Fahrten, nach Lausanne, nach Genf, nach Montreux, hinauf nach Aigle, ein Stück ins Rhonetal hinein, mitten zwischen den Walliser Alpen und den hohen französischen Bergen. Einmal fuhren sie ganz um den See herum, und Jovana überschritt also abermals eine Grenze, diesmal nach Frankreich hinein. Sie tauschte lächelnde Blicke mit einem charmanten französischen Grenzer und zählte stolz zusammen: »Jetzt bin ich schon im dritten Ausland. Ich bin durch Österreich, durch die Schweiz und durch Frankreich gereist.«

Steffen meinte, die Fahrt durch Bregenz könne man eigentlich nicht als Österreichreise gelten lassen, aber sie ließ sich nichts abhandeln. Grenze sei Grenze, beharrte sie.

Damit sie wenigstens etwas mehr von Frankreich zu sehen bekomme als nur das dünnbesiedelte französische Ufer des Genfer Sees, schlug Steffen eine Tagesfahrt zum Lac d'Annecy vor. So saßen sie denn eines Tages beim Mittagessen in Annecy, und Jovana konnte allen staunenden Mitbürgern in Hamburg und Ahlsen Karten aus Frankreich schreiben.

Steffen hatte niemandem geschrieben. Er telefonierte gelegentlich mit Dorothy, die schon längst wieder in Hamburg war. »Aber bleib doch ruhig noch, wenn es dir gefällt«, sagte Dorothy, als er sich quasi dafür entschuldigte, daß er noch nicht zurückgekehrt war.

»Du versäumst doch hier nichts. Barenth war gestern hier. Er wollte wissen, wann du kommst. Mit seinem Film ist er fertig.«

»Hast du ihm gesagt, wo ich bin?«

»Nein. Du hast mich dazu nicht ermächtigt. Ich habe ihm auch nicht gesagt, mit wem du bist.« Steffen schwieg.

»Tante Silke war neulich in Hamburg zum Einkaufen«, berichtete Dorothy weiter. »Wir haben einen netten Tag zusammen verbracht.«

»So.«

»Ja.«

Er konnte sich leicht vorstellen, daß es Dorothy mühelos gelungen war, aus Silke alles herauszufragen, was sie wissen wollte.

»Geht's ihnen gut?« fragte er unsicher.

»Doch, es scheint so. Wenn man von der mittleren Familientragödie im Hause ihres Sohnes absieht.«

»Bei Hannes?«

»Ja. Jörns Verlobung ist auseinandergegangen. So ein nettes Mädchen aus Scharbeutz, wie Silke erzählte. Wohlhabende Hotelierstochter. Übrigens gibt Silke deinem Protegé die Schuld daran.« – »Meinem Protegé?«

»Ich spreche von Jovana.« In Dorothys Stimme klang deutlich Spott.

»Was hat Jovana mit Jörns Verlobung zu tun?«

»Das weiß ich auch nicht. Aber offenbar hat sie ihren Aufenthalt in Travemünde dazu benützt, dem jungen Mann gehörig den Kopf zu verdrehen. Und das war der anderen jungen Dame auch nicht ganz recht.« – »Dummes Geschwätz«, sagte Steffen. Er war ernsthaft ärgerlich.

Am Abend fragte er Jovana: »Was hast du eigentlich mit Jörn angestellt?«

»Mit Jörn? Was für ein Jörn? Ach, du meinst Jörn?«

»Ich meine Jörn.«

»Was soll ich mit ihm angestellt haben? Kann sein, er war ein bißchen in mich verliebt. Macht das was?« – »Nein.«

Drei Wochen hatte Steffen für die Reise geplant. Es wurden fünf.

Über Basel und durchs Elsaß fuhren sie heimwärts.

Als sie nach Hamburg kamen, war es Mai.

Zwischenzeit

Das erste, was Bettina sagte: »Ich dachte, du kommst überhaupt nicht mehr wieder. Wie denkst du dir das? Einen Film gedreht und dann auf diesen Lorbeeren ausruhen? So wird nie etwas aus dir.«

Aber sie hatte den Film inzwischen gesehen, der in Hamburg angelaufen war, und äußerte sich sehr positiv dazu.

»Ich bin stolz auf dich, Jovana. Wer hätte das gedacht, als du damals hier aufgetaucht bist.«

»Ich habe die besten Lehrer gehabt, die es geben kann. Sie und Steffen Rau.«

Jovanas Erfolg wirkte sich bei Bettina aus. Da Jovana immer, in jedem Interview, Bettinas Namen erwähnt hatte, kamen plötzlich Schüler von allen Seiten, die Unterricht nehmen wollten. Zwei junge Mädchen und ein junger Mann waren dazugekommen, das machte mit Silvia, Tommy, Lilian und Jovana nun schon sieben.

»Was mache ich nur?« fragte Bettina. »Am Ende kriege ich doch noch eine ausgewachsene Schauspielschule. Ich muß vor allem umziehen. In meiner Wohnung läßt sich das gar nicht unterbringen.«

Wer zunächst umzog, war Jovana, denn Leila hatte mittlerweile eine Wohnung gefunden. »Sehr hübsch, du wirst sehen. Anderthalb Zimmer, Neubau, gute Lage, nicht zu teuer.«

Leila schien sich aufrichtig zu freuen, Jovana wiederzusehen. Auch sie sagte: »Daß du überhaupt noch einmal wiederkommst! Mensch, was hast du bloß die ganze Zeit mit ihm getrieben?«

Durch die zahlreich geschriebenen Karten war Leila über die Reiseroute orientiert. Und natürlich hatte Jovana viel zu erzählen. »Phantastisch!« sagte Leila. »Kenne ich alles nicht. Ich habe eben immer die falschen Männer gehabt. Ich war gerade zweimal in Italien. Mit Kasimir. – Einmal wollte mich einer mitnehmen an die Côte d'Azur, da konnte ich leider nicht.«

»Warum nicht?«

»Ich hatte etwas zu erledigen, was dringlicher war. Eine Reise konnte ich da nicht zwischenschieben.«

Jovana blickte sie fragend an, und Leila sagte: »Sei nicht so bekloppt. Ich mußte ausgekratzt werden. So was erledigt man besser immer gleich.«

»Oh!« machte Jovana teils bewundernd, teils neugierig.

»Ja, passiert eben auch immer wieder mal. Falls du mal so was benötigst, wende dich vertrauensvoll an mich. Ich habe einen guten Mann in Berlin, richtiger Arzt, sehr nett und zuverlässig. Alter Freund von mir. Ich würde ihm natürlich nicht jede dumme Ziege hinschicken, aber dir würde ich die Adresse geben. Nach dem Krieg, in der ersten Zeit, war es ja verhältnismäßig einfach. Aber dann wurde es schwierig. In München war es vollends Sense, die machten da auf katholisch. Ich bin der Meinung, jede Frau muß für den Notfall jemand wissen, dem man sich anvertrauen kann. Ein Arzt, verstehst du! Kein Pfuscher. Das ist das erste, was man sich besorgen muß, wenn man erwachsen ist.«

Beim Einzug in die neue Wohnung hatte Jovana Scharen von Helfern. Die Kollegen von der Schauspielschule, Leila, Mariane und vor allem Frau Buer. Die assistierte mit Begeisterung bei den Einkäufen. Wenn es auch nur anderthalb Räume waren, sie mußten eingerichtet werden, und zwar ordentlich. Dafür sorgte Frau Buer.

Jovana sagte beispielsweise: »Gardinen brauche ich ja eigentlich nicht.«

»Wie?« empörte sich Frau Buer. »Keine Gardinen? Was soll denn das wohl für eine Wohnung sein.«

Leila spendierte einen Teppich und zwei Regale mitsamt den Büchern, von Mariane kamen zwei Sessel und ein runder Tisch. Alles andere wurde neu gekauft, und als die Wohnung eingerichtet war, war Jovanas Konto ziemlich leer. Aber das bekümmerte sie weiter nicht, der neue Film war in Sicht. Steffen war für Vorschüsse zuständig, und sie hatte gelernt, ihrem Glück zu vertrauen.

Es gab eine Einzugsparty. Die Schauspielschule, Leila, Mariane, Frau Buer, Herr Pünjer, Magda Kleine – eine ulkige Zusammensetzung, aber ein gelungenes Fest. Jovana war Wohnungsbesitzerin geworden. Für Steffen gab es natürlich eine Extrafeier – zu zweit.

Mitte Juni machte sie ihren Führerschein, und Leila sagte: »Man könnte sagen, du bist nun ein vollwertiges Mitglied der

Gesellschaft – einen Beruf, einen Mann, eine Wohnung und den Führerschein. Du kannst dich zur Ruhe setzen.«

An einen eigenen Wagen war natürlich nicht zu denken. Aber Leila hatte ja einen und stellte ihn bereitwillig als Übungsfahrzeug zur Verfügung, denn, so sagte sie: »Ein Führerschein bedeutet gar nichts. Fahren lernt man nur vom Fahren.«

Da Jovana voll beschäftigt war, fuhren sie meist an den hellen Sommerabenden ins Land hinaus, auf stille Heidestraßen, auf die Autobahn, Leila überließ ihr das Steuer und saß still neben ihr, ohne sie zu stören und nervös zu machen.

»So sollten die mich in Ahlsen mal sehen, die würde glatt der Schlag treffen«, meinte Jovana, als sie an einem Abend in flottem Tempo in die Stadt zurückgerollt war und den Wagen sicher, auch im Stadtverkehr, vor Leilas Haus gesteuert hatte.

»Das Vergnügen kannst du ihnen doch machen. Fahren wir eben mal hin. Was'n dabei?«

»Meinst du das ernst?«

»Klar, Mensch. Ist immer eine Schau, mal seine Altvordern in Erstaunen zu versetzen. Und deine alte Liebe, denk mal. Du als Filmschauspielerin und mit eigenem Wagen und so.«

»Ich hab' doch gar keinen eigenen Wagen.«

»Das wissen die doch nicht. Du nimmst eben meinen.«

»Mensch, Leila!«

»Sag ick ja. Wir tun so, als ob wir auf der Durchreise wären. Mal ganz auf die kurze. Du kannst ja sagen, ich bin deine Sekretärin.«

Lachend stiegen sie aus, liefen lachend die Treppe hinauf zu Leilas Wohnung und lachten noch, als sie sich den ersten Drink eingeschenkt hatten.

»Meinst du wirklich, wir sollten das machen?«

»Klar doch. Du brauchst es ja sonst niemand zu erzählen. Schaffen wir leicht an einem Tag. Sonnabend mal.«

Steffen hatte mit Wohlgefallen die neue Wohnung akzeptiert. Wenn er in Hamburg war, kam er sie besuchen, sogar recht häufig, zwei- oder dreimal in der Woche. Dann spielte Jovana die Hausfrau, deckte den Abendbrottisch und erzählte ihm, was sie erlebt und was sie gearbeitet hatte. Die Vertrautheit, die das wochenlange Zusammensein geschaffen hatte, hielt an. Und ihr Zusammenleben war unproblematisch, denn Jovana war weit davon entfernt, die Dinge irgendwie zu komplizieren. Sie freute sich, wenn er kam, aber sie stellte weiter keine Ansprüche an seine Zeit oder sein Leben. Dazu war ihr eigenes Leben viel zu ausgefüllt. Sie betrachtete sich weder als Geliebte noch als Freundin im herkömmlichen Sinne, es war etwas ganz Besonderes und Einmaliges, was sie verband, und sie dachte nicht daran, es durch unnötige Konflikte zu belasten. Sie kam gar nicht auf die Idee.

Es war geschickt, was sie tat, und es war weder Berechnung noch Theater. Sie war jung genug, um in jeder Situation glücklich sein zu können. Und ihr Leben war so interessant, daß keine Wünsche offenblieben. Nie hatte sie daran gedacht, Dorothy aus seinem Leben zu vertreiben. Dorothy war da und gehörte zu ihm, das erkannte sie an. Und wenn sie ihn einige Tage nicht sah, machte sie ihm weder einen Vorwurf, noch forderte sie ihn heraus. Wenn sie auch oft mit Ungeduld wartete, daß er kam.

Bei einem seiner ersten Besuche in der neuen Wohnung erzählte sie ihm, was Bettina ihr berichtet hatte. »Stell dir vor, da ruft eines Tages bei Bettina einer an, der hat gar nicht gewußt, daß sie noch lebt. Er hat in der Zeitung gelesen, daß sie meine Lehrerin ist und so, und da ist er extra nach Hamburg gekommen. Er war früher in Breslau mit ihr zusammen im Engagement, vor dem Krieg. Damals war er Dramaturg. Und heute ist er Intendant in W. Und weißt du, was er will? Mich engagieren.«

»Nein?« staunte Steffen bereitwillig.

»Ja. Stell dir das vor! Er hat unseren Film gesehen, und Bettina sagt, ich habe ihm gefallen. Er wollte wissen, was ich für Rollen studiert habe und was für ein Fach ich anstrebe. Wenn ich Theater spielen will, kann ich bei ihm anfangen. Du! W. ist kein Kaff, eine Großstadt, sagt Bettina, und hat ein richtiges großes Stadttheater. Ach, Steffen.« Sie schlang beide Arme um seinen Hals. »Ist das nicht herrlich? In den Theaterferien kommt er wieder her, und dann kann ich ihm vorsprechen.«

Steffen drückte sie an sich. Natürlich war es herrlich. Aber ihn stimmte es traurig. Wenn sie ins Engagement ging, dann war sie ihm verloren. Er war geneigt zu sagen: Wir werden dir in Hamburg oder in München etwas suchen, ich habe schließlich Beziehungen. Aber er sagte es nicht. Sie mußte ihren eigenen Weg gehen. Und natürlich konnte sie in der Provinz mehr lernen, konnte viel schönere Rollen spielen als in den großen Häusern, wo man sie als Anfängerin kaum beschäftigen würde.

»Vielleicht klappt es schon für die nächste Spielzeit. Was meinst du?«

»Was sagt Bettina?«

»Sie sagt, das ist unmöglich. Erstens ist es zu spät, und zweitens kann ich noch viel zuwenig. Ich muß noch viel lernen.«

»Und du hast ja auch gar keine Zeit. Wir machen im Herbst einen neuen Film.«

»Ja. Eben.«

Von dem neuen Film wußte sie bisher nur, was Steffen ihr davon erzählt hatte. Das Drehbuch kannte sie nicht. Es sei eine Art Anna-Karenina-Geschichte, sagte er.

»Du weißt, was ich damit meine? Hast du das Buch gelesen?«

»Nein. Ich hab's nicht gelesen. Tolstoi, nicht wahr?«

»Ja. So in der Art ist unser Stoff auch. Eine große dramatische Liebesgeschichte. Fin de siècle. Eine Residenzstadt, die Frau eines höheren Hofbeamten, jung und schön, wohlbehütet zwei Kinder, verliebt sich in einen Mann. Der andere gehört zur obersten Gesellschaftsschicht, adelig, verwöhnt, blasiert, immer von Frauen umschwärmt, viel im Ausland gewesen, ein wenig skandalumwittert, Liebe bedeutet ihm nichts mehr. Glaubte er. – An die junge Frau gerät er durch eine dumme Wette. In seinem Klub sprechen die Herren über die schöne, tugendhafte junge Frau, mit der man nicht einmal kokettieren könne. Man hat getrunken, man prahlt – kurz und gut, eine Wette wird abgeschlossen, es geht um ein Champagnerfrühstück, daß er – der Frauenliebling – die junge Frau auch nicht erobern könne.

So fängt das an, ein kindisches Spiel, und wird tödlicher Ernst – für beide wird es die große Liebe. Natürlich erfährt sie später von der Wette, es kommt auch zu einem Duell und so weiter und so weiter, alles, was halt in diese Zeit hineingehört.

Britta ist ganz besessen von dem Stoff. Wenn sie es gut macht, wird es der Höhepunkt ihrer Karriere, der Meinung bin ich auch.«

»Ich gönne ihr die Rolle nicht. Ich möchte sie selber spielen.«

»Dazu bist du zu jung, mein Kleines.«

»Dann hättest du sie eben ein paar Jahre für mich aufgehoben.«

Steffen lachte. »Du wirst dich daran gewöhnen müssen, daß es immer einmal Rollen gibt, die du gern gespielt hättest und die dann eine andere spielt.«

»Das ist sehr schwer. So, als wenn einem ein Mann weggenommen wird, den man selbst gern gehabt hätte, nicht?«

»Vielleicht. Kann sein, daß eine Vollblutschauspielerin so empfindet.«

»Diese beiden sind also deine geliebte Britta und der Gregor. Schön. Und meine Rolle?«

»Du bist diejenige, die den Ehemann der treulosen jungen Frau informiert.«

»Wie gemein. Warum mache ich das?«

»Aus Eifersucht. Du hast dich auch in Gregor verliebt. Du bist die kleine Schwester des Ehemanns, also Brittas Schwägerin. Du kommst direkt vom Pensionat in die Residenzstadt, um in die Gesellschaft eingeführt und wenn möglich verheiratet zu werden. Du bist eine sehr eigenwillige, ein wenig aufsässige kleine Person.«

»Das ist fein.«

»Das glaube ich, daß dir das gefällt.«

»Und Gregor macht sich gar nichts aus mir?«

»Du himmelst ihn jungmädchenhaft an, aber er nimmt gar keine Notiz von dir.«

»Da ist nicht sehr nett von ihm.«

»Du bist also eifersüchtig, fängst an zu beobachten, zu spionieren, junge Mädchen sind ja oft sehr hellhörig und haben auch eine sehr lebhafte Phantasie, dir fällt dies und jenes auf, und eines Tages belauscht du das Liebespaar einmal.«

»Und dann kläre ich meinen armen Bruder auf, was seine tugendhafte Gattin so nebenbei treibt.«

»So in der Art. Ich weiß noch nicht genau, wie das endgültig aussehen wird, wir müssen an den Szenen noch arbeiten. Ich fahre im Juli zu Maltzahn an den Tegernsee, da werde ich mich speziell mit deiner Rolle befassen. Das andere steht soweit.«

»Und was wird passieren? Kriege ich den Gregor?«

»Ach wo. Du wirst zur Strafe zurückgeschickt zur Familie aufs Land. Und damit verschwindest du aus der Geschichte, die nun erst richtig dramatisch wird.«

»Ohne mich?«

»Ohne dich. Aber du kannst aus der Rolle etwas machen. Sie ist nicht groß, aber reizvoll, finde ich. Und es sind ein paar sehr hübsche Szenen drin. Zum Beispiel, als das junge Mädchen erstmals ein richtig elegantes Kleid bekommt. Britta geht mit dir in ihren Modesalon. Ein elegantes Kleid, richtig erwachsene Frisur, dieses junge Kind verwandelt sich vor dem Spiegel in eine junge Dame. Britta ist selbst erstaunt, sie sagt: ›Aber sie ist ja ganz niedlich.‹ Und zu ihrem Mann, der das alles begutachten muß: ›Wir werden sie sicher gut verheiraten können. Ich weiß auch schon an wen.‹ Du aber hörst das gar nicht, du drehst dich ganz traumverloren vor dem Spiegel im Walzertakt, der lange weite Rock deines Kleides fliegt um dich – morgen darfst du das erstemal auf einen Ball mitgehen.«

Jovana hatte ihm reglos zugehört. So, wie Steffen es erzählte, sah sie es vor sich. »Hübsch!« sagte sie. »Und auf dem Ball verliebe ich mich in Gregor, und all die Leutnants und Referendare, die ich haben könnte, interessieren mich gar nicht. Aber er hat nur Augen für die schöne Britta.«

»So in der Art.«

»Dann kriege ich also diesmal hübsche Kleider, Steffen. Nicht bloß so einen grauen Kittel.«

»Diesmal machen wir dich sehr hübsch.«

Er saß im Sessel, sie kniete vor ihm, aufgeregt, mit roten Wangen. »Ach, Steffen, du bist so lieb. So lieb. Was täte ich nur ohne dich!«

Er strich ihr das Haar aus der Stirn und küßte sie. Er freute sich auch auf die neue Arbeit. Vor allem deswegen, weil sie dabeisein würde. – In ein Engagement in die Provinz? Sie sollte bei ihm bleiben. Noch für eine Weile mußte sie bei ihm bleiben. Später lagen sie im Bett, er hielt sie im Arm, sie lag zärtlich an ihn geschmiegt, mit ihrer warmen, weichen seidenglatten Haut, sie war für ihn da, nur für ihn. Und Steffen war glücklich.

War Dorothy unglücklich? Wenn sie es war, so ließ sie es sich nicht anmerken. Die Rolle der eifersüchtigen Ehefrau lag ihr nicht, und sie gedachte nicht, sie zu spielen.

Als er von der großen Reise zurückkam, empfing sie ihn gleichmütig, wie sonst auch, wenn er nach längerer Abwesenheit wiederkam. Sie war schön wie immer, man merkte weder etwas von Verstimmung noch von Gram.

Aber natürlich war da etwas zwischen ihnen, unausgesprochen, quälend, das sie beide bedrücken mußte. Die innerlich enge Verbindung, die immer dagewesen war, hatte sich gelöst, sie lebten nur noch nebeneinanderher. Und dann, eines Tages, aus heiterem Himmel, überraschte Dorothy ihren Mann mit folgendem Ausspruch: »Falls du dich gern scheiden lassen willst, dann brauchst du es nur zu sagen.«

Steffen fiel beinahe die Teetasse aus der Hand. »Wie?«

Sie blickte ihn gelassen an, nicht geneigt, den ungeheuren Satz zu wiederholen, denn sie wußte schließlich, daß er sie gut genug verstanden hatte.

»Du willst dich scheiden lassen?«

»Ich nicht. Ich sagte, falls du es willst.«

»Warum, um alles in der Welt, sollte ich es wollen?«

»Es könnte ja sein.«

»Dorothy...« Steffen war hilflos. Völlig überrumpelt. Das kam selten vor bei ihm.

Dorothys Augen waren kalt, als sie fortfuhr: »Ich habe einen Mann geheiratet, der nicht in meine Welt gehörte. Ich wollte es so, und ich habe auch gewußt, was ich tat. Und ich bereue es nicht. Du hast es lange bei mir ausgehalten, Steve. Aber dies ist kein Gefängnis.«

Steffen war plötzlich sehr erregt. »Es ist unbegreiflich, daß du so zu mir sprechen kannst. Ich habe unsere Ehe nie als Gefängnis betrachtet. Das weißt du. Und ich wollte nie eine andere Frau haben. Auch heute nicht.«

»Nein?«

»Nein.«

Eine Pause entstand. Für Dorothy wurde es nun schwieriger. Schöne, wohlklingende Sätze zu sprechen, das ging gerade noch. Ins Detail gehen, das mochte sie nicht. Sie wurde unsicher. »Aber...«

»Aber?« fragte Steffen ziemlich barsch, im Schulmeisterton.

»Nun – du liebst eine andere Frau«, stieß Dorothy hervor, mit einem gewissen Trotz.

»Ich liebe keine andere Frau.«

Auch ein Ehestreit muß gelernt und geübt sein. Und wenn es zwei Menschen gab, die völlig ungeeignet dazu waren, so waren es Dorothy und Steffen Rau. Zwei durch und durch vornehme Menschen, die einander vertrauten und die einander achteten, was unter Umständen mehr bedeuten konnte als Liebe.

»Warum lügst du?« fragte Dorothy leise.

»Ich lüge nicht. Gut, ich gebe es zu, es ist da etwas entstanden, das... Nun ja! Es hat mit uns beiden nichts zu tun.«

Nun lächelte Dorothy. »Das ist nicht sehr originell, ich glaube, Männer sagen so etwas immer in solchen Fällen. Ich möchte wissen, ob du mit einem Drehbuchautor zufrieden wärst, dem nichts anderes einfällt.«

»Dorothy, bitte!«

»Also gut, es hat mit uns beiden nichts zu tun. Und nun mußt du auch noch sagen, daß ich Verständnis haben soll und Geduld, und es ändert nichts an deiner Zuneigung zu mir und so weiter und so weiter. Du wirst lachen, ich habe sogar Verständnis. Sie ist jung, sie ist aus deiner Welt – es ist eine Aufgabe für dich. Du hast sie herausgebracht, und es war ein Erfolg. Du wirst weiter mit ihr arbeiten, das schafft eine Verbindung, und das schafft anderes auch. Ich verstehe es, Steve. Es ist sowieso ein Wunder, daß es so lange gedauert hat, bis so etwas einmal passierte.«

»Sie könnte meine Tochter sein«, sagte Steffen und war sich bewußt, wie dumm es war, das zu sagen. Denn er behandelte sie nicht wie seine Tochter. Und er empfand nicht wie ein Vater. Dorothy lächelte denn auch nur ironisch. – Im Grunde war beiden dieses Gespräch sehr peinlich. Und sie wußten nicht recht, was dazu noch zu sagen wäre.

In diesem richtigen dramaturgischen Augenblick klingelte das Telefon. Ein Gespräch aus München für Steffen. Britta.

Gespräche mit Britta dauerten erfahrungsgemäß immer sehr lange. Ihren Film in Frankreich hatte sie abgedreht. Und was sie sehr beschäftigte, war die Garderobe für den nächsten. Wann Steffen nach München käme? Sie habe sooooo viel mit ihm zu besprechen.

Als Steffen schließlich den Hörer aufgelegt hatte und zu Dorothy zurückkehrte, war der Tee kalt geworden. Und das Thema auch. Sie hatten beide keine Lust mehr, zu ihm zurückzukehren. – Er werde sich um den Rasen kümmern, murmelte Steffen und verschwand nach draußen. Eine Weile später erblickte Dorothy ihn im Garten, wie er mit konzentrierter Miene die Mähmaschine über Tante Emilys Rasen führte.

War sie also unglücklich? Sie liebte ihn immer noch. Er war der einzige Mann gewesen, den sie je geliebt hatte, und sie würde auch keinen anderen mehr lieben. Gewiß, wenn sie sich scheiden ließe, würde das ihr Leben keineswegs erschweren. So streng waren die Sitten heute nicht mehr. Vermutlich konnte sie ohne Mühe wieder heiraten, dafür würden ihre Brüder schon sorgen. Eine Burmeester-Tochter hatte viele Möglichkeiten. Und wenn sie nicht heiratete, konnte sie hier in diesem Haus leben, genau wie Tante Emily hier gelebt hatte, wohlversorgt, in dem Stil, den sie gewohnt war. Ihr Leben würde genauso abwechslungsreich sein wie heute, denn es war ja nicht so, daß sie auf Steffen angewiesen war, um unterhalten zu werden. Sie hatte so viele Verwandte und Bekannte in dieser Stadt und in ihrer Umgebung. Sie war oft eingeladen, es kamen Gäste aus Übersee, es gab Partys auf dem Lande oder an der See, sie nahm an den Essen im Jachtklub teil, sie ging nach wie vor zum Segeln und zum Tennisspielen, und schließlich war der Kontakt zu ihrer nächsten Familie wieder sehr eng geworden. Die Mama in London, die Brüder in Hamburg, die Kinder ihrer Brüder – es waren fünf, die sie gern um sich hatte –, und am besten verstand sie sich, genau wie in ihrer Jugend, mit Karl-Friedrich, ihrem jüngsten Bruder. Er war nicht sehr glücklich verheiratet und suchte oft die Gesellschaft seiner Schwester, wenn er sich aussprechen wollte oder ihren Rat brauchte. Und da war auch noch das Handelshaus Burmeester, dessen Belange Dorothy immer noch sehr interessierten. Im Grunde mehr, als Steffens Filme es je getan hatten.

Nein – Dorothy konnte sehr gut ohne Steffen leben, das war es nicht. Ob sie glücklich sein würde? Nun ja – was verstand man unter Glück? Das war eine sehr persönliche Frage. Sie hatte jedenfalls den Mann bekommen, den sie haben wollte, sie hatte annähernd zwanzig Jahre mit ihm zusammengelebt. Das war viel. Auf jeden Fall mehr, als Tante Emily bekommen hatte.

Als Tante Emily jung war, hatte die Welt für eine Burmeester-Tochter noch anders ausgesehen. Auch sie hatte nur einmal in ihrem Leben geliebt. Sie konnte den Mann nicht heiraten, den sie liebte. Das stand gar nicht zur Debatte. Ein Künstler war es gewesen, ein junger Geiger, nicht einmal berühmt, ein Nichts und Niemand, und die Welt wäre untergegangen, wenn Emily Burmeester so etwas geheiratet hätte.

Was Emily dennoch wagte, war ungeheuerlich. Zunächst setzte sie der Familie eisernen Widerstand entgegen. Sie weigerte sich, einen anderen Mann zu heiraten, und schließlich, als sie es vor Sehnsucht nicht mehr aushielt, reiste sie ihrem Geiger nach. Ohne ihn geheiratet zu haben. Das kam einem mittleren Weltuntergang gleich. Er war inzwischen in Italien, er hatte kein Geld, er war krank. Das machte alles noch viel schlimmer. Und doch – wenn Emily später davon sprach, dann leuchteten ihre Augen, und sie sagte: »Ich war so glücklich, Dorothy. So unendlich glücklich.«

Der Geiger starb nach drei Jahren an der Schwindsucht. Und Emily kehrte traurig, aber in ihrem Stolz ungebrochen, in die Hansestadt zurück. Was sollte die Familie tun? Man konnte die verlorene Tochter nicht auf der Straße sitzenlassen. Katholisch war man nicht, ein Kloster bot sich als Ausweg also nicht an. Und woandershin, wie man ihr nahelegte, wollte Emily auch nicht. Nein, warum denn? – Nun wolle sie wieder in Hamburg bleiben.

Man kaufte für sie das Haus auf dem Uhlenhorst, sie bekam ihren Lebensunterhalt von der Familie und später auch ungeschmälert ihr Erbe. Sie lebte, zunächst etwas verfemt und ausgestoßen, aber mit der Zeit, nachdem Gras über alles gewachsen war, auch wieder mit der Familie versöhnt, bis in ihre späten Tage unbehelligt auf ihre Art und bewies sogar einen gewissen kleinen Hochmut, indem sie sagte: *Ich* habe gelebt. *Ich* weiß, was Liebe ist.

Sie war es auch gewesen, die Dorothy Mut gemacht hatte.

»Wenn du ihn liebst, Kind, dann halte zu ihm. Liebe ist etwas Kostbares. Man kann nie wissen, wie lange sie dauert. Aber wenn man sie einmal kennengelernt hat, wenn man einmal mit ihr gelebt hat, ist es mehr wert als alles andere. Du kannst ruhig auf die Familie pfeifen, du hast ja mich. Du erbst das Haus von mir und mein Geld und meine Anteile, justament und gerade. Und wenn dein Vater platzt. Du sollst ihn haben, deinen Steffen. Er gefällt mir. Dein Vater – mein Bruder – hat mich nie verstanden. Aber weißt du was? Manchmal hat er mich beneidet. Ja, glaube es nur, kiek nicht so erstaunt. Ich will nichts gegen deine Mutter sagen, Gott bewahre. Aber wenn ich die beiden so sehe, dann denke ich oft, die haben kein Blut, die haben Alsterwasser in den Adern. Nichts gegen Alsterwasser. Aber ich meine nur.«

Dorothy hatte das damals gern gehört. Aber sie war dennoch nicht wie Tante Emily. Das hatte sie inzwischen erkannt. Etwas fehlte ihr, was Tante Emily besessen hatte.

Sie blickte hinüber auf das ovale goldgerahmte Bild, das über dem grünseidenen Sofa hing. Tante Emily als junges Mädchen. Gar nicht hamburgerisch sah sie aus, gar keine echte Burmeester. Kastanienbraune Locken, sehr große dunkle Augen und ein keckes Grübchen im Kinn.

Und dann blickte sie wieder hinaus zu ihrem Mann, der den Rasen mähte, und dachte, was sie schon so oft gedacht hatte: Warum haben wir keine Kinder? –

Das war der größte Kummer ihres Lebens. Nicht die Tatsache, daß Steffen dann und wann eine andere Frau begehrte und nun also dieses Mädchen.

Für längere Zeit blieb es das einzige Gespräch, das Dorothy und Steffen über Jovana führten.

An ihrem Leben schien sich, oberflächlich betrachtet, nichts geändert zu haben. Sie waren sehr höflich, sehr rücksichtsvoll, jeder ging seiner Wege, lebte in seiner Welt.

Sie hatten sich voneinander entfernt.

Daß die beste Zeit ihrer Ehe erst kommen würde, *das* wußten sie zu diesem Zeitpunkt noch nicht.

Die Fahrt nach Ahlsen fand an einem Sonntag statt, denn Jovana hatte so viel Arbeit, daß sie nicht einmal an einem Sonnabend wegfahren konnte. Den Sonnabend hatte Bettina schlichtweg zu einem Arbeitstag erklärt, anders war das Riesenpensum nicht mehr zu bewältigen.

Jovana hetzte von einem Termin zum anderen. Die Stunden bei Bettina, Tanz-, Fecht- und neuerdings Gesangsunterricht, Englischstunden, Theatergeschichte, Kunstgeschichte; es blieb kaum Zeit für ein wenig Privatleben, und die gehörte Steffen. Zu Leila kam sie meist nur spätabends.

Das alles wurde noch schlimmer, als das Wundertier kam und mit ihm die Bühne.

»Ein geborener Star«, sagte Bettina, »von dem könnt ihr alle etwas lernen.«

Er hieß Frank Thorian, oder jedenfalls nannte er sich so. Er war überaus sehenswert.

»Er gibt meinem Laden erst die richtige Weihe«, so jedenfalls formulierte es Bettina bei Mariane ironisch. »So etwas Schönes. Und diese Samtaugen. Wie er dich anschaut. Umwerfend. Ein richtiger Beau.«

Aber mit Spott wurde man diesem erstaunlichen Herrn nicht ganz gerecht, denn er war außerdem recht begabt. Begabt in mancher Beziehung und nicht zuletzt als Schauspieler. Zunächst einmal war er älter als die anderen, schon Ende Zwanzig. Und er hatte auch schon so etwas wie eine Laufbahn hinter sich. Schauspielunterricht hatte er auch schon mal gehabt, er hatte Tourneen gemacht, Boulevardtheater, war als Schlagersänger aufgetreten. Die letzten beiden Jahre hatte er in Südamerika verbracht, zunächst bei einer deutschsprachigen Theatergruppe, dann im Privatengagement bei einer liebeshungrigen Señora auf einer Hazienda. Ein Leben als Prinzgemahl gewissermaßen, denn die Señora war sehr reich gewesen. Er erzählte das Bettina ganz ungeniert.

Eines Tages war er aufgekreuzt, geschickt von Jost, jenem sagenhaften ersten Schüler Bettinas, der in München erfolgreich Theater spielte.

»Ich kenne Jost von früher her, und er meint, ich soll zu Ihnen gehen, gnädige Frau. Nur zu Ihnen. Er schwört auf Sie.«

»Das ist sehr nett von ihm«, meinte Bettina und betrachtete mit Zurückhaltung diesen gutaussehenden, selbstsicheren Herrn.

»Ich bin, das gebe ich offen zu«, sagte Frank, »vollkommen verschlampt, habe vieles vergessen und vieles auch nie richtig gelernt. Dafür besitze ich eine gewisse Routine. Aber ich möchte ein anständiger Schauspieler werden, mir ein passendes Repertoire erarbeiten und dann noch einmal von vorn anfangen.«

Dagegen war nichts zu sagen. Zwar war Bettina mißtrauisch; der Junge war ihr zu glatt, ein wenig zu blasiert, aber er hatte auch Charme, dem sie schwer widerstehen konnte. Und er sah wirklich umwerfend aus – groß und schlank und dunkel, richtig schön geradezu, ein Beau eben.

»Wenn es Ihnen ernst ist«, meinte Bettina, »müßten Sie sich zunächst einmal das Näseln abgewöhnen. Es sei denn, sie wollen Komiker werden.«

Er war nicht im mindesten gekränkt, lächelte mit weißen Zähnen und sagte: »Sehen Sie! So ist das mit mir. An mir ist eine Menge zu verbessern.«

»Wir können es ja mal versuchen«, sagte Bettina vorsichtig, denn sie brachte es nicht fertig, so etwas Unwiderstehliches nach Hause zu schicken.

Sie hatte es nicht zu bereuen. Der junge Mann arbeitete fleißig, fügte sich mühelos in die Mannschaft ein, war nett und kameradschaftlich zu den anderen, die alle jünger waren als er, machte alles, was von ihm verlangt wurde, Atemübungen, Sprechübungen, Kopfstände. Gelegentlich brachte er Bettina Blumen mit, wenn er kam und ging, küßte er ihr die Hand.

Die Mädchen himmelten ihn an. Silvia, die so lange mit Tommy ganz glücklich gewesen war, ging mit fliegenden Fahnen zu ihm über, und zwischen Jovana und dem Neuen entbrannte ein edler Wettstreit, wer es besser machte.

Er war es auch, der die Gastwirtschaft mit dem Saal und der Bühne auftat. Die Gastwirtschaft hatte eine Wirtin, die schon hinschmolz, wenn sie den schönen Frank nur sah. Nachdem er einige Male dort gegessen hatte, überraschte er Bettina mit der Neuigkeit, er habe einen Proberaum mit einer Bühne gefunden, die ihnen tagsüber und, falls nichts Besonderes stattfände, auch manchmal abends zur Verfügung stände. Gegen ein sehr geringes Entgelt, das, wie er vorschlage, die Schüler gemeinsam aufbringen sollten. Voilà!

Oh, Bettina! Bettina Norden-Ballinghusen, armes, vom Schicksal geschlagenes Geschöpf. Einmal war das Leben zu Ende. Sie hatte sterben wollen, vom Theater nichts mehr sehen und hören wollen, und nun hatte sie plötzlich wieder die Bretter einer Bühne unter den Füßen, ein Ensemble, mit dem sie arbeiten konnte, war da, eine neue Lebensaufgabe, eine neue Karriere.

Bettina wurde täglich hübscher und jünger; knabenhaft schmal und zierlich, beweglich, lebendig, voller Einfälle und Pläne. Sie sprühte vor Temperament, sie glitzerte vor Esprit, sie platzte bald vor Elan.

Sie spielten richtig Theater, ganze Szenen, ganze Akte, es gab Auftritte und Abgänge, es gab Bewegung, es gab Raum, Schritte, Gesten, Tanz – und manchmal spielte Bettina ihren Schülern eine Szene vor. Und die jungen Leute standen stumm und erlebten eine wirkliche Schauspielerin.

»Du hättest sie sehen sollen als Porzia«, erzählte Jovana Steffen. »Wir haben alle nicht piep gesagt. Ach, ich muß noch so viel lernen. Ich studiere die Porzia nämlich jetzt.«

»Ich weiß, mein Kleines. Du hast es mir neulich schon erzählt.«

»Sie spricht, Steffen, du machst dir keine Vorstellungen, wie sie spricht. Das ist unwahrscheinlich. Und wie sie geht und steht. Vom Hinken merkt man gar nichts mehr. – Wenn mal ein paar Sachen richtig stehen, dann kommst du auch, ja?«

Auch Leila mußte sich das alles ausführlich anhören, wenn Jovana kam, meist spät am Abend, erregt, aufgekratzt, noch erfüllt von der Arbeit. Einmal kam der schöne Frank mit, und Leila meinte hinterher sachverständig: »Der ist eine Wucht! Möchtest du mit dem nicht schlafen?«

»Aber Leila! Ich liebe doch Steffen.«

»Na ja, schon. Ich meine ja nur mal so nebenbei. Hat er eine Freundin?«

»Ich habe keine Ahnung. Silvia bringt sich halb um mit ihm. Er fährt ein Sportkabriolett und sagt, daß es ihm nicht gehört. Einer Bekannten.«

»Aha. Na ja. Kein Wunder, so, wie der aussieht.«

Leila hatte übrigens auch eine lohnende Bekanntschaft gemacht, einen wohlhabenden jungen Mann aus dem Rheinland. Vaters Sohn, wie sie es nannte. Der kam gelegentlich und führte Leila groß aus. Er fand es interessant, in Film- und Theaterkreisen zu verkehren. Von Ottchen in Hannover war nicht mehr viel die Rede.

Dann also die Fahrt nach Ahlsen. Jovana hatte eine Karte geschrieben. Sie führe nach Frankfurt und käme nachmittags mal auf eine Stunde vorbei.

»Ich muß mich schon anmelden, sonst bringe ich sie ganz aus der Fassung.«

»Mensch, das wäre doch gerade die Pointe gewesen.«

Es wurde auch so ein voller Erfolg. Sie steuerte selbst Leilas Wagen vor die Tür. Ihr kleiner Halbbruder, der vor dem Haus gewartet hatte, stürzte mit Gebrüll ins Haus: »Sie kommt! Sie kommt! Und sie hat ein Auto.«

Da war Grete im Sonntagsstaat, Josef, sehr gerührt und stolz, die Kinder gewaschen und artig, ein Kuchen, von Grete gebacken, und Jovana saß in der guten Stube wie ein Besuch vom anderen Stern. – Wie viele Jahre war sie fort? Zehn? Zwanzig? War sie überhaupt jemals hier gewesen? Kannte sie diese Leute? – Sie hatte ihren Vater umarmt, Grete auf die Wange geküßt; die Kinder freuten sich über das Spielzeug, und Jovana saß auf dem Sofa und lächelte.

Leila rettete die Situation, sie redete und erzählte das Blaue vom Himmel herunter, sie becircte Grete und Josef, alberte mit den Kindern.

»Wie hübsch du geworden bist!« sagte Grete immer wieder.

Jovana lächelte.

»Drehst du einen neuen Film?«

Jovana lächelte.

Die Antwort gab immer Leila.

»Neulich habe ich Peter getroffen«, sagte Grete. »Er wollte wissen, was du machst. Er kann es gar nicht fassen, daß du so berühmt geworden bist. Wir haben viele Bilder von dir gesehen. Hoffentlich kommt der Film bald hierher. Peter hat ihn in M. gesehen. Er sagt, du wärst fabelhaft.«

Jovana lächelte.

»Soll ich Peter grüßen, wenn ich ihn wiedersehe?«

»Das kannst du tun«, sagte sie lächelnd.

Am Spätnachmittag fuhren sie wieder ab. »Die haben tagelang was zu reden«, sagte Leila. Jovana schwieg. Am Bahnübergang bremste sie und hielt, blickte hinüber in den Wald. Wenn sie allein wäre – ach, wozu? Es war nicht nötig, noch einmal in Wirklichkeit auf dem Baumstamm an den Bahngleisen zu sitzen. Sie hatte in Gedanken oft genug dort gesessen.

»Fahr du jetzt«, sagte sie.

»Hat es dich mitgenommen?«

»Irgendwie komisch war es schon.«

»Kann ich mir denken. Weißt du, was du bist?«.

»Nein. Was?«

»Ein Glückskind.«

»Sag das nicht.«

»Du hast unverschämtes Schwein gehabt. Da kommst du her, und was bist du jetzt? Mensch, du weißt gar nicht, wieviel Schwein du gehabt hast.«

»Doch. Ich weiß es.«

Und eine Weile später, sie waren schon auf der Autobahn, sagte sie noch: »Manchmal habe ich Angst.«

Leila fragte nicht, warum. Sie verstand.

»Es ist alles so leicht gegangen. Und ich war so dumm.«

»Eben drum. Die Dummen haben immer Glück. Wenn man erst anfängt zu denken, wird das Leben schwieriger. Das kommt schon noch. Auch bei dir.«

Nach einer längeren Pause fragte Jovana: »Leila? Bist du glücklich?«

Leila war so verblüfft, daß sie das Tempo verlangsamte und eine Weile brauchte, um zu antworten. Etwas, was bei ihr selten vorkam. »Ich? Bist du schwachsinnig? Sehe ich aus, als ob ich glücklich wäre?«

»Du bist so klug – und so sicher. Man hat das Gefühl, du ... ja, du wirst mit allem fertig.«

»Das Gefühl täuscht. Und selbst wenn es so wäre, was hat das mit Glück zu tun? Ich bin halt ein paar Jahre älter als du. Ein bißchen erfahrener. Und ohne Illusionen, das macht viel aus.«

»Aber du bist doch glücklich gewesen?«

»Sicher. Hier und da mal. Du wirst lachen, ich war es damals in Berlin – mit Lothar. So mies die Zeiten auch waren, damals war ich glücklich. Na ja, jung und dumm eben, du sagst es. Ich hätte bei ihm bleiben müssen. Meine Schuld, aber er war ja auch noch zu jung.«

»Und dann – später?«

»Ach, ich weiß nicht mehr. Dies und das. Die Arbeit hat mir Spaß gemacht. Als ich in München auf die Akademie ging, das war eine schöne Zeit. Da war ich gelegentlich mal nett verliebt, nichts Bedeutendes weiter. Ich bewunderte meine Professoren, ich hielt eine Menge von meinem Talent. Ja – das war eine gute Zeit.«

»Und dann hast du geheiratet. Und später kam die große Liebe.«

Leila stieß ein kurzes verächtliches Lachen durch die Nase.

»Die große Liebe! Hör mir bloß damit auf.«

»Ich dachte, dieser – dieser Maler.«

»Eben der. Die große Liebe! Scheiß drauf. Ich möchte dir so etwas nicht wünschen.«

Ein Rasthaus wurde angezeigt, und Leila meinte: »Wollen wir eine Kleinigkeit essen? Es eilt ja nicht, oder?«

»Nein. Gar nicht. Steffen ist in München, du weißt ja.«

Als Leila den Wagen parkte, fragte Jovana: »Hörst du eigentlich gar nichts von Barenth? Ich habe ihn ewig nicht gesehen.«

»Ich auch nicht. Ich weiß, daß er letzten Monat in Hamburg war, aber er hat sich nicht gemeldet. Er geht uns aus dem Weg.«

»Warum?«

Leila warf ihr einen Blick von der Seite zu. »Ja, warum wohl? Der gute Lothar ist kein Freund von seelischen Komplikationen.«

»Aber wir sind doch nicht kompliziert.«

»Ach, spiel nicht den naiven Dorftrampel. Bitte nicht bei mir.« Jovana schwieg eingeschüchtert. Manchmal war eben Leila doch viel klüger und erwachsener als sie, und es war nicht immer ganz leicht, sie zu verstehen.

Während sie aßen, war Leila sehr schweigsam und nachdenklich. Als sie sich eine Zigarette angezündet und den Kaffee vor sich stehen hatte, fing sie plötzlich an zu reden:

»Die sogenannte große Liebe ist etwas Gräßliches. Der mußt du aus dem Wege gehen.«

»Aber ich liebe Steffen. Es ist die große Liebe.«

»Quatsch. Du bist viel zu jung und zu dämlich, um zu lieben. Du weißt gar nicht, was das ist.«

Jovana nahm das zur Kenntnis, dann fragte sie respektvoll:

»Hast du ihn denn so sehr geliebt?«

»Ich hab' mir's jedenfalls eingebildet. Wahrscheinlich ist es sowieso immer nur Einbildung. Aber nachdem ich ihn kennengelernt hatte, konnte ich es bei Kasimir nicht mehr aushalten. Kannst du dir so was Dußliges vorstellen? Ich hatte einen Mann, der mich liebte, der für mich sorgte, der strebsam war und Geld verdiente, lauter so feine Sachen. Ich muß mir meinen eigenen Weltuntergang inszenieren. Ich muß ein Genie lieben. Verstehst du, ein Genie! So etwas sollte man verbrennen. Früher haben sie so was verbrannt. Die hatten ganz recht.« Leila hatte die Arme auf den Tisch gestützt, das Gesicht in die Hände gelegt, ihre dunklen Augen waren voll Schwermut. »Kasimir war sehr großzügig. Als wir geschieden waren, zog er aus und ließ mir die Wohnung. Zwei Zimmer, vollkommen eingerichtet. Die habe ich vermietet. Davon haben wir gelebt. Denn er hat ja keinen Penny verdient. Genies verdienen niemals Geld. Wenn sie Geld verdienen, sind sie keine Genies. Das ist eine ganz klare Sache.«

»Und was hat er gemacht?« fragte Jovana, beeindruckt von Leilas fremdem Gesicht.

»Oh, gemacht hat er eine Menge. Gemalt. Mich geliebt. Auch andere Frauen geliebt. Viel gesoffen, später dann gekokst. Wir hatten ein Atelier in Schwabing, eine ewig kalte, zugige Bude mit undichten Fenstern im vierten Stock von einem uralten Haus. Ein riesiger Raum, der nie warm zu kriegen war. Auch das Bad war kalt, und manchmal lief das Wasser nicht. Ich habe versucht, so etwas wie einen Haushalt zu führen. Ich habe gekocht und mich um alles gekümmert, ich habe seine Bilder zu den Galerien gebracht, das wollte er aber eigentlich gar nicht. Manchmal wurde auch was ausgestellt, aber wer hat schon Bilder gekauft, kein Schwein. Und er hat ja auch die komischsten Sachen gemalt. Manchmal auch ganz vernünftig. Mich zum Beispiel, angezogen und ausgezogen und in den komischsten Positionen. Manchmal hat er auch bloß Kleckse gemacht. Oder Spiralen. Und dann den sterbenden Hund.«

»Einen sterbenden Hund?«

»Ja. Er hat auf der Straße gesehen, wie ein Hund überfahren wurde. Der schleppte sich an den Straßenrand und starb da, langsam und qualvoll. Er stand dabei und sah sich das an. Und dann kam er nach Hause und fing an, den sterbenden Hund zu malen. Einmal, zweimal, zehnmal, zwanzigmal. Alle Wände waren schließlich bedeckt mit dem sterbenden Hund, in allen Größen und in allen Phasen. Wenn ich mich hinsetzte, um eine Stulle zu essen, hatte ich den sterbenden Hund vor mir. Wenn ich früh die Augen aufmachte, das erste, was ich sah: der sterbende Hund. Da bin ich das erstemal durchgedreht. Ich habe einen Teller an die Wand geworfen und bin fort.

In meine Wohnung konnte ich nicht, die war ja vermietet. Ich habe bei Bekannten gepennt und mir eine Arbeit gesucht. Und dann kam einer nach dem anderen von seinen Bekannten. Und er hatte sehr viel davon, und jeder sagte dasselbe: Das kannst du nicht machen. Er liegt rum, er ißt nicht, er schläft nicht, er säuft bloß, seine Bude ist ungeheizt, er verkommt.

Na wennschon, hätte ich sagen sollen. Und was habe ich dummes Huhn getan? Ich bin wieder hin. Es war Winter, und es war wirklich eiskalt. Er lag auf dem Bett und starrte in die Luft. Ich setzte mich zu ihm auf den Bettrand und sagte: Ich habe dir was zu essen gebracht. Er sagte nur: Zieh dich aus. Nein, sagte ich, wozu das, ich gehe gleich wieder. Ich will bloß sehen, wie es dir geht. Als ich aufstand, kam er mir nach und fing an, mich auszuziehen, Stück für Stück. Ich wehrte mich, ich wollte wieder weg. – Nein, es ist nicht wahr, ich wollte nicht weg. Er legte mich einfach auf den Boden – es war, wie gesagt, eiskalt –, und er liebte mich da. Und dann blieb ich wieder bei ihm.«

Jovana saß, ohne sich zu rühren, und starrte Leila fasziniert an, die an ihr vorbeiblickte und mit merkwürdig monotoner Stimme sprach, so, als wäre sie in Trance.

»Und weißt du, was drei Tage später passierte? Da war ich krank, ich hatte eine schwere Grippe und hohes Fieber, ich lag im Bett und fühlte mich sehr elend. Am Morgen hatte er sich noch liebevoll um mich gekümmert, Fieber gemessen, mich gestreichelt, mir Milch warm gemacht, schön eingeheizt, gesagt, er würde einen Arzt holen. Dann geht er weg, und statt einen Arzt bringt er ein Mädchen mit, so was ganz Blondes, Ordinäres, das hat er irgendwo in Schwabing aufgelesen. Ist das nicht eine Type, sagt er zu mir, so ein richtiges Stück? Die muß ich malen. Also die zieht sich aus und setzt sich aufs Podest. Er guckt sie an, nimmt den Stift, guckt sie wieder an, macht ein paar Striche, sagt: So geht das nicht. Du mußt ganz anders sein, Triebleben, verstehst du, allerniedrigster Sex, wenn einer das Bild sieht, muß es ihm schon die Hosen ausziehen, schau nicht so stumpfsinnig, los, komm. Steht auf, zieht sich die Hose aus, die steht auch auf, legt sich auf den alten windschiefen Diwan, macht die Beine auseinander, und er tut's mit ihr. Ich liege im Bett und kann zusehen. So, sagt er, wie er fertig ist, jetzt wird's vielleicht gehen. Und dann fängt er an zu zeichnen. Malt das Stück stundenlang, von vorn und hinten und oben und unten. Und dann gehen sie wieder auf den Diwan. Ich wollte aufstehen und weggehen, aber wie ich stand, fiel ich einfach um, ich war zu schwach. Bleib bloß im Bett, sagt er zu mir von dem Diwan her, was soll denn das? Spät in der Nacht schickt er die fort, er ist hundemüde und kommt zu mir ins Bett. Ich hätte ihn umbringen können.«

Wie erwachend blickte Leila auf, sah Jovanas fassungsloses Gesicht.

Sie lachte auf. »Ja, du Baby, so war das. Das war sie, meine sogenannte große Liebe. Zwei Tage später hatte er dann die Grippe, und da durfte ich ihn pflegen, und er war voller Zärtlichkeit und liebebedürftig bis dorthinaus. Und das war alles erst der Anfang. Ich bin wieder weg von ihm und kam wieder zurück und immer so weiter. Große Liebe, daß ich nicht lache! Darum mußte ich von München fort. Ich hoffe, er ist inzwischen verreckt.«

Später, sie fahren schon wieder, Leila sitzt am Steuer, es ist schon dunkel, da sagt sie noch: »Und weißt du, was das Schlimmste ist, was er mir angetan hat? Ich kann nicht mehr malen. Seit ich gesehen habe, was er macht, weiß ich, daß ich nichts kann. Vorher habe ich gedacht, ich kann was. Vorher hatte ich große Rosinen im Kopf. Aber dann, wie ich gesehen habe, was er macht – und wie er es macht. Seitdem weiß ich, daß ich ein Stümper bin. Drum mache ich eben jetzt . . . na ja, was ich eben so mache. Bißchen Handwerk. Er hat mir alles kaputtgemacht. Das, was ich werden wollte. Und mich selber auch. Du kannst dir nicht vorstellen, wie ich ihn hasse.«

»Schön«, sagt Plaschke. »Oder vielmehr nicht schön. Sie haben die Kleene jetzt an die Diova verschaukelt. Sie wissen ja wohl, det ick Ihnen det übelnehme, Rau.«

»Ich habe sie nicht an die Diova verschaukelt, sie ist in meinem nächsten Film in einer kleinen Rolle dabei. Das ist alles. Der Vertrag über diesen Film ist lange perfekt; es wird ein großer Film mit der Thorwald und mit Gregor, und Jovana hat nur eine Nebenrolle, erstens, damit sie was verdient, und zweitens, daß sie Sicherheit bekommt und was dazulernt.«

»Jaja. Schmus mit Löckchen. Alles schöne Worte, dafor kann ich mir nischt koofen. Verdient hätte sie bei mir genug, ich habe ihr den Ausbildungsvertrag geboten, und 'ne kleene Rolle hier und da hätte sie auch gekriegt. – Nee, mir können Sie nischt weismachen, Rau, der Grund ist ein ganz andrer. Sie wollen sie nich aus den Fingern lassen, det is et.«

Sie sitzen bei Schultheiß an der Gedächtniskirche beim Mittagessen. Steffen, der Produzent Plaschke und Barenth, die berühmten Eisbeine von Schultheiß vor sich.

Und das Thema ist nicht neu. Beziehungsweise Plaschke hat was in petto – das ist nur die Einleitung.

»Und wenn es so wäre?« fragt Steffen herausfordernd. »Sie ist schließlich meine Entdeckung. Ich fühle mich verantwortlich, und darum will ich ihre Entwicklung beobachten.«

Barenth ißt still sein Eisbein, blickt gelegentlich von einem zum anderen und sagt vorerst nichts dazu. Er weiß sowieso, was kommt.

»Brechen Sie sich nur keine Verzierung ab«, sagt Plaschke. »Er fühlt sich verantwortlich! Hat man so wat schon gehört. Wollen Sie mir vielleicht erzählen, Sie fühlen sich für jedes kleene Mädchen verantwortlich, das mal bei Ihnen eine Rolle gespielt hat?«

»Nein, das will ich nicht sagen, und das habe ich auch nicht gesagt.«

»Aber in dem Fall ist es so?« fragt Plaschke lauernd.

Steffen runzelt die Stirn, er ist verärgert. Das Gespräch paßt ihm nicht. »In dem Fall ist es so.«

»Und warum, wenn ich fragen darf?«

Steffen möchte eine grobe Antwort geben, aber er beherrscht sich. »Weil ich von Jovanas Talent etwas halte und möchte, daß sie sich in Ruhe entwickeln kann.«

»Aha. Unter Ihrer Oberleitung.« – »Sehr richtig.«

»Und wie geht die Entwicklung also weiter?«

»Wenn sie in München abgedreht hat, wird sie nach Hamburg zurückkehren und weiter in ihre Schauspielschule gehen, bis sie ausgelernt hat und ins Engagement gehen kann.«

»Oder bis Sie ihr erlauben, wieder mal einen Film zu drehen. Bei Ihnen natürlich. Denken Sie denn, daß sie das auf die Dauer so mitmachen wird?«

Steffen schiebt seinen Teller zurück, seine Stirn hat sich gerötet. »Was wollen Sie eigentlich, Herr Plaschke? Warum müssen wir hier sitzen und uns über Jovana streiten? Ich verstehe es nicht.«

Jetzt mischt sich Barenth ein. »Das kann ich Ihnen sagen, Chef, was Herr Plaschke will. Er will Jovana für eine große Rolle in einem recht interessanten Film, der ihm sehr wichtig ist.«

»Det is es«, nuschelt Plaschke, befriedigt, daß die Katze aus dem Sack ist, und kaut an seinem letzten Bissen Eisbein. »Genau det is es.«

»Und warum sagen Sie das nicht gleich?« fragt Steffen.

Plaschke hebt die Schultern, knurrt irgendwas vor sich hin und kramt eine Zigarre aus seiner Tasche.

»Auch das können Sie von mir erfahren, Chef, denn Herr Plaschke hat mir die Ehre angetan, mit mir über das Projekt zu sprechen. Wenn Sie erlauben, Herr Plaschke« – Barenth spricht mit betonter Höflichkeit, gibt Plaschke dabei Feuer –, »werde ich Herrn Rau informieren und ungefähr wiedergeben, was Sie gesagt haben.«

»Nur zu. Kann ick mir die Spucke sparen.«

»Wie gesagt, es ist eine ziemlich große Story. Und es wäre eine Mordsrolle. Herr Plaschke meint, so, wie Sie Jovana bewachen und beaufsichtigen, würden Sie sie sowieso diese Rolle nicht spielen lassen. Sie würden wahrscheinlich sagen, sie könne das noch nicht. Herr Plaschke ist aber der Meinung, sie kann es, und er will ausgerechnet Jovana für diese Rolle haben.«

»Will ick. Ja.« Plaschke nickt und nuckelt ganz friedlich an seiner Zigarre. Jetzt werden Nägel mit Köpfen gemacht, jetzt wird zur Sache geredet, das hat er gern.

»So«, sagt Steffen, »und was ist das für eine sagenhafte Rolle?«

»Mein Lieber«, sagt Plaschke, »das ist wirklich eine sagenhafte Rolle. Da ist alles drin. Aber auch alles. Nicht nur so ein stummes Gänseblümchen wie in Ihrem ›Zwielicht‹. Da kann sie zeigen, was sie kann. Alles ist da drin. Und ein Zeitstoff dazu. Ganz aktuell. Ak-tu-ell!! Damit schlagen wir alles. Und Jovana ist über Nacht ganz groß, das verspreche ich Ihnen.«

»Na, na«, macht Steffen, gar nicht so glücklich über das, was er da hört. Eine sagenhafte Rolle und über Nacht ganz groß, er will das alles gar nicht. Sie soll langsam aufgebaut werden, sie soll Zeit haben für ihre Entwicklung; er hält gar nichts von raketenhaften Karrieren, die verpuffen oft so schnell wieder, wie sie entstanden sind. Das hat er oft genug erlebt.

»Kann ich nun etwas erfahren über diesen großartigen Stoff, oder ist das ein Geheimnis?«

»Und ob das ein Geheimnis ist. Geheimer geht's gar nicht. Der Stoff liegt nämlich in der Luft, wissen Sie. Und ich will nicht, daß ihn mir einer wegschnappt.« Steffen macht eine eisige Miene. »Bitte! Ich will mich nicht aufdrängen.«

»Nu seien Sie man bloß nich komisch. Natürlich erzähle ich Ihnen det. Ich möcht' ja für mein Leben gern, daß Sie det machen, Rau. Sie sollen's machen, zusammen mit Ihrer Jovana. So denk ick mir det. Aber wenn Sie nicht wollen – ich mach' den Film auf jeden Fall. Und gerade die Kleene möcht' ich dafür haben. Und wenn Sie nicht wollen, denn soll et der Barenth machen. Jawoll!«

Steffen wendet langsam den Kopf und schaut Barenth an. Der kriegt einen roten Kopf.

»Also, daß Sie das richtig verstehen, Chef. Der Stoff ist wirklich gut. Ich erzähle gleich davon. Herr Plaschke hat mit mir darüber gesprochen. Er hat gesagt, Sie sollen es machen. Nur wenn Sie nicht wollen, wenn Sie absolut nicht wollen, dann, habe ich gesagt, würde ich es machen. Es soll nicht verschnulzt werden, es soll nicht verdooft werden, es soll eben ... ja, es soll eben in Ihrer Art gemacht werden.«

Barenth stottert fast, er ist verlegen, unsicher, etwas, was man an ihm gar nicht kennt, und Steffen kann daraus entnehmen, daß die Gespräche zwischen ihm und Plaschke schon ziemlich weit gegangen sind. So ist das also. Barenth macht sich langsam selbständig. Nun ja, alt genug ist er inzwischen.

»So«, sagt Steffen. »Und wenn Sie nun die Güte hätten, mir etwas darüber zu sagen, wäre ich sehr dankbar.«

»Moment«, unterbricht Plaschke Steffens feierlichen Satz, »bestellen wir erst noch 'n Bier, ja? Und 'n Klaren dazu, ja? Ober!« Und nachdem er die Bestellung aufgegeben hat, fährt er fort: »Det is nämlich wirklich keene Schnulze, det is von 'nem richtigen Dichter geschrieben. Jawoll! Von einem jungen Talent, das noch große Sachen bringen wird.«

»Und wer ist der Dichter?«

»Dieter Stolze«, sagt Barenth. »Ich weiß nicht, ob Sie den Namen schon gehört haben, Chef. Noch ein ganz unbekanntes Talent, hat mal 'n Preis gekriegt; ein Roman ist erschienen und ein Band Erzählungen. Aus diesem Band ist die Geschichte, von der die Rede ist. Das Buch heißt ›Die Goldsucher‹.«

»Kann ich mir nichts darunter vorstellen«, sagt Steffen bockig.

»Kommt schon noch«, sagt Plaschke. »Und nun lassen Sie mal die Einleitung, Barenth, und erzählen Sie die Story.«

»Also die Geschichte handelt von einem jungen Mädchen, das aus der Zone in den Westen kommt.«

»Aha. Drum also ist es aktuell.«

»Genau. Aber es ist eine ganz unpolitische Geschichte. Das Mädchen ist ein einfaches, braves junges Ding, ein bißchen romantisch veranlagt, es hat einen Mann aus dem Westen kennengelernt und sich verliebt. Der Mann ist ein gutes Stück älter, sieht gut aus, er hat der Kleinen einen dicken Zauber vorgemacht, es ist passiert, und er ist wieder abgedampft nach West-Berlin. Die Kleine liebt ihn, hat Sehnsucht und so weiter. Also eines Tages läßt sie alles stehen und liegen und reist ihm nach. Zugfahrt nach Berlin, Kontrolle, sie hat natürlich Angst, Bahnhof Friedrichstraße, sie hat noch mehr Angst, S-Bahn, beinahe wird sie geschnappt, aber nein, es klappt, sie landet im Westen. Hier ist sie, hier will sie bleiben. Sie weiß zwar nicht die Adresse des Geliebten, aber sie kennt die Firma, bei der er arbeitet, sie geht hin, erste Enttäuschung, er will sie gar nicht haben, er freut sich keineswegs, er ist verheiratet, hat Weib und Kinder. Peng!

Eventuell könnte sie zurückfahren. Noch ist es weiter nicht aufgefallen, daß sie fort ist, aber einerseits hat sie Angst, andrerseits lockt sie der Westen, sie bleibt. – Lager Marienfelde, Lagerleben und so, dann wird sie ausgeflogen. Und nun beginnt also ihr Leben im goldenen Westen.«

»Ha«, fällt Plaschke ein, »det is es nämlich, nu beginnt es. Und da is alles drin, Rau, einfach alles. Da könn' wir reinbringen, was wir wollen. Freese schreibt mir das Buch, er hat ein Treatment gemacht, da ist schon allerhand los. Freese kann das, das wissen Sie ja. Der macht es genau so, wie wir es haben wollen. Da bringen wir die ganze Bundesrepublik heinein. Alles – einfach alles. Gesellschaftskritik und so. Ganz moderne aktuelle Kiste machen wir da. Und det Mädchen immer mittenmang, immer rauf und runter, mal im Büro, mal im Laden, mal im Puff, mal hinter 'ner Bar, mal glücklich, mal unglücklich, mal verliebt, mal verlassen, der passiert einfach alles, was passieren kann.«

»Na, na«, macht Steffen wieder.

Barenth lacht. »Na ja, nicht ganz so toll. Aber am Schicksal dieses Mädchens kann man wirklich einen Querschnitt durch unser Leben heute zeigen. Man kann jede Stadt, jede Landschaft, die man will, hineinbringen, Sylt und Garmisch und das Ruhrgebiet und München. Sie ist natürlich jung, sie hat noch nichts weiter gelernt, sie hat gelegentlich Arbeit, sie hat Männer, sie wird richtig herumgestoßen, sie verliebt sich. Eine Zeitlang hat sie einen reichen Freund und führt ein Luxusleben, sie ist ein bißchen haltlos und schließlich deutlich am Abrutschen.«

»Det is es. Da kann sie alles zeigen, was sie hat und kann, Ihre Jovana. Det is was andres wie die Stumme da.«

»Und?« fragt Steffen. »Wie geht's weiter? Kommt sie also unter die Räder?«

»In der Erzählung schon, im Film nicht, da brauchen wir ein Happy-End«, sagt Barenth, »und zwar hat Freese da eine recht gute Idee gehabt.«

»Lassen Sie hören.«

»Also es gibt gewissermaßen eine Parallelhandlung. Da ist noch ein junger Mann im Osten, ein anständiger, netter junger Mann, mit dem das Mädchen befreundet, quasi verlobt war, ehe sie sich in den Verführer aus dem Westen verliebte.«

»Aha.«

»Ja. Der junge Mann ist natürlich sehr traurig, daß das Mädchen weg ist, und er hat auch große Bedenken, was aus ihr werden soll. Mit einem gewissen Recht, wie sich ja zeigt. Er selbst hat nie die Absicht gehabt, in den Westen zu gehen. Er hat seine Arbeit, er hat studieren dürfen, er ist nicht gerade ein wilder Kommunist, aber doch zufrieden mit dem Land, in dem er lebt. Und nun macht er sich auf, seine verschwundene Freundin zu suchen. Er kommt also auch herüber, und das läuft, wie gesagt, immer parallel.

Drüben hat er einen Brief zurückgelassen, daß er absolut nicht flüchten wolle, daß er bloß das Mädchen suchen und zurückbringen will. Dann kämen sie also beide wieder zurück. Na ja, und nun sucht er sie. – Er sucht sie in der ganzen Bundesrepublik, er hat ihre Spur gefunden, kommt aber immer zu spät; er kommt immer erst, wenn sie wieder woanders ist. Und ganz am Schluß, wie sie ganz am Ende ist, ganz verzweifelt, allein und verlassen – Freese meint sogar, sie soll einen Selbstmordversuch machen –, da findet er sie endlich. Also positiver Ausblick in die Zukunft und so. Er liebt sie trotz allem, und sie liebt ihn auch, er ist eben doch der Beste. Sie werden zusammenbleiben, nicht zurückgehen in den Osten, im Westen bleiben. Und, so Gott will, glücklich werden.«

»Hm«, macht Steffen, und dann, die Brauen hochgezogen, mit spöttischem Ton: »Und das soll keine Schnulze werden?«

»Muß nicht«, sagt Barenth. »Ich habe natürlich jetzt auf die Schnulzenart erzählt. Man kann es wirklich seriös machen, auch ziemlich hart, ohne Kitsch und ohne Kleister. Das einzige Zugeständnis an den Publikumsgeschmack wäre der Schluß, und den müßte man möglichst einfach bringen, ohne Sirup. Ich würde sagen, man könnte einen guten Film daraus machen.«

»Eine Wucht und eine Wonne von einem Film«, sagt Plaschke. »Und sagen Sie selber, ob das nicht Zucker für eine junge Schauspielerin ist. Und ob Ihre Jovana nicht gerade richtig für die Rolle ist. Sagen Sie mal ehrlich, Rau?«

»Hm«, macht Steffen wieder. – Und da die beiden ihn erwartungsvoll ansehen, nickt er halb widerwillig. »Doch. Könnte sein. Obwohl natürlich – so eine große Rolle ... Sie ist damit noch überfordert.«

»Keineswegs«, sagt Plaschke, »dieses Jahr wird's ja sowieso nischt mehr. Und bis nächstes Jahr hat sie noch was dazugelernt, dann ist sie gerade richtig. Dann kann sie das auch.«

»Warum heißt es eigentlich ›Die Goldsucher‹?«

»Es ist, wie gesagt, ein Band Erzählungen«, erläutert Barenth. »Und jede Erzählung handelt von einem Menschen, der vom Osten in den Westen geht, aus diesem oder jenem Grund. Und jeder hat irgendein Schicksal, teils traurig, teils freundlich, teils heiter, teils tragisch, ja nachdem. Ganz verschiedene Typen. Genaugenommen könnte man aus jeder Erzählung einen Film machen. Sie sollten das Buch mal lesen, Chef, der Junge kann wirklich schreiben. Na ja – und Goldsucher nennt er es deswegen er vergleicht es einmal mit der Zeit im vorigen Jahrhundert in Amerika, als die Leute vom Osten in den Westen zogen, nach Kalifornien, weil dort Gold gefunden wurde. Es ist gewissermaßen ein Gleichnis, dieser Titel.«

»Ich kann das Buch ja mal lesen«, sagt Steffen friedfertig.

»Ja, und ich lasse Ihnen das Treatment von Freese schicken. Und dann denken Sie mal darüber nach, Rau. Und überlegen Sie, ob Sie nicht Ihre kostbare Jovana dafür hergeben wollen.«

Plaschke spricht nur per ›Ihre‹ Jovana. Steffen überhört es geflissentlich.

Sie ist seine Jovana, ja, verdammt noch mal. Und Plaschkes süffisanter Ton soll ihn nicht irritieren. Wenn die Branche also nun redet – bitte, dann soll sie. »Nächstes Jahr also«, sagt er. »Na ja, vielleicht. Ehe sie ins Engagement geht.«

»Sie will wirklich zum Theater?« fragt Plaschke ungläubig.

»Das will sie. Und das soll sie.«

»Das wird sie sich überlegen. Wenn det so hinhaut mit diesem Film, wie ich mir det denke, dann isse groß im Geschäft. Theater! – Beim Film verdient sie viel mehr Geld.«

Steffen schenkt es sich, Plaschke darüber aufzuklären, daß man über den Beruf eines Schauspielers zweierlei Meinung haben kann und ihn vor allem nicht nur unter dem Aspekt des Geldverdienens betrachten kann. Das versteht der sowieso nicht. Nächstes Jahr – das müßte heißen, daß der Film im Frühjahr gedreht wird. April, Mai, Juni etwa, es würde ein umfangreicher Stoff sein; sie käme damit ohne weiteres zurecht, wenn sie im Herbst ins Engagement will. Wenn sie also wirklich Theater spielen wird.

»Für den jungen Mann hab' ick ooch schon einen«, sagt Plaschke. »Netter Junge, so'n hübscher Blonder, sehr intelligent. Den bringe ich demnächst in zwei Rollen raus, dann hat er bis nächstes Jahr ooch 'n bißken Routine und dann schafft er det. Und da haben wir ein hübsches neues Paar gestartet. Sie werden sehen, das wird ... na ja« – er klopft auf den Tisch –, »was immer es wird, es wird was.«

Das würde also bedeuten: Jovana Maris in einer Hauptrolle. In einer großen, tragenden Rolle. – Daß sie es kann, daran zweifelt Steffen nicht. ›Seine‹ Jovana.

Es wäre schön, wenn er die Zeit anhalten könnte, wenn sie noch eine Weile von ihm abhängig bliebe, auf ihn angewiesen, wenn alles noch so bleiben könnte, wie es jetzt ist.

Aber eines Tages wird sie natürlich erwachsen sein. Fertig.

Flügge. Selbständig. Das kann er nicht verhindern. Er hat ja alles dazu getan, daß sie schnell vorwärtskommt.

Er hat ihr die Türen geöffnet und den Weg gewiesen.

Paßt ihm das jetzt nicht? Wenn das Geschöpf fertig ist, geht es und verläßt den Schöpfer; das ist der Lauf der Dinge.

Was bleibt? Ein wenig Dankbarkeit im besten Fall. Anhänglichkeit, Liebe? Wer weiß das.

Als er aufblickt, sieht er in Barenths Augen, die ihn ernst und fast mitleidig ansehen. – Versteht der Junge das? Steffen hebt hochmütig den Kopf, seine Miene verschließt sich.

»Wir werden sehen«, sagt er kühl. »Ich werde das Treatment lesen, und dann sprechen wir wieder darüber.«

Travemünde III

Einige Tage darauf brachte Steffen überraschend Barenth mit, als er Jovana am Abend besuchen kam. Sie hatte ihn seit dem Winter nicht gesehen, und sonderbarerweise fühlten sich beide ein wenig befangen. Barenth verbarg das hinter einem Wortschwall.

»Sie sehen blendend aus, Miss Maris. Es kommt mir vor, als seien Sie gewachsen. Nicht, Chef? Früher war sie kleiner.«

»Höchstens innerlich, Herr Barenth«, sagte Jovana. »Äußerlich habe ich Ihnen immer schon bis zur Nasenspitze gereicht. Haben Sie das vergessen?«

»Muß ich wohl vergessen haben, nachdem ich so lange nicht das Vergnügen hatte, Sie zu sehen.«

»Das Vergnügen hätten Sie leicht haben können. Sie wissen ja, wo Sie mich finden. Aber ich weiß schon. Sie sind immer so beschäftigt mit ihrem Harem, alle anderen Damen sind so viel größer und schöner als ich, da übersehen Sie mich einfach.«

»Ich werde mich bessern, Miss Maris. Und wenn wir demnächst wieder drehen, werde ich mich sowieso ausführlich mit Ihnen beschäftigen müssen. Wohl oder übel.«

Steffen lachte. »Ihr seid beide Kindsköpfe. Jovana, wir haben dir das Drehbuch mitgebracht. Deine Szenen stehen jetzt alle, du kannst dich schon damit befassen.«

Barenth wollte nicht zum Abendessen bleiben, er trank nur einen Gin-Fizz und empfahl sich dann. In den nächsten Tagen fahre er zum Urlaub nach Sylt, damit er sich noch etwas erholen könne, ehe die Arbeit wieder anfange, ließ er noch wissen.

»Dann werden Sie Leila sehen«, sagte Jovana. »Sie fährt auch nach Sylt.«

»Wie schön. Dann kann ich Hand in Hand mit ihr über die Heide wandern.«

»Soviel ich weiß, fährt Leila mit Bekannten. Und ich kann mir nicht vorstellen, daß Sie allein fahren.«

»Doch, Miss Maris, mutterseelenallein. Aber das läßt sich ertragen, in Kampen wimmelt es von schönen Mädchen.«

»Dann sind Sie ja dort am richtigen Platz, Herr Barenth.«

Als er fort war, sagte sie zu Steffen: »Er kann mich nicht leiden.«

»Unsinn. Warum denn nicht? Du kennst doch seine Art.«

»Er ist ein Angeber.«

»Nur mit der Klappe. Bei der Arbeit ist er nicht zu ersetzen. Es wird mir schwerfallen, auf ihn zu verzichten.«

»Warum mußt du auf ihn verzichten? Ich denke, er ist bei dem Film dabei.«

»Diesmal noch, ja. Aber wer weiß, wie lange noch. Langsam wird er seinen eigenen Weg gehen. Er hat genug gelernt, um selbst einen Film zu machen.«

Von dem Goldsucher-Stoff war noch nicht die Rede gewesen. Aber Steffen hatte inzwischen das Treatment gelesen und sich mit dem Stoff befreundet. Es würde wirklich eine gute Rolle für Jovana sein.

»Nächste Woche schließen wir auf vierzehn Tage«, erzählte Jovana. »Längeren Urlaub gibt es dieses Jahr nicht, sagt Bettina. Sie kann sich das nicht mehr leisten mit ihren vielen Schülern. Weißt du, was ich glaube, Steffen?«

»Nun?«

»Es fällt ihr schwer, sich von der Schule zu trennen. Ich glaube, sie hat von uns allen den meisten Spaß dabei.«

»Das könnte ich mir vorstellen. Ich freue mich für sie, daß sich das Ganze so positiv entwickelt hat.«

»Übermorgen haben wir unsere Abschiedsvorstellung. Bettinas Bekannter kommt, der Intendant aus W. Ich bin schon aufgeregt. Ob ich ihm gefallen werde?«

»Hoffen wir es. Was machst du denn?«

»Zwei Szenen aus der ›Heiligen Johanna‹. Die Gerichtsszene und die mit dem Dauphin. Den macht Frank. Und dann mache ich zusammen mit Silvia ›Was ihr wollt‹ und dann noch die Porzia. Kommst du? Bettina würde sich schrecklich freuen. Und den anderen bliebe vor Schreck der Ton weg, wenn sie wissen, daß du dabei bist.«

»Das kann ich eigentlich nicht verantworten.«

Sie saß bei ihm auf der Sessellehne, jetzt ließ sie sich herabgleiten in seinen Schoß. »Ob der mich engagiert? Was meinst du?«

»Das werden wir ja sehen.«

»Vielleicht nimmt er mich gleich.«

»Dafür bin ich nicht. Du mußt erst deinen Film abdrehen.

Kann sein, wir machen im Frühjahr noch einen Film zusammen.«

»Oh, Steffen, wirklich?«

»Ich habe da vielleicht einen guten Stoff.«

»Das wäre herrlich. Erzähl mal.«

»Noch nicht. Beschäftige dich erst mit ›Champagnerfrühstück‹.«

Sie lag in seinem Schoß, blickte zur Decke hinauf. »Ich freu' mich so schrecklich, Steffen!«

»Worauf, mein kleines Mädchen?«

»Auf alles. Das Leben ist so schön. Jetzt machen wir einen Film und dann wieder einen, und dann werde ich Theater spielen und alles, alles... Ich freue mich schrecklich. Es wird immer schöner, nicht?«

»Ja, vielleicht.«

»Verreisen wir auch wieder einmal?«

»Wir könnten zum Beispiel für eine Woche nach Travemünde fahren, wenn ihr euren Laden sowieso dichtmacht. Mehr Zeit habe ich nicht, ich muß nach München. Was hältst du davon?«

»Eine Menge.«

Dorothy war zur Zeit in England. So paßte es ganz gut.

Bei der Vorstellung im kleinen Saal der Kneipe waren wirklich die beiden wichtigen Herren zugegen, der Intendant aus W., Franz Kilian, und Steffen Rau, der Filmregisseur. Wie Jovana richtig vorausgesehen hatte, beeindruckte das Bettinas Mannschaft sehr. Sie hatten alle Lampenfieber. Trotzdem machte Jovana ihre Sache gut. Besonders ihre Szene mit Frank Thorian gelang ausgezeichnet; die beiden spielten zusammen als täten sie es schon seit Jahren.

Nach der Vorstellung saßen sie vorn in der Kneipe beim Abendessen, sie hatten mittlerweile so etwas wie einen Stammtisch. An der Schmalseite des Tisches, glücklich und stolz, eine Herrscherin in ihrem Reich, thronte Bettina, flankiert von Steffen und ihrem alten Freund Kilian.

Steffen sagte: »Es ist reichlich ein Jahr her, daß wir uns das erstemal begegneten, gnädige Frau. Es hat sich seither allerhand verändert.«

»Das kann man sagen. Wissen Sie, daß ich jetzt eine richtige Schauspielschule habe, geprüft und genehmigt und sämtlichen Zuständigkeiten angeschlossen?«

»Ich habe davon gehört. Meinen Glückwunsch!«

»Demnächst werde ich umziehen und mich vergrößern. Und

unser kleines Theater hier, ist das nicht nett? Ich habe sehr viel Arbeit, Herr Rau. Und ich bin glücklich dabei.«

»Weil erfolgreiche Arbeit immer glücklich macht. Es ist das zuverlässigste Mittel auf dieser Welt, um zu einem zufriedenen Dasein zu gelangen.«

»Das ist wahr, bei Gott. – Was sagen Sie zu Jovana?«

»Sie hat sich gut entwickelt und berechtigt zu den schönsten Hoffnungen, wie man sagt.«

Sie lächelten sich an, verständnisinnig und einander freundschaftlich gesonnen.

»Sie hat Ihnen viel zu verdanken, Herr Rau. Vielleicht hätte sie es allein auch geschafft, aber wieviel schwieriger wäre es gewesen. Und dann .... es ist so gut für einen jungen Menschen, wenn er ein bißchen behütet wird, das gibt so viel Selbstvertrauen und Kraft. Übrigens habe ich das neue Drehbuch gelesen. Die Rolle ist genau richtig für sie, das wird ihr liegen, und es überfordert sie nicht.«

»Ja. Und nächstes Jahr wird sie ihre erste Hauptrolle spielen. Dann werde ich wieder Ihre Hilfe erbitten, gnädige Frau.«

»Also sind Sie nicht dafür, daß sie diesen Herbst ins Engagement geht?«

»Nein. Warum? Ist die Rede davon?«

Er blickte zu Kilian, der auf der anderen Seite Bettinas saß und sich mit Frank unterhielt.

»Kilian würde sie unter Umständen schon in der kommenden Spielzeit mitnehmen. Zunächst in kleinen Rollen nur. Er hat sehr viel Gefallen an ihr gefunden. Und er befürchtet, wenn sie weiter Filme dreht und damit Erfolg hat, wird sie dem Theater verlorengehen.«

»Was meinen Sie?«

»Ich glaube es nicht. Sie freut sich auf das Theaterspielen. Und sie ist ein Bühnentalent, das haben Sie doch heute abend gesehen. Es kommt natürlich viel auf Sie an.«

»Auf mich?«

»Ja. Sie verstehen sicher, was ich meine. Sie hängt sehr an Ihnen. Steffen sagt dies, Steffen meint jenes – das ist ihr zweites Wort. – Sie freut sich auf die Dreharbeit, und nächstes Jahr kommt ein neuer Film, sagen Sie, also wird sie sich darauf auch freuen. Es könnte sein, daß sie beim Film hängenbleibt. Es ist ja finanziell auch gar kein Vergleich. Viel verdienen wird sie in W. nicht.«

»Sie freut sich auf den Film, sie freut sich auch auf das Theaterspielen, Sie sagen es selbst. Also soll sie beides tun. Ich bin dafür, daß sie noch ein Jahr wartet, ehe sie ins Engagement geht. Sie hat dann mehr gelernt, kann gleich in richtigen Rollen eingesetzt werden. In der Zwischenzeit sind dann noch zwei Filme mit ihr auf dem Markt, genug, um weitere Angebote abzuwarten und auch zeitlich einzuteilen.

Ich finde, umsichtiger und klüger kann man eine Karriere nicht vorbereiten und aufbauen. Was mich betrifft, so habe ich durchaus nicht die Absicht, sie für mich festzunageln. Sehen Sie, gnädige Frau, ich mache ja auch wieder Theater. Ich habe für nächsten Winter zwei Verträge. Ich inszeniere in Wien und wieder in München. Und darauf freue *ich* mich. Vielleicht möchte ich, daß Jovana eines Tages bei mir auf der Bühne steht. Und schon darum möchte ich, daß sie nicht ausschließlich Film macht, sondern Theater spielt.«

»Dann ist ja alles in schönster Ordnung. Dann wissen wir beide, was wir mit ihr anfangen.«

»Mit mir?« fragte Jovana über den Tisch herüber. Sie hatte zuerst dem Gespräch Kilians mit Frank gelauscht, aber nun schon längere Zeit versucht zu hören, worüber Bettina und Steffen sprachen. Aber das Gespräch war zu leise geführt worden, erst jetzt am Schluß hatte sie Bettinas lauter gesprochenen Satz verstanden.

»Was mit dir?« fragte Steffen und zog die Brauen hoch.

»Habt ihr gesprochen, was ihr mit mir anfangt?«

»Wie kommst du darauf? Denkst du, wir haben kein anderes Thema?«

Sie machte ein kindliches Gesicht und schob die Lippe vor.

»Ich hatte gehofft. Ich habe es so gern, wenn man von mir spricht.«

»Das kann ich mir denken. Du bist viel zu eitel für dein jugendliches Alter.«

»Ist Eitelkeit eine passende Eigenschaft für spätere Jahre?«

Bettina und Steffen lachten. Sie hatte gelernt, schlagfertig zu antworten. Steffen hatte das in letzter Zeit oft festgestellt. Nicht vorlaut, nicht frech, aber witzig und oft sehr treffend. Das freute ihn. Übrigens interessierte ihn der schöne Frank Thorian auch. Das war ein Typ, an dem der Film nicht vorübergehen würde, zudem der junge Mann nicht unbegabt war, das hatte sich heute abend gezeigt. Elegant, gewandt, ein wenig hintergründig, mit erstaunlich sicheren Tönen – ein junger Bonvivant mit Anlagen zum Charakterdarsteller. So etwas fand man nicht oft.

Tags darauf fuhr er mit Jovana nach Travemünde, wo sie bereits angemeldet waren, zu Tante Silkes Kummer aber zuwenig Platz vorfanden. Steffens Zimmer war bereit wie immer, aber sonst bevölkerten die treuen Sommergäste noch das Haus.

»Aber«, so meinte Tante Silke, »du kannst ja im Wohnzimmer auf dem Sofa schlafen, Jovana. Ich mache dir da ein schönes Bett zurecht.«

Steffen verzog keine Miene, doch Jovana erwiderte eilig: »Auf keinen Fall, Tante Silke. Ich würde euch nur stören. Da ist doch die kleine Bodenkammer, da, wo man das Meer sehen kann, die wäre doch prima für mich. Warum kann ich dort nicht schlafen? Es steht ein Bett drin.«

»Das ist nur ein Reservebett, für ein Kind mal oder so. Dort kannst du nicht schlafen, der kleine Raum und gar nicht eingerichtet. Das kommt nicht in Frage.«

»Ich find's sehr hübsch da oben. Mir würde es richtig Spaß machen. Ich bin ja doch nur zum Schlafen oben. Und meine Sachen kann ich bei Steffen in den Schrank hängen.«

»Nein, nein, das geht nicht, das kann ich nicht zulassen, und ich...«, begann Tante Silke und bekam an dieser Stelle einen Tritt von ihrem Mann. Sie verstummte.

»Ich weiß man nicht, was du hast«, sagte Onkel Torsten, »die Deern hat recht, es ist sehr hübsch da oben. Und überhaupt ist das meine Kammer. Wenn ich sie ihr gebe, kann sie sich was einbilden. Tja! So is dat all. Komm, Jovana, wir kieken uns dat mal an.«

Die Bodenkammer wurde besichtigt, Tante Silke jammerte weiter, der Raum sei ungeeignet, das Bett schlecht. Jovana legte sich auf das Bett und behauptete, es sei wunderbar, und sie wisse nicht, was man daran aussetzen könne. Da lag sie, blinzelte zu den dreien auf, die um sie herumstanden. Steffen unterdrückte ein Lachen. So harmlos konnte selbst Tante Silke nicht sein, daß sie sich nichts dabei dachte. Onkel Torsten hatte sowieso geschaltet.

Offiziell wohnte Jovana also in der Dachkammer, in Wahrheit schlief sie bei Steffen. Wenn die übrigen Gäste im Bett waren, schlich sie hinunter. Sie hatte gleich heraus, welche Stufe knarrte, und übersprang sie. Steffens Tür war angelehnt, er lag im Bett und wartete auf sie. »Oh, Liebling!« flüsterte sie und kuschelte sich in seinen Arm.

Und weil das alles so wunderbar war, blieb er drei Tage länger als beabsichtigt, mochte Britta noch ein wenig auf ihn warten. Er mußte ihre Kostüme begutachten, die Rolle mit ihr durchgehen, sie mußte sich, wie sie es nannte, auf ihn einstimmen, sie wollte Beachtung, Aufmerksamkeit, wollte ihn endlich wieder um sich haben. Gut, das sollte ihr werden, aber zunächst war jede Stunde, jede Minute mit Jovana kostbar.

Mit dem Wetter hatten sie einigermaßen Glück. Sie konnten baden, sie gingen spazieren, auf dem Brodtner Steilufer entlang, drüben auf dem Priwall, sie segelten und machten sogar eine Dampferfahrt auf einem der schönen neuen Fährschiffe nach Dänemark.

Daneben studierten sie das Drehbuch, und Jovana hatte ihre ersten Proben. Die Rolle war nun doch recht ansehnlich geworden, es waren ein paar sehr wirkungsvolle Einstellungen dabei, auch zwei Szenen mit Veit Gregor, wie Jovana befriedigt feststellte.

»Du mußt halt sehen, wie du mit Britta zurechtkommst«, meinte Steffen in der richtigen Vorahnung, daß die Aufnahmen diesmal nicht so friedlich verlaufen würden. »Vor allem darfst du nicht empfindlich sein. Sie ist nun mal ein Star, und ich ... nun ja, ich muß auch etwas darauf eingehen.«

Dieses Gespräch fand am Strand statt. Steffen saß in der Badehose im Sand, Jovana, die neben ihm auf dem Rücken gelegen hatte, kullerte sich auf den Bauch und schaute von unten zu ihm hinauf.

»Und wie sieht das aus, mein hoher Herr, wenn du auf sie eingehst?«

»Sei nicht so frech, du Fratz. Das wirst du dann schon sehen. Wenn man sie verärgert, ist sie unausstehlich und kann das ganze Team verbiestern.«

»Wie sich das für einen Star gehört. Und ich bin eine dumme, kleine Anfängerin und darf nicht mucksen. Ist es so?«

»So ähnlich.«

»Und sie darf vor allem nicht merken, daß du mich ein bißchen leiden kannst.«

»Darüber dürfte sie wohl informiert sein.«

»Dann müssen wir ihr das Gegenteil beweisen. Ich weiß auch schon, wie.«

»Da bin ich gespannt.«

»Du bist richtig eklig zu mir. Sehr streng und so was alles. Und manchmal schimpfst du mit mir. Und sagst, daß ich ein unbegabter Trampel bin. Was denkst du, wie sie das freut. Dann bin ich bockig. Und dann weine ich mich bei Barenth aus. Schade, daß Herr Plaschke nicht dabei ist, der wäre auch gut dafür zu gebrauchen. Zum Ausweinen, meine ich. Aber vielleicht finde ich in München jemand, der mich tröstet. Diesmal ist es ja ein großes Team.«

»Untersteh dich!«

»Und zu Brittachen werde ich still bewundernd aufblicken und sehr schüchtern sein. Und viel, viel häßlicher als sie. Och, laß mal, das kann ich schon. Das mache ich großartig. Und wenn du abends mit Britta ausgehst, dann nimmst du mich nicht mit, ich muß schön artig nach Hause gehen. Und während du auf sie eingehst, schlaf' ich ganz allein in meinem Bettchen. Ein Bettchen aber kriege ich doch wenigstens?«

Steffen fuhr ihr mit der Hand durchs Haar. »Ich sehe schon, du wirst auch das schaffen.«

»Und Gregor? Wie muß ich es mit dem machen? Muß ich ihn anhimmeln, damit er mir gnädig gesonnen ist? Das wird mir nicht schwerfallen, ich liebe ihn seit vielen Jahren. Ich habe immer für ihn geschwärmt.«

»Er kann zwar auch schwierig sein, aber bei der Arbeit ist er im allgemeinen sehr diszipliniert. Ihm kannst du am meisten imponieren, wenn du etwas kannst und keine Zicken machst. Im allgemeinen ist er zu weiblichen Wesen sehr freundlich.«

»Davon hat man schon öfter gehört. Vielleicht tröstet *er* mich, wenn du mich schlecht behandelst.«

»Ich werde dich nicht schlecht behandeln.« Er seufzte. »Schließlich ist es mein Beruf, Verrückte zu bändigen.«

»Aber du hast noch nie eine Verrückte dabeigehabt, die du so liebgehabt hast wie mich? Nicht, Steffen? Sag es, Steffen.«

Er blickte auf sie herab, er sah sie an, wie sie es liebte: Güte und Zärtlichkeit in den grauen Augen.

»Ich weiß nicht mehr. Es könnte sein.«

Sie hatte Bedenken gehabt, daß Jörn dasein könnte, aber er war auf großer Fahrt und wurde auch nicht erwartet in nächster Zeit. Sie hatte sich in aller Selbstverständlichkeit bei Tante Silke erkundigt, wie es ihm gehe und was er denn so mache, und hatte also auch die Geschichte von der geplatzten Verlobung erfahren.

»Ach nein!« mit großen Unschuldsaugen. »Wie schade! Kirsten ist so ein hübsches Mädchen. Und die beiden passen so gut zusammen. Wie kam denn das?«

Onkel Torsten räusperte sich und kratzte grinsend in seiner Pfeife herum. Tante Silke dagegen sagte ziemlich spitz:

»Das müßtest du doch eigentlich wissen. So ganz unschuldig bist du ja wohl nicht daran.«

»Ich? Aber Tante Silke! Ich habe Jörn gerade ein paar Tage hier gesehen, das weißt du doch. Wir waren mal segeln und sind ein bißchen herumgefahren ... es stimmt schon, wir waren auch mal in Scharbeutz bei Kirsten. Aber es waren doch immer noch andere dabei. Ich hab' ein bißchen mit Jörn rumgealbert, aber das war weiter doch nicht schlimm.«

»Nicht?« fragte Tante Silke gedehnt.

Onkel Torsten lachte anzüglich, und Steffen blickte mit hochgezogenen Brauen von einem zum anderen.

»Nein, wirklich nicht«, sagte sie, ganz verkannte Unschuld, »was soll ich denn groß mit ihm angestellt haben? Wir waren ja nie allein. Ich bin bestimmt nicht schuld, wenn Kirsten böse ist. Hat sie denn das gesagt?«

»Mir hat sie gar nichts gesagt«, meinte Tante Silke, »ich kenne sie ja kaum. Aber Jörn muß sich man sehr merkwürdig benommen haben, nachdem du so plötzlich verschwunden warst. Mit Herrn Barenth.«

»Na ja, eben. Ich war doch weg.«

»Ja, und Jörn kam täglich hier angesaust, früh, mittags und abends, und wollte wissen, wo du abgeblieben warst«, erzählte Onkel Torsten genüßlich. »Er hat uns bald verrückt gemacht, nicht, Silke?«

»Ist wahr. Genauso war es.«

»Versteh' ich gar nicht. Vielleicht habe ich ihm gefallen, hm?« – Sie blickte im Kreise, ihre Augen funkelten. Steffen schwieg und beobachtete sie. Onkel Torsten nickte nachdrücklich. »Das wird's wohl gewesen sein. Er tat, als sei ihm die Schiffskasse abhanden gekommen. Seine Laune wurde täglich schlechter. Und das wird wohl Kirsten zu denken gegeben haben.«

»Und dann?«

»Genau wissen wir auch nicht, was mit den beiden los war. Antje erzählte mir später, daß sie ganz auseinander wären. Und Jörn ist auch nicht wieder hin, als er das erstemal auf Urlaub hier war. Tja, und nun hat Kirsten einen anderen geheiratet. Den jungen Holle von Timmendorfer Strand drüben.«

»Gus! Den hat sie geheiratet? Dessen Eltern haben doch auch ein Hotel. Da werden sich ihre Eltern aber gefreut haben.« – Es sah ganz so aus, als freue sich Jovana auch. »War Jörn sehr traurig?«

»Wissen wir nicht.«

»Er soll mich mal besuchen, wenn er wieder an Land kommt.

Ich kriege jetzt bald Telefon. Ich schicke euch gleich meine Nummer.«

Später am Nachmittag fuhren Jovana und Steffen nach Timmendorfer Strand hinüber.

»Da kann ich dir mal das Hotel von Gus zeigen, ja? Ein schönes, großes Hotel.«

»Was hast du denn nun wirklich mit Jörn getrieben?«

»Nichts. Aber Steffen, was soll ich mit ihm treiben? Ein bißchen geflirtet halt. Ich war ja allein hier und hatte nichts weiter zu tun. Ich wußte ja auch gar nichts von Kirsten, das hätte *er* schließlich wissen müssen. Er war sehr nett zu mir.«

»Und?«

»Was und?«

»Stell dich nicht so dumm. Wie weit ist das gegangen?«

»Och, er hat mich mal geküßt und so. Was sollte denn weiter sein? Ich war bei Tante Silke gut behütet. Und er wohnte schließlich bei seinen Eltern, nicht?«

Steffen sagte nichts mehr. Jovana blickte nach links hinüber auf die Felder. Hier irgendwo mußte der Weg abgehen, wo man schließlich zu dem Heuschober kam. Der Heuschober, in dem Jörn sie geliebt hatte. Warme Nachmittage, helle Sommernächte im duftenden Heu, ein Mann mit einem jungen, starken Körper, leidenschaftlich, besitzergreifend. Ein kleiner wollüstiger Schauder lief über ihren Rücken. War es nicht schön gewesen? Doch. Nicht nötig, es zu vergessen.

Wie so oft beim Fahren, schob sie ihre Hand unter Steffens Arm und legte ihre Wange an seine Schulter.

»Ich habe doch immer darauf gewartet, daß du kommst. Was sollte mir denn Jörn da bedeuten?«

Sylt

Jovana fuhr mit Steffen zurück nach Hamburg. Allein wolle sie nicht mehr bleiben, sagte sie, und es lohne auch nicht, die Schule fange ja bald wieder an.

Aber noch war Bettina nicht da, dafür eine Karte von Leila von der Insel Sylt. Es gehe ihr gut und ob Jovana nicht Lust habe, für ein paar Tage herzukommen. Sie hatte die Telefonnummer ihrer Pension in Kampen dazugeschrieben. Jovana rief an, gleich am Tage nach Steffens Abreise.

Erst beim dritten Anruf, am Freitag morgen, erreichte sie Leila.

»Komm doch übers Wochenende«, sagte Leila. »Wir sind eine dufte Clique hier. Butzi, den kennst du ja schon, dann ein Freund von ihm, und ich habe außerdem noch einen netten Mann kennengelernt. Lothar kurvt auch hier durch die Gegend.«

»Allein?«

»Der? Er hat eine tolle Platinblonde dabei.«

»Na gut, ich komme übers Wochenende.«

»Du kannst bei mir in der Pension wohnen, nicht sehr komfortabel, aber es geht. Gepäck brauchst du weiter nicht. Lange Hosen, Shorts, zwei Blusen, das genügt. Kleid ist nicht nötig. Badeanzug auch nicht.«

»Badet ihr denn nicht?«

»Natürlich. Aber hier badet man textilfrei.«

»Nackt?«

»Klar, Mensch. Ist doch viel schöner. Und außerdem ist das die Sylter Spezialität, mußt du doch schon von gehört haben.«

Der Zug kam am frühen Nachmittag in Westerland an. Es war eine überraschend lange Fahrt gewesen. Jovana war überrascht, daß Sylt so weit von Hamburg entfernt lag.

Eine schöne Fahrt durch das flache grüne Land von Schleswig-Holstein. Der Himmel war bedeckt, aber hoch und weit, wie er immer war nahe dem Meer. Von Niebüll aus ging es über den Hindenburgdamm hinüber zur Insel. Leila war am Bahnhof, zusammen mit einem sehr jungen Mann, den sie als Ossi vorstellte. »Eigentlich heißt er Oswald. Hast du so was schon mal gehört?«

Ossi sagte, es freue ihn sehr, eine so berühmte Filmschauspielerin kennenzulernen. Er grinste Jovana vergnügt an, ein hübscher, blonder Junge, schlank und groß und zutraulich.

»Wie geht's dir denn so?« fragte Leila. »Ist er wieder weg?«

»Mir geht's gut, und er ist weg.«

Leila war braungebrannt und schien noch schlanker geworden zu sein. Sie trug lange weiße Hosen und eine dunkelblaue Bluse lässig über dem nicht vorhandenen Bauch geknotet. Auch Ossi trug weiße Hosen und ein rotes Polohemd. Jovana, die im Kostüm angereist war, kam sich deplaciert vor. Vor dem Bahnhof stand ein roter niedriger Sportwagen. Sie klemmten sich alle drei auf die Vordersitze, und Ossi brauste mit Vollgas los.

»Ras doch nicht wie ein Irrer«, schimpfte Leila. »Wie oft sollen sie euch denn hier noch aufschreiben? Eure rote Angeberkarre kennt ja hier nun schon jeder.«

»Programm?« fragte Ossi.

»Wir fahren in meine Pension. Du schiebst ab. Jovana zieht sich um und aus, ich zeige ihr den Strand und was sonst noch da ist.«

»Gut. Und später dann im Gogärtchen.«

»Geritzt. – Das ist Westerland, Jovana, hier sind die feinen Pinkels. Drüben in Kampen sind sie noch feiner, aber keine Pinkels.«

»Es gibt Leute, die behaupten genau das Gegenteil«, sagte Ossi.

Als sie ausgestiegen waren, brauste Ossi mit vollem Speed davon.

»Der hat sie nicht alle«, sagte Leila und sah dem Wagen nach. »Ich will Hugo heißen, wenn der nicht demnächst an einem Baum klebt. Glücklicherweise gibt es hier wenig Bäume.«

»Und wer ist er?«

»'n Freund von Butzi. Studiert noch. Viel Geld hat er nicht. Der Wagen gehört Butzi.«

»Aha. Und Butzi ist jetzt dein Freund?«

»Ach wo, nicht in der Art. Was soll ich mit dem grünen Gemüse? Butzi ist fünfundzwanzig und der hier vierundzwanzig. Da kriegt man ja 'nen Mutterkomplex. So alt bin ich auch noch nicht. Das mache ich mal später, so in zwanzig Jahren.«

Jovana sah sich um. »Ganz anders hier als in Travemünde.«

»Klar, Mensch, ist ja auch die Nordsee.«

Eine weite Ebene, Wiese, Heide, der Wind blies ziemlich heftig über die offene Fläche, das Meer sah man nicht. Die Pension war ein ziemlich einfaches einstöckiges Haus und Jovanas Zimmer ein kleiner, bescheiden eingerichteter Raum, nicht viel komfortabler als Tante Silkes Dachkammer.

»Hier lebt man einfach«, erklärte Leila. »Hotels gibt's nur in Westerland. – Das heißt, hier gibt es das Kurhaus, ein ziemlich alter Kasten, und noch ein paar bessere Häuser. Die sind aber immer ausverkauft. Meist hält man sich ja doch am Strand oder in den Kneipen auf.«

»Wohnen Butzi und Ossi auch hier?«

»Nö, die wohnen vorn am Kliff, eben im Kurhaus. Die sind ja schon länger hier. Haben beide Zeit und nicht viel zu tun. Butzi ist hauptamtlich Vaters Sohn, Textil in Krefeld. Daher kenne ich ihn ja, als ich dort mal Stoffe ausgesucht habe. Er kalfaktert ein bißchen in Vaters Geschäft rum, viel ist nicht los mit ihm. Weißt du, da ist schon fast ein Generationsunterschied mit diesen Jungs, obwohl ich nur ein paar Jahre älter bin. Aber die wissen nichts vom Ernst des Lebens.«

»Aber du sagtest, du hättest einen netten Mann hier kennengelernt?« – »Ja. Hab' ich. Auch aus dem Rheinland. Komisch, ich hab's offenbar zur Zeit mit der Ecke. Aber er fährt morgen schon nach Hause. Es waren nur ein paar Tage. Schade. Na ja. – Wie war's mit Steffen?« »Schön wie immer.«

»Du bist eben ein Glückskind, ich sag's ja. Jetzt zeige mal, was du anzuziehen hast.«

Jovana packte ihr Köfferchen aus, und Leila entschied: »Die lange blaue Hose ist goldrichtig, und dazu die weiße Bluse. Ich habe einen Blazer, den hängst du dir um, damit du nicht frierst. Dann bist du hier für alle Gelegenheiten richtig angezogen. Mehr braucht man nicht.«

Später gingen sie zu den Dünen, über die Düne hinweg, und Jovana sah endlich das große Meer. Die Nordsee. Der Wind kam von Westen, die Brandung schäumte weiß dem breiten endlosen Strand entlang.

»Das ist nicht so eine Badewanne wie die Ostsee«, sagte Leila, »das merk dir bitte. Hier mußt du vorsichtig sein beim Baden.«

Sie liefen dicht am Wasser entlang, die Schuhe trugen sie in der Hand. Nach einer Weile gerieten sie unter die Nackten.

»Die haben wirklich nichts an«, staunte Jovana.

»Hab' ich dir doch gesagt. Nur die Doofen baden noch mit Badeanzug. Wollen wir schnell mal ins Wasser hüpfen?«

»Na, ich weiß nicht...« Zögernd und etwas schockiert blickte Jovana auf die nackten und nicht immer wohlgelungenen Gestalten, die sich hier tummelten.

»Das ist mein Strandkorb. Ich geh' mal schnell ins Wasser. Lange kann man sowieso nicht, es ist zu kalt.« –

Leila schlüpfte aus der Hose, zog die Bluse aus, und einen Moment später stand sie splitternackt da, langbeinig, langgliedrig. Überschlank. Aber rundherum gleichmäßig braun.

Jovana sah ihr nach, wie sie zum Wasser lief. Sie war unschlüssig. Einerseits wäre sie gern mal durch die Brandung gelaufen, andererseits war es wirklich kühl; nicht sehr verlockend, sich auszuziehen. Und dann so ganz ohne... Sie knöpfte die Bluse auf, dann wieder zu. Daran mußte man sich wohl erst gewöhnen. Sie war nicht prüde, aber so etwas hatte sie noch nie gesehen, und ein bißchen machte sich hier wohl auch Ahlsen bemerkbar. Was würde wohl Grete sagen, wenn sie das sähe?

»Hallo!« sagte eine Stimme hinter ihr. Sie drehte sich um, da stand Barenth und neben ihm ein Mädchen. Er trug einen Bademantel, aber das Mädchen war nackt. Nackt – und schön wie eine Göttin, sehr groß, sehr gut gewachsen, mit schulterlangem silberblondem Haar.

»Wo kommst du denn her?« sagte er. »Wie ich sehe, wolltest du dich gerade ausziehen.«

»Ach, ich weiß nicht.« Sie schloß den obersten Knopf ihrer Bluse wieder.

Er grinste. »So was hast du wohl noch nie gesehen, wie?«

»Ich bin vorhin erst angekommen.« – Sie war befangen und sehr froh, daß sie sich nicht ausgezogen hatte.

»Hat mir Leila gar nicht erzählt, daß du kommst. Warum machst du denn so erschreckte Kleinmädchenaugen?«

»Mache ich gar nicht«, sagte sie ärgerlich. Sie blickte scheu zu der Blondine hin, die gelangweilt an ihr vorbeisah.

»Das ist Gitte«, sagte Barenth lässig. »Jovana Maris, eine Kollegin von mir.«

»Hei«, sagte Gitte und bedachte Jovana mit einem trägen Blick.

Leila kam vom Wasser her und schüttelte sich. »Brr! Höchstens fünfzehn Grad heute. Ist mir zu kalt. Das ist kein Vergnügen mehr. Lothar, mein Sohn, du hast nicht zufällig einen Schnaps einstecken?«

»Hei«, machte die Blonde wieder, und Leila erwiderte im gleichen Tonfall: »Hei, Blondie.«

»Schnaps habe ich nicht«, sagte Barenth. »Komm, ich reibe dich trocken.« Er griff sich ein Handtuch aus dem Strandkorb und frottierte Leila kräftig ab.

»Jetzt wird mir gleich schön warm, paßt mal auf«, sagte Leila. Aber offenbar ließ der Zustand noch auf sich warten, sie klapperte vernehmlich mit den Zähnen.

»Zieh dich an und lauf schnell nach Hause.«

»Und ihr?«

»Wir ziehen uns auch an.«

»Sehen wir uns dann im Gogärtchen?«

»Kann sein.« – Er nahm die Silberblonde an der Hand und trottete mit ihr davon.

Jovana sah ihnen finster nach. »Dieser Idiot!«

»Nun sei nicht gleich wieder eifersüchtig. Du hast schließlich deinen Steffen. Soll er vielleicht ins Kloster gehen?«

»Ich eifersüchtig? Ich glaube, du spinnst. Der ist mir doch total schnuppe.«

»Um so besser. Komm, wir sausen los.«

So zwischen fünf und sechs versammelten sich die Nackten, nun auf irgendeine Weise bekleidet, im Gogärtchen, einem kleinen Lokal mit einer riesigen Bar, in dem es gesteckt voll war und in dem jeder jeden zu kennen schien.

Es war die Stunde für Drinks, für Whisky, Kognak, Gin oder – falls man sehr durchfroren war – für Grog oder Sylter Welle. Butzi und Ossi waren schon da, sie hockten an der Bar, ein Mädchen zwischen sich, auch hübsch und blond, wenn auch nicht so blond wie Barenth seine. Auch der Mann, von dem Leila gesprochen hatte, war da, er war etwa Anfang Vierzig, sah sympathisch aus und belegte Leila sogleich mit Beschlag. Ossi hob Jovana auf den Hocker neben sich, preßte seinen Schenkel an ihren und fragte, was sie trinken wolle.

»Ich weiß eigentlich nicht.«

»Trinken Sie eine Sylter Welle, das kann nie schaden.«

Die Sylter Welle war ein heißes, rotes Getränk, das feurig durch die Kehle lief und dessen Wirkung man sofort spürte.

»Sei vorsichtig damit«, rief Leila ihr zu. »Wenn du drei hast, bist du fertig. Ossi probiert das immer wieder.«

»Misch dich gefälligst nicht in meine Angelegenheiten«, sagte Ossi, das heißt, er rief es Leila zu, denn der Lärm in dem überfüllten Raum war so groß, daß man sich nur schreiend verständigen konnte.

»Bin ich Ihre Angelegenheit?« fragte Jovana.

»Ich denke«, antwortete Ossi. Seine Finger streichelten ihren nackten Arm. »Leila hat erzählt, sie hat eine hübsche Freundin, sehr temperamentvoll und vom Film, und ich sagte, nichts wie her damit. Und da bist du ja nun.«

»Hier gibt es doch gerade genug hübsche Mädchen, wie ich sehe.«

»Die kenne ich alle schon. Ich brauche mal was Neues.«

»Haben Sie schon alle durch?«

»So ziemlich. Weißt du, ich komme schon seit drei Jahren her. Und es sind immer wieder dieselben da.« Seine Fingerspitzen glitten an der Innenseite ihres Oberarms hinauf. »Film habe ich noch nicht gehabt.«

»Was für eine Erfahrungslücke«, sagte Jovana und war stolz auf die gelungene Formulierung, die ihr da eingefallen war. Leila, die ein paar Plätze weiter saß, rief ihr etwas zu, und sie mußte sich vorbeugen, um zu verstehen. Währenddessen gelangte Ossi mit seinen geschickten Fingern bis zu ihrer Brust. Sie stieß ihn mit einer Schulterbewegung zurück, antwortete Leila und sah gleichzeitig Barenth, der mit seiner Silberblonden herankam.

»Du trägst keinen Büstenhalter«, sagte Ossi, »das habe ich gern.«

Der Keeper stellte eine zweite Sylter Welle vor sie hin.

»Wollte ich ja gar nicht«, sagte Jovana.

»Trink nur, das heizt gut an.«

Jovana warf ihm einen schrägen Blick zu. Seltsame Atmosphäre war das hier. Benahmen die sich immer so? – Ossi mußte nun glücklicherweise seinen Hocker an die Silberblonde abgeben, aber er stellte sich so dicht hinter Jovana, daß sie seinen Körper spürte.

»Was trinkst du, Jovana?« fragte Barenth. Auch er stand jetzt dicht hinter ihr. Eng aneinander klebten sie hier offenbar alle, es ging gar nicht anders.

»Irgendeine Welle«, antwortete Jovana. »Hast du eine Zigarette?«

Er schob ihr die Zigarette zwischen die Lippen und gab ihr Feuer. Sein Arm streifte sie, sie spürte seine Nähe auch. Es war viel schöner, als Ossi zu spüren. Sie lächelte über die Schulter zu ihm auf. – Er lächelte ebenfalls. »Schöne Tage gehabt?«

»Ja. Sehr. Du auch?«

»Doch.«

Später fuhren sie in ein Lokal nach Westerland zum Essen, das heißt, Barenth und seine Freundin kamen nicht mit, nur

Ossi, Butzi, das blonde Mädchen. Und natürlich Leila und ihr neuer Bekannter, der sich sehr zurückhaltend benahm. Das färbte auf die anderen ab. Ossi stellte seine Attacken ein, sie unterhielten sich sehr nett und brachen gegen zehn auf. Vor der Tür wurde beraten, was man noch unternehmen solle. Mehrere Lokale wurden genannt. Jovana, die sie nicht kannte, beteiligte sich nicht an der Beratung. Sie war müde. »Dauert es lange?« fragte sie Leila.

»Wir gehen sowieso nicht mit«, sagte Leila. »Es ist sein letzter Abend. Wir wollen noch ein bißchen allein sein. Möchtest du lieber nach Hause?«

»Eigentlich ja. Ich kenne die ja kaum.«

»Dann fahren wir dich schnell heim.«

Ossi protestierte zwar, aber Jovana gelangte schließlich in den Mercedes von Leilas Begleiter und lag eine halbe Stunde später im Bett. – Sie wußte nicht, was sie eigentlich hier sollte. Das waren alles Verrückte. Wieviel schöner war es, mit Steffen verreist zu sein.

Der nächste Tag war ein Sonntag. Am Vormittag brachte Leila ihren Bekannten zum Zug, und als sie wiederkam, schien sie betrübt zu sein. »Er ist nett, nicht?«

»Finde ich auch. Wirst du ihn wiedersehen?«

»Ach, wozu? Er ist verheiratet. Ganz glücklich sogar. Kinder hat er auch. Was soll's denn?«

Sie gingen zum Strand. Es war sehr windig und immer noch kühl, gelegentlich jedoch kam die Sonne zwischen den Wolken hervor. Unten am Wasser war es stürmisch.

»Schau, was für eine Brandung«, rief Leila. »Herrlich! Los, zieh dich aus. Ist sowieso keiner da von denen. Die pennen alle noch. Wer weiß, wann die wieder ins Bett gegangen sind.« Jovana zog sich also aus. Leila sagte: »Siehst du, du bist zweifarbig. So klein kann ein Bikini gar nicht sein, man hat immer ein Muster. Aber sonst siehst du gut aus.«

Die Malerin kam zum Vorschein. »Richtig dantschig, wie die Wiener sagen. Wohlproportioniert, hübsch gerundet, fest und straff. Niedlich bist du. Ich bin viel zu mager.«

Jovana lachte verlegen. Es machte ihr nie etwas aus, nackt zu sein, wenn Steffen sie sah. Aber vor Leila war es ihr irgendwie peinlich, so dazustehen.

Sie lief zum Wasser hinunter, es war kalt, aber da war die Brandung, sie brach über sie herein, brannte auf der Haut wie eine Peitsche und erweckte eine wilde jauchzende Lust in ihr.

Sie schrie, wenn die Welle sie traf. Immer wieder lief sie gegen die Wellen an, wurde zurückgeworfen, die Gischt übersprühte sie, sie lachte, sie schrie, sie war ganz atemlos vor Entzücken. Es war ein berauschendes Spiel.

Einmal, als sie sich umwandte, um nach Leila zu sehen, die sie aus den Augen verloren hatte, erblickte sie Barenth. Er stand am Ufer, heute ohne Bademantel. Neben ihm in all ihrer Pracht die Silberblonde. Jovana fühlte eine jähe Wut. Sie drehte sich um, rannte blindlings gegen die Wellen an, die Füße wurden ihr fortgerissen, sie stürzte, das Wasser tobte über sie hinweg, und sie kämpfte sekundenlang verzweifelt, bis sie wieder Boden unter den Füßen hatte.

Plötzlich war Leila neben ihr. »Los, komm raus! Du bist schon ewig drin. Du bist ja ganz närrisch.«

Barenth stand immer noch da und sah ihr zu, wie sie aus dem Wasser kam, nackt und naß, das Haar triefend in der Stirn. Sie war bereits an ihre Nacktheit gewöhnt gewesen, aber jetzt wünschte sie, sie hätte etwas angehabt.

Auch die Silberblonde musterte sie unverhohlen von Kopf bis Fuß, und gegen ihren langgestreckten, gleichmäßig gebräunten Körper kam Jovana sich alltäglich und häßlich vor. Die war viel schöner als sie. Und vermutlich dachte Barenth das auch.

»Na?« sagte er. »Das erste Bad in der Nordsee genossen?«

Jovana nickte, noch atemlos, strich sich das nasse Haar aus der Stirn. Barenth sah sie an, nicht mehr ihren Körper – ihr Gesicht. Sie wußte nicht, wie schön sie war mit diesem nackten, nassen Gesicht, noch den wilden Schrei auf den geöffneten Lippen, mit dem sie sich dem Meer hingegeben hatte, und dazu die Verwirrung in ihren Augen.

Sie ließ die drei stehen, lief zum Strandkorb und hüllte sich in Leilas Handtuch. Sollten sie ihr doch alle gestohlen bleiben!

Mit Barenths Wagen fuhren sie nach List zum Muschelessen. Jovana war schweigsam, und auch Leila war nicht sehr gesprächig. Ihr ging noch der Abschied vom Morgen nach. Die Silberblonde hielt es auch nicht mit dem Reden, ihr Vokabular beschränkte sich auf wenige Worte, die sich wiederholten. Sie war Mannequin in Düsseldorf, wie Jovana immerhin erfuhr, Barenth hatte sie erst auf der Insel kennengelernt. Sie wollte gern zum Film. Natürlich, was sonst?

Am Nachmittag im Gogärtchen trafen sie Ossi und Butzi wieder. Und Jovana erkannte nun auch verschiedene Leute, die sie am Vortag gesehen hatte. Es war wie gestern, nur daß Ossi und Butzi heute etwas vorhatten.

»Wir sind vornehm eingeladen«, sagte Butzi, »Geschäftsfreund von meinem Vater. Wohnt mit Gemahlin und Tochter im Hotel Stadt Hamburg in Westerland. Da müssen wir uns heute manierlich benehmen. Treffen wir uns nachher irgendwo? Ziegenstall, ja?«

»Vielleicht«, sagte Leila.

Leila und Jovana aßen allein im Roten Kliff und machten anschließend einen Spaziergang zum Meer und gingen auf dem Kliff entlang. Es war fast Vollmond, der Himmel ganz klar, voller Sterne.

»Es ist schön hier«, sagte Jovana.

»Ja«, sagte Leila und seufzte.

»Sag bloß, du hast Liebeskummer.«

»Quatsch. Bißchen traurig eben. War nett mit dem. Kann ich doch mal 'n bißchen trauern heute. Weißt du, manchmal habe ich mein Leben satt. Irgendwie müßte ich es ändern.«

»Dann ändre es.«

»Du hast leicht reden.«

Sie spazierten weiter, schwiegen eine Weile, dann fragte Jovana: »Wo ist eigentlich Barenth immer am Abend?«

»Allein mit seinem blonden Glück. Was weiß ich. Er bummelt abends selten. Muß sich erholen, sagt er.«

Sie gingen nach Hause, nicht in den Ziegenstall. Ihr sei nicht nach Gesellschaft zumute, meinte Leila.

Der nächste Tag war ein herrlicher himmelblauer Sonnentag. Heute machte das Baden richtig Spaß, man konnte sogar schwimmen, das Meer war ruhiger und die Brandung ganz sanft. Ossi und Butzi waren am Strand, sie spielten Ball, lagen dann faul im Sand. Barenth und die Silberblonde ließen sich nicht blicken.

»Baden die nicht bei dem schönen Wetter?« fragte Jovana.

»Er wird nach Rantum gefahren sein. Er badet dort lieber, sagt er. Es ist ruhiger.«

Jovana bewegte sich nun schon mit größter Ungeniertheit nackt mit den anderen. Es stimmte, man gewöhnte sich daran. Ossi war heute wieder sehr um sie bemüht, lieb und charmant, gar nicht unverschämt. Nur schade, daß sie sich gar nichts aus ihm machte. Da das Wetter so schön war, ließen sie das Mittagessen ausfallen, verließen den Strand erst gegen zwei Uhr, und da Leila meinte, Jovana müsse noch etwas von der Insel sehen, fuhren sie nach Keitum und von dort nach Morsum Kliff, stiegen auf dem Kliff herum, tranken bei Nösse einen Schnaps und kehrten dann nach Kampen zurück.

Jovana sagte, sie wolle rasch zum Friseur gehen, ihr Haar sei ganz verklebt.

»Das kommt vom Salzwasser«, erklärte Leila.

Später als sonst kam Jovana ins Gogärtchen, wo alle schon versammelt waren. Es war heute nicht ganz so voll wie an den vorhergehenden Tagen, sie hatten sogar einen Tisch ergattert und begrüßten Jovana mit großem Geschrei.

»Du siehst ja phantastisch aus«, sagte Leila. »Was haben sie denn mit dir gemacht?«

Sie war sehr gut frisiert, ein fescher, kesser Lockenkopf; sie hatte sich im Spiegel auch gut gefallen. Und sie war zufrieden, daß Barenth und die Silberblonde mit am Tisch saßen und sie sahen.

»Komm her«, rief Ossi und zog sie an seine Seite. Wie am ersten Tag streichelte er ihren Arm, preßte seinen Schenkel an ihren, küßte sie auf die Wange und benahm sich sehr verliebt.

Jovana bemerkte, daß Barenth sie über den Tisch hinweg beobachtete. Was ging den das eigentlich an? Der sollte sich mit seiner Blonden amüsieren. Sie flirtete heftig mit Ossi, daneben noch mit Butzi und mit einem dicken Herren am Nebentisch. Außer dem Dicken gab es am Nebentisch zwei Mädchen und noch zwei Männer, von denen der eine bemerkenswert war. Er war ihr am Tage zuvor schon aufgefallen. Er war schlank und groß, hatte eine lässig gebeugte Haltung, ein scharfgeschnittenes Gesicht mit einer Adlernase, etwas verlebt sah er zwar aus, aber sehr gut, sehr wirkungsvoll. Er trank Sekt, hielt die anderen frei und führte das große Wort.

»Wer ist der denn eigentlich?« fragte sie Leila.

»Der? Ein Superknülch. Bodo von Ueswarth. Schon mal gehört?«

»Nee.«

»Ich früher auch nicht, aber das ist offenbar eine Bildungslücke. Soll ein ganz bekannter Mann sein. Steinreich. Millionär. Hat er von seiner Mama, das Geld. Das ist eine Amerikanerin. Der Papa war Nazi, den haben die Polen aufgehängt. Hier kennen ihn alle. Er kommt jeden Sommer. Hat ein tolles Haus da unten am Watt. Die Frauen sind ganz verrückt nach ihm. Mußt du mal erleben. Wenn der in Fahrt kommt, hält er die halbe Insel frei.«

Bodo von Ueswarth kam in Fahrt an diesem Tag. Nach einer Weile unterhielt er das ganze Lokal, sang ein unanständiges Lied, und der Kreis um seinen Tisch und seinen Sektkühler wurde immer größer.

Jovana hatte zuerst Whisky getrunken, dann war sie an Bodos Sekt beteiligt. Ihr war ein wenig schwummrig, sie hatte den Tag über nichts Richtiges gegessen. Leila war zu derselben Entdeckung gekommen.

»Ich muß jetzt unbedingt was essen«, verkündete sie. »Sonst drehe ich durch.«

Bodo von Ueswarth hatte es gehört.

»Kommen Sie doch mit, gnädige Frau. Ich habe Hummer bestellt beim Fisch-Fiete. Sie sind alle meine Gäste. Ihre Freunde auch.«

Sie fuhren nach Keitum zum Fisch-Fiete, ein gemütliches Lokal für Feinschmecker, und Fiete, der Bodo kannte, hatte genügend Hummer vorbereitet. Es wurde ein wunderbares Essen. Erst gab es Hühnersuppe, dann für jeden einen halben Hummer. Und wieder Sekt oder vielmehr französischen Champagner, weil Bodo es so wünschte.

Erstaunlicherweise waren Barenth und seine Silberblonde auch mitgekommen.

Sie saßen an mehreren Tischen, aber irgendwann am Abend geschah es, daß Herr von Ueswarth Jovana entdeckte.

»Wer ist diese bezaubernde junge Dame eigentlich? Die kenne ich noch gar nicht.«

»Das ist Jovana Maris«, sagte Leila.

»Die Schauspielerin?« fragte er überraschenderweise.

»Genau die.«

Bodo hob sein Glas und trank Jovana zu. »Ich bin entzückt, gnädige Frau, Sie hier zu haben.« – Dann stand er auf und kam zu dem Tisch, an dem Jovana saß. Sie reichte ihm zögernd die Hand, und er placierte einen formvollendeten Handkuß. »Ich habe Ihren Film gesehen. Sie waren hinreißend.«

Jovana errötete. Es war im Augenblick ganz still geworden. Alle sahen sie an. »Vielen Dank«, sagte sie. »Sie sind sehr liebenswürdig.«

Bisher hatte kein Mensch sonderlich von ihr Notiz genommen. Niemand hatte es interessiert, wer sie war und was sie war.

»Wollen Sie mir die Freude machen, mit an meinen Tisch zu kommen?« fragte Bodo, ganz Kavalier alter Schule.

Jovana blickte Leila unsicher an.

»Na los, geh schon. Ist doch egal, wo du sitzt.«

So ging sie also mit an den anderen Tisch, an dem Bodo mit seinem Kreis saß. Man räumte ihr den Platz an seiner Seite ein, und er kümmerte sich von nun an um niemand mehr, nur um sie.

»Ich freue mich außerordentlich, Sie kennengelernt zu haben. Ich konnte ja nicht ahnen, welch berühmte Frau wir hier unter uns haben. Es war Ihr erster Film, gnädige Frau, nicht wahr? Eine erstaunliche Leistung.«

Und so ging es weiter. Die anderen fanden zu ihren Gesprächen zurück, Bodo war nur noch für Jovana da. Aufmerksam, höflich, Komplimente, er füllte immer wieder ihr Glas, ließ sich erzählen von ihren Studien, ihren Plänen.

Jovana, geschmeichelt vom Interesse des reichen Mannes, erzählte bereitwillig. Es tat wohl, so ausgezeichnet zu werden. Und das war kein dummer Junge, sondern ein welterfahrener Mann. Er verstand sehr viel vom Theater, erzählte seinerseits von berühmten Schauspielern, die er kannte, von großen Inszenierungen, die er gesehen hatte, sprach auch vom amerikanischen Theater, das er gut kannte.

»Falls Sie einmal Lust haben sollten, am Broadway aufzutreten«, sagte er beispielsweise, »da könnte ich Ihnen behilflich sein. Ich kenne dort eine Menge Producers. Auch in Hollywood habe ich meine Beziehungen.«

»Aber ich fange ja erst an«, sagte Jovana.

»Nun ja, nach und nach werden Sie sich die Welt erobern. Glauben Sie mir, ich verstehe etwas davon, ich habe einen Blick für Begabung. Und für die persönliche Note, wenn man so sagen will. Viele sind berufen, nicht wahr, aber wenige sind auserwählt. Es kommt auf das gewisse Etwas an, bei einer Frau und bei einer Schauspielerin erst recht. Das gewisse Je ne sais quoi. Man hat es, oder man hat es nicht. Sie haben es, gnädige Frau. Sie werden Ihren Weg machen.«

Jovana war fasziniert. Das war etwas anderes, als mit Ossi herumzupoussieren, das war ein Mann von Welt, der wußte, wovon er sprach. Er kannte Marlene Dietrich, wie sich herausstellte, und die Hepburn, und Gregory Peck war ein enger Freund von ihm. – Das ging so etwa eine Stunde lang, dabei trank sie, und die Welt rundherum vernebelte sich langsam. Dann schlug Bodo vor, das Lokal zu wechseln.

»Das wird eine lange Nacht«, flüsterte Leila ihr zu, als sie zu den Wagen gingen.

Plötzlich war Barenth neben ihnen. »Soll ich euch heimfahren?«

»Warum denn?« fragte Jovana. »Es ist doch sehr nett. Mir gefällt es.«

»Du trinkst zuviel«, sagte er tadelnd.

»Was geht denn dich das an?« sagte sie patzig. »Du kümmerst dich ja sonst auch nicht um mich.«

Sie fuhren in die Kupferkanne, ein Lokal, das mitten in der Heide lag und in einen Bunker eingebaut war. – Es war gesteckt voll, es wurde getanzt. Und Bodo ließ Jovana weiterhin nicht aus den Fingern. Er hatte einen Platz für sie ergattert auf einer Kiste, die mit einem Fell bedeckt war. Er saß dicht neben ihr, ohne jedoch zudringlich zu sein, nur ab und zu küßte er ihre Hand. Er redete und redete und machte die reizendsten Komplimente.

Etwa so: »Ihre Augen wechseln immer wieder ihre Farbe, Jovana. Darf ich Jovana sagen? Ein bezaubernder Name. Vorhin waren Ihre Augen ganz kühl und grün, und jetzt sind sie geheimnisvoll und dunkel, voller Verheißung. Mit fernen Lichtern darin.«

»Das macht das Kerzenlicht«, sagte Jovana sachlich.

»Nicht nur. Es ist so viel Geheimnis in Ihren Augen.«

Oder: »Sie haben eine hinreißende Wangenlinie. Dieser Schatten unter den Backenknochen ist märchenhaft. Es fiel mir übrigens in Ihrem Film schon auf. Ich dachte mir: Nom de Dieu, was für ein Gesicht! Man kann es nicht vergessen, wenn man es einmal gesehen hat. Waren Sie schon einmal in Paris?«

»Nein«, erwiderte Jovana verwirrt.

»Ich habe eine Wohnung dort. Besuchen Sie mich einmal. Das ist eine Stadt, in die Sie gehören. Man wird Ihnen zu Füßen liegen. Und ich kenne eine Menge Filmleute dort.«

Oder: »Sie spielen im Kostüm in Ihrem nächsten Film? Belle époque? Das wird Sie wunderbar kleiden. Ich sehe es vor mir. Ich werde extra nach Deutschland kommen, wenn Premiere ist. Darf ich mich dann mit einem Blumenstrauß bei Ihnen melden?«

Jovana hatte so etwas noch nicht erlebt. Wer hatte ihr schon einmal Komplimente gemacht? Es war berauschender als der Champagner, den sie immer noch trank. Endlich einmal jemand, der sie so sah, wie sie gern gesehen sein wollte. Das kleine häßliche Mädchen aus Ahlsen – da war es wieder.

Einige Male tanzte Bodo mit ihr, natürlich tanzte er gut; er mußte sie eng halten, denn es war wenig Platz, aber er war nicht unverschämt. Nur seine Hand glitt leicht über ihren Rücken, schmeichelnd und streichelnd, und sie dachte: Jetzt merkt er auch, daß ich keinen Büstenhalter trage. Da unten am Strand laufen die Frauen splitternackt herum, da findet niemand etwas dabei. Aber wenn man keinen Büstenhalter trägt, finden die Männer es aufregend.

Gelegentlich streifte Bodo beim Tanzen mit den Lippen über ihre Wange, ganz behutsam, sehr zärtlich. Einmal blickte sie über seine Schulter hinweg direkt in Barenths Augen. Der verzog keine Miene, tanzte mit seinem blonden Standbild. Sollte er. Wer war er denn schon – ein popliger, kleiner Regieassistent. – Der reichste und eleganteste Mann weit und breit jedoch interessierte sich für sie, für Jovana Maris.

Irgendwann wollte Bodo wieder das Lokal wechseln.

»Gehen wir lieber nach Hause«, sagte Jovana.

»Das ist eine gute Idee«, stimmte er zu. »Gehen wir nach Hause.«

Sie sah ihn unsicher an, ahnend, was er meinte.

»Wir gehen zu mir«, meinte er gelassen, »und trinken noch einen Whisky, als kleinen Nightcap.«

»Nein.« Die Zunge gehorchte ihr nicht mehr ganz. »Ich gehe nicht mit zu Ihnen.«

»Warum nicht? Ich habe ein hübsches Haus in Kampen. Wollen Sie das nicht einmal ansehen?«

»Jetzt nicht, wirklich – das geht nicht.«

»Vertrauen Sie mir nicht?«

Jovana versuchte, ihre Gedanken zu sammeln. »Was für einen Grund hätte ich, Ihnen zu vertrauen?«

Er lächelte. »Das ist wahr, meine Schöne. Ich freue mich, daß Sie nicht leichtsinnig sind. Eine schöne Frau, die bedenkenlos handelt, ist wie ein edler Stein in einer billigen Fassung.« Solche Sprüche kannte er viele und brachte sie gewandt an. »Und wenn wir die anderen bitten mitzugehen? Auf eine kleine halbe Stunde noch? Ich kann mich noch nicht von Ihnen trennen.«

Einige waren leicht zu überreden mitzukommen. Schlafen ging hier keiner gern.

Erstaunlicherweise kam auch Barenth mit seiner Silberblonden mit. Die Gesellschaft war kleiner geworden, aber immer noch ganz stattlich.

Das Haus lag in der Heide zwischen dem Ortskern von Kampen und dem Wattenmeer. Es war wirklich sehenswert, ein Friesenhaus mit einem tiefgezogenen, reetgedeckten Dach, innen geradezu fürstlich ausgestattet, dämmrig beleuchtet, mit dicken Orientteppichen, niedrigen Sesseln, Couches und kleinen Tischchen.

»Die reinste Lasterhöhle«, murmelte Leila, die auch leicht betrunken war. »Hier könnte man glatt Opium rauchen. Der geht ganz schön ran, was? Da wirst du wohl noch ein paar Tage bleiben müssen.«

Jovana gab ihr keine Antwort. Sie war bemüht, Haltung zu bewahren, und war ganz froh, als der Gastgeber sie in einer Ecke des Zimmers auf einer tiefen Couch placierte, ein wenig entfernt von den anderen. Sie trank einen Schluck Whisky, obwohl sie auf Trinken nicht die geringste Lust hatte. Der Raum verschwamm vor ihren Augen.

Bodo saß mit ihr auf der Couch und konnte ihr nun endlich so nahe auf den Leib rücken, wie er wollte. Er streichelte ihr Knie, küßte ihre Hand, küßte auch bereits ihre Lippen. Er sagte: »Schade, daß die Mädchen jetzt immer Hosen tragen. Ich wette, Sie haben wunderschöne Beine. Und keiner bekommt sie zu sehen.«

»Ich habe schöne Beine«, bestätigte Jovana. »Und wenn Sie an den Strand kommen, sind sie zu besichtigen.«

»Heute nicht mehr?«

»Ich kann mich doch hier nicht ausziehen.«

»Baden Sie auch bei FKK?«

»Das tun doch alle hier.«

»Ich schätze das nicht. Es ist viel hübscher, eine Frau auszuziehen, als sie gleich ausgezogen präsentiert zu bekommen. In diesem Punkt bin ich altmodisch.«

Was die anderen taten, nahm Jovana nicht mehr wahr. Offenbar saßen sie alle in den Ecken herum und knutschten. Es kam ihr auch vor, als seien es weniger geworden. Barenth sah sie nicht mehr. Leila saß auf dem Boden und sang leise vor sich hin, Butzi hatte seinen Kopf in ihren Schoß gelegt und schien zu schlafen.

Plötzlich stand Bodo auf und ergriff ihre Hand. »Kommen Sie«, sagte er. Jovana stand auf, ein wenig schwankend, und fragte: »Wohin?«

»Kommen Sie nur.«

Er zog sie mit sich. Gleich neben der Ecke, wo sie gesessen hatten, war eine Tür, die führte in eine Diele. Draußen blieb er stehen, nahm sie in die Arme und küßte sie, lange und sehr ausführlich. Jovana hielt verwirrt still, sie war sehr benommen.

Seine Hand umfaßte ihre Brust. »Wie süß du bist«, sagte er, »wie süß.«

»Lassen Sie mich los!« Sie bog den Kopf zurück.

»Ich will nur einen Moment mit dir allein sein. Die da drin sind ja langweilig.«

Hinter ihrem Rücken öffnete er eine Tür, drängte sie in einen Raum. Die Tür fiel zu, und er schob sie, den Mund auf ihrem Mund, langsam in das Zimmer hinein. – Es war sein Schlafzimmer, wie sie aus dem Augenwinkel sah, ein breites Bett, gedämpftes Licht. Sie versuchte, sich loszureißen.

»Bitte ...«

»Nein, sei ruhig, es geschieht dir ja nichts. Wir wollen nur ein bißchen allein sein. Du und ich, dann gehen wir wieder hinüber.« Er küßte sie wieder, seine Lippen glitten an ihrem Hals herab. Dann hob er sie plötzlich leicht hoch, so daß sie den Halt verlor, und ließ sie auf das Bett gleiten. Ehe sie hochfahren konnte, war er schon über ihr, küßte sie, drückte sie nieder, dann glitten seine Lippen tiefer, faßten eine Brustspitze.

»Lassen Sie mich los!«

»Gleich. Bleib noch ein bißchen da. Oh, ma petite, ma chérie! Du bist so süß, so süß.« So ging es weiter. Er küßte ihren Mund, er küßte ihre Brust, seine Finger fummelten an den Knöpfen ihrer Bluse herum, dann war die Bluse offen, er zog sie aus dem Hosenbund und begann ihre nackten Brüste zu küssen und zu streicheln. Jovana lag still. Es tat ihr gut, einen Moment zu liegen, sie war so müde. Vor dem hier hatte sie keine Angst. Gleich würde sie ihn wegstoßen, aufstehen und hinauslaufen. Sie hatte Hosen an. Ein Mädchen in langen Hosen war nicht so leicht zu verführen. Sie schloß die Augen.

In diesem Augenblick wurde die Tür des Zimmers aufgerissen, und jemand stürzte herein. Barenth. Mit zerstrubbeltem Haar und wildem Blick kam er heran. Bodo fuhr hoch und rief: »Aber erlauben Sie ...«

Barenth stieß ihn unsanft beiseite, griff nach Jovana, riß sie am Arm hoch, holte aus und gab ihr eine kräftige Ohrfeige. Sie öffnete den Mund zu einem Schrei, starrte ihn in fassungslosem Entsetzen an. Er war außer sich vor Wut, zog sie ganz hoch, bis sie stand, und stieß zwischen den Zähnen hervor: »Du verdammtes Miststück, du!« Dann wandte er sich mit funkelnden Augen zu Bodo: »Sie ... Sie ...«

Bodo wich vorsichtig zurück, offenbar hatte er Angst, auch eine gelangt zu bekommen. »Aber ich bitte Sie«, stammelte er ganz verdattert, »ich hatte ja keine Ahnung . . ., ich wußte nicht, daß die Dame Ihre Freundin ist.«

»Sie ist nicht meine Freundin.«

Ein letzter verächtlicher Blick für den reichen Mann, dann war Jovana wieder dran. »Los! Komm jetzt!«

Jovana riß mit einem heftigen Ruck ihren Arm los. Ihre Wange brannte rot, ihre Augen standen voll Tränen, die offene Bluse hing lose herab. Sie merkte es gar nicht. Sie war sprachlos, sie brachte kein Wort hervor. Das Ganze war wie ein wüster, wirrer Traum.

»Los!« Barenth stieß sie unsanft aus der Tür. In der kleinen Diele stand Leila und unter der Tür zum großen Wohnraum die Silberblonde. »Na wißt ihr!« sagte Leila. »Also ihr macht mir Spaß. Lothar, ich glaube, du spinnst.«

»Halt die Schnauze!« rief Barenth wild. »Du bist bloß schuld. Bei dir lernt sie all die Sachen.«

»Bei mir? Schließlich ist sie kein kleines Kind. Und du tust, als müßte sich hier jeder nach dir richten. Ich möchte bloß mal wissen . . .«

Aber Barenth hielt sich nicht länger mit Leila auf. Er hatte Jovana mit eisernem Griff am Arm gepackt, zog sie mit sich durch die Diele, fand die Haustür. Und dann waren sie draußen vor dem Haus.

»Hör auf zu heulen!« schrie er unbeherrscht. »Ich fahre dich jetzt nach Hause.« Er stopfte sie in sein Auto wie ein Bündel Lumpen, schob sich hinters Steuer, dann sah er seine Freundin unter der Haustür auftauchen.

Das brachte ihn ein wenig zur Besinnung. Er fuhr sich mit der Hand durch seinen wirren Schopf, stieg wieder aus und ging zu ihr hin.

»Bitte, warte einen Moment. Ich hole dich dann gleich ab.«

»Bemüh dich nicht«, sagte die Silberblonde kühl. »Ich finde schon jemanden, der mich nach Hause fährt.«

Diesen Moment benutzte Jovana, um aus dem Auto zu fliehen. Sie war von panischer Furcht erfüllt, sie zitterte vor Wut und Haß, sie hätte ihn umbringen können. Sie lief blindlings drauflos, sie hatte keine Ahnung mehr, wo sie sich befand und wohin sie lief. Sie wollte nur fort – nur fort von diesem Wahnsinnigen.

»Jovana!« schrie er hinter ihr her. »Bleib hier! Jovana!«

Aber sie lief. Sie stolperte über irgendeine Einfassung, wäre beinahe gefallen, raffte sich wieder auf und lief, das Gesicht von Tränen überströmt, blind in die Nacht hinaus.

Die Nacht war sehr hell. Ein runder, weißer Mond stand am blassen Himmel, und das Wattenmeer, auf das sie zulief, schimmerte wie Silber. Sie aber sah das alles nicht. Das Gelände fiel leicht ab, es war uneben, sie rannte, rannte – bis ans Ende der Welt. Sie würde nie, nie zurückkommen.

Barenth hatte ihr einen Moment perplex nachgesehen, dann startete er auch. Er war ein guter Läufer und keineswegs betrunken. Ihm hatte die Gesellschaft den ganzen Abend nicht gepaßt, er hätte sich längst zurückgezogen, wenn er nicht wegen Jovana abwarten wollte, was da noch kam. Er hatte geahnt, wie das Ende aussehen würde. Diese miese Type von Mann, die sich an sie herangemacht hatte, die kannte er. Und den hier hatte er in letzter Zeit oft genug beobachtet. Jeder wußte, daß er die Mädchen in sein berüchtigtes Haus verschleppte. Man erzählte sich die tollsten Geschichten, was dort vor sich ging. Und diese dumme Gans, die fiel natürlich auf so was rein, die ließ sich doch wahrhaftig von diesem Kerl ins Schlafzimmer mitnehmen und ausziehen. Er hatte immer gewußt, daß sie dämlich war. Nicht zu begreifen, was Steffen an ihr fand.

So räsonierte er im Laufen vor sich hin, und seine Wut wuchs bei jedem Schritt. Er hätte sie windelweich prügeln können.

»Bleib stehen!« brüllte er. – Doch sie rannte vor ihm her, gleich war sie unten am Wasser. Barenth spurtete, kam ihr näher, gleich hatte er sie eingeholt.

Jovana, die sich umsah, holte das Letzte aus sich heraus, sie sah nicht, wohin sie trat, ihr Fuß verfing sich in einer Unebenheit, ein Loch am Boden. Sie stürzte vornüber, aber da war er schon da, riß sie brutal hoch. Sie schrie auf, ein scharfer stechender Schmerz fuhr durch ihren Fuß. Doch sie achtete nicht darauf, sie griff ihn an wie eine fauchende Wildkatze. Sie hätte ihm das Gesicht zerkratzt, wenn er ihre Hände nicht festgehalten hätte.

Minutenlang rangen sie miteinander.

»Laß mich los«, keuchte Jovana. »Laß mich los!«

Barenth bog ihr die Arme auf den Rücken zurück, hielt ihre Handgelenke eisern umklammert. Sie stand gefesselt, Brust an Brust mit ihm, beide atmeten heftig. Es war eine wilde, eine gespenstische Szene. Und wenn Barenth Zeit gehabt hätte zu denken, dann wäre er sich lächerlich vorgekommen. Ein Mann wie er, nüchtern, sachlich, Gefühlen gegenüber verschlossen, und nun in einer Art Urzustand nachts auf der Heide kämpfend mit einer rasenden Frau. Es war unvorstellbar.

Aber es blieb keine Zeit zu Betrachtungen. Er hatte zu tun, sie zu halten und zu bändigen; denn immer noch wehrte sie sich wie eine Wilde, bis der Schmerz, den sein brutaler Griff ihr verursachte, ihren Widerstand brach. Laut schluchzend brach sie zusammen, ganz und gar aufgelöst, halb besinnungslos. Er lockerte den Griff ein wenig, hielt sie aber immer noch, sah ihr Gesicht naß von Tränen, ihre nackte Brust lag an seiner. Sie war am Ende.

»Es ist gut. Sei ruhig«, sagte er, als er wieder Atem hatte. Er ließ ihre Hände los, legte die Arme um sie und hielt sie, während das hemmungslose Schluchzen sie weiter schüttelte.

Was für eine Szene! Barenth kam langsam zu sich. Er schüttelte sie. »Sei still jetzt! Nimm dich zusammen! Man hört dich ja kilometerweit.«

Aber es dauerte noch eine Weile, bis ihr Schluchzen aufhörte, bis sie still wurde.

»Komm! Ich fahre dich nach Hause.«

Er nahm sie an der Hand, aber sie stöhnte beim ersten Schritt, und er merkte, daß sie hinkte.

»Was hast du? Hast du dir weh getan?«

»Mein Fuß ...«

Eine Gestalt kam auf sie zu. Leila.

»Hast du sie umgebracht?«

»Ach, halt den Mund«, fuhr Barenth sie an.

»Du bist wohl total wahnsinnig geworden. Was soll denn das Theater?«

»Geh voran«, sagte Barenth, »und sieh zu, daß keiner vor dem Haus ist. Geh hinein zu den anderen. Ich fahre Jovana jetzt nach Hause. Und du hast vielleicht die Güte, schleunigst nachzukommen. Es ist ja nicht weit. Du kannst laufen.«

»Na, weißt du ...«, murmelte Leila, ehrlich erschüttert. Und gehorchte. Als sie vor das Haus kamen, war niemand zu sehen. Barenth schob Jovana ins Auto und fuhr los. Es war nicht weit bis zur Pension.

»Kannst du rein?«

Sie schüttelte den Kopf. »Leila hat den Schlüssel.«

»Verdammt!«

Aber es war nicht abgeschlossen. So genau nahm man es hier nicht.

Er trug sie die Treppe hinauf in ihr Zimmer und legte sie auf das Bett. »Was ist mit dem Fuß?«

»Ich weiß nicht ...«

Er machte Licht, zog ihr die Sandaletten aus und sah sich den

Fuß an. Das Gelenk war geschwollen, und als er es bewegte, stöhnte sie.

»Anscheinend verstaucht«, sagte er. »Hoffentlich nicht gebrochen. Warum mußt du denn auch wie eine Irre losrennen, du dumme Gans? Hast du vielleicht gedacht, ich laß dich einfach weglaufen?«

Jovana lag reglos, starrte ihn stumm an.

»Los, zieh die Hose aus.«

Sie nestelte am Reißverschluß, ihre Finger zitterten, sie bebte am ganzen Leib. Er half ihr und zog die Hose herunter, dann ging er zum Waschbecken, machte ein Handtuch naß und wickelte es um ihren Fuß.

»Das fehlt uns gerade noch, daß du nicht laufen kannst. In vierzehn Tagen hast du Aufnahme. Der Chef bringt mich um.«

»Da hätte er recht.«

»Sei bloß still. Ich hoffe, er wird nie erfahren, wie du dich benimmst. Hast den besten der Welt und mußt dich mit so einem miesen Knochen einlassen. Läßt dich von dem Kerl vernaschen. Das macht der mit jeder hier. Mit jeder! Verstehst du? Ein bißchen schwachsinniges Gerede, und du legst dich bei dem ins Bett. Schämst du dich denn nicht?«

Jovana drehte das Gesicht zur Wand und begann wieder zu weinen.

»Hör auf mit der Heulerei!« fuhr er sie an. Er setzte sich auf den Bettrand und sah sie an. Er war wütend, und er wollte wütend sein. Solange die Wut anhielt, brauchte er sich um andere Gefühle nicht zu kümmern. Und da waren auch keine anderen Gefühle, zum Teufel, nein!

Sie war fast nackt, die Bluse immer noch offen, unten nur mit einem kleinen Slip bekleidet. Er zog die Bettdecke unter ihr hervor und deckte sie zu. Dann erneuerte er den kalten Umschlag. Nach einer Weile kratzte es an der Tür. Er ging hin und öffnete. Es war Leila.

»Na endlich!« schnauzte er sie an. »Wo bleibst du so lange?«

»Blas dich bloß nicht so auf! Mensch, Lothar, ich kenne dich nicht mehr wieder.«

»Du kennst mich sehr genau. Du weißt, daß ich solchen Umgang nicht ausstehen kann. Und dir hätte ich mehr Verstand zugetraut.«

»Mein Gott, nun weint sie immer noch«, sagte Leila mitleidig. »Was machst du nur mit dem armen Kind? Was hat sie denn schon groß getan, sie hat ein bißchen poussiert.«

»Ja, poussiert! Bis ins Bett von dem Kerl.«

»Und geht dich das was an?«

»Allerdings.«

Leila sah den verbundenen Fuß. »Was hat sie denn?«

»Den Fuß verstaucht.«

Leila setzte sich und wickelte das nasse Tuch ab. »Ganz schön geschwollen. Kannst du ihn bewegen, Jovana?«

Aber Jovana war nicht ansprechbar. Sie war ein einziges Häufchen Elend und Verzweiflung. Sie weinte, als könne sie nie wieder aufhören.

»Mach ihr weiter kalte Umschläge«, sagte Barenth. »Ich gehe jetzt. Morgen früh um halb elf hole ich Jovana ab. Wir fahren mit dem Vormittagszug nach Hamburg.«

»Ich dachte, du bleibst noch ein paar Tage?«

»Nein«, schrie er unbeherrscht. »Ich bleibe nicht mehr. Ich fahre morgen. Und Jovana fährt mit mir. Und damit basta.«

Von nebenan wurde an die Wand geklopft. Sie verstummten. Auch Leila sagte nichts mehr, sie schüttelte nur noch den Kopf und blickte Barenth nach, der ohne ein weiteres Wort das Zimmer verließ.

»Na, das ist ja ein dicker Hund«, murmelte Leila, »der wächst sich ganz schön zurecht. Das ist ja ein Despot. Ich habe noch nie erlebt – noch nie –, daß der die Fassung verliert. Er hat dich geschlagen, nicht wahr? Man hat es durchs ganze Haus gehört. Der letzte Mensch, dem ich so was zugetraut hätte, das ist er. Und das tut er, um seinem Herrn und Meister die Braut zu retten? Das soll mir doch kein Mensch erzählen. Ich bin doch nicht bekloppt.«

Sie saß und blickte Jovana an. Die weinte nicht mehr, sah nur aus verschwollenen Augen zu Leila auf, ein unglückliches und ratloses Kind.

»Ich habe das Gefühl, mit dir werde ich noch allerhand erleben. Hast du wirklich mit Bodo im Bett gelegen?«

»Nein. Er hat mich . . . Ja, er hat mich auf das Bett gelegt. Aber es ist gar nichts geschehen.«

»Noch nicht. Du bist wohl wirklich der Dümmsten eine.«

Sie sah, daß Jovanas Augen sich wieder mit Tränen füllten. »Jetzt hör bloß auf zu weinen. Du siehst entsetzlich aus. Lieg ganz still, ich mache dir eine Kompresse auf die Augen. Und dann schläfst du.«

»Ach, Leila!« flüsterte Jovana unglücklich.

»Schon gut. Ist alles nicht so gefährlich. Fährst du halt morgen mit diesem wild gewordenen Tugendwächter nach Hause. Und er soll gleich mit dir zum Arzt fahren. Ich kenne einen guten. Na, ist ja gut, ist ja gut.« Sie streichelte Jovanas Wange. »Nun weine bloß nicht mehr.«

Barenth fuhr in einem rasenden Tempo über die leere Straße nach Westerland, durch Westerland hindurch, auf Rantum zu. Irgendwo hielt er an, ließ den Wagen im Sand stehen und lief über die Dünen zum Strand hinunter.

Das Meer war sehr ruhig, hell schimmernd im Mondlicht. Die Brandung kam leise und regelmäßig wie ein Herzschlag. Sonst war es still. Barenth lief mit Riesenschritten am Strand lang, dicht am Wasser. Er war in einem verwirrten, verzweifelten Zustand, auch er.

Er hatte sich gehenlassen, das war etwas, was er haßte. Noch nie in seinem Leben hatte er eine Frau geschlagen, noch nie einer Frau so brutal Gewalt angetan. Wie war das nur gekommen? Warum war er nicht rechtzeitig nach Hause gegangen und hatte das dämliche Frauenzimmer tun lassen, was sie wollte. Was ging es ihn denn an?

Nichts ging es ihn an. Absolut nichts. Wenn, dann war es die Angelegenheit von Rau, dann sollte der sich um sie kümmern. Oder auch nicht. Schließlich konnte man sie nicht ständig bewachen, und daß sie leichtsinnig war und haltlos, das wußte er schon längst.

»Haltlos und verkommen«, murmelte er vor sich hin.

Aber er wußte, daß es nicht stimmte. Alles stimmte nicht, was er sich da einzureden versuchte.

Gut. Steffen Rau sollte nicht betrogen werden. Das wollte er nicht. Und? War es das allein?

Er blieb stehen, bog den Kopf zurück und starrte in den hellen Nachthimmel, der voller Sterne war.

Natürlich. Was sonst? Steffen sollte nicht betrogen werden, wenn er unbegreiflicherweise diese Person nun mal liebte. Denn daß er sie liebte, das wußte Barenth.

Er durfte nicht betrogen werden.

»Auch nicht von mir«, sagte er laut in den Himmel hinein. War es das? Zum Teufel! Nein! Davon konnte keine Rede sein. Er machte sich nicht das geringste aus dem Mädchen. Sie war ihm total gleichgültig. Und für ihn gab es Mädchen genug auf der Welt, wo und wie er sie wollte.

Aber er spürte sie noch in seinen Armen, ihr wildes Sichwehren, ihr plötzliches Nachgeben, sah ihr tränennasses Gesicht vor sich, und er wünschte im Moment nur das eine: dort bei ihr am Bett zu sitzen, ihren Fuß zu kühlen und sie zu trösten. Weiter nichts. Nur sie zu trösten.

Weiter nichts?

Aber er war nicht bei ihr geblieben, er war gegangen. Und in Zukunft würde er es vermeiden, jemals wieder mit ihr allein zu sein.

Steffen Rau durfte nicht betrogen werden.

Barenth warf sich der Länge nach in den Sand, preßte das Gesicht in seine Arme. Was war bloß mit ihm los? Verflucht! Verflucht!

Das Meer rauschte leise, es war sehr ruhig, sehr friedlich in dieser Nacht. Das paßte überhaupt nicht – Sturm hätte sein müssen. Dann hätte man es eine gute Inszenierung nennen können.

Als er am nächsten Morgen kam, war Jovana fertig, ihr Köfferchen gepackt. Leila kreiste besorgt um sie herum.

»Also hier habe ich euch die Adresse von dem Arzt aufgeschrieben. Da fahrt ihr gleich hin. Er soll auf alle Fälle röntgen. Der Fuß ist immer noch sehr geschwollen. Und dann rufst du mich gleich an, Lothar. Wenn sie liegen muß, komme ich und kümmere mich um sie. Wann ist Drehbeginn? Hast du alles, Jovana? Soll ich nicht doch lieber gleich mitfahren?«

Am liebsten hätte er gesagt: »Ja, komm mit.« Aber er brummte nur etwas vor sich hin. Er war überhaupt sehr wortkarg und deutlich sichtbar schlechter Laune. Mit Jovana sprach er gar nicht.

Leila kam mit zum Bahnhof. Eine lange Reihe Wagen wartete auf die Verladung. Bald war es September, die Urlaubszeit ging zu Ende.

»Was hat denn Blondie gesagt zu deiner plötzlichen Abreise?« konnte sich Leila nicht verkneifen, zum Schluß zu fragen.

»Das geht dich einen Dreck an«, erwiderte Barenth grob.

Wenn ein Wagen erst einmal auf einen Zug verladen ist, hat der Fahrer nichts mehr zu tun. Und da der Transfer von Westerland nach Niebüll immerhin annähernd dreiviertel Stunden dauerte, war es eine schwierige Zeit für zwei Leute in dieser prekären Situation.

Er hatte vorgeschlagen, daß sie sich in den Fond setzen solle, damit sie den Fuß hochlegen könne. Das war der einzige Satz, den er überhaupt zu ihr gesagt hatte. Aber Jovana wollte nicht. – Sie vermied es, ihn anzusehen, blickte geradeaus durch die

Windschutzscheibe, die Augen hatte sie hinter einer Sonnenbrille verborgen.

Als der Zug auf den Damm hinausrollte, stieg Barenth aus, stellte sich neben den Wagen und rauchte eine Zigarette.

Ein frischer Wind blies über das Watt, und kleine weiße Wolken segelten ihnen eilig voran.

Er blickte zurück zur Insel. Es war gut, daß die Arbeit wieder begann. Besser wäre es noch, wenn Jovana nicht dabei wäre. Ach! Verflucht!

Nach einer Weile stieg er wieder ein, setzte sich hinter das Steuer und starrte auch durch die Scheibe.

Nein. So ging es nicht. Sie konnten nicht in verbissenem Schweigen bis nach Hamburg fahren. Und wie auch immer, sie würden nun mal zusammen arbeiten und mußten auch miteinander reden.

Er wandte sich zu ihr. »Hör zu, es tut mir leid. Das von gestern abend. Ich hätte das nicht tun dürfen. Ich hasse es, wenn ich unbeherrscht bin.«

»Du hast ja recht gehabt«, erwiderte sie leise. »Und ich bin froh, daß du mich da rausgeholt hast. Ich wollte ja gar nicht, wirklich, Lothar, du mußt mir das glauben, ich wollte nicht. Ich war ein bißchen betrunken, und erst wußte ich ja nicht, was der vorhat. Er war ja die ganze Zeit sehr höflich und gar nicht zudringlich und ich ... und dann ... ach!« Sie legte ihr Gesicht in die Hände, die Brille rutschte ihr von der Nase, und die Tränen begannen schon wieder zu fließen. »Ich schäme mich so.«

Was sollte er machen? Die Situation war stärker als er. Er legte den Arm um sie und zog sie an sich.

»Weine nicht wieder. Es ist ja gut. Wir wollen nicht mehr davon sprechen. Du bist ein dummes Kind, aber du mußt langsam lernen, auf dich selber aufzupassen. Du bist doch nicht irgendwer. Du willst doch etwas werden, eine große Schauspielerin, nicht? Und dann ist irgendwo einer, der sagt: Ach die! Die habe ich auch mal gehabt. – So etwas darfst du nicht tun.«

Er hielt sie im Arm, er sprach wie ein Freund, fast väterlich. Aber dabei tat ihm das Herz so weh. Das hatte er überhaupt noch nie erlebt. Noch nie. Und die Kehle war ihm eng ... So war das. So war es und nicht anders, es hatte keinen Zweck, sich länger etwas vorzumachen.

Er legte den Mund in ihr Haar, aber er würde sie nicht küssen. Das würde er nicht tun – nie wieder.

»Es ist vorbei, es ist erledigt. Weine nicht mehr.«

Die Spannung wich von Jovana. Sie fühlte sich geborgen. Und sie begann, die Situation zu genießen. »Du warst so häßlich zu mir«, murmelte sie.

»Ja, ich weiß.«

»Mich hat noch nie jemand geschlagen.« – Er schwieg.

Einmal hatte Grete es getan. Und Jovana war wie eine Furie auf sie losgegangen. Tagelang war mit ihr nicht zu sprechen gewesen. Sie hatte keinen angesehen, sie hatte nichts gegessen. Grete hatte es nie mehr getan. Ihr Vater hatte sie nie geschlagen. Und Maminka – Maminka hätte so etwas nie getan. Nie.

Barenth starrte über ihren Kopf hinweg verzweifelt auf die grünen Wiesen um Klanxbüll, auf denen die Schafe grasten, und er sagte: »Du darfst Steffen das nicht antun. Hörst du, Jovana, nie. Du darfst ihn nicht betrügen. Er hat dich so gern, und er meint es so gut mit dir. Er will nur das Beste für dich. Du darfst ihn nie betrügen.«

Sie hörte sein Herz schlagen. Sein Körper war warm, angenehm und seltsamerweise vertraut.

Sie durfte Steffen nicht betrügen. Sie wollte es ja auch gar nicht. Sie wollte nur ... ja – was eigentlich?

Dann waren sie endlich in Niebüll.

Barenth konnte das Steuer in die Hand nehmen. Er mußte fahren, er mußte aufpassen. Die Straße war belebt, der Weg nach Hamburg weit.

Er mußte fahren und brauchte sie nicht anzusehen.

Der Fuß war nicht gebrochen, aber ziemlich verstaucht und eine Sehne gezerrt. Der Arzt verordnete strikte Ruhe und Umschläge. Später konnte man dann bestrahlen. Einige Wochen würde es schon dauern, meinte er.

Als sie in Jovanas Wohnung waren, sagte sie unglücklich: »Mein Gott, was wird Steffen sagen? Dann kann ich ja gar nicht pünktlich zu den Aufnahmen kommen. Lothar, was sagst du ihm?«

Barenth machte schon wieder ein finsteres Gesicht. »Natürlich nicht, was wirklich geschehen ist. Ich werde sagen, du bist über die Wiese gelaufen und in ein Loch getreten und hingefallen. Das stimmt ja auch. Und dann müssen wir eben den Drehplan gleich so einrichten, daß du möglichst spät drankommst. Das wird ein Theater geben.«

»Ach, es ist schrecklich.«

»Du mußt jetzt ganz vorsichtig sein, damit es schnell besser wird. Auf keinen Fall laufen. Du hast ja gehört, was der Doktor gesagt hat. Hast du jemand, der sich um dich kümmern kann?«

»Wenn Leila kommt...«

»Laß mich bloß mit Leila in Ruhe. Ich wünschte, ich hätte dich nie mit ihr zusammengebracht. – Gibt es sonst niemand?«

»Doch. Vielleicht Frau Buer. Oder Mariane von Grabow.«

»Wer ist das?«

Sie erzählte es ihm, und Barenth fuhr sofort zu Mariane. Frau Buer kannte er, Mariane nicht. Aber nachdem er sie gesehen und mit ihr gesprochen hatte, war er beruhigt. Ihr konnte man Jovana anvertrauen. Sie war am besten geeignet dafür.

Mariane kam sofort mit, und als Jovana sie sah, weinte sie noch ein bißchen. Mariane dagegen schimpfte etwas und begann sofort das Regiment zu ergreifen.

Barenth zog befriedigt von dannen. Er kam noch einmal, drei Tager später, ehe er nach München fuhr. Er kam abends, als er annehmen mußte, Mariane würde dasein, und so war es auch. Er ließ sich berichten und erfuhr, daß Mariane ihren Laden zur Zeit eben nur halbtags betrieb und die übrige Zeit bei Jovana sein würde.

Barenth nickte hochbefriedigt. So war es gut.

»Trinken Sie eine Tasse Tee mit uns?« fragte Mariane.

»Vielen Dank, gnädige Frau«, begann er – aber dann setzte er fort: »Doch, ja, sehr gern.«

Als Mariane in der kleinen Küche war, um den Tee zu kochen und auch ein paar Brote zurechtzumachen, waren Jovana und Barenth kurze Zeit allein.

»Du wirst mit Steffen sprechen, nicht wahr? Ich wollte ihm eigentlich schreiben, aber es ist besser, du sagst es ihm. Ich weiß nicht, wie ich ihm das erklären soll.«

Sie sah immer noch sehr bekümmert aus. Und ein wenig spielte sie nun auch die Rolle der reuigen Sünderin.

»Ja, ich mache das schon richtig«, sagte Barenth. »Hauptsache, du bist jetzt vernünftig und siehst zu, daß der Fuß schnell in Ordnung kommt.«

»Ich kriege in den nächsten Tagen Telefon. Dann kann er mich ja mal anrufen.«

»Ich sag's ihm.« Pause.

»Lothar!«

»Hm?«

»Du bist schrecklich böse mit mir, nicht wahr?«

»Es ist vollkommen egal, was ich bin. Das interessiert keinen Menschen.«

»Doch. Mich. Ich will nicht, daß du so böse auf mich bist. Ich mach' so was nicht mehr, bestimmt. Ich verspreche es dir. Ich bin eine dumme Gans, du hast ganz recht. Lothar, bitte!«

Er biß die Zähne zusammen und sah sie an. Begriff sie eigentlich, was er empfand?

Begriff sie, wie schwer es ihm fiel, neben ihr ruhig auf einem Stuhl zu sitzen, während er sich nichts anders wünschte, als sie in die Arme zu nehmen und festzuhalten und nie mehr, nie mehr einen anderen Mann in ihre Nähe zu lassen, keinen, nicht einmal Steffen Rau? – Begriff sie das?

Nein. – Er begriff es ja selbst nicht. So viele Frauen und Mädchen, so viele Affären, was man eben so für gewöhnlich Liebe nannte. Nein – er hatte es nie Liebe genannt. Vielleicht damals mit Leila, aber lieber Himmel – er war da gerade zwanzig Jahre alt. Und seitdem hatte es ihm nie etwas bedeutet, nichts, worüber er auch nur eine Minute nachgedacht hatte.

Was war es also diesmal, und was war in ihn gefahren? Er wäre am liebsten fortgerannt. Aber er wollte auch noch eine kleine Weile hier sitzen und sie wenigstens in der Nähe haben, wenn er sie auch nicht anrühren würde.

Es fiel ihm auch nichts ein, was er reden und fragen konnte. Wo war bloß seine Beredsamkeit, seine Schnoddrigkeit geblieben?

»Du siehst mich an, als wenn ich eine Verbrecherin wäre.«

»Ich habe dir gesagt, wir wollen nicht mehr davon reden«, sagte er. »So wichtig ist es wieder auch nicht. Wichtig ist nur, daß dein Fuß schnell in Ordnung kommt. Und daß du arbeiten kannst.«

»Ja, natürlich, ich weiß es ja. Aber du könntest wenigstens ein nettes Wort zu mir sagen.«

»Warum sollte ich?« sagte er rauh.

Und dann kam Gott sei Dank Mariane mit dem Tee.

Die Zeit der Tränen

Es wurde Mitte Oktober, bis Jovana endlich in München eintraf. Die leidige Geschichte mit ihrem Fuß hatte sich als langwierig erwiesen und war auch jetzt noch nicht ganz behoben, sie trug eine Bandage, und das Gelenk schmerzte, wenn sie längere Zeit auf den Füßen war.

Aber das war mittlerweile zu einer Bagatelle geworden, etwas anderes machte ihr viel größere Sorgen: die Ungewißheit ihres Zustandes.

Zunächst hatte sie an eine Unregelmäßigkeit gedacht, wie sie schon mal vorgekommen war, und den Kopf in den Sand gesteckt. Doch nun war aus einer Befürchtung eine Bedrohung geworden, die sie mit lähmendem Entsetzen erfüllte. Sie war in diesem Punkt ganz unerfahren, und es gab niemand, den sie hätte fragen können. Leila war zwar von Sylt zurückgekehrt, doch kurz darauf nach Paris gefahren. Zu Studienzwecken, wie sie sagte. Sie tat ziemlich geheimnisvoll, und Jovana vermutete, daß ein Mann dahintersteckte. Gerade jetzt hätte sie Leila dringend gebraucht. Sie scheute sich, mit Mariane zu sprechen, die konnte einen so durchdringend ansehen, und die Hilfe, die Jovana brauchte, war von Mariane sicher nicht zu erhalten. Und sie konnte auch in München nicht einfach absagen, sie hatte einen Vertrag, man wartete auf sie, der Drehplan war sowieso ihretwegen geändert worden.

Als sie in München ankam, war sie gehetzt von Furien der Angst. Sabine Welz war an der Bahn, um sie abzuholen. Die Herren seien in einer Probevorführung und im Moment nicht abkömmlich, sie selbst müsse anschließend auch gleich dorthin, teilte sie Jovana mit.

Der Umstand, daß Steffen nicht gekommen war, um sie abzuholen, Steffen, den sie so dringend brauchte und den sie so lange nicht gesehen hatte, stürzte Jovana in ihrem derzeitigen labilen Zustand in tiefste Verzweiflung.

»Hat Herr Rau noch lange zu tun?« fragte sie vorsichtig, denn vor der tüchtigen und etwas hochnäsigen Sabine hatte sie Angst.

Erwartungsgemäß erntete sie auch nur einen kühl-erstaunten Blick und die knappe Antwort: »Vermutlich.«

Sabine lieferte sie im Gästehaus der Diova in Geiselgasteig ab und überließ sie ihrem Schicksal.

Das Gästehaus war der Stolz von Charlotte Gadomski: einmalig. Es entsprach Charlottes Wesen, ihrem Ordnungssinn und vorausschauenden Verstand. In den ersten Jahren, als die Diova groß ins Geschäft gekommen war, hatten die Gadomskys verschiedene Häuser in Geiselgasteig gekauft, ältere Villen, die durch Kriegs- und Nachkriegszeit heruntergewirtschaftet waren. Es waren sehr günstige Käufe gewesen; man erwarb die Häuser buchstäblich für einen Pappenstiel. Man hatte sie erneuert und zum Teil umgebaut, so daß kleine Wohnungen entstanden, in denen die Gadomskys ihre Besucher und während der Aufnahmen ihre Hauptdarsteller, Regisseure, Chefkameramänner, Architekten und ähnlich hochgestellte Mitarbeiter unterbrachten; nur wenn sie wollten, natürlich. Wer es vorzog, im Hotel zu wohnen oder sich eine eigene Wohnung zu mieten, konnte das natürlich tun. Aber da die Häuser alle nahe dem Aufnahmegelände lagen, begrüßten viele diese bequeme Möglichkeit, nahe der Arbeitsstätte zu wohnen. Auf einem größeren Grundstück, das zu einer dieser Villen gehörte, hatten die Gadomskys dann im vergangenen Jahr das sogenannte Gästehaus errichten lassen, einen modernen zweistöckigen Bau, der eine Anzahl kleiner, aber hübsch eingerichteter Zimmer besaß, jedes mit eigenem Bad, und in dem auch die übrigen Mitwirkenden an einem Film unterkommen konnten.

Hier war Jovana nun gelandet, hatte die Koffer geöffnet, angefangen auszupacken, aber dann überwältigte sie ihr Kummer wieder, sie saß wie ein Häufchen Unglück in einem Sessel, der Fuß tat weh, sie hatte Kopfschmerzen, fühlte sich müde und zerschlagen und von Gott und der Welt verlassen.

Die energische Dame, die das Gästehaus führte, klopfte einmal bei ihr und fragte, ob sie einen Wunsch habe.

»Danke«, erwiderte Jovana, »nein, danke. Ich brauche nichts.«

»Sie möchten nichts essen? Ein Sandwich?«

»Nein, wirklich nicht. Vielleicht kann ich etwas zu trinken haben.«

»Hier ist ein eingebauter Kühlschrank«, wurde ihr mitgeteilt, »Sie finden Getränke darin.«

»Oh, wie praktisch. Vielen Dank.«

Als sie wieder allein war, inspizierte sie den Inhalt des kleinen

Kühlschranks, der in einer Nische eingebaut war: Bier, Mineralwasser, Fruchsaft, einige Flaschen Piccolo. Sie betrachtet sich das alles, seufzte, schloß die Tür, machte sie wieder auf und nahm einen Piccolo heraus. Den trank sie und rauchte dazu zwei Zigaretten. Davon wurde ihr leicht übel. Sie hatte den ganzen Tag kaum etwas gegessen, auch im Speisewagen hatte sie keinen Appetit gehabt und das Essen zum großen Teil stehenlassen.

Zum hundertstenmal, zum tausendstenmal begann sie zu rechnen. Das mußte in Travemünde passiert sein, und dann waren es nun fast zwei Monate und höchste Zeit. Was, um Gottes willen, sollte sie tun? Wie lange würden die Aufnahmen dauern? Warum war sie nicht wenigstens in Hamburg zu einem Arzt gegangen? Warum? Warum?

Ich bin die blödeste Gans, die je gelebt hat, dachte sie. Ich bin so dumm, wie es dümmer nicht geht. Ich habe keine Ahnung von alldem. Wenn doch bloß Maminka hier wäre! Wenn ich sie fragen könnte!

Das Mitleid mit sich selbst überwältigte sie, sie saß da und weinte. Sie hatte nie so viel geweint in ihrem Leben wie in letzter Zeit. Sie trank den zweiten Piccolo, sie rauchte weiter, davon wurde ihr noch übler, und das machte sie noch unglücklicher.

So fand sie Steffen, als er gegen halb zehn mit Barenth kam; Jovana im Sessel zusammengekauert mit verweinten Augen, die beiden leeren Fläschchen neben sich, den Aschenbecher voller Zigarettenstummel. Die Koffer standen halb ausgepackt herum. Er hatte angeklopft und, als er keine Antwort bekam, die Klinke vorsichtig heruntergedrückt und ins Zimmer geschaut. Sie rühte sich nicht, blickte ihm nur stumm entgegen.

»Jovana!« sagte er befremdet.

Er kam herein, Barenth folgte ihm. Steffen knipste das Deckenlicht an, und Jovana wandte ihr Gesicht zur Seite.

»Was ist denn los?« fragte er. Er sah müde und abgespannt aus. Dieser Film erwies sich als eine Nervenmühle. Die Aufnahmen gingen nur schleppend voran, es war ein personenreiches Team, viel Statisterie, schwierige Bauten und vor allem zwei schwierige Hauptdarsteller. An diesem Abend hatte es wieder einen unerfreulichen Auftritt zwischen Britta und Gregor gegeben, es ging um eine Einstellung, über die die beiden verschiedener Meinung waren, und wie meist bei solch gemeinsamen Aufnahmen, haßten sie einander aus Herzensgrund. Glücklicherweise war Charlotte Gadomsky dabeigewesen, ihr gelang es immer noch am besten, die eigenwilligen Stars zu beschwichtigen – oder auch, falls nötig, mit einem Machtwort zu bändigen.

Barenth blieb an der Tür stehen, Steffen ging zu Jovana, beugte sich über sie und fragte: »Was ist denn mit dir?« Und auf dieses Stichwort hin begann sie herzzerreißend zu weinen. – Steffen war sprachlos. Er hatte sie noch nie weinen gesehen. Anders als Barenth, kannte er ihre Ausbrüche nicht. Und von ihrem großen Kummer wußte er natürlich nichts.

Vielleicht hätte sie es gleich in ihrer Verzweiflung herausgesprudelt, aber da war Barenth, den ging es nichts an.

»Aber Kind! Was hast du denn?« Er legte die Hand unter ihr Kinn, wollte ihren Kopf heben, aber sie schüttelte seine Hand heftig ab und verbarg das Gesicht in den Händen.

Steffen stand hilflos da, blickte zu Barenth, der die Schultern hob, den Kopf schüttelte und fragte: »Soll ich gehen?«

»Nein, bleib hier. Du weißt, daß ich hier im Haus mit ihr nicht allein sein möchte.«

Denn La Divina hielt auf strenge Sitten in ihrem Gästehaus; es gab eine Hausordnung, die alles mögliche verbot, auch ausgedehnte Besuche in fremden Zimmern. So war Charlotte.

Also blieb Barenth an der Tür stehen und wartete ab, während Steffen sich bemühte, Jovanas Tränen zu trocknen und den Grund für ihren Kummer zu erfahren.

»Du hast mich nicht abgeholt«, brachte sie schließlich hervor.

»Sei nicht albern«, sagte er ein wenig ungeduldig. »Ich habe dir Sabine geschickt, obwohl ich sie dringend gebraucht hätte. Du weißt doch, daß ich hier zu arbeiten habe.«

Sie schwieg trotzig. Was verstanden diese Männer? Gar nichts. Steffen hatte sich wochenlang nicht um sie gekümmert, sie war ihm völlig gleichgültig, das hatte sie nun deutlich gesehen. Und dieser dämliche Barenth stand da und grinste vermutlich. Sie vermied es, zu ihm hinzusehen.

»Also, was ist los?« fragte Steffen wieder.

»Nichts.«

»Hat dir jemand was getan?«

»Nein.«

»Fängst du auch schon an mit Launen? Das fehlt mir gerade noch.«

Er setzte sich, nahm Zigaretten aus der Tasche, Barenth kam und gab ihm Feuer. Eine Weile schwiegen sie alle drei; Jovana verbockt und voller Widerstand, Steffen müde und mißgelaunt, Barenth abwartend und alarmiert.

»Würden Sie bitte so freundlich sein und das Licht ausmachen«, sagte Jovana nach einer Weile in kaltem Ton in Barenths Richtung. »Ich habe Kopfschmerzen.«

Es war im Ton einer Diva gesprochen, und Barenth beeilte sich, ihrem Wunsch nachzukommen. Nun brannte wie zuvor nur die kleine Lampe neben dem Bett. Barenth unterdrückte eine Bemerkung, setzte sich auf den Hocker vor dem Frisiertisch und zündete sich auch eine Zigarette an.

»Wirklich«, sagte Steffen in das Schweigen hinein, »du mußt nicht so kindisch sein. Ich konnte nicht an die Bahn kommen. Es ist ein weiter Weg in die Stadt. Aber jetzt bin ich ja da. Hast du schon gegessen?«

»Ich will nichts essen.«

Steffen blickte Barenth an, der hob wieder die Schultern und machte eine Grimasse dazu. Beide waren so hilflos, wie Männer bei unverständlichen Frauenlaunen immer sind.

»Was meinst du, Lothar, ob wir irgendwo noch etwas bekommen?«

»In dem Café vorn am Gelände kriegen wir immer was.«

»Ich will nichts«, wiederholte Jovana mit Nachdruck.

»Schön. Aber vielleicht wollen wir noch was. Könntest du dich entschließen, normal zu werden und eine kleine Stunde mit uns zusammen zu sitzen? Ich möchte, daß du dich beruhigst. Ich kann nicht meiner Wege gehen und dich hier so zurücklassen. Du sollst morgen arbeiten. Es tut mir leid, daß du so wenig Zeit hast, dich darauf vorzubereiten, aber alles wartet hier auf dich. Wir können alles durchsprechen für morgen, und dann wirst du mir sagen, was dich bedrückt.«

Das war Steffens Stimme, die sie kannte, ruhig und liebevoll besorgt. Jovana schluckte und drängte neue Tränen zurück. Sie stand auf, sah sich planlos im Zimmer um, ging zum Spiegel – Barenth sprang auf, machte ihr Platz –, nahm den Kamm in die Hand, sah ihr verweintes Gesicht, was sie sofort zu neuen Tränen veranlaßte.

Steffen ging zu ihr und nahm sie, ohne weiter auf Barenth zu achten, in die Arme.

»Mein kleines Mädchen, was ist denn nur mit dir? Sag es mir doch!«

Sie legte den Kopf auf seine Schulter und weinte noch ein bißchen weiter – aber sie fühlte sich schon viel besser. Er würde ihr helfen.

»Ich bin schrecklich albern«, flüsterte sie, »ich weiß ja. Aber ich habe mich so gefreut, dich zu sehen. Und dann warst du nicht da. Und ich habe so Angst.«

Er glaubte zu verstehen. »Du hast Lampenfieber. Aber das ist ganz unnötig. Du hast es doch letztes Mal auch sehr gut gemacht. Du brauchst wirklich keine Angst zu haben.«

Barenth lehnte an der Tür und war skeptisch. Machte sie Theater? Er wußte, daß sie das hervorragend konnte. Er war sich bloß nicht klar darüber, was der Auftritt bedeuten sollte. Was hatte sie nun wieder angestellt? Irgend etwas war geschehen, er spürte es. Auf den wahren Grund kam er natürlich nicht, wie kein Mann von selbst auf so etwas kommen konnte, weil es in seinem Denkvorgang nicht vorhanden ist.

In den sechs Wochen, die vergangen waren, seit er Hamburg verließ, hatte Barenth alles getan, um seine Gefühle unter Kontrolle zu bekommen. Er hatte nicht an sie denken wollen, hatte sich in die Arbeit gestürzt, mit anderen Frauen geflirtet und auch geschlafen. Aber er dachte immer wieder an sie. Es war alles ganz anders, es war nicht zu vergleichen mit allem was er je erlebt hatte. Und das war es, was *ihn* in eine gewisse Panik versetzte. Es war so weit gekommen, daß er fast Angst vor diesem Wiedersehen gehabt hatte. Und merkwürdigerweise war es bei ihrem neuen Zusammentreffen genau wie beim Abschied: Tränen. Damals hatte er sie wenigstens trösten können. Jetzt tat Steffen es. Und er mußte zusehen. Ich mache das nicht mehr mit, dachte er erstmals. Ich gehe weg. Weit weg.

»Wie geht es deinem Fuß?« fragte Steffen.

»Schon wieder ganz gut.« Jovana löste sich aus seinen Armen, nahm wieder den Kamm zur Hand und dann den Puderpinsel. Sie war enttäuscht. Sie fühlte sich im Stich gelassen. Allein war sie, ganz allein auf dieser Welt, kein Mensch, der zu ihr gehörte. Ausgestoßen und verlassen. Das arme ungeliebte Kind aus Ahlsen, das keiner verstand. Da war es wieder. Und sie dachte voll Trotz und Befriedigung: Ich kann immer noch sterben. Ich werde tot sein, und dann werdet ihr schon sehen. Den Blick auf ihr Gesicht im Spiegel gerichtet, sagte sie: »Gestern habe ich Geburtstag gehabt. Kein Mensch hat sich darum gekümmert. Ich dachte, ihr würdet heute wenigstens ...« Sie schluckte.

Steffen griff sich an die Stirn. »Lothar!« sagte er vorwurfsvoll.

»Tut mir leid, Chef«, erwiderte Barenth, »ich wußte es auch nicht.«

»Warum soll *er* es denn wissen?« fragte Jovana gereizt. »Was geht es *ihn* denn an? Der kann mich sowieso nicht ausstehen, das solltest du allmählich wissen.«

»Jovana, bitte!« sagte Steffen, mittlerweile leicht verzweifelt.

Barenth lehnte immer noch an der Tür. Er war weiß im Gesicht und nahe daran zu gehen.

Steffen wollte sie wieder in die Arme schließen, aber Jovana wich ihm aus. »Schon gut, ich bin nicht neugierig auf irgendwelche Sprüche. Könnt ihr jetzt auch für euch behalten. Ist schließlich ganz unwichtig. Gehen wir?«

Sie stolzierte aus dem Zimmer, sehr hoheitsvoll, sehr beleidigt, und die beiden Männer trotteten mit dummen Gesichtern hinter ihr her. Im Auto sagte Steffen: »Haben sie denn in Hamburg nicht mit dir gefeiert, deine Freunde?«

»Ich habe niemandem etwas gesagt. Das war mir unwichtig. Ich wollte von dir... Na ja, ist ja egal.«

Kurz darauf saßen sie in einem Lokal in der Nähe, aßen Rühreier und tranken Bier, denn auf Sekt hatten sie jetzt alle keinen Appetit. Und Steffen meinte, man würde die Geburtstagsfeier nächstens ganz groß nachholen. Unvermutet hatte Jovana die Stimmung gewechselt, sie war plötzlich ganz gesprächig und zugänglich, ließ sich von den Aufnahmen berichten und dann über die Aufgaben der nächsten Tage informieren. Sie erzählte von der Behandlung ihres Fußes und was sie in letzter Zeit getrieben hatte.

»Ich war wieder jeden Tag beim Unterricht. Bettina hat gesagt, so sterbenskrank bist du auch nicht, nimmst dir ein Taxi und kommst, du kannst auch im Sitzen etwas lernen. Aber ich habe gar kein Taxi gebraucht; manchmal hat mich Tommy geholt und manchmal Frank. Und abends waren sie oft alle bei mir. Biggi hat gekocht. Biggi ist die kleine Dunkle, erinnerst du dich, Steffen? Sie war damals am Abend auch dabei, sie hatte gerade angefangen. Sie kann prima kochen, ihre Eltern haben eine Gastwirtschaft in Soltau. Bettina sagt, sie wäre sehr begabt. Und Frank hat Probeaufnahmen gemacht. Bei der Hansa. Der wird noch mal ganz groß, du wirst sehen. Und weißt du, wer seine Freundin ist? – Die Keller vom Deutschen Schauspielhaus. Was sagst du dazu? Der ist ganz gerissen, da kann keine Frau mit. – Weißt du, was ich zuletzt studiert habe? Das Hannele. Bettina sagt, das wäre gerade die richtige Rolle für jemand, der nicht laufen kann. Auch wenn es nicht mehr in die Zeit paßt, so ist es doch eine großartige Rolle und eine sehr gute Lehre. Sie hat es auch mal gespielt.«

So plapperte sie, sie lächelte, sie lachte sogar, sie hatte gegessen, sie schien wieder ganz normal zu sein. Steffen, von schlechtem Gewissen gepeinigt, hörte ihr zu, hielt ihre Hand, nickte zu allem, was sie von sich gab. Barenth war sehr still – und beobachtete. Er merkte, wie hektisch, wie unecht sie war.

Er war es auch, der sagte: »Ich glaube, wir sollten gehen, Chef. Jovana muß ins Bett. Sie muß morgen früh fit sein.«

Jovana, die es den ganzen Abend vermieden hatte, ihn anzusehen, gab ihm einen kurzen feindseligen Blick.

Steffen sagte: »Du hast recht, gehen wir schlafen. Ich bin auch müde. Du bringst sie morgen mit, ja?«

Sie brachten Steffen zu der Villa, in der sich sein Appartement befand, dann fuhren sie schweigend das kleine Stück zum Gästehaus.

Jovana sagte: »Schade, daß Steffen woanders wohnt.« Sie wollte Barenth damit ärgern. Warum sie dachte, daß es ihn ärgern würde, wußte sie selber nicht.

Er antwortete gelassen: »Sehr schade, Miss Maris.«

Das waren die einzigen Worte, die gesprochen wurden, bis sie sich auf dem Treppenabsatz gute Nacht sagten.

»Also dann morgen früh um sieben«, fügte er noch hinzu und sah sie an. Sie wich immer noch seinem Blick aus. »Ja, gut.«

Und dann ging sie von ihm fort, ohne sich noch einmal umzusehen.

Barenth, der ein Stockwerk höher wohnte, blieb auf dem Treppenabsatz stehen und sah ihr nach. Er wußte nicht, was für ein unglückliches Gesicht er machte. Durch und durch und von Grund auf war er mit sich selber uneins, ein ganz und gar ungewohnter Zustand für ihn. Er ballte die Fäuste und biß die Zähne zusammen. Er hatte nur einen Wunsch: den Wunsch, ihr nachzugehen und sie in die Arme zu nehmen. – Denn sie war tief unglücklich, und er wußte nicht, warum.

Doch das war nicht seine Aufgabe. Steffen hatte sie im Arm gehabt, Steffen hatte sie getröstet. Und mit Erfolg, wie es schien. Zuletzt war sie ja wieder ganz normal gewesen. Scheinbar wenigstens. Denn da war irgend etwas. Er wußte nur nicht, was. Da stand er und verspürte eine stille kalte Wut. Und zum zweitenmal dachte er: Ich gehe fort. Ich mache das nicht mehr mit. Muß ich hierbleiben? Ich muß nicht. Ich gehe nach Amerika. Die wollten mich im vorigen Jahr schon gern behalten. Jede Menge Möglichkeiten für mich dort. – Ich gehe fort.

So begann es in München, und so ging es weiter. Jovana kam

in ein festgefahrenes und zum Teil zerstrittenes Team hinein, sie war fremd, sie war eine Anfängerin, und zunächst ließ jeder sie das merken.

Sie war auch nicht so sicher wie bei den Aufnahmen zu ihrem ersten Film. Sie machte viele Fehler, und Steffen mußte oft und lange mit ihr proben, sie verpatzte manche Einstellung durch ihre Nervosität. Es dauerte einige Tage, bis sie sich eingewöhnt hatte, dann ging es besser.

Man hatte die Außenaufnahmen zum größten Teil vorgezogen und war jetzt meist im Atelier. Jovanas Aufnahmen waren sehr gedrängt, sie war pausenlos beschäftigt.

Schwierig war es natürlich mit Britta Thorwald. Sie duldete niemals andere Frauen neben sich, und über die Gerüchte, die Jovana und Steffen betrafen, war sie sowieso verärgert. Jovana hatte viele Szenen mit Britta gemeinsam, und dann war der Star zuckersüß, nannte sie Schätzchen, sagte beispielsweise:

»Seien Sie vorsichtig, Schätzchen, überanstrengen Sie sich nicht. Wie geht es dem Fußilein heute? Ach Gott, die Kleine ist ganz blaß, Steffen. Sie sieht wirklich schlecht aus. Steffen, Liebling, du bist zu rigoros. Mit mir kannst du das machen, ich bin schließlich an dich gewöhnt. Aber die Kleine schafft das noch nicht.«

Dann lächelte Jovana mit ihrem Kleinmädchengesicht, doch Barenth, der sie beobachtete, dachte: Jetzt kriegt sie auch schon den giftigen Zug um den Mund, den sie früher oder später alle kriegen. – Ach, es ist zum Kotzen.

Mit Gregor kam Jovana nach und nach ganz gut aus. Sie zeigte, daß sie ihn bewunderte, und er behandelte sie mit dem lässigen Charme, der jede Frau bezauberte. Er war ein weitaus besserer Schauspieler als Britta, bei ihm genügten wenige Worte, eine kleine Anregung, dann hatte er die Szene im Griff. Vor der Kamera war er ganz da. Wenn man die beiden in einer Liebesszene sah, konnte man meinen, hier seien zwei Herzen in vollständiger Auflösung begriffen. Doch wenn Steffen sagte: »Aus. Gestorben«, dann verwandelte sich Gregor sofort zurück, dann ließ er Britta los wie einen lästigen Gegenstand. Das zu beobachten lenkte Jovana zeitweise von ihren Sorgen ab. Es stimmte alles, was Bettina immer gesagt hatte. Man mußte die Gefühle herstellen können, ganz bewußt, ganz berechnet, man mußte sie an- und abstellen können wie eine elektrische Lampe.

Einmal, als das Wetter gerade sehr schön war, drehten sie eine Außenaufnahme in dem Gelände hinter den Aufnahmehallen.

Da gab es ein parkähnliches flaches Waldgelände, eine breite Allee, auf der sie mit einer Kutsche fahren würden.

Barenth war die Strecke zuvor abgefahren, hatte die Positionen markiert und kam ganz begeistert zurück. »Diesmal haben sie uns aber schöne Pferde geschickt. Wunderbare Rappen. Nur das Reitpferd von Gregor ist ein etwas müder Gaul. Na, Hauptsache, er fällt nicht runter.« – Denn ein Sportsmann war der Star nicht, das wußte jeder. Und ihn zu bewegen, auf ein Pferd zu steigen, war ein mühseliges Beginnen.

In der Kutsche saßen dann also Britta, in einem wundervollen Kleid, den Sonnenschirm aufgespannt, und neben ihr eine ältere Dame vom Hof, die den neuesten Klatsch berichtet. Jovana, die kleine Schwägerin, sitzt auf dem Rücksitz, auch bereits sehr niedlich ausstaffiert. Mitreden darf sie nicht, sie muß artig schweigen und ein liebenswürdiges Gesicht machen.

Gregor, zu Pferde, begegnet der Kutsche. Er grüßt die Damen, reitet eine Strecke nebenher, man plaudert.

Britta wird sofort nervös durch die Anwesenheit ihres Liebhabers. Sie gibt verworrene Antworten, ihr Blick ist manchmal unbeherrscht. Die junge Schwägerin ihr gegenüber beobachtet sehr genau, lauscht auf die Zwischentöne.

Man spricht von einer Opernaufführung, vom Gastspiel eines berühmten italienischen Tenors, die Damen schwärmen davon, Gregor stimmt ihnen zu, und plötzlich sagt die Kleine, die bisher kein Wort geäußert hat: »Ich dachte, Sie interessieren sich gar nicht für Musik, Graf.«

Staunen, Schweigen, alle drei sehen Jovana an. Sie lächelt unschuldig.

Gregor beugt sich ein wenig vor auf seinem Pferd und fragt: »Warum denken sie das, gnädiges Fräulein?«

Jovana lächelt zu ihm auf, sehr süß, sehr mädchenhaft: »Oh, ich hatte den Eindruck. Sie haben nicht *einmal* auf die Bühne geblickt.«

Nach einem kleinen Zögern findet Gregor die richtige Antwort. »Um Musik und einen Sänger zu genießen, muß man nicht unbedingt hinschauen. Ganz im Gegenteil, würde ich sagen.«

Britta lacht nervös, wirft ihrer kleinen Schwägerin einen ärgerlichen Blick zu, Gregor ist ganz Herr der Situation, die Dame im Wagen lächelt mütterlich. »Aber das versteht das Kind doch nicht, Graf. Für sie ist alles noch so sehenswert.«

Und Gregor bringt darauf einen seiner Sätze an, für die er in dieser Residenz berühmt ist: »Und wir wissen, Baronin, daß vieles um so schöner wird, wenn man es nicht allzu genau betrachtet. Es ist das Vorrecht der Jugend, noch Illusionen zu haben.«

Britta und Jovana blicken sich kurz in die Augen. Britta ist die Schwache, die Hilflose in diesem Moment. Jovanans Gesicht zeigt ein wenig Spott und die kalte Unbarmherzigkeit der Jugend, und in das Schweigen der drei hinein sagt sie sehr klar, sehr deutlich: »Ich möchte gar keine haben.«

»Was denn, Kind?« fragt die ältere Dame.

»Illusionen. Man will doch wissen, was geschieht.«

Kurz darauf verabschiedet sich Gregor und galoppiert auf einem Reitweg davon. Britta dreht nervös den Sonnenschirm. Jovana betrachtet sie triumphierend. Die ältere Dame lächelt gütig.

Zum Verständnis dieser Szene muß man eine vorhergehende kennen, eben jenen Abend in der Oper, als Gregor in die Loge kam, in der Britta mit Jovana saß, als er hinter Brittas Sessel stand und keinen Blick auf die Bühne warf, nur ihren Nacken sah und manchmal mit der Fingerspitze ihre nackte Schulter, ihren Hals berührte. Eine stumme Szene, abgesehen von der Verdi-Arie, die sie begleiten würde, aber geladen mit Erotik.

An der Szene in der Kutsche arbeiten sie den ganzen Tag. Außenaufnahmen sind immer schwierig. Das Licht, die Sonne muß stimmen, kein Flugzeug, kein Auto darf zu hören sein, und wenn Pferde dabei sind, gibt es zusätzliche Schwierigkeiten. Es wurde Abend, bis die Szene im Kasten war.

Während der letzten Stunde war La Divina dabei. Sie sprach kein Wort, schaute nur zu und schwieg. Später, als sie fertig waren, sagte sie zu Steffen: »Diese kleine Maris ist aller Liebe wert, Steffen. Sie gefällt mir. Sie sah ganz reizend heute aus. Ich glaube, Sie haben da wirklich einen Edelstein gefunden.«

»Ich hoffe es auch.«

»Wissen Sie, was Sie da entdeckt haben? Eine Schauspielerin. Kaum zu glauben, aber so etwas gibt es noch. Wie sie das heute hingelegt hat, in jeder Nuance gekonnt. Was sie alles ausdrückt mit den Augen, mit dem Mund, mit ihrem Gesicht, das ist erstaunlich. Wie haben sie ihr das beigebracht?«

»Sie bringt eine Menge mit, und sie hat eine gute Lehrerin. Und sie hat, was ein guter Schauspieler haben sollte: Intuition und wache Intelligenz. Es ist leicht, mit ihr zu arbeiten.«

»Wie ich gehört habe, will Plaschke sie in einer Hauptrolle starten.«

»Haben Sie das gehört, gnädige Frau?«

»Ich habe es gehört, Steffen – und spielen Sie mit mir nicht Blindekuh. Es ist kein Wunder, denn Plaschke posaunt es aus, wo er kann. Irgendein Zeitstoff. Eine Zonengeschichte. Muß das sein, Steffen?«

»Es ist ein guter Stoff, Madame. Und für Jovana wird es eine brauchbare Station sein. Deswegen ist sie nicht mit Plaschke verheiratet.«

»Ich hoffe es. Könnte sein, wir haben auch wieder etwas für sie. Eine gute Sache. Ich hab' da ein Buch liegen, schon eine ganze Weile. Borke hat es herangeschafft. Ich bin ganz vernarrt in den Stoff. Aber ich wußte nie, wer es machen sollte. Seit ich heute nachmittag der Kleinen zugesehen habe, weiß ich es. Es ist ein Stoff für Jovana.«

Das geht alles wie geschmiert, dachte Steffen. Gar nicht nötig, daß ich noch viel dazu tue.

Charlotte sah ihn an. »Und für sie natürlich auch, Steffen.«

Er verbeugte sich ein wenig spöttisch.

Bald würde es so sein, daß nicht er Jovana für seine Filme verpflichtete, sondern daß man ihn verpflichtete als Regisseur für Jovana.

Jovana erlebte manchen Sturm und manche Szene, die nicht im Drehbuch standen. Sie überstand es mit Gelassenheit. Noch war sie im Windschatten. Und wenn Britta gelegentlich kleine Pfeile auf sie abschoß, so machte ihr das nicht viel aus. Sie war so jung – und überzeugt davon, eine viel bessere Schauspielerin zu sein als Britta.

Sonst hatte sie kaum Schwierigkeiten mit den anderen Mitgliedern des Teams. Ihr größtes Plus waren natürlich Freundschaft und Einverständnis mit dem Regisseur. Nicht ganz einfach war es, mit Könnecke auszukommen, dem Chefkameramann, der ein hochempfindlicher, leicht hysterischer Künstler war und den man wie ein rohes Ei behandeln mußte. Bei ihm wirkte am besten die bescheidene Kleinmädchenmanier, gemischt mit schrankenloser Bewunderung und laut geäußerter Dankbarkeit für jede wohlgelungene Einstellung. Dann war er um den Finger zu wickeln, denn er war sehr eitel.

Einen besonderen Freund hatte Jovana in Maltzahn gefunden, dem Drehbuchautor, der gelegentlich auftauchte und den Aufnahmen zusah. – Einmal sagte er in ihrem Beisein zu Steffen: »Also, deiner kleinen Puppe hier schreibe ich ein Drehbuch, nach dem du dir alle zehn Finger lecken wirst. Ich weiß, was Freese da in Berlin macht. Gut und schön, soll er. Aber ich kenne sie jetzt; die kann mehr als unschuldige Augen machen. Ich schreibe dir eine Rolle für das Mädchen, Steffen, da bleibt kein Auge trocken. Die kann mehr, als ihr alle denkt. Die hat ein Dutzend Gesichter, und dazu hat sie Feuer unterm Hintern, das wißt ihr bloß noch nicht. Die kennt ihr alle noch nicht.«

Jovana lachte. Steffen sah sie an, wenig erfreut, daß sie Maltzahns Worte gehört hatte. »Was gibt es da zu lachen, du Fratz?«

»Das hat Onkel Torsten auch schon mal gesagt.«

»Was?«

»Das mit dem Feuer unter dem Hintern. Er ist zwar nicht beim Film, aber offenbar versteht er eine Menge davon.«

Maltzahn wollte wissen, wer Onkel Torsten sei, und Jovana erzählte es ihm.

»Na, Kunststück! Ein Kapitän! So ein Weltumsegler! Wenn der die Frauen nicht kennt, wer dann? Wollen wir beide nächstens mal allein ausgehen, Jovana? Ohne Steffen. Dann besprechen wir das. Und wenn du mit den Aufnahmen fertig bist, kommst du zu mir an den Tegernsee, da besprechen wir weiter. Steffen ist nicht der einzige Mann auf dieser Welt. Er hat den neuen Trend noch nicht begriffen. Er ist altmodisch. So brave Geschichten mit Liebe und Happy-End, das ist alles kalter Kaffee. Für dich brauchen wir eine scharfe Sache. Das ist nämlich der Zug der Zeit. Darüber werden wir sprechen.«

»Hau ab!« sagte Steffen. »Und verdirb mir das Mädchen nicht.«

»Ja, wissen wir schon. Das ist deine Hauptsorge. Am liebsten tätest du sie in einen Glaskasten setzen. Aber die nicht. Nicht die. Das schmink dir mal rechtzeitig ab.«

Schizophren war Jovanas Dasein. Die Arbeit, solche Gespräche, der tägliche Ärger, der tägliche Spaß und dazu immer die Angst.

Die Zeit saß ihr im Nacken. Das erhöhte ihre Nervosität und steigerte sich langsam zu einer Panik. Die Arbeit lenkte sie ab; sie beherrschte sich vorbildlich, solange sie im Atelier war. Danach war sie ein Nervenbündel. Zeugen dieser Zusammenbrüche waren Steffen und Barenth. Wenn andere dabei waren, blieb sie auf der Bühne. Wenn sie abends noch mit Kollegen zusammensaßen, spielte sie ihre Rolle, das junge Nachwuchstalent, bescheiden, lieb und immer guter Kamerad.

Wenn sie mit Steffen und Barenth allein war, wurde sie krötig, launisch, gereizt und weinte ohne Anlaß. – Steffen war ratlos.

»Was hat sie eigentlich?« fragte er Barenth einmal ganz verzweifelt, als Jovana wieder einen Abend mit Tränen und ungerechten Vorwürfen beendet hatte. »Jeder ist doch nett zu ihr. Schön, Britta stichelt mal, aber ich habe nicht den Eindruck, daß ihr das viel ausmacht. Ihre Arbeit ist tadellos, jeder erkennt es an. Kommt das noch von dem Unfall, Lothar?«

»Ich weiß es auch nicht, Chef. Aber sie haben recht, irgend etwas ist los mit ihr. Vielleicht ist sie überfordert. Sie sollten einmal in Ruhe mit ihr reden. Oder soll ich es tun?«

»Du?« – Steffen blickte ihn befremdet an. »Meinst du, daß du das besser kannst als ich?«

Barenth bekam rote Ohren. »Verstehen Sie mich richtig, Chef. Sie hat vor Ihnen zuviel Respekt. Bei aller Liebe. Vielleicht kann sie mit mir ungenierter reden.«

Steffen betrachtete ihn nachdenklich. »Das kann ich mir nicht vorstellen. Soweit ich das beobachte, redet ihr beiden gar nicht miteinander.«

»Stimmt. Sie hat was gegen mich. Sie bildet sich ein, ich hab' was gegen sie.«

»Lothar, du redest Unsinn. Hör dir selber mal zu. Seid ihr denn jetzt auch noch verrückt geworden?« – Er strich sich über die Stirn, er war müde und abgespannt. Dieser Film kostete ihm viel Nerven.

Jeden Abend versuchte Jovana Leila zu erreichen. Aber sie war noch nicht wieder da.

Aber dann, als sie die Ungewißheit, die schon fast eine Gewißheit war, nicht länger aushielt, fuhr sie an einem drehfreien Nachmittag in die Stadt, um einen Arzt zu konsultieren. Sie zog sich dazu ganz einfach an, machte sich nicht zurecht und setzte eine Fensterglasbrille auf, die sie sich vom Requisiteur geliehen hatte.

Es war ihre erste gynäkologische Untersuchung; sie überstand sie mit Angst. Der Arzt meinte, eine Schwangerschaft scheine vorzuliegen. Zur Sicherheit wolle er noch einen Test machen. Die zwei Tage, bis sie das Ergebnis hatte, waren eine Hölle. Dann wußte sie, daß sie ein Kind erwartete.

Der erste Gedanke: Ich muß mir das Leben nehmen.

Der zweite: Leila wird helfen.

Der dritte: Steffen wird helfen.

Ausgerechnet jetzt kamen besonders arbeitsreiche Tage. Dazu

erschien immer öfter die Presse, denn über den Film wurde viel geschrieben und viel gesprochen. Dann gaben Gadomskys eine Party, dann hatte irgendein anderer etwas zu feiern.

Einmal lud Maltzahn sie abends in seine Stadtwohnung ein, er hatte eine bezaubernd eingerichtete Altbauwohnung in Schwabing. Seine Partys waren berühmt, und außer Mitgliedern des Teams waren noch eine Menge anderer Leute da, die in München eine Rolle spielten, Künstler, Schriftsteller, Zeitungsleute und ein paar bürgerliche Society-Hyänen.

An diesem Abend war Jovana am Ende. Seit Tagen agierte sie wie eine Marionette. Sie war wie aus Stahl, nur von ihrem Willen getrieben, aber ihre Stimme wurde schrill, und ihr Blick flackerte.

Ehe sie zu Maltzahn fuhren, hatte sie wieder versucht, Leila zu erreichen. Ein Bekannter Leilas, der gelegentlich nach der Wohnung sah, war am Telefon. »Sie hat mich gestern angerufen. Sie weiß noch nicht, wann sie kommt, nächste oder übernächste Woche.«

»Haben Sie ihre Adresse nicht?« Jovana schrie es fast in den Apparat.«

»Wie?«

»Ihre Adresse in Paris.«

»Ja, warten Sie mal, Hotel – Hotel ... verflixt, ich hab's mir aufgeschrieben, zu Hause habe ich es. Aber auswendig weiß ich es nicht.«

»Kann ich Sie morgen anrufen? Oder nachher noch? Bitte, geben Sie mir Ihre Nummer.«

Noch während sie die Nummer aufschrieb, kam Steffen herein, um sie abzuholen.

»Danke«, sagte Jovana ins Telefon, »vielen Dank. Ich rufe an.« »Wer war denn das?« fragte Steffen.

»Ach, niemand weiter.« Sie nahm den kostbaren Zettel hastig und stopfte ihn in ihr Täschchen.

Steffen sah ihr zu. »Ist was?«

»Herrgott, nein! Was soll denn sein? Kontrolliere mich doch bitte nicht immerzu. Ich bin kein kleines Kind.«

Dieser gereizte Ton, dieser böse Blick! War das die Jovana, die er kannte? Steffen war verwundert und verärgert. Schweigend fuhren sie zu Maltzahn.

Zunächst schien Jovana gut in Form zu sein. Sie plauderte, lächelte, lachte, flirtete ein wenig, aber dabei trank und rauchte sie unausgesetzt und geriet immer mehr in eine hektische Stimmung.

Barenth, der sie kaum aus den Augen ließ, bemerkte es eher als Steffen, der immer noch verstimmt war und sich wenig um sie kümmerte.

Barenth also kam zu ihr und nahm ihr das Whiskyglas aus der Hand. »Verdammt noch mal, hör auf zu saufen, ich kann es nicht mehr mit ansehen. Du trinkst mehr als jeder Mann. Was ist eigentlich los mit dir?«

»Ach, laß mich doch in Ruhe. Was geht denn dich das an?«

»Es geht mich etwas an, solange die Aufnahmen dauern.«

»Ja, ich weiß, ich weiß, eure Scheißaufnahmen, das ist das einzige, was euch interessiert. Sonst kann man verrecken, da schaut ihr gar nicht hin. Euer ganzer Film kotzt mich an, ihr alle kotzt mich an. Ich will nichts mehr wissen davon. Hörst du? Nichts!«

Ihre Stimme war laut und schrill geworden, und Barenth, der schließlich Erfahrung hatte mit Schauspielerhysterien, zog sie mit sich aus dem Zimmer, und sie landeten in Maltzahns Schlafzimmer, wo auf dem breiten Bett ein Teil der Garderobe lag. – Er placierte Jovana auf Brittas Platinnerz, betrachtete eine Weile ihr wütendes, verbissenes Gesicht und sagte dann: »Könntest du es fertigbringen, einen Gang zurückzuschalten? So berühmt bist du noch nicht, daß man dir diese Ausbrüche abkauft. Dafür ist später noch Zeit.«

Er hatte es befürchtet, und es geschah auch prompt: Sie begann wieder zu weinen. Und er dachte: Komisch, seit sie in München ist, weint sie bei jeder Gelegenheit. Das war doch früher nicht der Fall. Das muß einen Grund haben.

Das war das letzte, was er mit distanziertem Verstand denken konnte, dann übermannte ihn sein Gefühl. Er tat, was er tun wollte seit dem ersten Abend im Gästehaus: Er nahm sie in die Arme.

Er setzte sich auch auf Brittas Nerz, legte die Arme um sie und zog sie an sich. »Jovana! Was ist mit dir? Was hast du bloß? Kannst du's nicht sagen?«

Sie schüttelte den Kopf, und wie jeder Weinende, wenn er getröstet wird, weinte sie noch mehr.

Er streichelte sie, das Herz tat ihm weh vor Mitgefühl. Und fast war er zornig auf Steffen. Warum half er ihr denn nicht? Er mußte doch sehen, daß irgend etwas mit ihr nicht stimmte. Vielleicht hätte er es erfahren, denn nachgerade war Jovana so weit, daß sie es nicht mehr allein tragen konnte. Aber da kam Maltzahn herein.

»Nanu? Was macht ihr beiden Hübschen denn hier? Was hat unsere Süße denn?«

»Bißchen viel getrunken, nehme ich an. Ich denke, ich fahre sie nach Hause.«

»Jovana, Schäfchen«, sagte Maltzahn und kniete sich vor sie hin. Er war ein kleiner, etwas dicklicher Mann mit einem weichen, hübschen Gesicht und sehr klugen Augen. »Was hast du, Schäfchen? Haben sie dich geärgert, sind sie häßlich zur dir? Du mußt dich nicht grämen. Soll ich dich ins Bett legen? Ich hab' hinten ein Gastzimmer, da kommt keiner hin, da bist du ganz ungestört. Und nacher komme ich dann und tröste dich.«

»Geh zum Teufel«, sagte Barenth wütend.

Immer noch kniend, blickte Maltzahn zu ihm auf: »Liebt ihr sie beide?«

Barenth machte ein finsteres Gesicht. Er hatte immer schon gewußt, daß Maltzahn klug war.

»Geh zum Teufel!« wiederholte er.

»Das habe ich nun schon gehört«, sagte Maltzahn sanft. »Was tut ihr dem Mädchen an?«

»Was sollen wir ihr antun? Sie ist überarbeitet.«

Und Jovana, an diesem Punkt des Gesprächs, mit einem verzweifelten Schluchzen: »Beide? – Mich liebt keiner.«

Die beiden Männer sahen sich an. Barenth biß sich auf die Unterlippe. Aber er konnte Maltzahn schlecht aus seinem eigenen Zimmer hinauswerfen.

»Ich bring' dir was zu trinken«, sagte Maltzahn, »und dann legst du dich hin.«

»Nein«, widersprach Barenth, »sie braucht nichts mehr zu trinken. Und sie gehört ins Bett, aber nicht in deins.«

Er schwieg, überlegte und überwand sich. »Bitte geh rein und sage Rau, daß wir nach Hause fahren.«

Steffen kam nach wenigen Minuten.

»Was ist los?« Er blickte Jovana an – dann Barenth.

»Ich weiß es nicht, Chef«, sagte Barenth unvermutet heftig und unvermutet laut. »Vermutlich dasselbe, was immerzu mit ihr los ist. Aber sie gehört nach Hause und auf keine Party mehr, solange die Aufnahmen dauern. Und Sie sollten einmal Ihre verfluchte Zurückhaltung beiseite lassen und ernsthaft mit ihr reden.«

Steffen gab es förmlich einen Ruck. Er starrte Barenth sprachlos an. So hatte der noch nie mit ihm geredet. Aber Barenth wich und wankte nicht, er hielt Steffens Blick stand.

»Komm«, sagte Steffen und nahm Jovana an der Hand. Und dann ging er mit ihr.

An diesem Abend also ließ Steffen »seine verfluchte Zurückhaltung« beiseite und nahm sie mit in sein Appartement.

Und nun endlich konnte Jovana es ihm sagen.

Es war so wie oft. Sie lagen im Bett, sie an ihn geschmiegt, den Kopf auf seiner Brust. Er hatte den Arm um sie gelegt, er spürte sie an sich, ihren schlanken, festen Körper, ihre weiche seidenglatte Haut. – Es war wie immer. Und doch ganz anders.

Er war fünfzig Jahre alt. Er hatte nie ein Kind gezeugt. Keine Frau hatte es in seinem Leben gegeben, die ihm das gesagt hatte, was Jovana ihm heute abend gesagt hatte.

Es war ein langes, ein wildes, ein hysterisches Gespräch gewesen. Immer wieder dasselbe hatte sie gesagt. Ich nehme mir das Leben. Es muß weg. Leila kann mir helfen. Leila weiß einen Arzt. Du mußt einen Arzt finden. Ich nehme mir das Leben. Und nun war sie, total erschöpft, müde geredet, müde geweint, in seinem Arm eingeschlafen.

Steffen dachte: Ich muß mit Dorothy sprechen. Sie wird das verstehen. Wir werden uns scheiden lassen. Dorothy wird es verstehen.

Ich will nicht, daß Jovana so etwas tut. Sie soll das Kind kriegen. Mein Kind. Dorothy muß es verstehen.

Er war überwältigt. Und er war, ein ungewohnter Zustand bei ihm, seinerseits ganz kopflos. – Sie bekam ein Kind. Warum hatte er nie daran gedacht?

Vielleicht deswegen, weil er es nie erlebt hatte.

Sie hatte nur davon geredet, wie sie das Kind loswerden konnte.

Aber er – er dachte nur daran, daß sie es behalten sollte. Er wollte dieses Kind. Es kam ihm vor, als hätte er sich niemals in seinem Leben etwas so heiß, so sehnsüchtig gewünscht.

Etwa zehn Tage dauerten die Aufnahmen noch, bei denen Jovana beschäftigt war. Und während dieser zehn Tage erreichte ihre Hysterie einen kaum vorstellbaren Höhepunkt. Und auch Steffen war nicht mehr Herr seiner Nerven.

Er mußte arbeiten, er mußte einen klaren Kopf behalten, er war ein Mittelpunkt, um den sich alles konzentrierte. Eine Hilfe und ein Führer sollte er den anderen sein, und daß er selber Nerven hatte, sollte tunlicherweise keiner merken. Aber nun, da Jovanas Problem in eine neue Phase getreten war, in die

Phase nämlich, daß sie abends nach Arbeitsschluß mit Steffen unausgesetzt davon sprach, und es war immer dasselbe, Drohungen, Angst, Bitten, Tränen, gelang es ihr mühelos, auch ihn in ihre Panik hineinzureißen.

Es konnte den anderen nicht verborgen bleiben, daß eine Spannung zwischen Jovana und Steffen bestand. Sie war gereizt, nun auch im Atelier, sie gab manchmal patzige Antworten, sie ließ sich gehen, und Steffen ertrug es mit sehr viel Nachsicht. Der Klatsch im Atelier blühte. Man war nie sehr diskret in dieser Branche, und daß man nun endlich einmal über Steffen Rau reden konnte, war ebenso neu wie interessant. Steffen wußte naturgemäß wenig davon, aber Barenth erlebte es mit. Seine Loyalität Steffen gegenüber bewährte sich. In letzter Zeit waren seine Gefühle manchmal etwas zwiespältig gewesen. Aber nun war er wachsam. Er wußte nicht, was vorging. Er war ausgeschaltet. Sie nahmen ihn abends nicht mehr mit, Jovana und Steffen, sie gingen allein fort.

Eines Abends stand er mit Britta, die am Nachmittag drehfrei gewesen war, unter der Tür ihrer Garderobe. In der Garderobe waren viele Leute, Brittas Maskenbildnerin hatte Geburtstag, und Britta, die immer großherzig und freigiebig war, hatte ihr einen wunderbaren Gabentisch aufgebaut mit einer Torte, mit Kerzen und vielen Geschenken, und sie hatten Sekt getrunken. Jeder, der gerade vorbeikam, wurde dazu eingeladen. Auch Barenth hatte zwei Gläser mitgetrunken und wollte sich gerade verabschieden. Da kamen Jovana und Steffen aus Jovanas Garderobe; Steffen ging mit einem kurzen Gruß vorbei, Jovana machte ein mürrisches Gesicht.

»Unser junges Paar«, sagte Britta maliziös und blickte den beiden nach. »Es scheint mir, sie haben sehr viel Krach. Daß Steffen sich so von der kleinen Kröte unterbuttern läßt, also das hätte ich nie gedacht. Er wird langsam alt.«

»Sie entschuldigen mich, Königin meines Herzens«, sagte Barenth, »ich muß den beiden nachlaufen. Ich bin zum Abendessen eingeladen.«

»Na, das ist aber eine große Ehre. Weißt du übrigens, was Maltzahn sagt, Lotschi? Du seist auch in die Kleine verknallt. Ich möchte bloß wissen, was ihr an ihr findet. Stimmt das wirklich?«

»Ich verknall' mich doch in jede, das ist doch allgemein bekannt. Sonst fehlt mir was zum Glücklichsein. Aber keine steht meinem Herzen so nah wie Sie, Königin.«

»Ich weiß. Hau bloß ab, du Filou.«

Barenth lief und kam bei Steffens Wagen an, als sie gerade fahren wollten.

»Nehmen Sie mich mit, Chef?«

»Hast du deinen Wagen nicht da?«

»Ich habe denen gesagt, Sie haben mich zum Abendessen eingeladen, und Sie dürfen mich jetzt nicht Lügen strafen, die gucken bestimmt hinterher. Ich habe mit Ihnen zu reden.«

Es klang sehr entschieden, und Steffen sagte: »Also los, steig ein.«

Sie verließen das Gelände, fuhren zum Tor hinaus, und kaum waren sie auf der Straße, sagte Jovana: »Bitte, fahr mich heim. Ich will nicht essen.«

»Du *wirst* essen«, sagte Seffen, und seine Stimme klang herrisch. »Jovana, mach mich nicht wahnsinnig. Seit Tagen ißt du nicht. Du rauchst nur, du trinkst nur, so geht das nicht weiter.«

»Das kann dir doch egal sein«, gab Jovana böse zur Antwort.

»Herrgott, laß dich doch nicht so gehen. Du machst dich total kaputt.«

»Das will ich ja.«

Steffen beherrschte sich mühsam. »Lothar«, sagte er, »da gibt es doch dieses nette Lokal in Grünwald, da könnten wir hinfahren.«

»Der Grünwalder Weinbauer. Da ißt man sehr gut.«

»Ich will nicht«, rief Jovana schrill. »Bitte, halt an. Ich kann auch nach Hause laufen.«

Barenth, der hinter ihr saß, legte seine Hände auf Jovanas Schultern. »Miss Maris! Sie benehmen sich unmöglich. Ich möchte Sie darauf aufmerksam machen, daß Sie damit auch den Chef unmöglich machen. Man redet über ihn. In einer Weise, die mir nicht gefällt.«

Jovana schüttelte mit einem Ruck seine Hände ab und rief im gleichen Ton: »Das geht Sie einen Dreck an, Herr Barenth.«

»Eben nicht«, sagte er ruhig. »Es gefällt mir nicht. Und ich würde sagen, es ist auch für Sie nicht sehr vorteilhaft. Sie ruinieren Ihren Ruf in der Branche.«

»Das ist mir scheißegal. Das ist sowieso der letzte Film, den ich drehe. Mich sieht keiner je wieder.«

»Jovana, bitte«, sagte Steffen leise.

Darauf schwiegen alle drei, bis sie in Grünwald waren.

Steffens Gesicht war finster und voller Gram. Barenth konnte es deutlich sehen.

Der Grünwalder Weinbauer war an diesem trüben Herbstabend nur mäßig besucht. Sie fanden eine Nische für sich allein, weit von anderen Gästen entfernt. Barenth konstatierte es mit Befriedigung. Er war entschlossen, heute abend zu erfahren, was eigentlich vor sich ging.

Als Jovana wieder Einwände machen wollte, als es um die Auswahl des Abendessens ging, fuhr Barenth sie barsch an: »Du hälst den Mund und ißt.«

Er bestellte für sie Hummercocktail als Vorspeise, weil er wußte, daß sie das gern aß, und dann ein Schnitzel mit Gemüse. Steffen sagte kein Wort dazu. Jovana musterte Barenth feindselig über den Tisch hinweg, dann sagte sie: »Ich esse es sowieso nicht. Sie können es selber essen, Herr Barenth. Mir wird höchstens schlecht davon.«

Das war deutlich genug. Jedenfalls für jemand, der so hellhörig war wie Barenth.

Er blickte sie an, dann Steffen, dann wieder sie. Und ohne weitere Umschweife kam er zu Sache.

»Ich gebe zu, mich geht das alles nichts an. Aber das, was sich zur Zeit abspielt, ist unerträglich. Jovana, du benimmst dich kindisch. Und, Chef, es tut mir leid, wenn ich das sagen muß, Sie sind auch nicht in Ordnung. Es wird geklatscht und geredet. Jeder Mensch denkt sich was. Möglicherweise könnte sich der eine oder andere auch das Richtige denken. Und ich kann mir nicht vorstellen, daß das in Ihrem Sinne ist.«

»Das Richtige?« fragte Steffen langsam. »Wie meinst du das, Lothar?«

»Ach, frag doch nicht«, sagte Jovana. »Er ist doch so superschlau, dein teurer Barenth. Er ist doch überhaupt der Schlauesten einer. Und nachdem er nun mal zu meinem Wachhund bestellt ist – ich weiß nicht, ob von dir oder ob er sich selber dazu gemacht hat –, denkt er sich eben was. Er hat sich immer was gedacht. Schon am allerersten Tag. Und mischt sich ein und spuckt große Töne. Wenn Sie wüßten, Herr Barenth, wie widerlich ich Sie finde. Dann würden Sie nicht mit hier am Tisch sitzen.«

»Jovana, bitte«, sagte Steffen wieder. Er sah sie unglücklich und bittend an, er war ihr einfach zur Zeit nicht gewachsen.

Barenth dachte es auch: Er ist ihr nicht gewachsen, mit der muß man anders umgehen. Ich habe mich geschämt, daß ich ihr eine heruntergehauen habe. War Unsinn. Sie braucht das ab und zu. Danach war sie sehr gefügig.

»Es tut mir leid, daß Ihre Gefühle gegen mich so unfreundlich sind, Miss Maris«, sagte er ungerührt. »Aber Sie haben nicht ganz unrecht. Ich habe immer so meine Bedenken gegen Sie gehabt. Ich glaube, Sie wissen sogar, warum. Die Entwicklung der Dinge gibt mir recht. Sie benehmen sich weder wie eine Dame noch wie eine Frau von etwas Niveau. Sie benehmen sich wie ...«, er stockte.

Jovana blickte ihn höhnisch über den Tisch an. »Na los! Sagen Sie es nur. Wie benehme ich mich denn? Ich bin auf alles gefaßt, Herr Barenth. Sie finden sicher den richtigen Ausdruck.«

Ihre Blicke lagen ineinander, ihrer war voll Zorn. Seiner auch. Aber er liebte sie auch jetzt.

»Es ist nicht nötig, daß ich es ausspreche, Miss Maris.«

»Spielen Sie bloß nicht den Gentleman, Herr Barenth, das nimmt Ihnen sowieso keiner ab. Sie haben mir schließlich schon bewiesen, daß Sie keiner sind. Steffen kennt Sie nicht so, wie ich Sie kenne. Wenn ich keine Dame bin, so sind Sie gewiß kein Herr.«

Barenth schwieg darauf, sah sie nur an, bis sie den Blick senkte.

Steffen sagte: »Was redet ihr nur für Unsinn? Müßt ihr euch streiten? Jovana, warum bist du so garstig zu Lothar? Er hat dir doch nichts getan.«

»Der?« stieß sie hervor, aber da war sie schon wieder den Tränen nahe, wie so oft jetzt. Zorn und Verzweiflung gingen rasch ineinander über.

Sie griff mit zitternder Hand nach dem Weinglas, das vor ihr stand, trank, dann nahm sie eine Zigarette. Steffen nahm sie ihr weg. »Bitte, Jovana, iß erst etwas. Du rauchst zuviel.«

»Laß mich«, sagte sie und nahm sich eine andere Zigarette aus der Schachtel. »Es ist doch ganz egal.«

Keiner der Männer gab ihr Feuer. Sie blickte von einem zum anderen, dann zerdrückte sie die Zigarette in der Faust und schaute mit tränenverdunkeltem Blick an den beiden vorbei. Der Ober brachte das Essen. Jovana stocherte, wie zu erwarten, nur in der Vorspeise herum, schob zwei, drei Bissen in den Mund. Auch Steffen aß nicht viel. Nur Barenth leerte mit Ruhe seinen Becher.

Dann sagte er in genau dem ruhigen Ton wie zuvor: »Es gibt Dinge auf der Welt, die sind wirklich schlimm. Dazu rechne ich Krieg, Tod, Krankheit, Armut. So mal kurz zusammengefaßt. Es gibt Dinge, die sind ein bißchen schlimm. Das sind die, die vorübergehen, die sich überwinden lassen oder die sich mit der Zeit erledigen. – Ich finde, man sollte sich nur wegen der wirklich schlimmen Dinge den Kopf zerbrechen. Das ist so eine Art Ökonomie, die man mit sich selbst treiben muß, weil sonst das Leben zu schwierig wird. Könnten Sie mir wenigstens in diesem Punkt zustimmen, Miss Maris?«

»Sie haben noch nicht begriffen, Herr Barenth, daß ich nicht die Absicht habe, über irgend etwas mit Ihnen zu diskutieren. Ihre Meinung interessiert mich nicht. Und Ihre komische Philosophie zweimal nicht. Was haben Sie denn schon für eine Ahnung davon, was schwierig ist. Für mich.«

»Wenn man Sie beobachtet, Miss Maris, bekommt man so gewisse Vermutungen. Nicht nur ich, wahrscheinlich andere Leute auch. Ich weiß nicht, ob Ihnen das angenehm ist. Aber wenn eine Frau so verrückt spielt, gibt es eigentlich nur wenige Gründe, die der Anlaß dafür sein könnten.«

Jetzt sah Jovana ihn wieder an. Er erwiderte ihren Blick ruhig, seine Stimme war weich, als er sagte: »Habe ich wirklich keine Ahnung davon, was schwierig für dich ist, Jovana?«

Ihr Gesicht wurde kindlich, ängstlich. Sie schluckte. Anworten brauchte sie nicht. Der Hauptgang kam. Der Ober legte ihr sorgfältig vor, beide Männer am Tisch blickten sie erwartungsvoll an. Da schlug – wie oft jetzt – ihre Stimmung plötzlich um. Sie lächelte.

»Ihr braucht mich nicht anzusehen, wie besorgte Eltern ihr unartiges Kind. Ich werde essen. Kann ich noch eine Portion Salat dazu haben?«

Sie aß wirklich alles auf, was sie auf dem Teller hatte. Und es schien ihr auch zu schmecken.

Als sie fertig war, hatte sie einen Entschluß gefaßt.

»Da du ohnehin so vieles weißt, Lothar, kannst du auch das noch wissen, was du dir ja offenbar schon denkst. Vielleicht kannst du mir helfen. Du bist ja mit so vielen Freundinnen gesegnet und hast vielleicht einschlägige Erfahrungen. Ich... ich bin... also, es ist etwas passiert, nicht wahr? Und ich brauche Hilfe. Leila könnte mir helfen. Aber sie ist nicht da. Sie ist verreist. Und ich weiß nicht, was ich tun soll. Steffen will mir nicht helfen. Ich soll das Kind bekommen, sagt er. Weil er ein Egoist ist. Und mich nicht liebt. Sonst würde er das nicht sagen.«

Steffen sagte nichts darauf. Barenth hatte mit einem Seitenblick festgestellt, daß *er* es war, der kaum gegessen hatte. Daß er es war, der schon wieder nach den Zigaretten griff. Daß er es war, der unglücklich, bekümmert und ratlos war.

Jovana sprach im gleichen kalten Ton weiter: »Er ist zwar immer gegen Schnulzen, aber nur, was seine Filme betrifft. Privat neigt er zu der Ansicht, daß eine Frau sich freuen müßte, wenn sie ein Kind bekommt. Er sieht da so eine Art Idyll vor sich. Mutter mit Kind auf dem Arm. Welch liebliches Bild! Nur paßt die Rolle nicht zu mir, die er mir da zugedacht hat. Darum bin ich so enttäuscht von ihm. Ich dachte, er kennt mich.«

»Nein«, sagte Barenth in gleichmütigem Ton, »er kennt dich eben nicht, Jovana. Ich glaube, ich kenne dich besser. – Du bist von Ehrgeiz zerfressen. Du siehst nur deine Karriere vor dir. Und alles, was dich dabei behindert, was dich aufhalten kann, muß aus dem Weg geräumt werden. Du vergißt nur eins dabei: Wo wärst du ohne Steffen Rau? Und wenn so etwas wie eine Karriere für dich begonnen hat, dann verdankst du es ihm. Und wenn der Weg für dich bisher unvorstellbar leicht war, so ist es sein Werk.« – »Ich hätte es auch so geschafft.«

»Vielleicht. Aber es hätte länger gedauert. Und es wäre weitaus schwieriger gewesen. Und das, was jetzt passiert ist, hätte dir auch anderswo passieren können. Mit einem anderen Partner. Und unter... na ja, weitaus unerfreulicheren Bedingungen. Das wirst du mir ja wohl zugeben.«

»Und du bist also daher der Meinung, ich sollte aus Dankbarkeit...« Sie lachte. »Sehr witzig! Auf die Idee bin ich noch nicht gekommen.«

Eine Weile war Schweigen am Tisch. – Dann sagte Steffen leise und traurig: »Kinder, dieses Gespräch ist absurd.«

»Nicht so sehr«, sagte Barenth gleichmütig, »es ist sehr realistisch. Und ich finde, Realismus ist das einzige, was uns jetzt weiterhilft.«

Er hatte ›uns‹ gesagt. Ihm fiel es nicht auf, aber Steffen sah ihn nachdenklich an. Und Jovana registrierte es auch. Sie haßte ihn zwar, aber er war dennoch ein Freund. Und sie mochte verrannt und verbohrt sein, einen Freund brauchte sie.

»Ich kann Jovana verstehen«, sprach Barenth weiter. »Und ich kann auch Sie verstehen, Chef. Ich komme mir als Eindringling vor, daß ich hierbei mitreden soll. Aber wenn ich es nun schon tue, will ich es ehrlich tun. – Ja, ich verstehe Jovana. Man kann sich als Mann vielleicht nicht in die Situation und auch nicht in die Gefühle einer Frau denken. Jovana ist natürlich in diesem Fall sehr benachteiligt.«

»Ich habe ihr gesagt, daß ich mich scheiden lassen werde. Ich werde mit Dorothy sprechen, sobald ich wieder zu Hause bin. Ich kann es ihr schließlich nicht brieflich oder am Telefon mitteilen.«

»Und ich habe dir gesagt, daß ich das nicht will. Du hast nie daran gedacht, dich scheiden zu lassen, und warum solltest du auch? Du hast Dorothy gern. Und ich bin bloß so . . . na ja, eben so nebenbei. Und ich will jetzt einfach nicht mehr darüber reden. Schluß! Ich werde etwas tun. Irgend etwas. Ich kann immer noch Schluß machen.«

Das letzte klang tragisch und hatte einen falschen Ton. Barenth wurde davon nicht sehr beeindruckt. »Das ist dummes Gerede. Natürlich kannst du etwas dagegen tun, das ist keine besondere Affäre. Und wenn du willst, finden wir einen Arzt. Wir brauchen Leila nicht dazu. Ich verspreche dir, daß ich das für dich besorgen kann.«

»Lothar!« rief Steffen. In seinem Ton war echte Verzweiflung.

»Was wollen Sie, Chef, es ist Jovanas Sache. Niemand kann es ihr abnehmen. Und ehe sie etwas Dummes tut, sollte man ihr lieber helfen. Das ist nicht mehr als fair.«

Jovana blickte ihn dankbar an. »Ich glaube, ich habe dir unrecht getan, Lothar«, sagte sie leise. »Verzeih mir. Du verstehst mich besser als er.«

Barenth sah sie an. »Vielleicht kommt es daher, daß ich nicht direkt daran beteiligt bin. Wenn ich es wäre . . .«, sein Blick hielt sie fest, »ich schwöre es dir, ich würde dich an Händen und Füßen fesseln, ehe ich es dulden würde.«

Jovana öffnete erstaunt die Lippen. Eine leichte Röte stieg in ihre Stirn. Das war ein ganz neuer Gesichtspunkt, das gab es also auch. Einer, der sie nicht bitten würde.

Der Ober kam an den Tisch. »Wünschen die Herrschaften noch ein Dessert?«

Jovana blickte zu ihm auf, sie lächelte strahlend. »Ich möchte einen großen Eisbecher, mit viel Früchten.«

»Bitte sehr, gnädige Frau. Die Herren auch einen Wunsch?«

Steffen schüttelte den Kopf. Barenth sagte: »Danke, nein. Ich trinke später einen Mokka. Aber erst ein Viertel Wein.«

Sie sprachen kein Wort, bis der Eisbecher kam. Die Männer sahen zu, wie Jovana ihn mit gutem Appetit auslöffelte. Einmal blickten sie sich an und lächelten. Der zerquälte Ausdruck war ein wenig aus Steffens Gesicht gewichen. In seinem Blick, mit dem er Jovana ansah, war Liebe, nichts als Liebe. Barenth sah es, und das Herz tat ihm weh. Für sie, für ihn und schließlich auch für sich selbst.

Es war eine vollkommen irre, eine vollkommen hoffnungslose Situation. Da war dieser Mann, den er verehrte und liebte. Und da war dieses Mädchen, das dieser Mann liebte. Und er liebte dieses Mädchen auch, daran konnte er nicht mehr zweifeln. Sie bekam ein Kind. Ein Kind von Steffen. Steffen wollte das Kind. Sie wollte es nicht.

Was hatte er vorhin gesagt? Es gibt Dinge auf der Welt, die sind wirklich schlimm. Und es gibt Dinge, die sind ein bißchen schlimm – gestern konnte er noch genau unterscheiden. Oder vorgestern oder vor einem Jahr oder vor einem halben Jahr. Was wirklich schlimm war oder nur ein bißchen schlimm war. – War es nun schlimm, eine Frau zu lieben, die zu einem anderen gehörte? Oder war es nur ein bißchen schlimm und ließ sich überwinden und beiseite stellen? Gestern oder vor einem Jahr hätte er noch eine klare Antwort darauf gewußt. Heute wußte er sie nicht mehr.

Aber es war jetzt nicht die rechte Zeit, darüber nachzudenken. Jetzt mußte man Jovana helfen, so oder so.

»Ich habe eine Schwester in Berlin«, sagte Barenth, »ich muß gerade an sie denken, weil du vorhin sagtest, man sei der Ansicht, eine Frau müsse sich freuen, wenn sie ein Kind bekommt. Also – meine Schwester hat drei. Das erste bekam sie neunzehnhundertneunundvierzig, und das war, bei Gott, keine gute Zeit in Berlin. Aber sie hat sich gefreut. Und bei den anderen beiden hat sie sich auch gefreut. Manchmal habe ich mich auch gewundert, aber es war eben so. Es sind sehr nette Kinder.«

»Ich nehme an, deine Schwester ist glücklich verheiratet«, meinte Jovana.

»Ja, das ist sie. Ihr Mann hat noch studiert, sie haben es schwer gehabt. Er verdient auch heute noch nicht sehr viel. Ich wollte damit auch nichts Besonderes sagen. – Ich meine nur, daß es so etwas gibt, daß eine Frau sich freut.«

»Wie reizend!« sagte Jovana. »Ich habe darüber auch in Büchern gelesen.«

»Na schön«, sagte Barenth, »reden wir jetzt nicht mehr davon. Ich werde darüber nachdenken. In fünf Tagen bist du hier mit der Arbeit fertig. Dann wirst du einen Entschluß fassen müssen. So oder so. Ich werde dir helfen, wenn du willst.«

»Ich gebe dazu meine Einwilligung nicht«, sagte Steffen heiser.

»Ich werde dich nicht darum fragen«, sagte Jovana.

Nach diesem Gespräch war sie einige Tage verträglicher. Die Aufnahmen konnten in einigermaßen harmonischer Atmosphäre weitergehen. Doch dann erreichte sie endlich Leila. Wenige Andeutungen genügten, und Leila verstand.

»Wie lange? Gottes willen, bist du verrückt? Da muß sofort etwas geschehen.« Das war alles, was Leila sagte.

»Ich komme übermorgen«, sagte Jovana.

Doch dann kam der Unfall.

Es war an ihrem vorletzten Aufnahmetag. Der Drehplan sah eine Ballszene vor, ein statistenreicher Tag, Musik, Tanz, Bewegung, viele kurze Einstellungen. Es gab lange Wartezeiten, es gab viel Durcheinander, es begann immer wieder von vorn, es klappte nichts. – Jovana mußte eine Treppe herunterkommen, in einem Ballkleid. Sie mußte während des Hinabgehens mit den Augen jemand suchen. Britta natürlich und Gregor. Es sprach sie jemand an auf der Treppe, ein netter junger Mann, den sie nicht beachtete. Sie mußte tanzen und dann wieder die Treppe, die sie wieder hinaufgegangen war, weil sie von dort den besseren Überblick hatte, hinabsteigen.

Den ganzen Tag die Treppe. Es war heiß im Atelier, sie waren alle nervös, überreizt, und Steffen, der selbst mit seinen Nerven am Ende war, hatte das Team nicht im Griff.

Jovana fühlte sich schlecht. Sie war einfach fertig, unter dem Ballkleid war ihr Körper naß von Schweiß, immer wieder mußte sie nachgeschminkt werden. Vor ihren Augen flimmerte es, ihre Füße waren schwer, ihr Hals trocken; Maltzahn, der im Atelier war, bemerkte ihren aufgelösten Zustand und brachte ihr mehrmals in den Pausen ein Glas Sekt, das sie durstig hinunterstürzte. Und dann geschah es.

Sie wußte nicht, zum wievielten Male sie diese verdammte Treppe hinunterging. Ohne auf die Stufen zu blicken, die Augen suchend in den Saal gerichtet. Ihr wurde schwindlig, vor ihren Augen war es schwarz, ihr Fuß verfing sich in dem langen, weiten Rock des Kleides, ihre Hand streckte sich suchend nach einem Halt aus, sie faßte den Kandelaber, der auf dem Treppenabsatz stand, der Kandelaber schwankte, sie bog sich zurück, und dann fiel sie die Stufen hinab, der Kandelaber stürzte über sie.

Er war weder aus Gold noch aus Eisen, aber immerhin einigermaßen stabil. Sie blieb bewußtlos liegen.

Damit waren die Aufnahmen zu »Champagnerfrühstück« für sie beendet. Und damit war auch die Frage beantwortet, ob sie das Kind, das sie nun im dritten Monat trug, abtreiben sollte oder nicht...

Sie kam mit einem gebrochenen Handgelenk und einer Gehirnerschütterung in die Klinik.

Als sie wieder so weit war, daß sie wußte, was geschehen war, als sie einigermaßen klar denken konnte, war es zu spät. Sie lag in der Klinik, den Arm in Gips, mit schmerzendem Kopf, schwindlig, aber dem Kind war nichts geschehen.

Zunächst war sie ganz apathisch, auch als man es ihr gesagt hatte.

Aber einige Tage darauf sagte sie zu Steffen: »Ich kann mir nicht einmal die Pulsader aufschneiden.«

Steffen saß an ihrem Bett und hielt ihre gesunde Hand.

»Jovana! Ich bitte dich, ich bitte von ganzem Herzen, kannst du dich nicht damit abfinden? Du weißt, daß ich alles für dich tun werden. Es sind doch nur noch ein paar Monate. Du verlierst gar keine Zeit. Du kannst im nächsten Herbst ins Engagement gehen, wie du es wolltest. Ich werde dir alles abnehmen, du wirst durch nichts behelligt. Jovana! Geliebtes! Bitte, sei vernünftig.«

»Sie hat es mir immer prophezeit, daß ich ein uneheliches Kind kriegen werde. Sie wird triumphieren. Ich bin weggegangen, ja. Und eine Zeitlang ist es gutgegangen. Und dann ist alles so gekommen, wie sie es gesagt hat. Oh, sie wird sich freuen, wie sie sich freuen wird. Du weißt, wovon ich spreche, nicht wahr? Ich spreche von Ahlsen. Sie werden sich alle freuen dort. Seht euch Jovana an, die hat sich eingebildet, sie ist etwas Besonderes. Schauspielerin! Ein Mädchen mit einem Kind. Das ist alles, was aus ihr geworden ist. Sie werden sich freuen.«

Barenth stand während dieser Szene am Fenster. Er wandte sich um und sagte böse: »Hör auf mit deinem verfluchten Theater! Kannst du immer nur Theater spielen? Kannst du nie wie ein wirklicher Mensch empfinden?«

Jovana blickte haßerfüllt zu ihm auf. »Ich werde sterben. Ich werde euch zeigen, daß ich das kann. Ihr kennt mich nicht. Ich lasse mich nicht zwingen. Ich lasse mich nicht zwingen!« Das letzte schrie sie laut, und dann sank sie aufschluchzend in die Kissen.

Eine Schwester kam ins Zimmer, sie blickte die Besucher vorwurfsvoll an. »Bitte, meine Herren, sie müssen gehen. Die Patientin darf sich nicht aufregen.«

Steffen und Barenth gingen langsam und schweigend den Gang der Klinik entlang, die Treppe hinab, durch den Vorgarten. Es war kalt, es war Herbst, die Bäume kahl, der Himmel grau. Barenth blickte Steffen besorgt an. Wie sah dieser Mann aus, alt, verquält, unglücklich. Er haßte Jovana fast, daß sie diesem Mann, der sie so sehr liebte, das antat.

»Bitte, Chef«, sagte er, »Sie machen sich ganz fertig. Ich kann es nicht mehr mit ansehen.«

»Was soll ich tun, Lothar? Sie ist imstande und tut sich etwas an.«

»Sie wird nicht. Sie wird sich abfinden. Es ist auch viel Lebenswillen in einer Frau, die ein Kind erwartet. Habe ich mir jedenfalls sagen lassen.«

»Ich werde morgen nach Hamburg fliegen und mit Dorothy sprechen«, sagte Steffen.

»Sie müssen natürlich mit Ihrer Frau sprechen, das sehe ich ein. Aber Sie sollten sich nicht scheiden lassen. Das ist doch Wahnsinn.«

»Du meinst, weil ich zu alt für sie bin?«

Barenth öffnete Steffen die Wagentür. »Lassen Sie mich fahren, Chef.« Ehe er abfuhr, gab er Antwort. Eine ehrliche Antwort.

»Weil *sie* zu jung für Sie ist. Ich kann mir nicht vorstellen, daß das gutgehen würde. Sie zerstören Ihr eigenes Leben damit – und das Ihrer Frau. Schön, Sie können sich später wieder scheiden lassen, wenn das Kind da ist. Aber was gibt das für ein Theater! Das alles kann man doch nicht geheimhalten. Sie sind ein bekannter Mann, Jovana ist keine Unbekannte mehr. Was für ein Fressen für die Presse! Was für ein herrlicher Skandal! Und Sie sind nicht der Mann, so etwas zu ertragen. Nein, Chef, das ist keine gute Lösung.«

»Weißt du eine bessere?«

»Ich werde darüber nachdenken.«

Sie fuhren ins Hotel, in dem sie jetzt wohnten, seit die Aufnahmen zu Ende waren, gingen in Steffens Zimmer, ließen sich Whisky heraufschicken, tranken schweigend, und nach einer Weile sagte Steffen: »Ich werde Dorothy anrufen.«

»Gut. Ich gehe so lange in mein Zimmer. Wir sehen uns später, Chef.«

In seinem Zimmer ging Barenth eine Weile auf und ab. Ein Gedanke formte sich in seinem Kopf. Und ehe er lange darüber nachgedacht hatte, verließ er sein Zimmer, ging in die Garage, holte seinen Wagen und fuhr in die Klinik zurück. Es war eine Privatklinik, und man ließ ihn ohne weiteres herein, obwohl es schon Abend war. Nur die Schwester, die er im Gang traf, meinte tadelnd: »Aber! Noch einmal. Sie soll doch Ruhe haben.«

»Es ist wichtig, Schwester. Ich bleibe nicht lange.«

»Dann sorgen Sie wenigstens dafür, daß sie etwas ißt. Jeden Tag trage ich das Essen wieder so fort, wie ich es hineinbringe. Das geht so nicht weiter.«

Ein kleines Lämpchen brannte am Bett, Jovana lag reglos, den Blick an die Decke gerichtet. Neben ihr auf dem Tischchen stand das Abendessen. »Mhm!« sagte Barenth. »Sieht gut aus.«

»Du?«

»Ja, ich bin noch mal gekommen. Mir ist was eingefallen. Und wenn du brav ißt, erzähle ich es dir.«

»Ich bin nicht neugierig.«

»Doch, bist du.«

Er setzte sich auf den Bettrand, nahm einen Löffel und begann von der Omelette, die da stand, kleine Bissen abzumachen und ihr in den Mund zu schieben.

Erst drehte sie den Kopf weg.

»Jovana, wenn du nicht ißt, bei Gott, ich verhaue dich trotz deines Zustandes. Komm, sei ein liebes Mädchen. Mach den Mund auf. Du kriegst dann auch einen Kuß von mir.«

Sie stieß ein kurzes Lachen aus. »Eine schöne Belohnung.«

»Ist es nicht? Du mußt mir mein Selbstbewußtsein nicht nehmen. Ich habe mir immer eingebildet, es wäre eine. – So, schön. So ist's brav. Schmeckt doch gut, nicht? Nun ein Blättchen Salat. Vitamine sind wichtig. So, sehr brav.«

»Wofür wichtig?«

»Für dich und für dein Baby.«

»Mein Baby?« fragte sie, und ihre Stimme zitterte.

»Ja, natürlich. Komm, mach den Mund auf, schnell. Ist gar nicht mehr viel, siehst du. – Weißt du, mir macht das Kummer. So ein armer kleiner Mensch, und er wird geboren und kann gar nichts dafür. Er wird schon schlecht behandelt, ehe er auf der Welt ist. Dabei ist das Leben nachher sowieso schwer genug. Du hast mir mal von deiner Maminka erzählt. Wie lieb du sie gehabt hast. Und sie dich. Glaubst du, sie hätte dich verhungern lassen, ehe du geboren warst? Los, mach den Mund auf! So, gut. Denk bloß mal, was du dem armen Baby antust. Seit Wochen kriegt es kaum zu essen, du trinkst und du rauchst, und das ist alles so schlecht für das Baby. Und du grämst dich und weinst und spielst verrückt. Was soll denn aus dem armen Kind werden? Ein unglücklicher, kranker, häßlicher kleiner Mensch. Das kannst du doch nicht wollen. Du könntest doch ein schönes, gesundes Kind haben. Du bist ein hübsches Mädchen. Und Steffen ist ein ansehnlicher Mann. Was für ein schönes Kind könntet ihr haben! Aber wenn das Kind nicht richtig gelingt, bist du selber schuld, und du würdest dir immer Vorwürfe machen und... Ach, komm, komm, nun wein doch nicht wieder.«

Aber es war zu spät. Ihre Lippen zitterten, Tränen rollten über ihre Wangen. Sie streckte den gesunden Arm nach ihm aus.

»Oh, Lothar! Lothar! Du machst dir ja direkt Sorgen um mein Kind.«

Das war das erste Mal, daß sie es ausgesprochen hatte: Mein Kind. Er hatte es genau gehört.

Er beugte sich über sie, sie schlang den Arm um seinen Hals, und er küßte sanft ihre Wangen, ihre Augen, die so viel geweint hatten in letzter Zeit, und dann küßte er auch ihren Mund. – Er hatte es sich so sehr gewünscht, sie wieder zu küssen. Aber nun war alles anders. Sie gehörte ihm weniger denn je. Er hatte sie ganz verloren.

Eine Weile hielt er sie so im Arm. Jovana hörte auf zu weinen, ihre Lippen lagen an seiner Wange.

»Du bist so lieb«, flüsterte sie. »Und ich war so gemein zu dir.«

Er befreite sich sanft von ihr, richtete sich wieder auf und sagte: »Ich bin noch viel lieber, als du denkst. Paß mal auf, ich werde dir erzählen, was ich mir ausgedacht habe.

Du kannst jetzt nicht mehr abtreiben, es ist einfach zu spät. Kein vernünftiger Arzt macht das. Auch Leila ihrer nicht. Du mußt das Kind bekommen. Und wenn du es bekommst, dann soll es auch was Rechtes werden. Siehst du das ein? – Und das ganze Gefasel da mit deiner Sippe zu Hause und dem unehelichen Kind... also so schlimm ist das heutzutage nicht mehr, wir leben ja nicht im vorigen Jahrhundert. Aber bitte! Bitte sehr, du sollst recht haben. Ich mache dir folgenden Vorschlag: Du heiratest einfach mich. Ich bin frei und ledig, ich habe mich immer mit allen Finessen gewehrt gegen eine Ehe, und das war manchmal gar nicht leicht, das kannst du mir glauben. Ich bin nämlich ein sehr begehrter Mann, nicht alle Frauen finden mich so widerlich wie du. Du heiratest mich, das ist eine kleine Formalität. Dann bist du eine verheiratete Frau, und kein Mensch kann etwas dabei finden, wenn du ein Kind bekommst. Und wenn alles vorbei ist, lassen wir uns scheiden. Das ist wieder eine kleine Formalität, und dann ist alles in bester Butter. Das überleg dir mal in Ruhe. Na?«

Sie war überwältigt. Lag und starrte ihn an. Lange Pause. »Das würdest du für mich tun?«

»Für dich und für Steffen. Ich halte es wirklich für Unsinn, wenn er sich scheiden läßt. Das gäbe einen unnötigen Skandal, und auf die Dauer geht es eben doch nicht. Mir macht das gar nichts aus. Im Gegenteil – ich bin dann eine Weile vor heiratslustigen Frauen geschützt, ich kann immer sagen: Bedauere, ich bin verheiratet.«

Das war der alte Barenth. Er sprach in leichtem Ton, er lächelte dabei, er schien das alles gar nicht schwerzunehmen.

Jovana sah ihn mit unergründlichem Ausdruck an. Sie wußte es besser. Sie wußte, daß es gar nicht leicht für ihn war.

»Ich kann das nicht annehmen«, sagte sie.

»Doch. Kannst du. Glaube mir, es ist besser so, als du machst so weiter wie bisher. Eines nur müßtest du mir versprechen. Eine Bedingung ist dabei.«

»Ja?«

»Du mußt ab heute dein Leben ändern. Du sollst gut sein zu deinem Kind. Du sollst nur noch tun, was für das Kind gut ist. Und du sollst dich wenigstens ein bißchen darauf freuen.«

Jovana schwieg. Ihr blasses kleines Gesicht war ganz weich, alle Verbitterung, aller Zorn waren daraus geschwunden. Sie sah ihn mit großen Augen an. Dann hob sie die Hand, legte sie an seine Wange.

Er nahm ihre Hand, küßte die Handfläche. Sie sagte leise: »Du hast ein gutes Herz.«

»Kann ich mir nicht vorstellen«, erwiderte er und versuchte seinen altbekannten Schnodderton wiederzufinden. »Wäre mir ganz neu. Ich bin bloß ein Feind von Komplikationen. Und ich kann es nicht ausstehen, wenn sich Menschen, die ich gern habe, das Leben verbiestern. Lohnt nicht. Ist gar nicht nötig. Geht anders auch. Man muß bloß immer versuchen, einen Ausweg zu finden. Ich will euer Ausweg sein, deiner und Steffens. Laß mir doch den Spaß.«

Jovana richtet sich langsam auf, bis sie saß.

»Hast du das Steffen schon gesagt?«

»Nein. Ich wollte es erst mit dir besprechen. Mir fiel das vorhin ein, und ich fand die Idee ganz gut. Aber ich wußte ja nicht, wie du sie findest. Hätte ja sein können, du schmeißt mir das Omelett an den Kopf...«

»Ach, Lothar!«

Sie blickte ihn an. Sie war verwirrt, erschrocken und beschämt. Das arme verlassene, ungeliebte Kind aus Ahlsen! Und doch war immer einer da, der ihr half. Bot sich ihr eine helfende, eine liebende Hand.

Nun also Barenth. So viel Unausgesprochenes war zwischen ihnen. Es war für sie nicht leicht zu begreifen, was sie mit ihm verband, denn so einem Mann war sie noch nicht begegnet. Steffen hatte ihr das Gefühl der Geborgenheit gegeben, das Gefühl, geliebt und umsorgt zu werden, behütet und bewahrt. Seine Liebe war Zärtlichkeit, war Güte, war eine Art Heimat für sie geworden.

Das, was sich zwischen Barenth und ihr entwickelt hatte, ganz unmerklich, so nebenbei, war etwas ganz anderes: etwas ganz anderes: etwas Jüngeres und viel Gefährlicheres: Es war Erregung, es war Kampf, es war Zorn, es war Leidenschaft – ja, auch das. Und das ganz besonders. Warum hatte es sie immer danach verlangt, von ihm geküßt zu werden? Obwohl es doch Steffen war, den sie liebte. Und warum hatte es sie nach mehr verlangt als nur nach ein paar Küssen? Es war schwer zu begreifen. Konnte man zwei Männer lieben? Doch, natürlich konnte man das, und erst recht, wenn sie so verschiedener Art waren. Und in gewisser Weise sich so ähnlich.

Jovana gab es auf. Es war einfach nicht zu erklären, und im Moment mußte es auch nicht erklärt werden.

Sie war nicht frei. Sie war gebunden, wie eine Frau nicht mehr gebunden sein kann: Sie erwartete ein Kind. Es würde nötig sein, sich zunächst damit auseinanderzusetzen. Steffen war der Vater des Kindes, und zu ihm mußte logischerweise ihre Bindung am engsten sein. Auch wenn Lothar Barenth tat, was er ihr soeben großherzig angeboten hatte.

»Du machst so ein nachdenkliches Gesicht«, sagte Barenth. Seine Stimme klang weich.

»Ja, weißt du«, sagte sie versunken, »weißt du, eigentlich ist es schade.«

»Was?«

»Daß du... daß es nicht wahr ist.«

Sie legte wieder den gesunden Arm auf seine Schulter. »Daß ich nicht wirklich deine Frau bin. Und daß das Kind...«

Er nahm ihren Arm von seinem Hals und hielt sie fest. »Das

– Jovana – darfst du nie wieder sagen. Denn gerade das ist es, was ich nicht hören kann. Alles hat seine Grenzen. Du darfst mich nicht quälen.«

Erschrocken blickte sie ihn an. »Oh, Lothar...«

»Du mußt dir darüber klar sein, daß ich nicht hierbleiben werde. Ich bin bereit zu tun, was ich gesagt habe. Aber danach werde ich fortgehen. Denn mit ansehen muß ich es ja nicht gerade, nicht wahr?«

»Du willst fortgehen?«

»Ja. Ich gehe nach Amerika, nach Hollywood. Du weißt, daß ich im vorigen Jahr mit Steffen drüben war, ich habe dort gute Verbindungen angeknüpft und kann dort arbeiten. Das wird sehr lehrreich für mich sein. Man muß die Nase auch mal vor die Tür stecken. Vielleicht bleibe ich drüben. Vielleicht komme ich eines Tages zurück; dann wird mein Kurs hier beträchtlich gestiegen sein. Hierzulande ist das so. Wenn man im Ausland gearbeitet hat, kriegen die Leute Respekt.«

»Du willst fortgehen?« fragte sie noch einmal.

»Ja«, sagte er bestimmt. Er sah sie an, sein Gesicht war unbewegt. »Ein bißchen muß ich auch an mich denken. Es ist ja nicht unbedingt nötig, daß ich ein unglücklicher Mensch werde.«

Jovana senkte den Kopf. »Nein. Das sollst du nicht. Aber ich werde sehr traurig sein, wenn du nicht mehr da bist.«

Er lächelte ein wenig. »Das glaube ich nicht. Vor drei Wochen hast du mir noch gesagt, wie widerlich du mich findest.«

»Ach, das... das habe ich doch bloß so in der Wut gesagt. Du weißt ganz genau, daß es nicht so ist, daß ich dich... daß ich dich sehr gern habe.«

Sie beugte sich vor, legte wieder den Arm um seinen Hals und schmiegte ihre Wange an seine. So saßen sie eine Weile regungslos. Dann drehte Jovana ihr Gesicht, bis ihre Lippen sich berührten. Zuerst blieb sein Mund kalt und stumm, aber sie ließ sich nicht beirren, sie küßte ihn liebevoll und mit Geduld, und schließlich erwiderte er ihren Kuß.

Hinter ihnen öffnete sich die Tür.

Er ließ sie langsam los und drehte sich um. Charlotte Gadomsky stand auf der Schwelle, den Arm voller Blumen, in der anderen Hand ein paar Tüten.

»Oh! Tut mir leid, Kinder. Ich konnte nicht anklopfen, weil ich die Hände voll hatte. Die Schwester hat mir die Tür aufgemacht.«

Sie kam näher und lächelte. »Wie es scheint, geht es der Patientin bereits besser. Schau an – der Barenth! Und ich dachte immer...«

Barenth stand auf. Er war nicht im mindesten verlegen. Er dachte: Ausgezeichnet! Das klappte prima. Sie kam wie auf ein Stichwort.

»Guten Abend, gnädige Frau! Ich weiß, was man so allgemein denkt. Ich weiß auch, was im Atelier geklatscht wurde. Kann man was dagegen machen? Man kann nicht. Hätte ich herumrennen sollen und sagen: Hört zu, Leute, das ist ganz anders, wie ihr euch das vorstellt? Zwecklos. Am besten läßt man den Leuten ihr Vergnügen. Morgen haben sie ein anderes Thema.«

»Ein sehr vernünftiger Standpunkt. Nun, ehrlich gesagt, ich finde das nett. Es ist irgendwie ... eh, besser so. Für euch alle. – Na, Jovana, wie geht's?«

Jovana konnte lächeln. »Danke, eigentlich schon ganz gut.«

»Darf sie ein Glas Sekt trinken?« fragte Charlotte. »Ich habe eine Flasche mitgebracht.«

»Wir beide werden ihn trinken, gnädige Frau«, sagte Barenth, »auf Jovanas Gesundheit und ihre Zukunft. Jovana darf mit Orangensaft anstoßen. Das ist zur Zeit besser für sie.«

Oh!« machte La Divina und lächelte.

Johannes

Anfang Mai gebar Jovana einen Sohn, ein schönes, wohlgestaltetes, gesundes Kind mit blauen Augen. Noch als sie es schon im Arm hielt, schien es keine Tatsache zu sein, sondern ein Traum. So viele Träume hatte sie geträumt in den vergangenen Jahren. Diesen nicht.

»Na«, fragte der Arzt, als er am Tage nach der Geburt bei ihr am Bett saß, »zufrieden? Ich finde, sie haben es gut gemacht.«

»Wirklich?«

»Ganz ausgezeichnet. Nicht jede Mutter hat vom ersten Tag an so ein hübsches Kind. Auf der Babystation sind sie ganz vernarrt in den Burschen.«

Jovana lächelte. Sie sah reizend aus. Sie hatte sich ein zartgrünes Nachthemd anziehen lassen, hatte sich frisiert und ein wenig zurechtgemacht. Sie fühlte sich bereits wieder großartig. – »Das liegt bei uns in der Familie. Ich war auch ein so hübsches Kind. Hat jedenfalls meine Maminka immer behauptet.«

»Schade, daß Ihr Mann nicht da ist.« – »Sehr schade.«

»Wie lange bleibt er noch in den Staaten? Wird er bald zurückkommen?«

»Keine Ahnung. Er ist ja noch nicht lange drüben. Und er hat einen guten Vertrag. Da kann ich ihm doch nicht dazwischenfunken, nur weil ich ein Kind bekomme. Das Geschäft ist hart in Hollywood.«

»Ja, ich kann es mir denken. Ich war auch einige Jahre drüben und habe eine Menge gelernt. Aber ich bin froh, daß ich wieder hier bin. Ich bin Oldenburger, wissen Sie. Ich bin auf dem Lande aufgewachsen, zwischen Pferden und Kühen, und das muß ich alles in der Nähe haben, sonst fehlt mir was. Ich bin überhaupt ein altmodischer Mensch. Und darum finde ich auch, ein Mann sollte dasein, wenn eine Frau ihr erstes Kind bekommt.«

»Ach ja!« Jovana seufzte ein wenig und machte ein betrübtes Gesicht. »Ich wünschte auch, er wäre hier.«

»Sie sind sehr tapfer, kleine Frau.« Der Doktor nahm ihre

Hand, tätschelte sie ein wenig und behielt sie in seiner.

Jovana lächelte ihn verträumt an. Er war ein großer, gutaussehender Mann, und sie hatte sich die ganze Zeit gewünscht, ein wenig mit ihm flirten zu können. Zumal sie das Gefühl hatte, er fühlte sich den Frauen, die bei ihm ein Kind bekamen, etwas verbunden.

»Es heißt immer, Kinderkriegen sei so schrecklich. Also ich fand das gar nicht. Ich habe es mir viel schlimmer vorgestellt. Das schlimmste war dieser gräßliche Bauch. Ich bin so froh, daß ich den los bin. Und ich werde bestimmt wieder wie früher?«

»Garantiert. Sie haben einen gesunden, gut durchtrainierten Körper, der wird wieder bildschön, das verspreche ich Ihnen. Und außerdem war es wirklich eine leichte Geburt. Wir sind kaum nachgekommen, so schnell ging das.«

»Wissen Sie, was Schwester Rosa gesagt hat? Ich hätte das Kind bekommen wie eine Katze.«

Der Arzt lachte. »So ungefähr könnte man es nennen.«

»Sicher liegt es daran, daß ich einen so guten Arzt habe.«

»Danke.«

»Doktor?« Sie blickte schmeichelnd zu ihm auf. »Sie könnten sich nicht eine Zigarette anzünden und mich einen Zug tun lassen?«

»Muß das sein?« »Bitte, bitte, nur einen Zug.«

»Was glauben Sie, was Schwester Rosa mit mir macht, wenn sie hereinkommt?«

»Sie wird Ihnen verzeihen. Sie liebt Sie so sehr.«

Das war am Vormittag. Am Nachmittag kam Mariane.

»Er ist da.«

»Na und? Wo ist er?«

»Draußen im Wagen. Er ist total durchgedreht. Er benimmt sich nicht wie ein, sondern wie drei Väter.«

Jovana lachte zufrieden. »Hol ihn herauf und sag ihm, er soll nicht so angeben. Kinderkriegen ist die einfachste Sache von der Welt. Und außerdem habe ich ein Musterexemplar zur Welt gebracht. So ein schönes Kind haben sie hier noch nie gesehen, sagt mein Doktor.«

Steffen, der zur Zeit in München eine Theaterinszenierung machte und – von Mariane verständigt – soeben eingetroffen war, erschien kurz darauf unter der Tür, einen Riesenblumenstrauß in der Hand, und seine Hand zitterte, als er ihn Jovana entgegenstreckte.

»Guck mich nicht so ängstlich an«, sagte sie. »Ich bin heil und ganz und werde auch wieder hübsch sein, sagt der Onkel Doktor.«

»Jovana!« sagte Seffen überwältigt.

»Komm, setz dich. Was für schöne Blumen!« Sie hielt ihm ihre Lippen hin, und Steffen küßte sie vorsichtig.

»Es geht dir gut?«

»Es geht mir bestens. Ich bin ein Naturtalent im Kinderkriegen. Und du hast ein Bild von einem Sohn. Das schönste Kind landab, landauf. Du wirst ihn nachher gleich sehen.«

Steffen fand keine Worte. Er sah sie an, und, wirklich, er hatte Tränen in den Augen.

Jovana kam sich vor wie eine lebenspendende Göttin. Eigentlich war das alles sehr schön. Man mußte das auch einmal erlebt haben. »Freust du dich?« fragte sie.

»Freuen?« fragte er zurück. Seine Stimme gehorchte ihm nicht ganz. »Du hast mich zum glücklichsten Menschen der Welt gemacht.«

»Na, das ist ja fein«, sagte Jovana befriedigt. »Weißt du, was ich gern möchte?«

»Was, mein kleines Mädchen?«

»Ein Radio. Ich würde gern ein bißchen Musik hören.«

Das löste den Bann. Steffen lachte. »Sollst du kriegen. Ich werde dir nachher gleich eines besorgen.«

Aber er war wieder ganz verstört, nachdem er das Kind gesehen hatte. Er saß an ihrem Bett, legte sein Gesicht in ihre Hand und sagte immer wieder: »Ein Sohn! Mein Gott! Ich habe einen Sohn!«

»Du mußt das nicht so ausposaunen«, meinte Jovana sachlich. »Das weiß doch hier keiner, daß du es bist. Alle bedauern mich, daß mein Mann in Amerika ist. Und ich erzähle ihnen immer wieder, wie schrecklich traurig ich darüber bin.«

Eine Woche später kehrte Jovana mit ihrem Sohn in ihre Wohnung zurück. Und nun begannen eigentlich erst die Schwierigkeiten. Sie war sehr stolz auf ihn, nach und nach kamen alle ihre Freunde, um ihn zu bewundern. Die ganze Schauspielschule natürlich. Bettina, Leila. Mariane war sowieso die meiste Zeit da, denn sie sagte: »Du machst das sowieso nicht richtig. Ich muß dir erst beibringen, wie du mit ihm umgehst.«

Jovana schaute zu, fand es aber sehr schön, wenn Mariane ihr die meiste Arbeit abnahm.

Mariane war überhaupt im Laufe der vergangenen Monate so etwas wie eine Ersatzmutter für sie geworden. Als sie damals im

Winter, nach einem Erholungsurlaub in den Bergen, nach Hamburg zurückkehrte, mit ihrem Schicksal einigermaßen abgefunden, war es auch Mariane gewesen, die Jovanas Leben in die Hand nahm. Steffen und Barenth hatten das für richtig befunden. Mariane mußte eine Frau engagieren, die halbtags den Laden versorgte. Steffen bezahlte das natürlich, und in der Zeit, über die Mariane nun verfügte, war sie bei Jovana. Bis zum Februar ging Jovana noch in die Schule oder, genauer gesagt, ins Schauspielstudio Norden, wie Bettina jetzt firmierte. Bettina war inzwischen umgezogen, hatte eine größere Wohnung in Harvestehude, und das Studio wuchs und gedieh. Bettina hatte gesagt: »Mußte das sein?«

»Nö, eigentlich nicht. Aber ich bin eben blöd. Passiert mir auch nicht wieder.«

»Und wie soll das weitergehen?«

»Das wird sich finden«, sagte Jovana leichtherzig.

Am meisten erschüttert war Leila gewesen. »Du kriegst ein Kind? – Also das werde ich nie begreifen.«

»Andere Frauen bekommen auch Kinder. Vielleicht muß man das mal erleben«, belehrte Jovana sie und kam sich sehr überlegen vor.

»Wissen möchte ich nur, wer nun wirklich der Vater des Kindes ist, Steffen oder Lothar.«

»Aber Leila!«

»Du wirst mir doch nicht einreden, daß Lothar dich aus reinem Altruismus geheiratet hat?«

»Er liebt mich eben«, sagte Jovana schlicht.

»Aha. Und darum entfleucht er nach Amerika. Ich werde dir sagen, was du bist, Jovana: ein ganz verschlagenes, hinterhältiges Biest. Ich habe mir, bei Gott, schon allerhand geleistet in meinem Leben, aber gegen dich bin ich eine Klosterschülerin. Du bist ein ganz raffiniertes Stück. Du hast mit beiden Männern geschlafen. Und du hast zwei Väter für dieses Kind. Das lasse ich mir nicht ausreden.«

Jovana lächelte. »Du hast eine wilde Phantasie, Leila.«

»Ich habe immer gewußt, daß Lothar in dich verliebt ist. Ich kenne ihn doch. Der hat eine große Schnauze, solange es Spiel ist. Und der wird verdammt kleinlich, wenn es ernst wird. Aber daß er das mitgemacht hat, dieses komische Dreieck, das paßt überhaupt nicht zu ihm. Ich glaube, er ist sehr unglücklich. Und darum geht er fort. Und warum kannst du nicht wirklich seine Frau sein?«

»Aber ich liebe Steffen.«

»Und Lothar?«

»Den auch.«

»Du bist ein Luder!« sagte Leila mit Überzeugung.

Jovana gefiel das. Sie wollte gern ein Luder sein. Noch war sie in dem Alter, das interessant zu finden.

Sie hatte sich sehr schnell mit den Tatsachen abgefunden. Steffen und auch Barenth, solange er noch da war – er verschwand Ende Januar nach Amerika –, erlebten mit Staunen den vollkommenen Stimmungsumschwung Jovanas. Sie schaltete buchstäblich von einem Tag zum anderen um. Sie war eine verheiratete Frau und würde ein Kind bekommen. Die Szenen, die Tränen, die wilden Ausbrüche hörten auf, sie wurde still und sanft, trug eine Duldermiene zur Schau und ließ sich von Steffen verwöhnen. Gesundheitlich ging es ihr ausgezeichnet. Der Arm war gut geheilt. Von der Gehirnerschütterung, die nur leicht gewesen war, blieben keine Nachwirkungen. Sie wurde täglich hübscher. Eine neue Rolle war zu spielen – und sie spielte sie meisterhaft.

Viel schwerer nahm Steffen das alles. Natürlich ging ihm die Heirat, die kleine Formalität, wie Barenth es genannt hatte, sehr gegen den Strich. Es war eine unehrliche Lösung, fand Steffen, die Unbekümmertheit der jungen Leute konnte er nicht teilen. Andererseits war es eine gute Lösung, das wußte er wohl. Es ging hier um Jovanas Wohl, nicht um seine engherzigen Bedenken.

Steffen hätte sich gern zu seinem Kind bekannt. Aber das ging nun einmal nicht. Außer den wenigen Eingeweihten, Barenth, Bettina und Mariane, wußte keiner die Wahrheit. Und Dorothy natürlich.

Dorothy hatte sich großartig benommen. Kein böses Wort, kein Vorwurf. Falls sie litt, tat sie es stumm für sich. Sie hatte sich ein Kind so sehr gewünscht und hatte es nicht bekommen. Hatte sie ein Recht, ihm nun das Leben schwerzumachen? Sie bot ihm die Scheidung an, denn auch ihr gefiel das Arrangement nicht. Aber das war nicht ihre Sache.

»Du bist der beste Freund, den ich je hatte und je haben werde«, sagte Steffen einmal zu ihr. Sie lächelte ein wenig traurig. Das war alles, was ihr geblieben war.

Doch nun geschah etwas Erstaunliches.

Im Juni rief Dorothy eines Tages bei Jovana an und fragte, ob sie sie besuchen dürfe.

»Oh!« sagte Jovana erstaunt. »Natürlich. Ich würde mich freuen.«

Steffen war nicht da; er war zur Zeit in Berlin, um die Aufnahmen für den Plaschke-Film vorzubereiten, der Zeitstoff, in dem Jovana die Hauptrolle spielen würde. Ende Juli wollte man mit den Aufnahmen beginnen.

Dorothy war befangen, als sie kam. Jovana nicht. Sie zeigte voll Stolz das Kind, das blond und rosig in seinem Bettchen lag, und Dorothy, als sie da stand und das Kind, Steffens Kind, ansah, mußte sich beherrschen, um nicht zu weinen.

Sie schwieg sehr lange, und dann sagte sie: »Ich beneide Sie, Jovana.«

»Na ja«, meinte Jovana, »so einfach ist das alles auch nicht.« – Sie war nun doch ein wenig verlegen. Sie blickte Dorothy scheu an, die Situation war kompliziert. Und da ihr nichts anderes einfiel, fragte sie kindlich: »Sie sind nicht böse mit mir?«

Dorothy sah das Mädchen an, das Steffen liebte und das sein Kind zur Welt gebracht hatte.

»Nein«, sagte sie langsam. »Was hätte das für einen Sinn?«

»Sie sind sehr großzügig. Sie haben es mir nicht schwergemacht. Und Sie haben es Steffen nicht schwergemacht. Ich war so dumm und so allein. Ich habe das alles nie richtig begriffen. Als ich mich in Steffen verliebte – eigentlich schon damals, als er mich im Wald auflas –, da dachte ich natürlich nicht daran, daß er eine Frau haben könnte und so. Das war blöd von mir. Und später kannte ich Sie nicht, und es war mir egal. Steffen hat einmal zu mir gesagt, ich hätte meine eigene Moral. Vielleicht ist das etwas Schlechtes. Aber ich bin so.«

»Ja, Jovana, Sie sind so. Und ich denke nicht einmal, daß es etwas Schlechtes ist. Jeder Mensch, der eine starke Persönlichkeit ist, hat eine eigene Moral. Man kann ihn nicht mit allgemeinen Maßstäben messen. Sie sind überhaupt ein Mensch mit sehr viel Kraft. Sie sind viel stärker als Steffen. Sie werden Ihren Weg gehen. Und Sie werden immer tun, was Sie wollen. Sie sind aus dem richtigen Holz, aus dem man sein muß, wenn man Karriere machen will. Steffen sagt das auch.«

»Er kennt mich gut, nicht wahr? Und ich hoffe, Sie haben recht.«

Dann ging Jovana in die Küche, um Tee zu kochen.

Währenddessen stand Dorothy und sah das Kind an. Plötzlich erwachte es, gähnte mit seinem kleinen Mund und schlug die Augen auf, große blaue Augen. Ihr kam es vor, als sähe er sie an. Sie streckte vorsichtig einen Finger aus, wagte aber nicht, Steffens Sohn zu berühren. Wie schön er war! Und sah er Steffen nicht ähnlich?

Wieder kämpfte sie mit Tränen.

»Er ist wach«, sagte sie, als Jovana wieder ins Zimmer kam.

»Ah ja?« Jovana beugte sich über das Kind. »Warum schläfst du nicht mehr, Genosse? Es ist noch gar nicht Zeit für dich. Jetzt wollen wir erst mal unseren Fünfuhrtee haben.«

»Schreit er nicht?« fragte Dorothy schüchtern.

»Eigentlich selten. Er ist ein sehr disziplinierter kleiner Mensch. Das muß der Umgang mit Mariane ausmachen.«

Sie tranken also Tee, unterhielten sich über dies und das, sehr kultiviert, sehr vorsichtig.

»›Champagnerfrühstück‹ ist ausgezeichnet geworden«, sagte Dorothy höflich. »Sie haben großartige Kritiken bekommen, Jovana. Aber das wissen Sie ja selbst – Sie spielen Britta glatt an die Wand.«

Jovana lachte. »Gut, was? Und dabei war ich in so einem irren Zustand damals. Gott, was habe ich verrückt gespielt.«

Das Kind gab einen kleinen quäkenden Laut von sich.

Dorothy sprang auf und ging zu dem Bettchen.

»Jetzt will er sicher was!«

»Er kriegt gleich was«, sagte Jovana ungerührt. »Noch eine Tasse Tee, gnädige Frau?«

»Was werden Sie mit ihm machen, wenn Sie den neuen Film drehen?«

»Ich denke, daß Mariane ihn versorgen wird. Frau von Grabow, meine ich. Ich weiß nicht, ob Steffen von ihr erzählt hat. Sie kann das prima. Es ist ja ein bißchen eng bei ihr, aber es wird schon gehen.«

»Und wenn Sie ins Engagement gehen?«

»Dann nehme ich ihn mit. Ich muß halt sehen, daß ich eine Kinderschwester für ihn kriege. Irgendwie wird es schon gehen.«

Dorothy öffnete den Mund. Schloß ihn wieder. Und plötzlich stieß sie hervor, ihre Wangen röteten sich dabei: »Wollen Sie ihn mir nicht geben, Jovana?«

Jovana starrte sie erstaunt an. »Ihnen?«

»Ja, mir.« Dorothy war rot geworden, jetzt wurde sie bleich. Sie war sehr erregt, sie sprach rasch, ohne Pause. »Sie verstehen das vielleicht nicht, Jovana. Und es ist ungeheuerlich, was ich Ihnen da vorschlagen will.

Ich habe nie Kinder gehabt, das wissen Sie ja. Sie werden

sagen, ich verstehe nichts von Kinderpflege. Aber es ist so: Mein Bruder hat ein sehr gutes Kindermädchen. Sie ist seit zwölf Jahren bei ihm im Haus. Aber seine Kinder sind inzwischen groß, der Älteste macht nächstes Jahr sein Abitur. Sie brauchen kein Kindermädchen mehr. Betty könnte zu mir kommen. Und wir haben Platz genug in unserem Haus. Er – er hätte alles dort, was er braucht.«

Jovana blickte Steffens Frau fassungslos an. »Sie wollen mir das Kind wegnehmen?«

»Nein«, rief Dorothy, »bitte, Jovana, mißverstehen Sie mich nicht. So meine ich das nicht. Es ist nur so ein Gedanke von mir. – Ich weiß doch, daß Ihre Karriere Ihnen wichtig ist. Sie werden doch kaum Zeit haben für das Kind. Oh, bitte, Jovana, sehen Sie mich nicht so an. Vielleicht ist es dumm, was ich sagte. Vergessen Sie es.«

»Das ist ja ein dolles Ding«, murmelte Jovana. Sie goß sich noch einmal Tee ein, rührte gedankenverloren in ihrer Tasse. Dann schlug sie die Beine, die in langen grauen Hosen steckten, übereinander und zündete sich eine Zigarette an.

»Haben Sie das mit Steffen so besprochen?«

»Ich habe mit Steffen überhaupt nichts besprochen. Er weiß nicht einmal, daß ich hier bin.«

»Ein reichlich kompliziertes Familienleben«, sagte Jovana. Und dann lächelte sie plötzlich. »Das müssen Sie doch zugeben, gnädige Frau?«

»Sagen Sie Dorothy zu mir. Wenn Sie mögen. Und bitte, Jovana, denken Sie einmal darüber nach. Niemand will Ihnen das Kind wegnehmen. Und niemand als ich könnte es besser verstehen, wenn Sie sich nicht von ihm trennen wollen. Nur ...« Dorothy preßte die Hände zusammen, dann griff sie auch nach einer Zigarette. In ihrem ganzen Leben war Dorothy nicht so unsicher, nicht so verwirrt gewesen. Nur eins wußte sie ganz sicher: Sie wollte das Kind haben, Steffens Kind.

»Ich werde mir das überlegen«, sagte Jovana. »Und Sie sollten das einmal mit Steffen besprechen.«

Am Abend erzählte Jovana Mariane von diesem Gespräch. Die schüttelte den Kopf.

»Verrückt! Bei dir wächst sich alles so exzentrisch aus. Und du würdest ihn wirklich hergeben?«

»Was heißt denn hergeben? Er würde dort bestens versorgt. Ich kann ihn nicht mit auf die Proben nehmen oder mit ins Filmatelier, nicht? Ich müßte ihn sowieso einem Kindermädchen überlassen. Es sei denn, du könntest dich entschließen, mit mir zu gehen.«

»Ich? Meine Liebe, ich bin kein Zigeuner. Du hast ja gehört, daß Hans-Günther demnächst heiratet. Kann sein, er bekommt auch Kinder.«

»Na ja, eben, dann mußt du dort die Oma spielen. – Ich weiß nicht, was du hast: Je mehr ich darüber nachdenke, um so besser finde ich Dorothys Idee.«

»Das sieht dir ähnlich. Immer kommt einer, der für dich die Kastanien aus dem Feuer holt. Das ist auch ein Talent, das man haben muß.«

»Und ich glaube, Steffen wäre sehr glücklich. Wo er doch so begeistert ist von dem Kind. Und wenn ich es mir genau überlege, ist das sehr gerissen von Dorothy. Sie hätte dann alles schön unter einem Hut, Steffen und den Jungen. Dies ist gar nicht dumm.«

»Hast du eigentlich ein Herz, Jovana?«

Jovana machte eine beleidigte Miene. »Doch. Habe ich. Aber ich habe auch noch etwas anderes. Ein Ziel. Verstehst du denn das gar nicht?«

Den Ausschlag gab Bettina.

»Aber ich finde das großartig«, sagte sie. »Etwas Besseres könnte dir gar nicht passieren und dem Kleinen übrigens auch nicht. Du würdest ihn sowieso vernachlässigen. Hast du vergessen, was ich immer versucht habe, dir beizubringen? Es gibt nur ein Entweder-Oder in diesem Beruf. Du wirst deine ganze Kraft brauchen. Du wolltest das Kind nicht haben, nicht wahr? Du wolltest es loswerden. – Schön. Du hast es zur Welt gebracht. Und nun bietet sich dem Kind das bestmögliche Leben, das ich weit und breit für ihn entdecken kann. Sei bloß keine Egoistin, Jovana. Sei es für dich – aber nicht für das Kind. Es bleibt trotzdem dein Sohn.«

»Jeder wird sagen, ich sei ein herzloser Mensch. Eine ganz und gar unnormale Frau ...«

»Denke ausnahmsweise einmal nicht darüber nach, welchen Eindruck du auf andere machst. Wer dich kennt, weiß sowieso, was er von dir zu halten hat.«

»So? Was denn?«

»Es ist nicht nötig, das jetzt zu erörtern. Ich, zum Beispiel, halte eine ganze Menge von dir. Als Schauspielerin. – Und auch als Frau, denn langsam kann man dich jetzt so bezeichnen. – Daß du eine hervorragende Mutter werden wirst, daran zweifle ich. Vielleicht wenn du wirklich in einer normalen Ehe leben würdest und schon beruflich ein Stück weiter wärst, dann könntest du auch ein Kind in deinem Leben unterbringen. So, wie es jetzt ist, wird das Kind notgedrungen immer eine Nebenrolle spielen müssen. Und soviel ich weiß, beanspruchen kleine Kinder sehr viel Liebe, sehr viel Pflege, sehr viel Zeit. Nehmen wir mal an, die Liebe könntest du aufbringen. Aber das andere? Eines käme immer zu kurz: der Beruf oder das Kind. Oder auch du, wenn du dich zersplitterst. Ich habe keine Kinder gehabt. Damals, als ich jung verheiratet war und meinen Mann sehr liebte, das weißt du ja, habe ich mir ein Kind gewünscht. Nachher war ich dann sehr froh, daß ich keins hatte. Es wäre in unserer Situation schrecklich gewesen.«

Mariane, die bei diesem Gespräch zugegen war, sagte:

»Je mehr ich darüber nachdenke, um so besser finde ich Dorothys Vorschlag. Ein schönes Haus, Platz, ein Kindermädchen, eine Frau, die Zeit hat und offenbar sehr viel Liebe für ein Kind, und schließlich Steffen, der ja so selig ist über seinen Sohn – was kann man mehr wünschen. Zum Besten des Kindes. Wenn ich mir Jovana so ansehe, ich kann mir nicht vorstellen, wie das werden soll. Jetzt sitzt sie hier schon wieder auf dem Absprung, in drei Wochen fängt der neue Film an. Wenn man sie sieht, hat sie das Drehbuch vor der Nase oder probiert vor dem Spiegel neue Frisuren und neue Schminktechniken aus. – Ja, Bettina hat mit jedem Wort recht, du würdest das Kind vernachlässigen. Schön, eine Weile könnte ich ihn noch behalten, dann müßtest du einen fremden Menschen für ihn anstellen. Du würdest ihn sehen zwischen Probe und Vorstellung, und das wäre so ziemlich alles.«

Jovana blickte von einer zur anderen. Sie war innerlich bereits entschlossen, Dorothys Angebot anzunehmen. Aber sie spielte noch ein bißchen Theater: die junge Mutter, der das Herz brach, weil sie ihr Kind hergeben sollte.

Bettina durchschaute sie. »Vielleicht adoptieren sie ihn, dann wäre der Fall gleich gelöst.«

»Ach nein«, widersprach Jovana, »das denn doch nicht! Wenn ich schon ein Kind geboren habe, dann gehört es mir auch. Später, wenn er mal in die Schule geht oder so, kann ich vielleicht mehr mit ihm anfangen. Dann muß man ihn nicht trockenlegen und pausenlos füttern, dann kann man vernünftig mit ihm reden, das stelle ich mir nett vor. Und wenn ich eine alte Dame von zweiundvierzig bin, habe ich einen zwanzigjährigen Sohn, der vielleicht mal mit mir schick ausgeht. Ist das nichts?«

Die beiden Damen lachten.

»Voilà! C'est ça, Jovana«, sagte Bettina abschließend. »Gott erhalte dich, wie du bist, mein Kind. Dann braucht man um dich keine Angst zu haben.«

Übrigens: Man hatte Jovanas Sohn auf den Namen Johannes getauft. So hatte Steffens Vater geheißen.

Die erste Klappe zu ›Die goldenen Träume‹, wie der Film jetzt hieß, der das bewegte Leben eines Mädchens erzählte, das vom Osten in den Westen kam, fiel Ende Juli. Die Aufnahmen dauerten relativ lange, denn der Film hatte viele Schauplätze und führte das Team durch mehrere Städte und Landschaften der Bundesrepublik. Es war genauso, wie Plaschke es sich damals vorgestellt hatte: Man würde einen Querschnitt durch das Leben und die Atmosphäre dieses Landes in dieser Zeit bekommen.

Für Jovana und Steffen war es eine große und anstrengende, aber auch sehr beglückende Arbeit. Der Höhepunkt ihrer bisherigen Zusammenarbeit. Sie waren so gut aufeinander eingespielt, verstanden sich in großen und kleinen Dingen ohne viele Worte, so daß es fast keine Schwierigkeiten gab. Jovana war in glänzender Form. Sie sah blendend aus, war ein wenig reifer geworden; ihre Figur war schöner als je zuvor, schlanker und gestreckter, der Babyspeck sei weg, wie Steffen einmal scherzhaft sagte. Sie war voller Leben, voll Anmut und graziöser Beweglichkeit. Es war oft ein ästhetischer Anblick, ihr zuzusehen, wie sie sich bewegte, wie sie gelernt hatte, ihren Ausdruck zu wandeln und manchmal – ohne ein Wort – unendlich viel auszudrücken. Sie war sich ihrer Mittel nun schon sehr sicher.

Das war ein Glück, denn die Rolle war groß und vielseitig. Immer wieder hatte sie wechselnde Partner, und da der Film, wie Plaschke es gewünscht hatte, in allen Rollen, auch in Nebenrollen, hervorragend besetzt war, traf sie mit manch bekanntem Namen zusammen. Michael Jaack hieß der junge Schauspieler, Plaschkes Entdeckung, der den Flüchtling wider Willen spielte und dessen Rolle auch ziemlich umfangreich war. Er war ein sympathischer Junge, Ende Zwanzig, der sich nahtlos in das Team einfügte, immer kameradschaftlich und guter Laune.

Einer von Jovanas Partnern war Frank Thorian. Er hatte in diesem Jahr bereits in zwei Filmen gearbeitet, einmal eine kleine Rolle in Hamburg, die zweite, schon recht ansehnlich, in einem

Diova-Film, die er durch Steffens Vermittlung bekommen hatte. Frank spielte einen reichen Nichtstuer, einen Playboy, dessen Freundin Jovana eine Zeitlang ist und an dessen Seite sie ein Luxusleben führt. Die Liebesszenen mit Frank waren die ausführlichsten und gewagtesten des Films. Bei den Außenaufnahmen zu diesem Part kamen sie auch auf die Insel Sylt. Sogar eine kurze Nacktszene war dabei, in dieser Zeit noch eine Seltenheit im deutschen Film. Jovana zog sich aus und lief nackt zum Wasser und in die Brandung hinein. Das übliche Bild am Sylter Strand. Die Kamera hielt sich zwar in dezenter Entfernung, doch Steffen hatte Bedenken gehabt.

Jovana sagte: »Wozu denn das? Das ist hier so üblich, und da findet kein Mensch was dabei.«

»Du auch nicht?« – »Ich auch nicht.«

Es wurde sehr viel über diesen Film geschrieben. Plaschke hatte eine große Werbung gestartet, und schon während der Dreharbeiten interessierte sich das Ausland für den Film. Plaschke war selig. Das war ein Film nach seinem Herzen. Wann immer er Zeit hatte, tauchte er bei den Dreharbeiten auf. Vor allen Dingen war es Jovana, die er ins Herz geschlossen hatte. Er verwöhnte sie mit Geschenken und Blumen, und wenn er einen Journalisten zwischen die Finger bekam, lobte er sie in höchsten Tönen. Der Name Jovana Maris rückte mit diesem Film, noch ehe er abgedreht war, in die erste Rangliste auf. Sie bekam laufend Angebote. Die Gagen, die man ihr bot, konnten sich sehen lassen.

Steffen beobachtete dies gewissermaßen mit einem lachenden und einem weinenden Auge. Die Zeit des Beginns, als sie sein Geschöpf war, als sie ihm allein gehörte, in allem und jedem abhängig von ihm – diese Zeit war vorüber. Rein äußerlich gesehen, blieb zwar alles wie zuvor. Jovana fühlte sich ihm eng verbunden und ließ ihn das merken. Sie hatte den gleichen Ton behalten, den Ton zärtlicher und zutraulicher Liebe, sie besprach alles mit ihm, fragte ihn um Rat und befolgte seine Ratschläge auch, und während der ganzen Drehzeit bestand ein herzliches Einverständnis zwischen ihnen. Niemals mehr kam die Gereiztheit auf wie damals während der Aufnahmen zu »Champagnerfrühstück«. Nur ihre damalige Verfassung war der Anlaß gewesen, sie war wieder völlig normal, hatte selten Launen, war diszipliniert bei der Arbeit und unkompliziert im Privatleben.

Während der Atelieraufnahmen in Berlin wohnten sie wie vor zwei Jahren bei Gerti und Rudi, und dies, könnte man noch hinzufügen, war auch ein Höhepunkt ihres Zusammenseins, eine letzte, sehr intensive, sehr glückliche Zeit, denn bald würde die Trennung kommen: Jovana würde ihren weiteren Weg allein gehen müssen.

Natürlich war die Versuchung groß, alle Theaterpläne aufzugeben und die so erfolgreich begonnene Filmkarriere fortzusetzen. Man bot ihr laufend Stoffe und Drehbücher an, sie konnte sich das Beste aussuchen. Und sie hätte damit eine Menge Geld verdienen können. – In dieser Beziehung beeinflußte Steffen sie nicht. Das war ihre Entscheidung. Aber er sah mit Freude, daß sie nicht davon abzubringen war, ihr Engagement in W. anzutreten. Sie würde in die Provinz gehen und Theater spielen. Noch einmal ganz unten anfangen. Welche junge Filmschauspielerin würde nach diesem glänzenden Start diesen Enthusiasmus aufbringen?

Sicher, es war keineswegs tiefste Provinz. W. war eine ansehnliche Großstadt mit annähernd 400 000 Einwohnern, mit einem guten und renommierten Theater, aber es würde doch ein ganz anderes und lange nicht so spektakuläres Leben sein, das sie erwartete. Natürlich mußte sie das Engagement verspätet antreten, das ließ sich durch die lange Drehzeit des Films nicht verhindern.

Fast jeden Abend telefonierten sie mit Hamburg. Steffen bestand darauf. Man müsse doch wissen, wie es Johnny ginge, was er mache, ob er gesund sei. Fast war er enttäuscht, daß Dorothy so wenig zu berichten hatte.

Einmal sagte sie lachend zu ihm am Telefon: »Mein Gott, Steve, was erwartest du? Er ist ein Baby, er schläft die meiste Zeit, er bekommt sein Fläschchen, er ist sehr artig und schreit selten. Weitere Sensationen hat er noch nicht zu bieten.«

»Na ja, ich dachte nur«, antwortete Steffen ein wenig verlegen. »Man hört doch oft, daß Kinder Schwierigkeiten haben, wenn sie Zähne bekommen.«

»So weit ist es noch nicht. Das dauert noch eine Weile. Dieses Geschrei wirst du dann vielleicht mitbekommen.«

Einmal fragte er: »Lacht er schon?«

Dorothy darauf: »Ich bilde es mir ein. Aber Betty sagt, es stimmt nicht. Er verzieht nur mal das Gesicht, wenn er einen sieht. Aber sonst findet sie, er ist das hübscheste Kind, das sie je gesehen hat. Das müßte Claudia hören, sie wäre tief beleidigt.«

Claudia war Dorothys Schwägerin, deren Kinder Betty bisher betreut hatte.

»Betty meint auch, man könne heute schon sehen, daß er sehr intelligent sei. Sie hätte Erfahrung, sagt sie, und könne das beurteilen.«

Dorothys Stimme klang glücklich. Das Kind schien ihr ganzes Leben auszufüllen. Natürlich sprach auch Jovana mit ihr. Aber ihr Eifer war lange nicht so groß wie Steffens. Nur ein wenig Eifersucht empfand sie manchmal, es war meist eine flüchtige Empfindung, die sie schnell wieder vergaß. Johnny war so klein, ihm war es ganz egal, wer ihn betreute.

Gerti sagte einmal: »Also irgendwie finde ich das ja etwas merkwürdig mit euch. Ich hätte nie gedacht, daß Steffen so kinderverrückt ist. Möchte bloß wissen, warum er dann selber keine fabriziert hat.« Dabei blickte sie Jovana vielsagend an.

Jovana lächelte liebenswürdig. »Wundert mich auch.«

»Wundert dich nicht, du Schlange«, gab Gerti zurück. »Man kann sich allerhand denken, wenn man das so miterlebt. Wie viele Kinder wirst du noch bekommen?«

»Ich habe nicht die Absicht.«

Jovana war klüger geworden, sie verstand es nun, sich zu schützen. Ihr netter Arzt in Hamburg hatte sie endlich aufgeklärt.

Eines Abends erzählte Dorothy ganz aufgeregt am Telefon: »Stell dir vor, Wilhelm war hier.«

Wilhelm war Dorothys ältester Bruder, das Oberhaupt der Burmeester-Sippe, ein stocksteifer, stolzer Hanseat, sehr unzugänglich. Nie war es Steffen gelungen, auch nur ein scheinbar freundschaftliches Verhältnis zu ihm herzustellen. Es war ihm gar nicht mehr erinnerlich, wann er einmal in dem Haus auf dem Uhlenhorst zu Besuch gewesen war.

»Was wollte er denn?«

»Johnny besichtigen.«

»So.«

»Ja. Er war sehr zugeknöpft, examinierte mich, was das eigentlich zu bedeuten habe und was für ein Kind das sei, das wir da ins Haus genommen hätten.«

»Und? Was hast du gesagt?«

»Die Zeiten, da mein großer Bruder mich einschüchtern konnte, sind vorbei. Ich habe ihm gesagt, es sei das Kind einer guten Freundin von uns, die sehr beschäftigt sei. Und eventuell hätten wir die Absicht, das Kind zu adoptieren.«

»Das hast du dich getraut zu sagen?«

»Hab' ich glatt. Kann ihm doch egal sein. Er würde ja nicht den gottähnlichen Namen Burmeester tragen.«

Steffen lachte erheitert. So respektlos hatte Dorothy noch nie von ihrer Familie gesprochen, und früher hatte es Wilhelm sehr wohl verstanden, sie einzuschüchtern. Ganz anders als Karl-Friedrich, der jüngere Bruder, der wesentlich aufgeschlossener und moderner war als der ältere.

»Na und dann?«

»Nichts weiter. Er trank einen Sherry, ließ sich das Kind zeigen. Johnny benahm sich sehr gentlemanlike, er guckte nur und gab keinen Ton von sich. Und Wilhelm ließ sich sogar zu der Bemerkung herab, es sei ein angenehmes Kind. – Was sagst du dazu?«

»Ich bin überwältigt.«

Johnny zuliebe hatte Dorothy sogar auf ihren alljährlichen Sommeraufenthalt in England verzichtet, sie war gerade nur zu einem kurzen Besuch bei ihrer Mutter gewesen, ehe Johnny dem Haushalt Rau einverleibt wurde.

Vier Monate alt war der kleine Johnny, als diese Gespräche zwischen Dorothy und Steffen stattfanden. Aber er spielte bereits eine große Rolle im Leben Steffens und vor allem im Leben Dorothys. Und er hatte allerhand Veränderungen bewirkt. Nicht zuletzt an Dorothy selbst.

Denn Dorothy hatte ein Wunder vollbracht. Sie hatte etwas getan, was selten ein Mensch und vor allem selten eine Frau fertigbringt: Sie hatte sich selbst besiegt. Alles Kleinliche, alles Neidische, jede Bitterlichkeit, jeden Groll in sich hatte sie erstickt, bewußt und gewollt. Sie hatte ihre eigene Kinderlosigkeit endlich hingenommen, und nun liebte sie das Kind einer anderen Frau. Sie wollte es lieben – auch weil es Steffens Kind war. Und gerade darum.

Das sagte sie Steffen, als er Ende November aus Berlin für einige Tage nach Beendigung der Aufnahmen kam und der Schnitt des Films noch nicht begonnen hatte. Sie hatte das Kind auf dem Schoß, als sie ihm das sagte. Johnny saß schon sehr sicher, und lachen konnte er nun wirklich. Er krähte vergnügt, wenn Steffen sich ihm näherte.

»Ich will ihn Jovana nicht wegnehmen, bestimmt nicht. Sie darf das nie denken. Aber du wirst es nicht für möglich halten, ich habe immer mehr das Gefühl, daß er mir gehört.«

Sie blickte ihn ernst an. »Uns gehört, meine ich. Es war meine Schuld, daß wir keine Kinder hatten, Steve.«

»Bitte, Dorothy ...«

»Du brauchst nichts zu sagen. Es ist eine Tatsache, und man

muß sich eben damit abfinden. Ich mußte es. Aber ich freue mich darüber, daß du jetzt ein Kind hast. Wenn ich mich vielleicht ein wenig darüber geärgert oder gegrämt habe, damals am Anfang, als du es mir gesagt hast – es ist nichts mehr davon übrig. Kein böser Gedanke. Gegen Jovana. Oder gegen dich. Gegen Johnny sowieso nicht, das wäre ja absurd. Ich bin so froh, daß er hier ist. Meinst du, wir können ihn behalten, Steve?«

»Ich weiß es nicht, Dorothy. Man kann von Jovana nicht erwarten, daß sie sich für alle Zeiten festlegt.«

»Natürlich nicht. Dann können wir ihn auch nicht adoptieren?«

»Im Moment gewiß nicht. Da Jovana ja verheiratet ist, wäre sicher die Zustimmung ihres Mannes dazu notwendig. Ich habe keine Ahnung, aber sicher gibt es da sehr strenge Bestimmungen. Ich kann Doktor Jahn ja mal fragen.«

Jahn war Steffens Anwalt.

»Nein. Du hast recht, es eilt nicht. Man darf Jovana nicht überrumpeln und nicht bedrängen. Sie darf nie das Gefühl haben, daß man unfair zu ihr ist. Schließlich weiß ich auch noch etwas anderes, Steve. Es ist kein Kind, das aus Leichtsinn gezeugt wurde. Ihr beide ...«, sie stockte nun doch, »nun, was ich sagen will, es ist Liebe, nicht wahr. Das weiß ich. Und darum hat Jovana auch ein Recht auf das Kind. Sie wird es immer haben.«

Steffen stand auf, trat zu ihr, beugte sich über sie und küßte sie, erst ihr Haar, dann ihren Mund. Dann küßte er vorsichtig das Kind auf seine weiche zarte Wange. Und dann küßte er Dorothy noch einmal.

»Ich liebe dich, Dorothy, weißt du das? Ich habe dich immer geliebt und habe nie damit aufgehört. Und was du jetzt tust und was du mir eben gesagt hast, das zeigt mir wieder einmal, daß ich die richtige Frau habe.«

»Und Jovana?« fragte sie leise.

»Jovana steht mir sehr nahe. Verständlicherweise. Es ist Liebe – natürlich, das auch. Du hast das ganz richtig erkannt. Ich möchte, daß sie mir verbunden bleibt, daß sie uns verbunden bleibt. Aber ich weiß, daß ich sie früher oder später verlieren werde. Sie wird ihren eigenen Weg gehen, in ihrem Beruf. Und auch in anderer Beziehung. Das ist nicht mehr als natürlich. Und ich wäre ein Narr, wenn ich mir etwas vormachen würde. Sie darf sich nie an mich gefesselt fühlen, sie ist frei. Und wenn in dieser Freiheit eine Freundschaft, eine Bindung bestehen kann, dann wäre ich sehr glücklich.«

»Doch«, sagte Dorothy, »das wird bestehenbleiben. Denn eins glaube ich, Steve: Jovana wird dich noch oft brauchen. Sie ist noch jung, ihr Leben beginnt erst. Sie ist stark, und sie hat vielleicht auch eine gewisse Härte. Aber sie ist auch ein sehr emotioneller Mensch. Und ich könnte mir vorstellen, daß sie noch in manche Schwierigkeiten gerät, wo sie deinen Rat und deine Hilfe sehr gut wird brauchen können. Und deine Liebe.«

Steffen stand. Er blickte auf Dorothy, die im Sessel saß, das Kind im Arm, und zu ihm aufschaute.

»Du hast so viel Herz, Dorothy. Man vergißt es manchmal, man vermutet es nicht hinter deiner kühlen Fassade. Nun, ich wußte es immer. Du wirst den Jungen gut erziehen, glaube ich.«

»Mit deiner Hilfe. Du hast jedenfalls allerhand Aufgaben, Steve, damit mußt du dich abfinden. Du hast zwei Frauen und einen Sohn.«

»Und ich habe gedacht, ich werde langsam alt.«

»Das kannst du dir jetzt nicht mehr leisten.«

Er lächelte. Dorothy lächelte auch. Und Johnny stieß einen hellen, schwirrenden Laut aus. Und dann lächelte er auch.

Theater

Anfang November kam Jovana nach W. Am Tag nach ihrer Ankunft saß sie bei Intendant Kilian in seinem Büro. Bisher hatte sie keine Gelegenheit gehabt, W. zu besichtigen, keine Gelegenheit, die neue Wirkungsstätte, die zukünftigen Kollegen kennenzulernen. Es war alles neu. Neu und ein wenig beängstigend. Und sie war sich klar darüber, daß es nicht leicht sein würde. – Schon der Empfang durch die Sekretärin hatte es ihr bewiesen. Die Dame hieß Frau Blomgarten, war in mittleren Jahren, wirkte sehr energisch, hatte sie kritisch gemustert, kühl begrüßt und dann angemeldet.

Jovana fühlte sich an Sabine Welz erinnert. Offenbar hatten die Götter auf den Regiestühlen und in den Intendanzzimmern alle so einen Zerberus, der sie bewachte. Intendant Kilian hingegen, ihr neuer Chef, war sehr freundlich.

»So. Da hätten wir den Star also. Offen gestanden, Frau Maris, ich habe nie recht daran geglaubt, Sie eines Tages hier begrüßen zu können.«

»Warum nicht?«

»Wenn man in den letzten Monaten die Gazetten gelesen hat, mußte man daran zweifeln. Eine so gefeierte Frau! Ich kann mich nur fragen: Wie kommt der Glanz in meine Hütte?«

»Ich kann Ihnen nur antworten: Wenn Sie wüßten, wieviel Angst ich habe. Vor Ihnen sitzt eine ganz unbedarfte Anfängerin. In allem und jedem auf Ihre Hilfe und Ihr Verständnis angewiesen. Schon allein dadurch, daß ich so verspätet komme. Ich danke Ihnen für Ihre Großzügigkeit. Und was die gefeierte Frau betrifft – was da so alles in den Zeitungen stand –, das sind Vorschußlorbeeren. Noch ist der Film nicht angelaufen. Aber beim Film gehört Geschrei nun mal zum Handwerk. Hier wird es anders sein.«

»Genau. Ich bin sehr froh, daß Sie das erkannt haben. Das erleichtert uns die Arbeit. Für Sie schlägt nun hier die Stunde der Wahrheit. Filmarbeit mag interessant sein, sie ist auch zweifellos sehr anstrengend und verlangt den ganzen Menschen. Aber was hier verlangt wird, ist etwas ganz anderes. Und es ist, verzeihen Sie einem alten Theatermann diese Meinung, etwas Schwerwiegenderes. Man kann nicht viel mogeln auf der Bühne.«

»Ich weiß das. Vergessen Sie nicht, daß Bettina Norden mich ausgebildet hat. Es war eines ihrer Hauptanliegen, uns die Illusionen zu nehmen, wie sie es nennt.«

»Gut. Kommen wir zur Sache. Sie werden begreifen, daß Sie keineswegs mit einer Hauptrolle hier debütieren können. Aber ich habe Sie in den kommenden Monaten vielseitig im Spielplan eingebaut. Zunächst in zwei kleinen Rollen, damit Sie sich mit dem Haus und der Bühne vertraut machen. Und mit den Kollegen. Ich wage die Prophezeiung, daß es möglicherweise ein paar Schwierigkeiten geben wird. Keiner von Ihren neuen Kollegen kann Filmruhm aufweisen, außer Frank Thorian, der ja nun schon seit einem Monat hier ist und sich eigentlich ganz gut eingefügt hat. Aber er ist ein Mann. Das macht die Sache etwas leichter. Denn nicht nur im allgemeinen Leben, auch beim Theater sind die Frauen meist die größeren Biester.« Er lächelte. »Das ist Ihnen wohl bekannt.«

Jovana lächelte auch. »Doch.«

Franz Kilian war ein Mann von Anfang Sechzig, mittelgroß, etwas gedrungen, doch sehr leicht und geschmeidig in seinen Bewegungen. Er hatte ein kluges und zugleich gütiges Gesicht, weißes Haar, trug eine randlose Brille und wirkte eigentlich gar nicht wie ein Theatermann. Er hätte Wissenschaftler sein können, Arzt viellleicht, aber ebenso auch der Vorsitzende einer komplizierten Aufsichtsratssitzung, denn sein Blick konnte unvermutet Schärfe bekommen, und vormachen konnte man ihm nicht viel. Das sollte Jovana noch erfahren. Weder die Kleinmädchenmasche noch der verwöhnte Star würden bei ihm ziehen, das erkannte sie schnell. Ihn gewann man durch ehrliche Arbeit, Intelligenz und Offenheit.

»Herr Thorian ist ja ein sehr gut aussehender Mann, er hatte daher mit Windeseile meine Damen auf seiner Seite. Und erstaunlicherweise dulden ihn auch die Herren einigermaßen gutwillig. Vor drei Tagen hatte er seine erste Premiere, auch zunächst in einer kleinen Rolle; er hat sich gut angepaßt und hat seine Sache ganz ordentlich gemacht. Jetzt kommt es darauf an, was wir mit Ihnen machen, Frau Maris.«

»Darf ich zunächst eine Bitte aussprechen?«

»Ja?«

»Sie würden mir das Leben sehr erleichtern, wenn Sie Jovana

zu mir sagen. Ich fühle mich dann nicht so fremd – und nicht so schrecklich erwachsen.«

Er lächelte wieder. »Das läßt sich machen, Jovana.«

»Und dann noch etwas. Film, gut und schön. Aber vor allem möchte ich Theater spielen. Das war immer mein Wunsch. Sie waren so verständnisvoll, mir die Zeit für diesen Film zu gewähren. Und eigentlich wäre der Film ja auch rechtzeitig abgedreht gewesen, es war ... es kam etwas dazwischen, und dadurch haben wir später angefangen.«

»Ein Baby kam dazwischen, ich weiß. Bettina war damals sehr empört, als sie mir davon berichtete.«

»Ich zunächst auch. Aber es war nun einmal so. Also rechnen Sie es mir zugute, daß es keine Unzuverlässigkeit war, sondern ... sondern, na, eben höhere Gewalt.«

»Und wo ist das Kind nun?«

»Ich habe es zunächst in Hamburg gelassen. Es ist dort bestens versorgt. Ich wohne ja hier noch im Hotel; ich muß mir erst eine Wohnung suchen, und der Kleine würde mich im Moment zu sehr belasten. Er hat es besser dort, wo er jetzt ist.«

»Gut. Das wäre dies. Nun – was machen wir mit Ihnen, Jovana? Wie gesagt, Sie müssen lernen. Was Sie bisher gemacht haben, nützt Ihnen bei uns wenig. Auch wenn das Publikum dieser Stadt sehr neugierig ist, einen so bekannten Filmstar auf der Bühne zu erleben, so dürfen wir die Leute ja nicht dadurch enttäuschen, daß wir Sie mit Aufgaben herausstellen, denen Sie noch nicht gewachsen sind. Wir probieren momentan ein modernes Schauspiel, die Proben haben schon begonnen. Da wäre eine kleine, sehr kleine Rolle drin, die ich für den Anfang vorgesehen habe. Wenn Sie mögen, kann ich Ihnen sogar für ganz demnächst eine Hauptrolle anbieten. In unserem Weihnachtsmärchen.«

Er legte den Kopf ein wenig schief, sein Gesichtsausdruck war listig. – Jovana begriff sofort: Dies war eine Prüfung. Würde sie, die Filmschauspielerin, die eben eine große Rolle abgedreht hatte, das Weihnachtsmärchen akzeptieren?

Sie lachte ihn an. »Aber das finde ich wunderbar. Das wäre der beste Start, den ich mir vorstellen kann.«

Herr Kilian nickte befriedigt. »Diese Rolle können Sie haben. Nächste Woche fangen die Proben an.«

»Was ist es denn?«

»Aschenbrödel.«

»Das paßt sehr gut zu mir. Ich bin lange genug ein Aschenbrödel gewesen, die Rolle müßte mir liegen.«

»Ich sehe, Sie haben Humor. Das ist also abgemacht. Ende Dezember bringen wir ›Bunbury‹, ich habe Sie als Cecily vorgesehen. Kennen Sie das Stück?«

»Nein. Oskar Wilde, nicht wahr?«

»Ja. Die Rolle paßt ganz gut, zur Lockerung gewissermaßen. Dann wird es schwieriger. Im Januar bringe ich ›Gespenster‹, das bedeutet für Sie die Regine. Und als nächstes kommt dann eine sehr attraktive Rolle, die Susanne im ›Tollen Tag‹. Das wäre es, was ich zunächst für Sie in petto habe.«

»Ich finde das alles ganz großartig, ich kann es kaum erwarten. Ich wünsche nur, es würde mir gelingen, jedesmal Bettina herzulocken.«

»Zur Premiere oder schon vorher?«

»Am liebsten schon vorher.«

»Sie werden hier auch Hilfe finden. Sie können mit allem und jedem zu mir kommen. Lassen Sie sich von Blomchen – das ist meine Sekretärin – nicht abschrecken. Sie tut nur so grimmig. Aber sie ist eine Seele von Mensch. Und vom Theater versteht sie mehr als die meisten Kritiker. Was allerdings gar nicht so viel heißen will. Die ›Gespenster‹ werde ich selbst inszenieren, die beiden anderen Sachen macht mein Hauptspielleiter, Herr Hagemann, ein sehr guter und vielseitiger Mann, mit dem man gut auskommen kann. Das Märchen macht Herr Baumgart. Er ist seit zwei Jahren Regieassistent bei mir; er hat ein bißchen viel moderne Ideen im Kopf, und ich denke, daß ein Weihnachtsmärchen für ihn ganz gesund sein wird. Ja, Jovana, das wär's für den Anfang. Darauf wollen wir jetzt einen Schnaps trinken. Und dazu werden wir Blomchen hereinrufen, damit sie mittrinkt. Darauf legt sie Wert.«

So fing es an in W. Und falls Jovana etwas überarbeitet und abgespannt von den Dreharbeiten hier angekommen war, so verging ihr das schnell.

Bereits am nächsten Tag begannen die Proben zu dem modernen Schauspiel, in dem ihre Rolle wirklich nur sehr klein war, wie Kilian es bereits angekündigt hatte. Aber sie nahm sie ernst und gab sich größte Mühe.

Das Weihnachtsmärchen zu probieren hatte erstaunlicherweise auch einige Schwierigkeiten. Es lag nicht am Stück, nicht an ihr, nicht am Regisseur, sondern an den Partnern, genauer gesagt, an einer Partnerin, an Freda Collin.

Übrigens spielte Jovana in dem Märchen mit Frank zusammen, der den Prinzen machte. Franz Kilian hielt es offenbar für eine ganz gute Lehre, die Anfänger am Anfang anfangen zu lassen. Er sagte: »Weihnachtsmärchen sind absolut keine unwichtige Sache. Ich erwarte, daß sie ernst genommen werden. Sie spielen für das Publikum von morgen, meine Damen und Herren. Und Sie können sich kein unbestechlicheres und kritischeres Publikum als Kinder vorstellen. Und, falls Sie es gut machen, auch kein begeisterungsfähigeres.«

Es war genauso, wie Kilian es hellsichtig vorausgesehen hatte: Jovana hatte es nicht leicht. Man begegnete ihr mit sehr viel Reserve. Dies war kein zusammengewürfeltes Filmteam, das an Wechsel und Veränderung gewöhnt war, dies war ein festgefügtes Ensemble, und wenn auch in jeder Spielzeit neue Mitglieder hinzukamen und der eine oder andere wieder verschwand, so gab es doch eine gewisse Hierarchie, es bestand ein Stamm, der seine Tradition hatte, seine altbekannten Fehden und gleichermaßen seine bewährten Freundschaften. Und daran war nicht zu rütteln. Beständig war natürlich vor allem das technische Personal, beginnend bei den Bühnenarbeitern, den Beleuchtern, Ateliers, Garderobieren und Malern bis hinauf zum technischen Direktor. Bewährt und dem Hause lange verbunden waren die Souffleusen, die hauseigenen Regisseure, die Inspizienten, das Orchester, eben der ganze feste Stamm des Hauses, so erfahren, so sicher, nicht zu täuschen, nicht zu blenden und durch nichts zu erschüttern. Die Künstler teilten sich in mehrere Gruppen: Da waren auf der einen Seite das Personal von Oper, Operette und Ballett und dann Jovanas engere Kollegen, die Schauspieler.

Hier gab es naturgemäß oft Wechsel, aber es gab auch einige, die schon lange dieser Bühne angehörten. Meist ältere Jahrgänge. Es gab die Gruppe in mittleren Jahren, die die Hoffnung noch nicht aufgegeben hatten auf einen Sprung nach oben. Und es gab die Jungen, für die eine Bühne wie die in W. nur ein Anfang oder eine zweite und dritte Station war.

An echten Anfängern gab es in dieser Saison außer Jovana und Frank nur eine junge Sentimentale, eine ziemlich eingebildete Person, die sich für einmalig hielt und die darum auch allerhand Schwierigkeiten zu bestehen hatte. Als Jovana dem Ensemble hinzugefügt wurde, probierte sie gerade die Luise.

Und dann gab es noch einen ganz unproblematischen jungen Burschen, der auch sein erstes Engagement hatte und bereitwillig alles spielte, was man von ihm verlangte. Und das noch gar nicht einmal schlecht. Er erklärte offen, er wisse noch nicht, wohin er wolle, aber am liebsten würde er eines Tages ein Komiker sein. Er spielte im Weihnachtsmärchen mit und hielt Jovana lange und begeisterte Vorträge, wie er sich seinen weiteren Lebenslauf vorstelle. Er war Österreicher, sprach einen herrlichen Dialekt und sagte: »Weißt, Joverl, wann i könnt, wiar i möcht, dann tat i am liebsten an neuen Chaplin machen. Verstehst? Die Leut' solln lachen und a bisserl nachdenken und manchmal ihr Herz fühlen, verstehst, dös möcht i.«

Er hieß Josef Niederegger, bat alle, ihn Peperl zu nennen, und jeder mochte ihn von Anfang an gern.

Jovana, wie gesagt, hatte es schwerer. Sie war ein Einzelfall. Sie brachte einen bekannten Namen mit. Jovana Maris – der Name hatte in allen Zeitungen gestanden, man kannte ihr Bild, man kannte ihre Filme. Und nun sollte sie noch einmal anfangen. Alle schienen entschlossen, ihr das so sauer wie möglich zu machen. Die soll sich bloß nicht einbilden, sie ist jemand und kann was – so ungefähr lautete die unausgesprochene, aber deutlich spürbare Grundstimmung, auf die sie traf.

Franz Kilian hatte es vorausgesehen. Jovana mußte erkennen, daß er recht hatte. Was sie bisher geleistet hatte, half ihr hier nicht, es erschwerte ihren Anfang beim Theater. Da nützte alle Bescheidenheit, alle Freundlichkeit, alle Zurückhaltung nichts. Es würde eine Weile dauern, bis man sie akzeptierte. Oft genug dachte sie in den ersten harten Wochen an die vergleichsweise friedvolle Filmarbeit zurück, als sie im Schutze Steffens, unter seiner behutsamen Anleitung, relativ unbefangen arbeiten konnte.

Schon beim Weihnachtsmärchen ging es los. Freda Collin, bewährtes und routiniertes Mitglied des Theaters seit sage und schreibe zwanzig Jahren – also schon lange vor Franz Kilians Zeit –, eine Institution geradezu in diesem Hause, verheiratet mit dem technischen Direktor und daher in doppelter Hinsicht in unerschütterlicher Position, war Jovanas größte und schwierigste Gegnerin. Von der Julia über die Maria Stuart bis zur Irren von Chaillot hatte sie so ziemlich alles gespielt, was man spielen konnte. Zweifellos eine gute und vor allem sehr erfahrene Schauspielerin. Jovana Maris – wer sollte das denn sein?

Im Märchen machte sie die Stiefmutter, und sie war nicht nur auf der Bühne biestig. Zwar war Rainer Baumgart für die Inszenierung verantwortlich, aber genaugenommen führte Freda Regie. Und wie!

Jovana mußte sich sehr beherrschen, und manchmal war sie

nahe daran, die Nerven zu verlieren. Die Tränen, die sie als Aschenbrödel vergoß, waren oftmals echt. Zu Steffen sagte sie am Telefon: »Wäre ich doch bloß bei dir geblieben! Die sind ja so gemein zu mir. Ach, Steffen, ich glaube, ich schaffe es nicht.«

Dann sprach er ihr Mut zu, ermahnte sie zu Geduld und Ausdauer. Ähnliches bekam sie auch von Bettina zu hören. »Was habe ich dir immer gepredigt? Du sollst hart sein. Nicht so empfindlich. Kein Mensch kann Schauspieler werden, der ein Seelchen ist. Wenn sie biestig ist, sei es auch. Und dann zeige ihr, daß du etwas kannst.«

»Als Aschenbrödel!?«

»Warum nicht. Gerade da.«

Das Telefon war in den ersten harten Wochen ihr größter Trost. Fast täglich rief sie Steffen an, zuerst in Berlin abends bei Rudi, später dann in Hamburg. Bettina mußte sich abends ihren Tageslauf anhören, Mariane mußte trösten und Leila mit ein paar flotten Bemerkungen ihre geknickten Lebensgeister wieder aufrichten.

Als Geschenk des Himmels empfand sie auch, daß Frank am gleichen Haus engagiert war. Sie kannte ihn sei langem, sie hatten sich immer gut verstanden, und nun schlossen sie sich eng aneinander an. Sie waren Kinder aus Bettinas Geiste. und das zweifelhafte Odium – in den Augen der Theaterleute jedenfalls –, Film gemacht zu haben, vereinte sie.

Einmal, als Jovana während einer Probe weinend von der Bühne ging, nahm Frank sie in den Kulissen in die Arme und küßte sie liebevoll.

»Du bist wirklich ein armes geplagtes Aschenputtel. Ich würde sagen, so leicht wurde es noch keiner Schauspielerin gemacht, sich in ihre Rolle hineinzufühlen. Dafür solltest du direkt dankbar sein.«

Nun mußte Jovana lachen. »So kann man es auch sehen. Ist sie nicht eine Schreckschraube?«

»Kann *ich* nicht sagen. Zu mir ist sie eigentlich ganz süß.«

»Wie machst du das?«

»Mit meinem bewährten Charme.«

»Ich habe auch welchen. Aber bei der wirkt er nicht.«

»Dafür um so mehr meiner. Gräm dich nicht, ich bin dein Prinz und werde dich erlösen. Und dann kommst du mit auf mein Schloß, und die Alte kann sich allein weiter ärgern. Gehst du mit mir essen?«

»Gern.«

Sie waren fast täglich zusammen. Frank kannte sich in der Stadt schon gut aus, hatte ein paar Lokale entdeckt, wo man gut und nicht zu teuer essen konnte, besaß auch schon ein eigenes Appartement. Und hier saß Jovana oft am Abend, wenn sie beide spielfrei waren, sie hörten sich die Rollen ab und redeten und redeten.

Es hätte nahegelegen, daß die Freundschaft sich weiterentwickelt hätte zu intimen Beziehungen. Aber es blieb immer bei einer Art Vorgeplänkel, ein wenig Flirt, ein wenig Zärtlichkeit, mehr nicht. Nun ging es Frank auch hier wie überall: Die Frauen machten Jagd auf ihn. Die Damen des Ensembles waren alle mehr oder weniger an ihm interessiert. Und da man es ihm so leicht machte, bequemte er sich nie dazu, eine Frau zu erobern.

Neben Freda Collin war es vor allem Eberhard Winter, der an diesem Theater die erste Geige spielte. Er war zwar noch nicht ganz so lange da wie Freda, erst zwölf Jahre, aber er war unumstritten der Star des Hauses und spielte, was ihm gefiel, vom schweren Helden bis zum angegrauten Bonvivant.

Das Weihnachtsmärchen wurde aufgeführt, und der wichtigste Kritiker von W. schrieb dazu: »Daß man uns Jovana Maris erstmals als Aschenputtel präsentiert, ist wieder einmal eine typische Schikane von Intendant Franz Kilian. Uns will er aufbrummen, eine Nachmittagsvorstellung zu besuchen, den erfolgreichen Filmstar vermutlich zu Bescheidenheit erziehen, und somit macht er allen wieder einmal klar, welch autoritärer Herrscher er ist. Immerhin konnte man feststellen, daß Jovana Maris ein sehr hübsches Mädchen ist, auch in Sack und Asche, daß sie über eine ganz besonders reizvolle Stimme verfügt, überzeugend weinen und ganz hinreißend lächeln kann. Aber um das festzustellen, hätte ich nicht mit meiner Tochter ins Theater gehen müssen, ich hatte es im Kino schon erfahren. Auf jeden Fall war meine Tochter von der Aufführung sehr begeistert, das Ballkleid Aschenputtels gefiel ihr ausnehmend gut, und in den Prinzen verliebte sie sich. Sie erklärte mir beim Abendbrot, daß sie ihn heiraten werde.«

Währenddessen probierten sie bereits ›Bunbury‹, das war eine vergleichsweise amüsante Arbeit. Sie waren alle guter Stimmung dabei, Jovana konnte die ersten Sympathien gewinnen. Zunächst bei Hagemann, dem Hauptspielleiter, der ihre Pünktlichkeit und Disziplin lobend erwähnte und die Geduld, mit der sie unermüdlich probierte und jede Anregung aufnahm.

Jovanas weibliche Gegenspielerin, die die Gwendolyn machte,

hieß Ingeborg Goltz, eine Mischung aus jugendlicher Liebhaberin und Salondame, außerordentlich hübsch, hellblond, gut gewachsen, in der zweiten Spielzeit in W. und derzeit sterblich in Frank verliebt. Mit ihr freundete sich Jovana ganz gut an, nachdem sie zu verstehen gegeben hatte, daß sie keine Absichten auf Frank hätte. Daraufhin gingen sie öfter zu dritt aus, manchmal war auch Peperl, der junge Grazer, dabei. Es wurde dann meist sehr lustig.

So nach und nach entspannte sich die Lage etwas. ›Bunbury‹ kam ganz gut an, und ohne weiteren Aufenthalt begannen die Proben zu den ›Gespenstern‹.

Jovana hatte ein wenig Angst davor gehabt, denn Freda Collin würde die Frau Alwin machen. Und diese Zusammenarbeit fürchtete sie. Zu Unrecht, wie sich herausstellte, denn dieses Mal führte Kilian selbst Regie. Er duldete Fredas Eigenmächtigkeiten nicht. Er konnte sehr nett und freundlich sein, aber hart wie Eisen, wenn er sich Torheit oder Launen gegenübersah. Hinter dem Regiepult war er unbestechlich und sehr streng.

Zur Premiere kam Steffen. Er hatte nur einige Tage Zeit, denn auch für ihn begann eine neue Theaterregie, diesmal endlich in Hamburg, worüber er sich sehr freute.

Er beanstandete, daß Jovana noch keine eigene Wohnung hatte. Auch fand er, sie sei nervös und überarbeitet.

»Das ist schließlich kein Wunder«, sagte sie. »Und außerdem fehlst du mir schrecklich. Ich bin so allein.«

»Aber Kind, du hast doch eine Menge Menschen um dich herum.«

»Na ja, schon. Aber im Grunde sind es alles Fremde. Und die meisten können mich nicht leiden.«

Steffen wohnte im gleichen Hotel, und während der Tage ihres Zusammenseins war alles wie früher. Sie schlief bei ihm, war voller Liebesbedürfnis, dankbar für jedes gute Wort, jede Zärtlichkeit. Und sie sagte einmal: »Ach, ich wünschte, ich könnte immer bei dir sein.«

Steffen war überrascht und gerührt. Er hatte geglaubt, ihr Fortgehen würde das Ende bedeuten. Er hatte nicht vorgehabt, weiterhin einen Platz in ihrem Leben zu beanspruchen. Aber sie ließ ihm diesen Platz in aller Selbstverständlichkeit. »Wenn es dir eben nicht gefällt«, sagte er, »mußt du aufhören. Dann kommst du wieder nach Hamburg. Wir machen Filme zusammen und Theater vielleicht auch. Na – und sonst – das findet sich schon.«

Sie blickte ihn stumm an. Na, und sonst – das war das Dreieck Dorothy, Steffen, Jovana. Das konnte natürlich weiterhin bestehenbleiben, nachdem jeder sich damit arrangiert hatte. Nur manchmal hatte sie das Gefühl, es sei zuwenig.

Von Johnny gab es viel zu berichten. Lächeln konnte er natürlich längst, genauso hinreißend wie seine Mama, mit den Zähnen, das kam nun auch in Gang, aber immer noch war er unerhört artig und verständig.

»Er hört mir zu, wenn ich mit ihm rede. Er guckt nicht so dumm wie andere Kinder. Er schaut mich an, als ob er mich versteht.« So berichtete Steffen in allem Ernst.

Jovana lächelte dazu, eine kleine Traurigkeit im Herzen. Das Kind. Ihr Kind. Nein – Steffens Kind. Dorothys Kind. Es ist meine Schuld, dachte sie. Ich habe verzichtet, ehe ich versucht habe, mit ihm zu leben. Ich war feige und bequem. Und nun bin ich allein.

Nein. Sie würde das Kind nun zu sich nehmen. Erst eine Wohnung suchen, dann ein Kindermädchen, und dann konnte sie Johnny bei sich haben. Wo stand geschrieben, daß er ewig bei Dorothy bleiben mußte?

Das erklärte sie Frank, nachdem Steffen wieder abgereist war. Sie saßen abends nach einer ›Bunbury‹-Vorstellung in einer Weinstube. Allein diesmal.

»Das ist doch Blech«, sagte Frank. »Das ist doch ganz miserables Theater, das du mir da vorspielst. Du bist sowenig eine Mutter wie ich ein Vater. Du bist ein wenig sentimental, meine Liebe, das ist alles. Und was hättest du auch von dem Kind? Du gehst früh zur Probe, und mittags ißt du schnell in der Kantine oder in der Nähe, dann hast du wieder Probe und abends Vorstellung. Wenn du Zeit hast, schläfst du dazwischen oder lernst deine Rollen. Wann willst du dich denn um das Kind kümmern? In der Nacht? Da schläft es vermutlich. Also müßtest du es sowieso einer Fremden überlassen. Dann doch lieber Steffens Frau, von der du sagst, sie liebt das Kind. Ich finde, es ist eine ideale Lösung.«

Die Regine in »Gespenster« hatte Jovana gute Kritiken gebracht. Und drei Wochen später, als »Der tolle Tag« herauskam, in dem sie die Susanne machte, eine wirklich dankbare Rolle, diesmal, in der sie jeden bezauberte, hatte sie ihr Publikum gewonnen und auch im Kollegenkreis Anerkennung gefunden.

»Nun?« fragte Kilian, nach der zweiten Aufführung von »Der tolle Tag«, »haben wir es gut gemacht mit dir?«

»Genau goldrichtig«, sagte Jovana strahlend. »Jetzt fühle ich mich hier zu Hause.«

Bettina kam auf zwei Tage und äußerte ebenfalls ihre Zufriedenheit. Und dann kam sogar Leila und blieb eine Woche. Sie hatte viel zu erzählen.

Zunächst: »Ich gehe wieder nach München.«

»Nein?« staunte Jovana. »Kann nicht wahr sein. Warum denn?«

»Ich weiß nicht. Ich kann in Hamburg nicht heimisch werden.«

»Und jener?«

»Der wird mir nicht mehr gefährlich. Ich bin inzwischen klüger geworden.«

Neue Pläne beruflicher Art waren der Anlaß. In Paris hatte Leila eine junge Frau kennengelernt, die an der Meisterschule für Mode in München studiert hatte, später auch eine Weile als Kostümbildnerin hospitiert hatte und nun beabsichtigte, ein eigenes Atelier in München zu eröffnen. Mode für die moderne Frau, die das Ungewöhnliche liebte, also auch vornehmlich Schauspielerinnen, von denen sie schon einige kannte, die bei ihr arbeiten ließen.

»In Paris hat Tony sich den letzten Schliff geholt. Sie greift alles auf, dreht es dreimal in ihrem Kopf herum, und da hat sie es schon. Wir werden das zusammen machen. Sie hat nämlich noch einen Mann, und ein Kind hat sie auch. Allein schafft sie es nicht, sagte sie. Wir verstehen uns prima.«

»Und woher kommt das Geld?«

»So schrecklich viel Geld brauchen wir nicht. Sie hat ein bißchen was geerbt von ihrem Vater. Dann nehmen wir noch einen Kredit dazu, und dann fangen wir an. Mal sehen, wie es geht. Mensch, bin ich froh, wenn ich wieder in München bin.«

Auch Leila schüttelte den Kopf darüber, daß Jovana immer noch im Hotel wohnte. »Ich glaube, du spinnst. Das kannst du dir auch nur leisten mit deinen Filmgagen. Soll ich dir vielleicht wieder eine Wohnung besorgen? Kannst du das nicht endlich allein? Wo sind denn deine Möbel?«

»In einem Lager eingestellt. Und ich habe keine Zeit für Wohnungssuche.«

Wie schon einmal, nahm Leila die Sache in die Hand, besuchte einige Makler und ließ, ehe sie abreiste, einige Angebote zurück, die Jovana prüfen sollte.

So kam sie also endlich im März zu einer eigenen Wohnung,

einer hübschen, modernen Zweizimmerwohnung in guter Gegend. Daß sie Johnny zu sich holen wollte, davon sprach sie allerdings nicht mehr.

Im März passierte überhaupt eine Menge. Sie unterschrieb den Vertrag zu einem neuen Film, den man im Sommer in München drehen wollte. Erstmals eine Komödie, ein moderner Stoff. Steffen hatte ihr dazu geraten.

»Man muß wandelbar sein, so man kann«, sagte er am Telefon, »und du kannst. Bisher war jede Rolle anders, und diese bringt wieder ein neues Gesicht von dir. Nicht jede Schauspielerin kann sich das leisten. Manche müssen froh sein, wenn sie mit einer gewissen Note angekommen sind, und am besten bleiben sie dann dabei. Aber der Film wandelt sich langsam. Was wir bisher gemacht haben, kommt nicht mehr so an, anderes wird heute gefragt. Ich will nicht sagen, daß es immer besser ist. Aber dies ist ein guter Stoff. Ich schicke dir das Buch.«

Im März lief »Die goldenen Träume« in W. an. Und damit wurde Jovana nun endgültig zu einer Art Lokalberühmtheit. Sie lernte viele Leute kennen, auch außerhalb des Theaterkreises, sie wurde eingeladen, und sie fand nun auch einige Verehrer.

Von wem sie nie etwas gehört hatte, war Lothar Barenth. Er schien vollkommen aus ihrem Leben verschwunden zu sein. Während seiner ersten Zeit in Amerika war noch ab und zu ein Brief gekommen. Er berichtete über seine Anfangsschwierigkeiten und die ersten kleinen Erfolge. Nach der Geburt des Kindes kam ein Glückwunsch. Und dann schwieg er.

Sie hatte Steffen gefragt, ob er gelegentlich Nachricht bekäme, doch auch Steffen hörte nichts von ihm. Eine vollkommene Trennung also. Es ließ in Jovanas Herz einen kleinen Stachel zurück. Er hatte sie vergessen. Liebte nun andere Frauen. Und das ärgerte sie. Viel hatte sie ihm demnach nicht bedeutet, auch wenn sie sich das zeitweise eingebildet hatte. Aber so war er eben. Sie wußte gut genug, daß er ein Mann war, der den Frauen gefiel, ein kräftiger, breitschultriger Mann mit sehr männlichem Gesicht und männlicher Ausstrahlung und dabei diese lebendige, zupackende Art. Sie hatte es miterlebt, daß immer ein reichliches Angebot für ihn dagewesen war. Es würde in Amerika nicht anders sein.

Komisch, daß sie mit ihm verheiratet war. Manchmal dachte sie mit einem gewissen Trotz: Könnte er nicht wirklich mein Mann sein? Es war immer etwas gewesen zwischen ihnen, von

Anfang an eine Spannung, ein Knistern. Sie hatte es gewußt und er schließlich auch. Weil Steffen zu ihr gehörte, hatte Lothar sich von ihr ferngehalten. Und nun war sie ihm offenbar gleichgültig geworden.

Eines Tages würden sie sich scheiden lassen, so war es abgemacht. Sie wunderte sie manchmal, daß es noch nicht dazu gekommen war. Wie machte er es, drüben so ungeschoren davonzukommen? Amerikanerinnen wollen immer gleich heiraten, das war bekannt. Gab es keine, die darauf bestand?

Sie schrieb ihm einmal einen langen Brief, berichtete über ihre Arbeit, legte ein paar Kritiken bei und zögerte eine Weile, ob sie auch ein Bild beifügen sollte. Als Susanne gab es eine Reihe ganz entzückender Aufnahmen von ihr. Aber dann unterließ sie es. Er wußte schließlich, wie sie aussah. Und wenn er es nicht mehr wußte – na, dann eben nicht.

Auf diesen langen Brief kam keine Antwort. Vielleicht stimmte auch die Adresse gar nicht mehr. Das erboste sie. Gut. Aus und vorbei. Sollte er sich in Amerika einmauern lassen, dieser ekelhafte Dickkopf.

Einmal äußerte sie sich in dieser Weise zu Frank.

»Mir ist immer gar nicht gegenwärtig, daß du auch einen Mann hast. Sehr groß kann die Liebe nicht sein, nachdem er gar nichts hören läßt.«

»Er liebt mich überhaupt nicht«, sagte sie zornig. »Er ist ein ganz kaltschnäuziger Hund. Und außerdem hat er immer mit sämtlichen Frauen, die in Reichweite waren, ein Verhältnis angefangen.«

»Wie anstrengend«, meinte Frank träge. »Und warum läßt du dich nicht scheiden?«

»Das werde ich auch. Aber dazu muß er erst mal da sein.«

»Das wird nicht nötig sein. Wenn sein Einverständnis vorliegt, wirst du auch ohne seine Gegenwart geschieden.«

»Wie soll ich zu seinem Einverständnis kommen, wenn er nicht einmal piep sagt. Ich weiß gar nicht, ob er noch lebt.«

»Dann brauchst du dich auch nicht scheiden zu lassen.«

Jovana schwieg und starrte an die Decke.

Sie lag auf der Couch, Frank saß, die Beine von sich gestreckt, in einem Sessel. Sie hatten einen spielfreien Abend und die Gelegenheit benutzt, ihre neuen Rollen durchzugehen, so auf Bettina-Art. Demnächst würden sie zusammen in einem amerikanischen Stück spielen. Ein Liebespaar und zugleich ein Gangsterpaar, das schon lange erfolgreich zusammenarbeitet.

Diesmal ist eine Erpressung geplant und vorbereitet an einem reichen, mächtigen Mann der besten Gesellschaft, und die Sache geht insofern schief, als sich das Mädchen in das Opfer verliebt und darum am Ende von ihrem Partner getötet wird. Eine ziemlich harte Sache, eine teilweise sehr rüde Sprache, wie das in neueren amerikanischen Stücken so üblich war. Mal ganz was anderes, fanden sie beide und freuten sich auf die Arbeit.

»Das Ding legen wir hin«, meinte Frank, »daß es die Leute vom Stuhl haut.«

Rainer Baumgart, der Nachwuchs, würde seine erste erwachsene Regie machen, die Proben sollten in den nächsten Tagen beginnen.

Anschließend bekam Frank einen Filmurlaub. Jovana würde durchspielen bis zum Juli, bis ihr neuer Film begann. Und außerdem hatte sie sich entschlossen, eine weitere Spielzeit in W. zu bleiben. Auch dazu hatte ihr Steffen geraten.

Du kennst jetzt das Haus, und man weiß, was man von dir zu halten hat. Warum also wechseln?«

Franz Kilian war darüber sehr erfreut gewesen und hatte ihr angekündigt, daß er für die nächste Spielzeit die »Maria Magdalene« von Hebbel plane und daß Jovana die Klara spielen solle.

»Das kann ich nicht«, hatte sie zunächst voll Entsetzen ausgerufen.

»Das werden wir ja sehen«, bekam sie zur Antwort. »Ich möchte dich mal so richtig kleinkriegen, dich mal in Stücke brechen. Und das ist die Rolle dafür.«

Obwohl bis dahin noch viel Zeit vergehen würde, beschäftigte sie dieser Plan sehr. Sie sprach auch an diesem Abend davon, und Frank sagte: »Ich weiß gar nicht, was du willst. Das müßtest du doch wirklich können. Schließlich hast du ein Kind gekriegt und mußt dich da hineinfühlen können.«

Sie gab ihm einen schrägen Blick. Er hatte niemals Anspielungen gemacht, hatte den unsichtbaren Ehemann, das Kind kommentarlos zur Kenntnis genommen. Aber schließlich wußte er um ihr Verhältnis zu Steffen.

Sie blickte auf die Uhr. »Halb zehn. Meinst du, ich kann noch in Hamburg anrufen?«

»Die schlafen sicher noch nicht.«

Am Telefon war Lolo, und Jovana erfuhr, daß Herr und Frau Rau ins Theater gegangen seien. Premiere im Deutschen Schauspielhaus.

»Und Betty? Schläft sie schon?«
»Sie sitzt am Fernseher.«
»Oh, da will ich nicht stören.«
»Ist weiter nichts Besonderes. So 'ne Schau. Soll ich sie holen?«
»Ja, bitte, Lolo, das wäre nett.«
Betty kam und war bereit zu einem längeren Bericht. Johnny ging es gut, er konnte nun schon sitzen und stehen, er zerriß mit Vorliebe Papier, man mußte alles, was wichtig war, von ihm fernhalten. Die Zähne kamen regelmäßig, die Verdauung sei in Ordnung und sämtliche sonstigen Lebensäußerungen auch.
Jovana hörte aufmerksam zu. »Vielen Dank, Betty. Ich bin froh, daß bei euch alles in Ordnung ist. Wenn ich mal ein paar freie Tage habe, komme ich bestimmt zu Besuch. Und ich bin Ihnen sehr dankbar, daß Sie so gut für Johnny sorgen.«
»Ich hab' ihn man sehr lieb«, erklärte Betty. »Er ist so 'n süßer Jung. Ich hab' noch nie 'n Kind erlebt, das so umgänglich ist...« Es folgte noch ein Bericht über Johnnys geistige und seelische Vorzüge.
»Das ist ja wirklich wunderbar«, sagte Jovana. »Ich weiß gar nicht, wie ich zu so einem Musterexemplar von Kind komme.« Betty schwieg daraufhin vielsagend.
»Bitte grüßen Sie Herrn und Frau Rau. Ich rufe nächster Tage wieder an. Tschüs, Betty!«
Sie legte den Hörer hin und seufzte, nahm sich eine Zigarette, goß sich ein Glas Wein ein, seufzte wieder und blieb mit nachdenklichem Gesicht im Zimmer stehen.
Frank, im Sessel hingelümmelt, blickte zu ihr auf.
»Fang bloß nicht wieder davon an, daß du deinen Sohn hierher expedieren willst.«
»Ich bin ein ganz armer Hund. Der einsamste Hund auf dieser Welt. Ich habe keinen Mann und kein Kind, ich habe nichts und niemand.«
»Du hast deine Arbeit.«
»Immer genügt einem das auch nicht.«
»Bettina ist anderer Meinung.«
»Bei Bettina ist das auch nur Theorie. Sie selbst hat nicht nach diesem Ideal gelebt.«
»Aber sie empfiehlt es uns.«
»Sie kann das leicht sagen.« Sie seufzte wieder. »Bin ich eigentlich sehr abstoßend?«
»Wie das denn?«

»Warum liebt mich niemand?«

»Aber ich liebe dich doch.«

»Ist nicht wahr.«

»Aber klar. Und Steffen Rau, liebt er dich vielleicht nicht?«

»Gelegentlich. Wenn er gerade da ist.«

»Und dein sogenannter Mann?«

»Der schon gar nicht. Und da ist er ja auch nicht.«

Sie betrachtete Frank eine Weile, setzte sich dann auf seine Sessellehne. »Du bist da.«

»Ja. Ich bin da. Wollen wir also ins Bett gehen, damit du dich wohler fühlst?«

»Ach, frag mich nicht so blöd. Wenn du es wolltest, tätest du es. Und würdest nicht fragen. Außerdem hast du ein Verhältnis mit Inge.«

»Hab' ich nicht.«

»Ach! Hast du vielleicht nicht mit ihr geschlafen?«

»Das hat sie wohl überall erzählt, wie? Ist nicht mein Fehler, wenn sie darüber redet. Sie wollte partout. Deswegen habe ich noch lange keine Verhältnis mit ihr. Sie ist mir zu fade.«

»Bin ich auch fade?«

»Jovana, du bist kindisch. Und außerdem bist du keine Frau, die man nebenbei vernascht. Mit dir müßte man sich ausführlich beschäftigen.«

Das klang schon besser. »Und das willst du nicht?«

Er griff nach ihr, zog sie von der Lehne herab in seinen Schoß und bog ihren Kopf zurück. »Nein, das will ich nicht. Wir sind uns zu ähnlich und würden uns vermutlich das Leben zur Hölle machen. Falls es ernst wird. Und dafür bin ich nicht.«

»Du bist einfach zu faul.«

»Kann sein. Und du bist sowieso in andere Männer verliebt. Und ich bin eben dabei, eine grandiose Frau zu erobern.«

»Wen?« – Jovana setzte sich auf.

»Geht dich nichts an.«

»Los! Sag's! Damit ich ihr die Augen auskratzen kann.«

Er legte sie wieder zurück, strich mit der Hand spielerisch über ihre Brust und sagte: »Madame Vernon.«

»Wer ist denn das?«

»Siehst du, du hast keine Ahnung. Aber wenn ich dir ihren Vornamen sage, wirst du Bescheid wissen.«

»Also?«

»Marie-Claire.«

»Marie-Claire? Der Modesalon?«

»Genau.«

»Aber das ist doch die Freundin vom Konsul.«

»Eben drum.«

»Mensch, du spinnst ja.«

Er streichelte immer noch ihre Brust und sagte nun: »Du hast einen hübschen Busen. Und du trägst keinen Büstenhalter.«

»Selten«, antwortete sie sachlich, »nur bei Pullovern und so. Und auf der Bühne manchmal. Und fummle mir gefälligst nicht am Busen herum, wenn du eine andre Frau liebst.«

Er lachte, beugte sich über sie und küßte sie, nicht sehr ernsthaft, aber gekonnt und ausführlich.

So war es immer bei ihnen, ein Spiel mit dem Feuer, ohne daß es zu Taten kam. Das gab ihrem Zusammensein eine gewisse Würze. Und Jovana hatte den Verdacht, daß er so raffiniert war, gerade das Unvollständige zu genießen. Irgendwie war er kein ganz normaler Mann. Er spielte gern, er ließ sich von Frauen verführen, und wenn ihn eine Frau reizte, dann mußte es ein schwieriger Fall sein. So etwas wie Marie-Claire. Das war typisch für ihn.

Marie-Claire war Französin, eine sehr aparte dunkelhaarige Frau etwa Ende der Dreißig, dunkle, schrägstehende Augen, ein Mannequinkörper mit geschmeidigen Bewegungen und äußerst elegant gekleidet. Vielleicht die interessanteste Frau in dieser Stadt.

Sie hatte während des Krieges einen deutschen Offizier geheiratet, einen Herrn Börner, der in dieser Stadt beheimatet war, Mitinhaber einer Textilfabrik. Die Ehe war vor etwa sechs Jahren geschieden worden, aber Marie-Claire war nicht nach Paris zurückgekehrt, sie war geblieben. Das hatte wohlbekannte Gründe. Sie war bereits während ihrer Ehe die Freundin des reichsten und mächtigsten Mannes dieser Stadt geworden, des Konsuls Hansen; eine große Maschinenfabrik, Beteiligungen im Ruhrgebiet, viel Haus- und Grundbesitz, ein Erfolgsmann, weitgereist und welterfahren, dynamischer Managertyp.

Er konnte sich nicht scheiden lassen, seine Frau war dagegen. Vier Kinder hatte er auch. Aber er liebte Marie-Claire, und sie liebte ihn auch, und das schon seit vielen Jahren. Er hatte ihr in der besten Geschäftsstraße von W. einen Modesalon eingerichtet, der das Exquisiteste war, was W. in dieser Beziehung zu bieten hatte. Hier gab es französische und italienische Modelle, hier erreichten die Preise absolute Spitzenklasse, und die reichen

Frauen von W. brauchten nicht mehr nach Berlin oder Düsseldorf zu fahren, um sich teuer und gut anzuziehen.

Diese Frau hatte Frank sich ausgesucht.

»Du spinnst ja«, wiederholte Jovana. »Ausgerechnet Marie-Claire. Die liebt den Konsul und sonst keinen.«

»Wer sagt das denn? Der Konsul wird auch nicht jünger. Er ist immerhin fünfundfünfzig. Und eine Frau wie diese braucht mal Abwechslung.«

»Soll das heißen, du hast schon mit ihr . . .?«

»Das soll gar nichts heißen. Ich bin nicht so indiskret wie deine Freundin Inge. Ich habe mit ihr soupiert, ich habe auch bei ihr zu Hause schon Champagner getrunken, und sie geht sehr gern ins Theater. Besonders, wenn ich spiele.« Er grinste. »C'est tout – über andre Dinge spricht man nicht.«

»Der Konsul läßt dich killen.«

»Ich bin dem Konsul schon begegnet, sogar bei ihr. Übrigens, der älteste Sohn des Konsuls schwärmt für dich.«

»Für mich?«

»Er möchte gern deine Bekanntschaft machen. Ich treffe ihn oft im Reitklub, und dann redet er immer von dir. Als Susanne hast du ihn begeistert. Und deine Filme hat er auch alle gesehen.«

»Wie ist denn der älteste Sohn des Konsuls?«

»Er sieht ganz lieb und nett aus, ist gut erzogen, etwa fünfundzwanzig alt.«

»So ein grünes Gemüse.«

»Du kannst nicht immer nur reifere Herren lieben.«

»Warum sprichst du in der Mehrzahl?«

»Du liebst Steffen Rau, und du liebst Eberhard Winter. Sie dürften etwa in einem Alter sein.«

Jovana lachte. »Ja, da hast du recht. Ich liebe Steffen. Nur ihn. Aber ich träume Tag und nacht von Eberhard.«

»Schwerer Fall. Du weißt, wie gut ihn seine Frau bewacht. Aber du hast ja jetzt bei den Proben die beste Gelegenheit, ihm näherzukommen. Du liebst ihn im Stück ja auch und betrügst mich mit ihm.«

»Gut. Wenn du Marie-Claire eroberst, werde ich Eberhard erobern. Was du kannst, kann ich lange.«

»Bitte. Rechne aber damit, daß Mathilde dich mit Strychnin vergiftet. Vielleicht nimmt sie auch Salzsäure. Sie ist der Typ.«

Eberhard Winter war der Star des Theaters von W. – der Wallenstein, der Egmont, der Othello, früher der Hamlet, der Leander. Dies jedenfalls waren seine berühmtesten Rollen. Die

Bilder davon schmückten seine Garderobe und waren ebenso im Foyer des Theaters zu besichtigen. Er war der Abgott aller Frauen und Mädchen, kein überragender, aber ein guter und routinierter Schauspieler, unsäglich eitel, ein schöner, wohlgebauter Mann. Ein paar Pfund zuviel brachte er mit der Zeit auf die Waage, aber dafür besaß er dekorative graue Schläfen, einen feurigen Blick und eine volle, tragende Stimme.

Anfangs hatte er kaum Notiz von Jovana genommen. Wieder eine kleine Schauspielerin, die ihn anbeten würde – nun ja. Ihren jungen Filmruhm ignorierte er. Man hatte ihn nie zum Film geholt, und das ärgerte ihn, obwohl er lauthals verkündete, Film sei keine Kunst, sei eines echten Schauspielers unwürdig, und er hätte jeder Versuchung auf diesem Gebiet widerstanden. Bei ihm wirkte am besten Jovanas oft geübte Kleinmädchentour mit Unschuldsblick und anbetender Verehrung. Im »Tollen Tag« hatten sie das erstemal zusammen gespielt, er war der Graf, und Jovana hatte Bekanntschaft mit seiner Nähe gemacht, das hieß also mit seinem Lächeln, seinem Charme, seinen Händen und auch schon mit seinen Lippen.

Aber er wurde gut bewacht. Mathilde Winter wußte, was sie sich Kostbares eingekauft hatte. Sie war nicht bereit, auch nur ein Stück davon abzugeben. Der so viel geliebte Mann hatte es schwer mit Seitensprüngen. Mathildes Szenen waren stadtbekannt. Es ging die Sage, daß sie einer jungen Schauspielerin, mit der sich ihr Eberhard zu intensiv beschäftigt hatte, büschelweise die Haare ausgerissen hätte.

In dem Gangsterstück spielte Eberhard Winter den mächtigen Mann, der erpreßt werden sollte, an den sich Jovana in ihrer Rolle als Gangsterbraut heranmachen mußte und in den sie sich dann sterblich verliebte.

Die Proben zu diesem Stück wurden turbulent. Baumgart, der seine erste richtige Regie hatte, wollte zeigen, was er konnte. Er legte ein rabiates Tempo vor und forderte die Schauspieler zu einem Realismus heraus, daß die Kulissen wackelten. Es gab eine herrliche Liebesszene zwischen Jovana und Eberhard Winter, die sie beide mit viel Genuß auskosteten. Mathilde hatte Probenverbot. Seit sie einmal eine Probe mit einer Eifersuchtsszene unterbrochen hatte, durfte sie vor der Generalprobe nicht ins Haus.

Also konnte sich Jovana mit Hingabe in Eberhards Armen räkeln, sie küßten sich, daß die übrige Mannschaft – die Mitspieler, Regisseur, Regieassistent, Souffleuse und wer sonst gerade da war – grinsend und schweigend dabeistand und das Ende abwartete. Das Ganze fand auf einer Couch statt, und Jovana hatte Gelegenheit festzustellen, daß Eberhard noch ein vollwertiger und sehr aktiver Mann war. Er kam immer mehr in Fahrt, und es machte ihr Spaß, ihn zum Äußersten zu reizen. »Du Luder, du Luder«, murmelte Eberhard einmal, als er halb über ihr lag und ihm bald die Hose platzte, »du willst mich ja nur verrückt machen. Aber ich werde es dir zeigen. Ich werde es dir zeigen.« Seine Hand umfaßte ihre Brust, und Jovana lag unter ihm mit geschlossenen Augen, sie stöhnte ganz lebensecht, und Baumgart rief von unten her: »Falls ihr euch mal eben für eine halbe Stunde zurückziehen wollt, dann bitte. Vielleicht können wir nachher ungestört weiterproben.« Jovana wand sich unter Eberhard hervor und rief mit unschuldigen Augen: »War es denn nicht gut?«

Eberhard stand ächzend auf, er war rot im Gesicht und blickte wild um sich. Dann kam er an die Rampe und keuchte: »Du wolltest es doch möglichst naturalistisch haben, Kleiner, oder nicht?«

»Na ja, schon. Aber ganz allein seid ihr hier auch nicht. Wenn ihr das so bei der Aufführung macht, schließen sie uns das Theater.«

Sehr naturalistisch spielte auch Frank. Die Szene, nachdem er festgestellt hatte, daß seine Geliebte ihm untreu geworden war, in dieser und jener Beziehung, hatte es in sich. Jovana bezog allerhand Prügel von ihm, er zerrte sie an den Haaren über die Bühne, ohrfeigte sie, schmiß sie auf die Bretter, daß es krachte. Und während er am Anfang nur markierte, kam er mit der Zeit so in Fahrt, daß sie mit blauen Flecken und einmal sogar mit einem blauen Auge nach Hause ging.

Kilian, der eine der letzten Proben ansah, schüttelte den Kopf. »Kinder, Kinder! Ihr übertreibt. Sei nicht so furchtbar brutal, Frank. Du machst ja das Mädchen ganz kaputt.«

Die Premiere wurde dementsprechend ein toller Erfolg. Das war endlich mal eine handfeste Sache, und das Publikum von W. genoß das aus Herzensgrund. So viele Vorhänge hatte es lange nicht gegeben.

Anschließend tranken sie Sekt in Eberhards Garderobe, und da nun Mathilde zugegen war, flüsterte Jovana Frank zu: »Tu mir den Gefallen und spiel meinen Liebhaber. Vielleicht hat sie wirklich eine Pistole im Täschchen. Mit Blicken hat sie mich schon dutzendmal getötet.«

In einer kleinen Weinstube, in der die Schauspieler ihren Stammtisch hatten, setzten sie die Premierenfeier fort. Jovana mußte immer wieder ihre blauen Flecke vorzeigen, und Mathilde, die neben Eberhard saß, bedachte sie weiter mit giftigen Blicken, woran alle anderen ihren Spaß hatten.

An diesem Abend lernte sie den jungen Hansen kennen, den Sohn des Konsuls.

Er kam an den Tisch, begrüßte Frank, und der machte ihn mit ihr bekannt. Normalerweise liebten es die Theaterleute nicht, wenn Fremde an den Tisch kamen, aber mit dem jungen Hansen machte man eine Ausnahme, er durfte sich setzen. – Sein Vater war ein gar zu mächtiger Mann.

Harald Hansen sah sehr nett aus, blond und jung und wohlerzogen, war nicht vorlaut, nicht eingebildet. Sein Vater hatte ihn verhältnismäßig kurzgehalten, ein paar Semester Studium, jetzt arbeitete er im Werk.

Viel reden konnte Jovana an diesem Abend nicht mit ihm. Ein paar Komplimente von seiner Seite, ein Lächeln gelegentlich von ihr, das war alles. Aber als er sie beim Abschied fragte, ob er sie einmal wiedersehen könne, sagte sie liebenswürdig: »Aber gern. Rufen Sie mich an.«

Das geschah bereits am nächsten Tag. Er lud sie zum Abendessen ein, natürlich in das vornehmste Restaurant der Stadt, und sie fand ihren ersten Eindruck bestätigt: ein liebenswerter, wohlerzogener junger Mann.

Von nun an traf sie ihn öfter und nach und nach fast täglich. Er kam immer ins Theater, wenn sie spielte, er holte sie ab, er durfte mit am Stammtisch sitzen, wenn sie nicht woanders hingingen, und als es Frühling war, fuhren sie manchmal aufs Land hinaus. Harald war es auch, der sie überredete, reiten zu lernen.

Nicht daß es viel Überredung bedurft hätte. Auch Frank war ein guter Reiter. Er hatte es auf einer Hazienda in Südamerika gelernt. Immer schon hatte er Jovana geraten, auch endlich anzufangen. Sie hatte durchaus Lust dazu, Harald nun gab den letzten Anstoß. Der Reitklub der Stadt war sehr exklusiv, aber natürlich war eine berühmte Schauspielerin, noch dazu befreundet mit Konsul Hansens Sohn, dort willkommen.

Der Konsul ritt auch, allerdings selten und dann morgens um sechs. Anders erlaubten es seine Geschäfte nicht. Eine hervorragende Reiterin war Haralds Schwester Ingrid, sie ging sogar auf Turniere; der Schwarm ihres Bruders war ihr gleichgültig, aber sie war freundlich zu Jovana.

Der Konsul besaß vier Pferde, davon war eins schon älter und sehr brav. Auf ihm also begann Jovana die schwierige Kunst des Reitens zu erlernen. Da sie nicht ängstlich war und sportlich trainiert, lernte sie schnell und leicht und fand bald großen Spaß daran.

Überhaupt war sie körperlich in bester Verfassung. Bereits im Winter hatte sie begonnen, bei der Ballettmeisterin Stunden zu nehmen, und gelegentlich, wenn sie Zeit hatte, nahm sie an den Exerzitien des Corps de ballet teil.

Im Mai nahm Harald sie schon auf kleine Ausritte mit. Sie waren sehr viel zusammen, wann immer Jovana freie Zeit hatte, und im Mai gelangte Jung Harald ans Ziel seiner Wünsche: Jovana wurde seine Geliebte.

Sie waren an einem schönen Frühlingsabend aufs Land gefahren, ziemlich weit sogar, hatten in einem Schloßhotel sehr gut gespeist, tranken eine Flasche Wein. Harald hielt zärtlich ihre Hand; er war nie zudringlich, nicht ungezogen, aber voller Bitten, und die Nacht war so verführerisch, frühlingsmild, mit Mondschein und Fliederduft, so daß Jovana nickte, als er vorschlug, in diesem Hotel zu übernachten.

Er war so glücklich. Kein sehr erfahrener, aber ein hingebender und zärtlicher Liebhaber, bemüht, alles zu tun, um auch sie glücklich zu machen.

Jovana lag wach, nachdem er eingeschlafen war. Nach einer Weile stand sie leise auf und ging zum Fenster. Die Nacht war genauso schön wie zuvor. Mondhell lag die hügelige Landschaft vor ihr, vom Schloßgarten herauf kam der Fliederduft. Davon hatte sie sich verführen lassen – weil alles so romantisch war. Und was war es noch? – Nichts.

Das Glück der Liebe – es war ein seltenes Geschenk. Sie war zu klug geworden, zu bewußt, um es im Vorübergehen zu finden. Daß sie Steffen begegnet war, das hatte Maßstäbe gesetzt. Natürlich, man konnte mit einem Mann schlafen, es konnte sehr nett sein, man konnte bei der Sache sein, solange es dauerte – sexuelle Befriedigung nannte man das. Und was bedeutete es? Weniger als nichts.

Würde ein Mann je begreifen, wie unberührt eine Frau im Grunde blieb, wenn sie nicht wirklich liebte? Wenn nicht ein Traum, ein Verlangen, eine Sehnsucht dahinterstand, die eben mehr wollte als nur – sexuell befriedigt sein?

Wie glücklich war sie gewesen in jener ersten Nacht in der Heide, damals mit Steffen. Was vorher war – es zählte nicht.

Peter, nun gut, sie war jung und dumm und hatte keine Ahnung, sie mußte es für Liebe halten, denn sie wußte noch nicht, was Liebe wirklich war. Und im Grunde genommen war es ja auch für ihren damaligen Status wirklich Liebe gewesen, absolut ausreichend für ein so junges, unerfahrenes und unbedarftes Mädchen. So gesehen, war es angemessen gewesen.

Aber dann Steffen! Nicht nur ein Mann, nicht nur ein Bettgenosse. Ein Mensch vor allem. Und ein erfüllter Traum.

Es war das erste Mal, daß sie ihn betrogen hatte. Wenn der neue Film begann, würde sie wieder viele Wochen lang mit ihm zusammen sein. War es nötig, ihm zu erzählen, was heute geschehen war und was sich vielleicht wiederholen würde? Denn warum sollte sie den Jungen, der da hinter ihr im Bett friedlich schlief und der sie ehrlich liebte, unnötig verletzen?

Nein, sie würde es Steffen nicht sagen. Er war klug genug, er mußte vermuten, daß sie ihm nicht treu war. Aber fragen würde er sie nicht. Das war nicht seine Art.

Und schuldlos war er nicht. Warum ließ er sie allein? Sie hatte ihn zweimal für kurze Zeit gesehen in den vergangenen Monaten. Er konnte nicht von ihr verlangen, daß sie immer allein blieb. Sie war jung, sie sehnte sich nach Liebe. – Nicht nach Harald allerdings, nein, er war es nicht.

Und dann dachte sie nach langer Zeit wieder einmal an Barenth. Mit ihm wäre es anders gewesen, das wußte sie. Sie würde nicht hier am Fenster stehen und in die Nacht hinausträumen. Mit ihm wäre es ... Sie zog fröstelnd die Schulterblätter zusammen. Und wie immer, wenn sie an ihn dachte, kam der Zorn. Das war eine offene Rechnung zwischen ihnen. Er hatte ihr ein großzügiges Geschenk gemacht – und dann war er gegangen. Und das konnte sie ihm nicht verzeihen.

Ich hasse ihn, dachte sie. Und wenn er mich zehnmal vor Schmach und Schande und was weiß ich vor was sonst für einem Quatsch bewahrt hat, ich hasse ihn. Dann hätte Steffen sich eben scheiden lassen, und ich hätte ihn geheiratet – und keiner hätte Herrn Barenth gebraucht.

Dafür liege ich nun hier mit einem dummen Jungen im Bett, aus dem ich mir nichts mache. So etwas ist nicht gut. Es paßt nicht zu mir. Ich hätte es nicht tun sollen.

Sie bekam kalte Füße und ging ins Bett zurück. Harald wandte sich schlaftrunken um und legte die Arme um sie.

»Was ist denn?« murmelte er.

»Nichts ist. Schlaf!«

Er schlief wieder ein. Aber sie wäre am liebsten aufgestanden, hätte sich angezogen und wäre fortgelaufen. Weit fort.

Aber wohin?

In nächster Zeit blieb Jung Harald ihr ständiger Begleiter. Im Theater gewöhnte man sich daran, daß er ›um sie herumwimmelte‹, wie Freda sich ausdrückte. Er saß in jeder Vorstellung, er schickte riesige Blumenarrangements, riesige Bonbonnieren, mit denen sie die Garderobiere, die Souffleuse, die Schneiderinnen erfreute. Er schickte französisches Parfüm und liebevoll ausgesuchte Geschenke.

Eines Tages, nach einer Nacht, die ihn besonders glücklich gemacht hatte, obwohl Jovana nicht verstand, wieso, kam er mit einem brillantenbesetzten Armband an.

»Also eigentlich, ich weiß ja nicht«, sagte Jovana zögernd und betrachtete das kostbare Schmuckstück von allen Seiten, »kommt mir vor wie im vorigen Jahrhundert, die Schauspielerin und der Prinz aus großem Haus. Darf man denn heutzutage so etwas annehmen? Ich habe keine Ahnung, ob sich das schickt.«

Er lachte, wie immer entzückt von ihrer Offenherzigkeit.

»Du darfst, wenn es von mir kommt. Wenn du erst meine Frau bist, wirst du nur noch echten Schmuck tragen.«

»Oh! Ich werde deine Frau? Hast du mich schon gefragt, ob ich will?«

»Du willst, sag, daß du willst, Liebling. Ich kann ohne dich nicht leben.«

Jovana ließ sich in die Arme nehmen und küssen.

»Du kannst das ja inzwischen mal deinem Vater erzählen. Bin gespannt, was der dazu sagen wird. Außerdem, wenn ich dich daran erinnern darf, ich bin noch verheiratet.«

Über diesen unbekannten Ehemann im Hintergrund grämte sich Harald sehr. Er wollte immer wissen, wer, wie und, vor allem, wo er sei.

»Das kann dir doch egal sein«, sagte Jovana einmal ungeduldig, »er ist nicht da, und er macht sich nicht sehr viel aus mir, sonst wäre er da. Also!«

Sie erzählte Frank von dem Heiratsantrag, und der fand das sehr beachtlich. »Eine tolle Partie! Ihr Frauen habt es gut. Du wärst eine steinreiche Frau und würdest nur mal zum Spaß ein bißchen filmen oder Theater spielen.«

Jovana malte ihm ihr Leben an Haralds Seite aus. »Ein Schokoladenleben, was? Ich wohne in einer Riesenvilla, ich habe einen Butler, den möchte ich nämlich unbedingt haben. Ich habe ich eigenes Pferd, einen riesigen amerikanischen Wagen, mit Chauffeur natürlich, und ich kann die tollsten Reisen machen und mich bei deiner Marie-Claire anziehen und, wenn es mir beliebt, ebensogut in Paris. Ich kann Johnny zu mir nehmen. Falls Lothar kommt – lasse ich ihn vom Butler hinauswerfen und ...«

»Butler tun so etwas nicht.«

»Na schön, dann vom Chauffeur oder vom Gärtner, einer wird's schon tun. Ich mache überhaupt nur noch, was ich will.«

»Das klingt alles großartig. Ich kann dir nur zuraten.«

Sie zog eine Grimasse. »Ich bin nicht so sicher, ob es mir auf die Dauer viel Spaß machen würde. Reich sein muß doch schrecklich langweilig sein.«

»Das ist eine kühne Behauptung. Ich könnte es mir auch ganz amüsant vorstellen.«

»Ich meine *nur* reich sein. Als Hauptbeschäftigung. Wenn man sonst gar nichts zu tun hat.«

Harald war schwer davon zu überzeugen, daß er sie zu den Filmaufnahmen nicht begleiten durfte.

»Ich störe bestimmt nicht. Ich halte mich ganz im Hintergrund, und abends, wenn du mal Zeit hast, wären wir zusammen. Du könntest dich bei mir entspannen. Ich kann einfach nicht so lange ohne dich sein.«

»Doch, du kannst. Du wirst sehen, es geht wunderbar. Ich kann ja auch.«

»Das weiß ich«, sagte er traurig. »Dir macht es nichts aus, wenn ich nicht bei dir bin.«

»Ich brauche meine Nerven, und wenn ich frei habe, brauche ich vor allem Ruhe. Liebesleben fällt flach, wenn man arbeitet. Schau, Harry-Boy, du hast doch schließlich auch was zu tun. Wenigstens ein bißchen was. Du kannst doch das ganze viele Geld nicht für nichts und wieder nichts bekommen.«

Solche Reden, immer ein wenig spöttisch vorgetragen, irritierten ihn. Warum imponierte dieser Frau sein Geld nicht? Bisher hatte es jeder imponiert.

Einmal machte er so eine Bemerkung, und Jovana antwortete: »Nö, das beeindruckt mich wirklich nicht sehr. Erstens hast du es nicht selbst verdient, sondern dein Vater. Zweitens verdiene ich selber Geld. Zugegeben, hier in W. nicht sehr viel. Aber wenn ich wollte, könnte ich sehr viel Geld verdienen. – Früher hatte ich keins, gar keins. Heute habe ich so viel, wie ich brauche, und es liegt an mir, mehr zu haben. Aber meine Seligkeit hängt nicht davon ab, mich mit Brillanten und Nerzen zu behängen. Ich habe Frauen nie begriffen, die dafür zu jedem Kompromiß bereit sind. Natürlich – ein teures Kleid anzuhaben macht Spaß. Aber du wirst lachen, mir macht es noch mehr Spaß, ein billiges Kleid anzuhaben und trotzdem jede andere auszustechen. Eben weil *ich* es anhabe. Verstehst du das?«

Er blickte sie ratlos an. Sie lachte. »Verstehst du nicht, Harry-Boy. Die Damen, die du kennst, haben vermutlich andere Ansichten. Für mich gibt es nur zwei Dinge, die ich auf dieser Erde schön finde. Und erstrebenswert. Das ist eine wirkliche Liebe – und ein Beruf, der einen ausfüllt. Den Beruf habe ich schon.«

»Und die Liebe? Die hast du nicht, willst du damit sagen.«

»Doch. Die habe ich auch.«

»Damit meinst du nicht mich.«

Sie lächelte und strich ihm übers Haar, es war eine fast mütterliche Geste.

»Das Leben mit dir wäre mir zu saturiert. Und damit auch die Liebe. So auf die Dauer, weißt du. Für mich muß Liebe immer ein wenig aufregend sein, voll Spannung und Erwartung. Und ich muß Sehnsucht haben können. Das muß sein wie das Gefühl, mit dem ich abends auf die Bühne gehe: Angst, Aufregung, Erwartung, Spannung, mal ist mir kalt, mal ist mir heiß, diese ganz große Unsicherheit; und wenn es gutgeht, wenn ich sie habe, wenn sie mir gehören, die da unten, dieser herrliche, alles betäubende Rausch. Es gibt nichts, was schöner ist. So etwa stelle ich mir auch die Liebe vor. So muß sie sein.«

»Du bist nur verliebt in deine Arbeit.«

»Ja. Ich bin versessen auf meine Arbeit. Ich könnte mein Leben dafür geben.«

»Und du würdest nie einen Mann so lieben wie deinen Beruf?«

»Doch. Genauso.«

»Nur daß ich dieser Mann nicht bin.«

»Ach, Harry-Boy! Du mußt nicht so viel auf einmal verlangen. Du hast mich doch jetzt. Ist das nichts? Und sag selber – könntest du dir vorstellen, daß ich in einer Ehe leben kann, wie du sie mir anbietest?«

»Du kannst ja weiter Theater spielen.«

»Ja. Sicher. Lassen wir's. Wir können später wieder einmal darüber sprechen.«

Travemünde IV

Der neue Film, wie gesagt, war eine Komödie. Michael Jaack, der bereits in den »Goldenen Träumen« Jovanas Partner gewesen war, spielte wieder mit ihr zusammen. Sie mochte ihn sehr gern. Ein sympathischer, begabter junger Mann, sehr natürlich, gar nicht affig, sehr kameradschaftlich.

Jovana wurde in München mit großem Aufwand empfangen. La Divina gab einen Cocktailempfang für sie, die gesamte Presse war da, und sie wohnte diesmal nicht im Gästehaus, sondern hatte ein Appartement in einer Villa, glücklicherweise in der gleichen, in der auch Steffen wohnte.

»Freust du dich?« fragte sie, als sie am Ankunftstag wie ein übermütiges Kind von einem Appartement ins andere hüpfte.

»Das ist doch prima. Charlotte ist eine Süße.«

Steffen sah ihr lächelnd zu. Wie es gewesen war, als sie das letztemal in München drehte, schien sie vergessen zu haben. Sie schlang die Arme um seinen Hals. »Oh, Steffen, sag, daß du mich noch liebst. Oder bin ich dir schon zu alt?«

»Du Fratz, du«, sagte er zärtlich, »willst du mich verspotten?«

»Du mußt mich schrecklich lieben. Sonst heirate ich nämlich.«

»So. Wen denn?«

»Ganz was Tolles. Ich könnte Millionärin werden, verstehst du? Der älteste Sohn vom reichsten Mann von W. will mich partout heiraten. Wie findest du das?«

»Grandios.«

»Nicht? Ich säße mitten obendrauf auf einem Geldhaufen. Und er ist nicht übel. Der junge Mann, meine ich. Ein netter Kerl, wirklich.«

»Hm. Das muß man natürlich gut überlegen.«

»Ich will nicht, daß du es überlegst. Ich will, daß du es mir verbietest.«

»Und du hast also ein Verhältnis mit dem jungen Mann.«

Sie riß die Augen auf. »Wieso? Wie kommst du darauf? Sonst würde er mich ja nicht um jeden Preis heiraten wollen. Nein, dazu bin ich viel zu raffiniert. Er führt mich aus, ganz schick und teuer, ich reite auf seinen Pferden, ich fahre seinen Wagen, er schickt mir Blumen und Schokolade, oh – es ist wie zu Omas Zeiten. Männer, mit denen man schläft, die heiraten einen nicht, das habe ich ja bei dir gesehen.«

So guter Stimmung war Jovana, als sie in München eintraf. Und so guter Stimmung blieb sie während der ganzen Drehzeit. Nicht nur sie, auch die anderen waren mit Vergnügen bei der Sache. Die Komödie, ein moderner Stoff, sehr spritzig, sehr witzig zubereitet, machte allen Vergnügen. Maltzahn hatte das Drehbuch geschrieben und besonders liebevoll an Jovanas Rolle gefeilt, denn noch immer, so sagte er, »bin ich hemmungslos in dich verliebt, mein Schäfchen. Willst du nicht doch mal zu mir an den Tegernsee kommen?«

»Ich möchte so gern. Aber mein Mann erlaubt es nicht.«

Das war frech. Maltzahn grinste, Steffen wandte peinlich berührt das Gesicht zur Seite. Jovanas sogenannte Ehe war noch immer ein rotes Tuch für ihn, er mochte davon nichts hören. Einiges wußte er auch über die Gerüchte, die in der Branche im Umlauf waren oder, besser gesagt, gewesen waren, denn inzwischen war Zeit genug vergangen, daß man es nicht mehr als aktuell empfand.

Eine Version besagte: Jovana habe mit Barenth einen Seitensprung gemacht, dabei sei es passiert. Darauf habe Steffen ihn gezwungen, sie zu heiraten, und ihn dann in die Wüste geschickt.

Eine andere besagte: Steffen sei der Vater, Barenth war verführt und mißbraucht worden und deswegen voll Wut gegangen.

Die dritte: Beide Männer kämen als Väter in Frage.

Die vierte, daran hielt vor allem Charlotte Gadomsky eisern fest, denn sie sah nicht gern an ihren Favoriten schwarze Flekken: Steffen sei überhaupt ganz unschuldig, zwischen ihm und Jovana sei nie etwas anderes gewesen als Freundschaft und berufliche Zusammenarbeit, und mit Barenth, das sei eine kurze, aber mißglückte Sache gewesen, vielleicht ließe es sich später wieder einrenken. Denn Charlotte hielt viel von der Ehe. Sie mochte intakte Familienverhältnisse, auch bei ihren Stars.

Wie gesagt, das war mittlerweile alles uninteressant geworden, es gab genügend neuen Stoff für Klatsch. Jovana und Steffen benahmen sich so unbefangen, daß niemand Grund für irgendwelche Verwicklungen tragischer Art sah.

Der Film also. Er handelte von einer jungen Ehe. Erst studieren die beiden noch, Architektur, dann kommt die Liebe, dann wird geheiratet. Der junge Ehemann beendet sein Studium und hat seine erste, schlechtbezahlte Stellung in einem Architekturbüro. Er will nicht, daß seine junge Frau arbeitet, er verabscheut berufstätige, emanzipierte Frauen. Also bleibt die junge Frau zu Hause und langweilt sich. Das Geld ist knapp. Da sind die Raten zu bezahlen, die teure Miete, ein neues Kleidchen ist ein Problem, er möchte ein Auto, sie einen Fernseher. Die junge Frau sucht sich heimlich einen Job, sie arbeitet bei einer großen Firma als Innenarchitektin, und da sie eine Menge Ideen hat und viel Elan und vor allem der Chef der Firma Gefallen an ihr findet, macht sie schnell Karriere. Sie verdient bald das Vielfache von dem, was ihr Mann verdient. Aber das muß sie vor ihm geheimhalten. Schwindeleien, Ausreden, Verwirrungen, es wird immer schwieriger für sie, sich in dem ganzen Lügengespinst zurechtzufinden. Langsam wächst ihr die Sache über den Kopf, ihre Kapriolen werden immer verrückter. Und natürlich kommt der junge Ehemann dahinter, daß sie nicht zu Hause ist, wenn er sie zu Hause vermutet, daß sie keineswegs zu ihrer Mutter gefahren ist, wenn sie verreist, daß sie nicht mit der Freundin im Kino war, wenn sie abends ausgegangen ist. Eifersucht, Szenen, neue Lügen, schließlich Streit und Trennung. Er erfährt die Wahrheit, fühlt sich gedemütigt in seinem männlichen Stolz, doch die Versöhnung folgt auf einfachste Weise: Die junge Frau erwartet ein Baby, muß nun die Arbeit wirklich aufgeben; er wird an ihrer Stelle den lukrativen Job übernehmen.

»Heirate nie ein modernes Mädchen!« lautete der Arbeitstitel. Der Film spielte in München und Umgebung. Er würde nicht sehr teuer sein und, da die Arbeit flott voranging, auch bald abgedreht sein. Eine neue Jovana würde sich ihrem Publikum präsentieren. Sehr beschwingt, sprühend vor Temperament. Manchmal hatte sie selbst sehr gelungene Einfälle.

Bronski, der die Kamera hatte und mit dem sie seit »Zwielicht« nicht zusammengetroffen war, schloß sie einmal begeistert in die Arme. »Es ist eine Wonne, mit dir zu arbeiten, Baby. Ich hab's damals schon gemerkt.«

Auch Charlotte war sehr angetan. An einem Abend, als sie ein paar besonders gelungene Szenen gesehen hatte, sagte sie zu Steffen: »Sie ist ein Schatz, Ihre Jovana. Sie wird immer besser. Und immer hübscher. Ist sie auf der Bühne auch so gut?«

»Ich finde, ja. Sie kann sich sehen lassen.«

»Wird sie noch lange in W. bleiben?«

»Eine Spielzeit sicher noch.«

»Ich möchte direkt einmal hinfahren, um sie zu sehen.«

Von Bronski erfuhr man erstmals einiges über Barenth. Es ging ihm offenbar gut in Amerika, er war ins Geschäft gekommen, nicht mehr beim Film, er machte jetzt Fernsehen.

Als sie fertig waren, brauchte Jovana vor allem Urlaub. Seit Johnnys Geburt hatte sie praktisch keine Ferien gehabt. Viel Zeit, um sich zu erholen, blieb ihr auch diesmal nicht, denn sie wollte nicht wieder allzu verspätet nach W. kommen. Drei knappe Wochen nur, und die würde sie in Travemünde verbringen. Dort befanden sich zur Zeit Dorothy und Johnny. Steffen war nicht so ganz wohl bei dieser Vereinbarung. Schließlich waren Dorothy und Jovana noch nie längere Zeit zusammen gewesen.

»Aber ich möchte Johnny auch mal eine Zeitlang für mich haben. Dorothy kann ja nun nach England fahren, wenn sie will.«

Er wußte, daß Dorothy das nicht tun würde. Sie hatte von vornherein abgelehnt, Johnny seiner Mutter allein zu überlassen.

»Aber ich bitte dich, Steve, sie hat doch keine Ahnung. Sie weiß doch gar nicht, wie sie mit einem Kind umgehen muß. Er ist jetzt ein Jahr und vier Monate, er läuft schon so gut, er greift nach allem, man darf ihn nicht aus den Augen lassen. Und wenn sie Erholung braucht, was ich verstehen kann, ist das Kind ihr doch bloß lästig. Sie kann sich nicht erholen, wenn sie Johnny versorgen muß.«

»Vielleicht könnte man Betty mitschicken ...«

»Betty muß auch einmal Urlaub haben.«

»Aber dann kommst du dieses Jahr überhaupt nicht zu deiner Mutter.«

»Ich kann immer noch für ein paar Tage hinüberfliegen. Und nächstes Jahr kann ich Johnny schon mitnehmen.«

Nein, soweit es Johnny anging, war mit Dorothy nicht zu reden, und auch das machte Steffen Sorgen. Wie würde sich das, um Himmels willen, abspielen?

Nun, erstaunlich gut. Tante Silke hatte die ganze obere Etage für sie freigehalten, keine Sommergäste mehr im Haus, und so gab es ein sehr harmonisches Familienleben: Dorothy, Jovana, der kleine Johnny und dazu Silke und Torsten. Steffen hatte sich zunächst zurückgehalten. Er hatte noch mit dem Film zu tun; man hatte Jovanas Drehtage zusammengelegt, damit sie möglichst bald fertig war.

Er kam erst nach Travemünde, als Jovana schon vierzehn Tage dort war, und stellte fest, daß sich alle sehr gut vertrugen. Frühmorgens kam Johnny zu Jovana ins Bett, sie alberten herum, dann frühstückten sie alle gemeinsam, und je nach dem Wetter gingen sie an den Strand, saßen in Silkes buntem Garten oder blieben im Haus. Jovana machte Spaziergänge und kleine Ausflüge. Sie sah braun und erholt aus und schien bester Laune.

Nur einmal, sie waren nachmittags im Garten: Jovana lag im Gras auf einer Decke und spielte mit Johnny, der Kleine tappelte einem Ball nach, fiel hin und verletzte sich an der Einfassung eines Blumenbeetes. Er fing bitterlich an zu weinen, Jovana sprang auf, wollte ihn in die Arme nehmen und trösten, aber er stieß ihre Hand fort und lief zu Dorothy.

»Doddy, Doddy«, schluchzte er dabei. Und Dorothy nahm ihn auf den Schoß und beruhigte ihn.

Jovana setzte sich mit gekreuzten Beinen wieder auf die Decke und betrachtete mit nachdenklicher Miene die Szene, die sich ihr bot: Dorothy mit dem weinenden Kind, das sich von ihr, *nur* von ihr trösten lassen wollte. – Steffen seinerseits betrachtete Jovana. Es war nicht schwer zu erraten, was in ihr vorging.

Dorothy stand schließlich auf, das Kind auf dem Arm, und sagte: »Komm, wir gehen jetzt hinein, du kriegst ein Pflaster drauf, dann tut es nicht mehr weh. Und dann trinkst du deine Milch.« Ohne jemand anzusehen, verschwand Dorothy im Haus.

Jovana blickte ihr nach. Sie wußte, daß Steffen sie ansah. Kühl begegnete sie seinem Blick. »Sie ist sehr possessiv, deine Dorothy.«

»Sei nicht ungerecht. Was erwartest du? Das Kind ist nun mal an sie gewöhnt. Wenn Betty hier wäre, hätte er sich wahrscheinlich an Betty gewandt.«

»Gib mir eine Zigarette.«

Sie rauchte eine Weile schweigend, dann sagte sie: »Eigentlich bin ich ein Kamel. Ich bekomme ein Kind, damit andere Leute ihren Spaß daran haben.«

»Ein Kind um sich zu haben und aufzuziehen ist nicht nur Spaß. Es bedeutet auch Arbeit und Verantwortung. Das weißt du sehr genau.«

»Ach so! Und du meinst, dazu wäre ich nicht fähig.« Ihr Ton war aggressiv.

»Das habe ich nicht behauptet.«

»Nein, aber das meinst du. Sie soll nicht denken, daß es so bleibt, daß ihr Johnny für immer gehört. Er ist mein Kind. Niemand kann mich daran hindern, ihn zu mir zu nehmen.«

»Natürlich nicht. Und niemand würde dich daran hindern.«

»Doch. Sie würde. Sie ist nicht so ein Lämmchen, deine Dorothy, wie du denkst. Sie würde mit Klauen und Zähnen um Johnny kämpfen.«

»Sie hat ihn sehr lieb«, sagte Steffen.

»Aber er ist mein Kind«, beharrte Jovana eigensinnig.

Steffen schwieg. Es war ein sinnloses Gespräch. Es ließ sich nicht viel Vernünftiges dazu sagen. Jovana legte den Kopf in den Nacken und blickte in den Birnbaum hinauf. »Wenn ich Harald heirate, kann ich drei Kindermädchen für ihn halten. Vielleicht wird dann die Arbeit und Verantwortung für mich tragbar sein. Was meinst du?«

Steffen schwieg immer noch.

Gereizt blickte sie ihn an. »Mach nicht so ein Schulmeistergesicht. Ich *werde* Harald heiraten. Wann wird einem schon so eine Chance geboten? Theaterspielen kann ich trotzdem. Und so übel ist er nicht, das wirst du ja wohl zugeben.«

Harald hatte sich natürlich, obwohl es ihm verboten worden war, doch in München eingefunden. Erst waren pausenlos Blumen von ihm gekommen, dann eines Tages kam er selbst. Jovana hatte ihn miserabel behandelt. Gerade einmal war sie mit ihm zum Abendessen gegangen, dann hatte sie keine Stunde Zeit mehr für ihn übrig gehabt.

Jedenfalls hatte Steffen ihn kennengelernt. Er war sich klar, Millionen oder nicht, daß Jovana diesen jungen Mann nie heiraten würde. Dazu kannte er sie zu gut.

Sie sprang auf. »Ich gehe spazieren.«

»Darf ich mitkommen?«

»Nein. Ich will allein sein.«

Sie schlenderte aus dem Garten, ohne ihn noch eines Blickes zu würdigen, schlank, anmutig, in langen Leinenhosen, einer blauen Bluse, ihr Lieblingsanzug an der See. Steffen sah ihr nach, ein wenig amüsiert sogar. Sie war eine verflixte kleine Komödiantin. Sie dachte nicht daran, Johnny zu sich zu nehmen. Das waren so Aufwallungen, und die mußte sie dann auch ausspielen. Sie genoß jeden kleinen Ärger genauso intensiv wie ihre Freuden.

Dorothy kam nach einer Weile mit dem beruhigten Johnny wieder. »Wo ist Jovana?«

»Spazierengegangen.«

»Allein?«

»Hm.«

»Hat sie sich geärgert?«

»Sie tat jedenfalls so.«

Dorothy und Steffen blickten sich an, dann lächelte sie.

»Nun ja, du bist jetzt hier. Da muß sie auch mal ihre kleine Szene haben. Bisher war sie ganz friedlich.«

»Du bist sehr verständnisvoll.«

»Ich versuche es jedenfalls.«

Sie setzte Johnny wieder auf die Decke zu seinen Spielsachen, dann lachte sie plötzlich. »Eine verrückte Situation, nicht wahr?«

»Ja. Das kann man sagen.«

»Der Nutznießer ist Johnny. Er hat jetzt eine Mutter, die für ihn richtig sorgt. Und wenn er groß sein wird, und ich für ihn zu alt sein werde, wird er eine junge Mutter haben, mit der er sich vielleicht sehr gut verstehen wird.«

Steffen sah Dorothy überrascht an. »Das ist eine originelle Art, die Angelegenheit zu sehen.«

»Stimmt es vielleicht nicht?«

»Es hat was für sich.«

Eine kleine Pause, dann sagte Dorothy gleichmütig: »Wenn sie schon fortgegangen ist, hätte sie gleich einkaufen können. Silke meint, sie braucht noch Brot fürs Abendessen. Und einen Aal hätte sie auch gern gehabt.«

Steffen stand auf. »Das kann ich ja besorgen. Jovana ist sicher nicht in den Ort gegangen, sondern zum Strand.«

Aber er fand sie am Hafen. Sie saß auf dem Geländer und sah zu, wie die Passagiere aus einem Skandinavier an Land gingen. Neben ihr lehnte ein junger Mann, der eifrig auf sie einredete. Steffen hatte ihn in den drei Tagen, seit er da war, schon einige Male in Jovanas Gesellschaft gesehen. Ein Strandflirt offenbar. – Er ging langsam auf die beiden zu, hörte Jovana lachen, sah ihr heiteres Gesicht. Der kleine Ärger war vergangen. Nein, man mußte das nicht so ernst nehmen. Sie war ein Kind des Augenblicks.

Sie sah ihn, als er vor ihr stand. »Oh, Steffen! Fein, daß du kommst. Das ist Karl-Heinz. Haben Sie noch einen Namen, Karl-Heinz? Na, ist ja egal. Wir wollen morgen einen Ausflug um die Bucht machen. Ich möchte auch wieder mal nach Scharbeutz und Grömitz und schauen, wie es dort jetzt aussieht.«

»Komm mit«, sagte Steffen energisch. »Wir müssen noch einkaufen. Wiedersehen, Karl-Heinz.« Er zog sie vom Geländer herunter, behielt ihre Hand in seiner und marschierte mit ihr die Vorderreihe entlang.

»Du wirst nicht mit Karl-Heinz um die Bucht fahren. Wenn

du um die Bucht fährst, dann fährst du mit mir. Ich habe das Gefühl, ich muß etwas strenger mit dir werden.«

»Au ja.«

»Du wirst mir zu eigenmächtig.«

»Bin ich noch nicht bald erwachsen?«

»Weit davon entfernt.«

»Dann kann ich ein Eis haben?«

»Das kannst du. Aber dann müssen wir Brot kaufen und einen Aal. Du weißt sicher, wo Silke einkauft.«

»Weiß ich. Und nun küß mich!«

Sie blieb mitten auf der Vorderreihe stehen, wo um diese späte Nachmittagsstunde eine dichte Promenade stattfand, und hielt ihm ihren Mund hin. Steffen küßte sie. Ein paar kecke Bemerkungen flogen ihnen zu.

»Da unten am Wasser«, sagte Jovana, »hast du mich zum erstenmal geküßt. Als wir vom Segeln kamen. Weißt du das noch?«

»Ja.«

»Hast du mich da schon geliebt?«

»Sicher nicht.«

»Aber ich dich. Du hast mich nie geliebt.«

»Das würde ich nicht sagen.«

»Liebst du mich jetzt?«

»Ganz außerordentlich.«

»Ich möchte Schokolade und Nuß mit Sahne.« Sie zog ihn an der Hand in den Eisladen.

»Ich liebe dich auch ganz außerordentlich«, sagte sie, als sie mit dem Eis halb zu Ende war. »Ich bin eben manchmal eifersüchtig, das kann man doch verstehen. Oder nicht?«

»Ich verstehe so ziemlich alles, was dich betrifft, glaube ich.«

»Ja. Du verstehst mich. Du hast mich immer verstanden.«

Sie seufzte.

»Ich bin sehr froh, daß ich dich habe.«

Theater II

Alles in allem gesehen, war dieser Travemünde-Urlaub trotz der problematischen Situation eine ganz gelungene Veranstaltung. Jovana kehrte erholt und voller Tatendrang nach W. zurück, wo Harald sie begrüßte, als käme sie aus der Wüste, wo die Arbeit sofort begann, zunächst mit »Was ihr wollt«, was für sie die Viola bedeutete, eine Rolle, von der sie lange geträumt hatte. Wo das Leben randvoll ausgefüllt war, von früh bis abends. Proben, Vorstellung, Ausritte in den Herbstwald mit Harald und Frank, vergnügte Abende mit den Kollegen, ein Flirt mit einem neuen Tenor, der ziemlich weit ging, der alte Flirt mit Eberhard Winter, der nie sehr weit gediehen war, der alte Ärger mit Freda, die Verlobung von Inge, die Rainer Baumgart heiraten wollte und außerdem eine Fernsehrolle bekommen hatte, doppelter Grund zum Feiern also. Wo im Oktober die Proben zu »Maria Magdalene« begannen, wovor Jovana sich die ganze Zeit gefürchtet hatte.

Als sie von Travemünde kam, hatte sie mit Bettina darüber gesprochen. Die hatte auch skeptisch den Kopf gewiegt: »Schwer, so was heute zu machen. Es ist eine monströse Rolle und ein monströses Stück. Und man kann es nicht sehr zurücknehmen, verstehst du, sonst kommt es nicht an. Man muß es ausspielen, man muß den Geist der Zeit beschwören, in der das Stück spielt. Die muß man glaubhaft machen, sonst geht's daneben. Habt ihr einen guten Meister Anton?«

»Doch, ja. Das ist Witte. Clemens Witte. Ein sehr zurückhaltender Mann, schwer mit ihm umzugehen. Ich habe voriges Jahr mit ihm zusammen in ›Gespenster‹ gespielt. Er war der Pastor Manders. Und dann hat er den Nathan gemacht. Sehr gut, würde ich sagen.«

»Möchte wissen, warum Kilian das partout machen will.«

»Er kann's ja machen. Aber warum gerade ich? Wir haben doch die Kreutzer, weißt du, die so eingebildet ist, so aufgeblasen. Sie hält sich für die größte Schauspielerin aller Zeiten, und eigentlich wäre es ihr Fach. Wie soll ich das hinkriegen?«

Die Probezeit für den Hebbel war eine schreckliche Zeit. Kilian war erbarmungslos, er hetzte Jovana immer tiefer in die Rolle hinein; er ließ ihr keine Mätzchen, nicht die kleinen Manieriertheiten, die kleinen Hilfen, die sie gelernt hatte, durchgehen; es rührte ihn nicht, daß sie sich so schwer tat mit dem antiquierten Text, und er bestand darauf, daß die Steigerung in der Verzweiflung des Mädchens nur von innen kam. Denn äußerlich war ja wenig Möglichkeit gegeben. Klara weiß von vornherein um ihre ausweglose Situation. Und auch die Hoffnung, die sie hat, daß doch alles gutgehen könnte, ist im Grund vage. Sie weiß, daß es nicht gutgehen wird. Sie weiß, daß es sinnlos ist, sich zu demütigen. Aber sie tut es. Aber genau wie sich ihre Verzweiflung steigert, steigert sich ihre Resignation.

»Beides, verstehst du«, sagte Kilian, »beides mußt du ausspielen. Sie ist verzweifelt und voller Lebenswillen, aber sie hat schon resigniert. Sie weiß schon, daß sie sterben wird.«

Jovana war froh, wenn sie abends die Viola hatte, wenn sie das Pagenkostüm anziehen und leichten Herzens auf die Bühne gehen konnte zu dem verliebten Spiel, das man beschwingt durchtänzeln konnte. Die Fechtszene mit dem Bleichenwang war ein Meisterstück. Sie hatte sie mit der Choreographin einstudiert, sie schlug einen Purzelbaum mit dem Degen in der Hand, sie machte eine Flanke über eine Brüstung, der Degen entglitt ihr dabei, sie fing ihn im Fallen wieder auf. Es glückte nicht immer, aber meist. Sie hatte jedesmal Szenenbeifall nach diesem Auftritt.

Und sie bekam auf die Viola hin ein Angebot aus München vom Residenztheater, und ein anderes kam aus Düsseldorf. – Wenn nur diese Klara nicht wäre!

Frank mußte sich ihren Kummer anhören. Er saß abends bei ihr, sie hielt Anuschka auf dem Schoß, und sie redete und schimpfte und klagte und verfluchte ihren Intendanten.

Anuschka übrigens war ihre neue Hausgenossin. Frank hatte sie ihr zur Wiederkehr geschenkt. Es war eine bildschöne, schwarz-grau gestromte Katze oder, besser gesagt, noch ein Kätzchen, das sich in Windeseile Jovanas Haushalt und ihr Herz erobert hatte.

Frank nämlich war von seinem letzten Filmausflug mit einem Kater zurückgekehrt, der nach einigen Wochen vier Kinder bekam und sich somit als Dame offenbarte. Eins davon hatte Frank behalten, damit hatte er zwei Katzen, die anderen verschenkte er an Kollegen.

Am Abend der Hebbel-Premiere hatte Jovana Fieber. Sie klapperte mit den Zähnen, als sie mit Steffen ins Theater fuhr, den sie zu Hilfe gerufen hatte.

»Mein Gott, Kind, reg dich doch nicht so auf. Das ist doch nicht die Welt. Gut, dann liegt dir die Rolle eben nicht, dann wirst du das nächste Mal etwas anderes machen.«

»Nie mehr, nie mehr spiele ich so etwas. Nie mehr! Oder ich gehe vom Theater ab. Oh! Wie ich Kilian hasse!«

Die Generalprobe war matt gewesen. Alle hatten sie gepfuscht, nur Witte war sicher, er hielt das Ganze einigermaßen zusammen.

Alles in allem hielt sie sich tapfer. Sicher konnte man eine bessere Klara sehen. Es war nicht ihre Rolle – das stimmte, aber sie bekam sie einigermaßen in den Griff, und es gelang ihr auch, eine echte Steigerung hineinzubringen. Am besten waren die großen Ausbrüche, da geriet sie in Fahrt. Und die große Szene mit Leonhard, die wurde meisterlich.

Aber es hatte sich selten ein Mensch befreiter gefühlt als Jovana, als sie von der Bühne wanken konnte, um sich endlich, endlich zu ertränken.

Nachher saß sie in der Garderobe und heulte. Die große Spannung mußte sich entladen. Kilian hatte den Arm um sie gelegt und tröstete sie. »Aber du hast es doch gut gemacht, Mädchen. Du hast es wirklich gut gemacht.«

»Sicher war es schrecklich.«

»Nein. Es war ausgezeichnet. Und paß mal auf, beim zweiten- und drittenmal ist es überhaupt nicht mehr schwer.«

Man reichte ihr ein Glas Sekt, die Kollegen waren alle ganz reizend, und dann gingen sie in ihre Stammkneipe, und Jovana aß eine Hühnersuppe und ein Kalbssteak mit Salat und eine halbe Stunde später noch eine Portion Ente und dann einen Eisbecher. Sie war ganz ausgehungert, denn sie hatte seit Tagen vor Aufregung nicht essen können.

Steffen sah ihr amüsiert zu. Viel reden konnte er mit ihr nicht, denn Jovanas Kolleginnen benutzten die Gelegenheit, den berühmten Filmregisseur am Tisch zu haben, um ihn von allen Seiten zu becircen. Bisher war er noch nie am Stammtisch der Schauspieler erschienen; wenn er Jovana besucht hatte, waren sie stets allein zum Essen gegangen.

Dafür war Harald an diesem Abend verbannt worden, was ihn natürlich sehr betrübte. Aber Jovana hatte ihn am Nachmittag, nahe einem hysterischen Ausbruch, am Telefon angeschrien: »Wenn ich dich heute abend noch zu sehen kriege, schnappe ich über. Ich *kann* heute niemand sehen.«

»Aber hinterher doch.«

»Nein«, schrie sie. »Auch dann nicht.« Und damit hatte sie den Hörer hingeknallt. Man durfte damit rechnen, daß Harald ein wenig böse sein würde. Vielleicht bis morgen früh.

Am nächsten Tag, nachmittags gegen fünf, lag sie mit Steffen auf der Couch in ihrer Wohnung. Sie hatte den Kopf auf Steffens Schulter gelegt, Anuschka lag auf ihrem Bauch und schnurrte. Es war wunderbar friedlich und gemütlich, schon dunkel im Zimmer, es war November. Sie hatten kein Licht gemacht. Sie war entspannt und glücklich, sie hatte lange geschlafen, keine Probe, keine Vorstellung. Mittag hatte sie wieder gut und reichlich gegessen, diesmal mit Steffen allein, dann nochmals geschlafen, und die Welt war wieder in Ordnung. Morgen abend zwar würde sie die Klara wieder spielen müssen, aber bis morgen abend war noch lange hin.

»Mir ist wohl«, murmelte sie.

»Na, Gott sei Dank«, sagte Steffen. »Ich bin noch ganz erschöpft. Du hast mich Nerven gekostet.«

»Wenn du nicht dagewesen wärst, dann wäre es überhaupt nicht gegangen. Ich hätte mich nicht auf die Bühne getraut. Oh, Steffen, du darfst mich nie im Stich lassen. Nie! Ich brauche dich.«

»Ja, mein kleines Mädchen. Ich komme ja, wenn du mich brauchst.«

»Immer?«

»Immer.«

»Gut.« Sie seufzte zufrieden.

»Ich frage mich, ob ich jetzt etwas mit dir besprechen kann.«

»Etwas Ernsthaftes?«

»Doch. Ja.«

»Wenn es unbedingt sein muß.«

»Es handelt sich um deine weiteren Pläne. Kein Film also in nächster Zeit, du darfst dich nicht kaputtmachen.«

»Charlotte hat ein Drehbuch geschickt. Und Plaschke auch.«

»Ja. Ich weiß, ich kenne sie beide. Ist beides nicht sehr attraktiv. Du kannst warten, bis etwas Besseres kommt.«

»Was für Pläne also?«

»Du machst die Spielzeit zu Ende, das heißt, du hörst vielleicht einen Monat früher auf. Dann hätte ich nämlich ein Angebot für dich.«

»Hast du ein gutes Drehbuch?«

»Kein Film. Theater.«

»Theater!« Sie richtete sich mit einem Ruck auf. Anuschka rutschte von ihrem Bauch und mauzte beleidigt. »Du machst mit mir Theater?«

»Das möchte ich gern. Du kennst Bad Hildesburg?«

»Nö. Ah ja, das ist dort, wo sie immer die Sommerfestspiele machen.«

»So ist es. Man hat mir für nächsten Sommer dort eine Inszenierung angeboten. Sie haben eine schöne alte Burg dort, und in dem Burghof wird gespielt. Sehr romantisch.«

»Und was ist es?«

»Wir dachten an das Käthchen.«

»Das Käthchen von Heilbronn?«

»Hm.«

»Das darf nicht wahr sein. Wieder so eine Wurzen.«

»Aber Jovana! Wir haben einmal über das Käthchen gesprochen, weißt du es nicht mehr?«

»Natürlich weiß ich es. Das war auf dem Brodtner Steilufer, als wir das erstemal in Travemünde waren und du mich immer Fundsache genannt hast. Ich weiß alles, was wir je gesprochen haben.«

»Na gut. Denk mal darüber nach.«

»Da brauche ich nicht viel nachzudenken. Um mit dir Theater zu machen, würde ich dem Teufel seine Großmutter spielen.«

»Das muß nicht unbedingt sein. Versuchen wir es erst mal mit dem Käthchen. Und weißt du, wer den Ritter vom Strahl spielen wird?«

»Nö.«

»Andreas. Andreas Hartmann.«

»Das ist prima. Den habe ich seit ›Zwielicht‹ nicht mehr gesehen. Das werden wir prima machen. Andreas ist goldrichtig dafür. Und ich werde ein Käthchen machen, wie es überhaupt noch keiner gesehen hat. Weißt du, ich stelle mir das so vor...« Sie legte sich wieder um, kuschelte sich erneut in seinem Arm zurecht, Anuschka krabbelte wieder auf ihren Bauch. »Ja, ich weiß noch nicht genau, wie ich mir das vorstelle. Schließlich sollst du ja auch Regie führen, mein hoher Herr. Hat der Burghof ein Dach?«

»Ich glaube nicht.«

»Hoffentlich regnet es nicht immerzu. Ich habe mir erzählen lassen, bei Sommerfestspielen regnet es meist. Steffen, das ist eine Wucht. Endlich können wir zusammen Theater machen. Freut dich das?«

»Ja, mein kleines Mädchen, das freut mich sehr.«

»Steffen, dann werden es fünf Jahre her sein, daß wir uns kennen. Fünf Jahre, daß wir da auf dem Baumstamm saßen. Eine lange Zeit, nicht?«

»Zeit ist ein relativer Begriff. Aber für ein Menschenleben sind fünf Jahre eine ganz beachtliche Zeit. Überhaupt wenn so viel geschieht.«

»Fünf Jahre lang – du und ich.«

Eine Weile schwiegen sie, dann sagte er leise: »Du hast mich sehr glücklich gemacht, Jovana.«

»Dann war es gut, daß du mich damals festgehalten hast. Wenn ich doch ... Ob ich es wirklich getan hätte? Es kommt mir heute so unwahrscheinlich vor. Es kann kein Zufall gewesen sein, daß du gerade an diesem Tag nach Ahlsen gefahren bist. Denk mal, nie bist du nach Ahlsen gefahren.«

»Nein. Nie. Und es war bestimmt kein Zufall.«

Er sah die Bilder vor sich. Das Mädchen im Turm, ihr Gesicht naß von Tränen, wie sie über die Wiesen lief, im wehenden roten Röckchen.

Und wie sie dort neben den Gleisen stand und er ihren Arm faßte, um sie festzuhalten.

Zufall? Nein.

Was dann? Wer wußte das?

Steffen war wieder abgefahren, nachdem er Jovana noch über seine nächsten Pläne informiert hatte. Im nächsten Frühjahr würde er an einem großen amerikanischen Film, der in den letzten Kriegstagen spielte und den Einmarsch der Amerikaner in Deutschland behandelte, mitarbeiten.

»Man hat mich aufgefordert, die Regie zu übernehmen, vermutlich zusammen mit einem Amerikaner. Es ist die gleiche Produktion, mit der wir damals ›Zwielicht‹ gemacht haben. Anfang des Jahres werde ich hinüberfliegen, und dann wird man sehen.«

»Das ist eine feine Sache«, meinte Jovana. »Keine Rolle für mich dabei?«

»Nein. Die Frauenrollen sind ganz unerheblich. Ich hab' so was noch nie gemacht. Es reizt mich.«

»Wenn du nach Amerika kommst, dann wirst du ja diesen blöden Barenth treffen. Dann richte ihm bitte aus, ich möchte mich jetzt scheiden lassen. Ich habe die Absicht zu heiraten. Das sagst du ihm so. Wörtlich. Versprich mir das!«

Steffen lächelte und sagte: »Ich verspreche es.«

Die folgenden Monate gingen rasch vorbei, eine gute Rolle in einem modernen Stück, dann den Don Gil, wieder eine Hosenrolle – und das machte ihr Spaß. Weihnachten verbrachte sie teils mit Frank, teils mit Harald, reich beschenkt von letzterem, aber das änderte nichts daran, daß er ihr mehr und mehr auf die Nerven ging.

Ständig wollte er wissen, wann sie endlich geschieden würde, wann sie heiraten könnten, immer wieder erklärte sie ihm, daß sie nicht die Absicht habe, gleich wieder zu heiraten. Sie behandelte ihn überhaupt schlecht. Harald hatte nicht sehr viel von ihr. Sie schickte ihn weg, sie hatte keine Zeit für ihn, zuviel Arbeit, sagte sie. Er ertrug alles mit Engelsgeduld.

Im Januar lernte sie seinen Vater kennen.

Konsul Hansen hatte am Stadtrand ein neues Verwaltungsgebäude seiner Werke bauen lassen, ein wahres Wunderwerk moderner Architektur, nützlich, praktisch, dabei kühn in der Konstruktion sollte es sein, so war in den Zeitungen zu lesen. Ein berühmter Architekt hatte den Bau ausgeführt.

Zur Einführung gab es einen großen Empfang in diesem Neubau. Angefangen vom Ministerpräsidenten des Landes, dem Bürgermeister, den Spitzen der Behörden und der Gesellschaft, den Assen der Industrie und Wirtschaft, war alles dazu geladen. Kein Anlaß, eine Schauspielerin dazu zu bitten, jedoch Harald hatte ihr eine Einladung geschickt. Er war stolz auf den Bau und wollte, daß ihr die ganze Pracht eines solchen Unternehmens vor Augen geführt würde.

Also ging Jovana hin, da sie gerade an diesem Tag probefrei war. – Wirklich, sehr eindrucksvoll das Ganze. Ein paar Reden wurden gehalten. Sie hatte Gelegenheit festzustellen, was für ein imponierender Mann Konsul Hansen war, und sie dachte, als sie ihn reden hörte: Schade, daß Harald nicht so ist wie er. Ihn würde ich heiraten.

Aber diese neue Generation erreichte nicht die Bravour und die Dynamik der Vätergeneration. Sie wirkte blaß dagegen.

Anschließend gab es ein riesiges kaltes Büfett und alles zu trinken, was man wollte.

Jovana war ein Außenseiter und kam sich überflüssig vor. Sie blickte dem Andrang zum kalten Büfett aus einiger Entfernung zu, sie war nicht hungrig. Sie trank ein Glas Sekt, sie plauderte mit einigen Presseleuten, der Bürgermeister begrüßte sie, einige Damen musterten ihr elegantes nerzbesetztes Kostüm. Sonst kümmerte sich keiner um sie. Harald hatte auch nicht viel Zeit für sie, er war beschäftigt. Sie schlenderte herum, kam in einen Nebenraum. Da gab es eine Bibliothek, Aufenthaltsräume für das Personal, alles sehr gediegen, sehr großzügig eingerichtet. Sie kam zurück, stand unter der Tür und überlegte, ob sie wohl verschwinden könnte. Da sah sie den Konsul auf sich zukommen.

»Sie langweilen sich, gnädige Frau«, sagte er, als er vor ihr stand.

»Warum? Sehe ich so aus?«

»Sie sehen bezaubernd aus wie immer. Aber was tut eine hübsche junge Frau bei einem solchen Auftrieb? Harald hätte sich auch etwas Besseres einfallen lassen sollen, als Sie gerade hierher zu schleppen.«

»Ich fand es sehr interessant. Es ist auch eine Art Theaterstück, das hier abläuft, nicht wahr? Sie sind der Star, Herr Konsul. Und ich muß Ihnen das Kompliment machen, Sie spielen Ihre Rolle gut. Ich verstehe etwas davon.«

»Danke«, sagte er und lachte.

Sie standen sich gegenüber, er sah sie sehr genau an.

Er war ein gutaussehender, sehr jugendlich wirkender Mann, weißes Haar, eine gesunde Gesichtsfarbe, sehr sicher, sehr überlegen.

»Sie sind also das Mädchen, das meinen Harald heiraten möchte.«

»Nein. Umgedreht. Ich bin das Mädchen, das Ihr Harald heiraten möchte.«

»Das ist natürlich ein wesentlicher Unterschied.« Er lächelte, sie lächelte auch.

Er winkte einen Diener herbei, nahm zwei Gläser Sekt, reichte ihr eins und sagte: »Darauf wollen wir ein Glas zusammen trinken.«

Sie tranken, und dann fragte sie: »Worauf haben wir getrunken?«

»Auf Haralds Wahl. Sie beweist guten Geschmack.«

»Wollen Sie damit sagen, Sie hätten nichts dagegen, daß er mich heiratet?«

»Warum sollte ich? Halten Sie mich für einen Patriarchen der alten Schule? Mein Sohn kann heiraten, wen er will. Sofern er Geschmack beweist.«

»Nun, ich könnte mir vorstellen, daß Sie sich nicht gerade eine Schauspielerin als Schwiegertochter wünschen würden.«

»Wieso denn nicht? Sie sind eine sehr gute Schauspielerin, ich habe Sie auf der Bühne gesehen, einmal auch im Film. Sie sind sehr bekannt, sehr beliebt. Eine schöne und charmante Frau, was will man mehr?«

»Ich würde auch als Haralds Frau weiter Schauspielerin bleiben.«

»Selbstverständlich. Sie können mir damit nur imponieren. Leute, die ihre Persönlichkeit aufgeben, die sich selbst verleugnen, taugen meist nicht viel. Das ist bei einer Frau nicht anders als bei einem Mann.«

»Na, das finde ich ja toll«, murmelte Jovana.

»Warum eigentlich? Hat mein Sohn mich etwa als Tyrannen hingestellt?«

»Nein, gar nicht. Ihr Sohn liebt und verehrt Sie sehr. Aber ich dachte immer, er schwindelt auch ein bißchen, und im Grunde würden Sie gegen mich sein.«

»Da irren Sie sich, Jovana Maris. Ich bin *für* Sie.«

Wie er sie ansah! Das war alles andere als der Blick eines Schwiegervaters.

»Ich könnte Harald fast wirklich heiraten«, sagte sie und lächelte mit ihrem schönsten Verführerlächeln, »nur um Sie als Schwiegervater zu bekommen.«

»Das ist sehr charmant gesagt. Aber ich hoffe, es wäre nicht der einzige Grund.«

Sie seufzte, drehte ihr Glas in der Hand, trank noch einen Schluck. »Nun ja – nein, nicht unbedingt. Aber vielleicht wissen Sie, daß ich noch verheiratet bin.«

»Ich habe davon gehört. Doch aber offenbar mit einem Mann, der nicht mehr in Erscheinung tritt.«

»Ja, sicher. Und die Scheidung ist zweifellos nur eine Formalität. Aber es ist so ...«

»Nun?«

»Ich habe Harald gern. Er ist ein lieber Junge. Aber ob er der richtige Mann für mich wäre, der richtige Ehemann – das bezweifle ich. Ich bin nicht so einfach.«

»Wer will das?«

»Sie vielleicht nicht. Aber Harald?«

»Hm.« Er schwieg eine Weile, betrachtete sie wieder sehr intensiv, fragte dann: »Soll ich das so verstehen, daß Sie bereits entschlossen sind, ihm nein zu sagen?«

»Es ist schrecklich. Es fällt mir so schwer. Aber man soll nicht mit halbem Herzen heiraten, nicht wahr?«

»Lieben Sie Ihren Mann noch?«

»O nein, absolut nicht. Darum dreht es sich nicht. Bloß, ich kenne mich selbst zu gut. Harald hätte im Grund nicht viel von mir. Es genügt mir auf die Dauer nicht, in W. Theater zu spielen. Es genügt mir auch nicht, gelegentlich irgendwo zu gastieren oder ab und zu einen Film zu drehen. Angenommen, ich wäre anderswo im Engagement, ich habe zum Beispiel ein Angebot nach Berlin, wäre diese Bindung dann nicht unsinnig? Sagen Sie selbst.«

»Es wäre unsinnig«, gab er zu.

»Harald wäre unglücklich. Warum kann er nicht ein nettes junges Mädchen heiraten, das zu ihm paßt, das mit ihm lebt, das mit ihm Kinder haben möchte. Das paßt doch viel besser in den hier gegebenen Rahmen.«

»Und was machen wir also?«

»Sie haben doch sicher eine Menge Auslandsverbindungen. Schicken Sie ihn doch einfach für ein Jahr weg, nach Amerika oder so. Dann kommt er auf andere Gedanken. Und wenn er wiederkommt, bin ich sowieso nicht mehr da.«

Der Konsul nickte. »Ich sehe – keine Chance für Harald. Das wird hart für ihn sein.«

»Er ist so jung. Und dann finde ich, sollte jeder Mann eine Frau heiraten, der er überlegen ist. Ich kann es auch anders ausdrücken: Jede Frau wünscht sich einen Mann, der ihr überlegen ist. Jedenfalls in manchen Dingen.«

»Ich verstehe«, sagte der Konsul wieder. Er nahm ihre Hand und küßte sie. »Es ist fair von Ihnen, daß Sie so offen sind. Ich weiß, daß Frauen oft ganz anders rechnen.«

»Ich rechne nicht«, sagte sie ein wenig hochmütig. »Ich habe es nicht nötig. Und es liegt mir nicht.«

»Ebendarum tut es mir leid für Harald. Und für mich auch. Sie hätten mir gefallen als Schwiegertochter.«

In diesem Augenblick sah sie Harald herankommen. Er hatte sie wohl schon eine Weile lang gesucht und nun endlich in diesem abgelegenen Winkel entdeckt.

Seine Ohren waren ein wenig rot. »Vater!« sagte er überrascht. »Du hast mit Jovana gesprochen?«

»Ja. Sie ist sehr bezaubernd, diese Jovana.«

»Das habe ich dir doch immer gesagt.«

»Hast du, mein Junge. Es freut mich, daß du so einen guten

Geschmack hast in puncto Frauen. So etwas hat man oder hat man nicht. Es läßt sich nicht lernen. Allerdings auch nicht verlernen. Und das erscheint mir gut für dich.«

Harald entging der hintergründige Sinn der Worte Er strahlte sie beide an, Jovana und seinen Vater, und dann sagte er, und es klang sehr jung, sehr begeistert: »Schade, daß wir uns nicht bald verloben können.«

»Sehr schade«, sagte Jovana, »aber ich glaube, es ist nicht üblich, sich mit einer verheirateten Frau zu verloben. Auch hörte ich von deinem Vater gerade, daß er noch große Pläne mit dir hat. So schrecklich eilt es ja auch mit dem Heiraten nicht, du bist noch so jung.«

Harald blickte verwirrt von einem zum anderen, er war ein wenig unsicher geworden, aber sein Vater beendete das Gespräch energisch: »Sie entschuldigen mich, gnädige Frau? Ich habe noch Verpflichtungen, leider. Man kann sich nicht immer nur mit einer schönen Frau unterhalten. Aber vielleicht machen Sie mir bald einmal das Vergnügen, mit mir zu soupieren?«

»Gern.« Jovana reichte ihm die Hand, die er küßte. Sie sah ihm nach, als er ging. Was für ein Mann! Der ja! Harald – nein.

»Was hat er gesagt?« wollte Harald wissen.

»Er war sehr charmant, Harry Boy. Und nun möchte ich gehen.«

»Schon?«

»Ja. Was soll ich noch hier? Ich habe alles gesehen, alles gehört. Und du hast sowieso zu tun.«

»Sehe ich dich morgen?«

»Ruf mich an.«

Er brachte sie zum Ausgang und ließ sie in einem Firmenwagen nach Hause fahren.

Und das war – in gewisser Weise – der Anfang vom Ende. In nächster Zeit zog sie sich immer mehr von ihm zurück, und der Konsul kam ihr zu Hilfe. Zunächst schickte er Harald für zwei Monate nach London. Als er wiederkam, war es Frühling, und es blieb ihm nicht lange Zeit, sich Jovana wieder zuzuwenden, schon vier Wochen später wurde er nach den Vereinigten Staaten expediert.

Diesmal protestierte er, aber es half ihm nichts. Er war nicht der Mann, sich gegen seinen Vater zu behaupten. Und an Jovana fand er keine Hilfe.

Damit war dieses Kapitel abgeschlossen. Was ihm schließlich den Abschied erleichterte, war Jovanas Geständnis, daß sie mit dem neuen lyrischen Tenor ein Verhältnis habe. Es stimmte nicht ganz. Oder nicht mehr. Aber es war der einzige Weg, Harald zu desillusionieren.

Sehr traurig war er, als er sie verlassen mußte.

Jovana aber sagte zu Frank: »Bin ich ein Kamel? Nie mehr in meinem Leben werde ich so leicht an die Millionen kommen. Oh, ich werde es bereuen, wenn ich alt und grau und zahnlos bin und als Garderobiere oder Putzfrau mein Leben friste. Wie werde ich es bereuen!«

»Kann schon sein«, erwiderte er ungerührt. »Und was das dümmste dabei ist: Kein Mensch wird es dir dann glauben, wenn du erzählst, ein Millionär habe einmal um deine Hand angehalten. Alle werden sagen: Die Alte spinnt.«

Sie blickten sich ernsthaft in die Augen und nickten im gleichen Rhythmus mit dem Kopf. Und dann lachten sie übermütig.

Denn noch waren sie jung. Noch bekam man das Glück geschenkt und mußte es nicht kaufen. Noch hatten sie die Erfahrung nicht gemacht, daß es überhaupt nicht käuflich war.

Lothar

Im September dieses Jahres kehrte Lothar Barenth nach Deutschland zurück. Er war über zweieinhalb Jahre, fast drei Jahre, fort gewesen, er kam sich fremd vor. Alles um ihn kam ihm fremd vor, und er deklarierte vor sich und anderen diese Rückkehr als einen kurzfristigen Besuch. Er wolle sich ein wenig hier umschauen, ein paar alte Verbindungen auffrischen, dann würde er in die Staaten – ja, was? Auch zurückkehren? Er wußte es selbst noch nicht. Drüben hatte er beruflich gut Fuß gefaßt, hatte gut verdient und war soweit mit seinem Dasein zufrieden gewesen.

»Hübsche Mädchen gibt es in Amerika auch, jede Menge«, sagte er, als er in Berlin bei seiner Schwester war. Dorthin hatte ihn sein erster Weg geführt, denn vor allem wollte er seine Mutter wiedersehen, die sich sowieso bitter über seine lange Abwesenheit beklagte. Sie war die einzige, der er regelmäßig geschrieben hatte.

Glücklicherweise saß sie mit am Tisch, seine Mutter.

Denn inzwischen hatte man in Berlin die Mauer gebaut. Er hatte genug darüber gelesen, er hatte sie im Film, im Fernsehen oft genug gesehen – aber es war ganz etwas anderes, sie in Wirklichkeit zu sehen. Er war Berliner, er hatte seine Kindheit und Jugend in dieser Stadt verbracht, war hier in die Schule gegangen, hatte in den Kriegsnächten in ihren Kellern gesessen. Und zwar in jenem Teil der Stadt, der sich kalt und feindlich hinter Steinen und Stacheldraht verbarrikadiert hatte.

Seine Schwester, die mit ihrem Mann und den Kindern in Schöneberg wohnte, hatte jahrelang versucht, die Mutter in ihre Nähe zu locken, besonders nachdrücklich, nachdem der Vater gestorben war.

Aber wie ältere Leute so sind, sie wollte nicht fort aus ihrer Gegend, sie hing an ihrer engen Heimat, der Gegend hinter dem Alexanderplatz, dem Teil Berlins, der jetzt zum anderen Deutschland, zur anderen Hälfte der Welt gehörte. Denn in einer so großen Stadt wie Berlin entwickeln die Bewohner eine Art

Heimatgefühl nicht nur ihrer Stadt, sondern auch ihrem Stadtteil gegenüber.

Der Westen – in diesem Fall der Westen von Berlin, denn in Vorkriegszeiten, wenn man vom Westen sprach, meinte man damit die Stadtteile um den Kurfürstendamm und westlich davon und sonst nichts –, der Westen war für Barenths Mutter immer eine Art Ausland gewesen. Kaum bekannt, sehr fein und ganz andere Leute.

Einen Monat vorher, sage und schreibe vier Wochen, so betonte Lothars Schwester immer wieder, vier Wochen ehe sie die verdammte Mauer gebaut hatten, war die Mutter umgezogen.

»Kannst du dir das vorstellen, Lothar? Kannst du dich hineindenken? Gerade man lumpige vier Wochen, haut das hin? Sonst säße sie jetzt da drüben, und ich würde hier verrückt.«

»Du kriegst zu Weihnachten von mir einen Nerzmantel, daß du das fertiggebracht hast, Hildekind«, sagte Lothar. »Ich weiß wie schwer das war, sie da rauszulocken aus ihrem doofen Ostsektor.«

Die Mutter saß bei ihnen und lächelte und war gerührt, daß es den Kinden so wichtig war, sie hier zu wissen. Sie rührte in ihrem Kaffee herum und aß noch ein zweites Stück Käsekuchen. Dieser Lothar! Dieser Junge! Was für ein schmucker, was für ein prächtiger Mann er geworden war! Nie hatte sie einen Mann gesehen, der ihr besser gefiel, ihren eigenen nicht ausgenommen. Auch ihr Schwiegersohn war kein übler Kerl. Aber dieser Lothar, er war die Krönung aller Männlichkeit! Sie schluckte. Nein, die Kinder hatten recht. Was für ein Glück, daß sie jetzt bei ihnen hier im Westen war.

»Quatsch keene Opern«, sagte Hilde, »Nerzmantel! Wozu brauch' ich wohl 'nen Nerzmantel. Ich wüßte gar nicht, wann ich den anziehen sollte. Aber wenn du so viele Mäuse drüben bei den Amis gemacht hast, dann kannste die Kinder neu einkleiden, die brauchen alle was. Die wachsen wie die Spargel im Mai. Und teuer ist das Zeug heutzutage, das schreit zum Himmel.«

Er mußte erzählen, von Amerika natürlich und was er so gemacht hatte, aber die Bemerkung von den hübschen Mädchen, die es dort in jeder Menge gäbe, blieb seiner Mutter im Halse stecken. Denn da war ein ungelöstes Rätsel. Da war etwas, was sie tief mißbilligte. Und was sie weit mehr interessierte als the American way of life. Nämlich die Tatsache, daß ihr Sohn geheiratet hatte, vor beinahe drei Jahren schon, daß sie diese Frau bis heute nicht kannte, wenn man davon absah, daß sie sie im

Kino gesehen hatte, und warum er von dieser Frau überhaupt nicht sprach und auch nie über sie ein Wort geschrieben hatte, und warum die beiden nicht zusammen waren. Von dem Kind wußte sie nichts. Das hatte Barenth verschwiegen. Denn das war nicht zu erklären.

Nun aber fragte ihn die Mutter nach seiner Frau.

»Ja, das ist auch ein Grund, warum ich gekommen bin«, sagte er in möglichst abweisendem Ton, »wir werden uns demnächst scheiden lassen.«

»So!« sagte seine Mutter.

»Aha!« meinte seine Schwester. Kleine Pause, dann fügte sie hinzu: »So was hab' ich mir gedacht.«

Lothar schwieg.

»Das war ja komisch damals«, fuhr Hilde fort. »Kaum hast du geheiratet, haust du ab. So was ist doch nicht normal.«

»Nicht ganz«, stimmte Lothar zu. »Es war eine ...«, er stockte, suchte nach einer plausiblen Erklärung, »na ja, es war übereilt mit dieser Ehe. Sie ist ein sehr attraktives Mädchen, ihr habt sie ja sicher mal gesehen. Ich war eben verliebt und so. Aber wir passen nicht zusammen, das stellte sich sehr schnell heraus.«

Lügen waren ihm verhaßt. Die Wahrheit konnte er nicht sagen. Also versuchte er schnell, von dem Thema wegzukommen, aber damit war seine Mutter nicht einverstanden.

»Das konntet ihr doch gar nicht feststellen«, sagte sie. »Ihr habt doch kaum zusammengelebt.«

»So was merkt man manchmal sehr schnell. Und außerdem kannten wir uns vorher lange genug.«

»Es ist nicht richtig, daß ich sie nicht einmal kennengelernt habe. Das schickt sich nicht. Ja, wir haben sie gesehen, im Kino. Ist das eine Art, daß man seine Schwiegertochter nur im Kino zu sehen kriegt? Ich habe so was noch nie gehört.« Sie blickte ihn strafend an, und Lothar kam sich vor wie ein Junge, der ausgescholten wird.

»Das ist schwer zu erklären«, sagte er lahm.

Seine Schwester bemerkte seine Unsicherheit. »Du warst ja immer ein toller Hecht mit Mädchen. Aber ich hab' mir gedacht, das könnte die Richtige für dich sein. Eben so vom Kino her. Neulich habe ich einen Film mit ihr gesehen, ›Heirate nie ein modernes Mädchen!‹ – also sie ist wirklich reizend. Ich verstehe nicht, warum du es bei der nicht aushalten konntest.«

Lothar rutschte unbehaglich auf seinem Stuhl herum. Sein Schwager rettete ihn, der vom Dienst nach Hause kam. Und damit war das Thema Jovana zum Glück erst mal beiseite gelegt. Nicht für lange, das ahnte er schon.

Viel leichter war es, mit Dorothy Rau darüber zu sprechen, denn die wußte schließlich Bescheid.

Er kam Anfang Oktober nach Hamburg, und er brauchte zwei Tage, bis er sich dazu aufraffen konnte, im Hause Rau anzurufen. Zu albern so was. Da war er so ein hartgesottener Bursche geworden, er hatte so vieles zuwege gebracht, war mit allem fertig geworden, und es war bei Gott am Anfang kein leichtes Leben drüben gewesen. Und jetzt, kaum war er hier in Europa, wurden die Dinge kompliziert, und in ihm tauchten allerhand Komplexe auf. Er wohnte im Atlantik, er lief in Hamburg herum, er fuhr zum Hafen, und am liebsten hätte er die nächste Maschine bestiegen und wäre nach Amerika davongeflogen. Im Grunde wollte er keinen sehen. Nicht einmal Steffen. Und Jovana erst recht nicht. Er hatte sie vergessen, Zeit war genug vergangen, er hatte kaum mehr an sie gedacht. Die Briefe von ihr hatte er nicht beantwortet. Aber jetzt war er hier. Und auf eine komische Art war alles wieder da.

Am dritten Tag seines Hamburgaufenthalts rief er schließlich nachmittags um vier auf dem Uhlenhorst an. Dorothy war am Apparat.

»Oh! Sie sind es, Herr Barenth! Ist ja kaum zu glauben, daß Sie doch noch mal gekommen sind. Nein, Steffen ist nicht da. Er ist bei einer Besprechung. Aber er wird bald kommen. Am besten ist es, Sie kommen her und trinken mit mir Tee und warten hier auf ihn.«

Er besah sich im Spiegel, er rasierte sich ein zweites Mal, denn vor Dorothy hatte er immer viel Respekt gehabt, er zog seine Lederjacke aus und einen ordentlichen grauen Anzug an. So erschien er im Hause Rau.

Lolo ließ ihn ein. Sie war auch nicht jünger geworden und schielte noch ein bißchen mehr, aber sie strahlte, als sie ihn sah. »Ja, der Herr Barenth! Dasch ja man fein, daß Sie wieder mal da sind. Da wird sich der Herr Rau aber freuen.«

Sie führte ihn in den Grünen Salon und verkündete: »Die gnädige Frau kommt gleich.« Und dann ließ sie ihn allein.

Nein. Nicht allein. Die Tür zu Dorothys Wohnzimmer war geöffnet, und im Wohnzimmer saß ein Kind auf dem Teppich und war vertieft in sein Spiel mit Bausteinen.

Lothar stand auf der Schwelle und sah das Kind an. Jovanas Sohn! Der Junge, der Johannes Barenth hieß. Und der offenbar hier im Hause Rau heimisch war. Das hätte er seiner Mutter mal erklären sollen! Das hätte ihm einer sagen müssen, wie man so etwas erklärt.

Der Junge bemerkte ihn und blickte auf.

»Hallo!« sagte Lothar befangen.

Das Kind stand auf und kam auf ihn zu, streckte ihm die Hand entgegen. »Guten Tag! Du bist Onkel Lothar?«

Also hatte ihn Dorothy auf sein Kommen vorbereitet.

»Ja. Der bin ich. Und wer bist du?« – »Ich bin Johnny.«

»Tag, Johnny.« Sie schüttelten sich die Hand.

Der Junge war groß für sein Alter. Er hatte ein gutgeschnittenes Gesicht mit klaren blaugrauen Augen – Steffens Augen, wie Lothar erkannte – und weiches blondes Haar. Vor dem fremden Mann hatte er keine Scheu, er schien es gewohnt zu sein, daß Gäste ins Haus kamen, daß sie mit ihm sprachen und daß er als vollwertiges Mitglied der Familie behandelt wurde.

»Hast du ein Auto?« fragte er, typisches Interesse für ein Kind dieser Zeit.

»Ja. Ich habe eins. Aber es ist nicht hier. Es ist in Amerika.«

Amerika sagte ihm nichts. »Mein Steffi hat ein Auto.«

»Das ist ja fein. Fährst du da gern mit?«

»Ja. Doddy hat auch ein Auto.«

»Direkt amerikanische Verhältnisse«, sagte Lothar erheitert und entspannte sich. »Was baust du denn da?«

»Ein Haus.«

Der Junge wandte sich zu seinen Bauklötzern zurück, setzte sich wieder auf den Teppich, und Lothar, dem es albern vorkam, wie Gulliver im Reiche der Zwerge daneben zu stehen, setzte sich auch auf den Teppich. »Hm! Ein schönes Haus. Wer soll denn darin wohnen?«

»Ich. Und Doddy. Und Steffi. Und Betty. Und die Lolo.«

»Aha. Und sonst niemand?«

»Nein.«

So fand Dorothy die beiden, als sie bald darauf ins Zimmer kam. Lothar sprang auf. »Gnädige Frau!« Er beugte sich über Dorothys Hand, und sie lächelte ihm warmherzig zu.

»Ihr habt euch schon angefreundet?«

»Ja, Er hat mir sein Haus gezeigt.«

»Er ist ein großer Baumeister.«

»Ich habe auch viele Autos«, ließ sich Johnny vernehmen.

»Ja, Liebling. Du wirst sie Onkel Lothar nachher zeigen. Und nun spiel schön weiter. Wir trinken jetzt Tee.«

Johnny nahm das gleichmütig zur Kenntnis. Der Tageslauf im Hause Rau war ihm wohlvertraut. Und wenn Doddy Tee trank, dann trank sie Tee, da gab es nichts anderes.

Es war unerwartet leicht, mit Dorothy zu sprechen. Sie war natürlich, gelöst, viel gelöster als früher, fand er. Immer noch sah sie sehr gut aus, gepflegt und hübsch, dezent zurechtgemacht, kaum Falten in dem schönen Gesicht, das blonde Haar wohlfrisiert.

Dorothy ihrerseits dachte: Wie hat der Junge sich herausgemacht! Er war immer ein netter Kerl. Aber was ist er für ein gutaussehender Mann geworden, diese breiten Schultern, diese gelockerte, lässige Haltung, dabei so sicher, das ist amerikanische Art, dazu tadellose Manieren; und einen guten interessanten Kopf hat er bekommen.

»Erzählen Sie, Herr Barenth! Wie ist es Ihnen ergangen?«

Lothar erzählte. Zunächst von der Arbeit, und Dorothy hörte verständig zu, von diesem Geschäft verstand sie schließlich genug. Film also weniger, hauptsächlich Fernsehen in letzter Zeit, und damit war er bis zu eigener Regie vorgedrungen.

»Man muß sehr smart sein drüben. Smart und hart. Die Konkurrenz ist groß. Das Land ist so groß und bietet genug Auswahl an wirklichen Könnern. Man kann ihnen nicht viel vormachen. Man muß etwas können, man muß Geduld und Ausdauer haben. Wenn man deutsche Verhältnisse gewohnt ist, tut man sich am Anfang schwer.«

So berichtete er eine Weile, Dorothy stellte ein paar Fragen und erzählte dann von Steffens amerikanischem Film, der sie alle Nerven gekostet hatte.

»Es war einfach zu viel Arbeit für ihn. Bis in den Sommer hinein haben sich die Dreharbeiten hingezogen. Der Film spielt gewissermaßen auf zwei Ebenen. – 1945, der Einmarsch der Amerikaner. Der Schauplatz ist eine kleine Stadt in Süddeutschland. Die amerikanischen Soldaten, die Offiziere, ihre Einstellung, ihre Vorurteile, ihre Ahnungslosigkeit in vielen Dingen. Das hat Hartford gemacht, den amerikanischen Teil. Und Steffen machte die deutsche Seite. Die Einwohner der kleinen Stadt, Nazis, Widerstandskämpfer, Ängstliche, Verzweifelte, Flüchtlinge, Deserteure, eine Gruppe, die noch kämpfen will ... alles, was sich eben so abgespielt hat in jenen Tagen. – Wie diese beiden Welten aufeinanderprallen und was dabei alles geschieht an Bösem, Gefährlichem, an Tragischem, aber auch an Lächerlichem und an Alltäglichkeiten. Es war eine immense Arbeit.

Von Anfang März bis Ende Juni haben sie daran gearbeitet. Dann war er eigentlich urlaubsreif. Aber dann kam sofort nach einer kurzen Pause die Theaterregie. Es war einfach zuviel für ihn. Ich habe mir Sorgen gemacht. Er war schrecklich überarbeitet.«

Während sie erzählte, kam Johnny, krabbelte neben Dorothy auf das Sofa und bekam eine Tasse Milch mit einigen Tropfen Tee darin. Sofort vergaß sie den Film und begann mit dem Kind zu sprechen. Lothar merkte, welch großen Platz es in Dorothys Leben einnahm.

»Ich weiß, daß alle Mütter immer dasselbe sagen. Ihr Kind ist das klügste und schönste von allen. Aber sagen Sie selbst, Barenth, ist er nicht erstaunlich für sein Alter? Man kann sich mit ihm schon ganz vernünftig unterhalten. Er hat so schnell sprechen gelernt. Und er ist sehr selbständig. Natürlich, Einzelkinder sind immer weiter in der Entwicklung, das ist ja bekannt. Ich bin eine Expertin geworden in Kinderpsychologie. Lachen Sie nicht, es ist wirklich so. Ich habe eine Menge darüber gelesen. Nicht daß ich ihn nach Büchern erziehen will, Gott behüte, warum denn auch? Aber man interessiert sich eben dafür. Und die Verantwortung ist ja in diesem Fall noch größer als bei einem eigenen Kind.«

Das war es. Zuvor hatte sie das Wort ›Mütter‹ gebraucht, er hatte es registriert. Aber nun war sein Stichwort gefallen.

»Wie geht es Jovana?«

»Es geht ihr gut.« Dorothy legte den Kopf ein wenig auf die Seite und beobachtete ihn. Sie hatte sich im Laufe der Zeit so manche Gedanken gemacht. Warum, zum Beispiel, war Jovana immer so zornig, wenn sie von Barenth sprach? Woher kam Steffens Unsicherheit? Und was bedeutete Barenths hartnäckiges Schweigen?

Während der Sommerfestspiele in Bad Hildesburg hatte sie einmal mit Jovana über Barenth gesprochen.

»Ich höre ja nichts von ihm«, hatte Jovana gesagt, »ich bin für den ja wohl das Letzte. Aber Steffen hat erfahren, daß er im Herbst kommen will. Also bitte, Dorothy, falls du ihn siehst, sage ihm: Ich will geschieden sein. Ich möchte heiraten.«

»Heiraten? Ich denke, du hast deinen kleinen Millionär fortgeschickt?«

»Den kann ich jederzeit wiederhaben, wenn ich will. Nein ... ich will Frank heiraten.«

»Frank?«

»Ja. Warum denn nicht? Kennst du einen Mann, der besser aussieht, Doddy?« Sie gebrauchte manchmal auch den Namen, den Johnny für Dorothy geprägt hatte.

»Wir kennen uns schon so lange und sind gute Freunde. Was wir alles miteinander durchgestanden haben! Ich kenne ihn. Bei ihm würde ich keine Überraschungen erleben. Er würde mich nicht mal betrügen, dazu ist er zu pomadig. Findest du nicht, daß wir ganz gut zusammenpassen?«

»Das kann ich nicht beurteilen«, hatte Dorothy erwidert.

Jetzt sagte sie zu Barenth: »Sie wartet auf die Scheidung. Sie will heiraten.«

»So.«

»Ja. Einen Kollegen. Frank Thorian. Ich weiß nicht, ob Sie ihn kennen.«

»Doch. Ich habe drüben die ›Goldenen Träume‹ gesehen, da war er ja mit drin.«

»Ja, der ist es. Er ist auch in W. Sie sind dort schon die ganze Zeit zusammen im Engagement.«

»Ist sie also immer noch dort?«

»Nicht mehr lange. Eigentlich wollte sie mit Ende der letzten Spielzeit aufhören, aber nun bleibt sie noch bis Jahresende. Als Gast gewissermaßen. Kilian hat sie mit zwei wunderbaren Rollen gelockt. – Noch eine Tasse Tee?«

»Danke, gern.«

»Sie brauchen nicht mir zuliebe Tee zu trinken, Barenth. Sie können auch einen Whisky haben.«

»Ich trinke sehr gern Tee.«

»Gut, dann trinken Sie nachher mit Steffen Whisky. Ich verstehe gar nicht, wo er so lange bleibt.«

Sie goß den Tee ein, der auf einem Stove stand und heiß, duftend und köstlich war.

»Ja, was wollte ich sagen? Ach ja, Jovana! Im Sommer hat sie in Bad Hildesburg das ›Käthchen‹ gespielt, unter Steffens Regie. Eine sehr gelungene Aufführung. Man hat überall davon berichtet. Und die berühmtesten Kritiker kamen, um sie zu sehen. Jovana war ein ganz originelles Käthchen. Warten Sie mal. Ich muß Ihnen direkt eine Kritik vorlesen, die war zu schön.«

Sie ging in Steffens Arbeitszimmer und kam mit einem Zeitungsausschnitt wieder.

> Ob man das Käthchen von Heilbronn heute noch spielen kann, darüber läßt sich streiten. Es gibt Leute, die sind der Meinung, das Stück sei hoffnungslos antiquiert. So wie es

hier dargeboten wurde, war es sehr modern. Lebendiger als die meisten Stücke, die heute geschrieben werden. Und Kleists Sprache übt ihren alten Zauber aus, vorausgesetzt, man kann sie sprechen. Hier hatten wir es mit Schauspielern zu tun, die es können. Und mit einem Regisseur, der sie zum Klingen bringen konnte. Die ganze romantische Poesie wurde eingefangen, aufgefangen, ohne Kitsch und ohne Schwulst, wurde echt und glaubwürdig zum Leben gebracht. Fast könnte man neidisch werden, daß man dazu verdammt ist, in einer so unromantischen Zeit zu leben, in einer Zeit ohne edle Ritter, ohne ränkesüchtige Fräuleins – oder gibt es die am Ende doch noch? –, ohne die schlichte, ergreifende Liebe eines Käthchens. Andreas Hartmann ist ein Ritter, wie ihn sich kein Käthchen, sei es von heute oder von damals, prächtiger erträumen kann, ein wahrer Held, und besonders preisen wollen wir seine Sprechkultur, denn nicht viele mehr gibt es heute, die Kleists Sprache beherrschen, wie Kleist sie gemeint hat: ohne Larmoyanz, ohne falsches Pathos, mit einem gewissen Schwung; eine Art zeitlose Musik, die auch unseren Ohren wohltut.

Was aber soll man zu diesem Käthchen sagen? Ist das wirklich noch das brave einfältige Kind, das in aller Unschuld dem Ruf seines Herzens folgt und dabei Berge überwindet, die es gar nicht bemerkt? Dieses Käthchen hat die Berge sehr wohl gesehen und genau einkalkuliert. Ist sie brav? Einfältig mal gewiß nicht. Von Anfang an weiß sie ziemlich genau, was sie will. Einen Mann will sie, und zwar einen ganz bestimmten, und dazu ist ihr jedes Mittel recht. Ist das ein zeitgebundener Stoff? Mitnichten. Das ist ein Stoff mit Ewigkeitswert. Wenn eine Frau etwas will, wenn sie sich etwas eingebildet hat, dann hält nichts und niemand sie auf. Ob es nun der Ritter vom Strahl ist oder ob es der Multimillionär X aus Boston wäre, das bleibt sich im Grunde gleich. Für dieses Käthchen, von dem hier die Rede ist, wäre der Mister aus Boston genauso angemessen, sie bekäme ihn auch. Womit nicht gesagt sein soll, daß Jovana Maris Verrat übt an Kleists Käthchen und an der Welt, in der es lebt. Diese Welt wird glaubhaft gemacht. Aber gleichzeitig auch das Ewig-Weibliche, das zum Sieg Prädestinierte, das sich nimmt, was es haben will, ganz gleich, zu welcher Zeit und unter welchen Bedingungen. Zweifelt sie an ihrem Erfolg? Nicht eine Minute. Sie weiß, was sie will, und sie wird es bekommen. Welcher

Mann könnte sich davor bewahren? Und sie ist so unwiderstehlich, dieses Käthchen, daß es auch gar keiner möchte. Sie hat die Intensität der großen Liebe, und sie hat dazu das, was wir heute mit Sex bezeichnen. Ein Käthchen mit Sex. Möglicherweise hat Kleist auch das in ihr vermutet, vorausgesetzt, er hätte den Ausdruck schon gekannt. Das ist so lebendig, so hinreißend, daß jeder Mann, der unten sitzt und zuschaut, sich nur eines wünscht: dieser Ritter zu sein, der da erobert wird. Und wie er erobert wird! Selbst die Holunderbuschszene – zugegeben, sie hat ihre Peinlichkeiten –, hier wurde sie zum Mittel der Strategie. Denn man kann sich eines leichten Zweifels nicht erwehren: dieses Käthchen simuliert. Sie schläft nicht, sie träumt nicht, sie tut nur so. Damit der Ritter endlich merkt, was los ist. Damit er angeheizt wird.

Dorothy ließ das Zeitungsblatt sinken und blickte Lothar lachend an.

»Was sagen Sie dazu? So einen Riemen über eine Freilichtaufführung! Das hat es noch nicht gegeben. Und Jovana war wirklich umwerfend als Käthchen. Sie war eine Sensation. Sie können sich nicht vorstellen, wie glücklich Steffen mit dieser Inszenierung war. Ich kann mich nicht erinnern, daß ihm jemals etwas so viel Freude gemacht hat.«

Lothar lächelte pflichtschuldigst und sagte, denn etwas mußte er schließlich sagen: »Schade, daß ich die Aufführung nicht sehen konnte.«

»Sehr schade«, bestätigte Dorothy. »Steffen sagt, am liebsten würde er nur noch Theater machen. Mit dem Film ist sowieso nicht mehr viel los. Es ist sehr abwärts gegangen. Für das nächste Jahr hat er gar keine Filmpläne, nur Theater. Aber Jovana wird im Frühjahr einen Film in München machen. Bei der Diova. Nicht mit Steffen diesmal. Das erste Mal übrigens, daß sie unter einem anderen Regisseur drehen wird.«

»Bei wem?«

»Norman. Kennen Sie den noch?«

»Natürlich. Ein ausgezeichneter Regisseur.«

»Es ist irgendeine sehr abenteuerliche Geschichte, mit Spionage und so. Steffen hat ihr abgeraten, aber sie meint, sie möchte nicht ganz aus dem Filmgeschäft aussteigen.«

»Fernsehen hat sie noch nicht gemacht?«

»Nein.«

»Aber zur Zeit ist sie noch in W.?«

»Wie ich schon sagte, nicht mehr lange. Eigentlich wollte sie mit Abschluß der letzten Spielzeit ausscheiden. Kilian – der Intendant in W. – hatte ihr die Cleopatra versprochen in ›Cäsar und Cleopatra‹ von Shaw. Auf diese Rolle ist sie ganz verrückt. In der vergangenen Spielzeit kam es nicht dazu, weil der Schauspieler, der den Cäsar spielen sollte, krank wurde. Da mußte das Programm geändert werden. Daraufhin hat Kilian ihr zugesagt, sie würden den Shaw zu Beginn dieser Spielzeit machen und zuvor noch ›Wie es euch gefällt‹, das bedeutete die Rosalinde für sie, und dem konnte sie nicht widerstehen. Der Shakespeare läuft schon, und der Shaw hat nächster Tage Premiere.«

Barenth hörte zu und staunte, wie gut informiert Dorothy war. Wie interessiert offenbar an Jovanas Ergehen, an ihrer Laufbahn, dabei ganz fair, ganz positiv eingestellt. Bemerkenswerte Verhältnisse hatten sich entwickelt, fand er.

»Im Frühjahr macht sie den Film. Weiter hat sie sich nicht gebunden. Angebote sind genug da, sie kann es sich aussuchen.«

»Sehr schön«, sagte Lothar, nur um etwas zu sagen. Offenbar gehörte nicht nur Johnny, sondern auch Jovana zur Familie Rau, war fest darin verankert.

»Da kommt Steffen«, sagte Dorothy. »Sehen Sie, Johnny hat den Wagen gehört. Er hört es immer als erster.«

Johnny war vom Sofa gerutscht und sauste zur Tür.

»Steffi, Steffi«, rief er dabei.

Dorothy und Barenth saßen da und blickten erwartungsvoll zur Tür. Nach einer Weile kamen die beiden. Steffen Rau und sein Sohn. – Steffen hielt die Hand des Kindes, Johnny plapperte aufgeregt, und Steffen lächelte zu ihm hinunter.

Was für ein herziges Bild, dachte Lothar mit einer Spur von Ärger. Aber das verging gleich wieder. Dann dachte er: Er ist älter geworden. – Natürlich. Wer nicht.

Steffen war schlanker als früher. Fast hager. Sein blondes Haar war fast ergraut, und die Linien in seinem Gesicht waren vertieft.

»Lothar!« rief er und streckte ihm die Hand entgegen. »Da bist du endlich einmal! Wie geht's dir, Junge?«

Barenth war aufgestanden, er war sehr bewegt, es kostete ihn Mühe, einen legeren Ton zu finden. »Soweit ganz gut, Chef.« Sie saßen bis spät in die Nacht hinein, es gab ja so viel zu erzählen. Johnny wurde von Betty zum Abendessen geholt, dann kam er, sagte artig gute Nacht und ging zu Bett.

»Er ist ein sehr netter Junge«, sagte Lothar unbeholfen, als Johnny aus dem Zimmer war.

Steffen lächelte. »Ja, nicht wahr? Er macht uns viel Freude.«

Und nun sprachen sie also noch einmal von Jovana, was Steffen bisher vermieden hatte.

»Ich denke, Sie sollten hinfahren und sie besuchen, Lothar. Sie ist meist sehr zornig auf Sie, weil Sie nichts hören lassen.«

»Na, das ist ja nichts Neues. Sie war früher schon sehr oft zornig, wenn es um mich ging.«

Steffen gab ihm einen kurzen Blick. »Ich denke, ihr werdet euch jetzt vertragen.«

»Sie will heiraten, wie ich gehört habe.«

Steffen blickte Dorothy an, die machte ein gleichmütiges Gesicht. Also mußte Steffen weitersprechen. »Ja, das sagt sie. Es waren mehrmals ernsthafte Bewerber da, soviel ich weiß. Es hat sie meist nicht sehr interessiert, die Arbeit war ihr wichtiger. Aber nun – ja, vielleicht will sie nun einmal heiraten. Man kann es verstehen. In privater Beziehung war ihr Leben vielleicht nicht immer befriedigend.«

Das war so typisch Steffens Art, die Dinge auszudrücken.

Barenth unterdrückte ein Lächeln. Steffen kehrte schnell zu einem anderen Thema zurück.

»Als Schauspielerin hat sie sich herausgemacht. Sie kann viel. Sie hat sehr fleißig gearbeitet, sehr brav, sehr geduldig. Sie hat sich quer durch ihr Rollengebiet gespielt, und was ich davon gesehen habe, war beachtlich.«

Dann fing auch er noch einmal an, von dem Käthchen zu sprechen, und was für Freude die gemeinsame Arbeit ihnen beiden gemacht hätte.

»Du könntest zu der Cleopatra-Premiere nach W. fahren, Lothar«, sagte Steffen zum Schluß. »Ich habe nämlich keine Zeit, und das wird sie mir sowieso übelnehmen. Vielleicht vergißt sie es, wenn du dort bist. Ich muß in den nächsten Tagen nach Berlin, und dann habe ich noch ein paar Besprechungen wegen meiner nächsten Inszenierungen. Und dann hat Dorothy mich verbannt.«

»Habe ich«, bestätigte Dorothy, »und daran gibt es nichts zu rütteln. Er geht in ein Sanatorium. Für sechs Wochen. Er wird sich gründlich überholen lassen, keine Zigaretten, kein Alkohol, gesunde Ernährung. Sein Herz macht mir nämlich manchmal Kummer in letzter Zeit. Und es wird nicht gearbeitet und nicht verhandelt, ehe er nicht wieder ganz auf dem Damm ist. Dieser amerikanische Film war eine Nervenmühle. Seitdem gefällt er mir nicht richtig.«

Lothar nickte. »Finde ich sehr vernünftig, mal so ein paar Wochen strenge Kur. Drüben müssen das alle Führungskräfte tun. Gehört einfach dazu, steht schon im Vertrag.«

»Na gut«, meinte Steffen widerwillig, »mache ich das halt. Mal sehen, in was für einem Zustand ich danach bin.«

Lothar ließ sich kein Taxi rufen für den Heimweg, er ging zu Fuß.

Eine klare, kühle Herbstnacht, er lief die Uferpromenade an der Alster entlang, und er war sich selber fremd.

Den Teufel werde ich tun und nach W. fahren. Wozu denn auch? Ich will sie gar nicht wiedersehen. Sie ist eine gute Schauspielerin – okay.

Wir werden uns scheiden lassen – okay.

Sie wird einen Kollegen heiraten – okay.

Ich wüßte niemanden auf der Welt, der mir gleichgültiger wäre als Jovana Maris.

Für einen Mann, der seit Jahren hart gearbeitet hat, ist es seltsam, auf einmal Zeit zu haben. Zeit, die nicht genutzt, nicht verbraucht werden muß, die keinem Zweck dienen soll – Zeit, die einfach Selbstzweck ist. In diesem Zustand wird sie Muße genannt.

Mit dieser umzugehen erfordert ein angeborenes Talent und eine gewisse Übung. Wenn Lothar Barenth dieses Talent je besessen hat, so ist es verschüttet. Und sich im Umgang mit müßigen Stunden zu üben, dafür war Amerika, dieses Amerika, in dem er sich hatte behaupten müssen, nicht der rechte Ort gewesen. Aber nun ist er in Europa, in Deutschland, und hat Zeit und Muße wie nie in seinem Leben. Leider fühlt er sich unbehaglich dabei. So wie einer sich unbehaglich fühlt, der immer sparsam mit seinen Groschen gewirtschaftet hat und der sie nun auf einmal mit vollen Händen um sich streuen soll. Natürlich ist er sich dessen nicht bewußt, könnte es nicht klipp und klar ausdrücken, was ihm Unbehagen verursacht. Er hat nur manchmal das Gefühl, daß er am liebsten gleich wieder nach Amerika zurückfahren möchte.

Natürlich gäbe es hier für ihn zu tun. Hat er nicht vorgehabt, eine Rundreise durch deutsche Ateliers und Fernsehstationen anzutreten, alte Freunde zu besuchen, alte Verbindungen wieder anzuknüpfen? – Es gäbe eine Menge zu tun, genau betrachtet. Man mußte doch sehen, wie die Dinge hier so lagen. Freunde hatte er genug gehabt, er war immer beliebt gewesen. Seine Fairness, seine Offenheit, sein rascher Witz hatten ihm das Leben erleichtert. Nicht eine Minute wäre ihm bange darum, wieder Fuß zu fassen. Wenn es ihm sogar drüben gelungen war, und das in relativ kurzer Zeit, was sollte es dann hier für Schwierigkeiten geben?

Aber er kann sich nicht entschließen, zu tun, was er sich vorgenommen hat. Nicht einmal in Hamburg macht er die geplanten Besuche. Außer Steffen, Dorothy und den kleinen Johnny besucht er niemanden.

Im Hause Rau erscheint er allerdings noch zweimal. Und sie sitzen und reden und sind ganz vertraut, es ist fast wie zu Hause in Berlin bei seinen Leuten.

Steffen ist sein Freund geworden. Das macht ihn glücklich. Als er zum zweitenmal kommt, bringt er Johnny ein wunderbares Auto mit, ein amerikanisches Modell, und er erzählt ihm, so sähe sein Wagen aus, den er in Amerika fahre.

Johnny würdigt das stumm und achtungsvoll, klettert dann auf seinen Schoß und will wissen, wann das Auto kommt.

Steffen greift das Stichwort auf. »Es gefällt mir auch nicht, daß du den Wagen dort gelassen hast, Lothar. Es sieht so nach Rückkehr aus. Möchtest du nicht wieder hier bleiben? Gefällt es dir drüben besser? Mir unverständlich. Du könntest hier mühelos arbeiten. Charlotte hat jedesmal nach dir gefragt, wenn sie mich sah. Sie mag dich sehr gern. Und sie ist treu, das weißt du ja.«

Dann schicken sie ihn fort. Er müsse nun fahren, in drei Tagen sei Jovanas Premiere.

So fährt er also von Hamburg ab, ohne ein berufliches Gespräch geführt zu haben. Er bastelt sich auch selbst eine ganz plausible Erklärung zurecht: Erst mal die familiären Angelegenheiten in Ordnung bringen. Das war Berlin, das war in gewissem Sinn Steffen, und da war nun noch dieses komische Stück Familie, das es auch gab: die Frau, die er einmal geheiratet hatte. Die er damals geliebt und inzwischen vergessen hat ... Das muß erst mal in Ordnung gebracht werden.

Er hat sich in Hamburg einen gebrauchten Wagen gekauft, natürlich nicht so ein Prachtstück wie der, den er in Amerika fährt, und darum kann er ihn Johnny auch nicht zeigen. Er stände ja als Lügner da.

Mit diesem Wagen fährt er durch die Lande oder, besser gesagt, trödelt er dahin. Zunächst nur bis Bremen. Er macht einen Rundgang durch die Stadt, ißt im Ratskeller, kann sich kaum entschließen weiterzufahren. Es muß die sanfte Herbstmüdigkeit der Natur sein, die auf ihn abfärbt, die ihn melancholisch stimmt, zögern läßt, zu keinem Entschluß kommen läßt.

Er fährt durch das weite norddeutsche Land, der Himmel ist herbstblaß und hoch, die Wiesen sind noch grün, die Felder alle abgeerntet, schon gepflügt, an den Feldrainen wiegen sich Birken mit goldenen Blättern, ein Fluß streckt sich silberklar durchs Land, er kommt durch Dörfer, saubere schöne Dörfer mit schönen Höfen, auf den Wiesen steht noch das Vieh, es ist wie aus dem Bilderbuch. Es ist genauso, wie man sich good old Germany vorstellt.

Ist das nicht ein Industriestaat hier? Ein geschäftiges, prosperierendes Wirtschaftswunderland, in dem zwar nicht der Dollar, aber die D-Mark emsig rollt. Wieso sieht man davon nichts? Merkt man es nicht? Warum sieht er nur die Kühe und die Pferde auf den Weiden, die Dörfer und die Höfe, die herbstbunten Wälder, die heimeligen kleinen Städte, warum sieht er nur den Dunst am Horizont, den Herbstnebel über dem Fluß, den Mond, der schon früh am Himmel steht?

Herrgott, wie lange war er denn schon in Amerika? Knappe drei Jahre. Und er benimmt sich, als wäre er Jahrzehnte fort gewesen, er rollt wie ein sentimentaler Narr durch die Gegend und sieht Dinge, die er früher nie gesehen hat. Immer wieder hält er den Wagen an, steigt aus, schaut um sich, geht an einem Fluß entlang, in einen Wald hinein, bummelt durch eine kleine Stadt, sitzt in einem gemütlichen Wirtshaus, läßt sich Zeit. Unendlich viel Zeit.

Einmal steht er an einem Gatter und unterhält sich mit einem Bauern. Er hat angehalten, weil er Pferde auf der Koppel sah, er geht an den Zaun, lockt sie heran, streichelt ihre weichen Nüstern, spürt beglückt ihren warmen vertrauten Duft. Als hätte er jahrelang keine Pferde gesehen. Dabei hat er drüben bei einer Westernserie mitgemacht, ganze Pferdeherden hatten sie da, jagten sie erbarmungslos über harte Steppen, trieben sie in Scharen, ließen sie stürzen – waren das keine Pferde? Ist er nicht mit Diana, seiner schönen Freundin, durch die Wüste geritten? Und war das vielleicht nicht schön?

Wie auch immer, die drei hier, die zwei Braunen und der Schimmel, die da friedlich grasen und sich nun vertrauensvoll von ihm streicheln lassen, das muß wohl etwas anderes sein. Dann kommt der Bauer, sie reden miteinander, über dies und das, er wird geradezu geschwätzig, erzählt, daß er aus Amerika kommt und wie gut ihm das gefällt – dieser Herbst in Norddeutschland, wie schön das Land ist und wie er das alles vermißt hat. Der Bauer nickt bedächtig und scheint das alles sehr gut zu verstehen.

Ohne Zweifel, er hat so eine Art Heimkehrerkoller. – Nicht zu fassen, daß ihm so etwas passieren kann. Er kommt nach Detmold und ist so entzückt von der Stadt, daß er zwei Tage bleibt. Er spaziert durch die Stadt, steht im Schloßhof, geht in einer Allee an einem Fluß entlang, langsam, entspannt, und fragt sich: Habe ich gewußt, wie schön es hier ist? Und um das Maß vollzumachen, bleibt er drei Tage im Teutoburger Wald und geht unter den alten dunklen Bäumen spazieren – richtiggehend spazieren. Man könnte geradezu sagen, er wandert. So wie einer, der nichts zu tun hat und kein Ziel.

Aber schließlich – er hat ein Ziel. Eines Tages sagt er es sich selber auf den Kopf zu: es ist ein Ablenkungsmanöver. Er will das Wiedersehen mit Jovana hinauszögern, und am liebsten will er es ganz bleibenlassen.

Also bitte – warum nicht? Kein Mensch kann ihn zwingen, sie wiederzusehen. Man kann sich auch so scheiden lassen, und vermutlich ist das für alle Teile das bequemste.

Er fährt durch das Münsterland. Und auch hier ist alles weit und grün und still. Er findet am Rand der Kartenberger Heide ein wunderhübsches Hotel, ganz ruhig gelegen, und da bleibt er auch noch einmal zwei Tage.

Die Premiere von ›Cäsar und Cleopatra‹ hat er längst verpaßt. Wenn sie ihn angemeldet haben bei Jovana, wird sie sich gewundert haben, wo er bleibt. Oder auch nicht. Vermutlich ist es ihr egal.

Ihm auch. Total egal, ob er sie sieht oder nicht.

Aber da er eben auch ein Dickkopf ist und im Grunde alles andere als ein Träumer, gibt er sich eines Tages einen Ruck und fährt durch bis W.

Da ist er. – Man wird sehen.

Steffen hat ihm gesagt, er solle im Königshof wohnen, das sei das beste Hotel, er wohne immer dort, und Jovana habe anfangs auch dort ein Zimmer gehabt.

Der Königshof macht seinem Namen Ehre. Ein schönes, großes, sehr gepflegtes Hotel, Zimmer mit Bad, erstklassiger Service, ein gutes Restaurant – in dieser Beziehung ist Deutschland immer noch nicht zu schlagen. Deutsche Hotels, deutsche

Restaurants, deutsche Gastronomie – einsame Spitzenklasse auf dieser Erde.

W. gefällt ihm nicht besonders, die kleinen Städte waren hübscher. Hier findet er den Lärm, den Betrieb, die ganze gepriesene Wirtschaftswunderwelt.

Er findet auch das Theater und stellt fest, daß am Abend ›Cäsar und Cleopatra‹ gegeben wird, mit Jovana Maris und Eberhard Winter in den Hauptrollen. Auch der Name Frank Thorian ist genannt. Also kann er Jovanas künftigen Mann gleich besichtigen. Das geht dann in einem hin.

An der Kasse heißt es zunächst, die Vorstellung sei ausverkauft. »Ich komme extra aus Amerika«, sagte er und nimmt ein wenig amerikanischen Akzent zu Hilfe, »weil man mir gesagt hat, Sie hätten so ein erstklassiges Theater. Und nun wollen Sie mich nicht hineinlassen.«

Darauf bekommt er eine Karte in der fünften Reihe.

Er kann also am Abend die Vorstellung ansehen und, wenn er will, morgen wieder abreisen.

Um sich diesen Ausweg zu verbauen, geht er in den Blumenladen neben dem Hotel und bestellt fünfzehn Rosen, die man morgen Jovana Maris in die Wohnung schicken möge. Am Vormittag, nicht zu früh. Möglicherweise schläft sie lange, wenn sie Vorstellung gehabt hat.

»Moment«, sagt er und nimmt sein Notizbuch aus der Tasche, »ich gebe Ihnen gleich die Adresse.«

»Nicht nötig«, sagt die Blumendame, »wir haben die Adresse von Frau Maris.«

Aha. Eine berühmte Frau, seine Frau, in dieser Stadt. Offenbar schickt man ihr öfter Blumen.

Am Abend ist er kaum überrascht. Erstens kennt er sie, und zweitens hat man ihm nun oft genug erzählt, was für eine gute Schauspielerin sie geworden ist. Vielleicht hat er nicht mehr gewußt, wie schön sie ist. Wie reizvoll, wie katzenhaft geschmeidig. Und was für ein unverschämtes kleines Biest.

Da hatte Steffen ganz recht: die Cleopatra ist ihr auf den Leib geschrieben. Als hätte Shaw sie gekannt.

Ihr erster Auftritt macht einen atemlos. Das Bühnenbild allein wäre die Reise wert gewesen. Knott heißt der Mann, der es gemacht hat, er ist ein seltener Könner, hat bereits den Vertrag an eine große Bühne in der Tasche. Aber das weiß Lothar natürlich nicht. Er sieht nur, was man da hingezaubert hat: silberschwarze Nacht in der Wüste, der Mond, leicht verschwommen am Rundhorizont, ein leises Klingen in der Luft – die Weite, die Größe der Wüste ist in diesem Bild eingefangen, auch die Größe der Zeit, jener Zeit, in der Cäsar die halbe Welt eroberte. Auch Ägypten.

Mitten in der Wüste steht die Sphinx, ein zeitloses geheimnisvolles Gesicht, voll Würde, voll erbarmungsloser Kälte. Zwischen den Tatzen der Sphinx liegt eine schmale Gestalt hingestreckt, nackte bräunliche Schultern, schwarzes Haar, ein knappes Gewand aus grünlichem Silber um den geschmeidigen Leib. Ein Mädchen, ein halbes Kind noch. – Cleopatra, die Königin von Ägypten.

Zu Füßen der Sphinx steht Cäsar und spricht seine Gedanken, seine Träume in die Wüstennacht. Und dann erwacht das Mädchen, lugt vorsichtig herab, sieht den fremden Mann, ihre Augen, ihre Lippen öffnen sich erstaunt, sie macht: Pst!

Fünf Akte lang sitzt Lothar verzaubert, ganz gefangen. Er hat das Stück nie gesehen. Er hat nicht gewußt, wie klug und voller Weisheit es ist.

Er hat auch nicht gewußt, was für ein Zauberwesen diese Jovana ist. Seine Frau. Die nicht seine Frau ist und nie seine Frau sein wird. Wie viele Gesichter sie hat: ein Kind, ängstlich und scheu, ein Mädchen, kokett und verderbt, eine Frau, die weiß, was sie will. Wie entzückend die Szene, als sie aus dem Teppich gewickelt wird, sie kniet da, schüttelt sich, streicht sich das Haar zurecht, und dann strahlt sie zu Cäsar auf. »Freust du dich nicht, mich zu sehen?«

Es ist ein einziger girrender Lockruf. Und damit kann man schließlich auch Cäsar, den Eroberer, erobern.

Im vierten Akt ist sie ganz Königin, in einem prächtigen goldenen Gewand, das glatte, schwarze Haar schulterlang, die Augen dunkel ummalt, voll Geheimnis und Wunder, und ihr Mund ist nie so schön, als wenn er spricht: »Töte! Töte ihn!«

Das also ist aus Jovana geworden. Keiner, der sie sieht an diesem Abend und der ein wenig von diesem Geschäft versteht, kann daran zweifeln daß ihr Weg steil bergauf gehen wird.

Der Mann, den sie heiraten will, spielt den Apollodorus. Ohne Zweifel, es hat selten einen schöneren Mann gegeben. Ein Bild von einem Mann, groß, schlank, geschmeidig auch er, ein glattes, ebenmäßiges Gesicht mit schwarzen Augen unter schwarzem Haar. Ein schönes Paar, diese beiden, denkt Barenth ganz sachlich. Eine ideale Partnerschaft. Sie werden mit Erfolg zusammenarbeiten können.

Er geht langsam zu Fuß zurück ins Hotel, trinkt noch einen Whisky an der Bar, er ist ganz ruhig, ganz gelassen, sein Herz hat nicht schneller geschlagen. Er hat sie wiedergesehen, er hat die Schauspielerin bewundert, sie ist gut, sie kann etwas, das freut ihn. Und somit wäre das erledigt. Was ist ihm bloß eingefallen, die ganze Sache zu dramatisieren? Es ist Schnee vom vergangenen Jahr. Und in diesem Fall weniger als nichts. Nicht einmal die Erinnerung an eine Liebe. – Bestenfalls die Erinnerung an eine Versuchung. So what!

Er schläft gut in dieser Nacht, er ist zeitig wach, badet, bestellt Frühstück aufs Zimmer, dazu ein paar Zeitungen. Was nun? Soll er bei ihr anrufen? Sie wird die Blumen bekommen, dann wird sie wissen, daß er hier ist. Er geht schließlich hinunter, trödelt in der Halle herum, geht auf die Straße, kehrt wieder um. – Kann ja sein, sie ruft an.

Er kauft noch eine Zeitung und setzt sich in die Halle. Langsam hat er genug von dieser Irrfahrt. Er möchte wieder einmal etwas Vernünftiges tun.

Kurz vor elf wird er ans Telefon gerufen. Und wahrhaftig, es ist kaum zu glauben, während er die paar Schritte zur Kabine geht, klopft sein Herz schneller.

»Ja?« sagt er.

»Lothar!« – Gestern hat er ihre Stimme wieder gehört, diese dunkle, ein wenig spröde Stimme, ein unverwechselbarer Klang. Jetzt klingt sie aufgeregt, atemlos.

»Du bist da? Seit wann? Du warst gestern im Theater? Warum hast du dich denn nicht gleich gemeldet? Ich warte schon die ganze Woche auf dich. Wo bist du denn?«

»Im Hotel.«

»Ach ja, natürlich. Wie dumm von mir.« Ein kleines nervöses Lachen. »Ich bin ganz aufgeregt.«

»Warum denn?« Nun ist er wieder ruhig, er lächelt in das Telefon hinein.

»Ich weiß auch nicht. Weil du da bist. Steffen hat gesagt, du kämst zur Premiere. Und dann bist du nicht gekommen.«

»Ich bin unterwegs aufgehalten worden.«

»Ach so. Hab' ich dir gefallen? Fandest du mich gut?«

»Sehr gut.«

Eine erwartungsvolle Pause. Als nichts mehr kommt, sagt sie: »Wann sehen wir uns?«

»Wann du Zeit hast. Verfüge über mich.«

»Dann können wir zusammen Mittag essen. Um – sagen wir,

halb eins, ja? Bei dir im Hotel. Das Restaurant ist sehr gut. Erwarte mich in der Bar, ja? Und bestell einen Tisch im Restaurant, es ist mittags immer sehr voll. Du sagst es am besten Herrn Fiebig, dem Oberkellner. Sag, es ist für mich, er weiß, wo ich gern sitze.«

»Gut. Halb eins also. Bis dann.«

Das war's. Ganz normal. Wie man sich eben so zum Essen verabredet.

Bis halb eins sind noch fast zwei Stunden. Er macht einen Rundgang durch die Stadt, denselben, den er gestern schon gemacht hat. Kommt zurück ins Hotel, geht in sein Zimmer, wäscht sich die Hände, kämmt sich das widerspenstige dunkle Haar, geht hinunter. Kurz nach zwölf sitzt er in der Bar.

Sie kommt pünktlich, fünf Minuten nach halb eins. Und es ist Jovana, die er kennt, nicht die schwarzhaarige Königin vom Nil. – Sie sieht aus wie früher auch. Jung, mädchenhaft, sie ist kaum geschminkt, es ist ihre eigene glatte junge Haut, eine Spur Lidschatten, ein wenig Lippenrot, auch ihr Haar ist wie früher, sie hat es nicht gefärbt, das freut ihn. Ein helles warmes Braun mit goldenen Lichtern darin, sie trägt es halblang, glatt frisiert, ihre Augen sind groß und grüngrau und haben noch den kindlichen Ausdruck. Ein knappes rotes Kostümchen, schwarze Lackschuhe, eine schwarze Lacktasche.

Er rutscht vom Barhocker, als sie hereinkommt, und geht ihr entgegen. Sie schaut ihn großäugig an, streckt ihm die Hand entgegen, ihr Lächeln ist scheu. Sie geht ihm immer noch bis zur Nasenspitze, auch das hat sich nicht geändert. Er lächelt, nimmt ihre Hand, beugt sich darüber, und nun müßte man etwas sagen. Also sagt er: »Nett, daß du gekommen bist.«

»Ja. Schön, daß wir uns endlich wiedersehen.«

Was soll man noch sagen? Nun, erst kann man sich einmal hinsetzen, etwas trinken. Der Keeper nimmt ihm die Frage ab, was sie möchte. Er begrüßt Jovana sehr erfreut.

»Guten Tag, gnädige Frau. Sie waren lange nicht hier.«

»Viel Arbeit, Camillo. Sie wissen ja.«

»Die Premiere war ein großer Erfolg, habe ich gehört. Die Herrschaften, die anschließend hier waren, waren ganz begeistert.«

»So? Was haben sie denn gesagt?«

Das interessiert sie auch jetzt. Camillo berichtet, was Direktor X und Frau Dr. Y über die Cleopatra erzählt haben. Jovana lächelt, nickt befriedigt, wirft Lothar einen kurzen Blick zu.

»Was darf es sein?« fragt Camillo dann. »Wie immer?«

»Nein, ich habe Durst. Ich möchte einen Long Drink, irgend etwas Kühles mit wenig Alkohol. Wir haben gestern ein bißchen gefeiert. Nach der Premiere hatten wir ja einen offiziellen Empfang.«

»Ja, ich habe davon gehört. Von der Stadt. Ist es wirklich wahr, gnädige Frau, daß Sie bald von hier weggehen wollen?«

»Leider, Camillo, ich bin auch traurig. Aber ich kann schließlich nicht meinen Lebensabend in W. verbringen.«

Camillo lacht, dann sagt er gedehnt: »Nun ja! Es sah fast mal so aus.«

Er darf sich das erlauben. Die Bar im Königshof ist so eine Art Zentrale. Und Camillo ist lange genug hier, um so ziemlich alles zu wissen. Also weiß er auch, daß Jovana Maris und Harald Hansen, der Sohn vom Konsul, als eine Art sicherer Tip galten. Davon ist jedoch seit längerem nicht mehr die Rede. Dabei hat er ihr den Drink gemixt, stellt ihn vor sie hin, sie lächelt, sagt »Danke!«, hebt das Glas und schaut Lothar an. Sie haben seit der Begrüßung kein Wort miteinander gesprochen. »Freust du dich, mich zu sehen?«

Das hat er doch schon einmal gehört? Ach ja, gestern. Von der gleichen Stimme im gleichen Tonfall. Als Cleopatra aus dem Teppich gewickelt wurde, stellte sie Cäsar die gleiche Frage.

»Ich sollte nun wissen, was Cäsar darauf geantwortet hat«, sagte er.

Sie zieht die Brauen hoch, dann begreift sie.

»Oh! Ach ja, es ist die gleiche Frage. Aber sie paßt hier auch. Und im Moment interessiert es mich mehr, was *du* darauf antwortest.«

»Ich freue mich sehr.«

Sie sieht ihn schweigend an, versucht zu erkennen, was er denkt, was er meint. Er macht ein freundliches Gesicht, ruhig, selbstsicher wirkt er. Es fällt ihr schwer, gleichermaßen gelassen und ruhig zu erscheinen. So lange hat sie auf ihn gewartet, so oft an ihn gedacht. All das, was damals in der Luft hängenblieb – sie hat es nicht vergessen. Und er?

Ein wenig später gehen sie ins Restaurant, wo sie von Herrn Fiebig genauso herzlich empfangen werden wie von Camillo. Man hat ihr ihren Lieblingstisch reserviert, man weiß auch hier, was sie gern ißt, welchen Wein sie bevorzugt.

»Du bist offenbar eine sehr prominente Persönlichkeit in dieser Stadt«, meinte Lothar.

»Kann man wohl sagen. Ich bin ja nun schon über zwei Jahre hier. Ich glaube, sie mögen mich ganz gern. Dafür war's am Anfang eklig. Nicht mit dem Publikum, aber mit den Kollegen. Habe ich dir das nicht mal geschrieben? Hast du meine Briefe überhaupt bekommen?«

»Doch. Ja.«

»Und? Warum hast du mir nie geantwortet?«

Es ist schwer, darauf eine Antwort zu geben. Er hebt die Schultern. »Ich weiß auch nicht.«

»Du wolltest nicht.«

»Vielleicht.«

»Ich hätte gern einmal gewußt, wie es dir geht und was du treibst. Hast du Erfolg gehabt?« »Es geht. Ich war zufrieden.«

»Als Steffen letzten Winter drüben war, hat er dich auch nicht getroffen.«

»Nein. Ich habe es sehr bedauert. Aber wir drehten gerade in Mexiko.«

»Bleibst du jetzt hier?«

»Ich glaube nicht.«

»Oh! Warum?« Sie ist enttäuscht. »Wirklich, Lothar, du gehst wieder fort? Das ist schade.«

»Ich muß mich hier erst einmal umsehen.«

»Weißt du, was ich mir gewünscht habe? Daß wir beiden einmal zusammen einen Film machen werden.«

»Das hast du dir gewünscht?«

»Ja. Wäre das nicht fein?«

»Vielleicht.«

»Sag doch nicht immer vielleicht«, ein wenig Ärger klingt in ihrer Stimme an. »Du bist so schrecklich zugeknöpft geworden.«

»So?«

»Früher warst du doch auch nicht so.«

Der Ober bringt die Austern.

Nach einer Weile nimmt Jovana das Gespräch wieder auf. »Du hast Steffen in Hamburg gesprochen?«

»Ja.«

»Hast du Johnny gesehen?«

»Ja.«

»Und?«

»Er ist ein nettes Bürschchen.«

»Nettes Bürschchen«, wiederholt sie gekränkt. »Er ist ganz große Klasse. Jeder sagt das. Ich kenne kein hübscheres Kind. Und kein intelligenteres. Du?«

Er lacht. »Nein, ich auch nicht. Er ist so hübsch wie seine Mama und so klug wie sein Vater.«

»Ich bin auch nicht so schrecklich dumm.«

»Wer sagt das?«

»Leider habe ich immer so wenig Zeit für ihn. Im Sommer waren wir wieder in Travemünde draußen, alle zusammen. Bei Tante Silke und Onkel Torsten. Du erinnerst dich noch?«

»Natürlich.«

»Tante Silke ist ganz närrisch mit Johnny. Du müßtest die beiden erleben. Dorothy ist direkt eifersüchtig. Sie haben extra ein Karnickel gekauft, damit er ein Tier zum Spielen hat. Er ist doch so tierverrückt. Steffen sagt, in zwei Jahren kauft er ihm einen Hund. Ach, weißt du, Lothar, manchmal bin ich richtig traurig, daß ich so wenig von Johnny habe. Er wächst und die Zeit vergeht, und ich erlebe es nicht mit.«

»Tja.«

»Du brauchst gar nicht so eine überlegene Miene zu machen. Ich weiß genau, was du denkst.« »Was denke ich denn?«

»Du denkst, daß ich nur zu faul und zu egoistisch bin, um ihn bei mir zu haben. Du hast mir die Möglichkeit verschafft, daß ich es könnte. Aber das ist es nicht allein. Es gibt Dinge, die muß man ganz tun oder gar nicht. Und das sind beides solche Dinge. Ein Kind haben und Mutter sein. Oder Theater spielen.«

Sie bringt das alles sehr überzeugend heraus und macht eine ausdrucksvolle Miene dazu, so mit hochgezogenen Brauen, ein wenig bekümmertem Stirnrunzeln, wehmütigem Blick. – Sie spielt Theater, das merkt Lothar sehr gut. Offenbar ist es eine beliebte Rolle von ihr: die verhinderte Mutter. Er geht nicht näher darauf ein, also erzählt sie weiter.

»Sehr lange konnten wir nicht in Travemünde bleiben, Steffen und ich. Wir haben das ›Käthchen‹ gemacht. Hat er dir das auch erzählt?«

»Ja.«

»Du, das war gelungen. Das hat mir so viel Spaß gemacht. Erst dachte ich, ich kann das nicht, aber dann ging es prima. Na, nach der Klara konnte mir eigentlich nichts Schlimmeres mehr passieren. Ich habe die Klara gemacht in ›Maria Magdalene‹, hat Steffen das auch erzählt?«

»Nein.«

»Das war beinahe mein Ruin. Andreas war auch dabei – beim ›Käthchen‹ natürlich. Andreas Hartmann. Erinnerst du dich noch?«

»Jovana, ich war drei Jahre weg und nicht dreißig. Und so alt bin ich auch noch nicht. Mein Gedächtnis funktioniert noch ausgezeichnet.«

Sie legt den Kopf ein wenig schief und sagt: »Um so besser.«

Der Ober bringt die Lady Curzon, sie trinken sie schweigend aus, dann spricht sie weiter.

»Ich möchte mal eine Zeitlang ausspannen. Ich habe jahrelang nur gearbeitet, keinen Urlaub, keine Freizeit gehabt.«

»Ich denke, du machst im Frühjahr einen neuen Film?«

»Ja, schon. Aber ich höre Mitte Dezember hier auf. Die Cleopatra war meine letzte Premiere. Zur Zeit bin ich noch in einem modernen Stück auf dem Spielplan, ein furchtbarer Käse. Und als Rosalinde. Das war auch eine Traumrolle von mir. Die haben wir übermorgen, da kannst du mich sehen. Diese beiden Rollen, die Rosalinde und die Cleopatra, habe ich mir von Kilian zum Abschied noch gewünscht. Darum bin ich noch geblieben. Bis Mitte Dezember ist das alles durchgelaufen. Dann fahre ich nach Hamburg. Ich möchte endlich einmal Weihnachten mit Johnny verbringen. Und dann mache ich Urlaub im Gebirge. Dann kommt der Film, und dann tue ich lange nichts. Später werden wir sehen.«

»Ist es ein guter Stoff, der neue Film? Du machst es diesmal bei Norman?«

»Ja. Stell dir vor. Das erste Mal, daß ich bei einem anderen Regisseur drehe. Muß auch mal sein. Bisher kennt man mich nur als Steffens Anhängsel. – Ich finde den Stoff gut. Steffen mag ihn nicht. Er hat gesagt, er will das nicht machen. So eine Agentengeschichte, ziemlich harte Sache. Frank wird mein Partner sein.«

»Ich habe ihn gestern gesehen. Du willst ihn heiraten, wie ich gehört habe.«

»Ach ja!« Sie lacht, spielt die Verlegene. »Haben sie dir das auch erzählt? Gott, es eilt nicht. Wir sind jetzt so lange zusammen, es ist egal, ob wir heiraten. Er will es eben. Heiraten wir also gelegentlich.«

Der Hauptgang kommt. Poularde für sie, ein Steak für ihn. Sie essen eine Weile schweigend, dann sagt Lothar gelassen:

»Nun, ich denke, daß die Scheidung ohne Verzögerung über die Bühne geht. Steffen sagte mir, daß sein Anwalt sich darum kümmern wird. Zwar macht der selber keine Scheidungssachen, aber er hat einen Kollegen, der ist dafür Experte. Das geht ganz einfach.«

»Ja, das glaube ich auch.«

Das ist das Mittagessen. Sie stehen es beide in guter Haltung durch. Er muß noch von Amerika erzählen, sie kramen ein paar alte Erinnerungen hervor, es ist alles ganz unpersönlich, nichts mehr von dem übrig, was einmal zwischen ihnen war. Es ist ernüchternd, es ist enttäuschend sogar. Aber so ist das Leben nun mal.

Die Zeit ist ein starker Gegner. Keiner kann gegen sie kämpfen. Er hat gelebt, sie hat gelebt, sie waren sich einmal sehr nahe. Da war so vieles, so viel Unausgesprochenes, und das ist immer das bedrängendste. Das, was einen quält. Aber das ist vorbei. Das denkt er.

Das denkt *sie* nicht. Keine Frau bescheidet sich mit halben Sachen. Und niemand kann hartnäckiger sein als eine Frau. Man denke an die Geschichte von Eva und dem schönen runden Apfel. Es genügt ihr nicht, ihn nur anzusehen. Sie will auch hineinbeißen. Sie will ihn essen. Wer immer sich die Geschichte mit dem Apfel damals ausgedacht hat, er kannte die Frauen. (Man denke auch an das Käthchen.)

Mit steigender Erbostheit registriert Jovana seine kühle Zurückhaltung. Sie hat sich das alles ganz anders vorgestellt. Sehr romantische Vorstellungen hat sie von diesem Wiedersehen gehabt. Etwa so: Sie sehen sich an, stumm, ergriffen, er breitet die Arme aus, sagt: »Jovana! Einzig Geliebte!« Es muß ja nicht wörtlich so sein – aber so in der Art. Das hat sie sich vorgestellt. So stellen sich Frauen so etwas immer vor. So erträumen sie sich das.

Keine Rede davon. Dieser Kerl! Immer war er so. Aber nur bei ihr. Auf alle anderen Frauen war er verrückt.

»Hast du viel erlebt in Amerika?«

»Natürlich.«

»Ich meine, nicht nur beruflich?«

»Auch das.«

»Es gibt schöne Frauen dort. Nicht wahr?«

»Sehr schöne Frauen.«

»Ich wundere mich, daß du die ganze Zeit nicht geheiratet worden bist.«

Er grinst. »Das ging ja glücklicherweise nicht.«

»War ganz günstig für dich, verheiratet zu sein, wie?«

»Doch. Kann man sagen.«

»Und wirst du dann heiraten, wenn du geschieden bist?«

»Du bist sehr neugierig.«

»Ach, tu doch nicht so großartig«, sagt sie, und in ihrer Stimme ist deutlich unterdrückte Wut zu hören.

Er betrachtet sie sehr kritisch und ein wenig spöttisch über den Tisch hinweg. In seinem Blick ist sogar eine gewisse Kälte.

Er sagt: »Wenn ich heiraten würde, richtig heiraten, meine ich, dann wäre es mir auch ernst. Ich bin nicht dafür, zu heiraten, nur um sich demnächst wieder scheiden zu lassen.«

»Nein?«

»Wenn es ernst ist, meine ich.«

»Ja. Das sagtest du schon. Aber ich dachte immer, in Amerika nimmt man es sehr leicht mit einer Scheidung.«

»Auch nur in gewissen Kreisen. Genau wie hier.«

»Na gut, dann heiratest du eben«, sagt sie, und es klingt ärgerlich.

»Ich habe nicht gesagt, daß ich das will.«

»Ich dachte.« Dann lächelt sie auf einmal sehr süß. »Ich fände es nett, wenn du Frank kennenlernst.«

»Wozu?«

»Eben so. Sieh mal, er hat sich all die Jahre geärgert, daß wir nicht heiraten konnten. Daß ich gebunden war.«

»Du warst nicht gebunden.«

»Formell eben doch.«

»Spielt das eine Rolle?«

»Ein bißchen schon. Was denkst du, was mir entgangen ist.« Sie muß den Fall Harald nun doch loswerden. Er soll sich bloß nicht einbilden, er sei der einzige Mann auf der Welt. »Ich hätte einen vielfachen Millionär heiraten können, den reichsten Mann von W.«

»So. Das ist ja gewaltig.«

»Ja, wirklich. Das heißt, nicht er – sein Sohn. Der Sohn von Konsul Hansen. Das hat Camillo vorhin gemeint, als er sagte, es hätte so ausgesehen, als ob ich für immer hier bleibe.«

»Du hättest längst geschieden werden können.«

»Wie konnte ich das denn, wenn du auf meine Briefe nicht antwortest. Ich wußte ja nicht einmal, wo du bist.«

»Wenn du mir geschrieben hättest, daß du ...«

So geht es noch eine Weile weiter, und es wird ein wenig albern. – Nachdem sie Mokka getrunken haben, sagt Jovana:

»Ich muß gehen. Sehen wir uns heut abend? Frank hat nur eine kurze Rolle. Wir könnten anschließend mit ihm essen. Bitte, Lothar, ich fände es nett, wenn ihr euch kennenlernt. Wir wollen doch Freunde bleiben, nicht?«

Jetzt ist ihr Ton verlogen, er hört es genau. Und am liebsten würde er sagen: Zum Teufel, nein, mich interessiert weder dein Frank noch du. Ich reise heute noch ab, die Scheidung wird eingeleitet, und damit hat sich's.

Aber er will sich um Gottes willen keinen Anschein von Ärger geben. Also stimmt er zu, abends zu ihr zu kommen, man wird gemeinsam ins Theater fahren und Frank abholen, der nach dem zweiten Akt fertig ist.

Er bringt sie vor die Tür, der Boy ruft ein Auto, er küßt ihr die Hand, dann ist sie fort.

Jovana Maris? Passé. Vorbei.

Wieso vorbei? fragt er sich ärgerlich. Ist je etwas gewesen? Nichts ist gewesen. Und es langweilt mich. Ich reise ab.

Um halb neun kommt er in ihre Wohnung, er lernt Anuschka kennen, muß ein paar Bilder von Johnny ansehen, auch Fotos von ihr, Rollenfotos und private, sie trinken einen Scotch.

»Du reitest?« fragt er, ein Bild in der Hand, das sie hoch zu Roß zeigt.

»Ja. Ich bin durch einen Freund in den Reitklub hier gekommen. Es macht mir viel Spaß. Der Reitlehrer meint, ich sei begabt. Sehr viel Zeit habe ich ja nie gehabt. Aber wenn ich mal irgendwo ansässig sein werde, kaufe ich mir ein eigenes Pferd.«

Das Gespräch ist unverbindlich wie beim Mittagessen, nur scheint sie etwas nervös zu sein.

»Du bist doch morgen abend noch da, nicht wahr?«

»Eigentlich wollte ich morgen früh abfahren.«

»Nein, Lothar, du mußt mich als Rosalinde sehen. Wer weiß, ob ich die Rolle in meinem Leben noch einmal spielen werde. Bitte, bitte, bleibe noch.«

Was soll er machen? Er verspricht also, zu bleiben und abends ins Theater zu kommen. Ist ja egal, er verpaßt nichts.

Und dann also dieses komische Dreieck. Sie, die Frau – der Ehemann, der keiner ist –, der Liebhaber, der ein Ehemann werden will. – Lothar paßt das alles nicht. Er ist sehr zurückhaltend, sehr distanziert. Fast steif. Weit und breit nichts zu entdecken von dem Barenth der früheren Jahre, dem mit der großen Schnodderschnauze, den schlagfertigen Antworten. Weit und breit ist er nicht mehr zu finden.

Ein seriöser, etwas skeptischer Herr von Mitte Dreißig statt dessen, gut aussehend, gepflegt, leicht desinteressiert. Mit ihm am Tisch in der kleinen Weinstube ein Liebespaar. Jawohl, ein

Liebespaar. Zwar ist die junge Frau ein wenig nervös und hektisch, sprunghaft im Gespräch, doch der Partner ist ein Beau, der allzu deutlich betont, daß diese Frau zu ihm gehört. Das hätte er nicht nötig, denkt Lothar verärgert. – Er kann sie ja haben. Keiner nimmt sie ihm weg. Er weiß ja, daß wir uns scheiden lassen.

Aber Frank Thorian hält immer wieder Jovanas Hand, sagt Liebling zu ihr und Schätzchen, küßt sie auf die Wange, sieht sie verliebt an und demonstriert sehr deutlich seine Besitzerrechte.

Nun denn! Dies betrachtend, fragt sich Lothar, ob Jovana ihrem zukünftigen Mann eigentlich jemals die Wahrheit gesagt hat. So wie er sich benimmt, könnte man annehmen, er vermute in Lothar Barenth einen echten Ehemann. Wäre es möglich, daß sie alles verschwiegen hat? Wie diese Ehe zustande kam, warum sie zustande kam?

Möglich immerhin. Er weiß, wie Frauen lügen können. Gerade in diesen Dingen.

Andererseits ist Frank Thorian außerordentlich liebenswürdig zu Lothar. Sagt ihm viele schmeichelhafte Dinge, läßt sich von Amerika erzählen, möchte wissen, ob er dort Chancen hätte.

»Bei Ihrem Aussehen, unbedingt«, erwidert Lothar fair. »Hollywood hat einen Riesenverbrauch an Gesichtern. Und das Fernsehen hat die Möglichkeiten noch sehr erweitert.«

»Aber dem Film doch sehr geschadet.«

»Nicht so sehr, wie man erst dachte. Das lebt nebeneinander. Und befruchtet sich sogar.«

»Hierzulande ist das Fernsehen für den Film ein Verhängnis.«

»Das wird sich hier auch einpendeln. Kino hat andere Gesetze. Es wird vermutlich hier genauso sein wie drüben. Eine Übergangszeit, das heißt also zunächst ein Rückgang für den Film. Dann ein paar läppische Umwege, die dem Kino schaden, und dann wird man den richtigen Dreh gefunden haben. Unter anderem auch, daß beide Medien zusammenarbeiten. Dieser Prozeß ist drüben im Gang. Hier ist das alles noch verzögert, das Fernsehen ist erst im Kommen. Also schätze ich, daß so etwa in zehn Jahren, Anfang der siebziger Jahre etwa, der Film wieder im Geschäft sein wird. Dazwischen wird es vermutlich ein paar Irrwege geben. Es läßt sich verhältnismäßig leicht berechnen.«

Lothar erklärt sich bereit, falls Frank ernstlich Interesse an Hollywood hat, ihn an den richtigen Stellen zu empfehlen.

»Und du, Jovana?« fragte er. »Möchtest du auch nach Amerika?«

»Ach, ich weiß nicht, ich mache ja ganz gern Film, so hier und da. Aber viel lieber spiele ich Theater. Und das kann ich nur hier. Es gibt noch so viele Rollen, die ich spielen möchte.«

»Aber wenn dein Mann drüben wäre, möchtest du dann nicht bei ihm sein?«

Sie greift nach Franks Hand. »Doch, natürlich. Das ist ja klar. So eine Trennung wäre fürchterlich. Frank, was meinst du?«

Frank lächelt sie schmelzend an. »Ja, Schätzchen, ich fände es auch schrecklich.«

Erstmals kommt Lothar der Gedanke, daß man ihm Theater vorspielt. Schlechtes Theater. Aber warum eigentlich?

Es interessiert ihn nicht.

Soweit dieser Tag und dieser Abend. In dieser Nacht schläft Lothar nicht so gut. Zuvor sitzt er noch bei Camillo an der Bar und denkt nach.

Er sitzt dort, bis keiner außer ihm mehr da ist. Camillo blickt ihn manchmal verstohlen an. Na ja, er wird sich inzwischen beim Empfang erkundigt haben, wer der Gast ist. Und vielleicht weiß man in dieser Stadt, daß Jovana Maris eigentlich Jovana Barenth heißt. Hat Steffen nicht gesagt, sie hätte früher in diesem Hotel gewohnt? Und daß es kaum gescheitere Burschen auf der Welt gibt als Barkeeper, das weiß Lothar gut genug. Er hat selber oft genug dort Informationen geholt, sogar in größeren Städten als W.

Eins steht jedenfalls fest, sein innerer Widerstand, hierherzufahren, war berechtigt. Er hatte ein dummes Gefühl, und er hat es immer noch.

Was damals vor drei Jahren in München passiert ist – gut. Er steht dazu, er bereut es nicht. Er hat Steffen und Jovana geholfen, es war kein Opfer, eine kleine Gefälligkeit, nichts sonst.

Daß er es auch getan hat, weil er Jovana liebte und weil er *ihr* helfen wollte, das schiebt er jetzt beiseite. Das wollte er vergessen und hat es vergessen. Oder etwa nicht? Doch. Und nun ist das Leben also weitergegangen, wie man so schön sagt, und gleichfalls jeder seinen Weg. Und das wär's denn. Es gibt überhaupt nichts, worüber man noch nachdenken müßte. Morgen wird er abreisen.

Er sitzt beim Frühstück, da ruft Jovana an. Sie ginge jetzt zum Reiten, ob er nicht mitkommen wolle und ein bißchen zusehen. Das Wetter sei doch schön und sie sei ein freier Mensch, keine Proben zur Zeit. Man könne draußen essen, sie kenne da ein hübsches Lokal.

Er könnte sagen, bedaure, ich packe gerade, ein wichtiger Anruf, ich muß fort.

Er sagt es nicht.

Sie kommt eine halbe Stunde später, sehr fesch im Reitdreß, sie wirkt frisch und unbeschwert, und er denkt: Hat sie heute nacht mit ihm geschlafen? Na wennschon.

Sie hat einen Wagen dabei. Es ist Franks Wagen, sie hat ihn zur Probe hingefahren, den Wagen kann sie für den Rest des Tages behalten.

Der Reitklub liegt sehr schön, ziemlich weit außerhalb der Stadt, direkt an einem Waldrand. Früher, so erzählt Jovana, habe sie die Pferde des Konsuls reiten dürfen. Aber seit sie endgültig erklärt habe, des Konsuls Sohn nicht zu heiraten, täte sie das nicht mehr.

»Aber der Reitlehrer mag mich sehr gern. Er gibt mir immer das gleiche Pferd, eine Fuchsstute, sie ist sehr hübsch, du wirst gleich sehen. Und sehr brav.«

Sie plaziert Lothar auf eine kleine Terrasse, hier sitzt er unter alten Bäumen, bestellt sich ein Bier und sieht zu, wie sie vor ihm auf dem offenen Reitplatz ihre Stunde absolviert. Sie macht das sehr nett, hat einigermaßen Sitz, das Pferd geht ruhig und harmonisch unter ihr.

Außer ihm sitzen auf der Terrasse noch drei Damen an einem Tisch, das heißt, erst sind es zwei, die dritte reitet erst auch und kommt dann herauf. Sie trinken Kaffee, reden viel und laut, manchmal streift ihn ein neugieriger Blick. Er ist kein Mann, der übersehen wird, auch nicht von den reichen und verwöhnten Frauen von W.

Als Jovana mit ihrer Stunde fertig ist, bringt sie das Pferd in den Stall, dann kommt sie auch auf die Terrasse, gefolgt von dem Reitlehrer.

»Nun?« fragt sie mit strahlenden Augen, »wie habe ich es gemacht?«

»Du machst es schon sehr gut.«

»Nicht wahr? Und mir macht es so viel Spaß. Herr Schröder meint auch, aus mir wird noch eine ganz passable Reiterin. Kommen Sie, Herr Schröder, trinken Sie ein Bier mit uns.«

Nun macht Herr Schröder eine Verbeugung zu Lothar, der steht auf, sie reichen sich die Hand, und Jovana sagt: »Das ist Herr Barenth, mein Mann.«

Sie sagt es laut genug, daß die Damen am Nebentisch es hören können. Dort ist das Gespräch verstummt.

Herr Schröder ist auch erstaunt, er räuspert sich, macht eine zweite Verbeugung. »Sehr erfreut! Eh – sehr erfreut, Herr ...«

»Barenth«, wiederholt Jovana freundlich.

Und dann blickt sie mit strahlendem Lächeln, mit ihrem triumphierenden Lächeln, zu den Damen am anderen Tisch und ruft: »Aber wollen wir uns nicht zusammensetzen? Mein Gott, Ellionor, Sie sind ja auch wieder einmal hier! Ich habe Sie eine Ewigkeit nicht gesehen.«

So sitzen sie also miteinander an einem runden Tisch. Lothar amüsiert es, ihr zufriedenes Gesicht zu betrachten. Was bezweckt sie eigentlich? Wollte sie demonstrieren, daß sie einen Mann hat? Doch – das will sie. Denn sie spricht über ihn. »Mein Mann war lange in Amerika«, flötet sie beispielsweise. Das liefert für eine Weile Gesprächsstoff.

Er erzählt von seinen Ritten in Kalifornien, spricht über die amerikanische Pferdezucht.

Als sie gehen, schiebt Jovana ihren Arm unter seinen, lächelt strahlend in die Runde, und als sie draußen am Wagen sind, sagt sie: »Jetzt haben sie was zu reden.«

Er muß lachen. »Hat dir ein Ehemann so sehr gefehlt?«

»Ach, weißt du, das hat natürlich seine Gründe. Ich hab' dir doch erzählt, daß der Sohn des Konsuls mich heiraten wollte.«

»Der Millionär, ja.«

»Eben. Und ich konnte ihn ja gar nicht heiraten, weil ich verheiratet bin. So ganz richtig wollte ich ja auch gar nicht. Na ja, und als sich das dann auflöste, da haben die natürlich alle gedacht, du weißt ja, wie die Leute sind und besonders die Frauen ... er hätte mich sitzenlassen. Oder sein Vater hätte was gegen mich. Hat er gar nicht. Der kann mich gut leiden. Der Konsul hat mir selber gesagt, er hätte mich gern als Schwiegertochter gehabt. Ist ehrlich wahr. Aber hier haben sie immer geklatscht über mich. Deswegen wollte ich mir das Reiten aber nicht vergraulen lassen. Und deshalb wollte ich ihnen heute mal zeigen, daß ich wirklich einen Mann habe.«

»Aha.«

»Verstehst du das nicht?«

»Doch. Es ist nicht so schwer zu verstehen.«

»Ich habe nie Mißbrauch mit dir getrieben. Aber einmal wollte ich dich vorzeigen.«

»Bitte. Ich stehe gern zur Verfügung.«

»Zumal man dich sehr gut vorzeigen kann. Mit dir kann man Eindruck machen.«

»Oh! Danke!«

»Ja. Hast du nicht gesehen, wie sie dich angesehen haben?«

Sie sitzt am Steuer und kann nur einen kurzen Blick zu ihm hinüberwerfen.

»Aber das bist du ja gewohnt, daß die Frauen dir nachlaufen.«

»Ach, das hat auch nachgelassen.«

»So siehst du aus. Ganz im Gegenteil, könnte ich mir denken.«

Kleine Pause, dann fügt sie hinzu: »Eigentlich schade, daß du mich nicht leiden kannst.«

»Wer sagt das denn?«

Sie seufzt. »Das war doch immer so. Du konntest mich vielleicht mal zwischenrein so ein bißchen leiden. Aber richtig nie.«

Er schweigt.

Da tritt sie auf die Bremse, fährt den Wagen an den Straßenrand und hält an. »Oder stimmt das vielleicht nicht?« fragt sie in aggressivem Ton. Er wendet ihr sein Gesicht zu, zieht arrogant die Brauen hoch. »Was soll das?«

»Du bist noch genauso ein Ekel wie früher. Manchmal werden die Leute ja etwas netter mit der Zeit. Aber du nicht.«

Das klingt sehr ärgerlich. Er sieht sie ruhig an. Sie wird unsicher unter seinem Blick.

»Na, ist doch wahr. Du bist immer so – so komisch zu mir gewesen. Ich wußte nie, wie ich mit dir dran bin.«

Und als er auch darauf nichts sagt, sagt sie: »Stimmt es vielleicht nicht? Ich habe dir nie etwas getan. Und du – du bist so.«

»Wie bin ich?«

»So – kalt. Und gleichgültig. Jetzt noch mehr als früher. Alle Frauen hast du geliebt. Bloß mich nicht.«

Jetzt lacht er, ehrlich erheitert. »Du vergißt ganz, daß du immer in festen Händen warst.«

»Ach! Und das hat dich gestört? Hat dich das bei anderen Frauen auch immer zurückgehalten?«

»Nicht unbedingt. Das kommt eben darauf an.«

»Siehst du! Wenn du mich – ich meine, wenn du mich gern gehabt hättest, dann hättest du dich anders benommen.«

»Anders? – Habe ich dir nicht bewiesen, daß ich dich gern habe? Habe ich dir nicht geholfen, als du Hilfe brauchtest?«

»Ja. Sicher. Aber das meine ich jetzt nicht.«

»Was meinst du denn?«

»Ach, du weißt genau, was ich meine. Und ich – ach, Lothar.«

Sie macht eine Bewegung auf ihn zu, und er brauchte nur ein

wenig entgegenkommend zu sein, dann hätte er sie im Arm. Aber er sitzt stocksteif und rührt sich nicht.

»Du bist ein Ekel«, sagt sie erbost.

»Ja, ich erinnere mich, du fandest mich schon damals widerlich. Vor allem deshalb, weil ich nie auf deine Zicken hereingefallen bin.«

Sie gibt ihm einen Blick, gemischt aus Wut und Unsicherheit, dann seufzt sie noch einmal und fährt weiter. Damit ist das Duell in eine neue Phase getreten, die aber von ihm nicht genutzt wird. Sie hat sich eine Blöße gegeben, aber er übersieht es. Während des Essens bleibt das Gespräch ganz neutral, sie erzählt vom Theater, von den Kollegen, von ihren Rollen, von den Leuten, die sie sonst in der Stadt noch kennt.

Nicht zu spät fahren sie zurück. Sie möchte sich noch eine Stunde hinlegen, sagt sie, die Rosalinde sei eine anstrengende Rolle. Eine Karte für ihn läge an der Kasse. Und nach dem Theater möge er bitte in der Weinstube Zur Kanne auf sie warten. Das sei gleich in der engen Straße hinter dem Theater.

Lothar hat einen Nachmittag vor sich, einen Nachmittag zum Nachdenken, zum Sicherinnern. Aber auch zum Vorwärtsdenken. Er will sich nicht so viel erinnern, nicht den alten Zauber beschwören. Denn inzwischen weiß er, daß er noch vorhanden ist. So wie er immer da war. Seltsam ist das zwischen zwei Menschen. Manchmal ist es eben so, als seien zwei an der gleichen Leitung angeschlossen. Oder wie immer man das nennen will.

Also die Zukunft. Gut. Morgen wird er abreisen und zunächst nach München fahren, das hat er sich inzwischen überlegt. Er muß Abstand gewinnen, ehe er Steffen wieder gegenübertritt. – Nächste oder übernächste Woche wird das bessergehen. Bis dahin hat er in München genug anderes erlebt.

Abends sieht er also ›Wie es euch gefällt‹, diesmal von der ersten Reihe aus. Es ist wieder eine vorzügliche Aufführung, und Jovana in der Hosenrolle ist in ihrem Element. Sie seufzt und girrt mit den verführerischsten Tönen durch den Ardenner Wald, sie bringt es fertig, die in dem kargen Bühnenbild nur angedeutete Landschaft so wirklich, so gegenwärtig zu machen, daß man Waldluft zu atmen meint.

Eine Tänzerin ist sie in dieser Rolle, beweglich wie ein Wirbelwind, alles an ihr lebt, sprüht, manchmal scheint es, es gäbe kein Gesetz der Schwerkraft für sie, nicht körperlich, nicht seelisch. Ein frech-anmutiger Junge, der auf Bäume klettert, sich über Büsche und Zäune schwingt, aber dabei bleibt sie immer das verliebte Mädchen, das den Jungen ja nur spielt. Das vergißt man nie. Rosalindes geistreicher Witz, ihre zärtliche Sehnsucht, das ungestüme Verlangen, gepaart mit mädchenhafter Scheu, das alles mischt sich zu einem einzigen hinreißenden Capriccio. Welch eine Spiellaune, denkt Barenth, was für ein bezauberndes Frauenzimmer. Jeder, der sie so erlebt, muß ihr verfallen. Ja, sie gehört auf die Bühne. Kein Film der Welt kann ihr diese Möglichkeiten bieten.

Am Schluß gehört ihr die Bühne allein. Rosalindes Epilog macht sie zu einem einzigen Flirt mit dem Publikum. In einem zauberhaften Kleid in Weiß und Rosa, dessen langer Rock elegant um sie schwingt, lange braune Locken auf den Schultern, die Augen strahlend, bittend und beschwörend, so weich, so verführerisch der Mund, sprechend jede Geste, so steht sie dicht an der Rampe, so spricht, so flüstert, so lächelt sie zu ihnen hinunter, die ihr gehören, die ihr ganz ausgeliefert sind. Denn das ist nicht mehr der schlanke, bewegliche Junge, dem man amüsiert zugesehen hat, wie er über die Bühne turnte, das ist Rosalinde, des Herzogs Tochter, und mehr noch, es ist eine Liebende, eine, die alles von der Liebe weiß und sie in den Händen hält, wie einen goldenen leuchtenden Ball, und zu fragen scheint: Wollt ihr auch mit ihm spielen?

Wie ein Sturm tobt der Beifall zu ihr hinauf, als sie in ihren tiefen Abschiedsknicks versunken ist.

Lothar klatscht nicht. Er hat beide Hände zu Fäusten geballt, er merkt es gar nicht. Er sitzt und starrt zu ihr hinauf, und dann steht er rasch auf, als der Vorhang das zweite Mal fällt, und geht hinaus.

Er ginge lieber zurück ins Hotel als in die Weinstube. Aber er hat es versprochen.

Frank ist schon da. Er hatte nur im ersten Akt zu tun. Mit einigen Kollegen sitzt er am Stammtisch der Schauspieler und winkt Lothar herbei.

Lothar kann nicht anders, er muß seine Begeisterung über Jovanas Rosalinde äußern.

»Ja«, meint Frank wurstig, »sie ist recht nett in der Rolle. So was liegt ihr. Sie ist ein Körpermensch, wissen Sie. Wenn sie ihren Körper mitspielen lassen kann, dann ist sie am besten. Das hat Bettina schon festgestellt. Und dann muß eine Rolle weiblich sein, sehr feminin, das liegt ihr auch. Alles, was mit Liebe, mit Verführung, mit Emotion zu tun hat, da ist sie ganz da. Wenn es abstrakt wird, wenn es irgendwie in nebulose Tiefen geht oder gegenteilig, in überspannte Höhen – zu intellektuell mit einem Wort –, da streikt sie, das kriegt sie nicht in den Griff.«

Lothar hört erstaunt zu. Dieser Frank ist offenbar gar nicht so dumm. Wieso dumm? Hat er das denn gedacht? Nur weil der Junge so schön ist? Das ist auch so ein albernes Vorurteil. Erstmals empfindet Lothar so etwas wie Eifersucht. Hat sich also dieser Mann doch sehr ausführlich mit Jovana beschäftigt, kennt er sie, versteht er sie? – Ja, das ist es, er kennt und versteht sie, und vermutlich behandelt er sie auch richtig, und darum liebt sie ihn. Das war es, was er selbst nie fertiggebracht hatte. Steffen? Ja, er auch. Er hat sie auch verstanden, wenn auch in anderer Art.

Ich, denkt Lothar Barenth, habe sie nie ganz ernst genommen. Wollte sie nie ernst nehmen. Habe mich immer gegen sie gewehrt, habe alles Negative an ihr zusammengesucht. Warum eigentlich?

Er ist ziemlich nachdenklich die nächste Viertelstunde. Dann kommt Jovana und mit ihr noch ein Schwung Kollegen, fast die ganze Besetzung des Shakespeare. Es wird laut, turbulent, sehr vergnügt. Jovana macht ihn mit den anderen bekannt, und wieder fällt also das Wort: mein Mann. Aber Lothar merkt auch, daß sie es als gegeben hinnehmen: Er ist Vergangenheit. Frank ist der Mann, der nun in ihr Leben gehört. Das scheinen sie alle zu wissen und machen keinen Hehl daraus. Ja – für seinen Geschmack betonen sie es gar zu deutlich. Es wäre nicht nötig, wenn er nun schon mal da ist.

Das – kaum zu glauben –, das denkt er. Es paßt überhaupt nicht zu ihm, so großzügig und wandelbar, wie er in Beziehung Frau und Mann doch eigentlich ist.

»Warum hast du den denn nicht behalten?« fragt einer von Jovanas Kollegen. »Das ist doch ein ganz patenter Bursche.«

»Wieso ich?« fragte Jovana zurück. »*Er* ist doch von mir fortgegangen und hat mich verlassen. Drei Jahre Amerika. Ist das eine Art, mich zu behandeln?«

Sie sitzen da und grinsen, sie flachsen, und Lothar bleibt gar nichts andres übrig, er muß ein bißchen mitspielen.

Früher ist es ihm immer leichtgefallen, diesen Ton aufzugreifen, im Gegenteil, er war führend darin. Heute ist er schwerfällig und im Grund mißmutig.

Jovana sitzt weit von ihm entfernt, am anderen Ende des Tisches. Sie sieht bemerkenswert hübsch aus, und sie trägt ein sehr elegantes Kleid. Während die anderen alle salopp gekleidet sind, hat sie ein kleines schwarzes Kleid an, schmal und knapp gearbeitet, vorn hochgeschlossen, im Rücken etwas dekolletiert, auf der Schulter eine Türkisagraffe, in den Ohren glatte Clips. Auch Türkis. Will sie noch ausgehen?

Auf jeden Fall hat sie keine Lust, lange am Stammtisch zu bleiben. Schon nach einer knappen Stunde erklärt sie, daß sie müde sei und nach Hause gehen wolle.

Man protestiert, aber sie steht sehr rasch auf, läßt sich nicht zurückhalten.

Frank und Lothar begleiten sie.

Auf der Straße will Lothar sich verabschieden. »Fährst du mich nicht nach Hause?« fragt sie. »Hast du deinen Wagen nicht da?«

Lothar blickt fragend auf Frank, der bei ihnen steht.

Der sagt: »Ich wohne hier gleich in der Nähe und gehe zu Fuß. Wenn Sie Jovana nach Hause bringen, brauche ich es nicht zu tun.«

Jovana seufzt mit gespielter Entrüstung. »Auch so ein Minuskavalier. Ihr könnt beide abhauen, ich nehme mir ein Taxi.«

»Ich fahre dich natürlich nach Hause«, sagt Lothar steif.

Schweigend fahren sie zu ihrer Wohnung. Sie wohnt in einem Neubauviertel, ziemlich weit ab vom Stadtkern. Er steigt höflich aus und bringt sie zur Tür.

»Du fährst wirklich morgen?« »Natürlich.«
»Aber wir haben noch gar nichts besprochen.«
»Was sollen wir denn groß besprechen? Erst muß ich mit dem Anwalt reden und mich beraten lassen. Dann gebe ich dir Bescheid.«
»Kommst du mit rauf zu einem Nightcap?«
»Danke, nein. Es ist schon so spät.«
»Es ist überhaupt nicht spät.«
»Ich denke, du bist müde?«
»Gar nicht. Nach der Vorstellung bin ich immer ziemlich aufgekratzt. Ich kann dann sowieso nicht schlafen. Ich hatte bloß keine Lust mehr, dort zu sitzen und mir ihre Anspielungen anzuhören. Und die Kollegen habe ich immer, aber dich nie.«
Er zögert, er will gehen.
»Bitte, Lothar. Eine halbe Stunde noch. Ich möchte dir auch etwas mitgeben für Johnny. Ich habe so ein süßes Kätzchen gekauft, ein Stofftier, das mußt du ihm mitnehmen. Da brauche ich nicht erst ein Paket zu machen.«
Sie steht vor ihm, es ist dunkel, die Straßenlaterne wirft nur vages Licht in ihre Augen. Aber ihre Augen glänzen.
Er will sagen: Nein. – Will sich umdrehen, einsteigen und wegfahren. Aber er ist ein wenig zermürbt von diesen zwei Tagen. Und wenn es denn sein muß, wird er ihr oben unmißverständlich klarmachen, daß er nicht mit sich spielen läßt. Daß er das ganze Theater lächerlich findet. Und daß er genug hat von allem und jedem und auch von ihr.
Und dann wird er gehen. Ein für allemal.
Zunächst aber kommt er nicht zu Wort. Sie ist zu beschäftigt. Da muß Anuschka begrüßt werden, die sich schnurrend in ihren Arm schmiegt, und nachdem sie ihm Anuschka auf den Schoß gesetzt hat, holt sie Whisky und Soda, Eis aus dem Kühlschrank, dann muß sie sich die Nase pudern und die Haare kämmen, und so tänzelt sie eine Weile durch die Wohnung, und ihm fällt auf, wie nervös und fahrig sie ist. Erst läßt sie ein Glas fallen, dann gleitet ihr ein Eiswürfel aus der Zange.
»Ich bin immer so durchgedreht nach der Vorstellung. Ich kann sowieso die halbe Nacht dann nicht schlafen. Und gerade so was wie die Rosalinde, das nimmt schon mit. Fandest du mich gut?«
Das hat er zwar schon mehrmals gesagt, aber er sagt es nochmals, und sie hört begierig zu.
»Ich habe es so gern, wenn man mich lobt. Da bin ich kin-

disch. Und Kritik kann ich furchtbar schlecht vertragen. Ich weiß ja selber, wenn es danebengegangen ist. Aber wenn ich es dann noch hören oder lesen muß, das macht mich fertig.«

Dann läuft sie wieder aus dem Zimmer, nachdem sie eine Platte aufgelegt hat, Frank Sinatra mit seinen ›Close to You‹-Songs. Und dann kommt sie wieder und ist auf einmal still.

Sie steht mitten im Zimmer und sieht ihn an. So als wisse sie nun nicht weiter.

Lothar sitzt im Sessel, er hat die Katze auf dem Schoß, die sich gemütlich zusammengerollt hat. Offenbar ist sie glücklich, nicht mehr allein zu sein.

Er nimmt sein Glas in die Hand, sagt: »Also denn, cheers! Trinken wir, und dann werde ich gehen. Und vergiß das Kätzchen nicht, das du mir mitgeben willst.«

»Nein. Ich denke schon daran.«

Sie steht immer noch da, und auf einmal wirkt sie ganz verloren.

»Ein hübsches Kleid hast du an«, sagt er, nur um etwas zu sagen.

»Ich habe es dir zu Ehren angezogen.«

»Vielen Dank. Ich weiß es zu schätzen.«

»Hätte ja sein können, du wolltest noch mit mir ausgehen.«

Er ist verwundert. »Davon hast du nichts gesagt. Ich dachte, du sitzt da lieber bei deinen Freunden.«

»Ich bin am liebsten mit dir zusammen«, sagt sie.

Dann kommt sie, setzt sich auf seine Sessellehne, krault Annuschka und legt dann ihren Arm um seine Schulter. Sie riecht nach einem guten Parfüm, er spürt ihren Arm in seinem Nacken.

»Ich bin richtig traurig, wenn du wieder wegfährst.«

»Wird nicht so schlimm sein.«

»Doch. Kannst du nicht noch ein bißchen bleiben? Du hast doch Zeit.«

»Nein. Ich kann nicht bleiben. Ich habe verschiedenes vor.«

»Was denn?« bohrt sie.

»Zunächst fahre ich nach München.«

»Und dann?«

»Weiß ich noch nicht. Vermutlich wieder nach Hamburg.«

»Und dann?« »Nochmals nach Berlin.«

»Und ich?«

»Was ist mit dir?«

»Mich planst du gar nicht ein.«

Er blickt zu ihr auf. »Was soll das?«

Sie schiebt die Unterlippe ein bißchen vor. In ihrem Gesicht spiegelt sich eine Mischung von Zorn und Trauer. Wenn man nur wüßte, was echt bei ihr ist! Wann dieses Gesicht keine Maske trägt.

»Na, ich meine nur. So lange warst du fort. Und für mich hast du gerade zwei Tage übrig. Du machst dir überhaupt nichts aus mir.«

Er gibt keine Antwort. Aber nun ist es schon sehr schwer für ihn, sich in Kontrolle zu behalten. Er möchte sie hinunterstoßen von der Sessellehne, ihre Nähe nicht mehr spüren, nicht ihren Arm an seinem Nacken. Es ist eine ganz verdammte Sache mit diesem Frauenzimmer. Immer fängt es wieder an, schwierig mit ihr zu werden. Kann denn das nun nicht endlich einmal ausgestanden sein?

»Sei nicht kindisch.« Es klingt ungewollt barsch. »Was soll denn der Quatsch? Du hast deinen Frank, in längstens zwei – drei Monaten sind wir geschieden, dann könnt ihr heiraten.«

»Und dann?« fragt sie, wirklich kindisch nun.

»Was und dann?« Und jetzt ist er nahe dran, wütend zu werden. Er schiebt sie weg, legt die Katze aufs Sofa und steht auf.

»Was ist dann?«

Jovana sitzt auf der Sessellehne und blickt ängstlich zu ihm auf, denn er macht ein finsteres, geradezu drohendes Gesicht. Sie aber macht ihr verschrecktes Kleinmädchengesicht, er kennt es. Er hat es gestern – nein, vorgestern abend war es – erst gesehen. Im ersten Akt als Cleopatra. Also er kennt diese Gesichter von ihr.

»Dann kümmerst du dich gar nicht mehr um mich?«

»Warum sollte ich. Du bist die letzten Jahre sehr gut ohne mich fertig geworden. Und du hast einen Mann. Und nun laß mir meine Ruhe.«

Das letzte kommt ziemlich laut und richtig böse.

Sie steckt den Finger in den Mund und beißt auf dem Nagel herum.

»Und bitte«, sagt er gereizt, »laß dieses schlechte Theater, wenn du mit mir sprichst. Auf mich macht das keinen Eindruck. Aber schon gar keinen. Du magst ja eine gute Schauspielerin auf der Bühne sein. Aber was du jetzt machst, das ist Schmiere.«

Er sieht befriedigt, wie die Kleinmädchenpose abfällt von ihr, wie sie sich aufrichtet, wie ihre Augen zornig zu funkeln beginnen. »Und nun gib mir dein Stofftier oder laß es bleiben. Ich jedenfalls gehe jetzt.«

»Nein!« Das kommt laut, zornig und unbeherrscht.

Er sieht sie stumm an. Sie erwidert seinen Blick trotzig.

»Was soll das heißen?«

Nun packt sie die Wut. Sie springt auf, stampft mit dem Fuß auf und schreit ihn an: »Sei doch nicht so blöd. Sei doch nicht so verdammt borniert und spiele den Großkotzigen. Ich mache Theater? Du machst viel schlechteres Theater. Du mimst den kühlen, gleichgültigen Helden. Wo hast du dir denn das abgeguckt? Bei Gary Cooper? Oder bei irgend so einem Westerncowboy? Du bist so gemein. Gemein! Gemein!«

Und jedes Gemein schreit sie ihm ins Gesicht, immer lauter. Aber ihre Augen stehen dabei voller Tränen.

Eine gute Schauspielerin kann auch weinen, wenn sie will. Das weiß er. Aber trotzdem versteht er nicht ganz, was sie damit erreichen will.

Sie stehen dicht voreinander, aber er rührt sie nicht an, er sagt nur sehr leise, sehr drohend: »Hör mal zu, mein Kind. Hör genau zu. Mit mir machst du diese Zicken nicht. Du weißt genau, daß das bei mir nicht zieht. Aber schon gar nicht. Ich bin hierhergekommen, um mit dir zu reden. Vernünftig und in Ruhe. Wir sind uns einig. Was ist nun eigentlich los? Was willst du noch?«

Sie sieht ihn an, die Augen voller Tränen, und sagt leise:

»Ich will, daß du bleibst.«

»Du willst was??«

»Lothar!« Sie hebt vorsichtig die Hand und legt sie auf seine Brust. »Sei doch nicht so stur! Du weißt es doch genau. Ich will, daß du bei mir bleibst.« – »Heute nacht?« fragt er kalt.

Sie wirft den Kopf zurück, eine Träne rollt über ihre Wange, sie wischt sie mit einer heftigen Bewegung weg, sie stößt hervor: »Nein« – »Was dann?«

»Ich will . . . ich möchte . . . ach, Lothar!«

Er faßte ihre Arme mit festem schmerzhaftem Griff. »Laß endlich das verfluchte Theater! Sag ehrlich, was du willst.«

»Ich hab's doch gesagt. Und ich mache kein Theater. Bestimmt nicht.«

»Ich verstehe dich nicht.«

»Doch. Du verstehst mich ganz genau. Ich – ich will, daß du bei mir bleibst. Nicht nur heute. Überhaupt.«

»Überhaupt? Das wird mir immer rätselhafter. Zunächst willst du deinen Frank ein bißchen betrügen, oder?«

»Ach! Das ist doch alles nicht wahr.«

»Was ist nicht wahr?«

»Das mit Frank und mir. *Das* war Theater. Wir haben gar nichts miteinander. Und das mit dem Heiraten ist doch Quatsch. Frank hat nur mitgespielt.«

»Mitgespielt?«

»Ja. Ich habe ihm gesagt, Lothar interessiert sich höchstens für mich, wenn ein anderer mich haben will, du mußt so tun, als seist du wahnsinnig in mich verliebt. Dann wird er eifersüchtig. Aber du – du bist ja gar nicht eifersüchtig. Es ist dir ganz egal. Ach, du bist so gemein.«

Nun weint sie wirklich. Sie legt den Kopf an seine Brust, sie läßt sich gegen ihn sinken, er muß sie festhalten, ob er will oder nicht.

Das also war es. Er hat die ganze Zeit gewußt, daß etwas nicht stimmt.

Ein Clip löst sich aus ihrem Ohr und gleitet an seinem Revers herab. Er fängt ihn geschickt auf und steckt ihn in die Tasche. Eine vertraute Geste. Wie oft hat er das schon gemacht! Aber diesmal ...

»Soll ich das so verstehen, daß du kein Verhältnis hast mit Frank?« – »Ach wo. Nie.«

»Und du willst ihn nicht heiraten?«

»Nein. Ich kenne ihn seit vielen Jahren, und wir haben nie etwas miteinander gehabt. Wir sind Freunde. Er macht sich gar nicht so viel aus Frauen. Er ist ... er ist irgendwie anders. Er spielt so rum – das schon. Aber es ist nie sehr echt.«

»Und deine Kollegen heute abend? Die taten doch alle auch so, als ob ihr beide ein Paar wärt.«

»Ach, sei doch nicht so bekloppt. Die haben auch mitgespielt. Ich habe ihnen gesagt, mein Mann ist da, und ich ... ich ... wenn er denkt, daß ich mit Frank, dann wird er vielleicht ... die wissen doch nicht, wie das ist mit uns. Die denken doch, daß wir wirklich verheiratet sind. Und daß ich dich liebe und dich wiederhaben will.«

Darauf entsteht eine längere Pause. Schwer zu beschreiben, was in Lothar Barenth vorgeht. Da ist eine Barriere, die er in langer, mühseliger Arbeit aufgebaut hat. Und da ist etwas, von dem er glaubte, es sei vorbei und vergessen. Er hat gestern und heute gespürt, daß es nicht vorbei und nicht vergessen ist. Die Zeit? Zeit ist genug vergangen. Nein, eben nicht genug.

Frauen gab es auch genug in seinem Leben. Aber diese eine hier, mit der war es immer anders. Wenn er eine gewollt hat, dann diese. War das so? – Das war so. Ist das so? Das ist so.

Drei Jahre machen da gar nichts aus.

»Schau mich an!« sagt er.

Sie hebt den Kopf von seiner Schulter und sieht ihn an. Auf ihrer Wange unter dem Auge ist ein schwarzer Fleck. Die Wimperntusche ist verlaufen.

Wenn sie jemals kein Theater gemacht hat, dann jetzt. In ihren Augen ist Angst, ist Unsicherheit, aber auch Erwartung. Ihre Lippen sind leicht geöffnet.

»Du willst, daß ich bei dir bleibe?« fragt er. Und seine Stimme ist nicht mehr so hart. »Heute nacht? Und was willst du noch?«

Er muß das noch einmal hören. Ganz genau.

»Daß du überhaupt bei mir bleibst. Ich möchte mich gar nicht scheiden lassen. Nicht von dir. Ich möchte erst einmal eine verheiratete Frau sein, ehe ich eine geschiedene Frau bin.«

Er zieht ihr langsam den anderen Clip auch vom Ohr, steckt ihn in die Tasche. Ihr Mund kommt ihm entgegen, er zögert immer noch. Er hat auch Angst vor dem, was hier geschieht.

»Hast du dir das gut überlegt?«

Sie nickt. Sie küßt ihn vorsichtig. Nicht auf den Mund – auf die Wange, dann neben dem Mundwinkel. »Ich brauche nichts zu überlegen. Ich will endlich bei dir sein.«

Seine Hände schließen sich langsam über ihrem Rücken, es ist noch keine Umarmung, es ist nur ein Versuch. Wann war er jemals so zurückhaltend, so zögernd? Nie. Aber in diesem Fall... Sie ist ganz weich, ganz nachgiebig in seinem Arm. Er hat sie schon im Arm gehabt, er weiß es noch genau, wie das war. Er hat sie auch schon geküßt, und auch das hat er nicht vergessen.

Ganz kurz nur berührt er ihren Mund, er ist immer noch mißtrauisch. Nicht einmal gegen sie. Gegen sich selbst. Er möchte wachsam, möchte Herr der Situation bleiben. Er war es doch immer... oder nicht? Ist das vielleicht etwas Besonderes hier? Absolut nicht. Aber er muß noch einmal fragen.

»Warum willst du, daß ich bei dir bleibe?«

Sie seufzt, ihr Gesicht liegt wieder an seiner Schulter. »Weil ich von dir geliebt werden möchte.« – »Und warum möchtest du das?«

»Weil ich dich...«

»Ja?«

»Muß *ich* es denn immer sagen? Muß ich es dir so leicht machen? Weil ich... ja, ich glaube, ich liebe dich. Immer schon. Aber du bist immer so ekelhaft zu mir gewesen. Und jetzt auch noch.« Sie hebt den Kopf, sie ist nahe daran zu verzweifeln. »Ich hab' mir das ganz anders vorgestellt. Ich wollte es dir so schwer machen. Ich wollte, daß du dich anstrengen sollst, wochenlang und monatelang. Aber erst warst du nicht da. Und jetzt ist auch keine Zeit. Wenn du doch morgen wegfahren willst – zwei Tage bist du da, und ununterbrochen erzählst du mir, daß du wegfährst. Was soll ich denn tun?«

Ihre Lippen beben, sie ist ratlos, ihre Stimme klingt verzagt. »Ich wollte mich von dir erobern lassen. So ganz umständlich. Aber du denkst nicht daran. Immer hat es geheißen, du bist so ein toller Eroberer. Nur bei mir nicht. Bei mir warst du immer kalt. Du willst nur fortgehen, sonst nichts. Ach, du bist abscheulich. Ich hab' mir das ganz anders vorgestellt. Ganz anders.«

Er hat sich das schweigend angehört und sie dabei nicht aus den Augen gelassen. Und nun lächelt er.

»Und jetzt lachst du mich auch noch aus«, sagt sie erbost

Er zieht langsam den Reißverschluß ihres Kleides am Rücken auf. Das ist auch eine vertraute Geste, das kann er gut, das hat er oft gemacht. Sie hält ganz still, als er ihr das Kleid von den Schultern streift. Na also! Es ist wie immer.

Immer noch langsam, noch zögernd, nimmt er sich ihren Mund. Er will sie küssen, wie er jede andere Frau in dieser Situation küssen würde.

Aber es ist nicht wie immer. Es ist nicht wie bei jeder Frau in dieser Situation. Als er ihren Mund losläßt, sieht er in ihr Gesicht. Sie hat die Augen geschlossen, sie ist ganz bei ihm.

»Hör zu«, sagt er, »überleg dir das gut. Das ist kein Spaß in diesem Fall.« »Ich weiß«, flüstert sie.

»Und das willst du wirklich? Meinst du nicht, es ist besser, wenn ich jetzt gehe?«

Sie macht die Augen auf und schüttelt den Kopf. Und sagt:

»Nein. Aber wenn du partout nicht willst, dann mußt du eben gehen.«

Er lächelt wieder. Und dann läßt er sie los. »Wasch dir die Tusche aus den Wimpern, und dann geh ins Bett.«

Sie sieht ihn fassungslos an, macht den Mund auf, macht ihn wieder zu.

»Na, geh schon«, sagt er. »Wir sind schließlich verheiratet. Ich finde, eine Ehefrau kann sich allein ausziehen.«

Sie gehorcht wortlos. Steigt aus ihrem Kleid, läßt es da liegen und geht aus dem Zimmer.

Er sieht sich um wie erwachend. Nein, das ist kein Spaß in diesem Fall. Da fängt etwas an, was er nie erlebt hat. Liebe. Eine Ehe. Wirklich eine Ehe?

Ach Unsinn. Bloß keine pathetischen Gedanken. Eine Frau wie jede andere.

Nein. Eben nicht. Es ist Liebe. Er wußte es längst. Und sie offenbar auch.

Die Katze kommt und umstreicht schmeichelnd seine Beine.

Frank Sinatra ist lange verstummt. Er geht zum Plattenspieler, dreht die Platte um und legt den Saphir wieder auf.

Dann hebt er das schwarze Kleidchen auf und legt es sorgfältig über einen Sessel.

Er denkt an Steffen Rau ... Und er weiß, das ist kein Problem. Steffen wird verstehen, und vielleicht wußte auch er es schon lange. Und was noch mehr ist, er wird es akzeptieren. Hat er ihn nicht zu ihr geschickt?

Die Stimme singt – ›It could happen to you ...‹ So ist das also.

Als er eine Weile später in ihr Schlafzimmer kommt, liegt sie im Bett, hat die Augen weit offen und sieht ihn an.

Sieht ihm zu, wie er sich langsam auszieht, er hängt sein Jackett über eine Lehne, das Hemd darüber. Die Hosen ordentlich in die Bügelfalten gelegt über einen anderen Stuhl.

Die Spannung ist fast unerträglich – aber trotzdem muß sie beinahe lächeln. Er benimmt sich wirklich wie ein Ehemann, denkt sie. O Gott, sei mir gnädig, worauf lasse ich mich ein, diesmal wird es ernst. Ich habe mich so klein gemacht, habe mich so ganz in seine Hand gegeben. Warum liebe ich ihn eigentlich?

Er setzt sich auf den Bettrand, streift langsam die Decke von ihrem Körper, beugt sich über sie.

»Du zitterst ja«, sagt er. »Warum?« – »Ich weiß nicht.«

»Hast du Angst?« Ihre Augen sind ganz dunkel, ganz groß.

»Nein. – Doch.«

»Hast du Angst vor mir?« – »Ja.«

»Warum?«

»Ich ... Oh, ich ... ich habe alles Recht der Welt, Angst zu haben. Es ist gewissermaßen meine Hochzeitsnacht. Und ich kenne dich nicht. Ich kenne dich ja gar nicht. Ich weiß nicht, wie du mich behandeln wirst.« Seine Hand streicht sehr langsam, sehr sanft über ihre nackte Schulter, schließt sich um ihre Brust.

»Wie du es verdienst. Und du wirst mich kennenlernen. Das verspreche ich dir. Du wirst mich kennenlernen.«

Als sein Körper den ihren berührt, stöhnt sie auf. Fast ist es ein unterdrückter Aufschrei. Wie ein Mädchen erschrickt, das zum erstenmal einen Mann spürt. Es ist das erste Mal. Sie hat es nie erlebt. – Es ist Premiere, Jovana!